SCIENCE FICTION

Herausgegeben
von Wolfgang Jeschke

Ein vollständiges Verzeichnis
aller im HEYNE VERLAG erschienenen Romane
von JACK VANCE
finden Sie am Schluß des Bandes.

JACK VANCE

NACHTLICHT

Roman

Aus dem Amerikanischen von
Andreas Irle
und Rainer Michael Rahn

WILHELM HEYNE VERLAG
MÜNCHEN

HEYNE SCIENCE FICTION & FANTASY
Band 06/6344

Titel der amerikanischen Originalausgabe
NIGHT LAMP
Deutsche Übersetzung von Andreas Irle
und Rainer Michael Rahn
Das Umschlagbild ist von Mick Van Houten,
mit freundlicher Genehmigung
von HarperCollinsPublishers, London

Umwelthinweis:
Dieses Buch wurde auf chlor- und
säurefreiem Papier gedruckt

Redaktion: Wolfgang Jeschke

Erstausgabe 1996 by TOR Books,
published by Tom Doherty Associates, Inc., New York
Mit freundlicher Genehmigung des Autors und Paul & Peter Fritz,
Literarische Agentur, Zürich

http://www.heyne.de
Deutsche Erstausgabe 4/2000
Printed in Germany 2/2000
Umschlaggestaltung: Nele Schütz Design, München
Technische Betreuung: M. Spinola
Satz: Schaber Satz- und Datentechnik, Wels
Druck und Bindung: Presse-Druck Augsburg

ISBN 3-453-18193-9

Für

Alexia Schulz
Danae Schulz
Eric Fedrowisch

Kapitel 1

1 Am äußersten Ende des Cornu-Sektors im Ophiuchus erstrahlte Robert Palmers Stern in glänzendem Weiß. Seine Korona flackerte in Schleiern aus blauen, roten und grünen Farbtönen. Ein Dutzend Planeten tanzte in seiner Begleitung, wie Kinder, die um einen Maibaum springen. Aber nur die Welt Camberwell lag in dem schmalen Bereich, der für menschliches Leben geeignet war. Piraten, Flüchtlinge und Rander* waren die ersten Erforscher dieser entlegenen Welt, denen die verschiedensten Siedler folgten. Daher war Camberwell bereits seit Tausenden von Jahren bewohnt.

Camberwell war eine Welt gegensätzlicher Landschaften. Vier Kontinente und große Ozeane beherrschten die Topographie. Wie stets entwickelten sich die Flora und Fauna zu Formen einzigartiger Besonderheit. Die Fauna hatte eine solch bizarre Vielfalt von bestürzenden und zerstörerischen Gewohnheiten entwickelt, dass zwei Kontinente zu Schutzgebieten erklärt wurden. Dort konnten die Geschöpfe – kleine und große, zweibeinige und andersartige – hüpfen, springen, poltern, rennen, rasseln, rauben und andere ganz nach ihren Bedürfnissen in Fetzen reißen. Auf den beiden anderen Kontinenten wurde die Fauna unterdrückt.

Die menschliche Bevölkerung Camberwells stammte

---

* *Rander:* Von ›Rand‹, wie in ›Randgruppen der Gesellschaft‹. ›Rander‹ sind eine menschliche Unterart, die unmöglich exakt zu bestimmen ist. ›Menschenfeindliche Vagabunden‹ wurde als eine akzeptable Annäherung vorgeschlagen.

von einem Dutzend Rassen ab, die sich, statt zu verschmelzen, zu eigensinnigen, getrennten Einheiten zusammengeschlossen hatten. Mit den Jahren brachten die Unterschiede einen malerischen Wirrwarr menschlicher Gesellschaften hervor, so dass Camberwell zum bevorzugten Ziel für Xenologen und Anthropologen von Außerwelt wurde.

Die wichtigste Stadt Camberwells, Tanzig, war nach den Vorgaben eines präzisen Plans erbaut worden. Konzentrische Ringe aus Gebäuden umgaben einen Zentralplatz, auf dem drei dreißig Meter große Bronzestatuen voneinander abgewandt standen, die Arme zu Gebärden erhoben, deren Sinn schon lange vergessen war*.

2

Hilyer und Althea Fath waren Assistenz-Professoren am Thaneter Institut auf der Welt Gallingale. Beide waren Mitglieder der Akademie der Ästhetischen Philosophie. Hilyers Spezialgebiet war die Theorie der Übereinstimmenden Symbole. Althea studierte die Musik von barbarischen und halbbarbarischen Völkern, die auf einzigartigen Instrumenten vorgetragen und bei der unkonventionelle Tonleitern benutzt wurden, um bizarre Harmonien hervorzubringen. Zuweilen war solche Musik simpel, zuweilen komplex, gewöhnlich unbegreiflich für fremde Ohren, doch oft faszinierend.

---

* Frühe Chroniken erklären, dass die drei Statuen dieselbe Person repräsentieren: den legendären Richter und Gesetzgeber David Alexander, dargestellt in drei typischen Posen: Vorladung zum Urteil, Beruhigung des Pöbels und Durchsetzung der Gleichheit. In der letzten Pose trägt er eine kurzstielige Axt mit einer breiten halbmondförmigen Schneide, die möglicherweise nur ein Objekt von zeremonieller Bedeutung war.

Das alte Farmhaus in dem die Faths lebten, hatte schon viele Male von fremden Klängen widergehallt. Genauso fanden dort leidenschaftliche Diskussionen statt, ob der Begriff ›Musik‹ tatsächlich auf solch außergewöhnliche Geräusche anzuwenden war.

Weder Hilyer noch Althea würden sich selbst als jugendlich beschrieben haben, noch weniger hätten sie sich dem mittleren Alter zugerechnet. Hilyer und Althea waren beide von Natur aus konservativ, obwohl nicht notwendigerweise konventionell. Beide hatten sich den Idealen des Pazifismus und der Indifferenz gegenüber dem gesellschaftlichen Status verschrieben. Hilyers Körperbau war schmächtig. Er war blass, hatte mausgraues Haar, das hinter einer hohen Stirn bereits dünner wurde, und eine kühle Verbindlichkeit. Seine lange Nase und hochgezogenen Augenbrauen sowie ein dünner, herabgezogener Mund verliehen ihm einen leicht verächtlichen Ausdruck, so als ob er einen unangenehmen Geruch wahrnehmen würde. Kurz: Hilyer war sanft, achtsam auf Höflichkeit bedacht und jeglicher Gemeinheit abgeneigt.

Althea war genau wie Hilyer schlank, wenn auch etwas temperamentvoller und heiterer als er. Ohne es selbst zu bemerken, war sie, ihrer lebhaften haselnussbraunen Augen, eines angenehmen Ausdrucks und eines walnussbraunen Lockenkopfes wegen, beinahe hübsch zu nennen, doch sie kleidete sich, ohne auf eine Mode zu achten. Ihr Temperament war heiter und optimistisch, und sie hatte keine Mühe, mit Hilyers gelegentlich auftretendem Jähzorn zurechtzukommen. Weder Hilyer noch Althea nahmen teil an dem eifrigen Streben nach gesellschaftlichem Prestige, welches das Leben eines Großteils des Volkes dominierte. Sie gehörten keinen Clubs an und verfügten über keinerlei ›Verhaltensmaßregeln‹. Ihre Fachgebiete passten so gut zusammen, dass es ihnen möglich war, gemeinsame Außerweltexpeditionen zu unternehmen.

Eine solche Expedition führte sie zu der halbzivilisierten Welt Camberwell in der Nähe von Robert Palmers Stern. Nachdem sie auf dem verfallenen Raumhafen Tanzigs angekommen waren, mieteten sie sich einen Flitzer und fuhren unmittelbar weiter nach Sronk, das in der Nähe der Wyching-Hügel am Rand der Wildbeeren-Steppe gelegen war. Dort planten sie, die Musik der Vongo-Zigeuner, von denen achtzehn Stämme die Steppe durchwanderten, aufzuzeichnen und deren Lebensgewohnheiten zu studieren.

Die Zigeuner waren in vieler Hinsicht ein faszinierendes Volk. Die Männer waren hochgewachsen, besaßen starke Arm- und Beinmuskeln, waren sehr lebhaft und athletisch und stolz auf ihre Fähigkeit, über Dornbüsche zu springen. Weder Männer noch Frauen waren ansehnlich. Ihre Köpfe waren lang, fleischig und blassrosa, mit groben, teilnahmslosen Zügen, Schöpfen aus lackiertem schwarzen Haar und kurzen Spatenbärten, die ebenfalls lackiert waren. Die Männer bemalten ihre Augenhöhlen mit Kreisen aus weißer Farbe, um dem Starren ihrer schwarzen Augen mehr Nachdruck zu verleihen. Die Frauen waren hochgewachsen, drall, hatten runden Wangen, große Hakennasen und auf Ohrhöhe abgeschnittenes Haar. Männer wie Frauen trugen malerische Kleidung, auf die die Zähne toter Feinde genäht waren: die Beute aus Vendetten zwischen den Stämmen. Wasser wurde als entnervende, ja sogar zu verachtende Flüssigkeit betrachtet, die unter allen Umständen zu meiden war. Von der Kindheit bis zum Tod wagte es kein Zigeuner und keine Zigeunerin, sich zu baden, aus Furcht vor Abspülung der persönlichen magischen Salbe, die von der Haut ausgeschwitzt, die Quelle des Manas war. Ein ranziges Bier war das Getränk ihrer Wahl.

Die Stämme waren sich feindlich gesonnen und lebten gemäß verwickelter Regeln, die Morde und Verstümmelungen gefangener Kinder umfassten, um diese in den Augen ihrer Eltern abscheulich erscheinen zu lassen. Oft wurden diese Kinder von ihren entsetzten Eltern verbannt, um dann durch die Steppe zu wandern und zu Assassinen und musikalischen Experten auf der Tandemflöte zu werden – ein Instrument, das allen anderen Musikern verboten war. Diese Kaste von Musiker-Assassinen schlossen Männer und Frauen ein. Von allen wurde verlangt, gelbe Hosen zu tragen. Wenn die Frauen schwanger wurden und gebaren, gaben sie das Kind verstohlen in den Hort ihres ursprünglichen Stammes, wo es geduldet und auf gewöhnliche Weise aufgezogen wurde.

Die Zigeunerstämme sammelten sich vier Mal im Jahr an bestimmten Lagerstätten. Der Stamm der Gastgeber stellte die Musik und versuchte, den Musikern der rivalisierenden Stämme Ehrfurcht einzuflößen. Nachdem diese die Musik der Gastgeber ausreichend verspottet hatten, war es ihnen nun erlaubt, in Begleitung der Assassinen und deren Tandemflöten zu spielen. Jeder Stamm spielte seine geheimste und machtvollste Musik. Diese versuchten die Musiker der anderen Stämme zu kopieren, um die Dominanz über die Seelen des Stammes zu erlangen, von dem die Melodie gestohlen worden war. Doch wurde jeder, den man bei der Aufzeichnung der Musik entdeckte, erdrosselt. Um die Musik in Sicherheit aufnehmen zu können, trugen die Faths kleine innere Vorrichtungen, die von außen nicht entdeckt werden konnten. Solcherart waren die desperaten Erfordernisse, denen sich der hingebungsvolle Musikologe unterordnen musste – so versicherten sich wenigstens die Faths gegenseitig und verzogen dabei das Gesicht.

Für einen Außerweltler war ein Besuch der Vongo-Lagerstätten stets eine unangenehme Erfahrung, aber die Zusammenkunft der Stämme in einem Camp war weitaus beeindruckender. Ein beliebter Zeitvertreib der jungen Burschen war es, Mädchen von anderen Stämmen zu entführen und zu vergewaltigen. Dies verursachte große Tumulte, welche aber nur selten zu Blutvergießen führten, da solche Taten als jugendliche Streiche angesehen wurden, vor allem, da die Mädchen möglicherweise an der Planung beteiligt waren. Ein bei weitem ernsthafteres Vergehen war die Einführung eines Obmannes oder eines Schamanen, mit einer anschließenden Waschung des Körpers und der Kleidung in warmem Seifenwasser, um die heilige Ausströmung zu beseitigen. Nach der Waschung wurde dem Opfer der Bart geschoren und ein Bukett aus weißen Blumen um seine Hoden gebunden, danach war er frei, um zu seinem Stamm zurückzuschleichen: nackt, bartlos, gewaschen und seines Manas beraubt. Das Waschwasser wurde sorgfältig destilliert und ergab schließlich einen Liter gelbes, fettiges, faulig riechendes Zeug, das dem Stamm zu magischen Zwecken dienen würde.

Da die Faths schwarze Samtstoffe als Geschenke mitbrachten, wurde ihnen erlaubt, an einer solchen Versammlung teilzunehmen. Sie schafften es, dem Ärger und den Bedrohungen, die rings umher in der Luft lagen, zu entgehen. Sie beobachteten, wie bei Sonnenuntergang ein Freudenfeuer angezündet wurde. Die Zigeuner ergötzten sich an in Bier gekochtem Fleisch zusammen mit Bittersäften. Einige Minuten später sammelten sich Musiker bei einem der Wagen und begannen seltsame quietschende Geräusche zu erzeugen. Offensichtlich stimmten sie ihre Instrumente und spielten sich ein. Die Faths gingen hinüber zum Wagen, setzten sich in seinen Schatten und starteten ihre Aufzeichnungsgeräte. Die Musiker begannen mit kreischenden, eindringlichen Wendungen. Nach und nach gingen diese in grelle Umformungen und einige falsch gespielte Quietscher über, die augenscheinlich von einem Assassinen in gelber Hose auf einer Tandemflöte hervorgebracht wurden. Sich nach den Klängen von Gongs richtend, wiederholte sich der Vorgang ständig. Inzwischen hatten die Frauen angefangen zu tanzen: ein wenig anmutiges, langsames Watscheln im Kreise gegen den Uhrzeigersinn um das Feuer. Schwarze Röcke fegten über den Boden; schwarze Augen glitzerten über kuriosen schwarzen Halbmasken, die Mund und Kinn bedeckten. Auf diese war jeweils ein großer boshafter Mund mit weißer Farbe aufgemalt. Aus jedem dargestellten Mund hing eine etwa fünfzehn Zentimeter lange künstliche Zunge, die mit roter Farbe bemalt war. Die Zungen schwangen und baumelten, wenn die Frauen den Kopf von einer Seite auf die andere zucken ließen.

»Das wird mich noch in meinen Träumen verfolgen«, krächzte Hilyer leise.

»Halt um der Wissenschaft willen durch!« sagte ihm Althea.

Die Tänzerinnen kamen nach vorn, neigten erst das rechte Bein, setzten es vor, beugten es, wälzten das massige rechte Hinterteil herum und senkten die rechte Schulter vorwärts, um die Bewegung aufzufangen. Dann wiederholten sie den Vorgang mit der linken Seite.

Der Tanz der Frauen war beendet, und sie gingen fort, um Bier zu trinken. Die Musik wurde lauter und nachdrücklicher; einer nach dem anderen kamen nun die Männer zum Tanz. Sie traten erst nach vorn aus, dann nach hinten, vollführten seltsame Verdrehungen, wobei die Arme mit nach außen gereckten Ellbogen auf den Hüften lagen; die Schultern bebten, dann folgte ein Sprung vorwärts und danach wiederholte sich der Vorgang. Zuletzt gingen auch sie, tranken Bier und rühmten sich ihrer Sprünge. Die Musik setzte erneut ein, und die Vongmänner begannen einen neuen Tanz. Sie sprangen wie zufällig umher, erfanden wundervolle Tritt-, Sprung- und Akrobatikkombinationen, wobei sie nach Vollendung einer besonders komplizierten Formation triumphierend aufschrieen. Zuletzt gingen sie, schlaff vor Müdigkeit, zu ihren Bierfässern. Aber sie waren noch immer nicht am Ende. Nach einer Weile kehrten die Männer zum Rand der Feuerstelle zurück, wo sie sich mit der kuriosen Praktik des Verlautlassens* beschäftigten. Zuerst standen sie schwankend vor Trunkenheit, spähten in den Himmel und deuteten auf die Konstellationen, die sie beabsichtigten zu verschmähen. Dann schleuderten sie, einer nach dem anderen, ihre geballten Fäuste in die Höhe und schrieen laut Spötteleien und Herausforderungen in Richtung ihrer Gegner. »Kommt doch, ihr gewaschenen Ratten, ihr Emporkömmlinge und Seifenfresser! Hier sind wir! Wir sind bereit für euch, wir werden eure Eingeweide essen! Kommt, zeigt eure fettwangigen Krieger; wir werden sie in Stücke reißen! Wir werden sie in Wasser baden! Furcht? Niemals! Wir trotzen euch!«

Beinahe aufs Stichwort fuhr ein Blitzstrahl aus dem Himmel, und Regen prasselte in plötzlichen Fluten nieder. Krächzend und fluchend stürzten die Vongos in den Schutz ihrer Wagen. Die Fläche war bald darauf verlassen. Die Faths ergriffen die Gelegenheit und rannten zu ihrem Flitzer. Sie kehrten nach Sronk zurück, zufrieden mit ihrer nächtlichen Arbeit.

Am Morgen durchwanderten die Faths den Basar von Sronk. Althea erwarb ein Paar ungewöhnlicher Kandelaber, um ihre Sammlung zu vergrößern. Sie fanden keine interessanten Instrumente, wurden jedoch gewahr, dass auf dem Dorfmarkt in Latuz, etwa hundertfünfzig Kilometer südlich, Zigeunerinstrumente aller Arten – einige neu, einige antik – reichlich in den Hinterstuben der Marktbuden zu finden waren. Niemand wolle den alten Kram haben, und so waren die Preise niedrig; außer für die Faths, die sofort als Außerweltler zu erkennen waren, wodurch die Preise augenblicklich steigen würden.

* Literarisch: ›Herausforderung der Konstellationshelden‹. Im übertragenen Sinne: die IPCC.

Am folgenden Tag flogen die Faths nach Süden. Sie glitten über der Straße dahin, die den öden Wyching-Hügeln folgte. Die Steppe erstreckte sich bis weit in den Osten.

Etwa fünfzig Kilometer südlich von Sronk trafen sie auf eine erschütternde Szenerie. Auf der Straße unter ihnen schlugen vier schlaksige Bauernjungen, die mit Knütteln bewaffnet waren, auf eine sich windende Kreatur ein, die vor ihren Füßen im Schmutz lag und sich bereits am Rande des Todes befand. Trotz blutender Wunden und gebrochener Knochen versuchte sich die Kreatur zu verteidigen und kämpfte mit verzweifelter Tapferkeit, die über bloßen Mut hinausging.

Die Faths ließen den Flitzer auf die Straße sinken, sprangen auf den Boden und stießen die jugendlichen von ihrem schlaffen Opfer weg. Sie erkannten nun einen dunkelhaarigen Bengel von fünf oder sechs Jahren, der in Lumpen gekleidet und abgezehrt war, als hätte er gehungert.

Die Bauernjungen standen verärgert daneben. Der Älteste erklärte, dass die Kreatur ein Wilder wäre, nicht besser als ein Tier, das, wenn man es zuließe, aufwuchs, um ein Räuber oder ein Ernteplünderer zu werden. Es wäre nur vernünftig, ein solches Ungeziefer zu vertilgen, wenn man die Gelegenheit dazu findet, somit … wenn die Reisenden so gut sein wollten, beiseite zu treten, würden sie mit ihrer Arbeit fortfahren.

Die Faths schimpften mit den Bauernburschen, denen die Kinnladen herabsanken. Dann hoben sie das geschlagene Kind mit großer Vorsicht in ihr Fahrzeug, während die Bauernburschen sie mit verwirrter Missbilligung beobachteten. Später erzählten sie ihren Eltern voller Begeisterung vom wunderlichen Verhalten der fremden Leute, die in lustiger Kleidung daherkamen und, nach ihrer Sprechweise zu urteilen, möglicherweise von Außerwelt kamen.

Die Faths brachten den halb bewusstlosen Körper zur

Klinik in Sronk, wo die Doktoren Solek und Fexel, die ortsansässigen ärztlichen Beamten, sich um den Jungen kümmerten, bis sein Zustand sich schließlich stabilisiert hatte und es aussah, als sei er außer Lebensgefahr.

Solek und Fexel traten mit herabhängenden Schultern zurück. Ihre Züge waren verzerrt, aber sie waren zufrieden mit ihrem Erfolg. »Ein schönes Stück Arbeit«, sagte Solek. »Ich dachte schon, wir hätten ihn verloren.«

»Das ist dem Jungen zuzuschreiben«, sagte Fexel. »Er möchte noch nicht sterben.«

Die zwei musterten die stille Gestalt. »Ein ansehnlicher Bursche, selbst mit all den Prellungen und Bandagen«, sagte Solek. »Wie kann man nur ein Kind wie ihn aussetzen?«

Fexel untersuchte die Hand und die Zähne des Jungen und berührte seinen Hals. »Etwa sechs Jahre alt, würde ich sagen. Er könnte durchaus ein Außerweltler aus der oberen Klasse sein, schätze ich.«

Der Junge schlief. Solek und Fexel gingen hinaus, um auszuruhen, und ließen die Schwester vom Dienst zurück.

Der Junge schlief weiter und wurde langsam kräftiger. In seinem Verstand begannen Erinnerungsfragmente bereits unterbrochene Verbindungen zu erneuern. Der Junge regte sich im Schlaf, und die Schwester vom Dienst, die in sein Gesicht schaute, war erschreckt von dem, was sie sah. Sie rief sogleich nach Solek und Fexel. Sie kamen und fanden den Jungen, wie er sich gegen die Vorrichtung, die ihn unbewegt halten sollte, auflehnte. Seine Augen waren geschlossen. Er zischte und keuchte, als seine trägen mentalen Prozesse sich beschleunigten. Erinnerungsreste verschmolzen zu Bändern. Die alten synaptischen Knoten bildeten sich neu, und die Bänder wurden zu Blöcken. Die Erinnerung rief eine Explosion von Bildern hervor, die zu furchtbar war, um sie zu ertragen. Der Junge wurde hysterisch, knirschte mit den Zähnen, quiekte und verkrampfte sich. Solek und Fexel waren für einen Augenblick entsetzt. Dann überwanden sie ihren Schock und verabreichten ihm ein Beruhigungsmittel.

Beinahe unverzüglich entspannte sich der Junge und lag still. Seine Augen blieben geschlossen, während Solek und Fexel ihn unsicher beobachteten. Schlief er? Offensichtlich.

Sechs Stunden vergingen, während derer sich die Doktoren ausruhten. Als sie in die Klinik zurückkehrten, setzten sie vorsichtig das Beruhigungsmittel ab. Für einige Momente schien alles in Ordnung, aber dann brach der Junge wieder in Raserei aus. Seine Nackensehnen verkrampften sich; seine Augen quollen hervor. Nach und nach wurde das Ringen des Jungen schwächer. Aus seiner Kehle drang Wehklagen von solch unbändigem Kummer, dass Solek und Fexel sich beeilten ein neues Beruhigungsmittel zu verabreichen, um einem plötzlichen fatalen Anfall vorzubeugen.

Zufällig war ein Forschungsmitglied der Tanziger Zentralmedizinischen Einrichtung anwesend, der eine Reihe von Tutorenseminaren leitete. Sein Name war Myrrle Wanish; er war spezialisiert auf zerebrale Fehlfunktionen und hypertrophische Abnormitäten des Gehirns im allgemeinen. Die Gelegenheit ergreifend, machten Solek und Fexel ihn auf den verletzten Jungen aufmerksam.

Doktor Wanish sah sich die Liste der Brüche, Frakturen, Verrenkungen, Auskugelungen und Quetschungen an, die dem Jungen zugefügt worden waren, und schüttelte den Kopf. »Warum ist er nicht tot?«

»Das haben wir uns auch schon gefragt«, sagte Fexel. »Aber viel länger kann er nicht durchhalten.«

»Er hat irgendeine erschreckende Erfahrung gemacht«, sagte Solek. »Wenigstens nehme ich das an.«

»Die Schläge?«

»Möglicherweise, aber mein Instinkt sagt nein. Wenn

er sich erinnert, ist der Schock zu groß für ihn. Also … was haben wir falsch gemacht?«

»Wahrscheinlich nichts«, sagte Wanish. »Ich vermute, dass die Ereignisse eine Schleife hervorgerufen haben, ein Feedback, das vor- und zurückspringt. Es wird schlechter statt besser.«

»Und wie behandelt man dergleichen?«

»Das ist offensichtlich! Die Schleife muss durchbrochen werden.« Wanish musterte den Jungen. »Ich nehme an, über seine Herkunft ist nichts bekannt?«

»Überhaupt nichts.«

Wanish nickte. »Lassen Sie uns in seinen Kopf hineinschauen. Halten Sie ihn unter Beruhigungsmitteln, bis ich meine Geräte aufgebaut habe.«

Wanish arbeitete eine Stunde, bis er den Jungen an seine Geräte angeschlossen hatte. Dann war er fertig. Ein Paar metallener Halbkugeln umfasste den Kopf des Jungen und ließ lediglich die zerbrechliche Nase, Mund und Kinn frei. Metallene Manschetten umklammerten Handgelenke und Knöchel; metallene Bänder hielten ihn an Brust und Hüfte fest.

»Nun fangen wir an«, sagte Wanish. Er drückte einen Knopf. Ein Bildschirm erwachte zum Leben und zeigte in hellen gelben Linien ein Gewebe, das Wanish als schematische Karte vom Gehirn des Jungen bezeichnete. »Es ist augenscheinlich topologisch verdreht; dennoch …« Seine Erklärung brach ab, als er sich vorbeugte, um den Schirm zu untersuchen. Für einige Minuten studierte er das verschlungene Netzwerk und die phosphoreszierenden Verflechtungen und stieß scharfe Zischtöne des Erstaunens aus. Schließlich wandte er sich wieder an Solek und Fexel. »Sehen Sie diese gelben Linien?« Er klopfte mit einem Bleistift leicht auf die Karte. »Sie repräsentieren überaktive Verbindungen. Wenn sie sich zu Verflechtungen verdrehen, verursachen sie Aufruhr, wie wir bereits festgestellt haben. Unnötig zu sagen, dass ich vereinfache.«

Solek und Fexel studierten den Bildschirm. Einige der Verbindungen waren so dünn wie Spinngewebe. Andere pulsierten mit träger Kraft. Letztere wies Wanish als Segmente der selbstverstärkenden Schleife aus. In verschiedenen Bereichen rollten und drehten die Strähnen sich zu faserigen Polstern, die so dicht waren, dass ein einzelner Nerv nicht auszumachen war.

Wanish deutete mit dem Bleistift: »Diese Verdrehungen sind das Problem. Sie sind wie Schwarze Löcher im Verstand, nichts, was sie berührt, entkommt ihnen. Dennoch können sie zerstört werden. Und das werde ich tun.«

Solek fragte: »Was geschieht dann?«

»Um es einfach auszudrücken«, sagte Wanish, »der Junge überlebt, verliert aber viel von seiner Erinnerung.«

Weder Doktor Solek noch Fexel hatten etwas zu entgegnen. Wanish justierte seine Instrumente. Ein blauer Funke erschien auf dem Bildschirm. Wanish widmete sich seiner Arbeit. Der Funke bewegte sich in die pulsierenden gelben Verdrehungen hinein und wieder hinaus; die leuchtenden Verflechtungen trennten sich zu Stückchen, die verblassten, sich auflösten und bis auf einige wenige geisterhafte Strähnen verschwanden.

Wanish schaltete das Instrument ab. »Das war's. Er behält seine Reflexe, seine Sprache und seine motorischen Fähigkeiten, aber seine primären Erinnerungen sind verschwunden. Eine oder zwei Strähnen sind geblieben. Sie mögen ihm zufällige Bilder liefern – nicht mehr als flüchtige Einblicke, genug, um ihn zu verwirren, aber nichts, was ihn quälen würde.«

Die drei befreiten den Jungen von den Metallmanschetten, Bändern und Halbkugeln.

Während sie ihn beobachteten, öffnete der Junge die Augen. Er studierte die Männer mit nüchternem Ausdruck.

Wanish fragte: »Wie fühlst du dich?«

»Es tut weh, wenn ich mich bewege.« Die Stimme des Jungen war dünn und klar und er hatte eine sorgfältige Aussprache.

»Das war zu erwarten. Tatsächlich ist es ein gutes Zeichen. Bald bist du wieder wohlauf. Wie ist dein Name?«

Der Junge blickte verdutzt drein. »Ich heiße …« Er zögerte und sagte dann: »Ich weiß es nicht.«

Er schloss die Augen. Aus seiner Kehle drang ein tiefer knurrender Ton, der sich leise, aber rauh anhörte, als ob er unter extremer Anstrengung hervorgebracht würde. Der Ton formte Wörter: »Sein Name ist Jaro.«

Wanish neigte sich erschrocken vor. »Wer bist du?«

Der Junge tat einen langen, traurigen Seufzer und schlief ein.

Die drei Therapeuten beobachteten den Jungen, bis sein Atem regelmäßig wurde. Solek fragte Wanish: »Wieviel davon möchten Sie den Faths berichten?«

Wanish schnitt eine Grimasse. »Es ist seltsam … wenn nicht gar unheimlich. Aber dennoch …« – er dachte nach – »ist es wahrscheinlich weiter nichts. Soweit es mich betrifft, habe ich den Jungen den Namen ›Jaro‹ nennen hören und nichts weiter.«

Solek und Fexel nickten. »Ich denke, dass wir das gleiche gehört haben«, sagte Fexel.

Doktor Wanish schritt hinaus in den Rezeptionsbereich, wo die Faths auf ihn warteten.

»Entspannen Sie sich«, sagte Wanish. »Das Schlimmste ist vorüber. Er sollte sich recht schnell erholen, ohne weitere Komplikationen, nur in seiner Erinnerung werden Lücken bleiben.«

Die Faths dachten über die Neuigkeit nach. Althea fragte: »Wie gewichtig ist der Verlust?«

»Das ist schwer zu sagen. Etwas bemerkenswert Schreckliches hat ihm Qualen verursacht. Wir waren gezwungen, einige Knoten mit all ihren Seitenlinien zu entfernen. Er wird niemals wissen, was mit ihm passiert ist oder wer er ist, außer dass sein Name ›Jaro‹ lautet.«

Hilyer Fath sagte schwerfällig: »Sie sagen uns, dass seine gesamte Erinnerung verschwunden ist?«

Wanish dachte an die Stimme, die Jaros Namen ausgesprochen hatte. »Ich wage nicht, etwas vorherzusagen. Sein Schema zeigt nun isolierte Punkte und Funken, die die Gestalt alter Matrizen nahelegen. Sie mögen einige zufällige Blicke und Hinweise geben, aber wahrscheinlich nichts Zusammenhängendes.«

3

Hilyer und Althea stellten an Orten entlang des Foisie-Flusstals Nachforschungen an, erfuhren jedoch nichts über Jaro oder dessen Herkunft. Überall trafen sie auf gleichgültiges Achselzucken und Verwirrung darüber, wie jemand überhaupt solch fruchtlose Fragen stellen konnte.

Nachdem die Faths nach Sronk zurückgekehrt waren, beklagten sie sich bei Wanish über ihre Erfahrungen. Er sagte zu ihnen: »Hier gibt es nur wenige organisierte Gesellschaften, meist kleine Gruppen, Clans und Bezirke: alle unabhängig, alle argwöhnisch. Sie haben die Erfahrung gemacht, dass sie, wenn sie sich um ihre eigenen Belange kümmern, niemand belästigt. Und so ist der Lauf der Welt Camberwell.«

Jaros Schuhe und Kleidung legten einen Außerweltursprung nahe. Da Tanzig, eine wichtige Raumlinien-Station, in der Nähe des Flusses lag, gingen die Faths bald davon aus, dass Jaro von einer anderen Welt nach Camberwell gekommen war.

Jaro wurde nach seiner Entlassung aus der Klinik in die Obhut der Faths gegeben. Bei der ersten Gelegenheit versuchte Althea einige zurückhaltende Fragen zu stellen, aber wie Doktor Wanish vorhergesagt hatte, war Jaros Erinnerung bis auf gelegentliche, schattenhaft flüchtige Bilder leer. Und diese Bilder waren bereits wieder verschwunden, bevor er sie überhaupt wahrnehmen konnte. Die Ausnahme war ein bestimmtes Bild: Es war so nachdrücklich, dass es Jaro große Furcht einflößte.

Das Bild, oder die Vision, erschien Jaro eines Nachmittags ganz plötzlich. Die Fensterläden waren wegen der tiefstehenden Sonne zugeklappt, und so war der Raum behaglich abgedunkelt. Althea saß am Bett und erforschte, so gut sie konnte, die Grenzen von Jaros mentalen Landschaften. Bald wurde er schläfrig. Die Unterhaltung, wenn man es so nennen konnte, endete. Jaro lag mit dem Gesicht zur Zimmerdecke, die Augen halb geschlossen. Er schnappte plötzlich nach Luft. Seine Hände verkrampfen, und er öffnete den Mund.

Althea bemerkte es sofort. Sie sprang auf und spähte in sein Gesicht. »Jaro! Jaro! Was ist los? Sag mir, was los ist!«

Jaro sah sie zweifelnd an, dann schloss er die Augen. Er murmelte: »Ich habe etwas gesehen, was mir angst gemacht hat.«

Althea versuchte ihre Stimme unter Kontrolle zu halten. »Erzähl mir, was du gesehen hast.«

Nach einem Moment begann Jaro mit so leiser Stimme zu sprechen, dass Althea sich vorbeugen musste, um ihn hören zu können. »Ich stand vor einem Haus; ich denke, vor dem, in dem ich gelebt habe. Die Sonne war untergegangen und es war beinahe dunkel. Hinter dem vorderen Zaun stand ein Mann. Ich konnte nur seine Gestalt sehen, schwarz gegen den Himmel.« Jaro hielt inne und lag still.

Althea fragte: »Wer war der Mann? Kennst du ihn?«

»Nein.«

»Wie sah er aus?«

Mit zögernder Stimme und unter Altheas Anleitung beschrieb Jaro eine hochgewachsene, hagere Gestalt in einem engen Umhang und mit einem tief heruntergezogenen schwarzen, steifrandigen Hut, die sich gegen den grauen, dunstigen Himmel als Silhouette abgezeichnet hatte. Jaro hatte Angst gehabt, aber er konnte sich nicht erinnern, warum. Die Gestalt war streng und majestätisch gewesen und hatte ihren Blick auf Jaro gerichtet. Die Augen glichen vierzackigen Sternen, die mit Strahlen aus silbernem Licht schimmerten.

Fasziniert fragte Althea: »Was geschah dann?«

»Ich kann mich nicht erinnern.« Jaros Stimme verebbte, und Althea fragte nicht weiter.

4

Es war Jaros Glück, dass die Erinnerung aus seinem Gedächtnis verschwunden war. Denn was als nächstes passierte, war schrecklich.

Jaro ging in das Haus und erzählte seiner Mutter von dem Mann, der jenseits des Zauns stand. Sie erstarrte für einen Moment und verursachte ein Geräusch, so ernst und elend, als ob es über bloße Furcht hinausginge. Dann setzte sie sich mit Entschlossenheit in Bewegung, nahm eine metallene Schachtel von einem Regal und drückte sie in Jaros Hände. »Nimm diese Schachtel und versteck sie, wo niemand sie finden kann. Dann geh zum Fluss und steig in das Boot. Ich werde kommen, wenn ich kann. Halt dich bereit, dich abzustoßen, sollte sich jemand nähern. Beeil dich!«

Jaro rannte aus der Hintertür hinaus. Er versteckte die Schachtel an einem geheimen Ort und blieb dann unentschlossen stehen. Er hatte eine böse Vorahnung, und ihm war übel. Schließlich rannte er zum Fluss, machte das Boot bereit und wartete. Der Wind blies ihm um die Ohren. Er wagte ein paar Schritte zurück zum Haus und hielt angestrengt lauschend inne. Was war das? Ein Wehklagen, das wegen der Windgeräusche fast nicht zu hören war? Er gab ein verzweifeltes Stöhnen von sich und rannte, entgegen der Anweisung seiner Mutter, zurück zum Haus. Er spähte durch ein Seitenfenster und konnte für einen Moment nicht begreifen, was vor sich ging. Seine Mutter lag auf dem Boden, das Gesicht nach oben gewandt, die Arme ausgebreitet, mit einer schwarzen Mappe an der Seite und einer Art Apparatur auf dem Kopf. Seltsam! Ein Musikinstrument? Ihre Glieder waren gespannt. Sie machte keinerlei Geräusch. Der Mann kniete neben ihr, und es hatte den Anschein, als spiele er das Instrument. Es sah aus wie ein kleines Glockenspiel oder etwas Ähnliches. Von Zeit zu Zeit hielt der Mann inne, um der Frau eine Frage zu stellen. Es schien, als ob er sie fragen wolle, ob ihr die Melodie gefiele. Die Frau lag still wie ein Stein und zeigte keine Regung.

Jaro änderte seine Position und sah das Instrument nun in allen Einzelheiten. Nach einem Moment des Erschreckens schien sein Verstand beiseite zu treten, während ein anderes, unpersönlicheres, weniger logisch angelegtes Wesen die Kontrolle übernahm. Er lief zum Küchenvorbau und nahm ein langstieliges Beil aus der Werkzeugkiste. Dann eilte er lautlos durch die Küche und hielt an der Türschwelle inne. Dort schätzte er die Situation ab. Der Mann kniete mit dem Rücken zu Jaro. Die Arme seiner Mutter waren mit Krampen durch die Handflächen am Boden befestigt, während schwere Bänder ihre Knöchel niederhielten. In jeder Ohröffnung steckte ein Metallrohr, das durch den Gehörgang reichte, um in der hinteren Mundhöhle wieder aufzutauchen. Die Enden traten aus dem Mund hervor und bildeten einen hufeisenförmigen Haken, der ihre Lippen zu einem grotesken Gähnen verzog. Das Hufeisen war mit dem Trommelfell der Klangspangen verbunden, die klingelten und klimperten, als der Mann sie mit einem silbernen Stab anschlug, um offensichtlich Klänge in das Gehirn der Frau zu senden.

Der Mann hielt in seinem Spiel inne und stellte eine kurze Frage. Die Frau lag regungslos. Er schlug eine einzelne Note schwach an. Die Frau wand sich, hob ihren Rücken an und sank wieder hinab. Jaro schlich vorwärts und ließ das Beil auf den Kopf des Mannes niedersausen. Durch ein leichtes Beben gewarnt, drehte dieser sich halb um, der Stoß streifte eine Seite seines Gesichts und traf die Schulter. Er gab keinen Laut von sich und erhob sich, stolperte über die schwarze Mappe und fiel hin. Jaro rannte durch die Küche hinaus in den Hof und umrundete das Haus, um zur Vordertür zu gelangen, die er vorsichtig öffnete. Der Mann war verschwunden. Jaro trat ein. Seine Mutter sah zu ihm auf. Sie flüsterte durch verzerrte Lippen: »Jaro, du musst jetzt tapfer sein wie nie zuvor. Ich sterbe. Töte mich, bevor er zurückkommt.«

»Und die Schachtel?«

»Komm zurück, wenn es wieder sicher ist. Ich habe dir eine Anleitung in deinen Verstand gegeben. Töte mich jetzt; ich kann keine weiteren Gongs mehr ertragen. Mach schnell, er kommt!«

Jaro wandte seinen Kopf. Der Mann stand draußen und blickte durch das Fenster. Die rechteckige Öffnung umrahmte den oberen Teil seines Torsos, als wäre das Ganze ein Gemälde. Das Modell und die Helldunkelmalerei stimmten genau. Seine Züge waren streng und rigoros, hart und weiß, als wären sie aus Knochen geschnitzt. Unter der Krempe des schwarzen Huts sah man die Stirn eines Philosophen, eine lange dünne Nase und brennende schwarze Augen. Die Kieferpartie war scharf geschnitten, die Wangen mündeten schräg in ein kleines, spitzes Kinn. Er starrte Jaro mit einem Ausdruck brütender Unzufriedenheit an.

Die Zeit verging langsam. Jaro wandte sich seiner Mutter zu. Er hob das Beil. Hinter ihm erklang ein herber Befehl, den er ignorierte. Er schlug zu und spaltete seiner Mutter die Stirn; das Beil grub sich in ein Gemenge aus Hirn und Blut. Hinter sich hörte er Schritte. Er ließ das Beil fallen, rannte aus der Küche durch die

Dunkelheit hinab zum Fluss. Er stieß das Boot ab, sprang hinein und steuerte es in tieferes Wasser. Vom Ufer drang ein Schrei, herb und zugleich sanft und melodiös zu ihm. Jaro duckte sich tief in das Boot, selbst dann noch, als das Ufer nicht mehr zu sehen war.

Der Wind blies in Böen. Wellen schwappten rund um das treibende Boot und schlugen von Zeit zu Zeit über das Dollbord. Wasser schwappte in den Bilgen vor und zurück. Jaro raffte sich schließlich auf und schöpfte das Wasser aus dem Boot.

Die Nacht schien endlos. Jaro kauerte im Boot und spürte die Windböen, das Wälzen des Bootes, das Plätschern und die Feuchtigkeit des Wassers. Dies alles half ihm in seinem aufgewühlten Zustand. Er durfte nicht denken; er musste seinen Verstand handhaben, als wäre er ein schwarzer Fisch, der tief unter dem Boot im Wasser schwebte.

Die Nacht verging, und der Himmel wurde grau. Der breite Foisie krümmte sich und rauschte nahe der Wyching-Hügel gen Norden. Mit den ersten grellen orange-karmesinroten Sonnenstrahlen stieß der Wind das Boot an den Strand. Unmittelbar hinter der Hochwasserlinie stieg und neigte sich die Landschaft in Erhebungen und Senken bis hin zu den Wyching-Hügeln. Auf den ersten Blick schienen sie gefleckt oder gar knotig zu sein, da sie mit ganz unterschiedlicher Vegetation bewachsen waren. Viel davon war exotisch, aber das meiste einheimisch: blaues Gestrüpp aus Dickerichdickicht, Unterholz aus schwarzen Artischockenbäumen, Hummelpflanzen. Entlang der Kämme standen Reihen von orangefarbenen und braunroten Jagdhörnern, die wie Flammen im tiefen Sonnenlicht leuchteten.

Für einige Tage, vielleicht eine Woche, durchwanderte Jaro die Hügel, aß Dornbeeren, Grassamen, die Knollen von einer pelzblätterigen Pflanze, die weder bitter noch scharf roch und die ihn – glücklicherweise –

nicht vergiftete. Er bewegte sich mit Gleichgültigkeit, in einem Zustand der Losgelöstheit, keines bewussten Gedankens fähig.

Eines Tages kam er die Hügel hinab, um Früchte von den Bäumen, die entlang der Straße wuchsen, zu sammeln. Eine Gruppe von Bauernjungen aus dem Wychingbezirk bemerkte ihn. Es waren häßliche Leute – untersetzt, derb, mit langen Armen, dicken Beinen und runden, streitsüchtigen Gesichtern. Sie trugen plumpe schwarze Hüte aus Filz. Aus Löchern über den Ohren standen ihre kastanienbraunen Haare hervor. Sie waren mit engen Hosen und braunen Umhängen bekleidet: stolze formelle Kleidung, passend für die wöchentliche Cataxis, die ihr unmittelbares Ziel war.

Dennoch hatten sie Zeit für gute Taten entlang des Wegs. Mit Geschrei und Gejohle machten sie sich daran, ihn zu erledigen. Jaro kämpfte, so gut er konnte. Es war recht amüsant, so dass die Jungen ermutigt wurden, ihre Methoden zu variieren. Am Ende lief es darauf hinaus, dass sie sich entschlossen, ihm eine scharfe Lektion zu erteilen und alle Knochen im Leib zu brechen.

An diesem Punkt betraten die Faths die Szene.

5

In der Klinik von Sronk waren Jaros Verletzungen verheilt und die Schutzvorrichtungen von seinem Körper gelöst worden. Er lag nun bequem auf seinem Bett und hatte den weichen blauen Schlafanzug an, den die Faths ihm mitgebracht hatten.

Althea saß neben dem Bett und betrachtete verstohlen Jaros Gesicht. Die schwarzen Haare waren gewaschen, zurechtgemacht und gekämmt worden; sie waren glatt und weich. Die Wunden in seiner reinen, dunkelolivefarbenen Haut waren verblasst. Lange dunkle Wimpern umrahmten seine Augen; die Mundwinkel hingen herab, so als würde er sehnsuchtsvoll träumen. Es war ein Gesicht, dachte Althea, von poetischem Charme, und sie kämpfte gegen den Impuls an, ihn an sich zu reißen, zu umarmen, zu liebkosen und zu küssen. Es würde natürlich nicht gehen. Erstens: Jaro würde von dem Ausbruch geschockt sein. Zweitens: Seine Knochen, die immer noch nicht ganz verheilt waren, könnten der Art der Umarmung, die sie im Sinn hatte, nicht widerstehen. Zum tausendsten Mal fragte sie sich nach den Geschehnissen, die Jaro zur Paggstraße gebracht hatten – und wie elend sich seine Eltern fühlen mussten. Er lag still da, die Augen halb geschlossen: Vielleicht schlummerte er, vielleicht war er mit seinen Gedanken beschäftigt. Er hatte die Silhouette so gut beschrieben, wie er konnte; in dieser Hinsicht war wohl nicht mehr zu erfahren. Sie fragte: »Erinnerst du dich an irgend etwas von zu Hause?«

»Nein. Ich war einfach nur da.«

»Waren keine anderen Häuser in der Nähe?«

»Nein.« Jaro lag mit zusammengepressten Kiefern und geballten Fäusten auf dem Bett.

Althea streichelte seine Handrücken, und nach und nach entspannten sich die Fäuste. »Ruh dich jetzt aus«, sagte sie zu ihm. »Du bist in Sicherheit und bald wieder wohlauf.«

Eine Minute verging. Dann fragte Jaro in bekümmertem Ton: »Was wird denn jetzt mit mir passieren?«

Althea war überrascht und antwortete mit der Andeutung eines Stotterns, von dem sie hoffte, dass Jaro es nicht bemerkte: »Das hängt von den Behörden ab. Sie werden tun, was das Beste ist.«

»Sie werden mich in die Dunkelheit sperren, dahin, wo mich keiner findet.«

Für einen Moment war Althea zu verwundert, um zu sprechen. »Seltsam, so etwas zu sagen! Wer hat dir eine solch schlimme Sache eingeredet?«

Jaros fahles Gesicht zuckte. Er schloss die Augen und wandte sich unruhig ab.

Althea fragte erneut: »Wer hat dir eine solch schreckliche Sache erzählt?«

Jaro murmelte: »Ich weiß nicht.«

Althea runzelte die Stirn. »Versuch dich zu erinnern, Jaro.«

Jaros Lippen bewegten sich; Althea beugte sich vor, um zu horchen, aber Jaros Erklärung, wenn es eine solche gewesen war, ging ungehört an ihren Ohren vorbei.

Althea sagte mit Nachdruck: »Ich kann mir nicht denken, wer dir solche Vorstellungen in den Kopf gesetzt hat! Das ist natürlich purer Unsinn.«

Jaro nickte, lächelte und schien einzuschlafen.

Althea saß an seinem Bett und beobachtete ihn nachdenklich, fragend. Es schien, als würden die Überraschungen nicht enden! Eines Tages, sann Althea, könnte Jaros fragmentarische Erinnerung wieder zu einem Ganzen werden … durchaus möglich, dass dies ein trauriger Tag für Jaro sein würde.

Dr. Wanish jedoch hatte angedeutet, dass die verderblichen Erinnerungen zerstört worden waren, was, wenn es stimmte, eine gute Nachricht wäre. Ansonsten waren die Prognosen, Jaro betreffend, günstig und es sah so aus, als würde er keine bleibenden Schäden davontragen, außer dem, den Wanish als ›mnemonische Leere‹ bezeichnete.

Die Faths waren kinderlos. Als sie kamen, um Jaro in der Klinik zu besuchen, begrüßte er sie mit offensichtlicher Freude, die ihnen das Herz rührte. Sie kamen zu einer Entscheidung und füllten einige Dokumente aus, zahlten entsprechende Gebühren, und als sie nach Thanet auf Gallingale zurückkehrten, begleitete Jaro sie. Alsbald wurde er rechtskräftig adoptiert und begann, den Namen Fath zu benutzen.

Kapitel II

1 *Eine Gesellschaft ohne Ritual ist wie Musik, die auf einer einzelnen Saite mit lediglich einem Finger gespielt wird.* Solcherart war das Diktum von Unspiek, Baron Bodissey in seinem Monumentalwerk *Life.* Weiterhin führte er aus: *So oft menschliche Wesen ein gemeinsames Ziel verfolgen – und damit eine Gesellschaft formen –, wird zu guter Letzt jeder der Gruppe über einen gewissen Status verfügen. Wie wir alle wissen, sind diese Statusabstufungen nie vollkommen starr.*

Das Streben nach Status war in Thanet auf Gallingale die treibende gesellschaftliche Kraft. Die gesellschaftlichen Stände oder ›Leisten‹ waren genau definiert und durch gesellschaftliche Clubs gekennzeichnet, die jeder Leiste ihren Charakter verliehen. Am prestigeträchtigsten von allen Clubs waren die sogenannten Sempiternalen: die Tattermen, die Clam Muffins, die Quantorsi. Die Mitgliedschaft in solchen Clubs war gleichwertig mit dem Prestige der hohen Aristokratie.

Das Mittel des gesellschaftlichen Weiterkommens – ›Konduite‹ – konnte nicht so leicht definiert werden. Die Hauptbestandteile dessen waren aggressives Streben die Leisten hinauf, Abstammung, Manieren, Wohlstand und persönliches Mana. Jeder war gesellschaftlicher Schiedsrichter; Augen spähten nach ungeschlachtem Betragen; Ohren horchten nach dem, was nicht gesagt werden sollte. Ein Augenblick der Unbedachtheit, eine taktlose Bemerkung, ein abwesender Blick konnten Monate des Strebens zunichte machen.

Wer sich einen Status anmaßte, den er nicht verdient

hatte, dem begegnete man mit unverzüglicher Zurückweisung. Der Betreffende erntete erstaunte Verachtung und mochte sehr wohl als ›Schmeltzer‹* gebrandmarkt werden.

Hilyer und Althea Fath, obwohl am Institut sehr geachtet, waren ›Nimps‹ und lebten, ohne sich um die Freuden der Betragung oder die heftigen Qualen der Zurückweisung zu kümmern**.

2

Die Faths lebten sechs Kilometer nördlich von Thanet in Merriehew, einem weitläufigen alten Farmhaus, das in einem etwa zweihundert Hektar großen, rauhen Landstrich gelegen war. Hier hatte sich einst Altheas Großvater mit Gartenbau beschäftigt. Die Fläche wurde nun als Wildnis betrachtet und schloss einige aufgeforstete Hügel, einen Fluss, eine üppige Weide, eine Wasserwiese und ein Unterholz aus dichtem Gehölz ein. Alle Zeugnisse der Gartenbauexperimente waren im Humus verschwunden.

Jaro wurde eine Unterkunft unter dem Dach des alten Hauses zugewiesen. Sein früherer Kummer verblasste in seiner Erinnerung. Hilyer und Althea waren liebevoll und geduldig: die besten Eltern. Jaro seinerseits bescherte ihnen Stolz und Erfüllung; es dauerte

---

* *Schmeltzer:* Jemand, der versucht, sich bei Personen einer gesellschaftlich höher stehenden Klasse beliebt zu machen oder sich unter sie zu mischen.

** Auf Gallingale war das Erringen von Status ein erregendes und oft vergebliches Trachten. Diejenigen, die sich weigerten, am Streben teilzunehmen, waren ›Nimps‹ und wurden im allgemeinen nicht geachtet, obwohl viele einen Ruf in ihren eigenen Fachgebieten gewonnen hatten. Der Status einer Person wurde durch seinen Club und seine ›Konduite‹ festgelegt: jene dynamische Woge, die den aufwärtigen Schub erzeugte und mit dem Konzept des ›Manas‹ gleichgesetzt werden konnte.

nicht lange, und sie konnten sich ein Leben ohne ihn nicht mehr vorstellen. Aber sie wurden von einer tückischen Sorge heimgesucht: War Jaro in Merriehew wirklich glücklich?

Eine Zeitlang war Jaro in sich gekehrt, was ihre Sorge noch verstärkte. Schließlich schrieben sie es seinen früheren beängstigenden Erfahrungen zu. Sie zögerten, Fragen zu stellen, aus Angst, in seine Privatsphäre einzudringen, obwohl Jaro von Natur aus nicht verschlossen war und – wenn sie gefragt hätten – ihnen alle Fragen ohne Zurückhaltung beantwortet hätte.

Die Faths hatten richtig vermutet. Die Stimmungen rührten aus Jaros Vergangenheit. Wie Dr. Wanish vorhergesagt hatte, setzten sich einige Fetzen der zerschmetterten mnemonischen Klumpen entlang der alten Matrizen zusammen, um gelegentliche Bilder zu manifestieren, die hinwegwirbelten, bevor Jaro sie fassen konnte. Die zwei lebhaftesten Bilder waren von recht unterschiedlicher Art. Beide waren emotionsgeladen. Und beide erschienen immer dann, wenn Jaros Verstand passiv, müde oder im Halbschlaf war.

Das erste, vielleicht das früheste, verursachte einen traurigen süßen Schmerz, der Tränen in Jaros Augen trieb. Es schien, als schaue er über einen schönen Garten, der silbern und schwarz im Licht zweier Monde lag. Manchmal gab es ein Beben der Verdrängung, so als wäre Jaro jemand anderes. Aber wie könnte so etwas sein? Er war es selbst, Jaro, der bei der niedrigen Marmorbalustrade stand und über den mondbeschienenen Garten hinweg in den jenseitigen großen, dunklen Wald schaute.

Die Erinnerung war kurz und traumhaft, nichts weiter, aber sie plagte Jaro mit der Sehnsucht nach irgendeinem Ort, der für immer verloren war. Es war eine Szene von tragischer Schönheit, beherrscht von einem seltsamen, namenlosen Gefühl: der Demütigung von etwas Unschuldigem und Prächtigem, so dass einem vor Kummer, Mitleid und dem Schmerz verlorener Grandeur ein Kloß im Hals entstand.

Das zweite der Bilder – es war kraftvoller und lebhafter – versäumte es nie, Schrecken in seiner Seele zu verursachen.

Die hagere Gestalt eines Mannes, dessen Silhouette sich gegen den im Zwielicht leuchtenden Himmel abzeichnete. Der Mann trug einen flachen Hut mit steifem Rand und einen engen schwarzen Umhang. Er stand breitbeinig und betrachtete brütend die Landschaft. Als er seinen Blick wandte, um Jaro anzustarren, schienen seine Augen wie kleine vierzackige Sterne zu glitzern.

Im Laufe der Zeit kamen die Bilder immer seltener. Jaro wurde zuversichtlicher, und die Perioden der Träumerei schwanden und waren vergangen. Jaro war all das, was die Faths erhofft hatten, ungewöhnlich nur in der Hinsicht, dass er ordentlich, ruhig, leise und zuverlässig war.

Diese erfreuliche Zeit schien, als könne sie ewig so weitergehen. Doch eines Tages wurde Jaro etwas gewahr, das er vorher nicht bemerkt hatte: ein unbehagliches Gewicht am Rande seines Bewusstseins, als ob er etwas Wichtiges vergessen hätte. Das Gefühl ging vorbei und ließ Jaro zurück in einer depressiven Stimmung, für die er keine Erklärung fand. Zwei Wochen später kehrte die Empfindung zurück, nachdem er ins Bett gegangen war, zusammen mit einem kaum wahrnehmbaren Geräusch wie das Grollen entfernten Donners. Jaro lag wie erstarrt, sah ins Dunkel, und seine Haut prickelte wie in der Gegenwart von etwas Unheimlichen. Nach einer Minute war das Geräusch verschwunden, und er entspannte sich, verwundert über das, was mit ihm geschah.

Der Frühling ging in den Sommer über. Eines Abends, die Fath waren auf einem Seminar, hörte Jaro das Geräusch wieder. Er legte sein Buch beiseite und lauschte angestrengt. Von weither glaubte er, eine tiefe menschliche Stimme mit einem Ausdruck von Kummer und Schmerz zu vernehmen. Worte wurden nicht artikuliert.

Zuerst war Jaro eher verwirrt denn betroffen, aber die Töne wurden klarer und immer jammervoller. Waren sie eine einfache Durchdringung seiner erloschenen Erinnerungen: Die Nachwirkungen von dunklen Taten, die er gnädigerweise vergessen hatte? Eine Theorie, so angemessen wie jede andere. Er lauschte den Geräuschen mit so viel Losgelöstheit, wie er aufbringen konnte, bis sie zur Stille abebbten.

Jaro saß voller Verwirrung da. Ohne überzeugt zu sein, sagte er sich, dass die Töne nichts anderes als unbedeutende Ärgernisse waren, die sich früher oder später von selbst wieder legen würden.

Das war nicht der Fall. Fortan hörte Jaro die jammervollen Töne von Zeit zu Zeit. Sie schwankten in ihrem Nachdruck, als hätten sie ihren Ursprung an einem Ort, der manchmal nah, manchmal fern war. Es war sehr verwirrend, und Jaro gab alsbald jeglichen Versuch einer Deutung auf.

Mit der Zeit wurden die Töne immer unmittelbarer, so als ob sie Jaros Gemütsruhe vorsätzlich herausfordern wollten. Häufig drangen sie in seinen Verstand, wenn er sich eine Ablenkung nicht leisten konnte. Er vermeinte Bosheit und Hass zu entdecken, was die Geräusche erschreckend machte. Schließlich sagte sich Jaro, dass sie telepathische Botschaften eines unbekannten Feindes sein müssten: eine Vorstellung, nicht weiter hergeholt als andere. Dutzende Male wollte er sich den Faths anvertrauen; doch genauso oft hielt er sich zurück, denn er wollte Althea nicht aufregen.

Wer konnte solch eine Plage verursachen? Die Stimme kam und ging ohne Regelmäßigkeit. Jaro wurde ärgerlich; niemand sonst musste eine solche Belästigung erdulden! Es lag klar auf der Hand, dass sie aus den verborgenen Jahren seines Lebens stammen musste, und Jaro fasste einen Entschluss, den er nicht mehr aufgeben würde: So bald wie möglich würde er alle Geheimnisse erforschen und alle Wahrheiten erfahren. Er würde die Quelle der Stimme ausfindig machen und sie von ihrer Qual befreien.

Fragen schossen ihm durch den Kopf Wer bin ich? Wie ist es gekommen, dass ich verlorenging? Wer war der hagere Mann, der so dunkel und unheilvoll vor dem Zwielicht des Himmels stand? Seine Fragen, das war klar, würden nicht auf Gallingale zu beantworten sein, so dass nur ein Weg möglich war. Trotz des sicheren Widerspruchs der Faths musste er zum Raumfahrer werden.

Bei diesem Gedanken fühlte Jaro ein unheimliches Prickeln auf der Haut, das er als Vorahnung für die Zukunft nahm – ob zum Guten oder Schlechten, konnte er nicht sagen. In der Zwischenzeit musste er ein Mittel finden, um mit dem Ärgernis fertig zu werden, das in seinen Verstand drang.

Mit der Zeit fand er heraus, dass es die wirksamste Strategie gegen die Stimme war, sie einfach zu ignorieren und sie unbehelligt dröhnen zu lassen.

Dennoch verharrte die Stimme so traurig wie stets und kehrte in Intervallen von zwei Wochen bis zu einem Monat zurück. Ein Jahr verging. Jaro widmete sich seinen Schularbeiten und durchlief die Klassen der Langolen-Schule. Die Faths gaben ihm alles außer dem, auf das sie selbst verzichteten: einen hohen gesellschaftlichen Status, der nur dadurch zu erreichen war, dass man in immer prestigeträchtigere Clubs aufgenommen wurde.

An der Spitze der Pyramide behaupteten die drei Sempiternalen eine unsichere Beständigkeit. Das waren die geheimnisvollen Quantorsi – so vorzüglich, dass die Mitgliederzahl auf neun beschränkt war; die gleichfalls exklusiven Clam Muffins und die Tattermen. Die Sempiternalen waren in der Beziehung einzigartig, dass ihre Mitglieder sich des Privilegs der Erblichkeit erfreuten, was den übrigen verwehrt war. Als nächstes darunter kamen die Bon-Tons und die beständigen alten Palindrome. Die Lemurianer beanspruchten den gleichen Status, wurden jedoch als etwas affektiert betrachtet.

Zu den Leisten ein Jota tiefer gehörten Bustamonte, Val Verde und die Sasseltoner Tiger. Gleichen Status forderten die Kranken Hühner und die Skythen: beide wurden als ein wenig extravagant und hypermodern angesehen. Am unteren Ende der ›Achtbaren‹ (obgleich empört etwas anderes behauptend), befanden sich die vier Quadranten des Quadratischen Kreises: die Kahulibaher, die Zonker, die Schlimme Bande und die Natürlichen. Jede Gruppierung beanspruchte Überlegenheit, während sie halb im Spaß die Unzulänglichkeiten der anderen verspottete. Jede bildete einen eigenen Charakter aus. Den Kahulibahern gehörten Finanzmagnaten an, während die Zonker unkonventionelle Typen – einschließlich Musiker und Künstler der annehmbaren Sorte – duldeten. Die Natürlichen widmeten sich der Verfeinerung des anständigen Hedonismus, während die Schlimme Bande ein Kontingent der Spitzenkräfte des Instituts umfasste. Doch alles in allem genommen gab es, trotz der manchmal ziemlich schrillen Ansprüche auf höheren Status und einigen wenigen Zwischenfällen, wo man sich in die Haare geriet, sich gegenseitig ins Gesicht schlug und einem gelegentlichen Selbstmord, nur wenige Unterschiede unter den Clubs des Quadranten.

Die Kreise, wie alle Clubs von mittlerem Status, waren begierig darauf, hochqualifizierte neue Mitglieder zu werben; und noch begieriger, Außenseiter, Schmeltzer und Lümmel auszuschließen.

Für Jaro war es überraschend und schockierend zu erfahren, dass seine geliebten Pflegeeltern und er selbst als ›Nimps‹ betrachtet wurden. Jaro war beschämt und entrüstet. Hilyer lachte nur. »Für uns macht es keinen Unterschied. Es ist nicht wichtig! Ist es fair? Wahrscheinlich nicht, aber was macht das schon? Ich stimme mit Baron Bodissey überein: ›Nur Verlierer schreien nach einem fairen Spiel‹*.«

Jaro merkte schnell, dass er, genau wie Hilyer und Althea, keine Neigung für das gesellschaftliche Streben besaß. An der Langolen-Schule war er weder gesellig noch gesellschaftlich aggressiv; er nahm an keinen Gruppenaktivitäten teil und wetteiferte nicht bei Sport und Spiel. Ein solches Verhalten wurde nicht bewundert, und so schloss Jaro nur wenige Freundschaften. Als bekannt wurde, dass seine Eltern Nimps waren, und er keinerlei Anstalten zur Konduite machte, wurde er noch mehr gemieden, trotz ordentlicher Kleidung und seiner reinlichen Erscheinung. Im Klassenzimmer jedoch zeichnete er sich so aus, dass seine Instruktoren ihn für beinahe ebenbürtig mit der allseits bekannten Skirlet Hutsenreiter hielten, deren intellektuelle Kühnheit genauso ständiges Gesprächsthema der Schule war wie ihr stolzes und anmaßendes Betragen. Skirlet war ein oder zwei Jahre jünger als Jaro: ein schlankes, aufrechtes Geschöpf, so stark aufgeladen mit Intelligenz und Vitalität, dass sie – mit den Worten der Schulschwester – ›in der Dunkelheit blaue Funken sprühte‹.

---

* Unspiek, Baron Bodissey, ein Philosoph der Alten Erde und anderswo, hatte eine philosophische Enzyklopädie in zwölf Bänden mit dem Titel *Life* geschaffen. Besonders vernichtend war er hinsichtlich des ›Hyperdidaktischen‹, wie er es nannte. Gemeint ist die Beschäftigung mit Abstraktionen, ein halbes Dutzend Stufen abseits der Realität, um pseudo-bedeutenden Intellektualismus zu rechtfertigen. Gegen Ende seines Lebens wurde er durch die Versammlung der Egalitären aus der Menschheit exkommuniziert. Baron Bodisseys Kommentar war kurz und bündig: *Der Punkt ist strittig.* Bis zum heutigen Tag sinnen die gelehrtesten Denker des Gaeanischen Reiches über die Bedeutung der Bemerkung nach.

Skirlet selbst gab sich wie ein Junge, obwohl sie offensichtlich ein Mädchen und weit davon entfernt war, unansehnlich zu sein. Eine Kappe dicken dunklen Haars umrahmte ihr Gesicht. Augen von einem besonderen, leuchtenden Grau schauten unter feinen schwarzen Augenbrauen hervor. Flache Wangen mündeten in einem kleinen entschlossenen Kinn, mit einer festen kleinen Nase und einem breiten beweglichen Mund darüber. Skirlet schien keine persönliche Eitelkeit zu haben, und sie kleidete sich so einfach, dass ihre Instruktoren manchmal die Fürsorge ihrer Eltern in Frage stellten; das war um so überraschender, da ihr Vater der Ehrenwerte Clois Hutsenreiter war, Dekan der Philosophischen Akademie am Institut, ein Transwelten-Finanzier, der für sehr wohlhabend gehalten wurde und – noch wichtiger – ein Clam Muffin war und mit an der obersten Spitze der Statuspyramide stand. Und ihre Mutter, Espeine? Hier schien es Anspielungen zu geben, wenn nicht gar Schande, wenigstens einige Hochstatus-Ungebührlichkeiten, sehr pikant, falls dem Geschwätz Glauben geschenkt werden konnte. Skirlets Mutter lebte nun in einem prächtigen Palast auf der Welt Marmone, wo sie die Prinzessin der Morgenröte war. Warum und wie es dazu gekommen war, schien niemand zu wissen. Und niemand wagte zu fragen.

Skirlet versuchte nicht, den Beifall ihrer Klassenkameraden zu gewinnen. Einige der Jungen grollten, sie wäre geschlechtslos, kalt wie ein Fisch, weil sie ihre Taten ignoriere. Während der Mittagsstunden ging Skirlet häufig hinaus, um auf der Terrasse zu sitzen und Bekannte zu treffen. Bei diesen Gelegenheiten war Skirlet zuweilen anmutig, zuweilen launisch, und manchmal sprang sie einfach auf und ging weg. Im Klassenzimmer pflegte sie ihre Arbeit mit beleidigender Leichtigkeit abzuschließen; dann warf sie ihren Stylus hin und blickte sich mit gönnerhaftem Amüsement unter den anderen Studenten um. Sie hatte ferner die verwirrende Angewohnheit, scharf aufzuschauen, wenn ein Instruktor unvorsichtigerweise einen Fehler beging oder sich einen lahmen Scherz erlaubte. Die Instruktoren waren verwirrt, da Skirlet nie anders als in einem Ton kühler Höflichkeit sprach. Am Ende behandelten sie sie mit wachsamen Respekt. Wenn sie sich während der Mittagsstunden in der Fakultätslounge versammelten, wurde Skirlet des öfteren zum Gegenstand des Gesprächs. Einige mochten sie nicht und waren voller Bitterkeit und Groll; andere waren zurückhaltender, und wieder andere wiesen darauf hin, dass sie eine Jugendliche und nur wenig welterfahren war. Herr Ollard, der gelehrte Soziologieinstruktor, analysierte Skirlet in Begriffen psychologischer Imperative: »Sie ist intellektuell, eingebildet und sogar intolerant – bis zu einem Grad, der einfache Arroganz überschreitet und zu einem wesentlichen Charakterzug wird: eine beachtliche Leistung für eine so junge Person von solch schmächtigem Körperbau.« Er hielt es für das Beste, nicht zu sagen, dass er von ihr eingenommen war.

»Sie ist kein schlechtes Mädchen«, sagte Dame Wirtz. »Es liegt keine Boshaftigkeit oder Gemeinheit in ihrer Natur, obwohl sie einen durchaus auf die Palme bringen kann.«

»Sie ist etwas vermessen«, sagte Dame Borkle. »Sie braucht eine starke Hand.«

Da Skirlet durch Geburtsrecht eine Clam Muffin war, während Jaro, ein Nimp, über keinerlei Prestige verfügte, gab es kaum Möglichkeiten für eine Verständigung oder gar eine gesellschaftliche Verbindung zwischen den beiden. Jaro hatte bereits entdeckt, dass einige Mädchen hübscher als andere waren. An der Spitze seiner Liste war Skirlet Hutsenreiter zu finden. Er mochte ihren straffen kleinen Körper und die Eleganz, mit der sie ihren Angelegenheiten nachging. Unglücklicherweise war es nicht Skirlet, sondern Dame

Idora Wirtz, die Mathematikinstruktorin, die Jaro charmant und angenehm fand. Jaro war so ansehnlich, so reinlich, so unschuldig, dass sie sich kaum zurückhalten konnte, ihn zu ergreifen und an sich zu drücken, bis er wie ein Kätzchen quiekte. Jaro spürte ihre Zuneigung und hielt sich außer Reichweite.

Idora Wirtz mangelte es an körperlichem Reiz. Sie war klein, dünn, energisch, hatte scharfe Züge und einen wilden Schopf ziegelroter Locken. Sie trug Kleidung in grellen, bewusst unpassenden Farben und stets ein Dutzend oder mehr schrille Armbänder, häufig an beiden Armen. Sie hatte die Parnassianer erreicht, eine Gesellschaft mittleren Ranges, aber sie konnte nicht weiter aufsteigen. Trotz ihrer ernsthaften Bemühungen war ihr der Aufstieg zu den gescheiten Safardips und den mehr avantgardistischen Schwarzen Hüten verweigert worden.

Eines Tages nahm sie Jaro beiseite. »Auf ein Wort, wenn es dir recht ist. Ich muss meine Neugier befriedigen.«

Dame Wirtz führte Jaro in ein leeres Klassenzimmer. Dann lehnte sie sich gegen ein Pult und musterte ihn. Sie sagte: »Jaro, du musst wissen, dass du exzellente Arbeit leistest – mitunter tatsächlich mit wahrer Eleganz.«

»Vielen Dank«, sagte Jaro. »Ich mag es, mein Bestes zu geben.«

»Das ist augenscheinlich. Herr Buskin sagt, dass deine Aufsätze alle gut sind, sich jedoch stets mit unpersönlichen Themen beschäftigen, und dass du nie deinen Standpunkt darlegst. Warum ist das so?«

Jaro zuckte die Achseln. »Ich mag nicht über mich selbst schreiben.«

»Das ist mir schon klar!« versetzte Dame Wirtz. »Ich fragte nach den Gründen.«

»Wenn ich über mich schreiben würde, würde jeder denken, ich wäre eitel.«

»Na und, was dann? Skirlet Hutsenreiter schreibt die widerlichsten Dinge, die man sich vorstellen kann, und schert sich nicht die Bohne darum, ob jemand es mag oder nicht. Ihr mangelt es an jeglicher Zurückhaltung.«

Jaro war verwirrt. »Und das ist es, was ich schreiben soll?«

Dame Wirtz seufzte. »Nein. Aber du solltest in Betracht ziehen, deinen Standpunkt zu ändern. Du schreibst wie ein stolzer Einsiedler. Warum bist du nicht im Wasser und schwimmst mit dem gesellschaftlichen Strom?«

Jaro lächelte. »Wahrscheinlich bin ich tatsächlich ein stolzer Einsiedler.«

Dame Wirtz verzog mürrisch ihr Gesicht. »Natürlich weißt du, was dieses Wort bedeutet?«

»Ich denke, es ist so wie ein Clam Muffin, der niemals seine Gebühren bezahlt hat.«

Dame Wirtz blickte eine Weile aus dem Fenster, dann sagte sie: »Ich möchte etwas sehr Wichtiges erklären. Also pass bitte auf«

»Jawohl, Dame Wirtz. «

»Du kannst nicht ins Leben treten, ohne dem Streben deine größte Anstrengung zu widmen.«

Jaro blieb geduldig. Idora Wirtz widerstand dem Impuls, ihr Haar zu ordnen. Wenn sie nur jemanden wie ihn für sich hätte – wie vernarrt sie wäre! Sie sagte: »Wenn ich mich recht entsinne sind deine Eltern Fakultätsangehörige am Institut?«

»Ja.«

»Ich glaube, sie sind auch Nimps. Verstehe mich recht«, beeilte sie sich zu sagen, »es ist nichts Falsches daran! Obwohl ich selbst den gesellschaftlichen Rang vorziehe, mit all seinem verwickelten Unsinn. Aber du? Natürlich beabsichtigst du nicht, ein Nimp zu bleiben, und nun ist die Zeit gekommen, deinen Fuß auf die Leiter zu setzen. Die erste Sprosse ist gewöhnlich die Junioren-Dienstliga. Jeder kann eintreten, daher ist das Prestige gering. Dennoch ist es ein nützliches Sprungbrett zu wichtigeren Clubs. Jeder muss irgendwo anfangen.«

Jaro schüttelte lächelnd den Kopf. »Für mich wäre es reine Zeitverschwendung. Ich möchte Raumfahrer werden.«

Dame Wirtz war erregt. »Was hat das zu bedeuten?«

»Es soll ein aufregendes Leben sein – zu neuen Planeten ans andere Ende der Galaxis zu reisen. Raumfahrer brauchen in keine Clubs einzutreten.«

Idora Wirtz presste die Lippen zusammen. Ein typisch jungenhaftes Streben, nahm sie an – mehr als nur ein wenig unreif. »Schön und gut. Aufregend mag es sein, aber es ist ein einsames und antisoziales Leben, weitab von der Familie und all den wundervollen Clubs! Du würdest nicht auf Parties gehen können, zu politischen Versammlungen oder mit dem hochgehaltenen Banner in einer Parade marschieren. Und du würdest nie in neue Clubs gewählt werden, wenn du nicht da wärst, um deine Sache zu verfechten!«

»Daran bin ich nicht interessiert.«

Dame Wirtz ereiferte sich. »Du sagst nur die falschen Dinge! Die Realität ist die gemeinschaftliche Interaktion! Raumflug ist eine Flucht vor den Problemen des Lebens!«

»Nicht für mich«, sagte Jaro. »Ich habe wichtige Dinge zu erledigen, die ich nicht hier auf Gallingale tun kann.«

Dame Wirtz ergriff Jaros Schultern und schüttelte ihn leicht. »Geh, Jaro! Ich habe soviel gehört, wie ich dulden kann! Du bist eine aufbringende Person und ohne Zweifel wirst du jedes Mädchen, das unglücklich genug ist, sich in dich zu verlieben, in Rage bringen.«

Jaro ging dankbar zur Tür. Dort wandte er sich um und meinte: »Es tut mir leid, wenn ich etwas gesagt habe, das Sie aufgebracht hat. Ich wollte Sie nicht verletzen.«

Dame Wirtz grinste ihn an. »Ich weiß alles über Leute

wie dich! Geh jetzt und tu etwas, um mich zu überraschen!«

Jaro erzählte Althea von der Unterhaltung mit Dame Wirtz. »Sie wollte, dass ich in die Junioren-Dienstliga eintrete.«

Althea schüttelte verdrießlich ihren Kopf. »So früh? Wir hatten gehofft, dem Problem noch für eine kleine Weile entgehen zu können.« Sie gingen in die Küche und setzten sich an den Tisch. Althea sagte: »In Thanet strebt beinahe jeder. Einige ersteigen die Leiter: Von den Parnassianern zu den Schwarzen Hüten, zu den Underwoods, zum Quadratischen Kreis, dann vielleicht zu den Val Verden oder den Kranken Hühnern, zu den Girandolen und schließlich zu den Clam Muffins. Natürlich ist das nur eine von vielen möglichen Routen.« Sie sah Jaro von der Seite her an. »Interessiert dich das?«

»Nicht sonderlich.«

»Wie du weißt, gehören dein Vater und ich keinem Club an. Wir sind ›Nicht-Orgs‹ oder ›Nimps‹ und besitzen keinen gesellschaftlichen Status. Denk darüber nach. Denn wenn du willst, kannst du dich unter die anderen mischen, der Junioren-Dienstliga beitreten und, wenn du bereit bist, die nächste Stufe ansteuern: die Persimmons, zum Beispiel oder die Zouaves. Du wirst niemals einsam sein, du wirst Freundschaften schließen und Dutzende von Sportarten spielen. Niemand wird dich ›Nimp‹ rufen. Außerdem wirst du Stunden damit verbringen, nett zu Leuten zu sein, die du nicht magst, wirst die Clubinsignien tragen und den Clubjargon sprechen. Du magst dich dessen erfreuen. Manche Leute blühen förmlich dabei auf. Andere denken, dass es einfacher ist, ein Nimp zu sein.«

Jaro nickte nachdenklich. »Ich erklärte Dame Wirtz, dass, da ich Raumfahrer werden möchte, der Eintritt in einen Club Zeitverschwendung wäre.«

Althea versuchte ihr Amüsement zu verbergen. »Und was hat sie gesagt?«

»Sie wurde ziemlich ärgerlich. Sie sagte mir, ich liefe vor den Realitäten des Lebens davon. Ich sagte nein, das würde nicht stimmen; und dass ich Dinge zu tun hätte, die nicht auf Gallingale erledigt werden können.«

»Tatsächlich!« Althea war aufgeschreckt und alarmiert. »Was sind denn das für Dinge?«

Jaro schaute weg. Das war eine private Angelegenheit, die er nicht zu diskutieren wünschte. Er sagte langsam: »Ich nehme an, ich bin daran interessiert zu erfahren, woher ich komme, und was während der Jahre passierte, an die ich mich nicht erinnern kann.«

Althea sank das Herz. Sie und Hilyer hatten gehofft, dass Jaro das Interesse an seiner Vergangenheit verloren hatte und nie wieder ernsthaft darüber nachdachte. Offensichtlich war das nicht der Fall.

Jaro verließ den Raum. Althea kochte eine Kanne Tee und setzte sich, über die unwillkommene Neuigkeit nachdenkend, nieder. Sie wollte definitiv nicht, dass Jaro Raumfahrer wurde. Er würde ins All hinausfahren und Merriehew und die Faths zurücklassen. Und wer wusste schon, wann sie ihn wiedersähen? Es war ein furchtbar einsamer Gedanke!

Althea seufzte. Es war klar, dass sie und Hilyer ihre ganze Überzeugungskraft daransetzen mussten, um Jaro an die akademische Laufbahn heranzuführen, die sie für ihn am Thanet-Institut geplant hatten.

Kapitel III

1 Dame Wirtz versuchte ein letztes Mal, Jaro für die Junioren-Dienstliga zu begeistern. »Es ist das bestmögliche Training! Und ein enormer Spaß! Der Slogan, wenn ihr in Marschformation umherzieht, geht ungefähr so:

HOCH DIE LEISTEN! HOCH!
SEI KEIN GARST'GER STROLCH!
HUMMEL DIE BUMMEL! TUUT TUUT TUUT
UND EIN ZWICKEN IN DIE HINTERN
DER SCHMELTZER.

Hört sich das nicht nach viel Spaß an? Nein? Warum nicht?«

»Es macht ziemlich viel Lärm«, sagte Jaro.

Dame Wirtz schnaubte. »Es ist so lustig, in Formation zu marschieren! Das geheime Passwort ist ›Konduite‹.«

»Und was passiert dann?«

»Eine Überraschung!«

»Hm. Welche Art von Überraschung?«

Dame Wirtz lächelte breit. »Etwas von diesem, etwas von jenem.«

Jaro schüttelte seinen Kopf. »Nur ein Idiot würde es herausfinden wollen.«

Dame Wirtz gab vor, es nicht gehört zu haben. »Konduite ist ein wunderbar magischer Stoff, und das Bedingungsbuch macht alles so einfach. Du rechnest alle Gefälligkeiten, die du anderen erwiesen hast, gegen die Gefälligkeiten, die du von anderen erhalten hast, auf: Das sogenannte ›Plus‹ und ›Minus‹. Das Verhältnis ist dein gesellschaftlicher Standort. Du musst ein sorgfältig angelegtes Bilanzblatt führen. Das wird dir in deinem Streben helfen, und du wirst im Nu zu den Persimmons aufsteigen! Genau wie Lyssel Bynnoc, die die Liga hinaufgestürmt ist wie ein geprügelter Pavian. Ihr Vater ist im Quadratischen Kreis. So etwas hilft einem schnell aus der Klemme, und Lyssel ist ein recht reizvolles Geschöpf: Aber sie ist eine Streberin und hat Konduite in ihren Knochen.« Dame Wirtz kicherte. »Es wird gemunkelt, wenn Lyssel bei frostigem Wetter ausatmet, seien statt Dampf Schwaden von Konduite zu sehen.«

Jaro hob seine Augen. »Das ist doch nicht wahr!«

»Wahrscheinlich nicht, aber es demonstriert doch das Wesen ihres Strebens.«

Jaro war sich der frechen, goldhaarigen Lyssel Bynnoc bewusst, doch hatte sie nie auch nur in seine Richtung geblickt. Lyssel flirtete bereits mit älteren Jungen von höherrangigen Clubs und hatte keine Zeit an Nimps zu verschwenden. Jaro fragte: »Was ist mit Skirlet Hutsenreiter?«

»Aha! Skirlet ist geborene Clam Muffin und verfügt bereits über das vollständig damit einhergehende Prestige, was über dem der gesamten anderen Aristokratie Gallingales liegt! Skirlet kümmert sich nie um Status, muss das auch nicht, da sie alles mit großem Charme erledigt.« Dame Wirtz' Blick schweifte ab. »Ja, ja, wir können nicht alle Clam Muffins sein, wie die geschätzte kleine Skirlet. Und nun müssen wir zusehen, dass wir dich in die Junioren-Dienstliga eintragen. Natürlich wirst du bei den Buddykins Mündeln beginnen.«

Jaro hielt sich zurück. »Ich habe keine Zeit für solche Dinge!«

Dame Wirtz krächzte ungläubig. »Das ist absurd! Du bist beinahe so gescheit wie Skirlet; sie rollt durch ihre Schularbeiten, als wäre sie ein Rad reifen Käses, und danach hat sie Zeit für jede Laune, die ihr in den Sinn kommt. Wie verbringst du deine Freizeit?«

»Ich studiere Handbücher der Himmelsmechanik.«

Dame Wirtz warf ihre Arme in die Luft. »Mein lieber Junge, verschwende deine Zeit doch nicht mit Phantastereien!«

Jaro entzog sich ihr mit so viel Anmut, wie es ihm möglich war.

Zu dieser Zeit wurde Skirlet in Jaros Klasse versetzt. Ob sie es wollten oder nicht, die Qualität seiner Arbeit wurde nun ständig mit ihrer verglichen. Bald wurde es offenbar, dass Jaro Skirlet in Technik, Mathematik und Mechanik übertraf. Außerdem war er etwas gewandter im Zeichnen, da seine Hand sich flüssig und genau bewegte. Skirlet glänzte in Sprache, Rhetorik und musikalischem Symbolismus. Gleich gut waren sie in Gaeanischer Geschichte, der Geographie der Alten Erde, Anthropologie und Biologie.

Skirlet war überrascht, dass es jemand gab, dem sie in irgendeiner Hinsicht unterlegen war. Für einige Tage war ihre Stimmung gedämpft. Wäre sie keine Clam Muffin gewesen, hätte man sagen können, sie schmollte. Schließlich zuckte sie die Achseln. Die Umstände waren, obwohl bitter, so wie sie nun mal waren. Wäre Jaro missgestaltet oder ein bizarres Genie gewesen, sie würde die Situation mit nicht mehr als einer uninteressierten Grimasse abgetan haben. Aber Jaro war recht normal, reinlich, gutaussehend, so etwas wie ein Einzelgänger und sogar noch gleichgültiger ihr gegenüber, als sie gegenüber ihm – so sah es jedenfalls aus. Zu schade, dass er ein Nimp war und somit nicht ernstgenommen werden konnte. Sie fragte sich, was aus ihm werden würde. Dann, als sie über ihre eigenen Angelegenheiten nachdachte, verzog sich ihr Gesicht zu einer sardonischen Grimasse. Allerdings, was würde denn eigentlich aus Skirlet Hutsenreiter werden?

Skirlet nahm die Gegenwart Jaros schließlich hin. Letztendlich war es eine vortreffliche Sache, eine geborene Hutsenreiter und Clam Muffin zu sein! Unfair?

Nicht notwendigerweise. Die Dinge waren, wie sie waren; warum sie ändern?

Eines Nachmittags, in der Mitte des Semesters, saß Skirlet in einer Gruppe und hörte, wie ein gewisser Hanafer Glackenshaw Jaros Namen erwähnte. Hanafer war ein großer, ungestümer Jugendlicher mit vollen blonden Haaren und einem fülligen Gesicht. Hanafer hielt sich für entscheidungsfreudig und meisterlich, als einen Macher und Gestalter von Unternehmungen. Er mochte es, mit zurückgeworfenem Kopf dazustehen, um auf diese Weise seine klassisch geformte, stolze Nase besser zur Geltung zu bringen. Er fühlte sich mit viel Konduite gesegnet, und dem war vielleicht auch so. Er hatte sich den Weg die Leisten hinaufgestoßen, -geschoben und -gedrängt, hatte die Persimmons überwunden, war an den Spalpeenern vorbeigezogen und hatte die Menschlich Undankbaren erreicht. Nun war es an der Zeit seinen gesellschaftlichen Standort festzustellen und neue Eintragungen in sein Bedingungsbuch zu machen.

Hanafer war Kapitän der Wanderballmannschaft der Langolen-Schule, die einige kräftige und agile Stürmer brauchte, welche zum Aufmischen der anderen bereit waren. Ein feingliedriger Wildfang namens Tatninka deutete auf Jaro am anderen Ende des Hofes: »Warum nicht ihn? Er sieht gesund und stark aus.«

Hanafer blickte in Jaros Richtung und schnaubte. »Du weißt nicht, was du sagst! Das ist Jaro Fath. Er ist ein Nimp. Außerdem ist seine Mutter Professorin am Institut und eine Pazifistin. Sie wird ihm nicht erlauben, zu ringen oder zu boxen oder sich in irgendeinem gewalttätigen Sport zu messen. Somit ist er nicht nur ein Nimp, sondern ein totaler und absoluter Mup.«

Skirlet, am Rand der Gruppe, hörte die Bemerkung. Sie sah zu Jaro hinüber, und durch Zufall trafen sich ihre Augen. Für einen Moment fand eine Kommunikation zwischen ihnen statt, dann blickte Jaro weg. Skirlet war unvernünftigerweise verärgert. Hatte er nicht erkannt, dass sie Skirlet Hutsenreiter war, autonom und frei, weder Kritik noch Urteil duldend und gehend, wohin sie wollte?

Es war allerdings Tatninka, nicht Skirlet, die Jaro die Neuigkeit überbrachte. »Hast du gehört, wie Hanafer dich genannt hat?«

»Nein.«

»Er sagte, du wärest ein Mup!«

»Oh? Was ist das? Nichts Gutes, vermute ich.«

Tatninka kicherte. »Ich vergaß; du steckst ja mit deinem Kopf immer in den Wolken, nicht wahr? Also dann!« Sie rezitierte eine Definition, die sie vor erst einer Woche von Hanafer gehört hatte: »Wenn du auf einen schüchternen Nimp triffst, der sein Bett nässt und nicht einmal ›Piep‹ zu einer Miezekatze sagen kann – dann hast du einen Mup gefunden.«

Jaro seufzte. »Sehr gut; jetzt weiß ich es.«

»Hm. Du bist ja nicht einmal ärgerlich«, sagte Tatninka widerwillig.

Jaro dachte nach. »Von mir aus kann ein großer Vogel kommen und Hanafer mit sich nehmen. Ansonsten gibt es dazu nichts mehr zu sagen.«

Tatninka erwiderte verärgert: »Also wirklich, Jaro, du solltest nicht mit einer solchen Unbekümmertheit reagieren, wenn du nicht einmal über das kleinste bisschen Status verfügst.«

»Verzeihung«, murmelte Jaro. Tatninka wandte sich um und marschierte zurück zu ihren Freunden. Jaro ging heim nach Merriehew.

Althea traf ihn im Treppenhaus. Sie küsste seine Wange und trat einen Schritt zurück, um ihn zu mustern. »Was ist los?«

Jaro wusste, dass es nichts nützen würde, sich zu verstellen. »Es ist nichts Ernstes«, brummte er. »Nur eine Hanafer-Glackenshaw-Geschichte.«

»Was für eine Geschichte«, verlangte Althea, auf einmal spröde geworden, zu wissen.

»Oh – nur Namen: ›Nimp‹ und ›Mup‹.«

Althea presste ihre Lippen zusammen. »Das ist kein akzeptables Verhalten. Ich sollte mit seiner Mutter reden.«

»Nein!« schrie Jaro panisch. »Mich schert nicht, was Hanafer denkt! Wenn du dich bei seiner Mutter beschwerst, lachen die anderen über mich!«

Althea wusste, dass er recht hatte. »Dann musst du Hanafer beiseite nehmen und ihm in netter Weise erklären, dass du ihm nicht schaden willst und er keinen Grund hat, dich mit solchen Namen zu belegen.«

Jaro nickte. »Vielleicht tue ich genau das – nachdem ich ihm einen über den Kopf gezogen habe, um seine ungeteilte Aufmerksamkeit zu erlangen.«

Althea stieß einen Schrei der Entrüstung aus. Sie ging zu einer Couch und zog Jaro an ihre Seite. Er versteifte sich, ihm wurde unbehaglich zumute, und er wünschte sich, er hätte seine Zunge im Zaum gehalten, denn nun musste er Altheas Ausführungen über ihre ethische Philosophie lauschen. »Jaro, mein Lieber, es gibt kein Geheimnis, was die Gewalt angeht. Es ist die Reaktion von Rohlingen, Lümmeln und moralisch Fehlerhaften. Ich bin überrascht, dass du solche Worte auch nur im Scherz gebrauchst!«

Jaro bewegte sich unruhig und öffnete den Mund, um etwas zu sagen, aber Althea schien nichts zu bemerken. »Wie du weißt, denken dein Vater und ich von uns selbst als Kreuzfahrer der universellen Freundschaft. Wir verachten Gewalt und erwarten von dir, dass du nach demselben Grundsatz lebst.«

»Aus diesem Grund nennt mich Hanafer einen ›Mup‹.«

Althea erwiderte ruhig: »Er wird damit aufhören, sobald er merkt, wie falsch er damit liegt. Du musst das deutlich machen. Frieden und Glück sind nie passiv; sie sind wie Blumen in einem Garten, die gehegt und gepflegt werden müssen.«

Jaro sprang auf. »Ich habe keine Zeit, um in Hanafers Garten zu arbeiten. Ich habe andere Dinge im Sinn.«

Althea starrte ihn an, alle Gedanken an Hanafer waren verschwunden. Jaro sah, dass er einen weiteren Fehler begangen hatte. Althea fragte: »Welche ›anderen Dinge‹ sind das?«

»Dinge eben.«

Für vielleicht eine halbe Sekunde schwankte Althea, dann entschied sie, die Sache nicht weiterzuverfolgen. Sie langte nach Jaro und umarmte ihn. »Was immer auch ist, du kannst stets mit mir reden. Wir bringen die Dinge wieder in Ordnung, und ich werde dich nie drängen, irgend etwas Verletzendes oder Falsches zu tun! Das glaubst du mir doch, Jaro, oder?«

»O ja. Ich glaube dir.«

Althea entspannte sich. »Ich bin froh, dass du so vernünftig bist! Nun, dann geh jetzt und zieh dich um; Herr Maihac kommt zum Essen. Wenn ich mich recht erinnere, kommt ihr gut miteinander aus.«

Jaro gab eine vorsichtige Erwiderung. »Ja, ganz gut.« Tatsächlich mochte er Tawn Maihac sehr gern, was ihn veranlasste, über seine Eltern zu staunen, da Maihac nicht einer ihrer typischen Bekannten war. Maihac war ein Außerweltler, der offenbar weit im Gaeanischen Reich herumgekommen war und viele Abenteuer erlebt hatte. Er hatte sofort Eindruck auf Jaro gemacht – wenn auch, vom Standpunkt der Faths aus gesehen, aus den falschen Gründen. Maihac war weder ein Pazifist noch ein Gelehrter oder ein Vorzeigeexemplar einer avantgardistischen Kunstform.

Seine Abenteuer hatten Tawn Maihac nicht unversehrt gelassen. Eine gebrochene Nase verunzierte sein Gesicht, und sein Hals war durch eine Narbe gezeichnet. Andererseits mangelte es Maihac an auffallenden Charaktereigenschaften. Auf den ersten Blick schien er sanft und ruhig. Er war jünger als Hilyer; schlank und kräftig, mit wettergegerbter dunkler Haut und schwarzem Haar. Althea fand ihn beinahe hübsch, da seine Züge wohlgeformt waren. Hilyer, der kritischer war, fand gerade diese Züge ungnädig und hart, vielleicht wegen der gebrochenen Nase, die von Gewalt zeugte.

Hilyer fand nur wenig Gefallen an Maihacs Gesellschaft. Er vermutete, dass Maihac Raumfahrer gewesen war, was ihm in Hilyers Augen keine Wertschätzung einbrachte. Raumfahrer wurden gewöhnlich aus Tunichtguten und Vagabunden am Rande der Gesellschaft rekrutiert. Für Hilyer waren deren Werte und Verhaltensmuster nicht mit denen zu vereinen, die er in Jaro fördern wollte.

Vom ersten Augenblick an hegte Hilyer tiefen Argwohn gegen Maihac. Wenn Althea spottete, behauptete Hilyer finster, dass ihn seine Instinkte niemals trogen. Er spürte, dass Maihac, wenn er nicht gar ein Schuft war, viel zu verbergen hatte. Dazu sagte Althea: »Schnickschnack. Jeder hat etwas zu verbergen.«

Hilyer erklärte mit entschiedener Stimme: »Ich nicht!« Dann dachte er an die eine oder andere verschleierte Episode in seiner Vergangenheit und gab nur noch ein unverbindliches Grunzen von sich.

Während der nächsten paar Tage machte er sich die Mühe, diskrete Nachforschungen anzustellen, und legte die Ergebnisse triumphierend Althea vor. »Es ist so, wie ich dachte«, sagte Hilyer. »Unser Freund gebraucht einen falschen Namen. Er heißt eigentlich ›Gaing Neitzbeck‹ und benutzt aus unbekannten Gründen den Namen ›Tawn Maihac‹.«

»Das ist unglaublich!« erklärte Althea. »Woher weißt du das?«

»Durch ein wenig Detektivarbeit und die daraus gezogenen Schlüsse«, sagte Hilyer. »Ich habe einen flüchtigen Blick in sein Zulassungsgesuch am Institut geworfen. Ich machte mir Notizen von seinen Angaben über seine Ankunftszeit am Thaneter Raumhafen und dem

Schiff mit dem er ankam, der *Alice Wray* der Elder-Line. Als ich die Liste der Ankömmlinge an Bord der *Alice Wray* zum betreffenden Datum verglich, stand dort nicht ›Tawn Maihac‹, sondern nur ein ›Gaing Neitzbeck‹, der seine Beschäftigung als ›Raumfahrer‹ angab. Ich durchsuchte die Liste für den Zeitraum von einem Jahr und fand keinen ›Tawn Maihac‹. Der Schluss, der daraus zu ziehen ist, ist unvermeidlich.«

Althea stammelte: »Aber warum sollte er so etwas tun?«

»Ich könnte ein Dutzend Hypothesen aufstellen«, sagte Hilyer. »Er könnte versuchen Gläubiger irrezuführen oder einer lästigen Frau oder mehreren Frauen aus dem Wege zu gehen. Eines jedoch ist klar: Wenn Leute falsche Namen benutzen, verbergen sie sich vor jemandem.« Hilyer führte eine von Baron Bodisseys erlesensten Maximen an: »›Ehrenhafte Leute tragen keine Masken, wenn sie eine Bank betreten.‹«

»Vermutlich nicht«, sagte Althea zweifelnd. »Was für eine Schande! Und ich mochte Tawn Maihac, oder wie immer auch sein Name sein mag, gut leiden.«

Am Abend des nächsten Tages bemerkte Hilyer eine Atmosphäre von unterdrückter Freude oder Fröhlichkeit oder einer ähnlichen Emotion in Althea. Er ignorierte die Anzeichen in dem Bewusstsein, dass sie ihre Neuigkeiten nicht lange für sich würde behalten können. Er hatte recht. Als sie ihren gewöhnlichen Kelch Taladerra Fino servierte, brach es aus ihr heraus: »Du wirst es nicht erraten!«

»Was werde ich nicht erraten?«

»Ich habe das Rätsel gelöst!«

»Ich weiß nichts von einem Rätsel«, sagte Hilyer steif.

»Natürlich weißt du!« sagte Althea neckend. »Du bist dir Hunderter Rätsel bewusst! Dieses betrifft Tawn Maihac.«

»Ich vermute, du beziehst dich auf Gaing Neitzbeck. Und wahrlich, Althea, ich bin nicht an den Sünden dieses Mannes interessiert – oder was immer ihn dazu veranlasst hat, uns zu täuschen.«

»Gut! Ich verspreche dir: keine Sünden! Was geschah, war folgendes: Ich ging zum Telefon und meldete ein Gespräch für Gaing Neitzbeck an. Ich erreichte ihn an seinem Arbeitsplatz, der Maschinenwerkstatt im Raumterminal. Sein Gesicht erschien am Schirm. Es war definitiv nicht Tawn Maihac. Ich erzählte ihm, dass ich vom Institut wegen der Zulassung von Tawn Maihac anriefe, in der er angegeben hat, dass er an Bord der *Alice Wray* in Thanet angekommen wäre.«

»Und – was hat es damit auf sich?« sagte Neitzbeck.

»Er kam am selben Tag an wie Sie?«

»Gewiss.«

»Warum erschien dann sein Name nicht in den Terminalaufzeichnungen?«

Gaing Neitzbeck lachte. »Maihac war einst IPCC-Beamter. Er ist nun nicht mehr aktiv, aber das heißt nichts. Wenn er auf einem Raumhafen ankommt, zeigt er lediglich seine Karte und geht durch das Tor. Ich hätte das gleiche tun können, hatte jedoch meine Karte vergessen.«

Althea lehnte sich in ihrem Stuhl zurück und trank Wein aus ihrem Kelch.

Hilyers Züge nahmen einen ziemlich mürrischen Ausdruck an. »Es war von keiner großen Bedeutung. Kein Grund, einen Sturm im Wasserglas zu verursachen. Der Kamerad ist, wie er ist; das genügt mir.«

»Dann wirst du nett zu ihm sein? Er ist stets sehr gut gesittet.«

Hilyer stimmte etwas mürrisch zu, dass Maihacs Betragen tadellos war. Maihac war ruhig und korrekt; seine Kleidung war konservativer als Hilyers. Er sprach nur wenig über seine Vergangenheit, außer um anzumerken, dass er sich in Thanet niedergelassen hatte, um seine zurückgestellte Ausbildung abzuschließen. Althea hatte ihn am Institut getroffen, wo Maihac Student einer ihrer Kurse für fortgeschrittene Graduierte war. Er und die Faths hatten eine gemeinsame Faszination für seltsame Musikinstrumente festgestellt. Maihac hatte während seiner Wanderungen eine Anzahl dieser einzigartigen Kunstgegenstände erworben. Ein Froschhorn, ein Paar Gewirrlauten, eine Wunschtrommel, eine wundervolle Dudelpfeife – einen Meter zwanzig lang, mit einer Einlegearbeit aus hundert silbernen, tanzenden Dämonen; einen vollständigen Satz Blori-Nadelgongs. All das erregte Altheas Aufmerksamkeit, und nicht viel später wurde Tawn Maihac zum regelmäßigen Besucher auf Merriehew.

Bei einer besonderen Gelegenheit hatte Hilyer bis zu seiner Rückkehr vom Institut nicht gewusst, dass Maihac Gast zum Abendessen war. Ferner war er verärgert, als er etwas bemerkte, das er für spezielle Vorbereitungen hielt. »Ich sehe, du verwendest deine Basingstoke-Kandelaber. Heute abend findet offensichtlich ein bemerkenswertes Ereignis statt.«

»Natürlich nicht!« erklärte Althea. »Ich besitze nun einmal diese schönen Gegenstände, und deshalb sollen sie auch benutzt werden. Nenn es ›kreativen Impuls‹, wenn du so willst. Aber es sind nicht die Basingstokes.«

»Sicher sind sie das! Ich entsinne mich der Transaktion klar und deutlich! Sie haben uns ein kleines Vermögen gekostet!«

»Nicht diese – und das kann ich beweisen.« Althea hob einen der Kandelaber an und studierte die Aufschrift auf der Unterseite des Fußes. »Auf dem Etikett steht: ›Rijjalooma-Farm‹. Sie stammen von dieser Farm auf dem Rijjalooma-Kamm; erinnerst du dich nicht? Da, wo du von diesem stachelschweinähnlichen Wesen angegriffen wurdest.«

»Ja«, knurrte Hilyer. »Ich erinnere mich gut. Es war

absolut verantwortungslos, und ich hätte die Farmfrau dafür verklagen sollen.«

»Nun, es ist ja alles gutgegangen. Sie hat mir die Kandelaber für einen recht annehmbaren Preis überlassen, somit hast du nicht umsonst gelitten.«

Hilyer murmelte etwas, um seiner Hoffnung Ausdruck zu verleihen, dass Altheas ›kreativer Impuls‹ sich nicht bis zur Küche erstreckte. Dabei spielte er auf die Gerichte an, die aus Altheas vorangegangenen Versuchen mit experimentellem oder avantgardistischem Kochen stammten.

Althea wandte sich ab und lächelte still vor sich hin. Hilyer, so schien es, war wohl etwas eifersüchtig auf ihren recht faszinierenden Gast. »Übrigens!« sagte sie. »Herr Maihac bringt sein interessantes Froschhorn mit. Vielleicht versucht er es sogar zu spielen. Es wird bestimmt spaßig werden!«

»Ha, hm«, brummte Hilyer. »Also ist Maihac, neben seinen anderen Talenten, auch ein begnadeter Musiker!«

Althea lachte. »Das bleibt abzuwarten. Auf dem Froschhorn wird er es jedenfalls nicht beweisen können.«

Jaro war klar geworden, dass das Thema, welches ihn am meisten interessierte, nämlich das Wissen der Raumfahrer, während Maihacs Besuchen als nicht angemessen erachtet und daher nicht angeschnitten wurde. Da die Faths eine akademische Laufbahn an der Schule der Ästhetischen Philosophie für Jaro planten, lenkten sie sein Interesse sachte auf Maihacs Instrumente, während sie vorgaben die pittoresken Episoden, wie er sie erlangt hatte, zu ignorieren.

An diesem Abend war der Tisch von Althea wunderschön gedeckt. Aus ihrer Sammlung hatte sie ein Paar der massiven Kandelaber ausgewählt, die aus Rohbarren einer blauschwarzen Kobaltlegierung geschmiedet waren, um ein Service aus altem Fayence, das in einem matten Mondlichtblau glasiert war und in dessen Tiefe Unterwasserblumen zu treiben schienen, zu ergänzen.

Maihac war angenehm überrascht und machte Althea Komplimente wegen ihrer Arrangements. Das Essen nahm seinen Lauf. Anschließend fühlte Althea, dass es recht erfolgreich gewesen war, obwohl Hilyer im Zusammenhang mit dem gepfefferten Landfisch in Muschelpastete die Pastete als zu gar und die Soße als zu scharf empfunden hatte, während das Soufflé – so deutete er an – zu weich geraten sei.

Althea begegnete den Kommentaren Hilyers höflich und war erfreut über Maihacs Betragen. Dieser hatte sich Hilyers zuweilen recht hochtrabende Meinungen angehört und, zu Jaros Enttäuschung, nichts vom Raum oder von Raumschiffen erwähnt.

Nachdem sich die Gruppe ins Wohnzimmer begeben hatte, holte Maihac sein Froschhorn hervor – der vielleicht bizarrste Artikel seiner Sammlung, da er drei verschiedene Instrumente in einem enthielt. Das Horn hatte ein rechteckiges Messingmundstück, welches in einem Gehäuse mit vier Ventilen endete. Die Ventile regelten vier Röhren, die sich erst herumwanden und dann in der zentralen Messingkugel mündeten, dem sogenannten ›Mischtiegel‹. Von der dem Mundstück gegenüberliegenden Seite kam ein sich auswölbendes Rohr, das in einer flachen rechteckigen Klangglocke endete. Die vier Ventile wurden mit den Fingern der linken Hand bedient, um die Noten einer exakten, wenn auch irrationalen Tonleiter hervorzubringen, jeder Ton ein öliges, schimpfliches Gurgeln.

Über dem Mundstück wurde ein zweites, an der Nase festgeklammertes Rohr zu einer Flöte, die mit den Fingern der rechten Hand bedient wurde, um Intervalle ohne offensichtliche Beziehung zu den Tönen des Horns zu spielen. Der rechte Fuß pumpte Luft in eine Blase, die durch die Bewegung des linken Knies in Gang gesetzt wurde, um einen schweren Diapason, der über eine Oktave reichte, zu produzieren. Es lag klar auf der Hand: Um das Froschhorn meisterlich spielen zu können, bedurfte es endloser Stunden der Übung, vielleicht sogar Jahre oder Dekaden.

Maihac erzählte den Faths: »Ich kann das Froschhorn spielen, aber spiele ich es gut? Sie werden es niemals wissen, weil Gutes, soweit ich es beurteilen kann, wie Schlechtes klingt.«

»Ich bin sicher, Sie spielen es glänzend«, sagte Althea. »Aber spannen Sie uns nicht länger auf die Folter! Spielen Sie doch etwas Leichtfertig-Entzückendes!«

»Also gut«, sagte Maihac. »Ich werde *Die leichtfertigen Damen von Antarbus* spielen. Es ist die einzige Melodie, die ich kenne.«

Maihac nahm das Instrument, richtete die Riemen und Schnallen und blies einige einleitende Glissandos. Die Nasenflöte produzierte einen schrillen Triller. Die Klänge aus dem dickbäuchigen Horn schienen durch Sirup zu gurgeln, um einen so blubbernd unanständigen Ton hervorzubringen, dass Hilyer und Althea zusammenzuckten. Die Luftblase dröhnte und stöhnte eine Reihe zarter, wenn auch trauriger, Intervalle hinaus.

Maihac erklärte die Hauptcharakteristiken des Instruments. »Die großen Virtuosen auf dem Froschhorn spielten vermutlich mit vollständiger Kontrolle über die Halbtöne, die Heuler, Gurgler, Klopfer und Quieker. Also, ich fange jetzt an: *Die leichtfertigen Damen von Antarbus.*«

Jaro, der achtsam horchte, vernahm: »Tiedel-diedel-iedel tiedel a-beugel eugel a-beugel stöhn stöhn da-beugel-eugel stöhn tiedel-iedel stöhn tiedel-iedel-iedel a-beugel a-beugel-eugel stöhn stöhn tiedel-iedel tiedel da-beugel.«

»Das ist das Beste, was ich vermag«, gestand Maihac. »Was meinen Sie?«

»Sehr hübsch«, sagte Hilyer. »Noch etwas mehr

Übung, und wir alle hätten uns dem Drang zum Tanz nicht entziehen können.«

»Man muss mit den Froschhörnern vorsichtig sein«, erklärte Maihac. »Ihnen wird nachgesagt, sie würden von Teufeln gebaut.« Er deutete auf die Symbole, die in die Röhren des Messinghorns geschnitten waren. »Haben Sie diese Zeichen bemerkt? Sie bedeuten ›Suanez hat dieses Ding gefertigt‹. ›Suanez‹ ist ein Teufel. Dem Ladeninhaber nach ist jedes Horn mit einem geheimen Lied imprägniert. Wenn ein menschlicher Musiker zufälligerweise einen Teil dieses Liedes spielt, ist er gefangen und muss weiterspielen, bis er tot umfällt.«

»Immer dasselbe Lied?« fragte Jaro.

»Ja; es sind keine Variationen erlaubt.«

»War es der Ladeninhaber, der für die Herkunft des Horns bürgte?« fragte Hilyer spöttisch.

»Er war es tatsächlich. Und als ich nach einer Beurkundung fragte, gab er mir ein Bild des Teufels Suanez und erhob einen Zuschlag von zwanzig Sols auf den Preis des Horns. Er wusste, ich wollte das Horn; ich konnte entweder für weitere zwei Stunden feilschen oder die zwanzig Sol zahlen … was ich tat. Diese Ladeninhaber sind alles unverbesserliche Schufte.«

Hilyer kicherte. »Das haben wir da und dort am eigenen Leib erfahren.«

Althea sagte: »Als ich meinen Kupferkandelaber fand, hatte ich ein ähnliches Erlebnis wie Sie. Es ereignete sich während unserer ersten Außerwelt-Feldforschungsreise, die wahrlich eine Saga an sich ist!«

»Nun denn«, sagte Hilyer lächelnd. »Wir müssen nicht übertreiben.«

»Erzählen Sie mir davon«, sagte Maihac. »Ich war schließlich nicht überall.«

Hilyer und Athea erzählten die Geschichte, mit vielen Einwürfen und Einschüben, gemeinsam: Kurz nach ihrer Hochzeit waren sie auf eine Außerwelt-Forschungsreise zur Welt Plaise, die in einem kleinen lokalen Haufen nicht fern vom Rand der Galaxie lag, aufgebrochen. Wie viele andere Welten war Plaise während der ersten großen Ausbreitungswelle der Menschheit lokalisiert und besiedelt worden. Die Faths waren bei dieser Reise auf eine, wie sie jetzt wussten, tollkühne Mission gegangen: um die sogenannten ›Äquatorialen Zeichen‹ des Kindred-Bergvolks aufzuzeichnen. Dies war vorher noch nie versucht, geschweige denn vollendet worden, da jeder solch ein Unternehmen für selbstmörderisch hielt. Die Faths kamen, lustig wie die Singvögel, am Plaise-Raumhafen an und nahmen im Rasthaus in Sern, das in den Hügeln am Fuße des Kindred-Gebirges lag, Logis. Hier erfuhren sie, dass ihr Programm unmöglich zu realisieren sei: Im Fall einer Entdeckung würden sie sofort getötet werden.

Eher ungestüm und töricht statt mutig, ignorierten die Faths die Warnungen und ersannen Listen, um jede der Schwierigkeiten nacheinander zu überwinden. Sie mieteten einen Flitzer und zwei Tage vor der Sonnenwende flogen sie zur Kouhou-Kluft hinunter. Dort befestigten sie zweiunddreißig Aufzeichnungsgeräte entlang der vertikalen Wand. Mit großem Glück entgingen sie einer Entdeckung. »Immer wenn ich daran denke, gefriert mir jetzt noch das Blut!« schauderte Althea.

»Wir waren junge Narren«, sagte Hilyer. »Wir dachten, wenn wir erwischt würden, könnten wir einfach sagen, wir wären Akademiker des Thanet-Instituts, und sie würden keine weiteren Schwierigkeiten machen.«

In der Nacht zur Sonnenwende führte das Bergvolk seine Zeremonie durch. Die ganze Nacht über hallten pulsierende Klänge durch die Kluft. Am nächsten Tag vollführte das Volk seine Bußriten, und die dadurch hervorgerufenen Weinanfälle stiegen wie traurig-süße Gesänge auf.

Inzwischen verbrachten die Faths die Zeit in Sern, wo sie sich als Agronomen auswiesen. Während sie warteten, war Althea durch einen alten, verfallenen Laden geschlendert, wo Reste von diesem und jenem zum Kauf feilgeboten wurden. In einem ungeordneten Haufen bemerkte sie ein Paar massiver Kupferkandelaber, von denen sie hastig die Augen abwandte und weiterging, um etwas zu untersuchen, das wie eine verbeulte alte Kanne aussah. »Ein besonders wertvolles Stück«, erklärte der Eigentümer. »Das ist echtes Aluminium.«

»Ich bin nicht wirklich interessiert«, sagte Althea. »Ich habe bereits eine Kanne.«

»Nun gut. Vielleicht gefallen Ihnen diese alten Kerzenhalter? Sehr wertvoll: pures Kupfer!«

»Ich denke nicht«, sagte Althea. »Ich habe ebenfalls schon ein Paar Kandelaber.«

»Sehr nützlich, wenn einer von ihnen zerbricht«, argumentierte der Eigentümer. »Es ist nicht gut, ohne Licht zu sein.«

»Das ist wahr«, sagte Althea. »Was möchten Sie für die schmutzigen alten Dinger haben?«

»Nicht viel. Ungefähr fünfhundert Sol.«

Althea warf ihm lediglich einen verächtlichen Blick zu und ging, um eine polierte Steinplatte, die mit verwickelten Glyphen graviert war, zu studieren. »Was ist denn das?«

»Sie sind sehr alt. Ich kann sie nicht lesen. Man sagt, sie zählen die zehn menschlichen Geheimnisse auf: sehr bedeutend, denke ich.«

»Es sei denn, man kann diese seltsame Schrift nicht lesen.«

»Besser das als gar nichts.«

»Wieviel?«

»Zweihundert Sol.«

»Sie scherzen gewiss!« schrie Althea entrüstet. »Halten Sie mich für eine Närrin?«

»Gut … dann siebzig Sol. Ein großartiger Handel: sieben Sol pro Geheimnis!«

»Pah. Diese Geheimnisse sind alt und nutzlos, selbst wenn ich sie lesen könnte. Ich zahle fünf Sol.«

»O weh! Muss ich mich von jeder verrückten Frau, die in meinen Laden kommt, ruinieren lassen?«

Althea feilschte lange und hingebungsvoll, aber der Eigentümer ließ sich nicht unter einen Preis von vierzig Sol drücken.

»Der Preis ist sträflich!« brauste Althea auf. »Ich zahle ihn nur, wenn Sie ein weiteres Stück von geringerem Wert dazulegen: sagen wir, diesen Vorleger ... und gut, warum nicht ... diese Kandelaber.«

Erneut äußerte der Eigentümer lautstark Bekümmerung. Er klopfte auf den Vorleger, der aus schwarzen, braunroten und braunrot-goldenen Streifen gewebt war. »Dies ist ein Fruchtbarkeitsvorleger. Er ist aus dem Schamhaar von Jungfrauen gewebt! Die Leuchter sind sechstausend Jahre alt, aus der Höhle des ersten Einsiedlerkönigs Jon Solander. Ich schätze die drei Artikel auf tausend Sol!«

»Ich werde vierzig Sol für alles zusammen bezahlen.«

Der Eigentümer überreichte Althea einen Krummsäbel und entblößte seine Kehle. »Töten Sie mich, bevor Sie mich mit einem solchen Raub entehren!«

Am Ende verließ Althea wie berauscht den Laden. Kandelaber, Platte und Vorleger trug sie bei sich, nachdem sie einen Preis bezahlt hatte, den Hilyer später für etwa das doppelte hielt, was sie eigentlich hätte zahlen sollen. Nichtsdestoweniger war Althea glücklich über ihre Errungenschaften.

Am nächsten Tag nahmen sie den Flitzer und flogen hoch über Kouhou. Die Gegend war verlassen; das Bergvolk hatte sich zu seinen Waschungsritualen um den Pol-Weiher geschart. Die Faths sammelten hastig ihre Aufzeichnungsgeräte ein, kehrten zum Plaiser Raumhafen zurück und reisten mit dem ersten angemessenen Schiff ab. Die Resultate ihrer unbekümmerten Mission waren hochbefriedigend; sie hatten eine erstaunliche Sequenz von Klängen aufgezeichnet: Wogen von ... ja, wovon? Melodie? Dynamischer Projektion?

Seelenkraft, die hörbar gemacht wurde? Niemand konnte einen angemessenen Ort in der Systematik der Musik finden, wo die Kouhou-Gesänge, wie sie später bezeichnet wurden, eingeordnet werden konnten.

»Danach haben wir nie mehr ein solch leichtsinniges Abenteuer unternommen«, erzählte Althea Maihac. »Dennoch, damals habe ich angefangen, Kandelaber zu sammeln. Aber jetzt … genug von mir und meiner lächerlichen Liebhaberei. Spielen Sie uns eine weitere Weise auf dem Froschhorn.«

»Nicht heute abend«, sagte Maihac. »Ich schnaube noch um die Nasenflöte herum. Es liegt an der Embouchure am Nasenstück. Es braucht Jahre, um eine wirklich gute Nasalembouchure zu entwickeln. Wenn ich es jemals ordentlich und richtig beherrsche, werde ich aussehen wie eine Vampirfledermaus.« Maihac packte das Instrument in sein Etui.

»Das nächste Mal müssen Sie Ihren Vierklimper mitbringen«, sagte Althea. »Das ist ein weitaus angenehmeres Instrument.«

»Wie wahr! Und ich riskiere weder, Suanez den Teufel zu wecken, noch eine wunde Nase.«

»Dennoch sollten Sie sich ein Repertoire auf dem Froschhorn erarbeiten. Wenn Sie einmal in der Woche ein Konzert im Zentrum gäben, würden sie unendlich viel Aufmerksamkeit erregen und könnten über ein recht anständiges Honorar verfügen; das sollte man wenigstens annehmen.«

Hilyer gluckste. »Wenn Sie sich nach Ruhm und Konduite sehnen, ist das Ihre Chance. Die Skythen würden Sie als ihr Mitglied eintragen, bevor Sie ›Messer‹ sagen können; sie lieben es, Exzentrizitäten zur Schau zu stellen.«

»Ich werde Ihren Vorschlag in Betracht ziehen«, sagte Maihac höflich. »Jedenfalls muss ich zur Lösung meiner finanziellen Probleme nicht auf das Froschhorn zurückgreifen. Tatsächlich habe ich eine Teilzeitbeschäftigung in der Maschinenwerkstatt am Raumhafen angenommen. Sie wird recht gut bezahlt, aber nach den Stunden am Institut finde ich nur wenig Zeit, um auf dem Froschhorn zu üben.«

Als sie Jaros Enthusiasmus bemerkten, hielten sich Hilyer und Althea mit ihren Gratulationen zurück. Wie Dame Wirtz spürten auch sie, dass Jaros Weltraumfaszination ihn von der akademischen Laufbahn, von der sie hofften, dass er sie verfolgen würde, ablenken könnte.

Ein Monat verging. An der Lanolen-Schule näherten sich die Frühlingsferien. Jaros Leistungen hatten sich plötzlich verschlechtert, als ob er von einem Anfall von Geistesabwesenheit geplagt würde. Dame Wirtz vermutete, dass Jaro seiner Einbildungskraft erlaubte, frei zwischen den entfernten Welten umherzustreifen. Eines Morgens, unmittelbar nach seiner ersten Unterrichtsstunde, nahm sie ihn mit in ihr Privatbüro.

Jaro gab seine Unzulänglichkeiten zu und versprach, sich zu bessern.

Dame Wirtz sagte, dass dies alles schön und gut wäre … aber nicht genug. »Deine Leistungen waren exzellent, und wir waren alle stolz auf dich. Aber jetzt … Warum diese plötzliche Lethargie? Du kannst nicht alles hinwerfen und hinausziehen, um Schmetterlinge zu fangen! Da stimmst du mir doch sicherlich zu?«

»Ja, natürlich! Aber …«

Dame Wirtz hörte nicht zu. »Du musst deine Tagträumereien fahren lassen und dich um deine Zukunft kümmern.«

Jaro versuchte den Vorwurf der Faulheit zurückzuweisen. »Selbst wenn ich es Ihnen erklärte, sie würden es dennoch nicht verstehen!«

»Versuch es doch!«

Jaro murmelte: »Ich kümmere mich nicht die Bohne um Konduite. Sobald es mir möglich ist, werde ich in den Raum gehen.«

Dame Wirtz begann sich zu wundern. »Alles schön und gut, aber warum diese wahnsinnige Dringlichkeit?«

»Ich habe einen triftigen Grund.«

Noch im selben Moment wusste er, dass er zu weit gegangen war. Dame Wirtz stürzte sich darauf.

»Tatsächlich? Und was ist das für ein Grund?«

Jaro sprach in gleichmäßigem Tonfall: »Es gibt etwas, das ich unbedingt tun muss, um meinen gesunden Verstand zu bewahren.«

»Tatsächlich«, sagte Dame Wirtz erneut. »Und was muss getan werden?«

»Das weiß ich noch nicht.«

»Ich verstehe. Wohin willst du gehen, um das zu tun, was getan werden muss, und was willst du dort tun?«

»Das weiß ich auch noch nicht.«

Dame Wirtz beherrschte sorgfältig ihre Stimme. »Warum dann solche Strecken zurücklegen, wenn du doch nicht weißt, was zu tun ist?«

»Das weiß ich allerdings.«

»Sag mir, woher du das weißt, wenn es dir recht ist.«

»Weil ich Dinge in meinem Verstand höre! Bitte fragen Sie nicht weiter!«

»Ich möchte den Dingen auf den Grund gehen. Du erzählst mir also, du hörst nachts, wenn du träumst, Anweisungen?«

»Sie haben mich falsch verstanden! Es sind keine Anweisungen, und ich höre sie auch nicht, wenn ich schlafe; außerdem nicht immer nachts. Bitte, darf ich gehen?«

»Du darfst gehen … Nachdem ich herausgefunden habe, was vorgeht. Das alles ist durchaus nicht normal! Du hörst Stimmen, die dir Anleitung geben?«

»Sie geben mir keine Anleitung. Da ist nur eine Stimme, und die erschreckt mich.«

Dame Wirtz seufzte. »Also gut, Jaro. Du darfst gehen.«

Aber Jaro, entsetzt über das, was ihm herausgerutscht war, verweilte und versuchte, Dame Wirtz davon zu überzeugen, dass nichts Dramatisches vorging und er alles unter Kontrolle hätte, so dass sie das, was er gesagt hatte, ignorieren könne.

Dame Wirtz lächelte, tätschelte seine Schulter und sagte, dass sie die Sache überdenken müsse. Jaro wandte sich langsam ab und ging seiner Wege.

Althea war in ihrem Büro am Institut beschäftigt. Der Kommunikator auf ihrem Schreibtisch läutete. Als sie auf den Bildschirm blickte, erkannte sie die in Blau und Rot verschachtelten Rechtecke des Parnassianer-Clubs. Ein Tippen auf den Schreibtisch brachte das Gesicht von Idora Wirtz auf den Schirm.

»Entschuldigen Sie meinen Anruf, aber es ist etwas zu Tage gekommen, das sie wissen sollten.«

Althea war augenblicklich alarmiert. »Ist Jaro wohlauf?«

»Ja. Sind sie allein? Kann ich frei sprechen?«

»Ich bin allein. Ich nehme an, Hanafer Glackenshaw hat sich wieder schlecht betragen?«

»Dazu kann ich nichts sagen. Auf jeden Fall ignoriert Jaro ihn einfach.«

Altheas Stimmlage wurde höher. »Was kann er schon anderes machen? Den Glackenshaw-Jungen ebenfalls mit schlimmen Namen belegen? Ihn mit seinen Fäusten angreifen? Den Jungen töten vielleicht? Wir haben Jaro gelehrt, rohe Spiele und Wettkämpfe zu meiden, die zur Streitsucht ermutigen und die im Grunde genommen kleine Kriege sind!«

»Vielleicht«, sagte Dame Wirtz. »Aber deshalb rufe ich nicht an. Ich fürchte, Jaro leidet unter Problemen mit den Nerven, die sich sehr wohl als ernst herausstellen könnten.«

»Ach, kommen Sie!« rief Althea. »Das kann ich nicht glauben!«

»Es ist wahr; es tut mir leid, das sagen zu müssen. Er hört innere Stimmen, die ihm Anleitung geben ... wahrscheinlich, hinaus in den Weltenraum zu gehen und abenteuerliche Taten zu vollbringen. Ich konnte nur unter Schwierigkeiten an diese Information herankommen.«

Althea schwieg. Tatsächlich hatte Jaro erst neulich seltsame Bemerkungen von sich gegeben. Sie fragte: »Was genau hat er Ihnen gesagt?«

Dame Wirtz berichtete, was sie gehört hatte. Als sie fertig war, dankte Althea ihr. »Ich hoffe, Sie werden niemand anderem davon erzählen.«

»Natürlich nicht! Aber wir müssen diese Sache mit dem armen Jaro wieder in Ordnung bringen!«

»Ich werde mich unverzüglich darum kümmern.«

Althea rief Hilyer an und wiederholte, was sie von Idora Wirtz erfahren hatte. Zuerst neigte Hilyer zur Skepsis, bis Althea darauf beharrte, dass sie ähnliche Behauptungen gehört hätte und es keine Frage sei, dass Jaro professionelle Hilfe benötige. Hilyer stimmte letztendlich zu; er würde entsprechende Erkundigungen einholen, und der Schirm wurde leer. Eine halbe Stunde später kehrte Hilyer auf den Bildschirm zurück. »Der Gesundheitsdienst empfiehlt eine Gruppe, die FWG-Genossenschaft genannt wird und im Buntoon-Haus im Distrikt Celece zu finden ist. Ich rief an, und wir müssen unverzüglich zu einer Unterredung mit ihrem Doktor Fiorio dorthin. Ich nehme an, dass du mitkommen kannst?«

»Natürlich!«

2 Mel Swope, Direktor des Gesundheitsdiensts am Institut, hatte Hilyer in bezug auf die FWG-Genossenschaft informiert. Die Dienstältesten des Stabs waren drei bemerkenswerte Ärzte: die Doktoren Fiorio,

Windle und Gissing. Ihr Ruf war gut; ihnen wurde nachgesagt, dass sie auf dem Boden der orthodoxen Wissenschaften standen, aber dennoch bereit waren, innovative Prozeduren in Betracht zu ziehen, wenn die Notwendigkeit dafür bestand. Abseits des Buntoon-Hauses erfreuten sich alle drei eines hohen gesellschaftlichen Status, und ihre Clubs waren Stätten der Konduite. Dr. Fiorio war bei den Val Verden, Dr. Windle ein Palindrome, Dr. Gissing gehörte zu verschiedenen Clubs, von denen der bemerkenswerteste die Lemuriatier waren, die als verwegen und unberechenbar erachtet wurden. Die körperlichen Charakteristiken der drei waren verschieden. Dr. Fiorio war stattlich, förmlich und rosa wie ein geschrubbter Säugling. Dr. Windle, der älteste der Gruppe, schien nur aus schmächtigen Armen, spitzen Ellbogen und knochigen Schenkeln zu bestehen. Sein gelblicher Schädel war bedeckt von einigen braunen Muttermalen und ein paar Strähnen Haares unbestimmbarer Farbe.

Im Gegensatz dazu war Dr. Gissing leichtfertig und launisch; er hatte einen schlanken Körperbau und einen dünnen weißen Haarschopf. Er war von einem Handelsjournal als ›zarte kleine Gartendryade, die häufig unter den Stiefmütterchen versteckt oder sich ihre allerliebsten Füße in der Vogeltränke waschend vorgefunden werden mochte‹ beschrieben worden. Dasselbe Handelsjournal hatte die FWG-Genossenschaft als ›höchst eigentümlicher Synergismus, der in jeder Hinsicht stärker als die Summe seiner Einzelteile war‹ beschrieben.

Hilyer und Althea kamen binnen einer Stunde im Buntoon-Haus an. Sie fanden ein beeindruckendes Gebäude aus rosa Stein, schwarzem Eisen und Glas in den Schatten von sieben Langalenbäumen vor.

Die Faths betraten das Gebäude und wurden in das Büro von Dr. Fiorio geführt. Dieser erhob sich: ein hochgewachsener Mann, der eine steife weiße Jacke trug. Er musterte seine Besucher mit freundlichen blauen Augen. »Die Professoren Hilyer und Althea Fath?« Er deutete auf Stühle. »Wenn Sie so gut sein wollen.«

Die Faths nahmen Platz. Hilyer sprach: »Wie Sie wissen, kommen wir wegen unseres Sohnes.«

»Ja; ich habe die Notiz gesehen. Ihre Aussagen waren etwas vage.«

Hilyer war empfindlich, was Kritik an seiner Wortwahl anging, und bekam es sofort in den falschen Hals. Er sagte knapp: »Wir sind selbst nur vage informiert worden. Ich versuchte diese Tatsache klar weiterzugehen, aber offensichtlich habe ich versagt.«

Dr. Fiorio erkannte seinen Fehler. »Natürlich, natürlich! Ich versichere Ihnen, ich wollte damit nichts andeuten.«

Hilyer erkannte die Bemerkung mit einem formalen Nicken an. »Jaro hat über einige seltsame Ereignisse berichtet, die wir nicht erklären können. Wir sind zu Ihnen gekommen, um Ihren professionellen Rat einzuholen.«

»Ganz recht«, sagte Dr. Fiorio. »Wie alt ist Jaro?«

»Ich erzähle Ihnen besser die ganze Geschichte.« Hilyer umriss die Hauptgeschehnisse von Jaros Leben von der Zeit seiner Rettung in den Wyching-Hügeln an bis zur Gegenwart. »Sie müssen Jaros sechs Jahre umfassende Kluft in seiner Erinnerung bedenken. Ich kann mir nicht helfen, aber ich spüre, dass diese sogenannte ›Stimme‹ ein Relikt aus dieser Zeit ist.«

»Hm«, sagte Dr. Fiorio. »So könnte es sein.« Er zog an seinem runden rosa Kinn. »Ich würde gern meinen Kollegen Dr. Gissing rufen. ›Multiple Persönlichkeit‹ ist sein Spezialfach.«

Dr. Gissing erschien: ein schmächtiger, ziemlich munterer Mann mit wachsamen, wissbegierigen Zügen. Wie Dr. Fiorio vorausgesagt hatte, war er auf der Stelle an Jaros Fall interessiert. »Haben Sie Aufzeichnungen von der Behandlung Jaros in der Sronker Klinik?«

»Nein.« Hilyer fühlte sich von dem verschmitzten Dr. Gissing bereits in die Defensive gedrängt. »Die Geschehnisse waren sehr hektisch; wir versuchten, dem Jungen das Leben zu retten. Feinheiten wurden außer acht gelassen.«

»Verständlich!« erklärte Dr. Gissing. »Ich bin sicher, Sie haben es so gut gemacht wie jeder andere Laie in Ihrer Lage auch.«

»Ganz recht«, dröhnte Dr. Fiorio. »In jedem Fall müssen neue Untersuchungen vorgenommen werden.«

»Ein interessanter Fall«, sagte Dr. Gissing. Hilyer und Althea freundlich anlächelnd, verließ er das Büro.

»Dann ist die Sache geregelt«, sagte Althea hastig. »Wann sollen wir Jaro zu Ihnen bringen?«

»Morgen früh um die gleiche Zeit würde es gut passen.«

Althea gab an, dass die Zeit angenehm wäre. »Ich kann Ihnen gar nicht sagen, wie erleichtert wir sind, die Angelegenheit in Ihre Hände legen zu können!«

»Etwas wäre da noch zu klären ... ähm ...«, sagte Dr. Fiorio. »Ich meine damit unser Honorar; diesbezüglich sind wir so begierig, es einzusammeln, wie sie, es möglichst gering zu halten. Wir sind weder billig noch großmütig, und es ist stets gut, sich zunächst über die Bedingungen zu einigen.«

»Keine Angst«, sagte Hilyer. »Wie Sie wissen, sind wir Professoren der Abteilung Ästhetische Philosophie am Institut. Sie können Ihre Rechnungen dem Bursarius des Gesundheitsdienstes unterbreiten.«

Dr. Fiorio blickte finster drein. »Sie sind übergewissenhaft im Büro des Bursarius«, schnaubte er. »Gelegentlich machen sie, den einen oder anderen Sol betreffend, verdrießliche Schwierigkeiten. Aber egal! Wir werden uns Jaro morgen früh ansehen.«

Kapitel IV

1 Spät am Nachmittag, als Jaro von der Schule zurückkehrte, fand er Hilyer und Althea auf ihn wartend im Wohnzimmer vor: eine ungewöhnliche Situation. Althea sprang auf und schenkte drei kleine Gläser des besonderen Altengelb aus und gab eines davon Jaro. Es war der Wein für besondere Anlässe, und Jaro spürte, dass etwas Bedeutsames im Gange war.

Nachdem er abwesend einen kleinen Schluck zu sich genommen hatte, räusperte sich Hilyer. Sein Unbehagen bedingte einen gewichtigeren Ton, als er eigentlich vorgehabt hatte. »Jaro, deine Mutter und ich waren sehr überrascht, als wir von deinen Problemen erfuhren. Es ist schade, dass du dich uns nicht früher anvertraut hast.«

Jaro seufzte verstohlen. Die Sache war in die unvermeidliche Phase eingetreten, die er zugleich ersehnt und gefürchtet hatte. Nun wollte er alles in einer großen Flut hervorbringen – all seine Furcht, Angst, Verwirrung, seine Anfälle klaustrophobischer Panik; seine Furcht vor dem Unbekannten. In einem Wortschwall wollte er all seine Liebe und Dankbarkeit, die er für diese zwei netten Leute hegte, die nun wegen ihm in Schwierigkeiten geraten mochten, zum Ausdruck bringen – aber als er sprach, wirkten die Wörter steif und künstlich. »Es tut mir leid, dass euch das Sorgen bereitet. Ich wollte nicht, dass es so weit kommt; ich dachte, ich könnte selber damit fertig werden.«

Hilyer nickte kurz. »Alles schön und gut, aber …«

Althea unterbrach ihn. »Um eine lange Geschichte

kurz zu machen: Wir denken, dass du Spezialisten konsultieren solltest. Wir haben ein Treffen mit Doktor Fiorio von der FWG-Genossenschaft für dich arrangiert. Er hat einen guten Ruf, und wir hoffen, dass er fähig sein wird, dir zu helfen.«

Jaro nippte am Wein, mochte ihn aber nicht. »Wie lange wird es dauern?«

Hilyer zuckte die Achseln. »Wir können nicht sicher sein, da niemand weiß, was die Schwierigkeiten verursacht. Deine erste Verabredung ist übrigens morgen früh im Buntoon-Haus in Celece. Es ist ein sehr netter Ort.«

Jaro war bestürzt. »So bald schon?«

»Je früher, desto besser. Die Frühlingsferien haben gerade begonnen; der Zeitpunkt könnte nicht günstiger sein.«

»Vermutlich.«

Althea tätschelte Jaros Schulter. »Natürlich werden wir mit dir kommen. Es gibt keinen Grund, sich zu sorgen.«

»Ich bin nicht besorgt.«

2

Nicht lange nach dem Abendessen wünschte Jaro Hilyer und Althea eine gute Nacht und ging zu Bett. Eine Weile lag er auf dem Bett, starrte in die Dunkelheit und fragte sich, welche Art von Therapie bei ihm angewandt werden würde. Sie konnte wohl nicht zu grausam sein; sonst würde die FWG-Genossenschaft schnell ohne Patienten dastehen.

Eines schien gewiss: Sie würden versuchen, die Geheimnisse seiner frühen Jahre zu lüften, was nur gut war. Jaro konnte ihnen nur wenige Hinweise geben: das Bild des hageren Mannes, dessen Silhouette sich gegen das Zwielicht einer fernen Welt abzeichnete; einen flüchtigen Blick über einen romantischen Garten, der von dem Licht zweier großer fahler Monde beschienen würde. Und dann: die Stimme!

Ein großes Geheimnis! Woher stammte die Stimme? Jaro kannte einige oberflächliche Fakten über Telepathie; vielleicht war hier die Antwort zu finden. Er könnte zum Empfänger für die tragischen Emotionen eines anderen geworden sein!

Jaro hatte des öfteren versucht, sich den Faths anzuvertrauen, aber jedesmal hatte er gezögert. Die Faths, so nett und liebenswert sie auch waren, neigten zur Überreaktion. Hilyer ging in ziemlich unpraktischer Weise mit Notfällen um, indem er peinlich genau jedes Detail der notwendigen Gegenmaßnahmen plante. Althea würde im Raum auf und ab gehen, ihn dann umarmen, bis er keine Luft mehr holen konnte und ihm währenddessen Vorwürfe wegen seiner Verschwiegenheit machen. Zusammen würden sie ihm das Versprechen abringen, ihnen künftig jedes Unwohlsein, jeden Schmerz, jede Qual, jeden Stich und jedes Jucken, wie belanglos es auch sein mochte, zu berichten, da sie am besten wussten, was gut für ihn war. Zum Schluss, dachte Jaro, würde ihm die Angelegenheit aus der Hand genommen, und wer wusste, was daraus resultieren mochte.

Nun würde er es herausfinden.

3

Hilyer konnte seinen Arbeitsplan nicht ändern, so dass Jaro lediglich von Althea bei seinem ersten Besuch im Buntoon-Haus begleitet wurde. Sie kamen zur vereinbarten Zeit an und wurden sogleich zu Dr. Fiorio geführt, der sich Jaro von Kopf bis Fuß ansah. »Das ist also der Junge mit den Problemen? Er sieht wie ein gesundes junges Exemplar aus. Wie geht es dir heute, Jaro?«

»Sehr gut, danke.«

»Ah! Das ist eine Art zu reden! Frisch von der Leber!«

Dr. Fiorio deutete auf einen weißen Korbstuhl. »Setz dich, wenn du magst, und wir reden etwas miteinander.«

So weit, so gut. Dr. Fiorio schien angenehm zu sein, wenn auch vielleicht ein wenig ungestüm.

»Also dann, Jaro! Gedulde dich bitte einen Augenblick. Ich habe noch etwas mit deiner Mutter zu besprechen.« Er führte Althea in eines der äußeren Büros, wo sie, wie er erklärte, eine Anzahl von Rechtsdokumenten ausfüllen müsse. Die Tür blieb halb geöffnet; Jaro konnte sie über die Papiere sprechen hören.

»Sehr gut«, sagte Dr. Fiorio schließlich. »Dies verknüpft alle losen Enden. Nun, wenn es ihnen recht ist, frischen Sie meine Erinnerung bezüglich Jaros Schwierigkeiten auf. Wie fingen sie an?«

Althea sammelte ihre Gedanken. »Zur Stimme selbst kann Ihnen Jaro mehr sagen als ich.«

»Hat er in jüngster Zeit Verletzungen am Kopf erlitten? Ist er gefallen, hat er Schläge abbekommen oder ist er irgendwo angestoßen?«

»Nicht dass ich wüsste.«

»Und seine Gesundheit? Geht es ihm so gut, wie er aussieht?«

»Ja, allerdings! Er kränkelt nie. Wir erwähnten bereits, dass er im Alter von sechs Jahren von einer Bande von Strolchen, die ihn zusammengeschlagen und seine Knochen gebrochen haben, beinahe getötet wurde. Wir retteten ihn, aber er war dem Tode nah. In der Klinik bekam er hysterische Anfälle, die ihm die noch verbliebene Lebenskraft aussaugten. Etwas in seinem Verstand war daran, ihn in den Wahnsinn zu treiben. Als letzte Möglichkeit löschten die Therapeuten Teile seiner Erinnerung, und das war es, was sein Leben rettete, obgleich der größte Teil seiner ersten sechs Lebensjahre damit verlorenging.«

»Interessant! Wo geschah das alles? Doch sicherlich nicht hier auf Gallingale?«

»Nein«, sagte Althea. »Es war …« Sie hielt kurz inne. Es folgte eine kuriose Art von Stille – verstohlen und geheimnisvoll, ganz und gar nicht in der Art Altheas. Die Tür wurde sanft geschlossen, und er konnte nichts mehr hören.

Seltsam! Jaro wusste nicht, wo diese frühen Ereignisse stattgefunden hatten. Immer wenn er fragte, hatte er nur vage Antworten bekommen: »Oh, nur auf einer bedeutungslosen kleinen Welt, wo wir ein paar Forschungen angestellt haben. Es liegt alles in der Vergangenheit und ist wirklich nicht von Wichtigkeit.«

Solche Ausflüchte waren sonderbar!

Die Tür öffnete sich; die zwei betraten den Raum, in dem Jaro wartete. Althea wies darauf hin, dass Jaro sich wohler fühlen würde, wenn sie während der Eröffnungsuntersuchung anwesend wäre. Dr. Fiorio wollte nichts davon hören. »Absolut nein! Ihre Gegenwart würde Jaro befangen machen. Sie können einen Tee in der Kantine trinken, direkt über den Hof.«

Enttäuscht begab sich Althea in die Kantine. Dr. Fiorio führte Jaro in ein Untersuchungszimmer mit graugrünen Wänden, die wie unter Wasser leuchteten. Er deutete auf einen Stuhl und setzte sich an seinen Schreibtisch. Jaro wartete in fatalistischer Stimmung.

Dr. Fiorio war bereit. Er schlug mit den Handflächen auf den Schreibtisch. Die Therapie hatte begonnen. »Also dann, Jaro, hier sind wir! Unsere erste Aufgabe ist es, miteinander bekannt zu werden. Wenn ich mir die Bemerkung erlauben darf: Du siehst aus wie ein guter, intelligenter Bursche und bist ohne Zweifel ein rechter sozialer Kletterer. Du bist schon über die Junioren-Dienstliga hinaus, nicht wahr? Ich sehe keine Embleme, dennoch würde ich schätzen, dass du bei den Persimmons oder den Zouaven oder vielleicht den Golliwogs bist.«

»Ich bin nichts. Nicht einmal ein Nimp.«

»Ah, ja! Hm, ha!« Dr. Fiorio hob seine Augenbrauen.

»Recht so! Jedermann muss auf seine Haltung bedacht sein; Konduite ist eine Maske in mannigfacher Gestalt. Aber das ist eine komplizierte Wahrheit, und wir müssen das hier nicht weiterverfolgen. Einverstanden?«

»Jawohl, Herr Doktor.«

»Das ist der rechte Geist! Nun denn, was hat es mit den mysteriösen Stimmen auf sich? Erzähl mir von ihnen, und sie werden binnen kürzester Zeit um Gnade schreien.«

Jaro sprach langsam: »Es ist eine ernstere Angelegenheit, als Sie zu denken scheinen.«

Dr. Fiorio blickte ihn einen Moment mit erhobenen Augenbrauen an, das heitere Lächeln verblasste langsam. »Tatsächlich!« Er überlegte. »Ich sehe, dass ich meinen Mann verkannt habe. Es tut mir leid; ich versuche das wieder in Ordnung zu bringen. Erzähl mir von der Stimme. Hörst du sie häufig?«

»Zuerst überhaupt nicht ... Dann so einmal im Monat, und es schien nicht der Rede wert. Während des letzten Jahres habe ich sie aber mehrmals in der Woche gehört, und jetzt ist es störend. Sie scheint von innerhalb meines Kopfes zu kommen, und ich kann ihr nicht entgehen.«

Dr. Fiorio grunzte leise. »Diese Stimme ... Ist sie männlich oder weiblich?«

»Sie ist männlich. Was mich am meisten erschreckt, ist, dass sie manchmal wie meine eigene Stimme klingt.«

»Hm. Das ist möglicherweise bedeutsam.«

»Ich denke nicht«, sagte Jaro. »Ich bin zu dem Schluss gelangt, dass es nicht meine Stimme ist.« Er fuhr fort, die Stimme, so gut er es vermochte, zu beschreiben. »Am Ende musste ich es jemandem sagen, und nun bin ich hier.«

»Du hast mir einiges zum Nachdenken gegeben«, sagte Dr. Fiorio. »So etwas bin ich nie zuvor begegnet.«

Jaro fragte gespannt: »Was verursacht die Stimme?«

Dr. Fiorio schüttelte seinen Kopf. »Ich weiß es nicht. Ich vermute, dass deine vorhergehende Therapie einige Schleifen zusammengeschweißt hat, die letztendlich Energie aufgenommen haben. Ist das der Fall, könnte es gut sein, dass der Ausgang falsch ist. Wir werden mehr wissen, wenn wir dich untersucht haben. Unsere erste Aufgabe wird es sein, die Quelle der Stimme zu isolieren. Wir beginnen sofort.« Dr. Fiorio erhob sich. »Hierher, wenn es dir recht ist, zum Laboratorium. Ich möchte, dass du meine Kollegen kennenlernst, Doktor Windle und Doktor Gissing. Wir werden zusammen an deinem Fall arbeiten.«

Drei Stunden später kehrten Dr. Fiorio und Jaro zum Wartezimmer zurück. Althea blickte von einem zum anderen. Jaro war ruhig, obgleich etwas gereizt. Dr. Fiorio schien zusammengesackt zu sein und hatte das überschäumende Verhalten, welches sonst seine Konversation belebte, abgelegt. Er sagte zu Althea: »Wir haben, unter Verwendung von leichter Hypnose und Faktenintensivierern, einen Anfang gemacht, aber ohne etwas Bedeutendes zu erfahren. Das ist schon beinahe alles, was ich Ihnen sagen kann, außer dass es am besten wäre, wenn Jaro vorübergehend in einer unserer Gartensuiten untergebracht würde, wo er in Hinsicht auf die Therapie am bequemsten aufgehoben ist.«

Althea protestierte. »Alles gut und schön, aber so wird er von seiner Familie und von seinen Freunden getrennt! Wir möchten die Therapie mit ihm diskutieren und Ratschläge anbieten, wenn sie nötig erscheinen. Wenn Jaro hierbleibt, wird das unmöglich sein!«

»Genau«, sagte Dr. Fiorio. »Deshalb habe ich es vorgeschlagen.«

Althea stimmte dem Arrangement zögernd zu. »Sorge dich nicht«, sagte sie zu Jaro. »Wir geben dich nicht preis! Ich werde jeden Tag vorbeischauen und dir solange Gesellschaft leisten, wie ich kann!«

Dr. Fiorio räusperte sich und richtete seinen Blick zur

Decke. »Es wird wohl am besten für uns alle sein, wenn Sie Ihre Besuche auf ein vernünftiges Maß beschränken – lassen Sie uns sagen, eine Stunde an jedem dritten Tag.«

»Aber Doktor Fiorio!« rief Althea. »Das ist wohl kaum vernünftig! Jaro braucht meine Unterstützung, und ich möchte jedes Detail seiner Therapie erfahren!«

Dr. Fiorio erwiderte gereizt: »Wir ziehen es vor, keinen regelmäßigen Fortschrittsbericht abzugeben. Wenn es keine Veränderung gibt, wie es in der Regel der Fall ist, sind wir gezwungen, freundliche Platitüden zu erfinden. Das ist ermüdend. Wenn sich etwas ergibt, werden Sie es sofort erfahren.«

»Es ist schwer, in einem Informationsvakuum leben zu müssen«, beschwerte sich Althea. »Besonders wenn man neugierig ist.«

Dr. Fiorio wurde weich. »Wir versuchen, Sie auf dem laufenden zu halten. Heute, zum Beispiel, haben wir Jaro in der Hoffnung unter Hypnose gestellt, die Stimme anzuregen – ohne Erfolg. Dann begannen wir, schematische Analogien von Jaros Gehirn vorzubereiten, die uns erlauben werden, synaptische Leitungen zu verfolgen. Wir haben die modernsten Autoflexe und Informationsprozessoren; dennoch ist es ein langwieriger, heikler Vorgang und es gibt stets Überraschungen.«

Althea zögerte und fragte dann: »Denken Sie, Sie können alles in Ordnung bringen?«

Dr. Fiorio starrte Althea bedauernd an, als wäre er in seinem Stolz verletzt. »Meine teure Dame: natürlich! Das ist die Grundlage unserer Konduite!«

Althea hatte sich verabschiedet, und der Haushälter zeigte Jaro sein Zimmer. Die drei Kollegen zogen sich in das Refektorium zurück, um sich zu erfrischen. Dr. Gissing kommentierte Jaros düstere Selbstbeherrschung. »Ich habe das unheimliche Gefühl, er beobachtet uns sorgfältiger als wir ihn.«

»Unsinn«, sagte Dr. Windle. »Sie leiden unter einer Schuldneurose!«

»Wie wahr, aber ist das nicht die grundlegende Kraft, die uns alle antreibt?«

»Erlauben Sie mir, noch etwas Tee nachzuschenken«, sagte Dr. Fiorio, und das Thema wurde nicht weiterverfolgt.

4

Die therapeutischen Sitzungen im Buntoon-Haus wurden der Mittelpunkt in Jaros Leben. Die Arbeit ging methodisch voran. Planungsmechanismen zeichneten das grundlegende Schema seines Gehirns in zwei und drei Dimensionen auf. Er wurde an Monitore angeschlossen. Sollte sich die Stimme manifestieren, könnte die betroffene Gehirnfläche nun identifiziert werden.

Die Stimme jedoch schwieg hartnäckig, was Dr. Windle, der skeptischste der drei Therapeuten, als bedeutsames Anzeichen an sich deutete. »Der Junge hatte ohne Zweifel einen oder zwei schlechte Träume«, erzählte er seinen Kollegen. »Er ist ein Nimp und denkt, ihm fällt der Himmel auf den Kopf. Wir kennen Hunderte von Fällen dieser Hysterie.«

Die drei saßen in der Bibliothek und hielten ihre tägliche Konferenz, bei der es ihre Angewohnheit war, ein paar Schlückchen rauchiges altes Malztonikum zu sich zu nehmen.

Sie hatten ihre gewohnten Plätze besetzt: Dr. Fiorio, mit dem Gesicht eines gealterten Cherub, lehnte am mittleren Tisch. Dr. Windle, gelehrt und spöttisch, blätterte in einem Journal, während sich Dr. Gissing in einer nachlässigen Pose auf einem Sofa räkelte. Seine Züge waren heiter und entzückt, als ob er den Tönen einer erfreulichen Musik lauschte. Dies war der besondere Ausdruck, den Dr. Windle unfreundlich mit dem Gesicht einer ›verwirrten Ratte‹ verglich.

Dr. Gissing schalt Dr. Windle wegen seiner Skepsis. »Kommen Sie! Es liegt doch auf der Hand, dass der Junge aufrichtig ist. Er kann sicherlich nicht genießen, was wir mit ihm anstellen. Er hat einige schlimme Erfahrungen gehabt und will nicht noch mehr davon.«

Dr. Fiorio sagte langsam: »Wir sind definitiv mit etwas Unheimlichem konfrontiert. Ich beziehe mich natürlich nicht auf die Stimme, sondern auf den mondbeschienenen Garten und die dunkle Gestalt im Zwielicht. Ich kann mir nicht helfen, aber ich frage mich, was dem Jungen noch alles an Erinnerungen verlorenging. Dort könnten Dinge zu finden sein, bei denen sich einem die Fußnägel aufrollen!«

»Vielleicht können einige seiner zerschmetterten Erinnerungen wiederhergestellt werden«, brachte Dr. Gissing vor.

Dr. Windle sagte nachdrücklich: »Die Möglichkeit ist nur vage. Die Lücken im Schema sind klar zu erkennen!«

»Richtig! Aber haben Sie die unterbrochenen Matrizen bemerkt? Ein Dutzend habe ich auf den ersten Blick gezählt. Sie sind, zugegebenermaßen, in verschiedenen Stadien des Verfalls.«

Dr. Windle ließ das Thema mit einem Grunzen fallen. »Sie bedeuten nichts! Sie sind lediglich Bezugspunkte und haben keinerlei mnemonische Funktion. Sie sind nicht wirklich bedeutend.«

»Bedeutend – nein. Fesselnd – ja.«

»Für Sie vielleicht. Aber wir können keine Zeit an Ihre Schrullen verschwenden, wie ein verrückter Wissenschaftler, der mit Schmetterlingsnetzen durch den Sumpf rennt.«

»Schall und Rauch!« erklärte Dr. Gissing gutgelaunt. »Haben Sie meine Konduite vergessen? Wir Lemurianer essen Pfeffer zum Käse! Falls nötig, werde ich allein weitermachen!«

»Mein teurer Kamerad«, dröhnte Dr. Windle, »wir

kennen Ihre Vorliebe! Ihre Neigung für das Geheimnisvolle und Abnorme könnte Sie nun zu einer bedauernswerten Fehleinschätzung verleiten!«

»Ich bin dankbar für Ihre Warnung«, sagte Dr. Gissing. »In Zukunft werde ich meine heilenden Kräfte mit aller Vorsicht anwenden.«

5

Eine Woche später wurden die Faths unterrichtet, dass Dr. Fiorio eine Besprechung wünsche. Zur festgesetzten Stunde kamen die Faths an und wurden zu Dr. Fiorios Beratungsbüro geführt. Der Doktor erschien, begrüßte die Faths, ließ sie auf gepolsterten Stühlen Platz nehmen und lehnte sich dann gegen seinen Schreibtisch. Er blickte von Hilyer zu Althea, dann sagte er: »Was ich Ihnen zu sagen habe, ist weder gut noch schlecht. Es ist einfach ein Überblick über unsere Aktivitäten bis heute.«

Die Faths schwiegen, und Dr. Fiorio fuhr fort. »Wir machen auf eine Art Fortschritte, die ich ihnen gleich erklären werde. Die Stimme ist nicht mehr aufgetreten. Wenn es denn wirklich ein empfindendes Geschöpf ist, könnte es alarmiert worden sein und sich in einem dunklen Winkel von Jaros Verstand versteckt halten.«

Althea schrie bestürzt auf: »Glauben Sie wirklich?«

»Aus Mangel an Beweisen glaube ich nichts«, sagte Dr. Fiorio. »Dennoch vermuten wir, dass die Stimme existiert.«

Hilyer entschied, dass es an der Zeit war, kühle Logik in das Gespräch einfließen zu lassen. Er sagte: »Sie sind überraschend bestimmt in diesem Punkt.«

»Ich kann ihre Skepsis gut verstehen«, sagte Dr. Fiorio. »Das Rationale hinter meinem Gutachten wird für einen Laien nicht intuitiv fassbar sein. Ich werde mich in grundlegenden Begriffen ausdrücken. Die daraus resultierenden Vorstellungen werden weder elegant noch präzise sein, sollten Ihnen aber einleuchten. Können Sie mir folgen?«

Hilyer nickte kurz. »Fahren Sie fort.«

»Beginnen wir, wenn es Ihnen recht ist, mit folgender Sichtweise. Jaro hörte die Stimme und speicherte die Erinnerung in seinem Verstand. Bei der nächsten Gelegenheit geschah das gleiche; danach noch einmal, bis eine Gruppe mnemonischer Fasern aufgezeichnet wurde. Hier also hätten wir die Informationen, die wir wie eine Karte auf unser Schema zu übertragen wünschen. Zuerst versuchten wir es mit auf der Hand liegenden, gegenwärtigen Stimulationen, um den sogenannten ›Anstoßpunkt‹ herauszufinden – ohne Erfolg. Danach versuchten wir es mit leichter Hypnose, was jedoch ebenfalls nichts erbrachte.

Nun dann, unsere nächste Möglichkeit: die Droge Nyaz-23, die Tiefenhypnose erleichtert. Wir entdeckten eine Barriere, aber wir waren in der Lage, sie zu umgehen; schließlich fanden wir den ›Anstoßpunkt‹. Wir nahmen Kontakt auf und baten Jaro, die Stimme, so gut es ginge, nachzuahmen. Er gehorchte, indem er einige tatsächlich sehr seltsame Töne ausstieß, die wir aufzeichneten. Das Stöhnen, die Schreie, die undeutlichen Flüche sind genauso, wie er sie beschrieben hat. Das ist in groben Zügen die Essenz dessen, was wir bisher herausgefunden haben.«

Hilyer schürzte die Lippen. »Wenn ich Sie recht verstehe, sind die Töne, die Sie entdeckt haben, nicht die originalen, sondern vielmehr Jaros Versuche zu reproduzieren, die er gehört zu haben glaubt: kurz, eine Nacherzählung dessen, was lediglich eine Halluzination gewesen sein könnte?«

Dr. Fiorio studierte Hilyer einen Augenblick lang, sein Ausdruck war nicht länger unschuldig cherubinisch. »Allgemein gesehen ist das richtig, ja. Aber ich bin verwirrt über die offensichtliche Stoßrichtung Ihrer Bemerkungen.«

Hilyer lächelte kühl. »Einfach genug: Sie haben zitiert, was in der Rechtssprache als ›Hörensagen‹ bekannt ist. Es hat kaum Rechtskraft.«

Dr. Fiorios Gesicht hellte sich auf. »Ich bin dankbar für Ihre Einblicke! Mehr muss nicht gesagt werden. Wir nehmen es also als gegeben hin, dass ich ein an der Nase herumgeführter Starrkopf bin. Also dann, mit dieser Mahnung im Hinterkopf wollen wir fortfahren.«

»Ich würde mir nicht anmaßen, solche Worte zu gebrauchen«, sagte Hilyer steif. »Ich habe nur darauf hingewiesen, dass Ihr Beweis mangelhaft ist.«

Dr. Fiorio seufzte. Er umrundete seinen Schreibtisch und setzte sich. »Es tut mir leid, das sagen zu müssen, aber Ihre Kommentare zeigen, dass Sie die Richtung unserer Untersuchungen nicht erfasst haben. Die Schuld liegt bei mir. Ich muss meine Gedanken sorgfältiger darlegen.

Um es zu wiederholen: Unter Verwendung komplizierter Methoden war es uns möglich, Erinnerungen an bestimmte Ereignisse zu stimulieren, die ihrerseits bedeutsame Vektoren auf unseren schematischen Karten bedingten. Der zu untersuchende Gegenstand war hier natürlich nicht von Bedeutung.«

Zu Dr. Fiorios Erleichterung verlangte keiner der Faths, die Aufzeichnungen zu hören, die sie gewiss als quälend empfunden hätten.

»Nun denn«, sagte Dr. Fiorio. »Dies ist unsere These: Jaros Erinnerungen an die Töne befinden sich an verschiedenen Stellen auf seinem Cortex. Sie kamen nicht über die gewöhnlichen Bahnen – das heißt, nicht über die aurikularen Nerven –, sondern über eine andere Route. Der Fluss der Botschaften hinterläßt eine Spur, die für einen unbestimmten Zeitraum bestehen bleibt. Mit unserer bemerkenswerten Ausrüstung sind wir in der Lage, eine Erinnerung zu stimulieren und sie dann entlang der Linie der synaptischen Abstammungen zurück zu ihrer Quelle zu verfolgen. Die Prozedur ist unbeschreiblich heikel und erzeugt Vektoren auf den schematischen Karten. Habe ich mich soweit klar ausgedrückt?«

»Es scheint ein kompliziertes Verfahren zu sein«, murrte Hilyer. »Haben Sie ein Ziel vor Augen? Oder geben Sie sich mit dem ersten Hasen zufrieden, der aus dem Dickicht springt?«

Dr. Fiorio gluckste. »Gedulden Sie sich etwas, mein Herr, und ich fahre fort.«

Hilyer nickte steif. »Bitte tun Sie das; wir versuchen auf unsere armselige Weise mit Ihnen Schritt zu halten.«

Dr. Fiorio stimmte zu. »Das ist der Weg! Hartnäckigkeit macht es möglich, jedesmal! Nun denn, wie gehen wir von hier aus weiter? Im weitesten Sinne sammeln wir Daten und beobachten, ob sich ein Muster zeigt. Dieses Muster wird die Richtung unseres Vorgehens bestimmen.«

Althea stellte zögernd eine Frage. »Was ist der Unterschied – wenn es denn überhaupt einen gibt – zwischen ›Behandlung‹ und ›Therapie‹?«

»Es ist eine Frage der Abstufung. Aber bedenken Sie, bisher befinden wir uns noch in der diagnostischen Phase.«

Hilyer sprach in seinem nasalsten Ton: »Wir hoffen, dass keine anderen Segmente von Jaros Verstand durch die Therapie geschädigt werden.«

Dr. Fiorio legte die Fingerspitzen aneinander. »Erstens: Die vorläufige Therapie befasst sich nur mit Jaros Erinnerung, nicht mit seinem Verstand. Die zwei Funktionen sind getrennt, obgleich sie zusammenarbeiten. Zweitens: Es gibt keinen Grund, eine solche Therapie zu wiederholen. Drittens: Wir sind nicht so verantwortungslos, wie Sie vielleicht befürchten. Jaro ist vor einem rücksichtslosen Trampeln in seinem Kopf sicher. Haben Sie weitere Fragen?«

Hilyer ließ sich von den drei Punkten keinesfalls

entmutigen. »Wie reagiert Jaro auf all die Sondierungen?«

Dr. Fiorio zuckte die Achseln. »Seine Gemütsruhe ist superb. Er beschwert sich nicht; selbst wenn er müde ist, kooperiert er, so gut er kann. Er ist ein guter Junge. Sie können stolz auf ihn sein.«

»Oh, das sind wir!« rief Althea. »Das sind wir tausendfach!«

Dr. Fiorio erhob sich. »Bis die nächste Phase unserer Arbeit abgeschlossen ist, kann ich Ihnen nicht mehr sagen. Das wird in etwa einer Woche der Fall sein.«

6

Vier Tage später, gegen Ende des Nachmittags, leistete Dr. Fiorio seinen Kollegen im Konferenzzimmer Gesellschaft. Eine junge Frau in der adretten blauweißen Uniform der Schwesternschaft servierte Tee und Nusskekse. Für einige Augenblicke saßen die drei Gelehrten entspannt, beinahe schlaff in ihren Stühlen, als ob sie sich nach anstrengender Tätigkeit ausruhen müssten. Nach und nach ließ ihre Spannung nach. Dr. Fiorio seufzte, langte nach seiner Teetasse und sagte: »Wenn schon nichts anderes, arbeiten wir wenigstens nicht mehr länger aufs Geratewohl. Das ist eine große Erleichterung.«

Dr. Windle schnaubte. »Wir können die Möglichkeit einer Täuschung nicht ausschließen.«

Dr. Fiorio seufzte. »Diese Andeutung ist unglaublich.«

»Was bleibt uns denn noch?« schrie Dr. Windle. »Wir sind wohl oder übel gezwungen zu formulieren, dass ein mehr oder weniger rationaler Verstand dieses Phänomen steuert!«

Dr. Gissing wedelte spöttisch vorwurfsvoll mit seinen Fingern in Richtung Dr. Windle. »Das ist ja so, als müsste man sagen, die Gegenwart der siderischen Gleichungen sei heraufzubeschwören, um den morgendlichen Sonnenaufgang zu erklären*.«

»Die Folgerung Ihrer Bemerkungen entzieht sich mir«, sagte Dr. Windle kühl.

Dr. Gissing erklärte freundlich. »Falls diese ›Vermittlungsquelle‹ innerlich ist, würde sie auf eine multiple Persönlichkeit hindeuten. Ist sie äußerlich, wären wir gezwungen, eine telepathische Herkunft in Betracht zu ziehen, was, wie ich glaube, etwas außerhalb unseres Bereichs liegt.«

Dr. Windles Stimme wurde scharf. »Sie haben uns eine hilfreiche Nomenklatur geliefert. Mein Kommentar dazu ist: Eine Krankheit zu benennen heißt nicht, sie zu heilen.«

Dr. Fiorio sagte gereizt: »Das alles ist irrelevant. Unsere Vektoren deuten auf einen bestimmten Bereich hin, nämlich Oggs Platte.«

Dr. Windle stieß einen Ton der Missbilligung aus. »Sie bringen uns in die Falle des Mystizismus. Wenn uns dieser Albatros um den Hals gehängt wird, kommt uns das teuer zu stehen, und zwar was unsere Arbeitseffizienz sowie unser Prestige betrifft!«

Dr. Gissing sagte: »Wenn unser Ziel die Wahrheit ist, sollten wir unsere Augen nicht vor allem außer den bloßen mechanischen Theorien verschließen.«

Dr. Windle verlangte zu wissen: »Und was ist nun Ihre Meinung?«

»Ich spüre, dass hier mehr vorliegt als simple Demenz.«

»In dieser Hinsicht stimmen wir überein«, sagte Dr. Fiorio gewichtig.

---

* Jene, die mit den Werken von Baron Bodissey bekannt sind, mögen sich seiner Erzählung vom Gast der Tischgesellschaft entsinnen, der, begierig diese Gesellschaft zu beeindrucken, versicherte, er wäre gerade erst von einer außergewöhnlichen Welt zurückgekehrt, wo die Sonne im Westen auf- und im Osten untergehe.

Eine Glocke erklang. Dr. Fiorio erhob sich. »Die Faths sind angekommen. Es hilft nichts, wir müssen ihnen die Fakten vorlegen.«

Dr. Windle blickte auf seine Uhr. »Heute kann ich nicht anwesend sein; ich bin mit meinen Terminen etwas in Verzug. Geben Sie ihnen nur einen faktischen Bericht, ohne Ihren gewöhnlichen Pomp, und alles wird gutgehen.«

Dr. Fiorio lachte, wenn auch etwas gequält. »Mein ›Pomp‹, wie Sie es nennen, ist nicht mehr als gute Öffentlichkeitsarbeit, ohne die man alten Damen auf die Füße tritt.«

»Ja, ja. Recht so«, sagte Dr. Windle. »Tun Sie, was Sie für richtig halten.« Er verließ den Raum.

»Ich muss Sie ebenfalls im Stich lassen«, sagte Dr. Gissing reuevoll. »Ich muss versuchen, meinen Fuß in die Tür der Girandolen zu bekommen; und heute ist der Tag: Sie nennen es ihre ›Unterdrückung der Unschuldigen‹, und ich muss dabei sein, um unterdrückt zu werden. Wer weiß? Sie könnten, noch bevor der Monat um ist, mit einem Mitglied der Girandolen im Bunde sein.«

»Sehr gut!« brummte Dr. Fiorio. »Gehen Sie! Lassen Sie sich unterdrücken! Ich werde mich allein mit den Faths beschäftigen … was vielleicht sowieso das beste ist.«

7

Dr. Fiorio traf die Faths im Empfangsraum. Sie saßen ruhig mit finsteren Gesichtern dort. An diesem Tag trug Hilyer eine lockere Hose aus braun-grauem Twill und einen dunkelbraunen Pullover mit schwarzen Ärmeln. Althea trug einen dunkelgrünen Rock und eine weiße Bluse, darüber eine Jacke, die mit dunklen orangefarbenen Knubbeln besetzt war. Dr. Fiorio registrierte, dass sie keinerlei Embleme zur Schau stellten, die ihren Status angaben; dann erinnerte er sich, dass sie Nimps waren. Er glitt in seinen gewohnten Stuhl hinter dem Schreibtisch und entbot oberflächlich seinen Gruß. Die Faths gaben eine freundliche Erwiderung, beobachteten ihn wachsam und spürten, dass er Neuigkeiten zu verkünden hatte.

Dr. Fiorio sagte: »Wir haben entschieden Fortschritte im Falle ihres Sohnes gemacht. Die Geheimnisse verbleiben, aber letzten Endes bekommen wir sie in den Griff.«

Althea fragte bebend: »Sind es gute oder schlechte Nachrichten?«

»Weder noch. Wie bedeutend sie sind, müssen Sie für sich selbst entscheiden.«

»Gut«, sagte Hilyer. »Erzählen Sie uns, was Sie herausbekommen haben.«

»Wie Sie wissen, haben wir Jaros Verstand systematisch studiert; im weiteren Verlauf haben wir Vektoren auf die schematischen Karten gelegt. Zu unserer Überraschung deuteten diese auf eine kleine unauffällige Verdickung von Nervengewebe hin, bekannt als Oggs Platte, auf der Rückseite der Medulla. Heute, als wir dieses Gebiet in allen Einzelheiten studierten, begann Jaro, gelegentlich Geräusche von sich zu geben. Sie waren von keinem besonderen Interesse, aber wir haben sie trotzdem aufgezeichnet. Dann stimulierte die Untersuchung offenbar einen besonderen Bereich; Sie werden nun hören, was sich daraus ergeben hat.«

Dr. Fiorio stellte einen kleinen schwarzen Kasten auf den Tisch. »Nach einigen gewöhnlichen Geräuschen und einem warnenden Läuten, werden Sie Jaros Stimme vernehmen. Sie wird sich fremd anhören. Ich warne Sie, bereiten Sie sich auf ein beunruhigendes Erlebnis vor.« Er drückte einen Knopf, wandte sich um und wartete, wobei er die Faths beobachtete.

Töne erklangen aus dem Kasten: das Rascheln von Papier, ein Pochen, Dr. Fiorios Murmeln zu einer Gehilfin, ein Kratzen, ein leises Läuten, dann eine Stimme, rauh und schwerfällig. Sie wurde in Jaros Kehle erzeugt; obwohl keine anderen Charakteristiken von Jaro zu erkennen waren. Die Stimme rief leise: »Bei meinem Leben! Mein früheres Leben; es ist vorüber, und ich bin hilflos im Dunkeln! Ich bin eine verlorene Seele, während mein Leben hinwegtropft; tropft, tropft, tropft! Es tropft hinweg! Ich bin vergessen, dunkel und tief, während mein wundervolles Leben vertropft.« Die Stimme verwandelte sich in ein Schluchzen, sprach dann erneut, noch verzweifelter als zuvor: »Warum bin ich es, der für alle Ewigkeit verlassen im Dunkeln sein muss?« Zu hören war das Geräusch von gedämpftem Schluchzen, dann Stille.

Dr. Fiorios Stimme, gespannt und scharf, ertönte aus dem Kasten: »Wer bist du? Nenn uns deinen Namen!«

Es erfolgte keine Antwort. Aus dem Kasten erklangen keine weiteren Töne, bis auf den Gesang der Stille der Einsamkeit und des Nichts.

Dr. Fiorio bediente die Taste an dem Kasten, um die Wiedergabe der Aufzeichnung zu stoppen. Er wandte sich um und starrte nicht die Faths an, sondern zwei Fremde mit weißen, abgezehrten Zügen und großen runden Augen wie Pfützen aus schwarzem Schlamm.

Dr. Fiorio blinzelte; der Bann war gebrochen; die Realität kehrte zurück. Er hörte sich selbst sagen: »Zum ersten Mal haben wir eine Tatsache zu fassen bekommen. Für uns ist das eine gute Neuigkeit; es ist eine Erleichterung zu erfahren, dass wir nicht nach einem Irrlicht gesucht haben.«

Althea rief leise: »Woher kommt diese Stimme? Ist es Jaro?«

Dr. Fiorio breitete die Arme aus und ließ sie fallen. »Wir hatten noch nicht die Zeit, uns vernünftige Meinungen zu bilden. Auf den ersten Blick scheint der klassische Fall einer multiplen Persönlichkeit vorzuliegen, aber eine solche Diagnose ist aus verschiedenen technischen Gründen, die ich hier nicht näher darlegen will, nur vorläufig.«

Hilyer fragte zögernd: »Welche andere Möglichkeiten gäbe es denn noch?«

Dr. Fiorio erwiderte vorsichtig: »In dieser Phase kann ich nur spekulieren, was Sie nur irreführen würde.« Hilyer lächelte bitter. »Mir macht es nichts aus, bloße Spekulationen zu hören – wenn sie klar und deutlich als solche gekennzeichnet sind. In Sronk, zum Beispiel, wurde einer von Jaros Erinnerungsblöcken gelöscht. Ist es möglich, dass man durch eine Fehlberechnung einen vollständigen Lappen vom übrigen Verstand getrennt hat und er somit aller sensorischen Einflüsse beraubt wurde? Wir könnten Schreie dieses isolierten Lappens gehört haben.«

Dr. Fiorio dachte nach. »Das ist ein guter Gedanke; oberflächlich betrachtet, ist er plausibel. Aber jegliches in dieser Art abgetrennte Segment würde auf der schematischen Karte offenbar werden. Daher kann dies nicht die Lösung sein, trotz der scheinbaren Einfachheit.«

»Aber irgend etwas Ähnliches muss geschehen sein!«

»Tja … Vielleicht.«

Althea wagte eine Frage: »Werden Sie in der Lage sein, Jaro zu helfen?«

»Ja … obwohl ich noch nicht so recht weiß, wo man ansetzen soll. Wenn wir die Wahrheit über Jaros Vergangenheit wüssten, könnten wir vielleicht den traurigen Geist, der seinen Verstand heimsucht, exorzieren.«

»Ich nehme an, das ist angemessen«, sagte Althea, »obwohl es sich nicht sehr praktisch anhört.«

»Überhaupt nicht praktisch«, verkündete Hilyer. »Solch ein Programm bedeutet weites Umherreisen, viel Zeit und viele Ausgaben. Eine sehr kalte Spur wäre zu verfolgen, mit nur wenig Aussicht auf Erfolg.«

»Ich fürchte, das ist wahr«, sagte Dr. Fiorio.

Althea sagte sehnsüchtig: »Sie sind nicht sehr optimistisch, was Jaro betrifft, nicht wahr?«

Dr. Fiorio zog eine Grimasse. »Ich möchte Ihnen weder falsche Hoffnungen machen noch sie verzweifelt nach Hause schicken. Die einfache Wahrheit ist, dass wir immer noch Daten sammeln.«

Hilyer musterte ihn skeptisch. »Und das ist alles, was Sie uns sagen können?«

Dr. Fiorio dachte einen Moment lang nach. »Gewöhnlich ist es nicht unsere Art, Rohdaten zu enthüllen, bevor sie vollständig analysiert wurden; dennoch, es kann nicht schaden, wenn ich einen Punkt erwähne, der Sie interessieren könnte.«

Dr. Fiorio hielt inne, um sich zu sammeln. Hilyer wurde ungeduldig. »Also dann! Was ist es?«

Dr. Fiorio warf Hilyer einen vorwurfsvollen Blick zu, sagte aber: »Während unserer Arbeitssitzungen haben Monitore eine geringfügige neurale Strömung festgestellt, die auf Gehirnaktivität hindeutet. Während die Stimme sprach, zeichneten die Monitore keine Aktivität auf. Wenn die Stimme durch Erinnerung bedingt wäre, würde man eine solche Aktivität an charakteristischen Stellen erwarten. Dies war nicht der Fall.«

»Was bedeutet?«

»Die Nachprüfung und Analyse dieses Bereichs deutet darauf hin, dass die Quelle der Stimme außerhalb von Jaros Verstand lag.«

Nach einem Moment sagte Hilyer steif: »Das ist schwer zu glauben. Diese Vorstellung führt zur Mystik.«

Dr. Fiorio zuckte die Achseln. »Dafür bin ich nicht verantwortlich. Ich kann nur die Beweise vorlegen.«

Die Faths erhoben sich und gingen zur Tür. Dr. Fiorio begleitete sie hinaus in die Empfangshalle. »Sie waren an Spekulationen interessiert«, sagte er zu Hilyer. »Nun haben Sie die Fakten und können selbst nach Herzenslust spekulieren. Ich werde das gleiche tun, nachdem ich gebadet habe, in meinen Straßenanzug aus feinem Leinen geschlüpft bin und mich im Patindrome-Club in die Salonbar gesetzt habe, wo ich mir sofort einen oder mehrere Gins servieren lasse.«

8

Eine Woche später, als Dr. Fiorio wieder mit den Faths im Empfangsraum konferierte, wurde er von Jaro begleitet. Althea dachte, Jaro sehe bleich und etwas gezeichnet aus, aber ebenso entspannt und zuversichtlich.

Jaro setzte sich auf die Couch zwischen Hilyer und Althea.

Dr. Fiorio lehnte sich gegen den Tisch. Er sagte: »Es war ein verwirrender Fall … obgleich wir nun etwas mehr wissen als zu Beginn. Tatsächlich haben wir Jaros Problemen ein Ende gesetzt; zumindest sieht es im Moment so aus.«

»Das ist eine wunderbare Neuigkeit!« rief Althea.

Dr. Fiorio nickte ohne Enthusiasmus. »Ich bin nicht rundum zufrieden. Unsere Technik war weder elegant noch ein Stück brillanter Improvisation, sie war noch nicht einmal durch klassische Theorie geleitet. An deren Stelle gebrauchten wir rohen, garstigen Pragmatismus, dessen einziger Vorzug sein Erfolg war.«

Althea lachte in glücklicher Erregung. »Aber ist das nicht völlig ausreichend? Ich finde, Sie sind bei weitem zu bescheiden!«

Dr. Fiorio schüttelte bedauernd den Kopf. »Unser Ziel war es, das Geheimnis zu lüften, welches grundsätzlicher Natur ist. Wurde die Stimme innerlich hervorgerufen, durch Jaros Erinnerung, oder äußerlich, durch telepathische Vermittlung? Während unserer Forschungen ist es mehr oder weniger zufällig geschehen, dass Jaros Leiden geheilt wurde. Die Stimme seufzt und flucht nicht länger, und wir müssen nun unsere Ausrüstung zusammenpacken und unseren großen Sieg verkünden.«

Hilyer presste die Lippen aufeinander. Dr. Fiorios Leichtfertigkeit – wenn es denn eine solche war – schien nicht länger angemessen und ging ihm allmählich auf die Nerven. »Entschuldigen Sie«, sagte Hilyer. »Ich bin nicht sicher, dass ich verstehe, was Sie uns mitzuteilen versuchen.«

»Es ist recht einfach, übersetzt man es in die Sprache des Laien.«

»Bei allem, was recht ist, tun Sie es«, murmelte Hilyer.

»Natürlich, natürlich!« verkündete Dr. Fiorio, der nicht ahnte, dass die sanften und statuslosen Akademiker etwas anderes als ehrfürchtige Bewunderung für ihn, seine Expertise und seine Mitgliedschaft bei den Palindromen fühlen könnten. »Wie ich erwähnte, lokalisierten wir einen Bereich, der aussah, als wäre er der Ursprung des Problems: ein Kissen schwammigen Gewebes an der Rückseite der Medulla, bekannt als Oggs Platte. Eine zufällige Stimulation dieses Bereiches rief die Stimme, die Sie hörten, hervor. Wir versuchten erneute Stimulationen mit verschiedenen Ergebnissen. Wir konnten jedoch die grundsätzliche Frage nach der Herkunft nicht beantworten.«

»Wie das?«

Dr. Fiorio hielt inne, um zu überlegen. Dann sagte er: »Um eine lange Geschichte kurz darzustellen: Wir isolierten Oggs Platte von den Nervenimpulsen, hüllten sie in Pannaxfilm ein und umgaben sie vollständig mit einer isolierenden Kapsel. In diesem Moment verschwand das mit der Platte verbundene Geräusch. Jaro empfand unmittelbar ein Gefühl der Befreiung. Er spürte, dass die Stimme verstummte, und ist sehr erleichtert. Habe ich recht, Jaro?«

»Ja«, sagte Jaro.

Hilyers Aufmerksamkeit wurde von einem Zögern in

Jaros Erwiderung geweckt. Er fragte scharf: »Was ist nicht in Ordnung? Ist dir unbehaglich deswegen, was gemacht wurde?«

»Nein! Natürlich nicht! Ich habe nur Angst davor, dass die Stimme zurückkehrt, wenn sich die Therapie abgenutzt hat.«

Althea fragte: »Du fürchtest also, die Stimme kommt von außerhalb?«

»Ja.«

Althea erschauderte. »Ein unheimlicher Gedanke.«

Hilyer sprach mit kühler, rationaler Distanz. »Wenn die Stimme Teil der sogenannten ›multiplen Persönlichkeit‹ wäre, würde sie ebenfalls wie jemand anderes klingen.«

Dr. Fiorio lächelte mit jener Selbstzufriedenheit, die Hilyer schon bei früheren Begegnungen geärgert hatte. »Gibt es noch andere Punkte, die Sie vielleicht näher beleuchtet hätten?«

»Die gibt es tatsächlich«, sagte Hilyer kurz angebunden. »Zum Beispiel die Sache der Nebenwirkungen. Sie haben ein Organ in Jaros Gehirn isoliert; ist das keine ernste Angelegenheit?«

»Wahrscheinlich nicht. Oggs Platte wurde bereits weitgehend erforscht; sie wird übereinstimmend für ein zurückgebildetes überflüssiges Organ gehalten.«

»Dennoch, begeben Sie sich hier nicht in Bereiche, die Sie selbst nicht vollständig verstehen?«

Dr. Fiorio sagte geduldig: »Die kurze Antwort auf Ihre Frage lautet ›ja‹. Wir beabsichtigen, Jaro unter Beobachtung zu halten. Seine Probleme wurden unter Kontrolle gebracht; nun müssen wir abwarten, um zu sehen, was geschieht, falls sich überhaupt etwas ereignet.«

Althea fragte: »Ist Oggs Platte unter Hypnose aktiv? Kontrolliert sie hypnotische Eingebungen?«

»Die Antwort lautet: definitiv nicht. Hypnose operiert in einem gänzlich anderen Bereich des Gehirns.

Also dann … Was noch? Nichts mehr? Dann werde ich meinerseits noch eine Beobachtung bezüglich Jaro hinzufügen. Während der Arbeit hat er unsere Zuneigung und gleichfalls unseren Respekt gewonnen. Er hat Beharrlichkeit, Courage und Mut bewiesen: Charakterzüge, auf die er stolz sein kann. Ebenso ist er von guter Natur, heiter und höflich. Ich habe erkannt, dass sie Nicht-Orgs sind, aber wenn Jaro sich dem Streben zuwendet, wird er die Leisten schnell aufsteigen, da er natürliche Konduite hat, die ihn zu guter Letzt hoch emportragen würde.«

Althea umarmte Jaro impulsiv. »Hast du das gehört? Dr. Fiorio redet von dir! Vielleicht widmest du etwas deiner Beharrlichkeit deinen Schularbeiten und kniest dich etwas mehr dort hinein, statt in deinen Tagträumen durch das All zu wandern.«

Dr. Fiorio lachte nachsichtig. »In Jaros Alter waren wir alle Romantiker! Ich wollte ein Wanderspringeras beim Kaneel-Wanderballclub werden.« Er wandte sich an Jaro: »Höre auf deine Mutter, Jaro, sie hat recht. Es gibt nur geringfügigen Status im Raum zu gewinnen, und während es nichts Falsches ist, ein Nimp zu sein, ist es doch am besten, den süßesten Saft aus einer Melone zu saugen! Und auf den Gipfel zuzustreben!«

»Hm«, sagte Hilyer. »Jaro hat seinen Blick auf eine akademische Laufbahn gerichtet und wird es vielleicht vorziehen, sich nicht durch die Pflege von Konduite ablenken zu lassen und jedesmal tausend Tode zu sterben, wenn eine Mitgliedschaft in einem höherrangigen Club abgelehnt wird.«

Dr. Fiorio lächelte freundlich. »Das ist eine Philosophie, die ohne Zweifel ebenfalls ihre Berechtigung hat. Also dann; ich wünsche Ihnen allen einen guten Tag!«

Kapitel V

1 Jaros Aufenthalt im Buntoon-Haus dauerte genauso lange wie die Ferien der Langolen-Schule, so dass er ohne Versäumnisse in seine Klasse zurückkehren konnte. Nichtsdestoweniger schien alles verändert. Seine gerade erst erlangte Freiheit versetzte ihn in eine Stimmung, die an Euphorie grenzte. Er war sich seiner Fähigkeiten bewusst; nichts konnte ihn davon abhalten, seine Suche durchzuführen! Er mochte unerfreuliche Tatsachen erfahren oder Schlimmeres; er hatte bereits dunkle Andeutungen des Bösen, welches in seiner Vergangenheit lauerte und sich in die Gegenwart tasten könnte, erlebt. Irgendwo, an einem Ort, nun dunkel und leer, seufzte und heulte die Stimme immer noch.

Wo?

Warum?

Was suchte sie?

Jaro hatte Fragen, aber keine Antworten. Die Faths vermieden es, darüber zu spekulieren, und scheuten sich sogar davor, Gespräche über die Stimme zu führen. Nach außen hin erklärte Hilyer es als ›seltsamen kleinen Knoten‹ in Jaros mentalen Prozessen, der nun glücklicherweise beseitigt sei. Sie waren, was seine Vergangenheit anging, stets zurückhaltend gewesen. Wenn er Fragen stellte, antworteten sie zerstreut mit Allgemeinplätzen. Der namenlose Kobold war aus seinem Verstand und seiner Erinnerung verschwunden; es gab nur noch Jaro Fath, mit einer ausgezeichneten akademischen Laufbahn in Aussicht. Sie meinten es natürlich nur gut; sie wollten lediglich, dass er wie sie würde, was das Vorrecht aller Eltern war.

Dame Wirtz begrüßte ihn mit einem scharfen, abschätzenden Blick und tätschelte seinen Kopf. Sie stellte keine Fragen, aber Jaro war sicher, dass sie mit Althea Kontakt aufgenommen hatte und die zwei in aller Ausführlichkeit über ihn geredet hatten. Jaro kümmerte das in keiner Weise. Er blickte sich im Raum um und sah seine Klassenkameraden aus einer neuen Perspektive. Er fühlte sich durch sie unbeeinflusster denn je. Beinahe alle waren Streber. Die Hälfte trug das blau-weiße Junioren-Emblem. Andere waren von den Persimmons akzeptiert worden und einige wenige waren bei den Zouaves angelangt. Es gab zwei Nimps, die recht weit hinten im Raum saßen. Der Junge gehörte wie er selbst zu einer Familie von Institutsakademikern, das Mädchen war gerade erst von Außerwelt zugereist. Von ihr hieß es, sie habe seltsame Essgewohnheiten. Es gab eine einzige Clam Muffin in der Klasse: Skirlet Hutsenreiter.

Jaros Einschätzung der Gruppe verstärkte sein Gefühl der Einzigartigkeit. Seine Klassenkameraden hielten ihn nicht nur für einen Nimp sondern auch für einen Einzelgänger, der Klassenaktivitäten mied und sich möglicherweise in dieser oder jener Weise dem Mystizismus hingab. Bei verschiedenen Gelegenheiten hatte Jaro seine Absicht erklärt, Raumfahrer zu werden, für den das Streben die sozialen Leisten Thanets hinauf nur verschwendete Liebesmüh sei. Niemand hörte ihm ernsthaft zu. Es machte keinen großen Unterschied. Nächstes Jahr würde er auf das Lyceum kommen, wo er sich auf das Studium des Weltraums konzentrieren könnte: Astronomie, die Geschichte und Geographie der Alten Erde, die Morphologie des Gaeanischen Reiches, Raumtechnik, die Lokatoren und die sich immer weiter ausdehnende Grenze des Reiches. Er würde versuchen, alle zwölf Bände von Baron Bodisseys *Life* zu lesen, was sehr wohl die Billigung Hilyers finden mochte. Genauer bedacht, vielleicht auch nicht; der Baron war mit der Raumerkundung eng verbunden, während das Gaeanische Reich für viele Leute, unter ihnen auch die Faths, groß genug war und Raumforscher deshalb nicht benötigt wurden. Die Faths hatten bereits ein Programm, das mit ihren Idealen übereinstimmte, für Jaros Zukunft aufgestellt. Jaros Pläne würden sicherlich auf ihren Widerstand treffen. Die Vorstellung bekümmerte ihn deshalb, weil er Althea und Hilyer, die seinem Wohlergehen so viel Zeit und Energie gewidmet hatten, liebte. Aber er wollte eine akademische Laufbahn genausowenig einschlagen, wie er sich danach sehnte, Tattermen oder Clam Muffin zu werden. Jaro dachte an Tawn Maihac, auf den man sich, was diskrete Ratschläge anging, verlassen konnte.

Eine Woche war vergangen, seit Jaro Maihac zuletzt gesehen hatte. Mit der widerwilligen Erlaubnis der Faths hatte Maihac Jaro bei dieser Gelegenheit zum Raumterminal mitgenommen. Nachdem sie die Hauptvorhalle durchquert hatten, traten sie in einen langen Hangar und schlenderten entlang einer Reihe von Raumjachten der verschiedensten Größen und Bauweisen. Sie gingen langsam und studierten nacheinander jede der schimmernden Formen, priesen die Qualität des Komforts, der Stärken und jener sonderbaren Atmosphäre furchtloser Pracht, die in keiner anderen menschlichen Konstruktion zu finden war.

In der Maschinenwerkstatt stellte Maihac Jaro Trio Hartung, dem Werkstattobmann, und einem wilden unansehnlichen Mechaniker namens Gaing Neitzbeck vor, der die Vorstellung mit einem knappen Nicken zur Kenntnis nahm.

Nach Verlassen der Werkstatt nahm Maihac Jaro zu einem offenen Café auf einer Seite des Platzes mit. Bei Tee und einer Schüssel Cremetörtchen fragte Maihac Jaro nach seiner Meinung über Hartung und Neitzbeck. Jaro bedachte die Sache und sagte dann: »Herr Hartung schien sehr ruhig und recht freundlich zu sein. Ich glaube, ich mag ihn.«

»Schön. Und was ist mit Gaing Neitzbeck?«

Jaro runzelte die Stirn. »Ich weiß nicht, was ich denken soll. Er sah etwas grimmig aus.«

Maihac lachte. »Er ist nicht unbedingt das, was er scheint. Eines jedenfalls ist sicher: Er ist nicht schüchtern.«

»Demnach kennen Sie ihn schon seit längerem?«

»Ja. Eine Frage: Als die Faths dich nach Thanet mitbrachten, konntest du dich an nichts aus deiner Vergangenheit erinnern?«

»An nichts von Belang.«

»Und du weißt nicht, wo sie dich fanden?«

»Nein. Sie werden es mir bis zu meinem Abschluss am Institut auch nicht erzählen.«

»Hm. Erzähl mir, an was du dich erinnerst.«

Jaro beschrieb die Andeutungen und Bilder, die er mit nach Thanet gebracht hatte.

Maihac hörte bedächtig zu. Seine Augen waren auf Jaros Gesicht fixiert, als ob er in seinem Ausdruck mehr lesen könnte, als in dem, *was* er sagte. »Und das ist alles, an was du dich erinnern kannst?«

Jaro blickte über den Platz. »Ein paarmal – ich weiß nicht mehr, wie oft – habe ich von meiner Mutter geträumt. Ich kann nicht einmal mehr ihre Gestalt beschreiben, aber ich hörte ihre Stimme. Sie sagte etwas wie ›O mein armer kleiner Jaro! Es tut mir so leid, diese Bürde auf deine Schultern zu laden! Aber es muss so sein!‹ Ihr Ton war traurig und als ich aufwachte, fühlte ich mich ebenfalls traurig.«

»Was meinte sie mit ›Bürde‹?«

»Ich weiß es nicht. Manchmal, wenn ich an sie denke, spüre ich, dass ich es wissen müsste, aber wenn ich mich erinnern will, entschlüpft es wieder.«

»Hmm. Interessant. Und das ist alles, an was du dich erinnerst?«

Jaro zog eine Grimasse. »An noch etwas. Ich denke, dass es mit dem Garten unter den zwei Monden zu tun hat.« Jaro erzählte Maihac von der trübseligen Stimme, die ihm solchen Ärger bereitet hatte. Er beschrieb die Therapie im Buntoon-Haus und die rauhen, trüben Worte der Aufzeichnung. »Die Doktoren hatten keine Erklärung außer Telepathie«, sagte Jaro. »Selbst darin stimmten sie nicht überein. Aber letzten Endes habe ich nun keinen Ärger mehr mit der Stimme.«

Während Jaro sprach, änderte sich die Haltung Maihacs. Er lehnte sich starr und gespannt vor, als wenn der Bericht eine schreckliche Faszination bereit hielte. Jaro fragte sich, ob Maihac ein ähnliches Eindringen in seinen Verstand erlitten hatte.

Maihac sagte schließlich: »Das ist eine bemerkenswerte Folge von Ereignissen.«

Jaro nickte. »Ich bin froh, dass sie nun beendet ist.«

Maihac lehnte sich in seinem Stuhl zurück und blickte über den Platz. Er fragte: »Du hörst die Stimme nicht mehr länger?«

»Ich denke nicht. Manchmal fühle ich ein Klingeln in der Luft, als käme man in einen Raum, wo gerade jemand gesprochen hat.«

»Das sind gute Neuigkeiten«, sagte Maihac. Er erhob sich. »Ich muss nun zurück zur Arbeit.«

Maihac verließ den Tisch. Jaro beobachtete, wie seine aufrechte Gestalt den Platz überquerte und im Terminal verschwand. Für eine Weile saß Jaro am Tisch und dachte über Maihacs seltsames Verhalten nach. Es war mehr als bloße Überraschung; Maihac war sichtlich erschüttert gewesen.

Jaro kehrte, durchdrungen von Geheimnissen, nach Merriehew zurück.

Die Zeit verging, und Jaro hörte weder etwas von Maihac, noch zeigte sich dieser in Merrihew. Vielleicht war er nicht eingeladen worden? Jaro dachte zu wissen, was geschehen war. Maihac wurde aus Sicht der Faths nicht mehr länger mit esoterischer Musik oder geheimnisvollen Instrumenten identifiziert. Maihac arbeitete nun am Raumterminal; er war kreuz und quer durch den Raum gereist, und die Faths fürchteten seinen Einfluss auf Jaro. Wenn schon ein Rollenmodell benötigt wurde, sollte es Hilyer Fath, nicht Tawn Maihac sein, der nicht nur ein Raumfahrer, sondern auch weit entfernt davon war, ein Pazifist zu sein.

Jaro lächelte dünn und bekümmert. Es war alles recht klar. Die Faths, so wohlwollend und liebevoll sie sein mochten, drängten ihm ihre Führung auf, die er weder brauchte noch verlangte. Jaro wusste, dass Maihac ihn mochte; so bald wie möglich wollte er ihn aufsuchen und versuchen, tiefer in die quälenden Geheimnisse, von denen Maihac nun ein Teil war, einzudringen.

Am Morgen ging er in die Schule und konzentrierte sich auf seine Studien, so als wolle er sich eine hermetisch abgeriegelte Disziplin auferlegen. Während der Mittagsstunde ging er auf dem zentralen Hof an Hanafer Glackenshaw vorüber. Hanafer blickte ihn an, seine Gedanken waren woanders, aber er war nicht so abwesend, dass er sich eines Schnaubens und Naserümpfens, was die Beständigkeit seiner früheren Geringschätzung ausdrücken sollte, hätte enthalten können. Jaro ging gleichmütig seiner Wege.

Es war eine unerfreuliche Situation. Hanafers Verachtung mochte sich zerstreuen oder ihn zu einem Handeln veranlassen, das Jaro nicht ignorieren konnte. Was dann? Was, wenn Hanafer so beleidigend würde, dass Jaro sich gezwungen sähe zu kämpfen? Das würde sich keinesfalls mit den Lehren der Faths vertragen. Sie würden ihn daran erinnern, dass kein Gesetz ihn zwänge, ein anderes menschliches Wesen zu schlagen und zu verletzen, welche Provokation auch immer vorliegen mochte; die hochethische Doktrin verlangte, dass Jaro höflich seine Abscheu gegenüber Gewalt zeigte, sich entschuldigte und der unfreundlichen Situation auswich. In dieser Art und Weise, sagten die Faths, würde er Scham und Zerknirschung in seinem Widersacher bewirken und sich selbst den Freuden einer guten Sache hingeben. Wieder verzog Jaro den Mund zu dem bekümmerten Lächeln. Die Faths hatten ihm nicht erlaubt Kurse der Körperertüchtigung, die Pugilismus oder Kampf jeglicher Art mit sich brachten, zu belegen. Als Folge davon war er, im Falle eines Angriffs, beträchtlich im Nachteil, und Hanafer würde ihn ohne Zweifel gründlich verdreschen.

Diese Vorstellung behagte Jaro gar nicht. Sein Defizit könnte ihn ernsthaft in Schwierigkeiten bringen, wenn er daran nichts änderte.

Während des Nachmittags des ersten Tages im neuen Semester besuchte Jaro die Bibliothek, wo er sich einen Band auslieh, der verschiedene Nahkampfmethoden beschrieb. Er verließ die Bibliothek und setzte sich auf eine Betonbank im Hof, um seine Errungenschaft durchzulesen. Er bemerkte, dass jemand am anderen Ende der Bank Platz genommen hatte. Es war die berüchtigte Skirlet Hutsenreiter, deren Status als Clam Muffin so erhaben war, dass sie keinen Gedanken an Konduite verschwenden musste. Sie saß seitlich, mit übereinandergeschlagenen Beinen, einen Arm über die Rückenlehne der Bank, den anderen auf ihren Schoß gelegt, so dass sie eine nachlässige Eleganz zur Schau stellte, die Jaro einfach zur Kenntnis nehmen musste, bevor er sich wieder seinem Buch widmete.

Ein Moment verging. Jaro spähte zur Seite, wo er Skirlet vorfand, die ihn intensiv musterte, ihre leuchtenden grauen Augen glänzten vor Intelligenz. Ein Gewirr kurzer dunkler Locken umrahmte ihr Gesicht. Wie gewöhnlich trug sie, was ihr zuerst in die Hände geraten war: an diesem Tag eine blaue Bauernjacke, die eine Nummer zu groß war, und eine Hose aus wollweißem Leinen, welche sich liebevoll an die Kurven ihres gerundeten Körpers anschmiegte. Jaro seufzte und wandte sich erneut seinem Buch zu; seine Nerven prickelten in einer nicht unangenehmen Aufregung. In der Vergangenheit hatte Skirlet ihn kaum beachtet; nun beobachtete sie jede seiner Bewegungen. Seltsam! Was ging in ihrem Kopf vor? Wenn er sie ansprach und eine Zurückweisung erhielt – was zu erwarten war –, würde er sich nur ärgern und Zeit mit bitteren Gedanken verschwenden. Er entschied, dass es besser wäre, nichts mit ihr zu tun zu haben.

Skirlet schien seine Gedanken zu ahnen und erlaubte sich ein recht erhabenes Lächeln.

Jaro sammelte all seine Würde und setzte sich in starrer, aufrechter Haltung hin. Sein Plan war gut: Er würde sie vollständig ignorieren, bis ihre Aufmerksamkeit nachließ und sie sich davon machte, um sich anderswo zu amüsieren. Sie war wie Quecksilber; das Ganze würde höchstens zwei oder drei Minuten dauern. Skirlet rief: »He! Du da! Hallo!«

Jaro taxierte sie ohne Änderung seines Ausdrucks. Sie war unberechenbar. Er musste sie mit immenser Vorsicht behandeln.

Skirlet sprach wieder. »Lebst du oder bist du tot? Oder liegst du im Koma?«

Jaro erwiderte mit steifer Formalität: »Ich lebe, vielen Dank.«

»Wohl gesprochen! Du heißt Jaro Fath, habe ich recht?«

»Nicht ganz.«

Skirlet war wegen Jaros ausweichender Antwort verärgert. »Wie das?«

»Die Faths sind meine Pflegeeltern.«

»Oh? Du hast einen anderen Namen?«

»Sehr wahrscheinlich.« Jaro musterte sie. »Wer bist du?«

Skirlet war verblüfft. »Du kennst mich doch sicherlich! Ich bin Skirlet Hutsenreiter.«

»An den Namen kann ich mich erinnern; er ist recht ungewöhnlich.«

Skirlet sagte in beherrschtem Ton: »Mein Name ist die Kurzform von ›Shkirzaksein‹. Das ist das Landgut meiner Mutter auf Marmone, wo ihr Palast Piri-piri gelegen ist.«

»Das hört sich großartig an.«

Skirlct nickte humorlos. »Ist es auf gewisse Weise auch. Ich war vor zwei Jahren dort.« Skirlet presste die Lippen zusammen und blickte den Flammarion-Prospekt hinunter. »Ich habe Dinge erfahren, die ich in Thanet nie erfahren hätte. Ich werde nie mehr dorthin zurückkehren.«

Skirlet glitt auf der Bank näher an ihn heran. »Im Moment bin ich an dir interessiert.«

Jaro traute seinen Ohren nicht. Er starrte sie sprachlos an. »Du bist interessiert – an mir?«

Skirlet nickte steif. »An dir und deinem Verhalten.«

Jaro entspannte sich. Skirlet war freundlich, und während er seine Selbstzufriedenheit im Zaum halten musste, war es schwer, nicht darüber zu spekulieren, was sie im Sinn hatte. Benötigte sie plötzlich eine Begleitung zu einer unerwarteten gesellschaftlichen Feierlichkeit? Oder wollte sie ihn vielleicht aus einer Laune heraus in die erhabenen Ränge der Clam Muffins einführen? Oder war es vielleicht denkbar, dass sie … Jaros Verstand schwankte zwischen wilden und undenkbaren Vorstellungen hin und her. Dann zügelte er sich. Solche Dinge geschahen – selbstverständlich. Er beäugte Skirlet zweifelnd. »Du hast einen guten Geschmack. Dennoch bin ich verwirrt.«

»Wie auch immer. Macht es dir etwas aus, wenn ich dich für eine Weile aus der Nähe betrachte?«

»Es kommt ganz darauf an. Wie nah und wie lange?«

Skirlet erwiderte brüsk: »Nicht länger und nicht näher als notwendig.«

»Was ist mit meiner Privatsphäre?«

»Im Augenblick brauchen wir die nicht. Also dann!« Skirlet streckte die Hand aus und berührte mit dem Daumen nacheinander jeden ihrer Finger. »Kannst du das auch?«

»Selbstverständlich.«

»Dann zeig es mir.«

Jaro vollführte das Kunststück. »Wie war das?«

»Recht gut. Noch einmal. Und wieder. Und wieder.«

»Das genügt für jetzt«, sagte Jaro. »Ich möchte keine lästige nervöse Gewohnheit daraus werden lassen.«

Skirlet schnalzte verdrießlich mit der Zunge. »Du hast die Sequenz unterbrochen. Nun müssen wir von neuem beginnen.«

»Nicht, wenn ich nicht weiß wozu.«

Skirlet machte eine ungeduldige Geste. »Es ist ein klinischer Test. Geistesgestörte bilden an bestimmten Punkten charakteristische Fehler aus. Ich hörte, dass du von den Psychiatern für ... na ja, etwas verrückt erklärt worden bist, deshalb wollte ich das Experiment so früh wie möglich durchführen.«

Nach einer Weile der Totenstille stieß Jaro einen sanften Seufzer aus. Dann blickte er in den Himmel. Alles war in Ordnung; die Welt war wieder normal; Skirlet war nicht einer plötzlichen amourösen Besessenheit unterlegen. Eigentlich schade. Er könnte Übung gebrauchen.

»Jetzt verstehe ich dein Interesse«, sagte Jaro. »Für eine Weile dachte ich, du wärest in mich verliebt.«

»O nein«, sagte Skirlet leichthin. »Ich habe keinerlei Interesse an diesen Dingen. Tatsächlich mag ich dich nicht einmal besonders.«

Jaro verzog das Gesicht zu einer reuevollen Grimasse. Nach einem Augenblick sagte er: »Darf ich dir einen Rat geben?«

Skirlets Züge nahmen einen hochmütigen Ausdruck an. »Ein Rat von einem Nimp? Natürlich nicht.«

»Ich tu es trotzdem. Wenn du auf eine erfolgreiche

Karriere in der Psychotherapie hoffst, musst du lernen, charmant und sympathisch zu sein. Andernfalls wirst du alle Patienten verärgern, und die werden dann kein zweites Mal kommen.«

Skirlet lachte verächtlich. »Das ist pures Geplapper! Hast du vergessen? Ich bin eine Clam Muffin; ich plane keine Karriere! Die bloße Vorstellung ist schon eine Gemeinheit.«

»In diesem Fall…« begann Jaro, wurde aber von Skirlet unterbrochen.

»Die Tatsachen sind einfach. Ich bin an der menschlichen Persönlichkeit und deren Abweichungen interessiert. Das ist ein zufälliges Interesse – was die Clam Muffins ›Tanz mit dem Spielzeug‹ nennen. Als sich die Chance bot, entschied ich mich, mir einen kurzen Überblick über dich und deine Abnormitäten zu verschaffen.«

»Gut gedacht«, sagte Jaro. »Die Sache hat nur einen Haken. Ich bin nicht verrückt.«

Skirlet starrte ihn mit hochgezogenen Augenbrauen an. »Warum warst du dann bei den Psychiatern?«

»Das ist meine Angelegenheit.«

»Ha, ha! Vielleicht bist du letztendlich doch verrückt oder ›croque-couvert‹, wie es in diesem Beruf genannt wird.«

Jaro beschloß, wenigstens einen Teil der Wahrheit zu offenbaren. »Die ersten sechs Jahre meines Lebens sind ein Geheimnis. Ich weiß nichts über meinen Vater oder meine Mutter oder darüber, wo ich geboren wurde. Die Psychiater haben versucht, meine verlorene Erinnerung wiederherzustellen.«

Skirlet war beeindruckt. »Hatten sie Erfolg?«

»Nein. Die ersten sechs Jahre sind verschwunden.«

»Seltsam! Etwas Schlimmes muss dir widerfahren sein.«

Jaro nickte finster.

»Die Faths fanden mich während einer ihrer Außerwelt-Expeditionen. Ich bin so schwer zusammengeschlagen worden, dass ich schon im Sterben lag. Sie retteten mich, aber meine Erinnerung war verschwunden, und niemand konnte ihnen sagen, woher ich kam. Sie nahmen mich mit nach Thanet, und hier bin ich.«

»Hmm. Das ist das Material für den Beginn einer wirklich ungewöhnlichen Geschichte!« Skirlet dachte einen Augenblick lang nach. »Ich vermute, das Trauma hat sich stark auf dein Leben ausgewirkt?«

Jaro stimmte mit ihr überein, dass dies wahrscheinlich so war.

Skirlet fragte: »Willst du wissen, was ich denke?«

Jaro öffnete den Mund, um etwas zu entgegnen, aber Skirlet nahm sein Interesse als gegeben hin. »Du erzählst eine traurige Geschichte … aber was auch immer dich quält, ist kein Grund zum Selbstmitleid! Das ist ein lähmendes Gefühl! Im schlimmsten Fall stagniert die Konduite. Du solltest dir über dich selbst klar werden, selbst wenn du etwas finden solltest, was du nicht magst. Wenn alle anderen an dir vorbei die Leisten hinauf ziehen, zu den Zouaven oder gar der Schlimmen Bande, bist du immer noch ein Nimp! Der Gegensatz ruft innere Beschämung hervor, die zu einer wahrhaften Schleife der Niederlagen entartet und dich letztendlich auf dem Buntoon-Hügel bei den Psychiatern landen lässt.«

Jaro wägte die Analyse ab und nickte dann. »Ich weiß, was du meinst. Es ist eine sehr vernünftige Beurteilung … jedoch kann ich mir nicht vorstellen, wen du beurteilst, sicherlich nicht mich.«

»Oh?« sagte Skirlet finster. Dies war nicht das verächtliche Murren, das sie erwartet hatte. »Warum sagst du das?«

Jaro lachte – ein unhöfliches, spöttisches Lachen, dachte Skirlet. »Ist das nicht klar? Ich kümmere mich keinen Deut um all die Clubs: Clam Muffins, Lemurianer, Sasselforder Tiger oder Nimps? Für mich sind sie alle gleich! Ich mache mich in den Raum auf, sobald es mir möglich ist, und du siehst mich nie wieder.«

Skirlets Kinn sackte herab. Jaro hatte sie, die Clam Muffins und die gesamte prächtige Staffage kosmischer Ordnung mit einem Schlag herabgesetzt! Seine Unverschämtheit war erstaunlich! Sie gewann schließlich ihre Fassung zurück, doch bevor sie sprechen konnte, sammelte sie sich, um die passenden Worte zu finden. Die Antwort musste wohl abgewogen und aufrichtig sein, aber sie war Skirlet Hutsenreiter und gebrauchte kein anderes Instrument als ihre ruhmreiche Intelligenz. Sie würde diesen hochmütigen, obzwar recht gutaussehenden Jungen überwinden! Sie würde ihn besiegen und ihn verwirren, bis er niedergeschlagen und unterwürfig vor ihr stand. Und es konnte keinen Gedanken an Milde geben, bis er sie um Gnade bettelte. Danach … nun gut, sie würde sehen. Vielleicht konnte sie ein nettes Tätscheln seines Kopfes in Betracht ziehen.

Also dann: dies waren die Ziele. Wie ging es nun weiter? Sie musste eine Grundlage unwiderlegbarer Logik errichten, ohne ihn zu beunruhigen. Sie zwang sich, höflich zu sprechen. »Du kannst nicht ohne fremde Hilfe ins All gehen. Du brauchst Passagepapiere. Die sind teuer. Hast du Geld?«

»Nein.«

»Was ist mit den Faths? Werden sie dir Geld geben?«

»Niemals, noch würden sie mir sagen, wo ich welches bekommen könnte.«

»Das ist aber gar nicht nett!«

Jaro zuckte die Achseln. »Sie befürchten, dass ich zum Vagabund werde, der für immer zwischen den Randwelten des Reiches umherstreift. Sie möchten kein Geld in eine sinnlose Sache stecken, und damit haben sie recht. Wenn ich nicht auf eigene Rechnung ausreisen kann, werde ich mich als Raumfahrer verdingen.«

»Das ist dennoch keine Lösung. Wenn du Raumfahrer bist, musst du dorthin reisen, wohin das Schiff dich mitnimmt.«

»Ich stimme zu, dass das ein Problem ist. Die einzige Lösung ist, jemanden mit Geld zu heiraten. Was ist mit dir? Kannst du eine Suche nach sechs verlorenen Jahren finanzieren? Wenn ja, heirate ich dich auf der Stelle. Ich bin sicher, du bist wohlhabend, da du eine Clam Muffin bist.«

Skirlet war beleidigt und brachte keinen Ton heraus. Der Scherz war grausam und boshaft, und jemand wie sie hätte von Jaro so etwas nicht erwartet. Sie sagte kalt: »Offensichtlich hast du die Gerüchte gehört. Deine Scherze zeugen von schlechtem Geschmack.«

»Ich habe keine Gerüchte gehört und ich scherze nicht.«

Skirlet erkannte, dass sie einen Fehler gemacht hatte. »Wenn du nichts davon weißt, bist du der einzige.«

»Ich habe keine Ahnung, wovon du redest.«

»Warum, glaubst du wohl, bin ich an dieser schmierigen Langolen-Schule statt an der Aeolian-Akademie eingeschrieben? Hast du dich nicht gefragt, warum die schönen Gärten in Sassoon Ayry fehlen?«

Sassoon Ayry, das, wie Jaro wußte, auf dem Lesmond-Hügel gelegen war, war das Heim der Hutsenreiters. Er sagte: »Aus Neigung nehme ich an.«

»Richtig! Die Bankiers ziehen es vor, meinem Vater kein Geld mehr zu leihen. Die Gärtner ziehen es vor, für ihre Arbeit bezahlt zu werden. Wir leben an der Grenze zur Armut!«

»Seltsam!« sagte Jaro. »Ich dachte, alle Clam Muffins seien wohlhabend.«

Skirlet lachte. »Mein Vater hält sich für einen brillanten Finanzier, aber seine Spekulationen sind stets zu früh oder zu spät angesetzt. Er besitzt noch etwas Eigentum – alles mehr oder weniger wertlos – einschließlich der Gelbvogel-Ranch, die draußen, in der Nähe eures Hauses, gelegen ist. Er denkt, er kann sie an Mildoon, den Promoter, verkaufen. Aber Mildoon bietet nicht mehr, als das Land wert ist, und mein Vater ist zu eitel, um mit Verlust zu verkaufen. Er nahm das Geld aus meinem Treuhandfond, um Anteile an einer Reisemenagerie zu erwerben. Die Tiere starben, und mein Geld ist futsch.«

»Schlimm.«

»Das kann man wohl sagen. Ich kann deine Suche nicht finanzieren, und du bist von deinem Heiratsversprechen entbunden.«

Jaro musterte sie von der Seite. Sie klang beinahe ernsthaft ... was selbstverständlich ganz und gar nicht zu ihr passte.

Skirlet bestätigte nun seinen Gedanken. Sie erhob sich. »Alles beiseite lassend – die Vorstellung ist geschmacklos, selbst wenn du nicht mehr als nur scherzen wolltest.«

»Ganz recht«, sagte Jaro. »Mein Sinn für Humor ist grob. Ein Weltraumvagabund hat keine Verwendung für eine Frau.«

Skirlet wandte sich um und blickte über die Balustrade hinweg auf den Flammarion-Prospekt. Jaro beobachtete sie und fragte sich, was sie wohl dachte.

Die Sonne sank den Hügeln entgegen. Das Licht wurde allmählich fahl. Ein Windhauch zupfte an Skirlets Haar. Für einen kurzen Augenblick schien die Welt verändert. Jaro dachte, ein hohlwangiges, verwahrlostes Kind zu sehen: einen verlorenen Rest tragischer Menschlichkeit.

Skirlet bewegte sich; der Schatten wechselte, die Illusion verschwand, und sie war wie zuvor. Sie wandte sich langsam um und blickte Jaro an. »Weshalb blinzelst du so blöd?«

»Es ist schwer zu erklären. Für einen Augenblick habe ich dich gesehen, wie du hättest sein können, wenn du keine Clam Muffin wärest.«

»Seltsam, so etwas zu sagen! Wo ist der Unterschied?«

»Ich bin mir nicht sicher.«

»Puh. Es gibt keinen Unterschied. Ich habe beide Wege probiert. Nirgends ein Unterschied.« Sie überquerte den Hof, rannte die weißen Stufen neben der Bibliothek hinauf und war verschwunden.

2

Eine Woche verging. In der Schule sah Jaro Skirlet, hielt sich aber auf Distanz, und sie achtete nicht auf ihn. Eines Abends fragte Jaro Althea, weshalb sie von Tawn Maihac so wenig gehört und gesehen hätten. Althea heuchelte Geistesabwesenheit, aber ihre Bemühungen waren nicht überzeugend. »Wer? Tawn Maihac? Ah ja, natürlich! Der komische Froschhorn-Mann! Er ist nicht mehr in meiner Klasse. Er sagte jemandem, dass seine neue Arbeit ihn beschäftigt hielte und er keine Zeit mehr für gesellschaftliche Anlässe fände.«

»Zu schade«, sagte Jaro. »Ich mochte ihn.«

»Ja, er war ein recht talentierter Bursche«, sagte Althea vage.

Jaro ging in sein Zimmer und versuchte Maihac anzurufen, erfuhr jedoch, dass kein Anschluss unter diesem Namen verzeichnet war.

Am folgenden Tag verließ Jaro die Schule früher und fuhr mit dem öffentlichen Nahverkehr hinaus zum Raumhafen. Rechts neben dem Terminalgebäude befanden sich lange, hohe, das Feld flankierende Hangars, die eine Reihe von Raumjachten vor der Witterung schützten. Viele davon standen zum Verkauf. Jaro hatte diesen Weg zuvor schon mit Maihac genommen, und sie hatten im Vorbeigehen alle Einzelheiten der verschiedenen Raumjachten besprochen. Die preiswertesten waren häufig die weiterentwickelten Versionen des alten Modells 11-B Lokator, die nun von vielen Herstellern gebaut und als Ariel, Codierter Extensor oder Spadway Hermit angeboten wurden. Sie waren breitrumpfige Schiffe von kompakter Bauweise, alle etwa fünfzehn Meter lang, mit lediglich kosmetischen Unterschieden gegenüber ihren rauhen, wenn nicht gar spartanischen Vorgängern. Die Preise solcher Schiffe lagen bei zwanzigtausend Sol* und darüber, abhängig von Alter, Zustand und Lackierung. Maihac hatte Jaro erzählt, dass solche Schiffe auf weit entfernten Raumhäfen manchmal für zehntausend, fünftausend oder gar für zweitausend Sol zu haben waren, was von den Erfordernissen des Augenblicks abhing. Häufig, sagte Maihac, wechselten solche Fahrzeuge ihre Besitzer an den Spieltischen der Raumhafensalons.

»Ich weiß nicht viel über das Spielen«, hatte Jaro sehnsüchtig gesagt.

»Ich weiß genug darüber, um es zu meiden«, sagte Maihac.

Die anderen Fahrzeuge unterschieden sich alle in Größe, Qualität, Eleganz und Preis. Die prächtigsten waren eine Golschwang 19 und eine Sansevere Triumph, die beide nicht zum Verkauf standen, obwohl, nach Ansicht Maihacs, jede wahrscheinlich über zwei Millionen Sol einbringen würde. Die Golschwang 19 gehörte einem Tattermen-Bankier; die andere einem Val Verden, dessen Einkommensquelle obskur war. Jaro gefiel besonders eine prächtige Fortunatus der Glitterway-Baureihe mit dem Namen *Pharsang,* die gegenwärtig von einem Kahulibaher-Bankier zum Kauf angeboten wurde. Das Schild am Bug machte deutlich, dass dem Eigner die Zeit fehlte, die Jacht ihrer Bestimmung zukommen zu lassen, und er sie deshalb einem Käufer mit angemessenem Status – niemand sonst solle vorsprechen – für den rechten Preis verkaufen wolle. Das Schiff war glänzend blau lackiert, die Innenausstattung

* *Sol:* Geldeinheit, die etwa $ 8,– entspricht.

war scharlachrot und senfgelb. Jaro war, genau wie auch Maihac, von diesem Schiff fasziniert. »Ich weiß, wie ich meine erste Million Sol anlegen würde«, hatte Maihac gesagt. »Sie hat genau die richtige Größe: für das Leben an Bord oder um Passagiere auf Exkursionen oder zu unverzeichneten Häfen mitzunehmen. In fünf Jahren hätte man die Kosten für das Schiff hereingeholt.«

Jaro hatte gesagt, dass solch ein Schiff viel Unterhalt kosten musste.

»Das kommt darauf an«, hatte Maihac erwidert, »der gegenwärtige Eigner unterhält wahrscheinlich die vollständige Mannschaft: Kapitän, Obermaat, ersten und zweiten Maschinisten, zwei Stewards und vielleicht einen Ersatzmann. Erste-Klasse-Küche für den Eigner, die Gäste und die Crew kann sehr teuer sein. Kurz: hohe Ausgaben. Auf der anderen Seite kann auch ein Mann allein die Jacht bedienen. Dann sind die Ausgaben unbedeutend.«

Als Jaro die Reihe auf seinem Weg zur Werft entlangging, kam er zu der Glitterway *Pharsang,* und wie gewöhnlich hielt er inne, um ihre massive und zugleich jedoch anmutige Linienführung zu bewundern. Das Zu-Verkaufen-Schild war nicht länger vorhanden; hatte jemand mit adäquatem Status das Schiff gekauft? Jaro bemerkte eine Bewegung im vorderen Salon. Ein Mädchen passierte das Beobachtungsfenster. Jaro erkannte sogleich das wallende blonde Haar von Lyssel Bynnoc. Es schien so, als redete und lachte sie mit großer Lebhaftigkeit, wie es ihre übliche Manier war. Jaro bewunderte die sehr hübsche Lyssel, aber er wollte nicht, dass sie bemerkte, wie er – und das würde sie denken – in neidischer Sehnsucht zur *Pharsang* schaute. Zu spät! Sie drehte sich um und blickte zu ihm herunter. Sie wandte sich ab; Jaro vermutete, dass sie ihn nicht wiedererkannt hatte, was noch ärgerlicher war.

Jaro besaß die Gabe, über sich selbst lachen zu können. Er hatte Lyssel Jahre zuvor an der Langolen-Schule in einem Wissenschaftslaboratorium getroffen. Schon damals war er auf eine abwesende Art – da er zu dieser Zeit mit seinen eigenen Angelegenheiten beschäftigt war – angenehm berührt gewesen. Lyssel ihrerseits hatte den hochgewachsenen dunkelhaarigen Jugendlichen mit dem nachdenklichen Ausdruck bemerkt. Sie spürte seine Aufmerksamkeit und wandte sich ab, erwartete, dass er sich ihr unter dem einen oder anderen Vorwand nähern werde, aber als sie sich umschaute, war er mit seiner Arbeit beschäftigt.

Hmm, dachte Lyssel. Sie taxierte ihn verstohlen. In einer unauffälligen und bescheidenen Weise war er recht attraktiv. Seine Züge waren gut ausgeprägt, ja beinahe aristokratisch zu nennen. Sie fragte sich, ob er ein Außerweltler sein mochte. Es war gut möglich, dachte sie. Eine recht romantische Regung! Lyssel mochte romantische Gefühle. Natürlich würde er, wie alle anderen Jungs, die sie kannte, Wachs in ihren Händen sein … wenn sie das überhaupt wollte. Es schien eine gute Idee; Hanafer Glackenshaw würde verärgert sein.

Hanafer war tatsächlich verärgert, als sie Jaro erwähnte und seine Tugenden beschrieb. »Er sieht sehr interessant aus, als wäre er ein zugezogener Grande oder vielleicht ein Übermensch von Dambrosilla. Es gibt eine Art Geheimnis um ihn. Wenigstens gibt es Gerüchte über ihn.«

»Pah!« schnaufte Hanafer, ein großer, recht gewichtiger Jugendlicher mit kühnen Zügen, vor allem einer langen Nase, die ihm seiner Meinung nach ein imponierendes Profil verlieh. Er trug sein blondes Haar nach einer neuen und verwegenen Mode. Es streifte seine breite Stirn, wich dann zurück und hing zur Seite. Er spottete über Lyssels Auskunft betreffend Jaro. »Schiere Wichtigtuerei. Um den Burschen gibt es kein Geheimnis. Zuallererst ist er ein Nimp!«

»Ach, wirklich?«

»Ja, wirklich. Seine Eltern sind Nimps; sie sind Akademikertypen am Institut und Pazifisten obendrein. Beschränke deine entzückenden Theorien in Zukunft auf mich! Lass uns da weitermachen, wo wir aufgehört haben.«

»Stopp, Hanafer! Es wird uns jemand sehen.«

»Kümmert uns das?«

»Selbstverständlich!«

»Ich staune. Hast du gehört, was Darsay Jechan über dich gesagt hat?«

»Nein.«

»Es war unten am Springbrunnen. Er schwärmte, dass du wie die reine und zarte Blume aus der Legende wärest, die nach der Bestäubung verwelkt und in sich zusammenfällt.«

»Das ist aber ein sehr süßes Kompliment!«

»Kosh Diffenbocker hatte ebenfalls ein Kompliment zu machen. Er sagte, dass dies ein hübscher Gedanke wäre, du aber wahrscheinlich dauerhafter als die Blume aus der Legende wärest, und wenn eine Bestäubung stattgefunden hätte, würdest du danach nicht schlechter aussehen.«

»Das sind seltsame Komplimente, Hanafer Glackenshaw; ich bin nicht amüsiert, am wenigsten von dir. Du darfst dich nun, so schnell dich deine plumpen Beine tragen können, entfernen!«

3

Jaro erreichte die Werft und ging unmittelbar zum Büro des Aufsehers. Hier fand er Trio Hartung, der ihn herzlich begrüßte. »Nun, Jaro, was gibt es heute? Bist du bereit, meinen Job zu übernehmen?«

»Jetzt noch nicht«, sagte Jaro. »Ich wünschte jedoch, ich wäre dazu fähig.«

»Wenn du bereit bist, gibst du mir Bescheid«, sagte

Hartung. »Wir bringen dich schon die Leiter hinauf. Glaub mir, es gibt viel zu lernen.«

»Schönen Dank«, sagte Jaro. »Ich komme, sobald ich an der Schule Zeit erübrigen kann. Ist Herr Maihac in der Nähe?«

Hartung sah ihn überrascht an. »Maihac ist fort … einen Moment. Es ist jetzt zwei Wochen her. Er schiffte sich an Bord der *Audrey Anthe* von der Osiris Line aus. Das wusstest du nicht?«

»Nein.«

»Seltsam. Er sagte etwas von einer Nachricht, die er dir hinterlassen würde.«

Jaro sann über die vergangene Woche nach. »Ich habe keine Nachricht bekommen.« Dann fragte er: »Wann wird er zurück sein?«

»Das ist schwer zu sagen.«

Jaro zuckte unbestimmt die Achseln. Er verließ die Werft und wanderte die Reihe der Raumjachten entlang. Es schien, als wären immer noch Leute an Bord der *Pharsang*, aber niemand befand sich an den vorderen Beobachtungsfenstern.

Jaro passierte den Terminal und betrat den Platz. In den offenen Cafés saßen Leute und genossen die frische Luft. Jaro nahm an einem Tisch Platz; ihm wurde ein Kelch geeisten Fruchtsafts aufgetragen. Ausgehöhlt und verwirrt saß er dort und blickte über den Platz. Leute gingen an ihm vorüber, ein stetiges Kommen und Gehen aus dem Terminal … Personen mannigfaltiger Art, von vielen Welten. Jaro beachtete sie kaum.

Falls eine Nachricht auf Merriehew angekommen war, was dann? Könnten die Faths beschlossen haben, ihn während dieser kritischen Periode nicht abzulenken? Und hatten sie die Nachricht später entweder verloren oder vergessen?

Wenn Jaro Nachforschungen anstellen würde, müsste er am Ende die Faths um Informationen bitten … was Hilyer aus der Fassung bringen und Altheas Gefühle verletzen würde. Er hatte keine andere Wahl, als die Sache fallenzulassen.

Jaro brütete eine halbe Stunde vor sich hin. Die Tatsache an sich war verwirrend. Maihac war plötzlich abgereist und hatte keine Anhaltspunkte für seine Gründe hinterlassen. Vielleicht, dachte Jaro, war er jemand, der keine Abschiedszeremonien mochte und es vorzog, sich still und leise davonzumachen.

Vielleicht.

Eines war sicher: Wenn jemand an geheimen Orten suchte, konnten Dinge zu Tage kommen, die er lieber nicht gefunden hätte.

Kapitel VI

1 Das Hinterland von Merriehew umfasste einst 1200 Hektar Wildland und war als die Katzvold-Ranch bekannt gewesen. Mit den Jahrhunderten war das Anwesen, Parzelle um Parzelle, auf 200 Hektar geschrumpft. Noch immer umschloss es eine Anzahl bewaldeter Hügel, einen kleinen Fluss, verschiedene Wiesen, einen dichten Wald, einige Parklandschaften und in der Nähe des Hauses das Areal, auf dem Henry Katzvold, Altheas Großvater, seine Gartenbauexperimente durchgeführt hatte. Henry Katzvold war ein fleißiger Mann mit redseligem Temperament gewesen, der hartnäckig danach trachtete, ein System von tantrischen Theorien auf die Realität zu übertragen. Er hatte keinen Erfolg und brachte lediglich Krüppel und Entartungen, breiig verfaulten, grünen Schlamm und stinkenden modderigen Schmutz hervor. Er wurde durch einen Blitzschlag getötet, als er über sein Land wanderte. Einige sagten, dass er, als er fiel, eine letzte wilde Gebärde vollführte, so als hätte er den Blitz zurück in den Himmel werfen wollen.

Henrys Sohn Ornold, ein Poet und Genosse des Instituts, wurde vom Schreiber-Club akzeptiert, obwohl er aus natürlichem Instinkt heraus ein Nimp war. Er vererbte diese Neigung an seine Tochter Althea weiter, genauso wie er ihr ein beträchtliches Bündel konservativ angelegter Wertpapiere, Merriehew-Haus und die 200 Hektar Hinterland vermachte. Dem Haus mangelte es in jeder Hinsicht an eleganter Ausstrahlung, und alle stimmte darin überein, dass es nur für Nimps als

Wohnstätte geeignet war. Das Grundstück hatte ungefähr die Form eines Trapezoids und eine durchschnittliche Ausdehnung von nahezu fünf Kilometern Breite und etwas mehr als sechs Kilometern Länge. Die Landschaft wurde durch kleine Schluchten, Einschnitte und Täler durchbrochen und war von Steinschutt zernarbt. Das Land war schon häufig für die Landwirtschaft als ungeeignet erklärt worden: Beide, Althea und auch Hilyer, begnügten sich damit, das Land im wilden Zustand zu belassen. Zwanzig Jahre zuvor hatte es Gerüchte gegeben, dass Thanet Richtung Norden entlang der Katzvold-Straße, expandieren könnte. Spekulanten kauften hastig Land zu überhöhten Preisen; unter ihnen Clois Hutsenreiter, Skirlets Vater. Thanet jedoch expandierte nach Süden und Osten. Der Irrtum wurde offenbar, und die Spekulanten hatten mit ihren ausgedehnten Flächen abgelegenen und nutzlosen Ödlandes das Nachsehen. Die Fathschen Tagträume vom Besitz wertvollen Eigentums zerplatzten ebenfalls.

Zu jener Zeit war Merriehew ein exzentrisches Gebäude aus dunklem Holz und Stein, mit einem komplizierten Dach aus vielen Gauben, Giebeln und Wasserspeiern. Jedes Jahr schien Merriehew ein wenig abgetragener und schäbiger auszusehen, und es benötigte liebevolle Pflege. Es war geräumig, komfortabel und allgemein freundlich, dank Altheas überschäumender Persönlichkeit, ihrer Blumenkästen, grellen Wandbehänge und einfallsreichen Tischdekorationen. Zunächst hatte Althea Kandelaber jeglicher Größe, Form und in beliebigen Materialien gesammelt, und alle hatten in verschiedenen Anordnungen und Gruppierungen des Abends den Esstisch beleuchtet. Bald darauf beschloß sie, dass dies nicht ausreichend sei, und begann Tafelservices zu sammeln, um die Schönheit ihres Tisches noch zu steigern. Über die Jahre hinweg, als ihr Enthusiasmus den Höhepunkt erreichte, schuf sie jeden Abend ein neues romantisches Abenteuer im Esszimmer. Hilyer bewunderte beflissen ihre Arrangements; bei sich dachte er jedoch, es wäre wünschenswerter, sie würde ihre Energie mehr in die Küche einbringen. »Lass es gut und reichlich sein!« murmelte Hilyer vor sich hin.

Hilyer war Merriehew weniger zugetan als Althea. Zuweilen drückte er sich kurz und bündig aus: »Rustikal, ja. Bukolisch, ja. Malerisch, ja. Bequem, nein!«

»O Hilyer, komm schon!« protestierte Althea. »Dies ist unser wunderbares altes Zuhause! Wir sind doch die netten kleinen Eigentümlichkeiten gewohnt!«

»Ersetze ›Eigentümlichkeiten‹ durch das Wort ›Erschwernisse‹«, brummte Hilyer.

Althea beachtete ihn nicht. »Wir können die Tradition nicht einfach vom Tisch wischen. Merriehew ist schon so lange im Besitz der Familie, dass es ein Teil von uns geworden ist!«

»Du bist die Katzvold, nicht ich.«

»Das ist wahr; und ich kann den Gedanken nicht ertragen, dass jemand anderes als wir hier wohnt.«

Hilyer zuckte die Achseln. »Früher oder später wird jemand anderes Merriehew besitzen. Das, meine Teure, ist gewiss. Selbst Jaro ist, seiner Blutlinie nach, kein Katzvold.«

Althea konnte, ob solcher Bemerkungen, nur seufzen und zugeben, dass Hilyer wie üblich recht hatte. »Was können wir denn machen? In die Stadt ziehen, in all den Lärm? Wir bekämen für den Besitz, wenn wir ihn verkaufen wollten, doch nichts.«

»Es ist so friedlich hier draußen«, stimmte Hilyer zu, »aber ich habe gehört, dass einer der örtlichen Magnaten das hiesige Areal zu einem Großkomplex entwickeln will. Ich kenne keine Einzelheiten, aber falls es einmal geschehen sollte, befänden wir uns genau in der Mitte eines schlimmen Wirrwarrs. Da wäre es schon besser, an einem kleinen bequemen Ort in der Nähe des Instituts zu leben.«

»Dazu kommt es vielleicht gar nicht«, sagte Althea. »Erinnerst du dich? Es gab schon früher Gerede über solche Dinge, und nichts passierte. Ich mag dieses baufällige alte Haus. Ich würde es noch mehr mögen, würdest du die Fenster befestigen und etwas Farbe auftragen.«

»Für derartige Fertigkeiten habe ich kein Talent«, sagte Hilyer. »Vor zehn Jahren bin ich von einer Leiter gefallen, und ich war erst auf der zweiten Sprosse.«

Und so blieb Merriehew wie es war, und er schätzte die Vorzüge der weiträumigen Umgebung, die Lichtverhältnisse, die Abgeschiedenheit und den Komfort, und hielt das alles für ausreichend.

Während seiner Jahre auf Merriehew war Jaro des öfteren hinausgezogen, um die Gegend hinter dem Haus zu erforschen. Althea hatte zuerst gezögert, ihn so frei herumstrolchen zu lassen, aber Hilyer bestand darauf, dass dem Jungen erlaubt wurde, dorthin zu gehen, wohin er wollte. »Was kann ihm schon passieren? Er kann nicht verlorengehen. Wir haben hier keine wilden Tiere und noch weniger Gihilitische Perpetuariten*.«

»Er könnte hinfallen und sich verletzen.«

»Unwahrscheinlich. Lass ihn das tun, was er möchte: Es wird sein Selbstvertrauen stärken.«

Althea protestierte nicht weiter, und Jaro wurde erlaubt, zu wandern, wohin er wollte.

Jahre bevor Althea Jaro erklärte, woher der Name des Hauses ›Merriehew‹ stammte, erfuhr Jaro, dass der ursprüngliche Begriff Merriehew eine übernatürliche Kreatur von zerbrechlicher Schönheit, ähnlich einer Elfe, mit einem flaumigen Fell und Schwimmhäuten zwischen den Fingern beschrieb. Wenn jemand eine

---

* *Gihiliten:* eine Sekte von Mystikern, die ihren Stützpunkt in der Uirbach-Region an der gegenüberliegenden Seite des Kontinents hatten. Die Perpetuariten waren umherwandernde Missionare, die angeblich Kinder stahlen und sie zu obskuren Zwecken nach Uirbach brachten.

Merriehew fing und ihr ins Ohr zwickte, wäre sie an diese Person gebunden und müsste ihr für immer als Sklavin dienen. Die Faths verbürgten sich Jaro gegenüber für die Richtigkeit dieser Legende. Er sah keinen Grund, einer solch erfreulichen Möglichkeit keinen Glauben zu schenken, und jedesmal wenn er im Wald oder entlang der Wiese umherstreifte, bewegte er sich leise und war stets wachsam.

2

Eine Reihe von teilweise bewaldeten kleinen Hügeln markierte die südliche Grenze des Katzvold-Landes. Auf halbem Weg einen der Hänge hinauf, auf einer ebenen Fläche nahe einer Bodenrille und im Schatten eines Paars riesiger Smaragdbäume, hatte Jaro vor einigen Jahren eine Hütte gebaut. Für die Wände hatte er Steine verwendet, die sorgfältig aufeinandergefügt und mit Mörtel verputzt worden waren; die Dachbalken waren aus Schößlingen von Flaggenmastkiefern; Schichten aus Sebaxblättern bildeten das Dach. Während des letzten Jahres an der Langolen-Schule hatte er mit einer Feuerstelle und einem Schornstein begonnen, aber bald wurde ihm bewusst, dass seine Hütte zu klein geworden war – ein Spielzeug, das nicht mehr zu seinem Alter passte; das Projekt fortzuführen, wäre eine unproduktive Bemühung. Dennoch besuchte er die Stelle häufig. Aber nun kam er, um zu lesen, in seinem Skizzenblock zu zeichnen und Landschaften in Wasserfarben zu malen. Eine Weile versuchte er, sich selbst das Binden dekorativer Knoten beizubringen, indem er den Instruktionen folgte, die er im Buch mit dem Titel *Kompendium der 1001 Knoten – einfach und gefällig* gefunden hatte.

Eines Tages ging Jaro zu seiner Hütte, setzte sich mit dem Rücken gegen den Stamm des Smaragdbaums auf den Rasen und streckte seine kräftigen braunen Beine aus. Er trug sandfarbene kurze Hosen, ein dunkelblaues Hemd und Halbschuhe. Er hatte sein Buch und seinen Skizzenblock mitgebracht, aber nun legte er beides beiseite und sann über die Ereignisse in seinem seltsamen und turbulenten Leben nach. Er dachte über die Stimme und die Psychiater vom Buntoon-Hügel nach und über die Faths, die nicht mehr länger uneingeschränkt weise und unfehlbar schienen. Mit Bedauern dachte er an Tawn Maihac und seine plötzliche Abreise von Gallingale. Eines Tages würde er Maihac wiedersehen, dessen war er gewiss, und dann würde er sich erklären müssen.

Jaro wurde durch entfernte Geräusche und Rufe, die vom südlichen Teil des Anwesens her über den Hügel drangen, abgelenkt. Der Lärm schnitt in die urwüchsige Stille der Landschaft. Er brummte etwas vor sich hin, hob dann seinen Skizzenblock auf und begann zu zeichnen: eine Raumjacht, geschmeidig und zugleich massiv und kraftvoll, nicht unähnlich der Glitterway *Pharsang*.

Ein neuer Laut erreichte seine Ohren. Er blickte auf und sah, wie jemand, halb rutschend, halb kletternd, den Hügelkamm herunterkam. Es war ein Mädchen: schlank, flott und etwas leichtsinnig, nach der Art ihres Abstiegs zu urteilen. Sie trug dunkelgraue kurze Hosen und eine rot-weiß gestreifte Bluse, einen dunkelgrünen Pullover, dunkelgrüne knielange Strümpfe und graue Halbschuhe. Überrascht erkannte Jaro in dem Ankömmling Skirlet Hutsenreiter, die nicht mehr länger für einen Jungen gehalten werden konnte.

Skirlet kam unten an, hielt inne, um Luft zu schnappen, näherte sich Jaro und starrte ihn an. »Du siehst sehr ruhig aus … fast schläfrig. Habe ich dich erschreckt?«

Jaro grinste. »Selbst ich muss ausruhen.«

Skirlet dachte, Jaro sehe noch besser aus, wenn er lächelte. Sie blickte hinunter auf sein Skizzenbuch. »Was zeichnest du da? Raumschiffe? Ist das alles, woran du denkst?«

»Nicht alles. Ich zeichne dich, wenn du dafür posieren willst.«

Skirlet schürzte die Lippen. »Ich nehme an, du meinst nackt?«

»Das wäre sicher interessant. Es hängt von dem Effekt ab, den du zu erzielen beabsichtigst.«

»Was für eine Torheit! Ich habe noch nie versucht, einen Effekt zu erzielen! Ich bin ich selbst, Skirlet Hutsenreiter; das ist für jedermann Effekt genug! Deine Vorstellung ist absurd.«

»Die wundervollsten Ideen sind absurd«, sagte Jaro. »Meine besonders. Was machst du hier?«

Skirlet stieß ihren Daumen in Richtung Süden. »Mein Vater und Forby Mildoon verschaffen sich, zusammen mit einem Landvermesser, einen Überblick über das Gelbvogel-Anwesen.«

»Was ist der Anlass?«

»Mein Vater will verkaufen. Er denkt, in Herrn Mildoon hat er einen heißen Interessenten, der ziemlich scharf auf das Land ist – und wahrscheinlich skrupellos. Noch schlimmer, er gehört einem der Quadratischen Kreise an: den Kahulibahern, glaube ich.«

»Ich hatte vergessen, dass dein Vater das Anwesen besitzt.«

Skirlet sagte bitter: »Er besitzt darüber hinaus nicht viel – was tragisch ist.« Sie ließ sich auf den Boden plumpsen, um sich neben Jaro hinzusetzen. »Ein Clam Muffin muss wohlhabend sein, um die angemessene Grandeur aufrecht zu erhalten. Mir mangelt es an Wohlstand.«

»Aber du hast noch deine Grandeur.«

»Nicht mehr lange.«

»Was ist mit deiner Mutter? Ist sie nicht wohlhabend?«

Skirlet machte eine wegwerfende Geste. »Sie ist ein

interessanter Fall … aber wohlhabend? Nein.« Sie musterte Jaro von der Seite. »Ich erzähle dir nichts davon, außer du willst es wissen.«

»Ich habe nichts Besseres zu tun.«

Skirlet zog die Knie an und schlang die Arme darum. »Also gut. Hör zu, auf deine eigene Gefahr. Meine Mutter ist sehr schön. Auf Marmone gehört sie einer gesellschaftlichen Klasse an, die als ›Sensenitza‹, das ›Volk der Anmut‹ bekannt ist. Sie ist Naonthe, ›Prinzessin der Morgenröte‹, was recht wichtig ist, und sie darf nicht von uns armen Provinzlern aus Thanet belästigt werden. Sie lebt in Piri-piri, einem Palast, der zur Hälfte in und zur anderen Hälfte außerhalb eines Gartens liegt. Jeden Tag gibt es Festivitäten und Banketts. Die Leute, die kommen, um sich zu erfreuen, tragen bemerkenswerte Kostüme, und für das Vergnügen ist ihnen keine Ausgabe zu hoch. Das geht für ein halbes Jahr so: die ›Hochsaison‹. Dann kommt die ›Nebensaison‹: die andere Hälfte des Jahres, in der die Sensenitza sich abplacken, um ihre Schulden bezahlen zu können. Die edlen Anmutigen tun nun alles für Geld. Sie betrügen, sie stehlen, sie verkaufen ihre Körper. Sie sind habgierig wie nur was. Als ich meine Mutter besuchte, war die Nebensaison erst halb vorbei, und so musste ich drei Monate lang arbeiten. Ich pflegte die Weinstöcke am Hang des Flink-Hügels. Das war harte Arbeit, und eine Freundin meiner Mutter, die Dame Mavis, stahl all mein Geld. Keiner kümmerte sich darum. Dann, mit den Erneuerungsritualen, kehrte die Hochsaison zurück. Meine Mutter war wieder die Prinzessin der Morgenröte, und wir lebten in Piri-piri, inmitten der Blumen und Teiche. Die Sensenitza trugen ihre prächtigen neuen Kostüme und fuhren voller Leidenschaft mit ihren Erbauungen fort. Abends gab es eine besondere Musik, die angeblich freudiges Entzücken und herzzerreißende Traurigkeit ausdrücken sollte. Ich mochte die Musik nicht. Ich fand sie zu überladen und beunruhigend. Neben all der Pracht gab es immer noch die Überspanntheit und die Sehnsucht und die Habgier; obwohl dies nunmehr unter eleganten Posen und amouröser Glut verborgen lag. Der Bal Masqué war das Fremdartigste überhaupt, so seltsam, dass ich begann, an meinen eigenen Sinnen zu zweifeln. Die Essenz von Träumen lag in der Luft.«

Skirlet schnitt eine Grimasse, als sie sich an den Bal Masqué erinnerte. »Während des Festspiels der Idyllen wurde mir die Rolle einer nackten Nymphe zugewiesen, die durch die Wiesen hüpfen sollte. Ich versteckte mich im Wald, aber einige junge Männer verfolgten mich.«

»Und, haben sie dich gefangen?«

»Nein«, sagte Skirlet kalt. »Ich erkletterte einen Baum und schlug mit Ästen und Zweigen nach ihnen. Zuerst sprachen sie mit mir; ich solle herunterkommen und fröhlich mit ihnen sein, dann warfen sie mit nassen Erdklumpen, verfluchten mich und nannten mich eine Zicke und eine Jungfrau. Schließlich gingen sie fort.«

»Das muss eine schlimme Erfahrung gewesen sein, du, als Clam Muffin und das alles.«

Skirlet sah ihn an, aber Jaro schien ernsthaft an dem Vorfall interessiert zu sein. Jaro fragte: »Was passierte dann?«

»Zur Mitte der Hochsaison, bevor jedermann sein Geld ausgegeben hatte, stahl ich alles Geld von Dame Mavis. Es war genug für eine Rückpassage nach Gallingale, so kam ich nach Hause. Ich denke nicht, dass sich mein Vater über meinen Anblick gefreut hat. Ich wollte die Aeolian-Akademie in Glist besuchen, eine private Schule für Studenten der oberen Schichten, aber mein Vater sagte mir, dass es uns an Geld mangele, um die Schulgebühren bezahlen zu können, die sehr hoch seien. Er schickte mich in die Langolen-Schule, mitten unter Junior-Streber und Nimps, aber das ist immer noch besser als Piri-piri. Also dann, die Antwort auf deine Frage: Ich kann kein Geld von meiner Mutter erwarten.«

»Und du willst nicht nach Marmone zurückgehen?«

»Sehr unwahrscheinlich.«

Jaro wandte den Kopf, um zu lauschen, als erneut Geräusche und entferntes Rufen über den Hügel zu hören waren. Er fragte Skirlet: »Rufen sie dich?«

»Nein. Der Landvermesser ruft seinem Messrutenmann etwas zu.« Sie deutete auf eine kleine schwarze Scheibe, die an ihrer Schulter am Pullover befestigt war. »Sie rufen mich durch diesen Knopf, wenn sie gehen wollen.«

»Ich dachte, du könntest dem Landvermesser helfen … Notizen machen, Herrn Mildoon aussaugen und so weiter.«

Skirlet blickte ihn ungläubig an! »Ich kam nur mit, weil es ein Ausflug ist, und ich dachte, ich könnte dich in deiner Einsiedlerbude finden.«

»Das ist keine Bude. Ich bin kein Einsiedler. Ich komme wegen des Friedens und der Ruhe hierher.«

»Aha! Willst du, dass ich gehe?«

»Nun, wo du schon mal hier bist, kannst du ebensogut auch bleiben. Wer hat dir gesagt, wo ich zu finden bin?«

Skirlet zuckte die Achseln. »Dame Wirtz sorgt sich um dich. Sie will nicht, dass du dich ins All aufmachst. Sie sagt, es wäre nicht gesund für dich, hier herauszukommen und zu brüten, wenn du streben könntest. Ganz nebenbei, was ist in dem Paket?«

»Mittagessen. Genug für uns beide.«

»Natürlich werde ich für das Essen bezahlen«, sagt Skirlet stolz. »Obwohl, nun, da ich daran denke, fällt mir ein, dass ich gar kein Geld bei mir habe.«

»Egal. Ich bewirte dich umsonst.«

Skirlet akzeptierte Jaros Großherzigkeit ohne Kommentar.

Jaro begann Rückschau zu halten: »Als ich klein war,

gefiel es mir, diesen Ort als Teil eines magischen Landes anzusehen, das in vier Königreiche unterteilt war, jedes mit seiner eigenen Magie. Hier war das Königreich von Daling, in dem ich ein ansehnlicher und galanter Prinz war.«

»Genauso wie jetzt«, sagte Skirlet. Jaro versuchte zu erkennen, ob sie scherzte oder nicht. Er fuhr fort: »Dort drüben ist das Land Coraz, welches vom König Tambar dem Unvorhersehbaren regiert wird. Tambar besitzt eine Garderobe, die tausend verschiedene Anblicke birgt. Jeden Tag geht er in einer anderen Verkleidung nach Coraz, durchstreift die Straßen und lauscht auf dem Markt. Vernimmt er unloyales Gerede, verliert der Missetäter auf der Stelle seinen Kopf. Er ist ein Liebhaber der Magie und weiß gerade genug davon, um jedermann das Leben schwer zu machen. Sein Hof kocht vor Intrigen, und eines Tages kommt die Prinzessin Flanjear nach Daling. Der Prinz findet sie charmant, fragt sich aber, ob sie gekommen ist, ihm zu schaden.«

Skirlet fragte: »Ist sie schön?«

»Selbstverständlich; tatsächlich kannst du Prinzessin Flanjear sein, wenn du magst.«

»Wirklich? Was sind meine Aufgaben?«

»Das ist bis jetzt noch nicht entschieden. Was auch immer deine Pläne sein mögen, böse oder nicht, du verliebst dich in den Prinzen.«

»Und das ist Prinz Jaro?«

»Zuweilen muss ich das sein«, sagte Jaro bescheiden. »Oft bin ich der einzig Verfügbare.«

»Ich nehme an, du verliebst dich in Prinzessin Flanjear?«

»Nur wenn ich den Zauber brechen kann, der alle Maiden aussehen läßt, als hätten sie lange rote Nasen. Es ist natürlich einer von Tambars Auswüchsen des Übermuts, die seine allgemeine Unbeliebtheit erklären.«

Skirlet strich sich nachdenklich über die Nase, sagte jedoch nichts. Für eine Weile herrschte Stille. Schließlich fragte Jaro vorsichtig: »Wirst du nächstes Semester am Lyceum sein?«

»Bis jetzt ist noch nichts festgelegt.«

»Wie das?«

»Wenn mein Vater die Gelbvogel-Ranch verkauft, will er für ein Jahr nach Außerwelt reisen. Falls das eintreffen sollte, würde er Sassoon Ayry abschließen und mich zurück nach Marmone schicken.«

»Was sagst du dazu?«

»Ich sage nein. Ich ziehe es vor, zu Hause zu bleiben. Er sagte, ich wäre bis auf die Dienerschaft allein im Haus. Dies würde nicht als vornehm erachtet werden, da ich, als Clam Muffin, die hohe Etikette aufrechterhalten müsse. Ich fragte, was er von der Etikette auf Marmone hielte; er sagte, das wäre etwas anderes, und was immer dort passiere, obläge der Verantwortung meiner Mutter. Außerdem sei es ökonomischer, das Haus zu schließen.« Skirlets Stimme wurde klarer. »Wie es auch kommen mag, ich kehre nicht nach Marmone zurück.«

»Hat dein Vater keine Freunde? Was ist mit dem Komitee der Clam Muffins? Oder dem Akademischen Rat? Sicherlich findet sich jemand, der sich um dich kümmert. Ich würde es ja selbst tun, wenn ich könnte.«

Skirlet sah ihn von der Seite an. »Bemerkenswert«, murmelte sie. Dann, nach einem Moment: »Ich dachte, du wärest selbst begierig, Gallingale so schnell wie möglich zu verlassen. Was wäre denn dann mit mir?«

Jaro sprach, als würde er sich an ein Kind wenden: »Ich kann weder irgendwohin reisen noch irgend etwas tun, bis es auch wirklich durchführbar ist. Das heißt: nicht bald. Aber früher oder später muss es getan werden.«

Skirlet machte eine wegwerfende Geste. »Deine sinnlose Hartnäckigkeit verwirrt mich.«

Jaro sagte geduldig: »Eines Tages, wenn du in ernster Stimmung bist, erzähle ich dir davon.«

»Ich bin ernst; erzähl es mir jetzt.«

Jaro war zu einer weiteren psychoanalytische Sitzung nicht bereit. »Es ist ein zu schöner Tag.«

»Dann sag mir wenigsten das: Woher weißt du, was du zu tun hast oder wohin du gehen musst?«

Jaro zuckte die Achseln. »Das Wissen ist vorhanden.«

»Welche Art von Wissen? Daten und Orte?«

Jaro hatte bereits mehr gesagt, als er eigentlich wollte. Dennoch fuhr er fort. »Manchmal kann ich beinahe die Stimme meiner Mutter hören ... aber ich kann die Worte nicht verstehen. Zuweilen scheine ich einen großen hageren Mann zu sehen, der einen dunklen Mantel und einen schwarzen Hut trägt. Sein Gesicht ist fahl und hart, als wäre es aus Knochen geschnitzt. Der Gedanke an ihn läßt mich erschaudern ... ich vermute vor Angst.«

Skirlet umschlang ihre Knie. »Und du gedenkst, diesen Mann zu finden?«

Jaro lachte auf. »Wenn ich gehe und Ausschau halte, werde ich ihn finden.«

»Und dann?«

»Weiter habe ich noch nicht geplant.«

Skirlet erhob sich. Sie sagte nicht unfreundlich: »Interessiert es dich, meine Meinung zu hören?«

»Nicht besonders.«

Skirlet beachtete ihn nicht. »Es ist klar, dass du an einer schlimmen Besessenheit leidest, die an Irrsinn grenzt.«

»Du kannst diese Analyse verwerfen«, sagte Jaro. »Die Psychiater sagten, ich wäre geistig gesund. Sie bewunderten meinen starken Charakter.«

»Wie dem auch sei. Die sogenannten Geheimnisse besitzen für sie keine Dringlichkeit. Wenn du hinaus in den Weltraum gehst – was hoffst du zu finden? Einen Mann, der einen Hut trägt? Stell dich den Tatsachen, Jaro! Du bist ein Opfer dessen, was die Psychiater eine ›fixe Idee‹ nennen.«

»Also bitte, Skirlet, ich bin weder unausgeglichen noch verrückt.«

»Dann solltest du entsprechend handeln. Bereite dich auf einen Abschluss am Institut vor, wie es die Faths vorschlagen! Denk an deine Konduite und fang an, die Leisten hinaufzustreben!«

Jaro starrte sie erstaunt an. Sie meinte es sicherlich nicht ernst! »Alles gut und schön«, sagte Jaro, »aber ich möchte nichts dergleichen tun. Ich möchte kein Zonker werden oder ein Krankes Huhn oder ein Palindrome, nicht einmal ein Clam Muffin.«

Skirlet sagte angeekelt: »Es ist ein Trauerspiel! Trotz allem, was die Faths getan haben, bist du im Herzen ein Außerweltler geblieben! Du respektierst nichts und niemanden … weder die Faths noch die Clam Muffins noch irgend jemanden der Fakultäten, nicht einmal mich!«

Jaro stand grinsend auf. Letztendlich war alles klar. »Ich weiß, warum du böse auf mich bist.«

»Lächerlich! Weshalb sollte ich böse auf dich sein?«

»Willst du es wirklich wissen?«

»Gewiss, ich höre.«

»Die Antwort besteht aus zwei Teilen. Der erste ist, dass ich zu selbstzufrieden bin und keines der wirklich wichtigen Dinge bemerke; zum Beispiel wie wundervoll es ist, Clam Muffin und gleichzeitig so hübsch und intelligent zu sein! Aber ich bemerke es! Ich bin überwältigt von der Person Skirlet Hutsenreiter und ihren Talenten. Ihre Eitelkeit ist gerechtfertigt!«

»Was für ein Unsinn!« spottete Skirlet. »Ich bin ganz und gar nicht eitel. Was ist der zweite Teil?«

Jaro zögerte. »Er ist so geheim, dass ich es dir ins Ohr flüstern muss.«

»Das ist nicht vernünftig! Warum muss das so sein?«

»So sind eben die Regeln.«

»Oh. Na gut.« Skirlet neigte den Kopf; Jaro beugte sich zu ihrem Ohr. Skirlet rief: »Oh! Du hast mich ins Ohr gebissen! Hast du das absichtlich getan?«

»Nein«, sagte Jaro. »Du hast recht. Ich habe einen Fehler gemacht. Lass es uns noch einmal versuchen.«

Skirlet blickte ihn skeptisch an. »Ich bin nicht sicher, ob ich dir vertrauen kann.«

»Selbstverständlich kannst du! Dein Ohr ist sicher. Ich werde nicht pusten, schnappen oder zwicken.«

Skirlet schüttelte entschieden den Kopf. »Es ist absurd! Du solltest tapfer genug sein, es mir ins Gesicht zu sagen.«

»Also gut, wenn du denkst, das ist die beste Möglichkeit. Schließe die Augen.«

»Weshalb?«

»Damit ich nicht verlegen werde.«

»Ich kann mir nicht vorstellen, wofür du solche Vorbereitungen brauchst.« Skirlet schloß die Augen, und Jaro küsste sie. Beim zweiten Mal erwiderte sie seinen Kuss. »Nun! jetzt hattest du deinen Willen! Also rede!«

»Ich würde dich lieber küssen.«

»Nein«, sagte Skirlet atemlos. »Einmal ist genug.«

»Es war zweimal.«

»Es fühlt sich komisch an, und ich denke, das muss reichen. Wenigstens für jetzt.«

Der Rufknopf an Skirlets Schulter klingelte leise. Eine Stimme stieß Instruktionen hervor. Skirlet antwortete, zögerte, blickte Jaro an und wandte sich schnell ab. Sie musterte den Hang, suchte eine schnelle Route, winkte Jaro zum Abschied zu und war alsbald verschwunden.

Jaro beobachtete, wie sie hinter dem Kamm verschwand, sammelte seine Habseligkeiten zusammen und kehrte zum Merriehew-Haus zurück.

3 Skirlet fehlte die ersten drei Tage der Woche im Schulunterricht. Als sie zurückkehrte, schien sie launisch und legte keine der alten galanten Verwegenheiten an den Tag, die den Vorwand für so viele unvorhersagbare Heldentaten geliefert hatten. Sie ignorierte Jaro und blickte zur Seite, wenn er sich ihr näherte. Jaro gefiel ihr Verhalten ganz und gar nicht; er zeigte selbst eine erhabene Gleichgültigkeit, während er sie aus den Augenwinkeln beobachtete. Sie schien es nicht zu bemerken und ging ihrer Wege. Ihre unbeschreibbare, zusammengeklaubte Kleidung schien sich magisch in eine Garderobe von dramatischem Flair verwandelt zu haben, weil sie es war, Skirlet Hutsenreiter, mit ihrem straffen kleinen Körper, die sie belebte.

Jaro beunruhigten andere Dinge. Seine alte ungezwungene Beziehung zu den Faths wurde überschattet durch eine Spur Zurückhaltung, die hauptsächlich durch ihre Weigerung, ihn über seine Vergangenheit zu informieren herrührte. Sie dachten nicht daran, irgendwelche leichtsinnigen Vorstöße ins Weltall zu ermutigen. Wenn er seinen Abschluss gemacht hätte, würden sie ihm alles erzählen, was sie wussten. Jaro versuchte seine verletzten Gefühle abzustreifen, aber ein Rest blieb zurück.

Hilyer und Althea waren sich der Änderung bewusst. Sie sagten sich, dass Jaro nicht mehr länger als kleiner Junge betrachtet werden dürfe. »Er erklärt sich für autonom«, war Hilyers recht gewichtiger Kommentar. »Das sind die Tatsachen des Lebens.«

Althea war etwas weniger objektiv. »Ich mag solche Tatsachen nicht! Sie kommen zu schnell, gerade dann, wenn ich mich an die alten gewöhnt habe!«

»Nun ja«, sagte Hilyer. »Da gibt es nichts, was wir tun können, außer ihn zu ermutigen, den richtigen Kurs einzuschlagen.«

»Aber er ist so zielstrebig! Er sagte mir, er möchte diesen Sommer im Raumterminal arbeiten!«

Hilyer zuckte die Achseln. »Er ist immer noch sehr jung. Gib ihm Zeit, heranzuwachsen und den Lauf der Welt zu erkennen; nach einer Weile wird er Vernunft annehmen.«

Der Gedanke, dass er die Faths verletzen könnte, verursachte Jaro häufig Gewissensbisse. Hilyer, trotz seines gelegentlichen Murrens, war nett, geduldig und großzügig; Althea floss über vor Liebe. Dennoch, Jaros Absichten standen fest, und die Entfremdung würde weiter bestehen, bis er vollendet hatte, was getan werden musste. Jaro fragte sich, wie viele Jahre vergehen mochten, welche Abenteuer er erleben würde, wie viele Gefahren er überstehen musste, bevor er sein Ziel erreicht haben würde. Die Vorstellung war entmutigend. Irgendwo auf seinem Weg würde er wahrscheinlich auf den Mann mit dem schwarzen Hut treffen, der den Glanz von vierzackigen Sternen in seinen Augen hatte. Was war mit Skirlet? Die geliebte, leichtsinnige, stolze, faszinierende, schroffe und bissige, süße und launische Skirlet! Wunder der Wunder! Er hatte sie geküsst, und sie hatte ihn geküsst! Würden sie jemals wieder zusammenkommen? Und dann war da noch Tawn Maihac, der genauso abrupt wieder auftauchen konnte, wie er verschwunden war. Jaro hoffte darauf. Er brauchte einen Freund.

Zwei Tage vor dem Ende des Semesters blieb Skirlet wieder einmal der Schule fern. Sie erschien auch nicht zu den Immatrikulationszeremonien. Sie war wegen ihres Status und ihrer nahezu perfekten Leistungen zur Klassensprecherin ernannt worden. Ihre Abwesenheit verursachte eine Notlage und Verwirrung, so dass das leitende Gremium entschied, dass ein Ersatz gewählt werden musste. Jaro Fath wurde in Erwägung gezogen, da seine Leistungen ebenfalls ausgezeichnet waren und sein sogenannter ›Bürgerlicher Ruf‹ makellos war. Er war jedoch ein Nimp und kam deshalb nicht als geeigneter Sprecher für eine Klasse von Strebern in Frage. Am Ende wurde ein Junge namens Dylan Underwood gewählt, der bereits zur Schlimmen Bande gehörte. Jaro hätte es nicht weniger kümmern können. Während des Abends näherte sich ihm Dame

Wirtz, die ihm zuerst die Hand schüttelte und ihn dann umarmte. »Ich werde dich vermissen, Jaro – sehr vermissen! Es war eine Freude, dich in der Klasse zu haben … obwohl du ein starrköpfiger junger Abtrünniger bist. Ich kann nur hoffen, dass es mit dir kein schlimmes Ende nimmt.«

»Das hoffe ich auch. Nebenbei, was ist eigentlich mit Skirlet geschehen? Warum ist sie nicht hier?«

Dame Wirtz lachte traurig. »Ihr Vater, Dekan Hutsenreiter, ist ein Clam Muffin, aber dennoch ist er wild wie ein Wirbelwind. Er hat die Verbindung Skirlets mit der Langolen-Schule nie gebilligt, da sie dies in Kontakt mit gewöhnlichen und lästigen Strebern brachte. Er wollte definitiv nicht, dass sie die Klasse repräsentiert; ein solches Amt vermindere ihre Würde, behauptet er. So ist er nun einmal.«

»Hm. Was ist mit dem nächsten Semester? Geht sie auf das Lyceum?«

Dame Wirtz schüttelte zweifelnd den Kopf. »Wer weiß schon, was mit ihr geschieht? Es gab Gerede über eine private Schule, die Aeolian-Akademie in Glist auf Axelbarren: eine sehr vornehme Schule, aber sehr teuer.«

Jaro wohnte stoisch den Abschlusszeremonien bei und wurde verlegen, als sowohl Dame Wirtz wie auch Althea Tränen der Rührung vergossen. Niemals wieder dergleichen, sagte sich Jaro, sollte ich die Möglichkeit haben, es zu vermeiden.

Das Sommersemester begann. Bevor eine Woche vergangen war, bekam Jaro einen reichlich geheimnisvollen Anruf von Skirlet. Er sprach vorsichtig, sich fragend, was sie von ihm verlangen würde. »Hier Jaro.«

Skirlet war steif und unsicher, als ob sie nervös wäre. »Was machst du gerade?«

»Im Moment nicht viel. Was ist mit dir?«

»Das gleiche.«

»Wo warst du während der Abschlussfeiern?«

Skirlets Ton wurde noch steifer. »Natürlich war ich zu Hause. Dieses eine Mal stimmte ich mit meinem Vater überein. Er sagte, dass bei mir, als einer Clam Muffin, die Vorzüglichkeit für selbstverständlich gehalten würde; dass, wenn ich erst einmal Ehren akzeptieren würde, ich großtuerisch und keinesfalls würdevoll erschiene. Er hatte selbstverständlich recht.«

»Falsch. Würde heißt, sich nicht darum zu kümmern oder keine Notiz davon zu nehmen.«

»Wie auch immer!« erwiderte Skirlet schroff. »Es ist jetzt irrelevant. Ich möchte, dass du sofort hierherkommst, während mein Vater fort ist.«

»Wo ist hier?«

»Sassoon Ayry selbstverständlich! Komm zum Garteneingang, neben dem Südrasen. Sei vorsichtig.«

Jaro befolgte die Anweisungen, und ein wenig zittrig machte er sich auf den Weg durch den Garten, der Sassoon Ayry umgab, zu der Tür, die Skirlet genannt hatte. Sie wartete bereits und führte ihn in einen Raum, den sie als ihres Vaters privates Studierzimmer auswies. Kisten, in denen sich Kuriosa und Kunstobjekte, einschließlich einer schönen Kollektion von Ritualpuppen, befanden, säumten die Wände. Auf einem Schreibtisch neben dem Fenster lagen Pamphlete, Dokumente, Broschüren und Pläne, die schmuck in blaues Papier gebunden waren.

»Hier erzielt mein Vater seine finanziellen Erfolge«, sagte Skirlet spöttisch. »Sein Hauptbuch ist dort drüben.« Sie nahm es zur Hand und zeigte Jaro die letzte Seite. Er sah eine kompakte Spalte Zahlen in roter Schrift. Skirlet warf das Hauptbuch zurück auf den Schreibtisch. »Sehr traurig. Es ist der Grund für das Treffen der Vermittler.«

»›Vermittler‹? Was vermitteln sie?«

»Ungerechtigkeit, Habsucht, Unbilligkeit. Diese Details gehen dich im Moment nichts an.«

Jaro bewegte sich zur Tür. »In diesem Fall gehe ich

jetzt und überlasse die Aussonderung der Details dir. Wenn du es wissen willst, ich fühle mich hier ganz und gar nicht wohl.«

Skirlet ignorierte seine Bedenken. »Bitte höre gut zu. Die Vermittler sind ein exklusiver Club, dessen Mitglieder sich eines hohen Prestiges erfreuen. Die Sempiternalen, zum Vergleich, erscheinen dagegen albern und geschmacklos, obwohl wir ihre Existenz anerkennen. Unsere Ziele sind begeisternd. Wir erkunden Regionen der Grandeur und der Schönheit, die andere achtlos übergehen würden, und bringen, wann immer es uns möglich ist, Unrecht in Ordnung.«

»Alles schön und gut«, sagte Jaro, »aber verlangt das nicht eine Menge Zeit?«

»Ganz recht«, sagte Skirlet. »Aus diesem Grund rekrutieren die Vermittler gelegentlich neue Mitglieder.«

»Wie viele aktive Mitglieder gibt es jetzt?«

Skirlet runzelte die Stirn, als ob sie überlegte. »Im Augenblick sind die Vermittler phantastisch exklusiv. Tatsächlich bin ich das einzige Mitglied. Alle anderen Bewerber wurden abgelehnt.«

»Hm. Die Anforderungen müssen hoch sein.«

Skirlet zuckte die Achseln. »Bis zu einem gewissen Grad. Freigeistige Personen werden nicht aus diesem Grund allein ausgeschlossen. Bewerber müssen sauber, höflich und intelligent sein. Außerdem sollten sie nicht träge, vulgär oder geschwätzig sein.«

Skirlet fuhr fort, dass während des Nachsinnens über die Zulassungserfordernisse der Name ›Jaro‹ in ihrem Geist aufgetaucht wäre und es ihm freistünde, sich zu bewerben, wenn er es wünsche.

»Das Prestige ist automatisch inbegriffen«, erzählte sie ihm weiter, »da ich mit dabei bin und wir fürchterlich exklusiv sind.«

Jaro stimmte zu, dass nichts zu verlieren sei. Er bewarb sich auf der Stelle um die Mitgliedschaft und wurde aufgenommen.

Um dieses Ereignis gebührend zu zelebrieren, ging Skirlet zu einem Schrank und kehrte mit einer Flasche von Dekan Hutsenreiters teuerstem Likör zurück. Sie füllte zwei Gläschen. »Dieser Likör, so wurde mir gesagt, ist über zweihundert Jahre alt und wurde in mythischen Zeiten dazu verwendet, den Gott des Donners zu beschwichtigen.«

Skirlet probierte behutsam den dunkelroten Likör. Sie zuckte zusammen. »Er ist stark, aber schmackhaft. Nun gut, auf unsere Tagesordnung. Die anwesenden Vermittler sind beschlußfähig, so dass wir zu unserem Hauptgeschäft kommen können.«

»Und welches Geschäft meinst du?«

»Das dringendste Problem, welches die Hälfte unserer Mitglieder betrifft, das heißt mich. Mein Vater wird sich bald zu seiner Vergnügungsfahrt aufmachen, zuerst zum Planeten Canopus und dann zur Alten Erde. Er wird wenigstens ein Jahr fort sein, und er reist stets Erster Klasse. Um seine Geldmittel zu erhalten, möchte er Sassoon Ayry schließen und mich nach Marmone zu meiner Mutter schicken. Ich ziehe es vor, zu Hause zu bleiben, selbst wenn das heißt, das Lyceum zu besuchen. Er sagt, das sei unmöglich. Ich sagte, in diesem Fall könne er mich zur Aeolian-Akademie in Glist schicken. Das ist eine sehr aufgeklärte Schule. Die Studenten sind in Privatsuiten untergebracht, wo sie nach Wunsch ihre Speisen aufgetragen bekommen. Sie studieren Themen ihrer Wahl und in ihrem individuellen Tempo, und werden ermutigt, wie es ihnen gefällt, gesellschaftliche Beziehungen zu kultivieren. Von der Akademie aus überblickt man den Größeren Kanjieir-See, und die Stadt Glist ist in der Nähe. Ich erklärte meinem Vater, dass ich glücklich wäre, wenn ich die Aeolian-Akademie besuchen dürfte, aber er sagte, es wäre bei weitem zu teuer und außerdem an der Zeit, dass meine Mutter die Verantwortung für meine Ausbildung übernähme. Ich sagte, dass ich auf Piri-piri mehr gezeigt bekäme, als ich erfahren wollte, und dass ich entweder in Sassoon Ayry oder in der Aeolian-Akademie glücklich wäre. Er war recht kurz angebunden und erzählte mir, ich könne mich an das Clam Muffin-Komitee wenden. Das würde mich in das sogenannte ›beaufsichtigte Habitat‹ stecken, was sehr bedrückend sein soll. Geld ist selbstverständlich das Hauptproblem, und dieses Defizit ist es, was die Vermittler ausräumen müssen.«

Skirlet erhob sich. »Noch einen Schluck von diesem Likör dürfte unsere Gedanken beflügeln.«

Jaro beobachtete fasziniert, wie Skirlet sein Glas wieder auffüllte. »Hast du dir schon Gedanken darüber gemacht, wie man die Geldmittel am besten zusammenbekommt?«

»Erpressung wäre am geeignetsten«, sagte Skirlet. »Sie ist schnell, leicht, und besondere Fähigkeiten sind nicht notwendig.«

Das Geräusch von Schritten war zu vernehmen. Die Tür öffnete sich; Dekan Hutsenreiter platzte in den Raum: ein dünner Mann, der einen adretten Anzug aus perlgrauem Silberstrack trug. Er war blass und hatte eine Haut, die straff über die eckigen Wangenknochen gezogen war. Weiches braunes Haar wallte von seiner fliehenden Stirn bis zu seinem Genick. Er schien im Zustand nervöser Erregung zu sein; seine Augen schossen durch den Raum und verharrten schließlich auf der Flasche, die Skirlet immer noch schwebend über Jaros Glas hielt. Hutsenreiter schrie wild: »Was geht hier vor? Eine Art Trinkgelage mit meinem unbezahlbaren Bagongo?« Er riss die Flasche aus Skirlets Hand. »Erkläre dich, wenn es dir recht ist!«

Jaro trat galant einen Schritt vor und sprach mit formeller Höflichkeit. »Mein Herr, wir waren mit einer ruhigen und interessanten Diskussion beschäftigt; Ihre Aufregung ist unangebracht!«

Dekan Hutsenreiters Kinn sackte herunter. Dann warf er seine Hände wild in die Höhe. »Wenn ich solche Unverschämtheiten in meinem eigenen Haus dulden muss, kann ich mich ebensogut hinaus auf die Straße legen, wo die Kosten geringer sind.« Er wandte sich an Skirlet. »Wer ist der Bursche?«

Jaro entgegnete erneut. »Mein Herr, ich bin Jaro Fath. Meine Eltern sind Mitglieder der Institutsfakultät an der Akademie der Ästhetischen Philosophie.«

»Fath? Ich kenne sie. Sie sind Nimps! Ist dies deine Lizenz mein Haus zu betreten, meine Papiere zu durchwühlen, meinen auserlesenen Likör zu trinken und meine Tochter zu verführen?«

Jaro hob an zu protestieren, aber Dekan Hutsenreiter regte sich noch mehr auf. »Weißt du eigentlich, dass du dich in meinem bevorzugten Stuhl räkelst? Hoch mit dir und hinaus! Kehre niemals in dieses Haus zurück! Hinaus mit dir und zwar augenblicklich!«

Skirlet sagte zermürbt: »Am besten du gehst, bevor er ärgerlich wird.«

Jaro ging zur Tür. Er wandte sich um, verbeugte sich vor Dekan Hutsenreiter und verschwand.

Eine Woche lang hörte Jaro nichts von Skirlet. Eines Nachmittags kam Dame Wirtz unerwartet nach Merriehew, um Altheas Hilfe für eine Gartenbauausstellung zu erbitten. Jaro kam zufällig durch den Raum. Er begrüßte Dame Wirtz, und während ihrer Unterhaltung fragte er bezüglich Skirlet nach. Dame Wirtz war überrascht. »Hast du es nicht gehört? Dekan Hutsenreiter hielt es für notwendig, das Haus den Sommer über zu schließen. Also schickte er Skirlet an eine private Schule, an die Aeolian-Akademie in Glist auf Axelbarren, glaube ich. Es ist eine vornehme Schule, und Skirlet sollte sich glücklich schätzen. Ich wünsche ihr das Beste, aber das Reich ist groß, und es könnte sein, dass wir sie niemals wiedersehen.«

»Da bin ich nicht so sicher«, sagte Jaro. »Hier ist

sie eine Clam Muffin, woanders lediglich eine Hutsenreiter.«

4 Während des Sommersemesters arbeitete Jaro in der Werft des Raumterminals. Trio Hartung teilte ihn als Assistenten dem untersetzten und kräftigen Maschinisten Gaing Neitzbeck zu, einem Mann mit grauen Haarstoppeln, einer wettergegerbten Haut und einem bösen Blick. Jaro erinnerte sich, dass Tawn Maihac sie einander vorgestellt hatte.

Hartung nahm Jaro zur Seite. »Lass dich nicht von Gaings Erscheinung täuschen. Er ist nicht so nett und geduldig, wie er aussieht.«

Jaro spähte zweifelnd zu Gaing, der, so dachte er, alles andere als nett und geduldig aussah. Sein Gesicht war die tragische Maske eines Pantomimen, mit glitzernden Augen und einer fleischigen langen Nase, die entweder so arg oder so oft gebrochen worden war, dass sie erst in die eine, dann in die andere Richtung gebogen war. Gaings Schultern und seine Brust waren beachtlich, seine Arme lang, die Beine schwer und stark. Er stand geduckt und bewegte sich hüpfend und torkelnd fort.

Hartung sagte: »Im Grunde genommen ist Gaing ein hässlicher Klotz, aber er weiß alles, was es über Raumschiffe und das Weltall zu wissen gibt. Gehorche seinen Anweisungen, sprich nur das Nötigste, und du wirst gut zurechtkommen mit ihm.«

Jaro näherte sich Gaing. »Mein Herr, ich bin bereit zu arbeiten, wann immer es Ihnen recht ist.«

»Sehr gut«, sagte Gaing. »Ich zeige dir, was zu tun ist.«

Jaro stellte fest, dass es Gaings Vorgehensweise war, ihm Arbeit zuzuweisen, ihn anschließend sich selbst zu überlassen, bis die Arbeit getan war, um dann das

Ergebnis einer sorgfältigen Prüfung zu unterziehen. Jaro begegnete der Prozedur ungerührt und grinste sogar amüsiert darüber, da er bereits beschlossen hatte, die Arbeit perfekt zu machen, wenn nicht gar noch besser. Folglich erhielt er nur wenige Verweise, und selbst diese bestanden lediglich aus oberflächlichem Grollen, als wäre Gaing enttäuscht, keinen rechten Grund zur Beschwerde zu finden. Jaro entspannte sich nach und nach. Er folgte den Instruktionen genau und sprach nur, wenn Gaing zuerst gesprochen hatte, was diesem offensichtlich zupass kam. Jaro wurden all die schmutzigen Arbeiten zugewiesen, die Gaing selbst meiden wollte. Jaro machte sich mit Energie und Eifer an jede neue Aufgabe und versuchte, sie effizient und gut zu vollenden, wenn auch nur als Herausforderung für Gaing, ihm immer schneller neue Arbeiten zuzuteilen.

Jaro fand es ausgeschlossen, Gaing nicht zu mögen. Gaing war weder engstirnig noch unfair, wenn notwendig, schonte er sich nicht mehr, als er Jaro schonte. Ferner wurden Jaro komplexe Züge in Gaings Charakter gewahr, die dieser möglichst verbergen wollte.

Jaro erkannte bald, dass, wenn er seine Geschäfte erledigte und lernte, was Gaing ihn lehren konnte oder wollte, er zu guter Letzt ein exzellenter und wendiger Mechaniker werden würde.

Der Sommer war halb vorbei, als Trio Hartung Jaro zufällig im Korridor traf. Er hielt an und fragte, wie die Arbeit liefe.

»Sehr gut«, sagte Jaro.

»Und wie kommst du mit Gaing zurecht?«

Jaro grinste. »Ich tu mein Bestes, ihn nicht zu verärgern. Ich verstehe allmählich, was für ein bemerkenswerter Mann er ist.«

Hartung nickte. »Das ist er, jawohl. Er hat ein ereignisreiches Leben geführt und ist weit umhergereist. Mir wurde gesagt, er arbeitete für die IPCC, unterrichtete

Rekruten in Kampffertigkeiten, aber ich denke, die IPCC-Sauberkeit und -Ordnung haben ihn zermürbt.«

»Das ist erstaunlich«, sagte Jaro. »Ich möchte ihm nicht im Dunklen begegnen, wenn ich Ärger mit ihm hätte.«

»Sehr unwahrscheinlich«, sagte Hartung. »Gaing mag dich. Er sagt, du bist ein guter Arbeiter, drückst dich nicht und bist hartnäckiger als er; und dass du ihn nicht mit törichtem Gerede plagst. Aus Gaings Munde ist das eine hohe Anerkennung, und er würde es dir nie selbst sagen.«

Jaro grinste. »Zumindest freut es mich, die Neuigkeiten von Ihnen zu hören.«

Hartung wandte sich zum Gehen, hielt dann jedoch inne. »Du beginnst mit dem Lyceum, hast du gesagt?«

»In etwa einem Monat.«

»Wenn du willst, finde ich für dich eine Teilzeitarbeit, wann immer es in deinen Stundenplan passt.«

»Vielen Dank, Herr Hartung.«

Kapitel VII

1 Jaros erste zwei Jahre am Lyceum vergingen in relativer Ruhe. Er optierte für ein Grundstudium, welches Schwerpunkte in Naturwissenschaften, Mathematik und Technik setzte. Während seines ersten Jahres wählte er drei Spezialfächer, von denen er hoffte, sie würden die Faths erfreuen: Elemente der Harmonie, Geschichte der Musik und Anleitungen zum Spielen der Suanola. Dies war ein Instrument, basierend auf der alten Konzertina, mit einer Pumpe, die die Luftzufuhr steuerte und Tasten, die die oberen und unteren Register kontrollierten. Die Faths erachteten die Suanola als unbedeutendes oder gar gewöhnliches Instrument, enthielten sich jedoch jeglicher Kritik, so als ob sie Jaros Bemühungen, sie zu erfreuen, nicht vergeblich erscheinen lassen wollten. Wie auch immer, Jaro kannte seine Grenzen: Er war akkurat, sogar übergenau in seiner Ausdrucksweise und ließ die wilde Leidenschaft vermissen, die den Musiker vom allgemein Musizierenden unterschied. Seine Fähigkeiten reichten aus, um in einem kleinen Orchester zu spielen, bei den Arkadischen Scharlatanen, wo er das Kostüm eines gitanquischen Schafhirten trug. Die Gruppe spielte gelegentlich auf Parties, Picknicks, Fiestas und Flussboot-Ausflügen.

Die Faths billigten im allgemeinen Jaros Stundenplan, der herausfordernd war; sie konnten beinahe hoffen, dass er sich für das Institut und die Akademie der Ästhetischen Philosophie entschied. Die Hoffnung verminderte sich, als Jaro, indem er früh aufstand, in der

Lage war, morgens vier Stunden an jedem Wochenende im Raumhafenterminal zu arbeiten.

Wie Jaro erwartet hatte, war weder Hilyer noch Althea erfreut. Hilyer nahm seine pedantischste Haltung ein: »Die Zeit, die du in dieser Werft verschwendest, könntest du konstruktiveren Dingen widmen.«

»Ich will lernen, wie man Raumschiffe repariert, und vielleicht sogar, wie man sie bedient«, sagte Jaro sanft. »Denkst du nicht, dass das ein nützliches Wissen ist?«

»Nein. Nicht wirklich. Es ist Arbeit für Spezialisten. Der Weltraum ist die Leere zwischen zivilisierten Umgebungen. Der Weltraum ist kein Bestimmungsort als solcher. Jegliche Romantik, die du mit dieser Art der Arbeit verbindest, ist künstlich.«

Jaro grinste. »Keine Sorge, wenn ich in der Schule nicht mehr mitkomme, lasse ich die Arbeit sein.«

Hilyer wusste, dass Jaro alles, was von ihm verlangt wurde, ohne sichtliche Mühe bewältigen würde. Dennoch gab er sich nicht geschlagen. »Aus dem, was du erzählst, entnehme ich, dass sie dir die niedrigsten Tätigkeiten überlassen: das Heraussuchen von diesem und jenem, Schmutz wegwischen, Botengänge für einen mürrischen Mechaniker erledigen.«

»Unglücklicherweise ist dem so«, sagte Jaro. »Dennoch muss jemand diese Dinge tun. Da ich neu bin, erledige ich sie. Außerdem ist Gaing gar nicht so schlimm, wenn man ihn erst näher kennt. Er kann mich gut leiden; wenn er mich sieht, grunzt er jetzt, statt so zu tun, als existiere ich nicht. Inzwischen lerne ich Schritt für Schritt, was ein Raumschiff zum Fliegen bringt.«

»Ich verstehe es immer noch nicht«, sagte Hilyer verdrießlich. »Wozu ist solch ein Wissen für jemanden mit deinen Aussichten gut? Der Lohn, der nicht übermäßig ist, kann dich nicht reizen. Laut deiner Mutter gibst du nicht einmal dein Taschengeld aus, sondern steckst es eilig in ein Marmeladenglas.«

»Das ist wahr! Aber ich möchte Geld für einen besonderen Zweck verdienen.«

»Was für ein Zweck ist das?« verlangte Hilyer kühl zu wissen, obwohl er es bereits wusste.

Jaro antwortete nichtsdestoweniger höflich. »Ich möchte die Wahrheit über mich selbst erfahren. Es ist ein Geheimnis, das ich nicht aus meinem Kopf bekomme, und ich werde weder rasten noch ruhen, bis ich es herausgefunden habe. Doch ich möchte euch nicht um die Finanzierung einer Jagd bitten, die sich als sinnlos erweisen könnte. Ich versuche eben, selbst Geld zu verdienen.«

Hilyer winkte ungeduldig ab. »Gegenwärtig musst du dieses Geheimnis ignorieren; ein Abschluss am Institut ist Voraussetzung für ein gesichertes Leben. Ohne ihn bist du ein Irrlicht oder ein Vagabund.«

Jaro schwieg, und Hilyer fuhr mit ernster Stimme fort: »Ich empfehle dir nachdrücklich, diese Suche aufzuschieben … sie wird sowieso nutzlos sein. Die wichtigen Dinge zuerst. Deine Mutter und ich werden dir ohne Einschränkung helfen, eine angemessene Ausbildung zu erlangen … aber wir werden keinen Kurs dulden, der nicht deinem Besten dient.«

Althea betrat das Zimmer. Weder Jaro noch Hilyer wollten das Thema weiterverfolgen, und es wurde nicht wieder aufgenommen.

2

Die ersten drei Jahre am Lyceum vergingen für Jaro so problemlos, dass sie sich später, als er sich zurückerinnerte, nicht mehr voneinander unterscheiden ließen. Sie waren die letzten Jahre der goldenen Zeit, und niemals wieder würde das Leben so ruhig verlaufen.

Dennoch, die Jahre waren nicht ereignislos; es gab Hunderte von Änderungen. Jaro wuchs einige Zentimeter, um ein aufrechter breitschultriger Jugendlicher mit durchschnittlicher Muskulatur zu werden, obwohl an Brust, Rumpf, Armen und Beinen durchweg Masse fehlte. Sein Verhalten war geprägt von ruhiger Verschlossenheit. Wenn die Mädchen sich versammelten, um ihre Angelegenheiten zu besprechen, stimmten sie allgemein darin überein, dass Jaro auf herbe Weise ansehnlich war, wie einer der Elfenbarone aus romantischen Legenden. Wie ärgerlich und traurig, dass er ein Nimp war!

Während der Ferien, die an Jaros drittes Jahr anschlossen, wurde ihm erlaubt, ganztägig in der Werft des Terminals zu arbeiten. Eines Tages übernahm er eine besonders komplizierte Arbeit. Die Sache ging ihm recht gut von der Hand, und er beendete sie, wie er dachte, in einer beachtlich guten Zeit. Er prüfte den Mechanismus mit Zählern und Feldlehren; alles schien in Ordnung zu sein, und er unterzeichnete das Werkblatt. Als er sich umwandte, stand Gaing neben ihm, sein zerfurchtes Gesicht unlesbar. Jaro konnte nur hoffen, das Verfahren angemessen durchgeführt zu haben. Gaing spähte auf Jaros Werkblatt, dann sprach er mit einer sanften trockenen Stimme, die Jaro vorher noch nicht gehört hatte. »Das ist ein nettes Stück Arbeit, das du da vollbracht hast, Junge. Du hast es gut gemacht, du hast es schnell gemacht, und du hast es richtig gemacht.«

»Schönen Dank, Herr«, sagte Jaro.

Gaing fuhr fort: »Von jetzt an kannst du dich als ›Hilfsmechaniker‹ betrachten. Es wird eine entsprechende Erhöhung deines Einkommens geben.« Er langte auf ein Regal hinauf und brachte einen knorrigen Krug aus lavendelgrauem Steinschmelz hervor. Er zog den Stöpsel heraus und goss Tropfen einer bernsteinfarbenen Flüssigkeit in ein Paar klobiger Steinguttassen. »Der Anlass schreit nach einer Kostprobe des Alten Besonderen, der, da kannst du sicher sein, nicht überall so frei angeboten wird.« Er schob eine der Tassen zu Jaro. »Lass uns deinen neuen Status begießen!«

Jaro beäugte die Flüssigkeit zweifelnd. Das Teilen des Alten Besonderen hatte, so wie er es verstand, die Kraft eines Rituals und er musste seinen Part entsprechend spielen. Er wandte sich zu Gaing um, sammelte seine Tapferkeit, erhob stoisch seine Tasse und sagte: »Auf Ihre Gesundheit, Herr.«

Gaing erhob seine Tasse, nickte und trank daraus. Steif stehend, lockerte Jaro den Zug um seinen Mund und schluckte eine gute Portion. Nun denn! Tapferkeit und Ruhe! Er musste weder würgen noch husten; er musste lediglich höfliche Befriedigung zeigen.

Die Flüssigkeit erreichte seinen Magen. Jaro atmete langsam aus. Er wusste, dass ein Kommentar von ihm erwartet wurde. Aber das Wichtigste zuerst, wie Hilyer sagen würde. Er erhob seine klobige Tasse und trank, was vom Alten Besonderen übriggeblieben war, in einem Zug aus. Er blinzelte, setzte die Tasse ab und versuchte entschlossen zu sprechen: »Ich bin kein erfahrener Kenner, aber ich würde sagen, dies ist eine hochwertige Qualität. Wenigstens sagt mir das mein Instinkt.«

»Dein Instinkt täuscht dich nicht!« erwiderte Gaing. »Du hast eine wichtige Tatsache entdeckt! Und deine Aufrichtigkeit ist erfrischend. Man kann viel von einem Kameraden erfahren, wenn man acht gibt, wie er seinen Tropfen trinkt. Die Leute sprechen über das, was ihnen am Herzen liegt, und die Vielfalt dessen ist so unendlich wie das Gaeanische Reich selbst! Ich habe Kummer und Leid erlebt; genauso Lieder der Freude, manchmal in der gleichen Viertelstunde. Manche Männer sprachen über die Abstammung und die Grandeur, die sie rechtmäßig für sich beanspruchen konnten; andere vertrauten mir Geheimnisse an. Einige sprachen von schönen Frauen, während sich andere ihrer gütigen Mütter erinnerten.«

Gaing erhob den Krug und blickte Jaro fragend an. »Hast du Lust auf einen weiteren Schluck? Nein? Vielleicht hast du recht, da wir harte Arbeit leisten müssen. Morgen, bei Gelegenheit, werden wir die *Schwarze Skarabäus* der Abschlusskontrolle unterziehen.« Er bezog sich auf eine geschmeidige schwarze Raumjacht, etwas kompakter als die *Pharsang*, aber dennoch ein imposantes Fahrzeug.

Jaro konnte kaum zu seiner Stimme finden. »Nur Sie und ich?«

»Richtig! Diese Arbeit ist uns gerade zugewiesen worden. Es ist an der Zeit, dass du beginnst, die Abschlusskontrollprozeduren zu lernen.«

Jaro kehrte in freudiger Erregung nach Merriehew zurück. Sein neuer Beschäftigungsstand repräsentierte einen großen Statuszuwachs; er konnte nun mit Fug und Recht von sich als einem Raumschiffmechaniker sprechen, und bald würde er, neben der Reparatur, auch die Bedienung eines Raumschiffs lernen.

3 Drei Wochen später ging Jaro nach Schichtende an der schlummernden Reihe von Raumjachten vorbei. Als er sich der *Pharsang* näherte, traf er auf Lyssel Bynnoc, die unruhig neben dem Schiff stand, während zwei ältere Herren eine Karte untersuchten, die sie auf dem Steuerbordvorsprung ausgebreitet hatten. Der ältere und kräftigere der beiden dominierte die Besprechung. Er äußerte kurze Bedingungen, stieß mit einem steifen Zeigefinger auf die Karte, während die Kommentare des anderen vollkommen ignoriert wurden.

Beide Herren trugen teure Kleidung. Der ältere war hochgewachsen, mager, mit einem langen blassen Gesicht, einer Mähne weißen Haars und einem spitzen weißen Ziegenbart. Sein Betragen war steif und ruhig.

Der zweite Herr war stattlich und geschmeidig, mit gepudertem rosa Teint und braunen Hundeaugen.

Lyssel lehnte am Ladevorsprung der *Pharsang* und tappte mit den Fingern gegen die glänzende schwarze Oberfläche. Sie bemerkte das Nahen eines ansehnlichen jungen Mannes; er war möglicherweise die Erlösung von der Langeweile. Sie nahm eine Position lässiger Gleichgültigkeit ein; sie wandte den Kopf nicht, bis der junge Mann näher herangekommen war. Dann fixierte sie ihren erweichenden blauen Blick auf ihn. Zu ihrer Überraschung erkannte sie Jaro, an den sie sich von der Langolen-Schule her erinnerte. Die Bekanntschaft war distanziert gewesen, da Lyssel sich stets prestigeträchtigere Fische geangelt hatte – ernsthafte Streber wie Hanafer Glackenshaw, Alger Oals, Kosh Diffenbocker und andere desselben Schlags. Einige von ihnen hatten durch Unterstützung bereits das Junioren-Auxilarium des Quadratischen Kreises erreicht. Lyssel ihrerseits war damals, wie heute immer noch, eine energische Streberin gewesen, mit ihren geheimen Techniken, die ihr die schwarze und silberne Spange der wichtigen Jinker eingebracht hatten. Sie mochte Prestige, aber sie erfreute sich der Funktion ihrer natürlichen Instinkte noch mehr und war davon angetan, Jaro zu sehen, obwohl sie sich kaum an ihn erinnern konnte.

Jaros Reaktion auf Lyssel war unmittelbarer und ähnlich der, die andere gesunde junge Männer an den Tag legten. Er wollte sich ihr nähern, ihr seine Achtung erweisen und sie, nach einem Minimum an höflicher Einleitung, ins Bett schleppen. Mit den Jahren hatte sich Lyssel nur wenig verändert. Feines goldenes Haar wallte bis beinahe zu ihrer Schulter, die Locken wogten und schwangen, wenn sie sich bewegte. Ihre Augen waren rund, unschuldig und blau in einem schmalen Gesicht, in dem ein breiter Mund fortwährend in Bewegung war und sich mit dem Schmetterlingsflattern ihrer

Gedanken veränderte … lächelnd, schmollend, sich schürzend, sich schief verdrehend, sich an den Ecken in drolligem Schuldbewusstsein herunterziehend oder die Zähne auf die Unterlippe gepresst, als wäre sie ein Kind, das bei einer Unartigkeit erwischt worden war. Ihr Körper war zart und biegsam, und wenn sie ihren Spaß hatte, wand er sich mit der unbändigen Energie eines kleinen zutraulichen Tiers. Mädchen waren bei ihr auf der Hut und fühlten sich in ihrer Gesellschaft wie Vogelscheuchen. Die Jungen hingegen waren fasziniert, und sie war das Thema endloser Spekulationen. Gab es Feuer hinter dem Rauch? Niemand, so sah es aus, hatte die Wahrheit erfahren, obwohl viele dem Problem ihre ernsthafteste Aufmerksamkeit gewidmet hatten. Sie sprach in einem lebhaften Rhythmus: »Du bist Jaro, nicht wahr?« Dann wartete sie, als harre sie auf sein dümmliches Freudengrinsen, von ihr erkannt worden zu sein.

Jaro erwiderte höflich: »Ich bin Jaro. Ich habe dich auf dem Lyceum gesehen.«

Lyssel nickte und dachte, Jaro wirke ein wenig hochtrabend oder vielleicht sogar teilnahmslos. »Was tust du denn hier in der Gegend?«

»Kein Geheimnis; ich arbeite hier in der Werft.«

»Natürlich! Jetzt erinnere ich mich! Du bist der tapfere Junge, der Raumfahrer werden möchte!«

Jaro entdeckte einen Anklang von Spott, den Lyssel zuweilen gebrauchte, um sich der Langeweile zu entledigen, ähnlich wie Kätzchen ihre Krallen an der besten Einrichtung schärften. Er zuckte gleichgültig die Achseln. Das Aufziehen hatte keine Reaktion hervorgebracht; Lyssel wurde ärgerlich. Sie blies die Wangen auf und verzog die Nase, um auf komplizierte Weise anzudeuten, dass sie fände, Jaro sei ziemlich lästig. Aber Jaro sah über sie hinweg zur *Pharsang* hinüber und bemerkte es nicht.

Lyssel blickte finster drein. Jaro war ein Nimp, daher

langweilig und stumpfsinnig. Stumpfsinnig? Sie musterte ihn kurz und fragte: »Warum lächelst du?«

Jaro blickte sie unschuldig an. Sie fuhr fort: »Es ist nicht schmeichelhaft, wenn du über mich lachst.«

Jaro, der jetzt offen grinste, sagte: »Wenn du die Wahrheit wissen willst, ich bewunderte die Aussicht.«

Lyssels zartes Kinn entspannte sich, so dass ihr Mund sich öffnete. Verwirrt fragte sie: »Welche Aussicht?«

»Die *Pharsang,* mit dir im Vordergrund. Es ist wie eine Seite aus einer Anzeigenbroschüre.«

Lyssels Ärger verschwand. »Also kann selbst ein Nimp galant sein.«

Jaro hob eine Augenbraue und fragte: »Wer sind deine Freunde?«

Lyssel spähte zu den zwei älteren Herren. »Sie sind Personen von bester Konduite: ein Val Verde und ein Kahulibaher.« Sie schaute, ob Jaro hinlänglich beeindruckt war, entdeckte aber nur milde Neugier. Sie deutete auf den molligen Herrn. »Das ist mein Onkel Forby Mildoon. Der andere, mit dem satanischen Ziegenbart, ist Gilfong Rute. Er ist Eigner der *Pharsang,* verflucht soll er sein!« Lyssel zog eine respektlose Grimasse hinter Rutes Rücken. Als sie Jaros erstaunten Ausdruck bemerkte, erklärte sie: »Er ist ein absolutes Ärgernis und unvernünftig obendrein.«

Jaro blickte zu dem fraglichen Herrn hinüber. »Von hier aus scheint er recht vernünftig zu sein.«

Lyssel traute ihren Ohren nicht. »Das meinst du nicht ernst!«

»Ich urteile nur nach dem Anblick seiner Rückseite«, stimmte Jaro zu.

»Das ist nicht der beste Weg.«

»Also gut: Was macht er, dass er von vorn unvernünftig ist?«

»Er besitzt die *Pharsang* nun seit fünf Jahren und hat sie nur einmal in den Weltraum gebracht. Hört sich das vernünftig an?«

»Er könnte von Raumkrankheit oder Schwindel geplagt werden. Was kümmert es dich?«

»Es kümmert mich viel, genauso wie meinen Onkel Forby! Herr Rute versprach, ihm die *Pharsang* für einen sehr niedrigen Preis zu verkaufen, aber nun macht er einen Rückzieher und nennt erst einen, dann einen anderen Preis, alle absurd hoch.«

»Das klingt, als wäre er nicht bereit zu verkaufen.«

Lyssel blickte finster zu Gilfong Rute. »Falls dem so ist, ist es ziemlich rücksichtslos von ihm.«

»Wie das?«

»Weil mein Onkel Forby versprochen hat, mich auf eine Jahreskreuzfahrt mitzunehmen, sobald er die *Pharsang* gekauft hat. Aber ich werde alt und runzlig sein, bevor dieser Tag kommt!«

»Gräme dich nicht«, sagte Jaro. »Sobald ich meine eigene Raumjacht habe, nehme ich dich für ein oder vielleicht zwei Jahre mit hinaus bis hinter Wiggs Strähne.«

Lyssel zog stolz die Augenbrauen hoch. »Du würdest verpflichtet sein, meine Mutter als Anstandsdame mitzunehmen, und sie möchte vielleicht gar nicht mit hinausfliegen. Sie ist eine Hoch Bostamonte und intolerant gegenüber unteren Leisten. Wenn sie wüsste, dass du ein Nimp bist, würde sie dich ›Schmeltzer‹ rufen und dich aus dem Schiff werfen.«

»Sie würde mich aus meinem eigenen Schiff werfen?«

»Ja, in der Tat, wenn sie es für richtig hielte.«

Jaro hatte angesichts dieser Versicherung nichts mehr zu sagen. Lyssel lehnte sich an das Schiff und musterte ihre Fingernägel. Ihr wurde langweilig mit Jaro. Er sah gefällig aus, aber ihm mangelte es an Flair und dem Alles-oder-nichts-Schwung, welcher gewisse andere junge Männer zu erfreulicherer Gesellschaft machte. Jaro, dachte sie unfreundlich, war weich und schüchtern, genau wie jeder andere Nimp.

Lyssel blickte über die Schulter und fragte sich, wie ihr Onkel Forby in seinem Versuch vorankam, Gilfong

Rute zu beeinflussen. Nicht gut, nach seinem herunterhängenden Unterkiefer zu urteilen.

Jaro fragte: »Worüber reden sie?«

»Oh … nur über Geschäfte«, sagte Lyssel leichthin. »Etwas über große Bauentwicklung. Wenn alles gutgeht und Herr Rute investiert, sind unsere Probleme gelöst. Ich soll helfen, indem ich meine lieblichen blauen Augen zur Schau stelle.«

Forby Mildoon rollte die Karte zusammen; die beiden Männer betraten das Schiff; Lyssel folgte ihnen. Am Eingang blickte sie mit einem undeutbaren Ausdruck zurück und verschwand dann im Innern. Jaro zuckte die Achseln und ging seiner Wege.

Kapitel VIII

1 Drei Tage später wurden Hilyer und Althea zu ordentlichen Professoren mit wesentlich erhöhtem Gehalt ernannt. Zugleich steigerte sich ihr Status in einem solchen Ausmaß, dass sie in die Altroverten gewählt wurden: einen unkonventionellen Nicht-Streber-Club von Intellektuellen, Nonkonformisten, Nimps in hohen Positionen, anderen Freidenkern und sogar einigen Lemurianern.

Die Faths gaben bezüglich ihres neuen Status Desinteresse vor, aber insgeheim waren sie über die Anerkennung, die sie für nicht nur wohlverdient, sondern auch für lange überfällig hielten, erfreut. Sie erwogen sogar, gewisse neue Amtsgenossen ins Merriehew-Haus einzuladen. »In der Tat, ich habe meine Kandelaber schon seit einer Ewigkeit nicht mehr in Gebrauch gehabt«, seufzte Althea. »Und ferner, Hilyer – bitte murre nicht –, kann man nicht leugnen, dass dieser alte Ort von innen und außen aufgeputzt werden muss. Nun können wir es uns leisten, und es gibt keinen Grund, es jetzt noch hinauszuzögern. Dann werden wir uns nicht wie Vagabunden fühlen müssen, wenn wir Leute wie Professor Chabath und Dame Intricx für einen Abend einladen.«

»Mir macht es nichts aus, mich als Vagabund zu fühlen«, sagte Hilyer, der einen Hang zur Sparsamkeit hatte. »Wenn jemand Lust hat, mein Verhalten derart zu interpretieren … dann gut, wie es ihm gefällt!«

Althea ließ sich von den trotzigen Worten ihres Mannes nicht täuschen. »Komm, Hilyer, ich weiß, dass dir

Abendparties genauso gefallen wie mir, nur bist du zu stur, es zuzugeben.«

Hilyer lachte. »Ja und nein. Wenn du die Wahrheit wissen willst, ich fürchte die Ausgabe einer großen Summe für keinen guten Zweck.«

»Ich verstehe nicht, was du meinst!«

»Du erinnerst dich der Gerüchte von vor zwanzig Jahren, über neue Vororte und Erweiterungen der Stadt? Gut, ich hörte gestern die gleiche Art Gerede, und ich glaube, dass es früher oder später auch geschehen wird.«

»Nicht in hundert Jahren!« protestierte Althea. »Thanet hat sich bereits nach Osten ausgedehnt, über die Hügel und hinein nach Vervil. Warum sollte es auf einmal in diese Richtung gehen?«

»Du könntest recht haben«, sagte Hilyer. »Aber wenn nicht, liegt es in unserem Interesse, von hier fort zu gehen, bevor der große Andrang beginnt. In diesem Zusammenhang ist mir heute morgen ein Angebot für Haus und Grund von Merriehew gemacht worden.«

»Tatsächlich! Von wem?«

»Von der gleichen Person wie damals: einem Immobilienvermittler namens Forby Mildoon. Er erwähnte, dass er verschiedene sehr nette Häuser im Destrikt Catterline besäße; wenn wir zusätzlich zu dem, was er unsere alte Scheune nannte, zehntausend Sol gäben, könne er uns eines dieser Häuser überlassen. Er deutete an, die Häuser wären genau über dem Hügel des Instituts gelegen und daher sehr geeignet.«

Althea atmete durch. »Und was hast du dazu gesagt?«

»Ich habe ihn ausgelacht und ihm erklärt, sein Preis wäre bei weitem zu hoch. Er sagte, dass dieser Ort im gegenwärtigen Zustand überhaupt nicht zu verkaufen wäre, dass er uns aber vielleicht tausend Sol nachlassen könne, wenn wir bestimmten Bedingungen zustimmen würden. Ich sagte, das wäre immer noch zuviel; und schließlich habe ich ihn auf sechstausendfünfhundert Sol und unseren Besitz heruntergehandelt, aber ich betonte, ich könne keinen Handel abschließen, bevor ich nicht mit dir und Jaro darüber gesprochen hätte. Er wollte wissen, was Jaro in der Angelegenheit zu sagen hätte, und ich sagte ihm, da zu erwarten sei, dass Jaro zu guter Letzt Merriehew erben würde und er den Ort liebe, seine Gefühle respektiert werden müssten. Ich erklärte ihm, dass, falls er wünsche, Merriehew aus dem Handel herauszulassen, wir eines der Häuser für siebentausendsechshundert oder achttausend in Erwägung ziehen würden, wie er es vorgeschlagen hatte.«

Althea sagte verächtlich: »Ich würde unter keinen Umständen in diesen kastenartigen kleinen Catterline-Hütten leben wollen; sie sind alle in Reihen nebeneinander gebaut! Ich könnte mich über den Kerl ärgern, so etwas überhaupt vorzuschlagen! Es ist eine Beleidigung und ziemlich dreist!«

Am folgenden Tag erhielt Hilyer in seinem Büro am Institut einen Telefonanruf von Forby Mildoon. Mildoon sprach in jovialem Ton: »Wenn Sie sich erinnern, wir hatten eine Unterhaltung über ihr mögliches Interesse an einem Catterline-Besitz. Wie es der Zufall will, erhielt ich heute morgen den Besuch eines Außerweltklienten, der sich bei mir informieren wollte. Er gab zu verstehen, er sei an einem rustikalen Besitz etwas außerhalb der Stadt interessiert, den er in ein Restaurant eines bestimmten Typus umwandeln könne. Ich dachte sogleich an Merriehew. Ich möchte in Ihnen jetzt nicht Visionen von Wohlstand hervorrufen; er ist sehr sparsam und meine Kommissionsgebühr macht ebenfalls einen kleinen Betrag aus, aber das habe ich bereits in die sechstausendfünfhundert Sol und den Merriehew-Besitz eingerechnet. Ich könnte Sie mit einem reizenden kleinen Landhaus im herrlichen Catterline-Distrikt ausstatten, praktisch Tür an Tür mit dem Institut.«

Hilyer sagte knapp: »Ich fürchte, Sie müssen diesen Vorschlag vergessen, Herr Mildoon. Erstens will mein Sohn Jaro nichts davon hören …«

Forby Mildoons Stimme nahm einen nachdrücklich verdrießlichen Klang an: »Mir scheint, ihm sollte nicht erlaubt sein, sich in Sachen, die ihren Komfort und ihre Bequemlichkeit angehen, einzumischen! Letzten Endes, wenn ich das so sagen darf, ist Merriehew nicht die geeignete Residenz zweier würdevoller Hochstatusakademiker! Es sieht nicht besser aus als der Zufluchtsort von Strolchen und Vagabunden.«

»Meine Frau ist am Catterline-Distrikt nicht interessiert. Sie erachtet ihn als alltäglich und gewöhnlich und fragte, ob ihre Residenz ebenfalls in Catterline gelegen sei.«

»Nein, ist sie nicht«, sagte Mildoon recht hochmütig. »Ich lebe auf dem Gut Chermond Park.«

»Ich verstehe. Das macht keinen Unterschied, da ich denke, dass wir dieses Thema erschöpfend erörtert haben und es von keinem weiteren Interesse ist. Guten Tag!«

»Guten Tag, mein Herr«, sagte Mildoon mit zusammengepressten Zähnen.

2

Gegen Ende des Herbstsemesters wurden die Arkadischen Scharlatane angeheuert, bei der Hummelboster Panik, einem Festival, welches von den Isogrammen aus dem Junioren Auxilarium des Quadratischen Kreises gesponsert wurde, aufzuspielen. Die Panik war eine alljährliche Begebenheit, die die gesamte Konduite der Quadranten des Quadratischen Kreises zelebrierte. Wochenlang hatten Freiwillige und Fachleute den Surcy-Pavillon dekoriert, um ihn wie eine Straße der mythischen Stadt Poowaddle aussehen zu lassen. Falsche Fronten simulierten Gebäude einer unwahrscheinlichen Architektur; auf Balkonen stellten sich in luftiger Höhe plumpe Possenreißer dar, geschmückt mit den traditionellen Poowaddle-Kostümen: hohe krumme Hüte mit breiten Krempen, auf denen gurgelnde Balukvögel und messingfüßige Quieker saßen; lockere Hosen, enorm große Schuhe mit aufwärts gekrümmten Spitzen. Von den fröhlichen Poowaddlern, die sich auf der Promenade drängten, wurde erwartet, dass sie die eine oder andere Variante des Poowaddles-Kostüms trugen. Buden entlang der Parade würden Krüge von ›Booble‹ gratis ausschenken: ein Trank nach geheimen Rezepten gebraut, aber stets mehr oder weniger gleich schmeckend. Drei Orchester, einschließlich der Arkadischen Scharlatane, waren angeheuert worden, Jigs und Galivanten zu spielen, und es wurde gesagt, wenn ein Isogramme versäumte, sich auf der Hummelboster Panik zu vergnügen, sei er entweder tot oder anderswo.

Zur festgelegten Zeit nahmen die Arkadischen Scharlatane ihre Plätze in einer nachgebauten Grotte ein, die die zentrale Promenade überblickte. Tausende winziger purpurner und grüner Lichter blinkten über ihnen und erzeugten eine sanfte Illumination unbeschreiblicher Farben.

Die Scharlatane spielten mit ihrem gewohnten Eifer und stiegen nach dem Ende ihres Auftritts aus der Grotte, um sich zu erfrischen und auszuruhen. Wie die anderen, trug auch Jaro das Kostüm gitanquischer Nomaden: enge Hosen aus schwarzem Velveteen, einen graubraunen Kittel, bestickt mit rosaroter Borte und eine lockere scharlachrote Kappe mit einer langen schwarzen Troddel, die über seinem linken Ohr baumelte. Als Jaro sich umwandte, um die Promenade zu überblicken, fand er sich Aug in Auge mit einem feiernden Paar: Lyssel Bynnoc und ein junger Mann, der als Hummelboster Geck kostümiert war.

Lyssel hielt kurz inne und starrte ihn an. Sie trug

einen knöchellangen Rock aus weichem weißen Gewebe, eine schwarze Weste und eine Tiara aus grünen Agapanthusblättern, wie sie die Stirn einer Waldland-Nymphe schmücken mochte. Mit gedämpfter Überraschung rief sie aus: »Jaro! Ist es wahrhaftig Jaro, der Raumfahrer?«

Jaro nickte. Wie stets sah Lyssel lebhaft, faszinierend und zu jedem Unfug bereit aus ... kurz: nicht ungewöhnlich. Dennoch, Jaro konnte sich nicht helfen, aber er bemerkte einen seltsamen Missklang. Bei ihrem letzten Treffen hatte sie deutlich gezeigt, dass sie Langeweile in seiner Gesellschaft empfinde. Weshalb nun diese erfreute Aufregung, die sie an den Tag legte? Laune? Vielleicht.

Lyssel begutachtete sein Kostüm, dann blickte sie hinauf zur Bühne, wo Jaros Instrument lag. Sie fragte erstaunt: »Du bist auch Musikant?«

»Ich bekomme Geld dafür, wenn das ein Maßstab ist.«

»Ich sehe dort oben eine Suanola. Ist das deine? Oder spielst du etwas Törichteres wie die zwitschernden Zahnstocher oder die galoppierenden Löffel?«

»Nur die Suanola. Die Löffel sind mir zuviel.«

»Komm, Jaro! Du bist viel zu bescheiden – und das nicht einmal überzeugend!«

Der Hummelboster Geck nahm ihren Arm. »Hierher, Lyssy. Unser Tisch ist bereitet.«

Lyssel wand sich und löste sich von ihm. »Einen Moment. Ich muss nachdenken.«

Ihre Begleitung versuchte ungeduldig, sie fortzuführen. »Komm jetzt, Lyssy! Denk an den Tisch! Hier gibt es nichts, was uns hält!«

Lyssel zog ihren Arm aus seinem Griff. »Kosh, sei nicht so herrisch und hör auf zu zerren! Du ziehst mir ja den Arm aus dem Gelenk!«

»Wir verlieren unseren Tisch«, grollte Kosh und beäugte Jaro abschätzend.

Lyssel sah die Chance, ihren Unfug zu treiben. »Entschuldigt, ich war unhöflich! Jaro, dies ist Kosh Diffenbocker. Kosh, dies ist Jaro Fath.«

Kosh blickte verwirrt von Jaro zu Lyssel und sprach dann ungeduldig: »Komm jetzt, Lyssy, genug dieser Torheiten! Wir verlieren unseren Tisch, wenn wir uns nicht sputen!«

Lyssel schob ihn etwas von sich. »Dann beeile dich! Gehe! Haste! Springe, mache dich davon und renne! Dies ist die Hummelboster Panik; du kannst entlang des Weges sogar Froschhüpfen spielen!«

»Was soll ich Hanafer sagen?«

»Was immer du willst; er kümmert mich nicht und hält bei weitem zuviel für selbstverständlich.«

Kosh sagte unsicher: »So siehst du vielleicht Hanafer. Er weiß, was er will und wann er es will.«

»Das habe ich bemerkt. Jetzt geh und sichere uns den Tisch, ich komme gleich nach.«

Mit wenig Anmut stapfte Kosh Diffenbocker durch die prächtige Menge davon. Lyssel wandte sich Jaro mit einem zaghaften Lächeln auf den Lippen zu. »Also gut, Jaro, was hältst du von unserer prächtigen Panik?«

»Sie ist großartig. Ich mag die Dekoration.«

Lyssel lachte fröhlich. »Ich habe im Komitee mitgewirkt. Schau dort drüben! Siehst du das seltsame Tier mit dem grünen Hut und dem Ringelschwanz? Ich habe den gesamten Schwanz bemalt, einschließlich des Büschels! Ich habe sorgfältig die passenden Farben ausgewählt!«

»Du hast eine glänzende Arbeit vollbracht. Du bist eher dafür geboren eine Künstlerin zu sein, als …« Jaro hielt inne und blickte über die Promenade.

»Eher als was?« verlangte Lyssel zu wissen.

»Nun, lass uns sagen, als eine mysteriöse Frau der tausend Intrigen.«

»Ich möchte beides sein!« verkündete Lyssel. »Warum sollte ich mich auf eines beschränken? Besonders, wenn ich wichtige Dinge mit dir vorhabe.«

»Hm. Welche Dinge?«

Lyssel wedelte aufgeregt mit den Fingern. »Oh, Dinge eben.«

»Ich bin verwirrt«, sagte Jaro. »Am Terminal hast du klar gemacht, ich wäre ein Nimp. Nun auf einmal ist alles anders. Es ist der vornehme Jaro, der gute Jaro, der talentierte, erfreuliche Jaro. Entweder möchtest du etwas von mir oder du bist in mich verliebt und willst wie ein Wirbelwind eine Romanze mit mir beginnen. Also, was ist es?«

Lyssel schüttelte verwundert den Kopf. »Ich kann nicht glauben, dass du so zynisch bist! Als wir uns beim Terminal trafen, war ich um meinen Onkel besorgt und vielleicht ein wenig gedankenlos. Heute ist das anders.«

»Ganz genau«, sagte Jaro. »Und über heute wundere ich mich. Warum stehen wir plötzlich auf so gutem Fuße miteinander?«

Lyssel langte mit dem Zeigefinger nach vorn und tippte auf Jaros Nase: eine verschmitzte Tat, die ihre körperliche Anwesenheit wirklicher werden ließ. Jaro entschied, dass eine Liebesaffäre mit Lyssel sehr erfreulich sein würde … wenn auch, vielleicht, voller Überraschungen; und ebenfalls, aufgrund Lyssels gesellschaftlichen Strebens, sehr unwahrscheinlich. Er fragte: »Ist das eine Antwort? Wenn ja, verstehe ich sie nicht.«

»Es war auch nicht beabsichtigt, dass du verstehst. Dadurch verberge ich meine Geheimnisse.«

»Zu schade«, sagte Jaro. »Ich habe keine Zeit für Geheimnisse, deshalb gehe ich nun zurück und werde zum schlimmen Jaro, dem Raumfahrer.«

Jaro spürte das Nahen einer großen Gestalt in seinem Rücken. Er blickte sich um und sah einen massigen jungen Mann in dem schreienden Markttagskostüm eines Hundebarbiers aus Poowaddle. Es war Hanafer

Glackenshaw, dessen Gesicht vor Ärger glühte. Er wandte sich an Jaro: »Was hat das alles zu bedeuten? Warum bist du hier? Du bist ein Nimp und dies hier ist die Hummelboster Panik … streng für den Quadratischen Kreis! Das macht aus dir einen verdammten Schmeltzer!«

Lyssel trat vor. »Hanafer, sei kein solcher Idiot! Erkennst du nicht, dass er einer der Musiker ist?«

»Na und? Er sollte außer Sicht sein, hinter der Abgrenzung! Nicht hier unten!«

»Hanafer, bitte sei vernünftig! Jaro macht doch nichts Böses!«

»Ich bin ausgesprochen vernünftig! Hinter der Abtrennung ist er ein Musiker; hier draußen, simpel lächelnd wie ein Einfaltspinsel, ist er ein Schmeltzer.«

Lyssel schüttelte verärgert ihren Kopf. »Du wirst ja hysterisch! Komm jetzt, Kosh hält unseren Tisch frei.« Über ihre Schulter hinweg blickte sie Jaro schnell an und führte Hanafer davon.

Die Episode hatte Hanafer entschieden verärgert. Er hatte Jaro, den er für aalglatt und eingebildet hielt, nie gemocht. Einen Nimp wie ihn, sich an der Gesellschaft weidend, vorzufinden, war zutiefst anstößig.

Auf dem Weg zum Tisch beschwerte sich Hanafer bei Lyssel: »Warum schenkst du ihm deine Aufmerksamkeit? Er ist ein schmeltzender Mup!«

Lyssel sagte leichthin: »Sei gerecht, Hanafer! Er ist sehr intelligent und spielt gut die Suanola. Außerdem ist er in einer fremdartigen archaischen Weise ansehnlich, nicht wahr?«

»Gewiss nicht!«

Lyssel mochte es, Hanafer zu necken. »Meinst du nicht, du könntest nur dieses eine Mal nachsichtiger sein? Ich würde ihn gerne an unseren Tisch einladen; eigentlich ist er eine interessante Person.«

Hanafer knirschte mit den Zähnen. »Von mir aus kann er das dritte Kommen des vierzehigen Gezemyer sein. Er ist nicht im Kreis, und das ist, was in meinem Buch zählt.«

»Hanafer, du bist sehr streng. Es tut mir leid, das zu sagen, aber es ist wahr. Der Kreis ist nicht alles im Leben.«

»Ha, ha! Der Kreis mag nicht alles sein, aber er trennt Qualität von Schmeltzern, Proleten und Mups!«

»Sicherlich beziehst du dich damit nicht auf Jaro?«

»Ich beziehe mich damit exakt und präzise auf Jaro. Ich nenne ihn einen Proleten, einen Geck und einen Spanner, und wenn er anfängt, sich an dich heranzumachen, werde ich gezwungen sein, ihm seine Quieker und sein Quietschen beizubringen.« Hanafer spielte damit auf die elterliche Disziplin an, die einem unartigen Kind auferlegt wurde.

»Gut, du musst es wissen! Ich lade ihn zu dem Multiflor ein, wo er einer der umherziehenden Musikanten sein wird. Ich erwarte, dass du höflich bist.«

»Wir werden sehen. Aber wenn er anfängt zu schmeltzen, werde ich ihn schnell zurechtweisen.«

3

Drei Tage vergingen, während derer Lyssel in Jaros Gedanken in den Hintergrund trat. Dann, spät am Nachmittag, als er das Lyceum verließ, kam sie zu ihm. »Jaro! Du wärest beinahe an mir vorbeigegangen, ohne mich zu bemerken!«

Jaro war zu verschiedenen festen Entschlüssen gelangt, aber nun hörte er sich zu seiner Überraschung sagen: »Wenn ich dich gesehen hätte, hätte ich dich sicherlich bemerkt.« Entschlüsse waren leichter zu fassen als zu befolgen.

Lyssel trug ein einfaches dunkelblaues Kleid mit weißem Kragen. Sie fragte: »Warum siehst du mich so an?«

»Ich versuche nachzudenken.«

»Oh? Nachzudenken? Worüber?«

»Dass ich höflich hätte sagen sollen: ›Hallo, Lyssel; auf Wiedersehen, Lyssel‹.«

Lyssel trat einen Schritt näher. Sie deutete in den Himmel. »Sieh! Die Sonne scheint! Ich bin kein weiblicher Teufel mit vier Fängen. Ich möchte, dass wir Freunde sind!«

»Gewiss. Wie du meinst.«

Lyssel blickte sich schnell im Vorhof um, dann nahm sie Jaros Arm. »Komm, lass uns woandershin gehen. Jedermann bemerkt uns, und Geschwätz reist mit schnellen Schwingen.«

Ohne Enthusiasmus ließ sich Jaro fortführen.

»Versuchen wir es in der Alten Bude«, sagte Lyssel zu ihm. »Dort ist es zu dieser Tageszeit ruhig, und wir können reden.«

In der Alten Bude fanden sie einen Tisch auf der hinteren Terrasse, im Schatten von drei alten Olivenbäumen, deren Zweige verdreht und verflochten waren, um eine Laube zu bilden. Eine Kellnerin servierte ihnen Krüge mit Fruchtpunsch. Jaro saß teilnahmslos da und beobachtete die Änderungen in Lyssels Ausdruck. Alsbald wurde sie ungeduldig und lehnte sich vor. »Ich habe mir schon lange gewünscht, mit dir zu sprechen.«

»Jetzt hast du deine Chance! Ich bin hier und höre zu.«

Lyssel zog ein betrübtes Gesicht. »Ich denke nicht, dass du mich ernst nimmst.«

»Natürlich nicht. Worüber möchtest du sprechen?«

Lyssel gab vor zu schmollen. »Über dich hauptsächlich.«

Jaro lachte. »Ich kann mir nicht denken, warum.«

»Also gut, zum Beispiel habe ich gehört, dass es ein Geheimnis dein früheres Leben betreffend gibt, dass die Faths nicht deine wirklichen Eltern sind.«

»Das ist wahr. Als ich sechs Jahre alt war, retteten sie mich vor einer Bande Strolche und somit auch mein

Leben. Es geschah auf einer anderen Welt während einer ihrer Expeditionen. Danach nahmen sie mich mit zurück nach Gallingale und adoptierten mich. Das ist die Geschichte meines Lebens.«

»Aber es muss doch noch mehr geben!«

»Ganz recht. Es ist alles sehr kompliziert.«

»Aber du kennst deine wirklichen Eltern nicht?«

»Nein. Ich hoffe, eines Tages die Wahrheit zu erfahren.«

Lyssel fand den Bericht faszinierend. »Du könntest gut und gerne in eine Familie mit hohem Prestige, oder wie auch immer man ›Konduite‹ auf den Außerwelten nennen mag, hineingeboren worden sein.«

»Das wäre eine Möglichkeit.«

»Und deshalb willst du Raumfahrer werden?«

»Teilweise.«

»Was ist, wenn du hinaus ins All gehst, aber niemals findest wonach du suchst?«

Jaro zuckte mit den Achseln. »Ich wäre nicht der erste.«

Lyssel nippte am Fruchtpunsch. »Du könntest also … Gallingale verlassen und niemals zurückkehren.«

Jaro blickte durch die Laube, als würde er versuchen, die kommenden Jahre zu sehen. Schließlich sagte er: »Ich werde stets nach Merriehew zurückkehren, wenn auch nur um meine Eltern zu besuchen.«

Lyssel kaute auf der Lippe. »Die Faths könnten es vorziehen, an einem bequemeren Ort zu leben, statt in diesem scheckigen Merriehew.«

Jaro schüttelte seinen Kopf. »Sie würden woanders niemals glücklich sein. Darin stimmen wir überein.«

»Dennoch, man weiß ja nie. Sie könnten ihre Meinung ändern.«

»Nicht, wenn ich dem abhelfen kann. Letzte Woche hat ein glatter Immobilientyp versucht, ihnen einen Kasten im Catterline-Distrikt zu verkaufen. Er war offensichtlich ein Schurke, und mein Vater hat ihn nur ausgelacht.«

Lyssel zuckte zusammen. »Dein Vater sollte nicht so selbstgerecht sein. Der Agent hat wahrscheinlich in gutem Glauben gehandelt.«

»Alles ist möglich.«

Lyssel langte vor und drückte seine Hand. »Das ist bei weitem netter. Das ist ein Zug, von dem ich wünschte, dass du ihn umsetzen würdest, so dass du in der Lage bist, mit mir zu sympathisieren und mir bei meinen Problemen zu helfen.«

Jaro löste seine Hand. »Ich sympathisiere aus der Ferne, wo die Möglichkeit, mit hineingezogen zu werden, gering ist.«

Lyssels Mundwinkel sanken bedauernd herab. »Aber ich dachte, du wolltest, dass wir Freunde werden!«

Jaro grinste. »Ich mag das Wort gebraucht haben, aber wahrscheinlich meinte ich etwas anderes.«

Lyssel sagte zögernd: »Es ist nichts Falsches an dem Wort ›Freunde‹.«

»Natürlich nicht. Aber ›Freunde‹ gehen zusammen zu denselben Parties, während wir hier in die Alte Bude rennen müssen, nur um miteinander zu reden.«

Lyssel schien unsicher. »Das ist keine große Sache! Wenn du dich benimmst und mir bei meinen Plänen hilfst, können wir doch Freunde sein … mehr oder weniger«, fügte sie lahm hinzu.

»Lass mich erklären«, sagte Jaro. »Du übst einen starken Druck aus. Dieser Druck wirbelt meine kreativen Säfte durcheinander, bis ich mir wünsche, dich zu ergreifen, dich an mich zu drücken und dich ins Bett zu tragen. Freundschaft kommt später.«

Lyssel sagte entschieden: »Nichts dergleichen ist durchführbar. Wenn ich ergriffen, gedrückt und ins Bett gezogen würde, müsste ich um meinen Ruf fürchten. Als nächstes würde ich den Missetäter verweisen, selbst wenn du es wärest.«

»In diesem Fall …« – Jaro machte eine fatalistische

Geste – »… gibt es nur einen geringen Spielraum für eine Beziehung.«

»Du gibst aber sehr schnell auf«, sagte Lyssel verärgert. »Es ist schon beinahe beleidigend! Besonders, da ich vorhatte, dich zur Multiflor einzuladen! Ich erwähnte es auf der Panik, erinnerst du dich?«

»Eigentlich nicht.«

»Das ist die Rasenparty der Jinker, auf der ich dich gerne dabeihätte. Überall wird es Blumen geben, und du wirst es sicherlich genießen.«

»Ich? Ich bin kein Jinker oder in irgendeinem anderen Club. Ich käme nicht einmal bis zum ersten Löwenzahn. Außerdem, wenn Hanafer mich sieht, wird er ein großes Aufheben davon machen und mich einen Schmeltzer heißen.«

»Das hat nichts zu sagen! Du wirst kommen, weil ich speziell dich danach gefragt habe. Es ist bei weitem nicht formell. Ich bin im Komitee, und wir möchten, dass es eine der hübschesten Begebenheiten der Saison wird. Es wird Blumen in Hülle und Fülle geben und große Eisenkrüge, randvoll mit tiefpurpurnem Gradencia; und dann natürlich, statt eines Orchesters, möchten wir, dass du als Satyr kostümiert umherwanderst und hübsche Musik auf der Suanola spielst.«

Jaro fragte mit gedämpfter Stimme: »Du willst, dass ich ein Kostüm trage?«

»Gräm dich nicht. Wir haben ein angemessenes Kostüm im Sinn; es ist wundervoll, mit einem großen krummen Hut, grünen Pantalons und einem lustigen Schafschwanz, der an der Rückseite befestigt ist, wo Schwänze gewöhnlich zu finden sind.« Lyssel kicherte. »Eine Schnur verbindet den Schwanz mit deinem Knie, so dass, wenn du umherspringst, der Schwanz hin- und herschwingt; es ist wirklich komisch!«

Jaro starrte Lyssel bestürzt an. Lyssel fuhr fröhlich fort. »Was mich angeht, ich werde ein Blaues Teufelchen mit blauen Schnürpantoffeln sein. Das Kostüm besteht zum größten Teil aus mir selbst, aber alles ist ein wenig verwegen auf der Multiflor: das ist im Grunde der wahre Jinker-Stil. Zusammen mit dem Gradencia werden wir geeisten Titilanthus in authentischen Milchglasgefäßen reichen. Wir haben auch ein Fass mit einem neuen Rezept, das nur für die Party kreiert wurde; es wird Flurrish Zabamba genannt. Man erzählte mir, dass sie Yasher Farkinbeck davon haben kosten lassen und es ihn sehr munter machte. Du wirst es selbst genießen können.«

Jaro langte über den Tisch und ergriff ihre Hände. »Lyssel, wir sind im Begriff die schreienden Missklänge zweier Rasenparties gleichzeitig zu hören.«

»Ich verstehe nicht.«

»Vielleicht hätte ich sagen sollen, zwei Versionen derselben Party. Wenn du eine vorziehst, entsagst du der anderen.«

»Ach du liebe Zeit, muss es denn so dramatisch sein?« Lyssel versuchte ihm ihre Hände zu entziehen. »Du siehst so grimmig aus! Bitte lass mich gehen!«

Jaro gab sie frei. »Ich werde dir von den zwei Parties erzählen. Die erste ist ein Triumph. Das Wetter ist schön; die Erfrischungen sind denkwürdig, der Gartensatyr hat gut aufgespielt und einen jeden mit seinem Spiel unterhalten, Hanafer Glackenshaw ist froh, Yasher Farkinbeck ist munter, Lyssel Bynnoc strahlt: ihre Schönheit hat jeden Jungen angezogen und jedes Mädchen zu ihrem Feind gemacht.«

»Wunderbar!« rief Lyssel entzückt. »Lass uns weitermachen. Das ist die Multiflor, die ich will.«

»Aber warte! Lausche der zweiten Version! Zu dieser Multiflor erscheinen wir zwei zusammen. Ich bin deine Begleitung und wir tragen ähnliche Kostüme. Du hältst meine Suanola, die ich vielleicht spiele, vielleicht aber auch nicht, je nach meiner Stimmungslage … möglicherweise nach dem Genuss von Flurrish Zabamba. Wir sind während der Party zusammen, und zur angemessenen Zeit verlassen wir sie und gehen in den Abend. Es war eine erfreuliche Party.«

Jaro hielt inne, aber Lyssel konnte ihn nur mit offenem Mund anstarren.

Jaro sagte: »Wenn wir eine Party auswählen, verschwindet die andere. Wenn du zum Beispiel die erste Party wählst, nimmt der Satyr am Ende seine Vergütung und zieht davon. Es würde selbstverständlich nicht Jaro sein.«

»Das meinst du nicht ernst!«

»Gewiss meine ich es ernst.«

»Aber die zweite Party ist purer Unsinn! Ich kann an einem solchen Fiasko nicht teilnehmen!«

Jaro erhob sich. »In diesem Fall muss nichts weiter gesagt werden. Ich gehe nach Hause.« Er wandte sich zur Tür.

Einige Sekunden vergingen, dann kam Lyssel hinter ihm hergerannt. Sie ergriff seinen Arm. »Ich habe noch nie jemanden gekannt, der so jähzornig ist!«

»Aber du bist beleidigend! Du hypnotisierst und neppst mich gerade so, dass du mich in lustige Satyrkleidung stecken kannst und ich ohne Bezahlung die Suanola spiele. Du magst mich ja nicht einmal.«

Lyssel trat näher. »Du hängst dich an Dingen auf, die ich gar nicht so gemeint habe! Ich denke, du bist es, der Interesse vorgibt.«

Jaro hob den Arm. »Schau! Siehst du, wie meine Hand zittert? Ich kämpfe gegen meine primitiven Impulse an. Sie sind wirklich.«

Lyssel grinste ihn an und schien sich reflexartig zu winden. »Solange du meinen Anweisungen folgst, habe ich nichts dagegen. Im Grunde mag ich es ja, weil ich mich dadurch unüberwindlich fühle.«

»Ich fühle mich dadurch nervös und müde. Das Spiel ist vorbei, und ich gehe heim.« Aber Jaro zögerte. »Dennoch frage ich mich, was du wirklich von mir willst und wie weit du gehen würdest, um es zu bekommen.«

Lyssel legte die Hände auf seine Schultern. »Ich habe einen Fehler gemacht, das gebe ich zu!« Sie rückte näher, so dass Jaro die Berührung ihrer Brüste spüren konnte. Er wusste, dass er zurückweichen und die Alte Bude verlassen sollte, aber seine Füße verweigerten die Bewegung. Er sagte: »Sag mir die Wahrheit.«

Lyssel zog eine Grimasse. »Welche Wahrheit? Die Hauptwahrheit ist, dass ich alles möchte! Aber ich weiß nicht, wie ich es bekommen kann – oder auch nur etwas davon. Ich bin verwirrt.« Sie schwieg, dann sprach sie mit leiser Stimme, mehr zu sich selbst als zu Jaro: »Ich wage es nicht! All meine Konduite wäre dahin, würde ich entdeckt.«

Jaro begann sich zurückzuziehen. »Ich will keine Intrigen mehr, und ich will dir nicht schaden. Also dann ...«

Von der anderen Seite des Raums drangen laute Stimmen herüber; als er sich umwandte, erblickte Jaro Hanafer Glackenshaw mit zweien seiner Freunde: dem klotzigen Almer Culp und dem schmalen und habgierigen Lonas Fanchetto.

Lyssel ließ ihre Arme herabfallen und trat von Jaro zurück. Hanafer rief in ungehörigem Triumph: »Man sagte mir, dass ich dich zusammen mit dem alten Mup hier finden würde!«

»Du bist äußerst unhöflich!« sagte Lyssel. »Bitte geh! Und das sofort!«

»Es ist nicht unhöflich, die harten Fakten zu erklären! Dies ist ein verdammter Mup, und er muss an seinen Platz verwiesen werden.«

»Du weißt nicht, was du sagst. Jaro ist höflich und talentiert und bei weitem vornehmer als du. Nun hör mir zu! Ich habe ihn zur Multiflor eingeladen. Er wird ein Jinker auf Bewährung sein, also heiße ihn bitte nicht einen Schmeltzer.«

»Natürlich ist er ein Schmeltzer!« donnerte Hanafer.

»Er ist ein Nimp, nicht wahr? Wie kann er da zugleich ein Jinker auf Bewährung sein?«

»Weil ich im Komitee bin und ihn zu dem nominieren kann, wozu es mir beliebt!«

»Aber keinen Nimp! Das ist eine pure Farce und beweist, dass er schmeltzt!« Er drehte sich zu Jaro um. »Ich gebe dir einen Rat. Bleibe der Multiflor fern. Wir wollen keine Spanner oder Gecken oder Schmeltzer auf unseren Parties. Wir streben und klimmen die Leisten hinauf und wollen nicht einen ekelerregenden Nimp auf uns herabgrinsen sehen! Also, du hast mich gehört; was hast du zu sagen?«

Lyssel rief. »Hanafer, hör auf damit, Jaro einzuschüchtern! Du machst nur einen Narren aus dir, und ich werde stocksauer, wenn du so weitermachst!«

Hanafers Züge verzerrten sich. »Ich bin kein Narr; du bist es, die hier steht und sich von diesem Spanner befingern lässt! Merkst du nicht, dass er ein Schmeltzer ist und wirklich widerwärtig?«

Lyssel sagte: »Hanafer, benimm dich. Du bist heute entschieden nicht auf der Höhe!«

Hanafer beachtete sie nicht, drehte sich um und blickte Jaro wild an. »Also gut, du Nimp? Am besten, wir treffen eine Abmachung. Planst du, auf der Multiflor zu stolzieren und zu schmeltzen oder wirst du dich wie der nette kleine Nimp benehmen, der du, verdammt noch mal, auch besser sein wirst?«

Jaro sprach mit Mühe. Die Situation war unangenehm. Er wollte auf der Multiflor nicht dabei sein; er war nicht begierig darauf, Hanafer, der groß, schwer und gemein war und von dem er eine Abreibung erwarten konnte, zu bekämpfen. Hanafer hatte die öffentliche Meinung auf seiner Seite; kein Streber mochte Schmeltzer, und Jaros Status als Jinker auf Bewährung war nicht überzeugend. Dennoch fand Jaro, dass er sich Hanafer nicht demütig unterordnen konnte, wenn er seinen Selbstrespekt behalten wollte. Entgegen aller

Logik, Neigung und gesundem Menschenverstand sagte er: »Ich gehe dahin, wohin ich will, und damit hast du dich abzufinden.«

Hanafer machte einen langsamen Schritt vorwärts. »Und du hast vor, dich auf der Multiflor sehen zu lassen?«

»Meine Pläne gehen dich nichts an.«

»Schmeltzen geht jeden an.«

Lyssel trat vor. »Er kommt, weil ich ihn eingeladen habe, meine Begleitung zu sein! Also benimm dich gefälligst.«

Hanafer starrte sie erstaunt an. »Ich dachte, ich sollte deine Begleitung sein! Du fragtest mich, um sicherzugehen, dass ich mein Scharlachrotes Schurkenkostüm tragen würde!«

»Ich habe meinen Entschluss geändert. Ich werde ein Blaues Teufelchen sein, und somit würde dein Kostüm gar nicht zu meinem passen.«

Hanafer signalisierte seinen zwei Freunden. »Packt den Spanner und werft ihn hinaus! Wenn ich es täte, wüsste ich nicht, ob ich mich zurückhalten könnte.«

Lonas und Almer kamen vor: Lonas mit vorgebeugten massigen Schultern; Almer mit einem ausgestreckten knochigen Arm, langen dünnen Fingern wie Insektenklauen, die in die Luft griffen, offensichtlich dazu gedacht, Jaro zu reizen und seinen Rückzug zu beschleunigen.

Der Inhaber erschien. »Halt, das ist genug! Ich will hier keine Balgerei unter Rohlingen haben! Eine Bewegung, und ich rufe die Monitoren!« Er wandte sich an Jaro. »Was dich angeht, junger Mann, du gehst am besten jetzt sofort!«

Jaro zuckte die Achseln und ging. Lyssel drehte sich zu Hanafer um: »Du bist ein Lümmel! Ich schäme mich für dich!«

»So nicht!« brauste Hanafer auf. »Du hast zu mir gesagt, ich sei auf der Multiflor dein Begleiter – und dass wir später zum Abendessen in das Sieben-Meilen-Haus einkehren würden.«

»Ich habe dem nie zugestimmt, und wenn, dann nur bedingt.«

»Nun willst du also statt dessen mit dem Schmeltzer gehen?«

Lyssel holte Luft. »Wenn ich deinen Rat will, frage ich dich danach. Bis dahin kümmere dich um deine eigenen Angelegenheiten!«

»Ja, natürlich. Wie du willst.« Hanafer wandte sich um und marschierte, gefolgt von seinen Freunden, aus der Alten Bude.

4

Jaro beendete seine Abendschicht im Raumterminal und machte sich auf den Weg nach Hause. Er verließ den Bus dort, wo die Katzvold-Straße in den Nain-Wald mündete, Merriehew lag etwa einen Kilometer nördlich davon. Die Nacht war warm und drückend; der blau-grüne Mond Mish trieb zwischen den hohen Wolken.

Der Bus verschwand in Richtung Stadt. Jaro machte sich nach Norden durch den Wald auf den Weg und bewegte sich leichtfüßig die Straße entlang, wie es für eine solche Nacht wie diese angemessen schien.

Der Mond trieb hinter eine der Wolken, die Straße verschwand in der Dunkelheit, und Jaro wurde langsamer, um nicht in das Dickicht entlang der Straße zu stolpern. Heute abend schien die Straße irgendwie fremd zu sein, so als hätte Jaro den Weg verpasst und wandere nun in einem unbekannten Teil des Waldes. Torheit, natürlich … dennoch, etwas schien zu fehlen. War das ein Geräusch? Er blieb stehen, um zu lauschen. Stille. Zweifelnd ging er weiter die Straße entlang. Nach einigen Metern blieb er erneut stehen; kein Irrtum diesmal! Von hoch in den Bäumen kam ein leises trübseliges Geräusch, bei dem sich

Jaros die Nackenhaare sträubten. Er lauschte, aber die Stille war in den Wald zurückgekehrt.

Jaro ging langsam weiter, ertastete den Weg mit seinen Füßen.

Ein Augenblick verging. Wieder kam das leise Geräusch von oben. Jaro hob den Kopf, um zu lauschen; es musste der Schrei eines Nachtvogels sein, den er noch nie gehört hatte.

Jaro ging weiter, Schritt für Schritt. Wolken teilten sich; der Mond trieb in den offenen Himmel hinaus. Fahles Mondlicht breitete sich durch das Laubwerk aus, um in einem Muster auf die Straße zu fallen. Wieder das Geräusch: ein unheimliches Glucksen. Jaro hielt kurz inne und suchte das obere Laubwerk ab. Eine flötende Stimme rief: »Die Schwarzen Engel fliegen hinter der Rückseite des Mondes hervor!«

Etwas stand fünfzehn Meter vor ihm auf der mondbeschienenen Straße. Es war etwa zwei Meter groß, drapiert mit einer wallenden schwarzen Robe, mit schwarzen Schwingen, die hoch über die Schultern aufragten. Unter einer schwarzen Kapuze starrten Augen wie Scheiben aus Pechkohle in einem hageren weißen Gesicht auf Jaro herab und hielten ihn fest. Er stand wie versteinert.

Von rechts und links kamen vier maskierte Gestalten in grotesken Kostümen: Umhänge über abnorm breite Schultern drapiert, von denen Schwingen hoch aufragten wie jene der Gestalt auf der Straße. Zu seiner Überraschung musste Jaro feststellen, dass er zu einer ausgestopften Puppe geworden war, unfähig zu rennen oder zu kämpfen.

Mit gewichtigen, bedächtigen Bewegungen machten sich die vier Engel über Jaro her; sie stießen ihn zu Boden und schlugen ihn mit langen biegsamen Knüppeln. Jaro hielt die Arme hoch; ein Knüppel fuhr hinab; ein Knochen brach. Jaro kippte um, und die Schläge gingen weiter auf ihn nieder. Alte Erinnerungen fluteten in sein Bewußtsein: das grelle Licht der heißen Sonne auf den Wyching-Hügeln, der Geschmack des Straßenstaubs; das dumpfe Aufschlagen der Knüttel auf seine dünnen Rippen. Er stöhnte vor Schmerz und durch das Ringen mit der Erinnerung.

In dieser Nacht im Nain-Wald teilten die Knüppel gemessene Schläge aus, die nicht verstümmeln, sondern bestrafen sollten. Eine tiefe Stimme sprach in einem gewichtigen und erhabenen Tonfall: »Die Schwarzen Engel der Buße tun nur ihre Pflicht! Die Schmeltzer sollen sich hüten, nun und für immer!«

Und die anderen grollten wie ein Chor: »Es ist immer so! Die Schmeltzer sollen sich hüten! So ist es und so und so!« Die Knüppel wurden mit Nachdruck geschlagen.

Die tiefe Stimme sprach: »Du wurdest als Schmeltzer entlarvt: Dem musst du nun abschwören. Sag, dass es dir leid tut!«

Jaro kämpfte schwach, wurde aber zurückgestoßen und bekam einen kräftigen Tritt in die Rippen.

Die Stimme intonierte: »Erklär deine Falschheit! Sag, dass es dir leid tut und du deinen gehörigen Platz wieder einnehmen wirst! Sprichst du nun? Oder brauchst du weitere Strafen? Aha, du willst nicht sprechen! Also gut, so sei es; es ist deine eigene Schuld!«

Die Knüppel kamen wieder zum Einsatz. Die Schwarzen Engel, beleidigt durch Jaros Schweigen, arbeiteten mit rechtschaffenem Eifer, um die Unversöhnlichkeit ihres Opfers zu bestrafen; sie schlugen zu, bis Jaro regungslos liegenblieb. Erstaunlich! Während Jaros Fleisch von den Schlägen schmerzte, ertönte tief in seinem Kopf eine Woge spöttischen Gelächters, als ob irgend etwas in ihm an dem Ereignis Gefallen fände, und Jaro bekam noch mehr Angst.

Die Schwarzen Engel keuchten. Eine der turmhohen Gestalten trat Jaro kräftig in die Seite. »Sprich jetzt! Sag deine Entschuldigung auf!«

Ein anderer Engel murmelte: »Es ist zwecklos. Er ist hartnäckig wie Knalldonkgestank.«

»Hartnäckig oder tot.«

Die vier beugten sich über Jaro. »Er hat seine Lektion bekommen. Das wird seine Eitelkeit mäßigen.«

Jaros Sinne schweiften ab. Er fühlte sich beinahe friedvoll. Diese Empfänglichkeit war gut! Sie funktionierte wie ein Reservoir, in welches Gefühle und Absichten abflossen und gesammelt wurden, so dass nichts verlorenging. Sein Verstand wurde trüb, und er blieb reglos liegen.

Die Schwarzen Engel taten weiter ihre Arbeit. Sie schnitten Jaro die Haare ab und leimten einen lächerlichen Hahnenkamm aus weißen Federn auf seine Kopfhaut. Sie malten sein Gesicht schwarz an und steckten eine lange buschige weiße Feder in sein Hüftband an der Rückseite seiner Hose. Sie luden ihn auf die Ladefläche eines Lieferwagens und fuhren los in Richtung Thanet.

Eine Stunde vor Mitternacht verließ eine Gruppe Studenten eine späte Vorlesung und entdeckte Jaro im Vorhof des Lyceums, wo er aufrecht an einen Laternenpfosten angebunden war. Ein Plakat hing an seinem Hals. Darauf war zu lesen:

ICH WAR EIN SCHMELTZER!
DAFÜR ENTSCHULDIGE ICH MICH.
DIE SCHWARZEN ENGEL DER BUSSE
HABEN ES SO BESTIMMT!

5

Ein Krankenwagen brachte Jaro ins Krankenhaus, wo seine Verletzungen und die Knochenbrüche behandelt wurden. Er hatte eine Gehirnerschütterung. Rippen, Arme und Schlüsselbein waren gebrochen. Ihm wurde gesagt, er könne sich glücklich schätzen, keinen Schädelbruch davongetragen zu haben. Es schien, als ob die Schwarzen Engel ihre Bestrafung in erregtem Wahnsinn durchgeführt hätten. Die Polizei stellte Routinenachforschungen an, um die Schläger zu identifizieren, aber es gab nur wenig öffentliche Entrüstung ob der Bestrafung eines Schmeltzers. Eine solche Kreatur war nicht besser als ein Schmarotzer, und da die Polizei das Schmeltzen nicht in den Griff bekam, war die Gesellschaft gezwungen, sich selbst zu schützen. Im Allgemeinen wurde solch eine Tat als Studentenstreich und Anstandseinführung für alle Betroffenen angesehen.

Jaro blieb für zwei Wochen im Krankenhaus. Die Faths kamen täglich, um ihn zu besuchen, fanden es aber mühselig, fröhlich und optimistisch zu erscheinen. Die Polizei war teilnahmslos, aber höflich zu ihnen gewesen. Sie beriefen sich darauf, dass emsige Nachforschungen keinerlei Hinweise ergeben hätten.

Eines Tages, als wäre es ein nachträglicher Einfall, fragte Hilyer Jaro, ob er irgendeinem dieser Schwarzen Engel einen Namen zuordnen könne.

Jaro schien überrascht. »Selbstverständlich! Sogar vier: Hanafer Glackenshaw, Kosh Diffenbocker, Almer Culp, Lonas Fanchetto.«

»Dann werden wir sie verklagen.«

Jaro wollte davon nichts hören. »Ich kann nichts beweisen. Es gab keine Zeugen. Dem Richter würde nicht erlaubt sein, die Wahrheitsmaschine zu benutzen. Selbst wenn sie für schuldig erklärt würden, bekämen sie nur einen Tadel, und ich würde ermahnt werden, weitere Provokationen zu unterlassen. Sie würden würdig erscheinen; ich schwach und töricht.«

»Aber wir können sie mit dieser Gewalttätigkeit nicht davonkommen lassen! Es wäre beschämend!«

»Ja ... das wäre es in der Tat.«

Hilyer presste seine Lippen zusammen. »Du bist kalt

wie ein Fisch, zeigst keine Gefühle! Bist du nicht zornig?«

Jaro lächelte. »Keine Angst, ich bin zornig. Wenn die Zeit reif ist, wird der Zorn da und bereit sein.«

Hilyer grunzte. »Ich glaube nicht, dass ich dich verstehe.«

»Macht nichts.«

Hilyer musterte das blasse Gesicht. »Sicherlich beabsichtigst du nicht, das Gesetz in die eigene Hand zu nehmen!«

Jaro lachte schmerzlich. »Im Augenblick sicherlich nicht.«

Die Erwiderung stellte Hilyer nicht zufrieden, und er verließ das Krankenhaus in aufgebrachter Stimmung.

Jaro wurde von einem halben Dutzend Mitstudenten besucht, mit denen er mehr oder weniger Freundschaft geschlossen hatte. Alle drückten ihm wegen der Schläge und der Demütigung mit dem gefederten Kopfteil und der Schwanzfeder ihr Mitgefühl aus. Sie waren überrascht, als sie Jaros außerordentliche Gelassenheit bemerkten. »Es gibt keine Demütigung, wenn eine Person sich nicht gedemütigt fühlt«, sagte Jaro.

Basil Krom, der Soziologie studierte, wandte ein: »Sei es, wie es sei. Hier in Thanet ist Demütigung eine Sache für sich. Warum? Kein Geheimnis. Das wetteifernde Gesellschaftssystem macht sie alle für Spott anfällig. Koste es, was es wolle, sie müssen ihr Gesicht wahren. Darum sind deine Freunde ob deiner Gelassenheit verblüfft.«

»Erstens«, sagte Jaro, »habe ich keinen Ruf zu verlieren.«

»Und zweitens?«

»Da mir Spott gleichgültig ist, macht es ihnen keinen Spaß, und sie hören bald auf.«

»Und drittens?«

»Drittens gibt es noch nicht.«

Lyssel schloss sich den Besuchern nicht an, und Jaro erwartete sie auch nicht. Gaing Neitzbeck zeigte sich jedoch, sobald Besucher erlaubt waren. Als Jaro sein zerfurchtes Gesicht sah, spürte er eine belebende und befreiende Woge. Er hatte nicht gemerkt, welche Anspannung auf ihm lastete.

Gaing klopfte Jaro auf die Schulter und setzte sich. Er sagte barsch: »Du kannst mir ebensogut die ganze Geschichte erzählen.«

Jaro beschrieb die Geschehnisse des furchtbaren Abends. »Ich bin ganz und gar nicht stolz auf mich. Ich hörte ein unheimliches Geräusch aus den Bäumen; ich sah eine Gestalt mit weit anfragenden Schwingen und erstarrte. Ich stand starr da wie ein hypnotisiertes Huhn. Jetzt fühle ich mich schwach und wertlos.«

Gaing betrachtete Jaro prüfend. »Offensichtlich möchtest du etwas in dir ändern.«

»Ja«, murmelte Jaro. »Ich finde einen Weg, die Schwäche oder den Fehler – oder was auch immer es sein mag – zu heilen.«

»Eine solche Episode lastet schwer auf dem Stolz«, stimmte Gaing zu. »Aber deshalb brauchst du nicht zu leiden. Stolz ist ein intellektuelles Selbsturteil, eine Mischung aus Hoffnung und Phantasie, und sollte verworfen werden. ›Selbstsicherheit‹, welche ein Maß für Kompetenz ist, ist ein geeigneterer Maßstab.«

Jaro sagte dumpf: »Das ist eine sehr gute Bemerkung, aber da ich keine Kompetenz besitze, kann ich mich ebensogut an meinen armseligen kleinlichen Stolz halten und ihn wieder in Form bringen.«

Gaing lächelte freundlich. »Du hast einige seltsame Kompetenzen, aber keine davon bewahrt dich vor weiteren Schlägen.«

»Das ist wahr. Aber ich hoffe, mich zu ändern. Vielleicht können Sie mir etwas raten.«

Gaing nickte. »Das kann ich in der Tat. Die Fähigkeiten erlangt man wie andere auch. Sie müssen gelernt und geübt werden, bis sie zur zweiten Natur geworden sind. Wie auch immer, du hast jedenfalls Glück. Die Fähigkeiten sind durchaus vermittelbar, und es gibt auch einen Instruktor, der bei der Hand ist. Ich meine damit mich selbst. Einst gedachte ich eine Laufbahn in der IPCC einzuschlagen, aber es kam etwas dazwischen. Wenn du die Wahrheit wissen willst, sie haben mich wegen unbedeutender Gründe ausgestoßen. Sie behaupteten, ich wäre unkonventionell und gehorche Befehlen nur dann, wenn sie mir zupass kämen.«

»Grotesk«, murmelte Jaro.

»Auch hatte ich die Gelegenheit, mit der wahrscheinlich boshaftesten Rasse des bekannten Universums im Clinch zu liegen. Ich lernte und überlebte. Heute bin ich, im Vergleich zu meinem Selbst vor zwanzig Jahren, langsam und tölpelhaft, aber mein Verstand ist immer noch rege. Was ich weiß, sollst du erfahren, wenn du es willst.«

Jaro sagte mit schwacher und vor Gefühlen bebender Stimme: »Ich will es, und ich möchte es so dringend erfahren, dass es mir ein flaues Gefühl im Magen bereitet.«

Gaing lächelte. »Ich kenne deine Beharrlichkeit. Sobald du fähig bist zu gehen, sollten wir beginnen. Inzwischen – lies.« Er legte ein Paket Bücher auf den Nachttisch. »Fang mit dem Kompendium an.«

Jaro wartete einige Tage, bevor er die Faths von seinen Plänen informierte. Es schien keinen leichten Weg zu geben, ihnen die Neuigkeit schonend beizubringen. Jaro sagte: »Ich habe entschieden, Stunden in Selbstverteidigung zu nehmen. Ich hoffe, ihr billigt das.«

Althea hob ihre Augenbrauen in schmerzlicher Überraschung. »Hast du dir das wirklich gut überlegt?«

»Selbstverständlich.«

»Das ist kein versöhnlicher Weg! Es ist das gleiche,

als würdest du dich mit einem Waffenarsenal ausrüsten, und gewiss wird jemand verletzt werden! Ist es das wert, diesen Standpunkt einzunehmen?«

»Ich muß lachen«, sagte Jaro. »Was ist mit der Position, in der ich mich jetzt befinde?«

Hilyer, die Augen nachdenklich verengt, sagte: »Ich bin nicht sicher, ob ich verstehe, was mit ›Selbstverteidigung‹ gemeint ist.«

»Das ist einfach zu erklären. Wenn ich erneut attackiert werde, möchte ich fähig sein, mich selbst zu schützen.«

»So gesehen, klingt das vernünftig. Aber ist diese Taktik nicht eine Form der Kampfbereitschaft und könnte sie nicht deinen Gegner ernstlich verletzen?«

»Nicht mehr als nötig, will ich hoffen.«

Althea rief: »Eine vergebliche Hoffnung, wenn jemand verkrüppelt am Boden liegt.«

Hilyer fragte: »Wo wirst du diese Fähigkeiten lernen?«

»Ich glaube, du hast Herrn Gaing Neitzbeck, der mit mir im Raumterminal arbeitet, bereits kennengelernt.«

»Ich erinnere mich gut«, sagte Hilyer und rümpfte die Nase.

Althea sagte: »Er sieht nicht wie eine kultivierte Person aus.«

Jaro lachte. »Lasst euch durch sein Aussehen nicht täuschen. Er ist intelligent und gut informiert. Mehr als das, er ist kompetent. Einst diente er in der IPCC, und er kann mich lehren, was immer ich wissen muss.«

Hilyer schwieg eine Weile, dann brach es aus ihm hervor: »Vielleicht ist dies nicht die rechte Zeit, um sorgfältige ethische Unterschiede zu machen. Du wurdest verletzt. Versteh mich nicht falsch; ich bin genauso zornig wie du! Aber ich möchte mich durch die vorgegebenen Wege der gesellschaftlichen Reglementierung revanchieren. Diese sind angemessen und erlaubt; kurz: sie sind zivilisiert. Ich möchte nicht, dass du gewalttätig wirst, als wärest du ein Weltraumvagabund oder ein Pirat.«

Jaro sagte steinern: »Ich wurde angegriffen. Ich konnte mich nicht wehren. Ich lag hilflos am Boden. Ich würde falsch handeln, wenn ich dies noch einmal geschehen ließe.«

Hilyer deutete mit einer Gebärde seine Niederlage an und wandte sich ab.

Kapitel IX

1 Nach der Rückkehr aus dem Krankenhaus fuhr Jaro fort, die Handbücher zu studieren, die Gaing ihm gebracht hatte. Schon bald führte er einige der Übungen aus, die er nach und nach ausdehnte, soweit es ihm seine wiederkehrenden Kräfte erlaubten.

»Am Anfang ruhig und langsam«, sagte Gaing. »Arbeite nicht mehr als zehn Minuten an einer Übung; andernfalls machen deine Nerven schlapp.

Beschränke dich in jeder Sitzung auf ungefähr sechs Übungen. Konzentriere dich zunächst auf Genauigkeit, dann erst auf Geschwindigkeit. Gib nicht auf, auch wenn es langweilig wird. Jede Übung ist die Grundlage zu einer Kombination und muss einstudiert werden, bis sie zum Reflex wird. Du hast einen langen Weg zurückzulegen, verlier nicht den Mut.«

»Ich beschwere mich nicht«, sagte Jaro. »Tatsächlich weiß ich nicht, wie ich Ihnen danken soll.«

»Mach dir keine Umstände.«

»Dennoch wundere ich mich, warum Sie so viel Zeit mit mir verbringen. Ich bin Ihnen jedenfalls dankbar. Gibt es eine Erklärung dafür? Wenn ja, welche?«

»Die Fragen sind vernünftig«, sagte Gaing. »Ich kann dir darauf nicht mit nur einer einzigen Erwiderung antworten. Im Moment habe ich nichts Besseres zu tun. Du brauchst das Training nötig, und es wäre eine Schande, gutes Rohmaterial zu verschwenden. Dann ist da auch noch Selbstinteresse im Spiel. Ich glaube, dass ich mir damit ein Guthaben für die Zukunft anlege. Eines Tages wirst du vielleicht in der Lage sein, im Gegenzug mir einen Gefallen zu erweisen. Außerdem habe ich im gesamten Gaeanischen Reich nur zwei Freunde. Du bist einer davon.«

»Wer ist der andere?«

»Du kennst ihn, es ist Tawn Maihac.«

2

Noch in der gleichen Woche kehrte Jaro zum Unterricht zurück. Seine Haare waren nicht gleichmäßig nachgewachsen. Er bürstete sie zurück, so gut es ging, vermochte aber nicht, die Bildung von Büscheln zu verhindern oder ausgedünnte Stellen, wo das Haar nur langsam nachgewachsen war, zu verbergen.

Macht nichts, sagte er zu sich, ohne auf das Starren der anderen Studenten zu achten. Nach ein paar Tagen würde die Aufmerksamkeit nachlassen, und man würde ihn nicht länger anstarren. In der Zwischenzeit musste er es unbekümmert über sich ergehen lassen.

Jaro nahm sein Mittagessen in der Cafeteria ein. Dann ging er hinaus und setzte sich auf eine Bank an der Seite des Vorhofs. Lyssel erschien, und nachdem es schon so aussah, als würde sie ihn nicht bemerken, änderte sie ihre Meinung und trat näher, um ihn zu mustern. »Hm«, sagte sie. »Sie haben eine schöne Arbeit an dir vollbracht.«

»Sie waren gründlich«, stimmte Jaro zu.

Lyssel musterte ihn besorgt. »Du scheinst recht gleichmütig zu sein! Das ist verblüffend! Bist du nicht aufgebracht?«

»Solche Dinge passieren eben. Am besten nimmt man sie philosophisch.«

»Verstehst du denn nicht? Sie haben ein Exempel

an dir statuiert.« Lyssels Stimme war amüsiert. »Sie haben dir all deinen Stolz genommen und dich beschämt*.«

Jaro zuckte die Achseln. »Davon habe ich nichts bemerkt.«

Lyssel war gekränkt. »Es berührt mich genauso. Meine Pläne sind nun durchkreuzt.« Sie warf ihm von der Seite her einen gerissenen Blick zu. »Es sei denn, du bist noch gewillt, mir zu helfen, wie du es versprochen hast.«

Jaro blickte sie ungläubig an. »Was sagst du da? Ich habe keine Versprechungen gemacht. Du musst da jemand anderen meinen.«

Lyssel sagte ärgerlich: »Du erzähltest mir, du wärest fasziniert und hypnotisiert! Du hast mir gezeigt, wie deine Hände vor Emotion zitterten. Das warst du, Jaro Fath, also streite es nicht ab.«

Jaro nickte betrübt. »Ich erinnere mich an etwas dieser Art. Aber die Vergangenheit liegt zurück und ist vorbei.«

Lyssels Züge wurden starr, so dass sie nicht mehr länger hübsch aussah. »Dann hilfst du mir nicht?«

»Wahrscheinlich nicht, selbst wenn ich wüsste, was du willst.«

Lyssel taxierte Jaro, als hätte sie ihn noch nie zuvor gesehen. Dann verzog sie den Mund, und es schien, als würden die Wörter aus ihrem Hals hervorbrechen. »Du bist einmalig, Jaro Fath! Du stolzierst ruhig und grinsend durch die Schule, als würdest du schüchterne kleine Geheimnisse hegen. Du bist wie ein geprügelter

---

* Ungenaue Wiedergabe des Wortes ›tchabade‹: ein schmerzendes komplexes Gefühl, das alles Folgende einschließt: Verlust des Manas; Emaskulation; Zwang der Unterwerfung, wie bei perversen sexuellen Akten; Verurteilung zur Bedeutungslosigkeit; Gefühl des Geschlagen- und Zurückgelassenseins; Fehlen jeglicher Konduite. Kurz: ein bösartiges, schwächendes Gefühl.

Hund, lächelnd und duckend und die Lippen verziehend, um Toleranz zu erbetteln.«

Jaro zog eine Grimasse und setzte sich aufrecht auf die Bank. Er sagte: »Ich nehme an, eines Tages werde ich all das amüsant finden.«

Lyssel schien ihn nicht zu hören. Ihre Stimme erhob sich. »Wenn du dich so gibst, verdienst du keine Sympathie. Im Grunde kann niemand verstehen, warum du hier bist! Du wärest besser beraten, wenn du deine Bücher nähmst und von hier verschwändest.«

»Das wäre pure Torheit! Meine nächste Stunde beginnt in zehn Minuten; andernfalls wäre ich nicht hier.«

Lyssel sagte verächtlich: »Du machst dir nichts daraus, wer dich sieht? Du machst dir nichts daraus, was alle denken?«

»So in etwa, ja.«

Hanafer Glackenshaw kam in den Vorhof heraus. Er posierte einen Augenblick in majestätischer Haltung, die Schultern zurückgeworfen, die Beine gespreizt, die Arme hinter dem Rücken verschränkt. Dichte goldene Locken glänzten im Sonnenlicht. Er wandte langsam den Kopf, erst nach rechts, dann nach links, jedem einen Blick auf sein edles Profil gewährend. Er sah Lyssel und Jaro, und seine Brauen zogen sich zusammen. Er überquerte den Vorhof mit langsamen unheilvollen Schritten. Er hielt inne und starrte auf Jaro hinab. »Wie ich sehe, bist du zurück und fleißig wie eine Biene.«

Jaro sagte nichts. Nach einem bedeutungsvollen Blick in Richtung Lyssel sagte Hanafer: »Gerüchte besagen, dass du vor dem Grasen auf verbotenen Weiden, auf die du nicht eingeladen wurdest, gewarnt worden bist.«

»Das Gerücht entspricht der Wahrheit«, sagte Jaro. »Das ist, was geschah.«

Hanafer deutete mit einem Kopfnicken in Richtung Lyssel. »Jetzt bist du hier, wieder zurück, und schnüffelst und schnupperst an Orten, an denen Nimps nicht willkommen geheißen werden. Verstehst du, was ich meine?«

»Hanafer, sei bitte nicht so unfreundlich«, sagte Lyssel. »Jaro meint es nicht böse.«

»Pah!« sagte Hanafer. »Er meint überhaupt nichts. Er lächelt sanftmütig; er leckt sich die Lippen; er ist nicht einmal verärgert. Wenn er meinen guten Rat beherzigte, würde er sich in die Gesellschaft von anderen Nimps begeben.«

Lyssel sagte angeekelt: »Hanafer, du bist wirklich beleidigend!«

»Pah! Was macht das schon? Ihn kümmert es doch nicht.«

»Falsch«, sagte Jaro. »Ich bin verärgert, aber ich möchte den Ärger nicht gerade jetzt verschwenden. Es gibt keinen Grund zur Eile.«

»Du redest wirr und bist wahrscheinlich irre. Aber gut, es ist schon in Ordnung; sei so verrückt, wie du willst, solange du nur nicht zum Schmeltzen kommst, weil ich das nicht dulden werde.«

Eine Glocke ertönte. Hanafer nahm Lyssels Arm, aber sie zuckte zurück und rannte über den Vorhof davon. Hanafer marschierte mürrisch hintendrein.

Jaro beobachtete ihr Verschwinden, dann nahm er seine Bücher und machte sich zu seinem Unterricht auf.

3

Zwei Monate später endete das Semester. Während der Winterferien brachen Hilyer und Althea zu einer Kurzexpedition zu den Baneek-Inseln auf der Welt Lakhme Verde auf, um die sogenannten ›Tymanghese‹-Orchester aufzuzeichnen und zu dokumentieren. Diese musizierten auf klingenden Wasserglocken, Klangklammern und zitternden Gongs, die durch anpassungsfähige widerhallende Rhythmen gelenkt wurden: eine Musik, die einige mit dem Hin- und Zurückwogen der Silberbrandung verglichen, andere mit den ›Tagträumen im Geist von Pasiphae, der Göttin der Musik‹. Auf Lakhme Verde unterhielt jede Stadt mindestens ein Orchester, und beinahe jeder spielte eines der vorzüglich anpassungsfähigen Instrumente oder hatte auf andere, künstlerische Weise etwas mit ihnen zu tun.

Die Musik hatte sich seit langem schon jeglicher Analyse der Musikwissenschaftler entzogen, und die Faths waren entschlossen, gewisse neue Theorien auf die prächtigen Gefüge aus Tönen anzuwenden, von denen noch nicht einmal die Musiker der Inseln behaupteten, sie würden sie ganz verstehen.

Währenddessen arbeitete Jaro bis an die Grenzen seiner Kraft, trainierte sich in den Techniken, die ihm von Gaing demonstriert wurden. Er war ungeduldig und verlangte ständig neue Übungen, neue Bewegungen, neue Taktiken. Gaing weigerte sich, sie ihm zu gewähren, bis Jaro jede Phase des alten Materials perfektioniert hatte. »Du schreitest schnell genug fort. Ich möchte nicht, dass du ausbrennst.«

»Da besteht keine Gefahr«, sagte Jaro. »Ich spüre, dass dies ist, wofür ich geschaffen wurde; ich kann nicht genug davon bekommen; ich werde nicht aufhören, bevor ich nicht alles gelernt habe.«

»Sicher willst du das nicht«, sagte Gaing. »Einige der Systeme sind Tausende von Jahren alt, und jeder denkt, er hätte schnellere und bessere Bewegungen als die alten Meister. Ich dachte das von mir selbst auch. Wahrscheinlich hatte ich unrecht.«

»Und … wie weit bin ich bis jetzt gekommen?«

»Du hast gute Arbeit geleistet. Bisher sind wir noch bei relativ grundsätzlichem Material … keine Akrobatik, keine exotischen Kombinationen.«

»Wann beginnen wir mit denen?«

»Wenn du die Muskulatur und den Körper dafür entwickelt hast. Zu dem Zeitpunkt, wenn ich fertig mit dir bin – oder vielleicht etwas eher –, solltest du einen recht hohen Selbstsicherheitsindex haben. In der Zwischenzeit sollten wir methodisch fortfahren. Letztendlich sind wir nicht in Eile.«

»Da bin ich nicht so sicher«, sagte Jaro. »Das ist mein letztes Semester am Lyceum. Danach weiß ich nicht, was passiert. Die Faths wollen mir nicht sagen, wo sie mich gefunden haben, bis ich meinen Abschluss am Institut gemacht habe.«

»Führen sie denn keine Aufzeichnungen, die ihre Expeditionen beschreiben?« fragte Gaing.

»Ich denke schon, aber sie schließen sie fort. Sie sagen, sie erzählten mir alles, wenn ich meinen Abschluss habe, aber ich will nicht so lange warten.«

Gaing zuckte die massigen Schultern. »Lass uns zu den Übungen zurückkehren. Sie sind bestimmt und wirklich.«

Das Frühlingssemester am Lyceum begann. Jaros akademischer Ruf war derart gut, dass er eine Spezialklassifizierung erhielt und ihm ein weiter Spielraum zur Festsetzung und Führung seiner Kurse erlaubt wurde. Jaro wählte das Heimstudium und berichtete seinen Instruktoren wöchentlich via Bildschirm. Dadurch war er frei, sich auf die immer mehr Zeit in Anspruch nehmenden Übungen, die Gaing ihn lehrte, zu konzentrieren. Er begann Änderungen an seinem Körper festzustellen. Seine Schultern und seine Brust verstärkten sich; seine Seiten, Oberschenkel und Hüften wurden hart wie Leder; seine Unterarme, Handgelenke und Hände schienen mit Sehnen überzogen zu sein, seine Knochen waren stark und schwer geworden. Er hatte komplizierte Kombinationen und exotische Übungen gelernt, die einen Gegner ernstlich verletzen konnten, wenn sie nicht kontrolliert ausgeführt wurden. Gaing bestand vor allem anderen auf Schnelligkeit, Akkuratesse und Balance. Wie stets war es Jaro nicht erlaubt, zu neuen Übungen überzugehen, bevor das alte Material so automatisch geworden war wie das Gehen.

Eines Tages sagte Gaing zu Jaro: »Du bist jetzt auf der dritten Ebene der Meisterschaft, was eine solide Leistung darstellt. Andere Ebenen liegen noch in der Zukunft, und das Gebiet verzweigt sich in Hunderte von Spezialisierungen, die im Moment aber noch nicht relevant sind. Ich beziehe mich dabei auf schreckliche Geräusche, Illusionen, Puder und Dünste, photische Verbindungen, Miniaturwaffen und dergleichen; es gibt kein Ende der Auflistung. Im Augenblick ist es am besten, dass du mit den Grundlagen fortfährst. Du hast immer noch einen weiten Weg vor dir, obwohl du dich nicht als Anfänger betrachten musst. Steigere deinen Selbstsicherheitsindex, wenn du magst.«

Jaro grinste nur und fuhr mit seinen Übungen fort.

Am selben Tag brachte Hilyer eine Nachricht mit nach Hause, die er im Büro des Grundbuchamts aufgeschnappt hatte. Als er sich zum Nachmittagstee setzte, gab er die Information an Althea und Jaro weiter.

»Ihr erinnert euch doch, dass die alte Gelbvogel-Ranch im Süden einmal Clois Hutsenreiter gehörte?«

»Natürlich«, sagte Althea.

»Ganz recht. Vor einigen Jahren verkaufte er den Besitz an ein Syndikat, den Fidol-Konzern, für einen ziemlich niedrigen Preis, wenn ich mich recht erinnere. Heute war ich zufällig im Grundstücksamt. Aus Neugierde schlug ich Fidol im Register nach. Ich fand heraus, dass der größte Teil von Fidol Gilfong Rute gehört, der ein exzentrischer Millionär und Val Verde ist. Zwanzig Prozent von Fidol werden von Forby Mildoon gehalten, einem Grundstückserschließer oder etwas in der Art. Es ist derselbe Forby Mildoon, der versucht hat, uns das Catterline-Haus zu verkaufen. Das alles machte mich stutzig. Ich stellte einige Fragen und erfuhr, dass Rute ein schillernder Typ mit Neigung zu einfallsreichen Investitionen ist, auf Gallingale und Außerwelt.«

Althea fragte: »Aus welchem Grund sollte er das

Gelbvogel-Land haben wollen? Es ist bloßes Wildland, genau wie unseres auch, aber nicht so hübsch.«

»Es gibt immer Gerüchte, aber sie führen zu nichts. Ich habe Gerede von einer luxuriösen Siedlung auf dem Besitz gehört, die lediglich für Sempiternalen gedacht ist. Rute möchte ein Sempiternale werden, aber keiner der drei Clubs will ihn aufnehmen. Für die Clam Muffins ist er zu unkonventionell, zu dominant für die Tattermen. Die Quantorsi haben Bewerbungen über drei Generationen hinweg. Offensichtlich hofft er durch die exklusive Siedlung sich seinen Weg in die Sempiternalen zu erschleichen.«

»Für mich hört sich das seltsam an«, sagte Althea. »Wie kann er Sempiternale werden, wenn ihn keiner der drei akzeptiert?«

Hilyer zuckte die Achseln. »Osmose oder etwas in der Art. Kurz: Ich habe keine Ahnung, und wahrscheinlich ist sowieso alles Schwindel.«

Jaro sagte plötzlich: »Forby Mildoon? Er ist Lyssel Bynnocs Onkel. Rute hat am Raumhafen eine wundervolle Jacht, die er nie benutzt; Lyssel erzählte mir, dass Forby Mildoon sie erwerben möchte, Rute ihm aber Phantasiepreise nach allen Regeln der Kunst unterbreite.«

»Offensichtlich will er nicht wirklich verkaufen«, sagte Hilyer.

Jaro widmete sich wieder seinen Schularbeiten, während Hilyer und Althea sich mit ihren Auskunftswerken beschäftigten, um etwas über die Welt Ushant zu erfahren, wo sie während der Sommerpause einem Großen Konklave der Ästhetischen Philosophen beiwohnen würden. Beim Abendessen fragten sie Jaro, ob er nicht Lust hätte, sie zu begleiten. »Ushant ist eine faszinierende Welt«, erklärte Althea. »Man sagt, das Volk hätte eine Philosophie, die das Bewusstsein auf seine maximale Empfindlichkeit erhebe. Die Taktiken des Bewusstseins als solches werden zur kreativen Kunst.«

Hilyer fügte hinzu: »Vergiss nicht: Wenn du einen Abschluss in ästhetischer Philosophie anstrebst, wie wir es dir raten, könnte dir das Konklave von großer Hilfe sein.«

»Wenigstens könntest du wertvolle Kontakte schließen«, sagte Althea.

Hilyer nickte in weiser Zustimmung. »Wir werden uns unter die Autoritäten vieler Gebiete mengen: Anthropologen aller Art, ästhetische Analytiker, Kulturphilosophen, Gelehrte der vergleichenden Kunst und der parallelen Entwicklung, Symbolisten, wie wir selbst, und sogar Dekan Hutsenreiter wird dort sein.«

»Ich denke darüber nach«, sagte Jaro. »Im Moment bin ich so beschäftigt, dass ich mich nur auf die Schularbeit und meine Übungen konzentrieren kann.«

»Hm«, sagte Hilyer. »Wie lange gedenkst du die Übungen beizubehalten?«

Althea sagte mit einem Schnauben: »Bis er einige arme unschuldige Personen mit einer einzigen Berührung seines Fingers verstümmeln kann.«

Jaro lachte. »Das kann ich jetzt schon. Wen soll ich verstümmeln?«

»Sei bitte ernst«, sagte Hilyer. »Gewiss ist ein Ende in Sicht.«

»Da stimme ich zu«, sagte Jaro. »Aber augenblicklich bin ich erst halb durch, und je mehr ich erfahre, desto mehr will ich wissen.«

Hilyer bemühte seinen spöttischsten Ton. »Ich hoffe, du hast noch etwas von deinem beträchtlichen Eifer für deine Arbeit am Institut übrig.«

4 Das Herbstsemester endete. Es gab zwei Wochen Ferien, dann begann Jaro sein letztes Semester am Lyceum.

Die Zeit verging wie im Fluge. Das wichtigste gesellschaftliche Ereignis des Jahres, der Dombrillion, ein Grand Ball für den Abschlussjahrgang, würde eine Woche vor der Abschlusszeremonie stattfinden. Der Dombrillion, eine offizielle Schulfeier, ließ gesellschaftliche Unterschiede unbeachtet, so dass theoretisch alle, vom niedrigsten Nimp bis zu den die Hochleisten hinaufklimmenden Strebern, sich in guter Kameradschaft untereinandermengen konnten. In der Praxis machte jeder Club Pläne für den eigenen Tisch und ordnete besondere Kostüme für die jeweiligen Mitglieder an.

Die romantischen Untertöne des Ereignisses begannen sich auf Jaros Phantasie auszuwirken. Bei dem Gedanken an die Parties und Festivitäten, von denen er ausgeschlossen sein würde, verspürte er einen sehnsüchtigen Stich. Es war seine eigene Wahl, sagte er sich. Wenn er es wirklich wollte, konnte er ohne Schwierigkeiten am Grand Masque teilnehmen. Als Begleitung würden ihm Mädchen der Außenseiter-Clubs zur Verfügung stehen, dort hätte er eine große Auswahl. Diese Mädchen waren eine heterogene Gruppe, die Nimps, Außerweltler, Provinzbewohner, Abgänger, die in den Leisten steckengeblieben waren, und eine Anzahl anderer, welche Einzelgänger, Anarchisten, religiöse Eiferer und halbe Soziopathen umfassten, einschlossen.

Viele dieser Mädchen waren recht anziehend; andere waren zu unvorhersehbarem Verhalten fähig. Einige trödelten, weinten, fluchten oder tanzten mit ausgreifenden hüpfenden Sätzen. Einige vollführten obszöne Gebärden und trugen ihre Haare als lackierte Hörner mit weißen Knollen auf der Spitze. Ein Mädchen kam mit lediglich den Windungen einer zweiköpfigen Schlange bekleidet zu einem formellen Ball. Ein weiteres, welches zuviel getrunken hatte, hatte röhrende Seemanns-Chanties zur Musik des Orchesters gesungen, obwohl dieses gerade eine gesetzte Passicaglia spielte. Wieder andere waren unbezähmbare Wildfänge. Am

Ende dachte Jaro, es wäre am besten, sich woanders eine Begleitung zu suchen, sollte er sich tatsächlich dafür entscheiden, am Dombrillion teilzunehmen.

Die Vorstellung zog ihn in verschiedene Richtungen, und er fühlte ein bitteres Amüsement über seine eigene Inkonsequenz. Gleichgültig, wie kurz es währte, er wollte die Freuden der Konduite teilen, die Härten des Kletterns, Fußtritt für schwindelerregenden Fußtritt die Leisten hinauf, jedoch meiden. Es war, dachte er, ein unvernünftiges und unehrenhaftes Verlangen, doch er konnte das Vorhandensein dieses Gefühls nicht ignorieren. Eigentlich sollte er es auf sich nehmen und daheim bleiben, auch wenn er damit riskierte, sich um eine romantische Erinnerung zu bringen. Jaro fühlte sich weiterhin unruhig, wohin auch immer er tendieren mochte.

Eine Woche vor dem Dombrillion fand sich der Abschlussjahrgang zur traditionellen Nachmittagsversammlung ein, zwecks Geselligkeit, gegenseitigem Fotografieren, Signieren von Jahrbüchern, dem Schmieden von Sommerplänen und ganz allgemein zum traurig-süßen Schwelgen in Reminiszenzen von Geschehnissen einer Ära, die nun bereits verloren war.

Die Teilnahme war Pflicht. Jaro kleidete sich ordentlich, ordnete seinen schwarzen Haarschopf und erschien zur Versammlung. Der Vorhof war für diesen Anlass bunt mit Wimpeln, Flaggen, frei fliegenden Torpedoballonen und den Wappen von dreißig Clubs geschmückt worden. Rechts und links standen Torten, Pasteten, Schaumwein und Fruchtpunsch auf langen Tischen bereit.

Jaro trug sich ins Register ein, überblickte den Vorhof, ging dann zur Seite und setzte sich auf eine Bank. Er würde für eine Weile bleiben und dann wieder so unauffällig verschwinden, wie er gekommen war.

Wie er so das Kommen und Gehen seiner Klassenkameraden beobachtete, beschlich ihn milde Verwirrung. Niemand war genau so, wie er es in Erinnerung hatte.

Ein verwandelnder Einfluss hatte gewirkt: die Zeit. Er hatte sie ein Jahr lang nicht gesehen. Ohne Zweifel würden auch sie Änderungen an ihm wahrnehmen, sollten sie ihm mehr als nur einen flüchtigen Blick zuwerfen. Aber niemand schien ihn zu bemerken, wie er so allein auf der Bank saß. Konnte ihm noch immer die Schande seiner Demütigung anhängen? So oder so, es machte keinen Unterschied. Jaro lächelte, aber es war ein Lächeln ohne Heiterkeit.

Er lehnte sich zurück und beobachtete das Treiben der Studenten auf dem Vorhof. Er sah weder Kosh noch Almer, Lonus oder Hanafer. Lyssel kam in Sicht. Sie verlor sich wieder in einer Gruppe von Mädchen, die sich auf der anderen Seite des Hofs versammelte. Es kam Bewegung in die Gruppe, die auseinanderwirbelte, und sie erschien, leichtfüßig, beinahe fröhlich und freudig tanzend. Sie trug eine entzückende dunkelgrüne Kutte mit einem kurzen Faltenrock und grünen knielangen Strümpfen. Jaro konnte sich eines stechenden Gefühls nicht erwehren. Es war weder Lust noch Besitzverlangen – wenigstens nicht gänzlich –, sondern eher eine bekümmerte Unruhe. Lyssel repräsentierte Jugend, Leben und Leichtfertigkeit, all die Phasen der Existenz, die ihm aus dem einen oder anderen Grund verwehrt worden waren. Trotz ihrer Fehler war sie immens attraktiv.

Jaro beobachtete sie. Sie hatte ihn nicht gesehen, und ihre Gedanken waren offensichtlich überall, nur nicht bei Jaro Fath, dem seltsamen Nimp, der als Jaro der Raumfahrer bekannt sein wollte. Lyssel hatte sich wenig verändert. Sie war immer noch lebhaft, schillernd und strahlend mit dem Schwung, der in jungen und alten Männern den Wunsch erweckte, sie an sich zu pressen und sich in ihrer Magie zu verlieren.

Lyssel dachte an etwas Wichtiges: Essen und Trinken! Sie löste sich von ihren Freundinnen und rannte zum

Buffet, um unter den dargebotenen Delikatessen eine Auswahl zu treffen.

Jaro sprang auf und schlenderte über den Vorhof. Als Lyssel nach einem kleinen Bratspieß langte, stieß ihr Ellbogen gegen einen Gegenstand, in dem sie einen menschlichen Arm erkannte. Sie blickte über ihre Schulter und hielt in der Bewegung inne. Dann legte sie den Bratspieß mit anmutiger Bedächtigkeit auf ihren Teller und sprach in die Leere: »Ich glaube, ich bin in der Gegenwart des Einsiedlers Jaro Fath.«

Eine Stimme erwiderte: »Ich bin Jaro, ganz recht, aber ich bin kein Einsiedler.«

Lyssel schaute sich um. »Es ist Jaro, tatsächlich! Und du bist ein Einsiedler! Ich habe dich schon seit Monaten nicht mehr gesehen!«

Jaro lachte. »Du bist es, die ich seit Monaten nicht mehr gesehen habe. Bist du eine Einsiedlerin?«

»Selbstverständlich nicht!« Lyssel wählte eine gepökelte Baumkrabbe von einer Platte mit Meeresfrüchten. »Ich habe gestrebt, studiert und mich vom Lauf der Jahreszeiten treiben lassen, so wie es die Konvention vorschreibt. Währenddessen hast du dich in Geheimnisse gehüllt.«

»Mein Leben ist alles andere als geheimnisvoll gewesen«, sagte Jaro. »Ich habe alle meine Schularbeiten zu Hause gemacht und in meiner Freizeit in der Werft gearbeitet.«

»Wirklich? Dann bist du nicht wegen der Geschichte mit den Schwarzen Engeln verschwunden?«

»Nicht direkt.«

»Was meinst du damit?«

»Das zu erklären, wäre zu kompliziert.«

Lyssel zuckte die Achseln. Sie belud ihren Teller und nahm einen Kelch Wein; Jaro tat es ihr gleich, und die zwei gingen, um sich auf eine nahegelegene Bank zu setzen.

Lyssel drehte sich um und sah Jaro an. Nie hatten ihre

aufgeweckten blauen Augen unschuldiger gewirkt. »Ist es nicht eine Schande, wie jedermann das Schlechteste von jemand anderem denken will?«

Jaro stimmte zu. »Es ist eine Schande.«

»Man sagte, dass du, nachdem du deine Lektion Quieker erhalten hättest, zu verlegen gewesen wärest, um in der Öffentlichkeit zu erscheinen, und dich die ganze Zeit versteckt hättest.«

»Falsch«, sagte Jaro. »Trotzdem können sie es so oft sagen, wie sie wollen; mich kümmert es nicht.«

Lyssel presste die Lippen zusammen, um ein Grinsen zu verhindern. »Aber sicherlich haben dich die Schläge doch betroffen gemacht?«

»Ja, haben sie«, gab Jaro zu. »Es ist schwer, höflich zu bleiben, wenn die Dinge so übel verlaufen.«

Lyssel nickte weise. »Ich frage mich, weshalb du dich heute hier zeigst?«

»Es ist die Pflicht. Außerdem wollte ich mein Jahrbuch abholen.«

»Wie das? Du gehörst keinem der Clubs an, und dafür sind doch die Jahrbücher da; sie erinnern uns an unser Streben.«

Jaro zuckte mit den Achseln. »Eines Tages, wenn ich durch die äußeren Konstellationen ziehe, blättere ich durch das Jahrbuch und frage mich, wie weit diese hoffnungsvollen Gesichter die Leisten hinaufgestrebt sind.«

Lyssel zog eine Grimasse. »Welch seltsamer Gedanke! Du bringst es fertig, dass ich mich unbehaglich fühle.«

»Das tut mir leid.«

Lyssel wurde ärgerlich. »Du bist die ungewöhnlichste Person, die ich kenne! Ich schaue in dein Gesicht und finde lediglich eine Maske aus Geheimnissen!«

Jaro hob die Augenbrauen. »Das gleiche könnte ich auch von dir behaupten. Du mit all deinen Geheimnissen.«

Lyssel beschloß, der Bemerkung mit Erhabenheit zu begegnen. »Ich weiß nicht, wovon du redest.«

»Dann hör zu! Ich werde dir eine Frage stellen, die du nicht missverstehen kannst. Wirst du antworten?«

»Vielleicht. Wie lautet die Frage?«

»Du wolltest, dass ich etwas für dich tue. Was war das?«

Lyssel lachte. »Es war etwas Unbedeutendes; jetzt entsinne ich mich, was du als Gegenleistung dafür wolltest.«

»Oh! Etwas gleich Unbedeutendes?«

Lyssel zog eine ihrer exzentrischsten Grimassen. »Du wolltest mich verführen und mich zu deiner heimlichen Liebhaberin machen. Ist das unbedeutend?«

Jaro schüttelte lächelnd den Kopf. »Hast du zugestimmt?«

»Wie ich mich erinnere, kamen wir nie zu einer Entscheidung.«

»Also, was du wolltest von mir?«

Lyssel zuckte die Achseln. »Es ist lange her.«

»Und es besteht kein Bedarf mehr?«

Lyssel schürzte die Lippen. »Das habe ich nicht gesagt. Du könntest immer noch in der Lage sein, mir zu helfen.«

»Zu denselben Bedingungen wie zuvor?«

Lyssel, immer noch in leichtfertiger Stimmung, sagte: »Nichts hat sich geändert. Ich kann dir nichts sagen oder etwas tun, ohne mir deiner sicher zu sein, was ich nicht bin.«

Jaro hielt seine Finger hoch. »Sieh her! Die Finger zittern nicht länger!«

Lyssel gab ihm ihren leeren Teller. »Bitte gib mir noch einen Kelch Wein. Während du fort bist, werde ich versuchen nachzudenken.«

Jaro nahm den Teller zum Buffet mit und kehrte mit zwei frischen Kelchen Wein zurück. »So, wie hast du entschieden?«

»Ich denke immer noch nach.« Lyssel nahm den Wein entgegen und lehnte sich dann, wie aus einem Impuls heraus, gegen Jaro und küsste ihn auf die Wange. »Danke. Du bist sympathisch; ich habe beschlossen, dass ich dich mag.«

Jaro verbarg seine Überraschung. Welche plötzliche Regung hatte Lyssel überkommen, dass sie mit einem Mal weich und warm und vertraut schien? In welche Richtung versuchte sie ihn nun zu führen?

»Alles in allem bin ich immer noch überrascht, dich hier zu sehen«, sagte Lyssel.

»So dramatisch ist die Angelegenheit doch gar nicht«, sagte Jaro.

»Hast du vor, am Dombrillion teilzunehmen?«

»Wahrscheinlich nicht. Was ist mit dir? Gehst du mit Hanafer hin?«

»Nein, und das habe ich ihm auch klar gemacht. Er ist wild, besonders da ich wahrscheinlich mit Purley Walkenfuß gehe, den er als großen Rivalen betrachtet, und der bereits ein Krankes Huhn ist.«

Aus einer verwegenen Eingebung heraus schlug Jaro vor: »Vielleicht ziehst du es in Betracht, mit mir zu gehen.«

Lyssel lachte ungläubig. »Willst du, dass Hanafer der Schlag trifft? Er hasst dich immer noch; es ist eine Besessenheit. Ich weiß nicht, was er tun würde, sähe er uns zusammen auf dem Dombrillion.«

»Dann gehst du also nicht mit mir?«

Lyssel nippte an ihrem Wein und blickte über den Vorhof. Jaro wartete und fragte sich, wieviel tausend kleine Stücke sie gerade zusammenfügte, um zu einer Entscheidung zu gelangen. Sie wandte langsam den Kopf und schätzte Jaro ab. »Ich kann mit dir nicht zum Dombrillion gehen. Das würde einen großen Skandal geben, den ich mir nicht leisten kann, gerade jetzt, wo ich versuche, in die Menschlich Undankbaren aufzusteigen.« Sie verstummte, sprang auf und wandte ihr

Gesicht Jaro zu, der ebenfalls aufgestanden war. »Mir ist etwas eingefallen. Vielleicht ist es ganz gut. Heute abend spielt meine Cousine Dorsen bei einem Konzert. Von mir wird erwartet, dass ich anwesend bin. Du kannst mich begleiten, wenn du magst. Du wirst in der Lage sein, einige Mitglieder meiner Familie kennenzulernen, auch meinen Onkel Forby. Du wirst ihn mögen; er ist Kahulibaher und von keiner geringen Bedeutung. Ich glaube, nach dem Konzert gibt meine Großmutter Dorsen zu Ehren ein Abendessen.«

»Für mich hört sich das nicht besonders verlockend an«, sagte Jaro.

Lyssel neigte den Kopf und lächelte ihr gewinnendstes Lächeln. »Jaro! Ich kann nicht mit dir zum Dombrillion gehen, aber du kannst mich zum Konzert begleiten, was noch schöner sein wird.« Sie berührte seine Schulter und lehnte sich gegen ihn. »Du wirst schon sehen! Ich werde es schon so einrichten!«

»Wie?«

Lyssel sprach mit leiser Stimme. »Also wirklich, Jaro! Musst du denn fragen?«

»Hm. Wann und wo soll ich dich abholen?«

Lyssel zögerte. »Wir müssen uns vorsehen. Wir dürfen meine Großmutter nicht aufbringen; sie ist eine Frau mit festen Prinzipien. Ich erzähle ihr, du bist ein Musiker, und wir treffen uns am Konservatorium; an der Rückseite vom Pingaree-Park, neben dem Vax-Denkmal.«

Jaro beschloß, dass es an der Zeit war, Kraft und Richtung von Lyssels Absichten zu erkunden. Er zögerte, überlegte wie am besten vorzugehen wäre. Lyssel missverstand die Ursache seines Zauderns und sprudelte eine Flut halbgedämpfter Wörter hervor. »Ich sollte erwähnen, dass das Konzert eine Institutsfeierlichkeit ist. Niemand kann dich Nimp oder Schmeltzer heißen; und doch wirst du meinen gesellschaftlichen Rang einnehmen und meine bewundernswerte Familie treffen, alles Personen von Eleganz und Konduite. Ich hoffe, du bist über diese Aussichten erfreut.«

Jaros Kinn sank herab, dann lachte er. »Irgendwie hast du mich falsch verstanden. Ich würde es vorziehen, wenn du Familie und Konduite zu Hause ließest. Ich möchte dich mit hinausnehmen zur Bergseehütte, wo wir Bratfisch essen würden, Blauen Ruin trinken könnten und so viel Zeit wie nur möglich im Bett verbrächten.«

»Jaro!« rief Lyssel. »Das ist pure Phantasie! Ich bin verpflichtet, zum Konzert zu erscheinen!«

»Kein Problem«, sagte Jaro. »Nach dem Konzert entschuldigen wir uns und gehen. Bist du einverstanden?«

Lyssel zog eine Grimasse. »Besonders Onkel Forby möchte, dass du beim Abendessen dabei bist.«

Jaro schüttelte den Kopf. »Das ist nicht vernünftig! Ich kenne deinen Onkel Forby doch gar nicht. Nun sag es mir, ich muss es wissen! Ja oder nein?«

Lyssel seufzte, warf den Kopf zurück, so dass ihr die lohfarbenen Locken über die Schultern fielen, und blickte ihn betrübt an. »Bist du so darauf aus, uns in Intimitäten zu verwickeln, dass du willens bist, das Risiko eines Skandals zu ignorieren?«

Jaro überlegte und sagte dann: »Nein, es sei denn, du bist es auch.«

Lyssel war verblüfft. Sie kaute auf der Lippe. »Ich weiß nicht, was ich sagen soll.«

»Die Risiken können beinahe auf Null minimiert werden«, sagte Jaro. »Wie du weißt, gibt es schlechtere Arten, einen Abend zu verbringen.«

»Das ist aber gar nicht schmeichelhaft von dir, Jaro. Kannst du dich nicht in passenderen Begriffen ausdrücken?«

»Ich kann einige alte Fakten rezitieren.«

»Oh? Welches sind diese Fakten?«

»Ich will niemanden deiner Familie, keinen Onkel

Forby, keine Musik deiner Cousine noch das Abendessen deiner Großmutter. Du bist es, die ich will.«

»Jaro, du bist primitiv wie einer unserer rohen Vorfahren, die in Höhlen lebten. Was ist, wenn ich nein sage?«

»Dann sage ich nein zum Konzert, da ich deine Verwandten nicht kennenlernen will.«

Lyssel seufzte. »Gut, lass mich nachdenken. Ich nehme an, ich kann das Abendessen aus dem einen oder anderen Vorwand umgehen.«

Jaro erkannte nun, dass sie aus obskuren Gründen ernsthaft und begierig wollte, dass er Forby Mildoon traf. Das war ein interessanter Gedanke, und er fragte sich nach seiner Bedeutung. Würde sie ihm erlauben, sie zu lieben, nur um ihr Vorhaben durchzusetzen? Vielleicht war sie unschuldig, vielleicht nicht, jedenfalls war sie zweifelsohne ein Schelm, und er brauchte wegen ihres Verhaltens keine Bedenken zu haben; Lyssel würde tun, was Lyssel am besten gefiele. Alles in allem war es ein amüsantes Spiel. »Also, wie ist es? Ja? Nein?«

Lyssel nickte, aber Jaro vermutete, dass sie bereits Hinderungsgründe und Einschränkungen für den Ernstfall formulierte.

Hanafer kam mit einer Gruppe seiner Freunde durch das Portal. Lyssel sah sie und lächelte betrübt. »Da ist heute abend eine Dumm-Daunen-Trödel-Party. Hanafer will, dass ich mitkomme. Ich habe wegen des Konzerts abgesagt. Wenn er herausfindet, dass du mein Begleiter gewesen bist und wir uns anschließend verdrückt haben, wird er ganz schön aufgebracht sein. Aber keine Sorge; er findet es schon nicht heraus – wenigstens nicht durch mich.«

Jaro schaute über den Vorhof. »Nun, da ist er. Sag ihm, soviel du willst.«

Lyssel blickte ihn verwundert an. »Du willst doch gewiss nicht, dass ich ihm irgendetwas sage!«

»Ich habe nichts dagegen. Ich könnte es ihm ja selbst sagen.«

Hanafer ging zum Registraturtisch, dann trat er wieder zu seinen Freunden. Nach einem kurzen Augenblick der Unterhaltung bewegte er sich zum Buffet. Als er Lyssel und Jaro bemerkte, hielt er kurz inne. Sie standen in intimerer Nähe, als er für geschmackvoll oder angemessen hielt. Hanafers goldene Augenbrauen hoben sich; sein Kinn reckte sich vor, und er rief: »Hallo da, Schmeltzer! Es scheint, als könntest du einfach nicht lernen! Du grast ja schon wieder auf den oberen Wiesen! Kannst du das Zeichen nicht lesen? Dort steht: ›Gecken, Mups und Schmeltzer: Kein Zutritt!‹ Also, mach dich davon, und zwar schnell, wie der gute kleine Strankenpus, der du bist. Schnell jetzt! Mach dich davon!«

Jaro sagte zu Lyssel: »Hanafer wird langsam unerträglich.«

Lyssel stieß ein nervöses Lachen aus. »Hanafer will nur seinen Willen durchsetzen. Am besten, du gehst. Ruf mich später zu Hause an.«

Jaro schüttelte den Kopf. »Althea Fath hat mir erklärt, wie man mit solchen Situationen umzugehen hat. Ich muss Hanafer versichern, dass ich es nicht böse meine und ihm die destruktive Kraft des Ärgers vor Augen führen. Hanafer wird seine Fehler erkennen und sich entschuldigen.«

»Versuche es, wenn du willst«, sagte Lyssel. »Da kommt er.«

Hanafer stapfte über den Vorhof. Er hielt inne, warf Jaro einen Seitenblick zu und nahm dann Lyssels Arm. »Lyssy, komm, wir gehen von hier fort; ich kann den Gestank des Schmeltzens nicht ertragen. Ich glaube, ich habe mich klar genug ausgedrückt.«

Lyssel zerrte ihren Arm frei. »Bitte, Hanafer! Ich bin es allmählich leid, hin und her gezerrt zu werden.«

»Verzeihung! Aber nehmen wir doch Platz, trinken ein Glas Wein und machen unsere Pläne für Dombrillion.«

»Verschwende doch nicht deine Zeit«, sagte Jaro. »Ich nehme Lyssel mit zum Dombrillion.«

Hanafers Züge verzogen sich voller Unverständnis. Jaro fuhr fort: »Wir haben auch bereits Pläne für heute abend.«

»Und was ist heute abend?« Hanafer sprach in einem nasalen Ton, der höchste Bedrohlichkeit anzeigte.

»Es ist ein Konzert im Konservatorium, Hanafer, aber das dürfte deine geistige Kapazität wohl etwas überfordern. Danach fahren wir wahrscheinlich hinaus zu einem Mitternachtsessen.«

Lyssel gab ein ersticktes Lachen von sich. »Wundervoll! Aber hänsle den armen Hanafer nicht so; er ist schon genug verärgert.«

»Dann gehst du mit diesem Halligalli zum Konzert?«

»Genau, Hanafer, und es geht dich nichts an. Ich will, dass du dich einmal benimmst.«

Hanafer presste seine Finger einmal, zweimal zusammen und stapfte dann davon.

Lyssel blickte ihm nach. Sie sagte leise und nachdenklich: »Du hast etwas recht Waghalsiges getan.«

»Oh? Was denn?«

»Du hast etwas in Gang gebracht, dass nicht zu stoppen ist.«

Hanafer hatte sich wieder seinen Kameraden angeschlossen; die vier standen murmelnd beieinander und schauten gelegentlich zu Jaro hinüber.

Lyssel schauderte. »Sie sind wie Tiere, und sie meinen es nicht gut mit dir. Hast du keine Angst?«

»Im Augenblick nicht. Wo soll ich dich heute abend treffen? Was soll ich anziehen?«

Lyssel gab zweifelnd Antwort. »Auf einmal bin ich nicht mehr so sicher, ob das eine so gute Idee ist. Meine Mutter ist sehr liebenswürdig, und von ihr sind keine

Schwierigkeiten zu erwarten. Aber meine Großmutter ist in einem Maße gebieterisch, dass sie einen stattlichen alten Lemurianer verachtete, nur weil er statt eines Sardellentoasts eine Cremetorte vom Tablett nahm. Was deine Kleidung angeht, ist es am sichersten, du erscheinst in Schwarz mit einer einfachen Belminsterhose. Trage weder etwas grün oder orangefarben Geflecktes. Sei nett und höflich, und besinn dich darauf, dass du Musiker bist.«

Jaro presste die Lippen zusammen. »Ich werde mich fühlen, als hätte ich eine Leibbinde an.«

»Nein, Jaro! Heute abend! Ich bin aufgeregt! Aber alles muss gutgehen, und du musst gut mit Onkel Forby auskommen.«

»Sehr gut«, sagte Jaro. »Heute abend werde ich jeden Aspekt der hohen Etikette demonstrieren. Ich werde Sardellentoast essen und meine neue grüne Krawatte umbinden! Was die Unterhaltung angeht, so werde ich die Suanola beschreiben und vielleicht Tawn Maihacs Froschhorn.«

Lyssel sagte eilig: »Sei nur nett zu Onkel Forby; er könnte ein wertvoller Freund sein.«

»Ich werde mein Bestes tun. Für jetzt: Auf Wiedersehen. Beobachtet Hanafer uns?«

»Er hat bisher noch nichts anderes getan.«

Jaro legte seine Arme um Lyssel und küsste sie. Zunächst versteifte sie sich, dann presste sie sich gegen ihn.

Jaro sagte: »Das wollte ich schon seit Jahren tun.«

Lyssel grinste ihn an. »Es wäre netter gewesen, du hättest es nicht getan, nur um Hanafer zu ärgern.«

»Hanafer hat es nicht einmal bemerkt«, sagte Jaro. Er wollte sie ein zweites Mal küssen, aber sie hielt ihn zurück. »Hanafer hat es sehr wohl gemerkt – und alle anderen ebenfalls.« Lyssel trat zurück und löste sich aus Jaros Griff. »Ein Kuss kann als freundlicher Abschiedsgruß ausgelegt werden; etwas rührselig natürlich, aber kein Grund zur Aufregung. Zwei Küsse bedeuten, dass sich die Küssenden daran erfreuen. Drei Küsse bedeuten einen Skandal.«

»Hat Hanafer mitgezählt?«

»Sehr sorgfältig, aber nun macht er sich davon. Hm! Seltsam. Hanafer ist eher bekannt für seine barschen Kommentare.« Sie blickte Jaro von der Seite her an. »Ich fürchte, du hast die Gefühle des armen Hanafer verletzt.«

»Hanafer muss lernen, gleichmütiger zu werden«, sagte Jaro.

Lyssel blickte fort. Sie sagte leise: »Manchmal erschreckst du mich.«

5

Als Jaro Lyssel im Laufe des Nachmittags anrief, klang ihre Erwiderung zögerlich, so als müsse sie mit einer Reihe unvorhergesehener Schwierigkeiten fertig werden.

»Hier ist alles in Aufruhr«, erzählte sie Jaro düster. »Onkel Forby ist nirgends zu finden; offensichtlich ist er in einer wichtigen Konferenz, und niemand weiß, wann er auftaucht. Meine Großmutter ist in mürrischer Stimmung, was bedeutet, dass wir alle auf Zehenspitzen gehen.« Lyssel fuhr fort zu erklären, dass Jaros Rolle als Begleiter in Anbetracht der besonderen Gegebenheiten mehr oder weniger auch in diesem Sinne erfüllt werden müsste.

»Mit ›besonderen Gegebenheiten‹ meinst du deine Großmutter?«

»Ich fürchte, ja. Meine Tante Dulcie hat die Party geplant, aber nichts davon hat meiner Großmutter gepasst, und nun wütet sie wie ein wilder Bulle und ändert die Arrangements. Dennoch wird das Konzert stattfinden, und ich werde meinen Teil des Handels mit dir erfüllt haben.«

Jaro war verwirrt. »Welcher Handel ist das? Und wie wirst du ihn erfüllt haben?«

»Bitte, Jaro! Sei nicht so ermüdend. Du wolltest mein Begleiter sein, und ich habe es so arrangiert. Nun hör gut zu. Der Plan ist mehr oder weniger wie zuvor. Dame Vinzie – das ist meine Großmutter – möchte heute abend, zusammen mit allen anderen, den Geburtstag meiner Tante Zelda feiern. Die Gäste werden sich zum Aperitif bei Primaeo, Dame Vinzies Haus auf dem Larningdale-Hang, treffen; dann zieht man weiter zum Konservatorium auf der Rückseite des Pingaree-Parks. Nach dem Konzert wird die Party zu einem Familienabendessen nach Primaeo zurückkehren.«

»Und wo komme ich ins Spiel?« fragte Jaro.

»Die Dinge gehen nicht so glatt, wie ich gehofft habe, besonders da Onkel Forby fehlt. Aber du kannst im Foyer des Konservatoriums zu uns stoßen. Ich werde dich als Musiker vorstellen, und du wirst zweifellos eingeladen, die Gruppe zu begleiten und Dame Vinzies Loge zu teilen. Dir könnte sogar erlaubt werden, neben mir zu sitzen, aber das hängt davon ab, ob dich Dame Vinzie als Nimp und Weichling einstuft oder als echten Studenten exotischer Musik.« Lyssel fuhr fort zu erklären, dass Jaro sich mit makelloser Vornehmheit zu betragen hätte, da die anderen Mitglieder der Gruppe jede seiner Bewegungen beobachten würden. Lyssel würde das Fehlen von Konduite im stillen durch seine Verbindung mit den Professoren Hilyer und Althea Fath erklären, die als Autoritäten über Gallingale hinaus geachtet wurden. Lyssel mochte weiterhin Jaros Ambitionen erwähnen, die Musik von verlorenen Stämmen auf entfernten Welten zu erkunden. »Auf jeden Fall«, sagte Lyssel ziemlich scharf, »musst du bescheiden und unaufdringlich sein und darfst nicht versuchen, eine deiner eigenen Theorien zu erklären. Dann gibt es für dich keine Chance mehr, gefragt zu werden, ob du am Essen teilnehmen willst.«

Was ihre Mutter, Dame Ida Bynnoc, anbelangte, so riet Lyssel Jaro, keiner ihrer Bemerkungen zu widersprechen, auch wenn er ein ›unverschämter junger Einfaltspinsel‹ geheißen würde.

Jaro dachte, Lyssel höre sich kühl und distanziert an, als würde sie nun das Ereignis bedauern und das Resultat fürchten. Er fragte sich, ob er Lyssels Vorhaben, nach dem Konzert mit ihm zu entschlüpfen, zur Sprache bringen sollte. Er entschied, nichts zu sagen. Die ganze Idee war von vornherein nichts weiter als eine Blase aus Traumgas gewesen. Lyssel war wahrscheinlich eine Adeptin im Kreieren solcher fadenscheinigen Versprechungen, die sie aufregend fand, aber nie in die Tat umgesetzt würden.

Jaro seufzte und zuckte die Achseln. Wenn Lyssel es vorzog, vor einer persönlichen Beziehung zu flüchten, war es wahrscheinlich für alle das beste. Lyssel war hübsch, aber ihre Geistesprozesse waren nicht gänzlich in Übereinstimmung mit seinen. Es war bemerkenswert, dachte er, dass, wenn sie von zu Hause aus anrief, die unverantwortliche Überschwenglichkeit der Jugend zusammen mit den Andeutungen sexueller Preisgabe fehlte und eine Person übrigblieb, die vorsichtig und berechnend schien. Er erinnerte sich seiner Zeit an der Langolen-Schule. Lyssel war hübsch, quälend und provokativ gewesen; sie hatte sich, bis auf das Erlangen einer gewissen Steigerung ihrer Reize, nur wenig geändert. Selbst dann hatte sie nicht so faszinierend gewirkt wie Skirlet Hutsenreiter, und sobald Skirlet auftauchte, schien Lyssel zu verblassen. Seltsam! Jaro dachte über die Jahre hinweg zurück. Teure, galante, kleine Skirlet! Was wohl aus ihr geworden war? Sie hatte Thanet verlassen, und seitdem hatte man nichts mehr von ihr gehört.

Der Nachmittag verging.

Lyssel rief Jaro wegen letzter Instruktionen an.

Sie schien steifer und unaufmerksamer denn je zu

sein und sorgte sich immer noch um ihren Onkel. »Er rief uns an. Alles ist sehr ärgerlich, weil meine Großmutter es gern hat, wenn alles in bester Ordnung ist.«

»Er hat wahrscheinlich einige Freunde in seinem Club getroffen«, sagte Jaro.

»Er hatte wichtige Geschäfte, aber man nahm an, es wäre nur eine Formalität, und heute abend würde man feiern. Nun gut, es macht weiter nichts. Ich nehme an, du hast deine Meinung nicht geändert?« Lyssel klang wenig begeistert, als hoffe sie, Jaro würde Gründe finden, von ihrem Vorhaben abzulassen.

»Ich werde definitiv da sein«, versicherte Jaro ihr.

Es herrschte einen Augenblick Schweigen; dann sagte sie: »In Ordnung, obwohl ich vielleicht nicht in der Lage sein werde, dir meine Aufmerksamkeit zu schenken. Das heißt, wenn Onkel Forby nicht da ist, um alles zu erleichtern …« Sie brach ab. Dann sagte sie: »Es dürfte etwas schwieriger werden, da meine Mutter und meine Großmutter auf gesellschaftliche Trennung erpicht sind.«

»Ganz recht«, sagte Jaro. »Ich habe andere Gründe für meinen Wunsch, anwesend zu sein.«

Lyssel fragte argwöhnisch: »Welche Gründe sind das?«

»Vielleicht sage ich es dir eines Tages.«

»Hm. Nun gut, sei pünktlich, weil ich keinen Augenblick auf dich warten kann.«

»Ich werde da sein.«

6 Jaro kleidete sich sorgfältig an und vermied jegliche Extravaganz, die ihn als Gecken hätte erscheinen lassen können. Er fuhr mit dem Familienwagen nach Thanet hinein, musste aber, da er nicht Mitglied der Pro-Kunst-Gesellschaft war, auf einem öffentlichen Parkplatz auf der Rückseite des Instituts parken und durch den Pingaree-Park zum Konservatorium gehen.

Zur erwarteten Zeit betrat Lyssels Partygesellschaft das Foyer. Jaro gesellte sich dazu und wurde vorgestellt. Die Gesellschaft unterbrach für die gewöhnlichen Floskeln kaum ihr Fortschreiten. Dennoch ging alles gut genug, dachte Jaro. Es gab keine argwöhnischen Ablehnungen noch hochmütige Blicke; tatsächlich bemerkte die fürchterliche Dame Vinzie ihn kaum. Dame Ida, Lyssels Mutter, streifte ihn mit einem durchdringenden, aber nicht feindseligen Blick. Der Rest der Gruppe verhielt sich gleichgültig. Forby Mildoon stach durch seine Abwesenheit hervor. Vielleicht erschienen Dame Vinzie, Dame Ida und Lyssel aus diesem Grund gespannt, brütend und grimmig. Wenn Jaro einen angenehmen Abend verbringen wollte, mußte sein Benehmen gemäßigt und unauffällig sein.

Die Gruppe betrat das Konservatorium, Jaro und Lyssel kamen hintendrein. Sie gingen unmittelbar zur Loge. Dort kam es kurz zu einem geschäftigen Treiben und Verwirrung, als Dame Vinzies heisere Stimme durch den Konzertsaal schall. Unauffällig fand Jaro an der Seite der Loge einen Platz neben Lyssel, wo niemand ihn zu bemerken schien. Lyssel verhielt sich zurückhaltend. Jaro saß ruhig auf seinem Platz, beobachtete die Gesellschaft und fragte sich, was geschehen war, dass sich Lyssels Stimmung so bemerkenswert gewandelt hatte. Ihr Gesicht war blass und verzerrt; aber wie gewöhnlich sah sie ernst und zart aus. Sie trug ein dunkelblaues Kleid, das mit einigen schlichten Streifen in Weiß und Rosa geschmückt war. Um ihre Stirn lag ein dunkelrotes Band mit blauer Stickerei und einem Mondstein-Cabochon in der Mitte.

Die Gesellschaft ließ sich nieder, während Dame Vinzie Notiz von ihrer Umgebung nahm und kein Geheimnis aus ihrer Meinung machte. Alsbald kam eine angemessene Konversation in Gang, und selbst Jaro war es vergönnt, ein paar Sätze zu äußern. Er betrug sich mit solcher Schicklichkeit, dass selbst Dame Ida, die scharfäugig auf der anderen Seite von Lyssel saß, nichts zu kritisieren fand. Dame Ida war eine gereifte Matrone, recht klein, mit einem eleganten Busen, einer liliencremeweißen Haut und rosafarbenen Locken. Sie war so fehlerlos gepflegt, dass sie glänzte, als wäre sie aus den Seiten eines Modemagazins herausgetreten. Hier, dachte Jaro, saß Lyssel, wie sie in einigen Jahren aussehen würde, wenn die Jugend entschwunden wäre.

Dame Ida fügte sich, wie alle anderen auch, Dame Vinzie, einer äußerst hochgewachsenen und hässlichen Frau mit massigem Torso, dürren Armen und Beinen und breiten knochigen Hüften. Ein Ring eisengrauer Haare umgab ihren Kopf, und rostfarbene Pusteln sprenkelten ihr massiges Gesicht. Ihre Züge waren grob, derb und ungeschliffen: buschige Augenbrauen hingen über tiefen starrenden Augenhöhlen; Falten ledriger Haut bildeten ihre Wangen und hingen über den Unterkiefer; ihre Nase ragte hakenförmig hervor und verdeckte ihre Oberlippe. Trotz allem strahlte Dame Vinzie Vitalität und Schneid, aus, so dass ihre Hässlichkeit zu einer positiven Qualität wurde und faszinierte Aufmerksamkeit hervorrief. Ihre Stimme, laut und rauh, war wie ein Prodromus ihrer Person; ihre privatesten und vertraulichsten Bemerkungen konnten durch den ganzen Raum gehört werden, wobei sie sich offensichtlich nicht darum scherte. Von ihrer Verwandtschaft umgeben, schien sie wie eine elementare Matriarchin, sprühend vor Mana. Jaro stellte sich vor, dass sie einen Modergeruch ausströmte, ähnlich dem, welcher ein abgehangener Kadaver eines enorm hageren Tiers von sich gab. Jaro blickte von Dame Vinzie über Dame Ida zu Lyssel. Drei Generationen, drei Personen in einer Reihe! Genauer hinschauend, konnte er Ähnlichkeiten ausmachen, so grotesk diese Vorstellung auch sein mochte. Nie mehr, dachte Jaro, würde er den Reizen Lyssels erliegen.

Lyssel, die seine Aufmerksamkeit bemerkte, flüsterte: »Na, nun hast du meine Familie kennengelernt; ist sie nicht großartig? Meine Mutter ist wie eine geschätzte Puppe, so edel und schön, und jeder sagt, dass Dame Vinzie absolut wunderbar ist.«

Jaro wechselte das Thema. »Wo ist dein Onkel?«

Lyssels momentane Lebhaftigkeit verschwand, und ihre Züge wurden verkniffener denn je. »Heute hat er einen Rückschlag hinnehmen müssen, als Folge davon ist er nun krank.«

»Was ist ihm denn passiert?«

Lyssel biss sich auf die Lippe. »Er ist von diesem schrecklichen Gilfong Rute betrogen worden. Und das kommt uns alle sehr teuer zu stehen.«

»Euch alle?«

Lyssel holte tief Luft; sie schob den Kopf vor, so dass ihre Nase die Luft zu zerschneiden schien; für einen Augenblick hatte Jaro einen flüchtigen, aus blassen Pastellfarben komponierten, unbestimmten Eindruck von Dame Vinzie. Das momentane Bild verging so schnell, wie es aufgetaucht war. Jaro holte Luft und blieb ruhig und kraftlos sitzen. Er könnte Lyssel nun niemals mehr begehren, selbst wenn sie ihm nackt in einer Wanne voll mit Schlagsahne dargeboten würde.

»Wir alle teilen Onkel Forbys Kummer«, sagte Lyssel und wandte sich schnell ab.

Dame Vinzie nahm Jaro zum ersten Mal wahr. Sie unterzog ihn einer Fünf-Sekunden-Musterung, dann ließ sie von ihm ab, wie ein Fischer einen ungenießbaren Fisch ins Wasser zurückwerfen mochte.

Jaro blickte hinab auf sein Programm, wo zu lesen war:

Heute abend. Die Tala-Lala-Spieler führen eine Reihe genialer musikalischer Illusionen nach Art der fünf Heral-

den des Neuen Äons auf, gefolgt von einer Reprise zur Schaffung einer blendenden ausdrucksvollen Geschlossenheit.

Als er weiterlas, erfuhr Jaro, dass das Programm für den unvorbereiteten Hörer, trotz der vorzüglichen Akkuratesse der Muster, nicht unmittelbar zugänglich sein mochte. Das Quintett reihte sich auf der Bühne auf, setzte sich und stimmte seine Instrumente. Immer wenn Jaro einem Konzert beiwohnte, fand er, dass dies der Teil war, den er am meisten genoss: die zufälligen, dennoch lieblichen Töne, die sich in immer lieblichere und bedeutungsvollere Töne verwandelten, wenn sie sich der Harmonie näherten, während sie eine aufregende und angenehme Spannung aufbauten.

Die Musik begann. Jaro gab sich bald geschlagen. Die ›Illusionen‹ überstiegen sein Verständnis in jeder nur denkbaren Weise. In der Pause stellte Dame Vinzie fest, dass nur die meisterliche Technik ihrer Enkelin Dorsen diese Katzenmusik erträglich mache. Dank der guten Akustik des Saals erreichte die Bemerkung das Ohr jedes Anwesenden.

Jaro behielt seine Meinung für sich, obwohl er mit Dame Ida übereinstimmte, dass die Musik etwas schwerfällig schien. Dorsen brachte einen Musikerkollegen mit zur Loge, einen düsteren jungen Tamurettspieler, der versuchte, Dame Ida die Musik zu erklären. »Sie hören Material einer besonderen Art. Zugegeben, niemand verlässt die Halle und pfeift dann eine unserer Melodien. Die Noten sind nicht dazu bestimmt, ein eigenständiges Dasein zu führen, sondern sind Marken und Grenzen der leeren Stille zwischen ihnen. In der Verschmelzung dieser sogenannten ›leeren Stille‹ und der Spannung ihres Zusammenspiels ist die wahre Schönheit dieser Musik zu finden.«

Dame Ida sagte, dass, während die Musik ohne Zweifel ihren Wert hätte – ansonsten würde sie sicherlich niemand spielen –, sie sich jedoch jenseits ihres Verständnisses bewege. Jaro fühlte sich sicher genug darzulegen, dass er ihre Gefühle teile, aber niemand beachtete ihn. Dame Vinzie fragte sich laut, warum die Musiker nicht einfach ihre Instrumente niederlegten und den Zuhörern erlaubten, die Stille in ihrer reinsten Form zu genießen.

Die Musik setzte wieder ein, und das Publikum lauschte pflichtschuldigst. Am Ende des Konzerts marschierte Dame Vinzie aus der Loge, gefolgt vom Rest ihrer Gesellschaft, mit Jaro hintendrein. Im Foyer hielt Dame Vinzie inne, um mit Bekannten zu reden. Jaro und Lyssel gingen hinaus, um auf der Frontterrasse zu warten. Lyssel sagte: »Die Musik war wirklich großartig, findest du nicht? Ich hoffe, du hast es genossen. Es war wirklich ein toller Abend für dich, oder? Du hast meine Mutter getroffen, eine Kahulibaherin, und du bist Dame Vinzie vorgestellt worden, was wahrlich eine Ehre ist. Sie ist eine Sasseitoner Tigerin und wird sehr bewundert. Du solltest mir eigentlich dankbar sein.«

»Dankbar – wofür?« verlangte Jaro aufgebracht zu wissen. »Du hast mich dazu gebracht, mir diese Musik anzuhören – und das auch noch in Gesellschaft dieser alten Bohnenstange. Als ich mich links neben deiner Mutter niederließ, nahm sie achtsam ihre Börse und steckte sie in ihre rechte Tasche. Du denkst, du hast mir einen Gefallen erwiesen? Ich meine, du hast mir einen grässlichen Streich gespielt!«

Lyssel warf ihre Arme in die Höhe und stampfte wild mit dem Fuß auf. »Und warum bist du dann gekommen?«

»Ich hatte meine Gründe. Und die umfaßten nicht unsere ursprünglichen Pläne für diesen Abend. Das kann ich dir versichern, da ich dir vom ersten Moment an nicht geglaubt habe. Dafür kenne ich dich zu gut.«

Lyssel warf flüchtige Blicke nach rechts und links.

»Still! Du führst dich auf wie ein Grobian. Jeder schaut auf dich.«

Aus dem Foyer kam Dame Vinzie. Sie fegte an Jaro vorbei, als würde er nicht existieren. Dame Ida nickte ihm kurz zu; dann eilte auch sie davon. Lyssel rief: »Alles geht drunter und drüber, und ich weiß nicht, was ich machen soll. Gute Nacht!«

Lyssel rannte den anderen hinterher. Die Gruppe bestieg eine stattliche alte Kutsche, die sie neben der Terrasse erwartete. Sie rauschte majestätisch den Fahrweg entlang, entschwand in die Dunkelheit des Pingaree-Parks, und Jaro stand verlassen auf der Treppe. Er wartete einen Augenblick, während das Publikum hinausströmte und verschwand. Hinter ihm gingen die Lichter im Konservatorium aus. Lediglich die ewige Flamme in einer Bronzelaterne verblieb, um die Terrasse zu beleuchten.

Durch die Bäume des Pingaree-Parks kam vom Berg Vax her Nebel auf. Jaro stieg die Stufen hinab und wandte sich dorthin, wo er den Familienwagen abgestellt hatte. Der Pfad in den Park wand sich zwischen uralten Eiben, Zedern, Erdbeersträuchern und vielen einheimischen Arten hindurch. Über ihm verdeckte das Laubwerk die Sterne; der matte Schein verstreuter Lichter auf der Parkfläche sickerte durch die Bäume.

Jaro ging ohne Hast etwa fünfzig Meter weit. Dann hielt er inne und lauschte. Nichts war zu hören außer dem Seufzen des Windes in den Bäumen.

Jaro ging einige Schritte weiter, dann hielt er wieder an. Er zischte ungeduldig durch seine Zähne. War er für nichts und wieder nichts gezwungen gewesen, die Musik und die Nähe von Dame Vinzie und Dame Ida zu ertragen? Schließlich hörte er, was er erwartet hatte: das dumpfe Geräusch dahineilender Füße.

Jaro lächelte ein mildes nachdenkliches Lächeln und legte seine Jacke beiseite, die er unter dem Arm getragen hatte. Er lauschte erneut. Die Schritte klangen lauter, und Jaro konnte das Rascheln großer schwarzer Flügel ausmachen und das Flattern schwarzer Roben. Er legte seine Jacke ordentlich an der Straßenseite ab, wandte sich dann um und wartete.

7 Am Morgen gab es Neuigkeiten, ein kurioses und dramatisches Ereignis betreffend. Es schien, dass vier Jugendliche, die kurz vor dem Abschluss am Lyceum standen, zu einer Art Streich ausgezogen waren, da sie die rituelle Kleidung der Schwarzen Engel der Buße trugen. Aber ihre fröhliche Eskapade war wohl zu einem katastrophalen Ende gelangt. Um Mitternacht stieß ein später Fußgänger im Pinagree-Park auf die ernstlich verletzten vier Burschen.

Die Opfer waren allesamt bekannte Studenten am Lyceum, von guter Konduite und hervorragender gesellschaftlicher Stellung. Ihre Namen lauteten: Hanafer Glackenshaw, Kosh Diffenbocker, Almer Culp und Lonas Fanchetto. Sie waren von einer Bande Strolchen angegriffen und gnadenlos verprügelt worden. Jeder von ihnen erlitt schmerzliche Verletzungen: gebrochene Knochen, geprellte Knie und Ellbogen, mehrfache Brüche, Schürfwunden und Quetschungen. Offensichtlich hatte die Gruppe eine Menge an Depilatorium mit sich geführt, dessen Zweck nur ihnen selbst bekannt sein dürfte. Diese Substanz war über ihre eigenen Köpfe geschmiert worden, mit dem Ergebnis, dass alle nun für einige Jahre kahl blieben.

Dem Polizeiinspektor Gandeth war es bisher noch nicht möglich, eine Stellungnahme der Opfer zu bekommen. Seine Äußerungen gegenüber der Presse drückten seine persönliche Empörung aus: »Es scheint, dass die vier Jugendlichen auf einen Streich aus waren, als sie an eine Bande von Strolchen gerieten, die sich an Taten unerhörter Brutalität erfreuten. Diese Art von

Verhalten ist unerträglich! Ich versichere Ihnen, dass die Übeltäter vor Gericht gebracht werden, ohne Scheu oder Begünstigungen.

Sobald wie möglich werde ich die Opfer befragen und die Fakten sicherstellen; im Moment stehen sie noch unter Beruhigungsmitteln, und es sieht so aus, dass alle wenigstens drei Wochen im Krankenhaus werden verbleiben müssen.

Die Jugendlichen hätten ihren Abschluss vom Lyceum in einer Woche feiern sollen; ihre Teilnahme an dieser Zeremonie ist nun selbstverständlich unmöglich.«

Zwei Tage später hörte man die Neuigkeit, dass Hanafer Glackenshaw sich soweit erholt hätte, um sprechen zu können. Aber es schien, als ob er durch die Episode dermaßen demoralisiert worden sei, dass er unfähig schien, eine zusammenhängende Darstellung des Überfalls zu geben. Das gleiche wurde auch bei den anderen Opfern deutlich. Die Polizisten vermuteten bald eine Absprache zum Stillschweigen. Die vier waren Schwarze Engel der Buße und offenbar selbst in den einen oder anderen unerlaubten Unfug verstrickt; so ließen sie die Sache auf sich beruhen.

Kapitel X

1 Am Morgen, als die Faths beim Frühstück saßen, brachte der Teleschirm die Nachricht über die Grausamkeiten, die im nächtlichen Pingaree-Park an den Schwarzen Engeln begangen worden waren. Es war eine Tat ungezügelter Wildheit, erklärte der Sprecher. Jeder der Schwarzen Engel müsse für Wochen im Krankenhaus bleiben.

Hilyer und Althea waren beide von der Neuigkeit erschreckt. Hilyer erklärte: »Ich weiß nicht, wer mehr zu bedauern ist: die Schwarzen Engel oder die Strolche, die sie so bösartig verdroschen haben.«

»Beide Gruppen sind böse«, sagte Althea. »Sie leben nach dem Gesetz der Gewalt! Schmerz ist ihre Losung!« Sie blickte über den Tisch dorthin, wo Jaro sanftmütig sein Frühstück zu sich nahm. »Reichen solche Dinge nicht aus, dich von deinen Übungen abzubringen?«

»Ganz und gar nicht«, sagte Jaro. »Die Übungen bieten Schutz. Sie erhöhen meine Ausdauer. Wenn ich angegriffen werde, muss ich mit voller Geschwindigkeit weglaufen, so dass keiner der Strolche in der Lage ist, mich zu erwischen.«

Althea blickte ihn zweifelnd an. Hilyer sagte: »Er macht Scherze. Es ist ein armseliger Scherz, möchte ich hinzufügen.«

»Ich hoffe, du wirst niemals einen solchen Vorteil benötigen, Scherz oder nicht«, sagte Althea gefühlvoll.

Hilyer wechselte das Thema. »Ich habe gestern ein interessantes Gerücht gehört. Wollt ihr wissen welches?«

»Selbstverständlich«, sagte Althea. »Ist es skandalös?«

»Es ist seltsam und bekümmernd. Du erinnerst dich, dass vor einigen Jahren die Gelbvogel-Ranch verkauft wurde?«

»Ja, natürlich. Zu der Zeit gehörte sie Dekan Hutsenreiter. Er wurde wahrscheinlich übers Ohr gehauen.«

»Der Agent war Forby Mildoon. Er gab den Besitz an den Fidol-Konzern weiter. Gilfong Rute hält achtzig Prozent der Anteile. Forby Mildoon wurden die übrigen zwanzig Prozent überlassen. Gestern gab Fidol bekannt, dass sie ihre Gelbvogel-Besitzungen an Lumilar Vistas veräußert haben, einer Korporation, die sich vollständig im Besitz Rutes befindet. Der Preis wurde vom Landassessor festgelegt und das Land als Ödland bewertet, so dass Mildoons zwanzig Prozent sehr wenig ausmachten. Es war ein geheimer Handel; Mildoon erfuhr erst gestern nachmittag von dem Verkauf und war empört. Er ging zu Rutes Club und drohte mit einem Prozess, was Rute ganz und gar nicht aus der Ruhe brachte. Mildoon verlor die Fassung. Er zog an Rutes Bart und schlug ihm eine gefaltete Zeitung über den Kopf. Rute wandte sich mit gelassener Würde ab, während Mildoon aus dem Gebäude gewiesen wurde. Er sieht nun einem Tadel vom Inter-Club-Komitee entgegen. So stehen die Dinge im Augenblick.«

»Aha«, murmelte Jaro. »Das Geheimnis um den abwesenden Forby Mildoon ist somit gelöst.«

»Abwesend – wovon?«

»Vom Konzert im Konservatorium gestern abend.«

Hilyer lächelte. »Forby Mildoon war gestern abend nicht in der Stimmung, Musik zu hören.«

Jaro glaubte, dass damit noch ein weiteres Geheimnis gelüftet worden war. Lyssel hatte ihn gedrängt und zu überzeugen versucht, sie zu dem Konzert zu begleiten. In dem Konzert hatte sich ihre Persönlichkeit gewandelt; sie war steif und kühl gewesen. Was hatte den

Wandel verursacht? Es gab zwar keine definitive Antwort darauf, aber die Ereignisse nahmen mehr und mehr eine erkennbare Gestalt an.

Hilyer fragte nach Jaros Plänen für den Tag.

»Es ist ›Räumungstag‹ im Lyceum. Wir sollen unsere Spinde räumen, die Laborausrüstung zurückbringen, unsere Klassenzimmer besuchen und dergleichen. Was ist mit euch beiden?«

»Nichts von Bedeutung. Nur die übliche Routine am Semesterende.«

Althea sagte zu Hilyer: »Vergiss nicht! Wir müssen unsere Akkreditive für das Konklave abholen! Sonst werden wir nicht nach Dimplewater gelassen!«

»Richtig!« sagte Hilyer. »Wir fahren am besten früh zum Büro; aus Thanet kommt ein ganzes Kontingent – einschließlich Dekan Hutsenreiter persönlich. Er hält einen sehr tiefgründigen Vortrag: ›Die Ausgedehnten Dimensionen der Philosophie, wie beschrieben durch William Schulz' Linguistische Tensoren‹.«

»Hm«, sagte Althea. »Das klingt etwas gewunden.«

»So ist es. Ich hoffe, er ist bei seinen Vorträgen besser organisiert als in seinen Finanzangelegenheiten. Den Gerüchten nach steckt er in einem Schlamassel.«

»Aber wie kann das sein?« verlangte Althea zu wissen. »Er ist für seinen Intellekt bekannt!«

»Vielleicht etwas viel Intellekt«, deutete Hilyer an. »Schulz' Tensoren wirken in siebzehn Dimensionen, in denen beide, Schulz und Dekan Hutsenreiter, durchaus zu Hause sind. Finanzgeschäfte laufen entlang einer einzigen Y-Achse: Kaufe niedrig, verkaufe hoch. Dekan Hutsenreiter wickelt Geschäfte über zu viele Dimensionen ab, und die Bankbeamten begreifen seine Non-Null-Mathematik nicht.«

Althea schnalzte mit der Zunge. »Hilyer, wenn du willst, kannst du ganz schön vernichtend sein.«

Hilyer lächelte dünn und wandte sich an Jaro. »Du kennst seine Tochter, nicht wahr?«

»Skirlet? Ja. Sie war in Außerwelt, auf einer Privatschule; ich weiß nicht, wo.«

»Ich wusste es einmal, habe es aber wieder vergessen«, sagte Althea. »Ich erinnere mich, dass es auf einer Insel war. Die Studenten schlafen in Zelten, und die Klassen werden am Strand unterrichtet. Mir wurde gesagt, es wäre sehr teuer, obwohl die Studenten Bananen und gebratenen Fisch, den sie selbst aus der Lagune fangen, essen.«

»Es muss eine große Umstellung für das Mädchen gewesen sein«, sagte Hilyer. »Hier ist sie eine Clam Muffin; dort ist sie lediglich ein Mädchen unter vielen, das nach Fischen schnappt.«

»Vielleicht hat ihr Vater sie deshalb fortgeschickt«, schlug Althea vor. »Um sie auf den Boden der Tatsachen zurückzuholen.«

Jaro protestierte auf der Stelle. »Skirlet ist nicht so! Sie ist nicht eingebildet! Tatsache ist, dass es sie nicht kümmert, was die anderen von ihr denken!«

»Ist das nicht eine ziemlich stolze Haltung?« brachte Althea mild vor.

»Ja – aus gutem Grund.«

»Du bist überraschend vehement«, sagte Hilyer trocken.

Jaro grinste. »Sie ist äußerst hübsch. Ich wollte sie stets besser kennenlernen, aber da war sie eine Clam Muffin.«

Althea sagte unbestimmt: »Clam Muffins stellen allerlei seltsame Sachen an. Es ist Teil ihrer Lebensgrundlage.«

Hilyer lächelte sardonisch. »Ich vermute, sie ist zurück, weil Dekan Hutsenreiter ihre Außerweltausgaben nicht mehr aufbringen konnte.«

Jaro blickte überrascht auf. »Skirlet ist zurück in Thanet?«

Hilyer nickte. »Ich sah sie gestern im Büro des Dekans.«

»Das sind interessante Neuigkeiten. Wie sah sie aus?«

Hilyer zuckte die Achseln. »Ich habe keine großen Veränderungen feststellen können. Sie hat immer noch die sorglose Haltung, die jeder andere ›unverschämt‹ nennen würde. Nach ihrer Kleidung und ihrer Figur zu schließen, ist sie noch immer ein Gör. Dennoch kann man leicht erkennen, dass sie etwas gewachsen ist. Um die Wahrheit zu sagen, ich dachte, sie schaute müde aus, vielleicht sogar deprimiert. Sie hat mich natürlich nicht erkannt.«

Althea sagte lebhaft: »Ich nehme an, sie kommt, um ihre Ausbildung hier am Institut abzuschließen.« Sie wandte sich an Jaro. »Du wirst sie im nächsten Semester in deiner Klasse sehen, ist das nicht nett?«

»Nicht, wenn sie mich zurückweist und unverschämt ist«, sagte Jaro und grinste seinen Vater an.

»Es ist eine Schande, dass du nicht mit uns nach Ushant kommen kannst«, sagte Hilyer. »Unglücklicherweise würde es sich mit deinem ersten Semester am Institut überschneiden.«

Althea sagte besänftigend: »Es wird noch andere Gelegenheiten geben. Deine Ausbildung hat, wie stets, Vorrang.«

Jaro hatte die Aussicht auf weitere vier Jahre als Student mürrisch hingenommen. Sein Instinkt drängte ihn, nach den Geheimnissen seiner Herkunft zu suchen, aber er stritt nicht länger mit Hilyer und Althea. Manchmal fragte er sich, ob er jemals die Wahrheit erfahren würde. Diese gelegentlichen Zweifel riefen stets eine Woge der Hartnäckigkeit tief in seinem Geist hervor, und seine Entschlossenheit kehrte zurück.

Nach dem Frühstück begab sich Jaro in Gaings Büro im Raumterminal.

Gaing hatte von den Geschehnissen der vergangenen Nacht im Pingaree-Park erfahren und unterzog Jaro einer kurzen, leidenschaftslosen Musterung. »Es sieht so aus, als hätte es heute nacht so etwas wie ein kleines

Aufbrausen in der Nähe des Konservatoriums gegeben.«

Jaro grinste. »Man sagt, die Schwarzen Engel wären darin verwickelt gewesen. Für eine Weile müssen sie wohl etwas niedriger fliegen.«

Gaing nickte. »Wie sieht die Planung für den Sommer aus?«

»Wie gehabt. Die Faths gehen auf Reisen, und ich werde allein sein. Ich beabsichtige, das Dach zu reparieren und das Haus anzustreichen; dann wird es wohl etwa eine Woche in Anspruch nehmen, um die Formalitäten zu erledigen, bevor ich mich am Institut einschreiben kann. Inzwischen würde ich gern mit meinen Lektionen fortfahren und so viel wie möglich in der Werkstatt arbeiten.«

»Das können wir einrichten«, sagte Gaing. »Ich bin froh über deine Hilfe; die Arbeit beginnt sich anzuhäufen. Für nächste Woche haben wir einen Probeflug für die große rote Modell-Neunzehn-Raumfresser angesetzt. Wenn der Eigner nicht an Bord ist, kannst du sie raus- und wieder reinbringen.«

»Großartig! Vielen Dank!«

Gaing nickte. »Nun lass uns eine Art Plan machen.«

2

Der Morgen war halb vorüber, als Jaro im Lyceum ankam und sich mit den Aufgaben befasste, die von abgehenden Studenten gefordert wurden. Für einige war es eine melancholische Erfahrung; Räumungstag und Antritt markierten einen Übergang: Hinter einem lag die Jugend mit ihrem üblichen Maß an Spielen, Unverantwortlichkeiten, kleinen Liebesaffären und einem scheinbar ernsten Streben die Leisten hinauf, welches von großer symbolischer Bedeutung und das beste Training für die Zukunft war.

Jaro ging durch die vertrauten Hallen, sammelte

seine Habseligkeiten ein, verabschiedete sich von den Instruktoren, von denen er einige gemocht hatte. Mittags begab er sich in die Cafeteria und nahm an einem der Tische seine Mahlzeit, bestehend aus einem Sandwich, Salat und Fruchttorte, zu sich. Als er zu essen begann, betrat Lyssel den Raum. Sie trug einen reizenden weißen Rock und einen dunkelblauen Pullover. Sie war allein und schien, dachte Jaro, ziemlich blass und bedrückt zu sein, so als würde sie sich nicht wohl fühlen. Sie bemerkte Jaro erst, als er hinter ihr auftauchte und ihr Tablett nahm. Lyssel wandte sich ihm überrascht zu. »Hierher«, sagte Jaro. »Hier drüben, zu meinem Tisch.«

Lyssel verzog das Gesicht, blieb stumm und steif stehen und starrte ihr Tablett an.

»Komm!« sagte Jaro. »Wir halten die Reihe auf.«

Finster marschierte Lyssel hinter ihm her zum Tisch und setzte sich ungnädig.

Jaro tat so, als bemerke er es nicht. »Ich habe mich gefreut, deine Familie kennenzulernen. Sie waren überhaupt nicht, wie ich es erwartet hatte.«

»Oh?« Lyssel konnte eine Entgegnung aus Anstand nicht verweigern; ferner war sie neugierig. »Inwieweit unterschieden sie sich denn von deinen Erwartungen?«

»Sie waren energische Persönlichkeiten und schienen allesamt Entschlußkraft zu besitzen.«

Lyssel antwortete mit einem kurzen Nicken. Sie sprach grollend. »Du hast ganz recht; sie sind sehr wichtige Personen. Dame Vinzie ist eine Sasseltoner Tigerin und könnte genausogut eine Lemurianerin sein, wenn sie es wünschte. Meine Mutter ist eine Kahulibaherin und hat gerade erst ein Angebot von den Ambrosianern erhalten. Sie könnte, wenn sie es wollte, jederzeit zum Bustamonte wechseln.«

»Interessant«, sagte Jaro. »Wie hat dir das Konzert gefallen?«

Lyssel sagte verdrießlich: »Ich konnte es nicht verstehen, keine vernünftige Person konnte das. Dorsen ist genauso verwirrt wie jeder andere, aber sie ist gezwungen, so zu spielen, wie es der Direktor vorgibt. Sie übt nun ein Werk von Jeremy Cavaterra, welches ihrer Ansicht nach netter ist.«

Jaro fragte vorsichtig: »Ich hoffe, alle haben nur gut von mir gedacht?«

»Was macht es schon?« fragte Lyssel. »Dame Vinzie dachte, du wärest ein Platzanweiser, und konnte nicht verstehen, warum du mit in der Loge gesessen hast. Meine Mutter hat sich nicht viel um dich gekümmert; sie sagte, du wärest ein Leisetreter und Schmeltzer. Sie sagte, dass die Art und Weise, dass du so, wie du gesessen hast, so steif und unbequem, aussahst, als hättest du in die Hosen gemacht.«

»Tz!« sagte Jaro. »Wenn ich sie jemals wiedersehe, weiß ich was ich sagen werde.«

Lyssel erwiderte nichts. Jaro seufzte. »Glücklicherweise benötigt mein inneres Gleichgewicht oder mein Stolz – wie immer man es auch nennen mag – keine Komplimente, um zu überleben.«

Lyssel blieb still. Übellaunig und mürrisch nippte sie an ihrem Essen, dann stieß sie es beiseite. Sie musterte Jaro ausdruckslos. »Wie seltsam, dich von Stolz und Selbstrespekt reden zu hören! Als Hanafer dich einen Mup nannte, hast du bloß einfältig gelächelt.« Sie wandte sich ab. »Ich muss gehen. Du musst dich natürlich um deine verschiedenen Geheimnisse kümmern. Ferner darfst du nicht vergessen, deine Bande auszuzahlen.«

»Bande? Welche Bande?«

»Komm, Jaro, sei nicht so platt! Ich meine die Bande, die du angeheuert hast, um Hanafer und die anderen vergangene Nacht zu verprügeln.«

»Es gab keine Bande. Ich war allein. Hanafer hat mich mit seinen Schwarzen Engeln aus den Büschen heraus angesprungen. Willst du die ganze Geschichte hören?«

Lyssel nickte schwach. Jaro fuhr fort. »Ich bin gestern

abend im Konservatorium gewesen. Was glaubst du, warum?«

Lyssel sagte kalt: »Das ist doch wohl klar! Jeder weiß es! Du kamst, um mit mir und meiner wohlangesehenen Familie zu schmeltzen.«

Jaro lächelte. »Du könntest nicht weiter danebenliegen! Ich kam, um Hanafer und seine Engel zu ködern. Ich stellte sicher, dass er wusste, was vorging, und er nahm den Köder an. Hanafer und seine Gruppe kamen zum Pingaree-Park, wo sie hofften, mich büßen zu lassen. Ich wartete auf sie. Ich war allein.«

Lyssels Augen waren rund vor Ungläubigkeit. »Das kann nicht wahr sein! Hanafer erzählte, es wären sieben, acht große stämmige Typen, wahrscheinlich Kolaken. Du sagst nicht die Wahrheit, und ich kann Lügner nicht vertragen!« Sie erhob sich.

»Warte! Wann gehst du Hanafer wieder besuchen?«

»Am späten Nachmittag.«

»Sag ihm, du möchtest die Wahrheit wissen. Sag ihm, dass ich, wenn sie ihre Lügen weiter verbreiten, warten werde, bis sie aus dem Krankenhaus entlassen werden; dann, an einem schönen Abend, werde ich sie finden. Ich werde allein sein. Ich werde schlimmer mit ihnen verfahren als zuvor, so dass sie hüpfend und kriechend aus dem Krankenhaus kommen werden, wie zerbrochene Knirpse. Wirst du ihnen das sagen?«

Lyssel schauderte, drehte sich um und zog mit hängenden Schultern davon. Jaro beobachtete ihr Verschwinden und fragte sich, warum sie ihm leid tat.

Jaro traf Lyssel während des Antritts. Er fragte: »Hast du mit Hanafer gesprochen?«

Lyssel nickte. »Ich habe ihm deine Nachricht übermittelt.«

Jaro wartete.

Lyssel blickte durch die Halle. »Er sagte, dass keine Bande da war, nur du. Er sagte, dass du ein Teufel wärst und dass er dich für den Rest seines Lebens so weit wie möglich meiden würde.« Sie machte Anstalten fortzugehen, blickte dann über die Schulter zurück. »Und ich werde das gleiche tun.«

3 Hilyer ging zu seinem Büro im Institut, nur um festzustellen, dass er ein Bündel Dokumente, die er bei einem Treffen des Komitees benötigte, vergessen hatte. Er rief zu Hause an; Althea fand die Dokumente und sandte Jaro, sie zu überbringen. Am Telefon teilte sie Hilyer mit, dass das Problem gelöst und Jaro auf dem Weg zu ihm wäre.

Hilyer drückte seine Erleichterung aus und sagte dann: »Wir hatten gerade ein weiteres Angebot für Merriehew.«

»Tatsächlich! War es schon wieder dieser widerliche Mildoon? Ich würde mich nicht einmal mit ihm abgeben, wenn er mir Königin Kahas Juwelen auf einem angewärmten goldenen Tablett überreichen würde.«

»Mildoon war es nicht. Dieser Mann war würdevoll und ansehnlich, wie ein Richter im Ruhestand. Er gab seinen Namen mit ›Pomfrey Yikes‹ an, von einer Gesellschaft, die ›Zuträgliche Besitzungen‹ genannt wird.«

»Also: Was hast du Herrn Yikes gesagt?«

»Ich sagte, wir wären gerade dabei, nach Ushant abzureisen und könnten uns bis zur Rückkehr nicht mit ihm unterhalten. Er sagte, dass er uns später aufsuchen würde. Ich fragte nach der Identität seines Klienten; er sagte, er wäre nicht befugt, dies kundzutun. Ich sagte, er solle nicht zurückrufen, bevor er bereit wäre, diese Information preiszugeben; dass wir tatsächlich nur mit dem Interessenten direkt zu verhandeln wünschen. Er sagte, er würde Anweisungen einholen. So stehen die Dinge jetzt.«

»Seltsam, wie diese Angebote sich häufen«, bemerkte

Althea. »Es ist beinahe so, als wüsste jemand etwas, dass wir nicht wissen.«

Hilyer kicherte zynisch. »Das ist sicher.«

»Es ist wahrlich ein Geheimnis!« sagte Althea. »Dieser wackelige alte Ort hat an sich keinen Wert, außer für uns drei. Er ist ruhig und friedlich, wir können den Wind in den Bäumen hören und des Nachts die Troubadourfledermäuse.«

»Das wird sich ändern, wenn man mit der Erschließung entlang der Katzvold-Straße beginnt.«

»Das ist doch alles nur Gerede«, sagte Althea. »Das geht schon seit Jahren so, und nichts ist geschehen.«

»Du hast wahrscheinlich recht«, sagte Hilyer. »Aber genauso richtig ist, dass Merriehew verfällt. Das Dach leckt; wir brauchen neue Fenster in der Küche, das Holz müsste mit Constor behandelt werden. Das alles benötigt Geld, Zeit und Mühe. Und was haben wir am Ende davon? Ein wackeliges altes Farmhaus mit unebenen Böden und schiefen Wänden. Früher oder später wird Jaro seiner eigenen Wege gehen, und wir werden hier in dieser unordentlichen alten Scheune zurückbleiben.«

Althea sprach mit Überraschung: »Ich habe dich nie zuvor solche Dinge sagen hören!«

»Ich nehme an, ich habe schlechte Laune.«

»Ich persönlich habe diesen alten Ort gern. Ich will nicht verkaufen, und ich bin sicher, Jaro fühlt genau wie ich.«

»Also gut«, sagte Hilyer. »Solange du nicht darauf bestehst, dass ich das Haus persönlich anstreiche.«

Sie sprachen noch eine Zeit lang darüber, dann sagte Hilyer: »Jaro ist mit den Dokumenten angekommen. Bis später.«

4

Nachdem Jaro Hilyers Büro verlassen hatte, betrat er den Korridor. Einige Meter vor ihm führten Doppeltüren in Dekan Hutsenreiters glänzende Verwaltungsbürosuite. Als Jaro sich näherte, glitt die Tür beiseite, und ein schlankes dunkelhaariges Mädchen trat heraus. Sie trug eine Jacke und einen kurzen Rock aus fahlblauem Twill; ihre Figur war straff und aufrecht. Sie hielt ihren Kopf hoch erhoben, die Augenbrauen waren gewölbt, der Mund zusammengepresst. Als sie Jaro gewahrte, blieb sie stehen und wartete, bis er sie erreicht hatte.

Jaro fand, dass sie sich kaum verändert hatte. Zerzauste kurze dunkle Locken umrahmten immer noch ihr Gesicht. Auch ihr Gebaren hatte sich nicht verändert. Sie mochte einen oder zwei Zentimeter größer sein, und ihre Figur war nicht mehr die eines hungrigen Wichts. Sie schien ruhiger, weniger streitsüchtig zu sein als die Skirlet, an die Jaro sich erinnerte, und so überraschte es ihn nicht, als sie ihn höflich begrüßte. »Du bist Jaro Fath.«

»Natürlich bin ich Jaro Fath! Für wen hast du mich denn gehalten?«

Skirlet lächelte humorlos. »Ich wollte bloß mit einer passenden Grundlage beginnen.«

Jaro blickte sie skeptisch an, und ihr Lächeln verschwand langsam. Er sagte: »Ich hörte, du wärest zu Hause, und ich habe mich gefragt, wann ich dich treffen würde.«

Skirlet blickte über die Schulter zu den Büros ihres Vaters. »Dies ist nicht der rechte Ort zum Reden. Komm.«

Die zwei stiegen zur Straße hinab und durchquerten ein Freiluftcafé in der Nähe des breiten Flammarion-Prospekts. Sie setzten sich an einen Tisch unter einem grün-blauen Sonnenschirm, und alsbald wurde ihnen geeister Fruchtsaft aufgetragen.

Für eine Weile ließ ein linkischer Zwang sie schweigen. Jaro stellte schließlich eine höfliche Frage: »Planst du, dich am Institut einzuschreiben?«

Skirlet lachte: ein seltsam bitteres Lachen, als wäre die Frage hoffnungslos naiv. »Nein.«

Jaro hob die Augenbrauen. Er versuchte es erneut. »Was hast du gemacht, seit du das letzte Mal daheim warst?« Skirlet blickte ihn ausdruckslos an. Jaro wurde unsicher. Er sagte: »Genau betrachtet ist es eigentlich nicht wichtig. Fühle dich nicht verpflichtet zu antworten.«

Skirlet sprach würdevoll: »Entschuldige. Ich habe versucht, meine Gedanken zu ordnen. Was sich ereignete, ist in gewissem Sinne simpel gewesen. Ich wurde nach Außerwelt geschickt – zur Aeolian-Akademie in Glist auf Axelbarren. Ich habe meine Abschlussprüfung ehrenvoll bestanden. Ich traf eine Anzahl Leute; ich hatte einige interessante Abenteuer, und nun bin ich zu Hause.«

»Das hört sich erfreulich an«, sagte Jaro. »Wolltest du mir das sagen?«

»Nicht nur.«

Jaro wartete, während Skirlet über ihren Erfahrungen brütete. Schließlich sagte sie ohne Nachdruck: »Es gab gute Zeiten und nicht so gute. Ich habe viel gelernt. Dennoch will ich nicht zurückkehren – weder jetzt noch irgendwann.« Dann, nach einer Pause: »Was ist mit dir? Wie ich sehe, bist du bisher noch nicht in den Weltraum gegangen.«

»Nein. Bisher nicht. Aber nichts hat sich geändert.«

»Du fühlst immer noch den Zwang, deiner Vergangenheit nachzuspüren?«

Jaro nickte. »So bald als möglich – was heißt, nachdem ich meinen Abschluss am Institut gemacht habe. Die Faths bestehen darauf, und ich habe keine Wahl.«

Skirlet musterte ihn leidenschaftslos. »Und du bist den Faths nicht böse?«

Jaro änderte seine Sitzhaltung. »Nein.«

»Hm. Trotzdem, wenn es dir möglich wäre, würdest

du dich noch in diesem Augenblick auf und davon machen.«

»Wahrscheinlich. Ich bin nicht sicher. Es gibt noch viel zu tun, bevor ich gehe.«

»Hmm. Was studierst du am Institut?«

»Maschinenbau, Dynamik, Raumwissenschaft. Dazu Gaeanische Geschichte und Musikwissenschaft, um die Faths zu beschwichtigen.«

Skirlet fragte: »Denkst du, ich habe mich verändert, seit du mich das letzte Mal gesehen hast?«

Jaro dachte nach. »Ich weiß nicht, was du hören willst. Aber es scheint mir, dass du immer noch Skirlet Hutsenreiter bist, vielleicht sogar noch mehr. Ich hielt dich stets für – ich finde das angemessene Wort nicht – hübsch? Schön? Beunruhigend? Reizend? Erstaunlich? Nichts davon will so recht passen.«

»Was ist mit ›bezaubernd‹?«

»Ja, das kommt dem nahe.«

Skirlet nickte nachdenklich, als ob Jaro sie in ihren eigenen, tief empfundenen Überzeugungen bestärkt hätte. »Die Jahre eilen vorüber.« Sie wandte den Kopf und blickte den Prospekt hinab. »Ich erinnere mich eines ansehnlichen Jungen von früher. Er war sehr ordentlich und nett; er hatte lange Wimpern, und seine Züge waren voller romantischer Träume. Eines Nachmittags küsste ich ihn aus einem Impuls heraus. Entsinnst du dich?«

»Ich erinnere mich. Mein Kopf war in den Wolken. Ich möchte wieder zu diesem Jungen werden, wenn du mich noch einmal küsst.«

»Du kannst nicht zurück, Jaro. Schlimmer noch, ich könnte niemals wieder sein, was ich als Mädchen war. Wenn ich daran denke, könnte ich in Tränen ausbrechen.«

Jaro nahm ihre Hand. »Vielleicht haben wir uns gar nicht so sehr verändert, wie du glaubst.«

Skirlet schüttelte ihren Kopf. »Was sich bei mir ereignet hat, kannst du nicht wissen. Im Grunde genommen ist es wahrscheinlich jenseits deiner Vorstellungskraft.«

»Erzähl mir davon.«

Skirlet sprach plötzlich mit Entschlossenheit. »Also gut, wenn es dich interessiert. Aber ich muß dich um etwas bitten. Das Mädchen, das vor vier Jahren abreiste, war Skirlet. Sie wurde zu jemand anderem, genannt ›Skirl‹, und so musst du mich von nun an nennen.«

»Wie du willst.«

»Ich werde dir erzählen, was geschehen ist. Es kann allerdings nur ein Überblick sein, den größten Teil der Einzelheiten beiseite lassend – andernfalls würde ich einen Monat lang reden. Es wird schwer sein abzukürzen, da das, was ich auslasse, genauso seltsam und verwickelt ist wie der Rest.«

»Ich höre zu.«

Skirl lehnte sich bequem im Stuhl zurück. »Hunderte, ach tausend Dinge haben sich ereignet. Es ist schwer sie in eine Ordnung zu bringen.« Sie dachte nach. »Nachdem ich die Langolen-Schule verließ, sagte mein Vater, er würde Sassoon Ayry schließen, und ich müsste bei meiner Mutter auf Marmone leben. Ich erklärte, dass ihr Palast ein erotischer Dschungel wäre. Er sagte: ›Schnickschnack!‹; ich sollte fähig sein, damit umzugehen. Ich sagte ihm, dass ich nicht dorthin ginge, und erinnerte ihn daran, dass er mir versprochen hatte, mich auf die Aeolian-Akademie zu schicken, die von Fachleuten hoch geschätzt wird. Die Mitarbeiter vermitteln nicht nur Bildung, sondern bemühen sich, die Schule erfreulich zu gestalten. Die Landschaft wäre schön, mit einem See im Norden, Wäldern und Heideland im Süden und der Stadt Glist in der Nähe.

Auf jeden Fall hing mein Herz an der Aeolian-Akademie, aber mein Vater sagte, dass es zu teuer wäre und dass er all sein Geld bräuchte, um seine Reise zur Alten Erde zu finanzieren. Das Geld für die Reise hatte er sich von einem meiner Treuhandfonds ›geliehen‹ – was natürlich heißt, dass ich das Geld nicht mehr wiedersehe. Ich sagte ihm, dass ich mich, wenn er mich nicht an die Aeolian-Akademie schicke, an das Clam Muffin-Komitee um Hilfe wenden würde. Daraufhin würden sie ihn mit der sogenannten ›korrektiven Jurisdiktion‹ belegen, die seine Optionen stark einschränken würde. In einem anderen Treuhandfond hatte ich noch einige hundert Sol; er nahm dieses Geld und sagte: ›Also gut; du willst auf diese extrem teure Aeolian-Akademie – das sollst du auch!‹ Er zeigte sein eigentümliches Grinsen, mit dem er wie ein alter, abfallfressender Fuchs aussieht, und ich wusste, etwas stimmte nicht. Nichtsdestoweniger hieß er mich packen, und am nächsten Tag war ich auf dem Weg.« Skirl hielt inne. »Nun muss ich einen größeren Zeitraum und etliche Geschehnisse zusammenfassen. Ich versuche sie anzudeuten, aber für das meiste musst du deine Vorstellung benutzen – was schade ist, da die Wirklichkeit so abenteuerlich und reichhaltig war.

Ich kam in Glist an und wurde an der Aeolian-Akademie abgesetzt. Ich habe mich auf der Stelle in den Ort verliebt. Die Euphorie hielt an, bis ich herausfand, dass ich nicht als Clam Muffin mit Privatquartier und herkömmlicher Küche eingeschrieben war. Statt dessen war mir etwas zugewiesen worden, was man als ›Kratzarsch-Studentenwohnheim‹ bezeichnete, einer Art Sparklassen-Kaserne, in der minderbemittelte Studenten angenommen wurden. Ich nahm meine Mahlzeiten an einem langen Tisch im ›Speisesaal zum tosendem Darm‹ ein und duschte in einer Gemeinschaftsdusche. Weiterhin wurde von mir verlangt, zwölf Stunden pro Woche zu arbeiten, um meinen Unterhalt zu bestreiten. Ich erklärte dem Direktor, dass ein Missverständnis vorläge; das ich Skirl Hutsenreiter, eine Clam Muffin, wäre und eine mit meinem Status übereinstimmende Unterkunft fordere.« Skirl lächelte bei der Erinnerung. »Der Direktor lachte, wie jeder andere im Raum auch. Ich erklärte ihnen recht scharf, ihr Betragen wäre flegelhaft, und wenn sie ihre Haltung nicht änderten, würde ich zusehen, dass sie einen Verweis erhielten. ›Von wem?‹ fragten sie. ›Von mir‹, sagte ich, ›wenn keine angemessene Autorität zur Hand ist.‹ Sie verloren ihre Geduld mit mir und erklärten ziemlich barsch: ›Wir sind diese Autorität!‹ Sie sagten mir, ich solle alle Schulregeln lesen, verinnerlichen und befolgen, andernfalls würde ich einen Ausschluss riskieren. Aber als ich mich zum Gehen wandte, erklärte mir der Direktor, ich könne meine Arbeit als begleitende Assistentin ableisten. Ich stimmte zu und wurde alsbald meinem Schützling vorgestellt, einem Mädchen in meinem Alter aus einer sehr wohlhabenden Familie. Ihr Name war Tombas Sunder; sie war keinesfalls rückständig oder unzureichend. Ihr Problem schien vielmehr ihre Geistesabwesenheit und ihre Abneigung gegenüber der Plackerei mit den Schularbeiten zu sein. Sie war ziemlich schmächtig, träge und anmutig, romantisch, hatte lange dunkle Haare und große dunkle Augen. Wir wurden sofort Freundinnen, und sie bestand darauf, ihre Privatzimmer, die mehr als ausreichend für uns zwei waren, mit mir zu teilen. Ich traf Myrl Sunder, ihren Vater: einen Rechtsberater, wie er sich selbst bezeichnete. Er war kein großer Mann, aber gewandt und energisch, mit Patrizierzügen und glattem grauem Haar, das einen bemerkenswerten Kontrast zu seiner dunklen sonnengebräunten Haut bildete. Seine Frau war fünf Jahre zuvor bei einem Unfall umgekommen, und er sprach nie über sie, genausowenig Tombas.

Sein Verhalten war höflich und korrekt. Ich erzählte ihnen etwas über mich und meinen Hintergrund, erwähnte, dass ich eine Clam Muffin wäre, und versuchte, die Sempiternalen und ihre Beziehungen zu den strebenden Unter-Clubs zu erklären, aber ich fürchte, ich habe sie nur verwirrt, also habe ich nicht mehr über meinen Status gesprochen.

Myrl Sunder betete seine verträumte, geistesabwesende Tochter an. Er war erfreut, als er sah, dass wir gut zusammenarbeiteten. Das Material als solches bereitete ihr keine Schwierigkeiten, aber wenn ich ihre Aufmerksamkeit nicht auf ein Thema lenkte, gab sie sich Tagträumen hin. Wir stritten uns nie; sie war gelehrig und liebevoll und hatte einen Verstand, der von wundervollen und seltsamen Ideen nur so strotzte. Wenn ich ihr zuhörte, war ich oft fasziniert, oft etwas bestürzt über die makabren Elemente, die ihre Phantasie schmückten. Sie plapperte heiter über ihre erotischen Experimente, die mehr spielerisch als tiefgründig waren, und ich erzählte Anekdoten aus Piri-piri. Die ganze Zeit wunderte ich mich, wie man sie für unzulänglich halten konnte. Wir redeten bis tief in die Nächte, und stets hörte ich Überraschendes oder Unkonventionelles. Zuweilen waren ihre Vorstellungen so toll und mysteriös, dass ich mich fragte, ob sie nicht aus einer höheren psychischen Ebene zu ihr gelangt sein könnten.

Tombas mochte es, über Fragen zu brüten, auf die es keine Antwort gab: Was war vor dem Anfang? Bestünde das Universum weiter, wenn alle Lebewesen tot wären? Was wäre der Unterschied zwischen etwas und nichts? Dann pflegte sie über die Bedeutung des Todes nachzudenken. Vielleicht, so vermutete sie, war das Leben nicht mehr als eine Anprobe für das, was nachher geschah. Es war ein Gegenstand, zu dem sie viel zu häufig zurückkehrte, und schließlich bestand ich auf fröhlicheren Themen für unsere Unterhaltungen.

So verlief das zweite Semester. Es war eine erfreuliche Situation für mich. Ich hatte eine luxuriöse Logis und alles Geld, was ich brauchte. Mein Vater hatte keinen Kontakt mit mir aufgenommen. Tombas war mehr oder weniger wie immer, obwohl wir nicht mehr so vertraulich miteinander umgingen. Sie hatte andere Freunde: einen Bildhauer, Lehrassistenten der Philosophischen Abteilung, einen Musiker. Ihr gesellschaftliches Leben schien alltäglich zu sein.

Das zweite Semester endete. Wir zogen für den Sommer in ihr Strandhaus auf der Wolkeninsel. Hier geschahen viele seltsame Dinge; aber ich will nicht abschweifen. Doch etwas sollte ich erwähnen. Tombas verbrachte viel Zeit allein am Strand und beobachtete die Brandung. Dann beschäftigte sie sich eine Weile mit dem Bau von Sandburgen, wobei sie eine Mischung aus Sand, Wasser und dem Saft von Seenelkenknollen verwendete, der zu einem leichten krustigen Schaum verhärtete. Sie formte dieses Material zu Kuppeln, Türmen, Kreuzgängen, Arkaden, Höfen, Balkonen. Sie verwandte eine Architektur, die Phantasie und Magie in einem mir recht fremdartig anmutenden Stil ausdrückte. Tombas schien stets unruhig zu werden, wenn ich mit ihr zum Strand ging; daher ließ ich sie zumeist alleine gehen. Eines Tages ging ich hinunter und fand sie unbeschäftigt vor. Sie schien geneigt zu sein, sich zu unterhalten. Die Burg war fertiggestellt, und sie sagte, sie würde nicht mehr bauen. Ich sagte ihr, die Burg wäre wundervoll, und fragte, wo sie eine solche Bauweise gesehen hätte. Sie zuckte lediglich die Achseln und sagte, diese Architektur käme von einem Ort zwölf Universen von unserem entfernt. Sie deutete zum Fenster. ›Schau hindurch.‹ Ich blickte durchs Fenster und traute meinen Augen nicht. Das Zimmer war mit schönen Teppichen, Stühlen und Tischen eingerichtet; in einem großen Bett lag schlafend ein Mädchen.

Tombas sagte: ›Ihr Name ist Earne; sie ist in unserem Alter und dies ist ihr Palast. Sie hat ihren zwei besten Paladinen mitgeteilt, dass sie zu ihr kommen müssen, und sie denjenigen empfängt, der zuerst eintrifft. Vom Westen her kommt Shing, bestehend aus Gagat und Silber. Von Osten kommt Shang, bestehend aus Kupfer und grünem Moidras. Sie werden sich vor dem Palast treffen und bis zum Tode miteinander kämpfen. Der

Überlebende wird zu ihrem Bett gehen und sie in Liebe nehmen. Wer wird es sein? Einer, sollte er gewinnen, wird ihr ein Leben der Freude und liebevollen Zuneigung schenken; der andere würde sie mit einer Reihe entsetzlicher Demütigungen heimsuchen.‹

Ich dachte, es wäre eine ziemlich trübselige Geschichte, und bückte mich, um noch einmal durchs Fenster zu blicken. Ich sah nichts als Sand.

Die Dämmerung kam, und ein kalter Wind blies von der See her. Tombas wandte sich ab. Schweigend kehrten wir zum Haus zurück.

Danach verlor Tombas ihr Interesse am Strand. Der Wind und die Gischt zerrten an der Burg; sie zerbröckelte und wurde zu einem Haufen Sand. Wenn ich daran vorbeiging, fragte ich mich stets, was aus Earne geworden ist. Wer hat Anspruch auf sie erhoben: Shing oder Shang? Aber ich erörterte die Frage nie mit Tombas.

Der Sommer verging. Das dritte Semester begann. Die Dinge waren wie zuvor. Eines Abends saßen wir spät im Dunklen zusammen. Wir tranken einen milden Blaublumen-Wein und waren beide in ungewöhnlicher Stimmung. Vorsichtig erwähnte Tombas, dass sie denke, sie würde bald sterben, und dass sie mich liebe und sich wünsche, ich würde all ihre Besitztümer annehmen und als die meinen gebrauchen.

Ich sagte ihr, die Vorstellung wäre widersinnig, und nichts Derartiges würde geschehen; ferner solle sie sich nicht erlauben, solch trübseligen Gedanken nachzuhängen.

Tombas neigte den Kopf in der ihr eigenen Weise und lächelte nur. Sie erzählte mir, ihr wäre in einer Offenbarung eine grenzenlose Weite gezeigt worden. Nun wüsste sie so viel, und ihr Kopf wäre so vollgestopft mit Fakten, dass sie nur einen kleinen Teil ihres Wissens zur Zeit hervorbringen könne.

Ich sagte, es höre sich interessant an, aber warum müsste das ihren Tod einschließen?

›Es ist unvermeidlich‹, sagte Tombas. Sie fuhr fort zu erklären, dass die fünf Sinne eine Pappfassade konstruiert hatten, um den Verstand zu täuschen. Mit der Erleuchtung hätte sich eine tragische Vision der Wirklichkeit eingestellt. Sie hätte einen flüchtigen Blick auf die schreckliche Wahrheit hinter der Fassade erhascht. Es gebe keine Zuflucht; Unterwerfung wäre die beste Antwort, damit würde dem Bemühen ein Ende gesetzt. Unterwerfung böte einen Aufschub vor den Agonien der Hoffnung und der Liebe und des Wunderns.

Also – hier lag die Antwort: totaler Verzicht und eine schnelle Ergebenheit in den Tod, wenn auch nur, um der Hoffnung ein Ende zu setzen.

Ich sagte, es wäre pure Hysterie, die sie dazu treibe, solche Dinge zu sagen. Wie, zum Beispiel, könne sie wissen, dass ihr Tod nahe sei? Sie erzählte mir, sie könne ihren Körper als dreidimensionalen Anker sehen, umspült von Farbschleiern: Rosa, Gelb, Blau, Kirschrot – diese Farben flössen über den Anker und zeigten, übereinstimmend mit ihren Wahrnehmungen, verschiedene Phasen der Normalität an. Aber nun wäre eine rostfarbene Form erschienen und deute den Beginn des Todesprozesses an.

Ich hatte genug gehört. Ich sprang auf und drehte die Lichter an. Ich sagte ihr, dass solches Gerede unanständig und ekelerregend wäre.

Tombas lachte nur ihr freundliches Lachen und sagte, dass die Wahrheit nicht durch Schmähungen verändert werden könne. Weshalb in einem solchen Ausbruch von Rechtschaffenheit vor dem süßen schönen Tod zurückschrecken?

Ich fragte nach der Quelle dieser Ahnungen und wer mit ihr gesprochen habe. Ich fragte, ob sie eine Liebesaffäre habe, vielleicht mit derselben Person, die ihre Gedanken leite. Tombas wurde vage und sagte, solche Fragen führten nur in Sackgassen; nur die Wahrheit wäre wichtig, keine Persönlichkeiten.

So verblieb die Sache.« Skirl hielt inne, dann sagte sie: »Noch einmal, es gibt so viel zu erzählen. Das hier ist nur das Wichtigste. Ich erstattete Myrl Sunder Bericht. Er wurde wütend. Ich erzählte ihm alles, was ich wusste, und alles, was ich vermutete. Er verwandelte sich vor meinen Augen in einen Mann, der sich nur noch auf ein Ziel konzentrierte. Er beabsichtigte, die Person oder Personen zu finden, die den Geist seiner Tochter und möglicherweise auch ihren Körper verführt hatten. Plötzlich erkannte ich, dass er ein sehr gefährlicher Mann war. Ich erfuhr, dass Myrl Sunders Tätigkeit die eines Effektuators war, der sich als Rechtsberater ausgab. Zunächst richtete er medizinische Untersuchungen für mich und Tombas ein. Wir wurden für gesund erklärt, obwohl Tombas Symptome einer seltsamen und vieldeutigen mentalen Unordnung zeigte, für die man keine Behandlung empfehlen konnte.

Tombas nahm die Aufmerksamkeit übel. Sie fand, ich hätte ihr Vertrauen verraten, obwohl ich der gleichen Untersuchung unterzogen wurde. Sie hatte das Spiel durchschaut und wurde recht kühl.

Ich beriet mich erneut mit Myrl Sunder. Er deutete an, dass ich an geeigneter Stelle wäre, um zu entdecken, wer einen solchen Einfluss auf Tombas habe, und beauftragte mich, dies auch zu tun.

Verstohlen begann ich Informationen zu sammeln. Es war nicht schwer der Spur zu folgen. Sie führte zu einem gewissen Ben Lan Dantin und zwei anderen. Sie waren Instruktoren an der Schule der Religiösen Philosophie. Tombas hatte einen Kurs von Dantin über Religiöse Ableitungen belegt, und sie trafen sich zu langen Diskussionen nach dem Unterricht.

Ich berichtete Myrl Sunder und erzählte ihm, was ich erfahren hatte. Er rief Dantin an. Beides, die Romanze und die Instruktion, kamen zu einem augenblicklichen Ende. Dantin entschuldigte sich lahm bei Tombas. Sie schien verwirrt, aber nicht großartig beunruhigt zu sein. Ich dachte, dies wäre sehr sonderbar, und meine Meinung von Dantin war nicht besser. Er war von der merkwürdigen Sorte: schlank, anmutig, recht jung, jedoch intellektuell frühreif, mit einem ernsten blassen Gesicht in einer Aureole aus dunklen Locken. Seine Augen waren groß, leuchtend, dunkelbraun; sein Mund war so zart und sein Lächeln so süß, dass viele der Mädchen ihn auf der Stelle küssen wollten. Zu dieser Gruppe gehörte ich nicht. Ihn anzusehen, drehte mir den Magen um. Wenn überhaupt, fand ich ihn überreif, dekadent, verdorben, wenn auch auf interessante Weise.

Tombas wusste nichts über meine Beteiligung, und es dauerte nicht lange, bis wir unsere alte Beziehung wiederhergestellt hatten. Eines Tages erzählte sie mir recht vorsichtig, dass sie entschieden hätte, zum Ende des nächsten Tages zu sterben.

Ich war schockiert. Ich argumentierte eine Stunde lang mit ihr, aber sie sagte nur, dass es das Beste wäre. Ich wies darauf hin, dass sie ihren Vater und mich selbst voller Kummer zurücklassen würde. Tombas sagte, es gäbe eine Lösung: Wir könnten doch alle zusammen sterben.

Ich erklärte ihr, wir wollten leben, aber sie lachte nur und sagte, wir wären törichterweise hartnäckig. Ich überließ sie sich selbst und informierte Myrl Sunder von ihren Plänen.

Der Tag verging und die Nacht. Am nächsten Tag lud uns Myrl Sunder zum Mittagessen ins Wolkenland ein, einem Restaurant, das hoch im Himmel, gerade unter den sich anhäufenden Kumuluswolken, trieb. Es ist ein wundervoller Ort, unvergleichlich im Gaeanischen Reich und ein Antrieb für die traurigste und niedergeschlagenste Person, am Leben zu bleiben. Wir saßen an einem Tisch neben einer niedrigen Balustrade mit einem Blick über die Stadt Glist und deren umliegende Gebiete. Tombas legte keinen großen Appetit an den

Tag und schien sehr nachdenklich, aber Myrl Sunder brachte es fertig, ein starkes Beruhigungsmittel in ihr Essen zu geben. Zu dem Zeitpunkt, als wir die Oberfläche wieder erreichten, war sie schläfrig, und am Nachmittag schlief sie fest in ihrem Bett zu Hause.

Der Nachmittag verging, und die Sonne fiel dem Horizont entgegen. Bei Sonnenuntergang hörte Tombas auf zu atmen und war tot.«

Skirl zögerte, dann sagte sie: »Ich möchte nicht alle Einzelheiten wiedergeben, will nur das Wichtigste anschneiden. Ich habe bereits erwähnt, dass Myrl Sunder ein Effektuator und eine Person mit sehr starkem Charakter war. Ich schickte mich an, in seinem Haus zu leben, wo ich über Tombas Habseligkeiten verfügte: eine sehr traurige Aufgabe. Ich sortierte ihre Briefe und ihr Tagebuch und entdeckte Namen. Ich fuhr mit meinen Kursen an der Akademie fort, und nach verschiedenen erschreckenden Abenteuern erfuhr ich, was zu erfahren war. Es waren herzzerreißende Informationen. Tombas wurde aus verschiedenen Gründen in den Tod getrieben. Der geheimnisvollste Grund war eine Art von verfeinerter Nekrophilie, sorgfältig codifiziert, wie zur Hervorbringung einer erotischen geistigen Empfindung. Dantin war der Führer. Er hatte die Regeln des Kults, als Übung für eine psychologisch-sexuelle Perversion, erfunden. Die zwei Jünger waren Flewen und Raud, beide gleichfalls verdreht. Tombas war ihr viertes Opfer gewesen und hatte ihnen allen eine unheimliche Freude bereitet, die unmöglich in gewöhnlicher Sprache zu beschreiben war.

Sunder war erfreut, als ich ihm meine Entdeckung erzählte. Er erstellte seine Pläne sorgfältig, da die drei wachsam waren. Er nahm sie mit meiner Hilfe gefangen und schaffte sie zum Sommerhaus, das den Strand, an dem Tombas ihren magischen Palast errichtet hatte, überblickte.

Sunders Instruktionen gehorchend, ging ich in die

Küche und machte mich daran, das Abendessen vorzubereiten. Sunder führte die drei hinab zum Strand, und ich fuhr mit meiner Arbeit fort.

Binnen einer Stunde kehrte Sunder lächelnd zurück. Als wir über der Suppe saßen, fragte ich, was passiert wäre. Er erklärte es ohne Zurückhaltung. Die Gezeiten hatten ihren niedrigsten Stand. Er hatte sie mit Sicht zur See bis zum Hals in den Sand eingegraben und sie verlassen, um sie die hereinkommende Tide beobachten zu lassen. Aber sie würden nur wenig Freude an ihrem eigenem Tod haben und nicht einmal ertrinken, weil die Sandkrabben sie sogleich fänden.

Während wir aßen, sprachen wir über die Zukunft. Er sagte mir offen, dass er sich an mich gewöhnt hätte und ich nun seine Tochter, die er in die Dunkelheit ihrer eigenen Vorstellung hatte verschwinden sehen, verkörpere. Er wolle, dass ich in seinem Haus lebe; inzwischen könne ich mit meinem Studium an der Aeolian-Akademie fortfahren. Oder ich könne seine Assistentin werden, und er würde mich in den Techniken eines Effektuators trainieren – und dies geschah. Ich nahm Sonderkurse an der Aeolian-Akademie, und sie gaben mir bereits früh ein Zertifikat. Ich half Sunder bei seiner Arbeit und – was noch viel wichtiger war – nahm den Platz der armen toten Tombas ein, die sich selbst mit Mitteln umgebracht hatte, die immer noch jenseits unseres Verständnisses liegen.

Sunder lehrte mich so viel über das Effektuieren, wie ich aufnehmen konnte. Er betonte nachdrücklich, dass die Arbeit hauptsächlich aus dem Sammeln von Informationen und deren Zusammenfügung bestehe, obwohl sie zuweilen auch gefährlich sein könne. Er zahlte regelmäßig Summen auf mein Bankkonto, bis fünftausend Sol zusammengekommen waren, die ausreichen würden, um die meisten Eventualitäten abzudecken, falls er nicht in der Nähe war.

Vier Monate später wurde Sunder auf eine Mission

zur Welt Morbihan gesandt, in der rückwärtigen Region des Aquila, wo er von Banditen umgebracht wurde.

Sein jüngerer Bruder Nessel erbte das Haus und erklärte mir, dass ich gehen müsse, je früher desto besser. Er konfiszierte mein Bankkonto, weil er der Meinung war, dass fünftausend Sol viel zuviel wären. Er überließ mir tausend Sol, die, wie er sagte, reichen müssten.

Ich verließ das Sunder-Haus mit nicht viel mehr als meinen Kleidern. Ich entdeckte, dass ich Heimweh hatte, und so bin ich hier: wieder eine Clam Muffin, aber ansonsten mittellos, da mein Vater wie gewöhnlich vom wunderlichen Jonglieren mit imaginären Bankkonten lebt. In einer Woche macht er sich auf nach Dimplewater auf Ushant, zu einem Konklave von Xenologen oder etwas Derartigem. Wie er vorhat, die Fahrt zu finanzieren, kann ich nicht einmal ansatzweise erraten.«

»Also hast du Sassoon Ayry für dich selbst, während er fort ist?«

Skirl lachte. »Es ist wie schon zuvor. Er will das Haus schließen, um Unterhaltskosten zu sparen.«

»Und was wirst du tun?«

»Ich beabsichtige, Effektuatorin zu werden.« Skirl sprach in trotzigem Tonfall, als ob sie entweder Amüsement oder eine Herausforderung erwarte.

Jaro formulierte seine Entgegnung sehr vorsichtig. »Meinst du, jetzt sofort oder irgendwann in der Zukunft?«

»Jetzt sofort. Schau nicht so verdutzt. Ich habe mit Myrl Sunder gearbeitet. Ich habe viel gelernt.«

»Die Arbeit ist gefährlich.«

»Ich weiß. Dennoch, Sunder ist nicht umgebracht worden, weil er ein Effektuator war, sondern weil er für einen reichen Touristen gehalten wurde.«

Jaro blickte finster in den grün-blauen Sonnenschirm. »Noch bevor du überhaupt beginnen kannst, musst du

Gaeanisches Recht anwenden können sowie Kenntnisse in Polizeiverfahren, forensischer Wissenschaft, Kriminalpsychologie, den Künsten der Verkleidung, dem Gebrauch von Waffen und technischem Gerät erwerben. Vor allem benötigst du Kapital für laufende Ausgaben.«

»Das alles ist mir klar.« Skirl erhob sich. »Ich gehe zur Bibliothek. Ich möchte herausfinden, wie man eine Effektuatoren-Lizenz erhält. Ich habe vorübergehend gültige Papiere, die noch in Glist ausgestellt wurden und hier vielleicht auch Gültigkeit besitzen.«

Die zwei verließen das Café und hielten auf der Straße inne. Jaro sagte aufs Geratewohl: »Wenn die Faths nach Ushant aufbrechen, werde ich allein in Merriehew sein. Wenn du magst, kannst du bei mir wohnen. Es gibt reichlich Platz, und du kannst so viel Privatsphäre haben, wie du willst.«

Skirl schien nachzudenken. Jaro fuhr fort. »Wenn es abends zu regnen beginnt und der Wind durch die Wipfel der Bäume weht, ist es sehr schön, vor dem Kamin zu sitzen, spät zu Abend zu essen und dem Sturm zu lauschen.«

Skirl spitzte die Lippen und blickte zur Seite. Schließlich sagte sie: »Ich wüsste keinen Grund, warum ich das tun sollte.«

»Ich eigentlich auch nicht.«

»Warum hast du dann gefragt?«

»Es war eine verwegene Torheit.«

Skirl zuckte die Achseln. »Wenn mir langweilig ist – oder ich friere oder nass bin oder hungrig –, schaue ich vielleicht vorbei.«

5

Die Faths würden an Bord des großen Passagierschiffs *Francil Ambar* nach Ushant reisen. Da sie bereits viele solcher Exkursionen gemacht hatten, hatten beide schon am Tag zuvor gepackt und sich vorbereitet, so dass sie einen ruhigen Abend mit Jaro verbringen konnten.

Hilyer sprach vom Großen Konklave in Dimplewater. »Um ehrlich zu sein, vor einem Monat wusste ich nur wenig von Ushant, nur, dass es eine milde, nette Welt ist, die gastfreundlich mit Touristen umgeht und eine höchst zivilisierte Bevölkerung hat. Die Touristenbroschüren gebrauchen die Begriffe ›köstlich‹ und ›wirkliches Paradies‹. Letzte Woche habe ich die Bibliothek besucht und eine ganze Menge mehr entdeckt.« Hilyer lehnte sich in seinem Stuhl zurück und erzählte Jaro, was er erfahren hatte.

»Ushant ist vor fünftausend Jahren entdeckt und erforscht worden. Mit seiner prächtigen Flora und einem beinahe vollständigen Fehlen einer schädlichen Fauna hat man den Planeten von Anfang an für menschliche Besiedlung geeignet gehalten. Dort, wo der Fluss Leis in den Fluss Ling fließt, überschwemmte das Wasser eine große Fläche von kleinen Hügeln und Senken, um eine Region unzähliger kleiner Inseln zu bilden. Die ursprünglichen Siedler errichteten auf diesen Inseln ihre luftigen Paläste inmitten von Gärten aus Barkeichen, Nenufaren, Funkelbüschen, Zedern, Deodaren, und blühenden Dendren. Mit der Zeit wurde aus dieser Fläche die sagenhafte Stadt Dimplewater, Stadt der Tausend Brücken.

Von Beginn an war das Volk, welches auf Ushant lebte, von einem besonderen Schlag: ›gebildet, stark individualistisch, mit einer Abneigung gegen das Gewimmel und die Anhäufung von Menschen, die einst auf ihnen gelastet hatten – das Pulsieren, das Atmen, der Geruch von feuchtem Fleisch, abscheulich wie Herden von Haustieren‹, wie es Ian Warblen, einer der ersten Siedler, ausdrückte.

Heute ist das Volk stark affektiert und feinfühlig, was alle ästhetischen Nuancen angeht. Sie sammeln schöne Objekte und machen sie zu einem Teil ihrer Lebenserfahrung. Doch ihr kennzeichnendster Zug ist ihre extreme Autonomie, die sie veranlasst, allein zu leben.

Diese Zurückgezogenheit wird von Zeit zu Zeit durchbrochen. Sie gehören Jachtclubs an und erfreuen sich an Regatten in der Zentrallagune; sie besuchen regelmäßig Seminare über Geheimobjekte; sie gehen mit ihren Kindern auf Campingtouren ins Hinterland, und gelegentlich nehmen sie als Gast oder Gastgeber an intimen Abendparties teil, bei denen nie mehr als fünf Personen anwesend sind. Gewöhnlich sind dies Leute mit einem gemeinsamen Interesse, je esoterischer desto besser. Bei solchen Ereignissen ist die Küche superb und die Etikette rituell exakt. Außerweltler werden selten eingeladen; wenn dies der Fall ist, geben ihre Verhaltensfehler Anlass zu ironischen Kommentaren.

Liebesaffären sind intensiv und höchst romantisch, jedoch von kurzer Dauer. Kinder werden in Krippen gepflegt, ohne große elterliche Aufmerksamkeit zu erhalten.

Als Individuen sind die Leute von Dimplewater höflich, obgleich der Außerweltler sie ein wenig kühl finden mag. Jeder lebt für sich, als sei er eine Insel.«

»Sehr seltsam«, sagte Jaro. »Es scheint etwas wie eine Vorliebe zu sein.«

Hilyer zuckte die Achseln. »Es ist mehr als bloße gesellschaftliche Attitüde. Jeder ist reich; jeder ist stolz; niemand spürt einen Bedarf an gesellschaftlicher Unterstützung, also lebt jeder sein Leben und zelebriert seine Tamsour allein.«

»›Tamsour‹?« Jaro war erneut verwirrt. »Was ist ›Tamsour‹?«

Hilyer lehnte sich in seinem Stuhl zurück, blickte zur Decke und sprach in dem gewichtigen Ton, den er sich für wichtige Themen aufhob. »Wenn ich diese Frage beantworten könnte, würde ich zu den Xenologen ersten Ranges im Gaeanischen Reich gehören. Es ist eine Vorstellung, die Außerweltler verblüfft, Touristen und Soziologen gleichermaßen. Dennoch kann ich ›Tamsour‹ und einige ihrer Wirkungen beschreiben. Es scheint die Gesamtheit des Lebens einer Person zu bedeuten, verdichtet zu einem einzigen Tropfen Essenz, einem einzigen gewichtigen Symbol, einem einzigen Moment der vollständigen Erleuchtung. Aber dies sind nur Worte, und Tamsour kann nicht in Worte gefasst werden.«

»Es klingt wie ein Krampf von hysterischer Enthüllung«, sagte Jaro.

»Bis zu einem gewissen Grad. Aber die Tamsour hat außergewöhnliche Kraft, so dass sich die Gesellschaft im Ganzen wie eine Masse radioaktiven Materials verhält. In zufälligen Abständen wird eine ihrer Komponenten unerklärlicherweise überspannt und explodiert in einem großen Ausstoss von Energie. Die jeweilige Person hält stets eine ausgefeilte Rede. Tamsour ist das Thema, und der Inhalt ist gewöhnlich eine persönliche Selbsterhöhung, zuweilen ein wenig Selbstmitleid, aber niemals eine Entschuldigung für vergangene Missetaten, seien sie wirklich oder eingebildet.«

Hilyer nahm eine Cartridge vom Tisch. »Ich habe hier die Aufzeichnung einer solchen Rede.« Hilyer steckte die Cartridge in das Wiedergabegerät. »Ihr werdet einen Mann hören, der zu einem aufmerksamen Publikum spricht. Der Mann ist über Gebühr aufgeregt; er ist überspannt und jenseits aller Vernunft. Er zerstört sich selbst, so dramatisch und poetisch wie nur möglich. Die Episode erregte weitgehend kritisches Interesse und wird in kenntnisreicher Analyse diskutiert.«

»Eigenartig.«

»Ha!« sagte Hilyer. »Das Schlimmste hast du noch nicht gehört. Zuweilen sammelt ein Todessucher eine

Anzahl schöner Güter: Teppiche, Porzellan, rare Filigranarbeiten aus Holz, Nippsachen, uralte Kuriositäten. Häufig konfisziert er solche kostbaren Objekte herzlos von Freunden und Nachbarn, wobei er sorgfältig darauf achtet, ihre geschätztesten Besitztümer zu ergreifen. Diese unschätzbaren Objekte häuft er um einen Zentralpylon auf und steckt sie in Brand. Dabei tanzt er einen Jig auf einer erhöhten Plattform und singt sein Requiem hinaus. Hört zu: Das ist die Deklamation.«

Hilyer berührte einen Knopf an seinem Gerät. Eine sonore Stimme rief: »Hier bin ich, der Liebling der Zeit, der König des Lichts, die Seele der Liebe, der Selige, kostbares und geliebtes Herz alles Seienden! Ich bin der Hervorragende, der für große Dinge bestimmt wurde! Ich weiß es; jeder weiß es; es war selbstverständlich. Nun, wo ist das goldene Versprechen? Ich spreche mich gegen Unrecht aus; es wuchert im Kosmos, und letztendlich hat es mich betrogen, so dass ich keine Wahl habe, außer diese ganze traurige Unordnung zu beenden. Aber wenn ich schon nicht im Siege sterbe, stehe ich wenigstens glänzend in der Glorie meiner Tamsour! Wenn der Kosmos gedenkt, mir diesen tragischen Streich zu spielen, so wird der Kosmos mehr leiden als ich, da ich in einer Fülle von Schönheit vergehe! Dieser Rauch, den ich einatme, ist wie Weihrauch; ich bin berauscht von der Schönheit meines Abgangs! Der Kosmos soll sich hüten! Die Zukunft ist leer, aber ich werde in meinen Sonnenuntergangsfarben des Todes frohlocken! Ich werde gerühmt werden ob meiner großen Tambour! Nun sehet: Ich schwinge mich von meinem erhabenen Platz herab; ich fliege in äußerster Pracht und parabolischer Eleganz zum Ende von allem!«

Die Stimme endete. Eine andere Stimme sagte ohne Nachdruck: »Der Nobelmann Varvis Malapan hat sich gerade in den Tod gestürzt und somit seine Tamsour vollendet. Er ist nicht mehr. Der Kosmos, den er regierte, ist verschwunden und weniger als nichts. Es ist vergangen und jenseits der Erinnerung.«

Hilyer nahm die Cartridge wieder an sich. »Ein Ereignis wie dieses ist ungewöhnlich. Vielleicht eine Person von hundert fühlt sich in seiner Tamsour stark genug, um sein Dasein derart hinzugeben.«

»Ich finde es etwas unheimlich«, sagte Jaro.

6

Jaro begleitete die Faths zum Raumterminal und sah, wie sie an Bord der majestätischen *Francil Ambar* verschwanden. Dann wartete er, während die Portale zuglitten und Warnlichter an den Starteinheiten aufleuchteten. Das große Gebilde erhob sich in die Luft. Jaro, der am Geländer der Beobachtungsterrasse stand, sah, wie das Schiff hinter den Wolken verschwand. Er stand weitere fünf Minuten am Geländer und starrte über das Feld in den Himmel und über den jenseitigen Wald hinweg; dann wandte er sich um und ging zur Werft.

»Die Faths sind abgereist«, sagte er zu Gaing. »Ich fühle mich nutzlos und matt. Vielleicht bin ich doch abhängiger von ihnen, als ich dachte.«

Gaing schenkte ihm eine Tasse Tee ein. »Was steht nun auf deinem Stundenplan?«

Jaro nippte am Tee und schien neue Kraft aus dem bitteren Gebräu zu schöpfen. »Das Übliche: arbeiten, Ausarbeitungen von Bernal. Ich beginne gerade den Hang des ›niedrigen Trapezoids‹, wie er es nennt, zu begreifen.«

»Lerne gut! Eines Tages wird dir dieser Kunstgriff vielleicht das Leben retten.«

Jaro streckte die Arme. »Ich fühle mich bereits besser. Hast du schon zu Mittag gegessen?«

»Bis jetzt noch nicht.«

»Dann lass uns doch zum Betrübten Henry gehen; ich bin an der Reihe mit dem Zahlen.«

Während des Essens erzählte Jaro Gaing über Skirl und ihre Probleme. Gaing war beeindruckt. »Das hört sich an, als wäre sie ein Mädchen mit Geist.«

»Schlimmer; sie ist eine Clam Muffin.«

»Du hast Merriehew für dich; warum lädst du sie nicht ein, den Haushalt für dich zu führen?«

»Der Gedanke ist mir auch schon gekommen«, räumte Jaro ein. »Es ist höchstens ein unpraktikabler Tagtraum. Schlimmstenfalls ist es an mir, das Kochen und den Abwasch zu erledigen.«

Gaing nickte nüchtern, steuerte aber keinen Kommentar bei. Jaro fuhr fort. »Ich weiß nicht, ob es klappen würde. Sie könnte mich von der Sache ablenken, auf die ich mich konzentrieren will, nämlich herauszufinden, wo die Faths zuerst auf mich gestoßen sind.«

»Das sollte eigentlich nicht so schwer sein.«

»Ha! Die Faths haben ihre Aufzeichnungen sorgfältig verborgen: Sie wussten, dass ich suchen würde – und ich habe bereits an allen erdenklichen Stellen gesucht. Einmal habe ich eine Notiz Hilyers gefunden: Jaro, bitte bringe die Papiere in dieser Schublade nicht in Unordnung. Manchmal bist du nicht allzu ordentlich.«

»Wie hast du dich verhalten?«

»Ich wollte etwas unter die Nachricht schreiben: ›Es gäbe weniger Unordnung, wenn ich wüsste, wo ich suchen muss.‹ Aber ich entschied, das wäre unwürdig, also steckte ich die Notiz, so wie sie war, zurück.«

»Das erinnert mich an etwas«, sagte Gaing. »Ich habe einige Neuigkeiten für dich. Du erinnerst dich doch an Tawn Maihac?«

»Natürlich! Er reiste ab, ohne sich zu verabschieden; ich fürchtete, ihm wäre etwas Schlimmes zugestoßen.«

Gaing, der ein gewinnendes Lächeln beabsichtigte, schielte Jaro verzerrt an. »Jedenfalls hast du diesbezüglich mehr recht als unrecht.«

»Was ist mit ihm geschehen?«

»Ich werde ihn selbst erzählen lassen. Er wird in Kürze zurück in Thanet sein.«

7

Die Faths waren fort. Jaro war allein in Merriehew. Das Haus schien voller Geflüster zu sein, und Jaros Schritte klangen hallend durch die leeren Räume. Nachts, wenn er im Bett lag, dachte er zuweilen, Echos von Hilyers würdevollen Stunden zu vernehmen oder ein Flüstern von Altheas glucksendem Lachen, aber häufiger, so schien es, kam das Ächzen, das Grollen und das Geklapper vom Haus selbst.

Jaro rief in Sassoon Ayry an. Er erhielt lediglich eine aufgezeichnete Mitteilung mit dem Inhalt, dass das Haus für einen unbestimmten Zeitraum geschlossen sei, wichtige Anfragen jedoch zum Sekretär des Clam-Muffin-Komitees weitergeleitet werden könnten. Jaro nahm dies in Anspruch und erkundigte sich nach Skirls Adresse. Wie er erwartet hatte, wurde ihm die Information kühl vorenthalten. Jaro gab seinen Namen an und bat darum, dass Skirl Hutsenreiter über seinen Anruf in Kenntnis gesetzt würde. Die Stimme teilte ihm mit, seine Anfrage würde weitergeleitet werden, woraufhin Jaro annahm, dass sie im Papierkorb landete. Wie auch immer, abends erreichte Skirl ihn in Merriehew. Ihre Stimme war frostig, und sie kam direkt zur Sache: »Warum hast du angerufen?«

Jaro erklärte, er wollte sich erkundigen, ob mit ihr alles in Ordnung sei, und er hoffe, dass sie eine Unterkunft nach ihrem Geschmack gefunden hätte.

Skirl sagte, die augenblicklichen Bedingungen wären zufriedenstellend; tatsächlich würde sie ihre alten Quartiere in Sasson Ayry bewohnen.

Jaro drückte seine Überraschung aus: Er dachte, das Haus sei geschlossen.

Ganz recht, sagte Skirl. Sie war durch einen geheimen Zugang hineingelangt und plante, ihren heimlichen Aufenthalt beizubehalten, bis ihr Vater zurückkehrte. Es gab Nachteile. Zum Beispiel wagte sie nicht, das Telefon zu benutzen oder ihre Anwesenheit auf andere Weise kundzutun, aus Furcht, die Wache, die auf dem Anwesen patrouillierte, zu alarmieren. Außerdem konnte sie aus diesem Grund keine Gäste empfangen.

Jaro fragte, was sie in der Bibliothek erfahren hätte. »Nichts Ermutigendes«, sagte Skirl. Ihrer Ansicht nach waren die Auflagen für eine Effektuatoren-Lizenz – selbst bei einer Anfänger-Erlaubnis – viel zu starr. Sie wäre nicht annähernd alt genug; sie hätte keinen Abschluss in Kriminalrecht noch hätte sie ein Training der IPCC absolviert. Die ›Generalinstruktionen‹ erwähnten ebenfalls, dass ein beträchtliches Betriebskapital von großer Wichtigkeit wäre. Außerdem war sie durch die Behauptung entmutigt worden: *»Ein kompetenter Effektuator muss fähig sein, sich unauffällig in jedem gesellschaftlichen Milieu zu bewegen, vom schmutzigsten Hinterlandbordell bis hin zu den Salons der schönen und kultivierten Künstler. Gefahr ist häufig mit im Spiel.«*

Jaro versuchte sie wieder aufzurichten. »Bestimmt gibt es Herausforderungen, aber du bist gut ausgerüstet, mit ihnen umzugehen.«

»›In einem Hinterlandbordell?‹« schnappte Skirl. »Ich bin schließlich eine Clam Muffin!«

Jaro sagte nachdenklich: »Du musst deine Fälle mit Umsicht aussuchen.«

»Manchmal ist das nicht möglich«, sagte Skirl. Sie fuhr fort, aus den ›Generalinstruktionen‹ vorzulesen:

»Der kundige Effektuator ist eine besondere Art von Person. Er vereinigt in sich eine hohe intellektuelle Kapazität, eine gesellschaftlich flexible Erscheinung sowie unbarmherzige Durchsetzungskraft. Er ist clever, kreativ, ein Experte im Gebrauch von Waffen. Er muss bezüglich Schmerzen immun sein und sich jeder Küche anpassen können, wie

bizarr sie anfänglich auch scheinen mag. AM WICHTIGSTEN! Er muss einen Arbeitsfonds zur Verfügung haben, der …« Skirl warf die ›Generalinstruktionen‹ beiseite. »Es läuft darauf hinaus, dass sie mir die Anfängergenehmigung verweigern, die für mich genausogut wäre wie eine Lizenz. Ich habe immer noch das Zertifikat, das Myrl Sunder mir gab; es muss genügen.«

»Was ist mit den ›finanziellen Rücklagen‹ und dem Rechtsabschluss? Wenn du ein oder zwei Semester am Institut studieren würdest, hättest du eine bessere Qualifikation.«

»Ja, das könnte sein, aber das gefällt mir nicht.«

Skirl unterbrach die Verbindung, bevor Jaro ein Picknick im Grünen, einen Besuch in der Blauberghütte oder einen ähnlichen Ausflug vorschlagen konnte.

Jaro lehnte sich in seinem Stuhl zurück und trank Bier aus Hilyers Lieblingskrug, den zu benutzen Althea ihm nie erlaubte. Er dachte über seine eigenen Pläne für den Sommer nach. Sie konnten in drei Kategorien eingeordnet werden. Erstens würde er so viele Stunden wie möglich im Raumterminal arbeiten. Zweitens würde er sein immer komplizierter werdendes Nahkampftraining fortsetzen. Drittens würde er den Vorteil der Abwesenheit der Faths nutzen, um nach Aufzeichnungen zu suchen, die ihm helfen würden, seine Herkunft zu klären.

Kapitel XI

1 Die Faths kamen früh am Tag im Ushanter Raumhafen an. Die Einreiseformalitäten waren minimal, und am späten Vormittag befanden sie sich bereits auf ihrem Weg zu dem etwa dreißig Kilometer im Norden gelegenen Dimplewater. Sie waren an Bord eines Zugs mit offenen Beobachtungswaggons, der sie mit behäbiger Geschwindigkeit durch den blühenden Dschungel brachte, der als Lohn des Lyrhidion bekannt war. Büschel von schwarzem, rosa- und orangefarbenem Gefiederfarn bebten in der Brise und stießen Wölkchen süß duftender Sporen aus, die, wenn sie gesammelt und gepresst wurden, ein Konfekt ergaben, das sehr geschätzt wurde. In Abständen erhoben sich die Spitzen von Krapphauben sechzig Meter in die Höhe, steif und starr wie Masten. Jede Spitze endete in einem drei Meter durchmessenden Auswuchs, von dem eine Korona orangefarbener Flammen ausging, gleichmäßig wie Blütenblätter. Die Flammen loderten fortwährend, und nachts, aus der Höhe, sah der Lohn des Lyrhidion aus wie ein Feld aus Flammenblumen.

Einen Großteil der Strecke folgte der Zug dem Lauf eines langsam dahinströmenden Flusses, der in und aus den Schatten grüner Trauerweiden und Laternenjasmine trat. In Abständen erschienen bewaldete Inseln, jede mit einer rustikalen Hütte, von deren Veranda man auf das Wasser blickte.

In Dimplewater angekommen, gingen die Faths zu ihrem Hotel und wurden zu ihrem Quartier geführt, das mehr als ausreichenden Komfort besaß. Große Fenster gaben den Blick frei auf eine Brücke aus geschnitztem, altersdunklem Holz, darunter der Wasserweg, gesäumt von Ebenholzbäumen mit lachsrosafarbenen herzförmigen Blättern; dann jenseits davon, in einer Entfernung von etwa zwanzig Metern, die Rotunde des Hotels Tia-Taio, welches ein Wunder der Architektur war und wo das Konklave stattfinden würde. Die Halbkugel der Rotunde – Blöcke aus farbigem Glas, fünfzehn Zentimeter dick – erhob sich sechzig Meter über den Boden. Durch das Glas gebrochenes Sonnenlicht beleuchtete das Innere mit einem Farbgefunkel. Nachts entsprang ein Licht gleicher Art einer massiven Kugel, die von einer eisernen Kette herabhing. Die Konstruktion dieser Kugel war einfach, aber elegant. Auf einer Matrize aus Eisengewebe waren facettierte Juwelen befestigt: Rubine, Smaragde, Saphire, Topase, Jazynthe und ein Dutzend andere. Aus einer inneren Quelle schien Licht durch die Juwelen und beleuchtete den Raum farbig; es war reichhaltiger und tiefer als das Licht der Rotunden am Tag.

Die Faths verließen alsbald ihr Hotel, überquerten die Brücke und gingen unter den Ebenholzbäumen zur Rotunde, die an das Hotel Tia-Taio angrenzte. Im Foyer trafen sie zufällig Laurz Mur, den Vorsitzenden des Organisationskomitees. Laurz Mur war recht ansehnlich, wenn auch etwas steif und unpersönlich. Althea fand ihn faszinierend und amüsant; Hilyer war ganz und gar nicht amüsiert und hielt Mur für wenig mehr als einen eleganten Dilettanten.

Mur lud sie zum Essen ein und bemühte sich, ein angenehmer Gesellschafter zu sein, so dass selbst Hilyers Argwohn beschwichtigt wurde. Mur interessierte sich für das Fath'sche Spezialgebiet des künstlerischen Symbolismus mit der Betonung auf musikalische Formen. »Ich für meinen Teil betrachte den Gegenstand aus kritischerer Sicht als der gewöhnliche Amateur; tatsächlich, so gestehe ich, habe ich ein wenig Grundlagenforschung betrieben und ein paar Dokumente erstellt, die für meine Begriffe bedeutend sind. Nein, nein!« wandte er ein, als Althea bat, seine Papiere einsehen zu dürfen. »Zuerst muss ich sie in ihre endgültige Form bringen.«

Mur lehnte es ab, weiter über seine Arbeiten zu sprechen. Er richtete sich an Hilyer: »Haben Sie schon den Zeitplan gesehen?«

»Bisher nicht.«

Mur holte ein Blatt hervor, welches er an Hilyer und Althea weiterreichte. »Sie werden sehen, dass Sie morgen früh auf das Podium sollen. Ich hoffe, so ist es Ihnen recht?«

»Sehr gut! Ich werde froh sein, meine Rede halten und mich dann für den Rest des Konklaves entspannen zu können.«

»Wenn ich mich recht erinnere«, sann Laurz Mur, »ist ein weiterer Redner von Thanet für morgen nachmittag vorgesehen.«

Althea ließ ihren Blick über das Blatt gleiten. »Das wird Dekan Hutsenreiter sein. Sein Vortrag handelt von den Permutationen der Sprache. Er soll sehr tiefgründig sein.«

Mur schlug in seinen Notizen nach. »Ich werde ihn nicht anhören können, da ich einem Treffen beiwohnen muss.« Er schüttelte bekümmert seinen Kopf. »Aber dann ... ich werde eine solche Aufgabe niemals wieder übernehmen.«

Althea erkundigte sich: »Ich habe die Liste durchgesehen und außer Ihrem keinen einheimischen Namen entdeckt. Gibt es keine Gelehrten auf Ushant?«

»Nicht viele. Aus dem einen oder anderen Grund gehen unsere angesehensten Gelehrten für ihre Studien nach Außerwelt, wo sie zu Ehren gelangen und nur selten zurückkehren. Ferner sind wir für abstrakte Nachforschungen nicht besonders geeignet. Wir haben viele hervorragende Musiker, aber nur wenige Musikwissenschaftler.«

»Interessant«, sagte Hilyer. »Darf ich eine persönliche Frage stellen?«

Laurz Mut lächelte höflich. »Selbstverständlich.«

»Sie tragen auf ihrer Epaulette an ihrer Jacke eine Reihe von Vorrichtungen, die wie Aufzeichnungsgeräte aussehen. Welches ist ihr Zweck?«

Laurz Murs Lächeln wurde etwas dünner. »Die Erklärung ist recht kompliziert; für mich sind die Vorrichtungen nicht mehr als eine Gewohnheit, da ich ihren Zweck nicht ernst nehme.«

»Und welcher Zweck ist das?«

Laurz Mur zuckte die Achseln. »Die Leute haben seit undenklichen Zeiten Aufzeichnungen gemacht und Tagebücher geführt. Die Vorrichtungen hier haben genau diesen Zweck. Sie zeichnen die Geschehnisse des Lebens auf und sind tatsächlich zu einer ausgezeichneten Auskunftsquelle geworden, sollte man eine wichtige Tat oder eine Verabredung vergessen haben.«

»Wie gehen sie mit einer solchen Menge an Informationen um?«

»Wir nehmen uns täglich die Zeit und werten das Material aus. Wichtiges speichern wir. Der Rest wird verworfen. Es ist eine Besessenheit, aber aus verschiedenen Gründen können wir sie nicht ablegen. Nun müssen Sie mich entschuldigen. Ich habe dieses Treffen genossen und werde es gewiss unter meinen Mementos halten.«

Die Faths blickten ihm hinterher. »Verblüffende Leute«, sagte Hilyer. »Weißt du, was ich denke?«

»Wahrscheinlich«, sagte Althea. »Sag es mir trotzdem.«

»Diese Leute leben unter beinahe idealen Verhältnissen; dennoch sind sie mürrisch. Warum? Weil das Rad der Zeit ihr Leben abschleift und sie keinen Zufluchtsort haben. Sie sammeln nette Kinkerlitzchen und schreiben in ihren Tagebüchern. Jeden Tag das gleiche. Die Augenblicke ihres Lebens fliegen an ihnen vorüber, zusammen mit ihrer Hoffnung auf eine ruhmreiche Tamsour. Vielleicht habe ich das Wort korrekt verwendet, vielleicht aber auch nicht.«

»Hm«, schnaufte Althea. »Niemand schert sich darum, ob ich eine feine Tamsour habe oder nicht.«

»Du wirst nicht viel Mitgefühl auf Ushant ernten. Sie kümmern sich nur um sich selbst.«

»Da könntest du recht haben.«

»Laurz Mur hat nicht viel Zeit mit uns verschwendet. Er hat seine Mahlzeit beendet und sich davongemacht, wie ein aufgeschrecktes Moorhuhn«, bemerkte Hilyer.

»Wir haben ihn nicht aufgeheitert«, sagte Althea. »Hilyer, sag mir die Wahrheit: Erheitere ich dich?«

»Nein«, sagte Hilyer. »Aber bei dir fühle ich mich wohl.«

2

Am folgenden Tag berief Laurz Mur das Konklave der Xenologen ein. Auf dem Rednerpodium stehend, streifte er die Zuhörer mit einem abschätzenden Blick. Fünfhundert Xenologen waren anwesend: Philosophen jeglicher Art, Forscher, Biologen, Anthropologen, Historiker, Kulturpsychologen, Linguisten, analytische Ästheten, Philologen, Dendrologen, Lexikographen, Kartologen und ein Dutzend andere, aus abstruseren Berufen. Einige waren als Redner vorgesehen; andere würden zuhören und mit der wichtigen Arbeit der intellektuellen Forschung beschäftigt sein. Wieder andere hatten Thesenpapiere mitgebracht, die sie vortragen wollten, wenn sich eine Gelegenheit bot. Und selbst wenn sich keine bot: irgendwie, mit Haken und Ösen, musste die kostbare These mit ihren sorgfältig geschliffenen Sätzen und erregenden neuen Ideen zu Gehör gebracht werden!

Laurz Mur schloss seine Musterung ab, hob, offensichtlich zufrieden, einen satinhölzernen Stock und schlug mit einer anmutigen Gebärde einen kleinen Bronzegong an. Das Publikum wurde ruhig. Laurz Mur begann: »Meine Damen und Herren! Es ist unnötig zu sagen, dass es eine Ehre höchsten Grades ist, sich an eine solche Menge berühmter Gelehrter zu wenden. Es wird eine bemerkenswerte Passage in meinen Mementos sein! Aber es ist keine Zeit, sich gegenseitigem Wertschätzungsbekundungen hinzugeben. Wir richten uns nach einem strikt geregelten Ablaufplan und werden diese Morgensitzung pünktlich zu Mittag unterbrechen. Ohne weitere Vorrede stelle ich Ihnen den ersten Redner vor: den berühmten Sir Wilfred Voskovy.«

Sir Wilfred trat vor. Er war ein stämmiger Mann mit buschigem, ungebärdigem schwarzen Haar und mürrischen Zügen. Seine schrillen Gewänder boten eine Vielzahl von dekorativ geschneiderten Feinheiten dar, die im deutlichen Gegensatz zu seinem melancholischen Ausdruck standen. Althea erzählte Hilyer, dass Sir Wilfred auf Geheiß seiner Frau diese mehr als auffallenden Gewänder tragen mußte, was seinen finsteren Gesichtsausdruck erklären würde.

Sir Wilfreds Botschaft war ebenfalls trübselig. »Die Gesellschaften des Gaeanischen Reiches sind nun so komplex, unterschiedlich und so weit voneinander entfernt, dass wir nicht länger in Begriffen einer umfassenden Wissenschaft denken können, obgleich diese Vorstellung unseren Vorfahren erhaben erschienen sein mag. Um meine These deutlicher auszudrücken: Der Umfang des Wissens ist zehnmal schneller gewachsen, als unsere Fähigkeit, es zu klassifizieren, geschweige denn, es zu verstehen.

Dies ist eine finstere Aussicht für die Zukunft, wie jeder in diesem erhabenen Publikum erkennen wird. Die grundlegende Bedeutung ist, dass unsere Karrieren demonstrative Übungen in Sinnlosigkeit sind, und die Gewissenhaften unter uns werden hinfort ihre Gehälter mit Schuldbewusstsein beziehen. Für uns ist die Zeit angebrochen, unsere Perspektiven zu ändern. Wir müssen zu Realisten werden und dürfen keine akademischen Fossilien bleiben, die von einem vergangenen Zeitalter der Unschuld träumen.

Also – was nun? Ist alles verloren? Nicht notwendigerweise. Unsere Fachgebiete werden einfach klassifizierend. Wir werden nicht länger kollationieren, analysieren, synthetisieren und nach geeigneten Korrespondenzen suchen. Unsere gehegten und entzückenden Gesetze der gesellschaftlichen Dynamik müssen in das gleiche Fach verbannt werden wie die Theorie des Phlogiston. Nun sind wir Realisten! Selbst jetzt werden wir kaum fähig sein, mit neuen Informationen Schritt zu halten, geschweige denn, sie zu analysieren. Warum sollten wir uns etwas vormachen?«

Ein rosiger Mann aus der ersten Reihe sprang auf. In spöttischem, streitsüchtigen Ton rief er eine Erwiderung auf das, was Sir Wilfred als bloße rhetorische Frage beabsichtigt hatte. »Offensichtlich um uns unsere Arbeit zu erhalten!«

Sir Wilfred warf einen hochmütigen Blick auf den rosigen Mann und fuhr fort.

»Es gibt wenigstens zwei Wege, diesen scheinbar toten Punkt zu überwinden. Erstens: Wir können willkürlich eine Anzahl von besiedelten Welten nominieren – lassen Sie uns sagen dreißig oder vierzig oder vielleicht sogar fünfzig. Diese Welten werden zu den einzig geeigneten Arenen für ernsthafte Studien erklärt. Damit ignorieren wir jegliche anderen menschlichen Aktivitäten, gleichwohl wie verblüffend sie auch sein mögen. Was, wenn diese tragisch oder sensationell sind? Oder voll von menschlichem Drama? Wir kümmern uns nicht darum; wir ignorieren die unwillkommenen Informationen! Letztendlich, so sagen wir zu unseren Studenten, sind wir die Autoritäten und wissen es am besten. Die sogenannte ›Kontrollgruppe‹ der Welten, mit ihren leicht zugänglichen Kulturen, wird eine übersichtliche Menge an Daten zur Verfügung stellen, und jeder von uns kann für die Aufnahme seiner favorisierten Welt stimmen. Mit diesen Mitteln halten wir die Würde und den Ruf des Berufes aufrecht. Unsere Studien sind so tiefgründig, wie wir es wollen, und wir alle haben es überaus behaglich. Inzwischen lernen unsere Studenten die Ansätze der Kulturanthropologie, die sie anwenden können, wie es ihnen passt. Falls Mondkälber oder verrückte Genies unter unserer Gruppe es vorziehen, andere Gesellschaften zu studieren, sollen sie es doch tun; uns ist es gleich. Wir lachen sie lediglich aus, und da wir die Stipendien, Einrichtungen und Gehälter kontrollieren, werden sie schnell zurückkehren.«

»Grotesk!« rief der rosige Mann in der ersten Reihe. »Welch schwachsinnige Vorstellung!«

Wie schon zuvor beachtete Sir Wilfred den Herrn nicht. »Das zweite Konzept ist komplizierter. Wir errichten eine gigantische Informationsbank – einen Datenverarbeitungsapparat von unvorhersehbarem Umfang. Dann wandelt sich unsere Aufgabe; wir sammeln die Informationen lediglich und füttern diesen Mechanismus damit, ohne uns um die Einzelheiten zu kümmern, als wüßten wir, was wir tun. Die Maschine nimmt die Daten in rohem Zustand auf, unklassifiziert, ungeordnet, unanalysiert. Das wäre alles. Die Maschine wurde programmiert, zu kollationieren und zu rationalisieren. Unser Leben ist ruhig geworden. Wenn wir schwatzend in unserem Club sitzen und Getränke unserer Wahl trinken, könnte ein Thema aufkommen, an dem wir beiläufiges Interesse haben, oder vielleicht schließen wir auch eine Wette ab. In den schlechten alten Zeiten – damit meine ich die jetzigen – wären wir gezwungen uns zu bemühen. Im neuen System müssen wir lediglich die Hand ausstrecken, einen Knopf drücken, und die entsprechende Information wird augenblicklich geliefert. Wir sind nicht mehr länger erbärmlich unterbezahlte Niederstatus-Akademiker; wir führen ein gutes Leben. Wir unterscheiden uns nicht länger durch unsere früheren eingeengten Gebiete, nun sind wir Doktoren der Gelehrigkeit! Es ist, dessen bin ich gewiss, eine herrliche Aussicht.

Nun denn: ein letztes Wort. Gewisse selbstgefällige Wissenschaftler, deren Namen ich nicht erwähnen will, obwohl ich ihr Armesündergrinsen von hier aus sehen kann, würden brummen und sich beleidigt an ihren Einstellungsausschuss wenden, so sklavisch wie immer. Aber aha! jetzt kommt der Witz an der Sache! *Wir* sind dieser Ausschuss!«

»Pah!« schnaufte der rosige Herr in der ersten Reihe. »Falls Ihr idiotischer Entwurf in Kraft wäre, wozu wären wir dann noch gut?«

»Sie können Ihren Leichnam als Tierfutter verkaufen«, sagte Sir Wilfred. »Genauso den Ihrer Frau, sollte sie früher sterben als Sie. Sie muss von Ihren Absichten ja nichts wissen. Passen Sie gut auf sie auf, und pflegen Sie sie, sie ist wie Geld auf der Bank.«

Laurz Mur sagte: »Sir Wilfred, vielen Dank für Ihre provokativen Konzepte; ich bin sicher, sie werden uns in Erinnerung bleiben. Als nächstes hören wir die bedeutende Professorin Sonotra Sukhail, eine Großtantrizistin der Antimaten und eine Putra neunten Grades. Sie wird uns Auszüge ihres Vortrags aber die Bergdörfer von Ladaque-Royale darbieten. Ich glaube, sie hat uns etwas Interessantes bezüglich der menschlichen Drachen und der Windzauberer der Pittispasian-Klippen zu erzählen, die, wie wir alle wissen, das Zentralmassiv des zweiten Kontinents von dem Seufzenden Ozean abgrenzen.«

Der rosige Mann erhob sich gewichtig. »Sie beziehen sich offensichtlich auf den Planeten Ladaque-Royale, Sagittarius EAK 32-DE-2930?«

Laurz Mur sagte: »Ich habe keinen unmittelbaren Zugriff auf den Endgültigen Amtlichen Katalog, aber ich vermute, Sie haben die genaue Nomenklatur verwendet, wofür wir Ihnen unseren Dank schulden.«

»Und Professorin Sukhail ist eine Putra?«

»Genau das; im neunten Grad.«

»In diesem Fall bin ich mehr als dankbar. Wir dürfen dieser Dame mit Zuversicht lauschen.«

Laurz Mur nickte höflich. »Nun denn, hier ist Professorin Sukhail. Meine Dame, Sie dürfen nun Ihre Ansprache halten.«

Die Putra, eine untersetzte, breitgesichtige Frau mit einem Schopf aus steifem kastanienbraunen Haar, sprach zu dem Mann in der ersten Reihe. »Sie haben recht mit ihrer Bezeichnung, mein Herr. Kennen Sie sich auf Ladaque-Royale aus?«

»Ich habe die Weißen Zauberer gründlich studiert! Tatsächlich kann ich das Floncing-Fluss-Wunder vorführen und habe Zugang zum Tantra des Durchsichtigen Weges gewonnen.«

»Aha!« sagte Sonotra Sukhail. »Ich sehe, ich kann mir keine Freiheiten mit der Wahrheit erlauben! Aber das macht nichts; ich werde meine Phantasie im Zaum halten und mit einem Vortrag der Fakten fortfahren.«

Sonotra Sukhail hätte sich nicht sorgen müssen; ihre ungeschmückten Fakten waren faszinierend, sie unterstützte sie mit Fotografien ihrer hinabstoßenden, gleitenden Subjekte und schilderte die Fähigkeiten der Weißen Zauberer, die nur durch Begriffe der Gedankenübertragung zu erklären waren. Sie blickte zum rosigen Mann in der ersten Reihe hinab. »Gehe ich recht mit dieser Annahme, mein Herr?«

»Du hast recht, in jeder Hinsicht«, sagte der Mann feierlich. »Ich würde deine Bemerkungen selbst dann gutheißen, wenn ich nicht dein Mann wäre.«

Laurz Mur trat an das Podium. »Es wird eine kurze Verzögerung geben, während Professorin Sukhail ihre Ausstellungsstücke entfernt.«

Für eine Weile saßen Hilyer und Althea Fath schweigend. Dann flüsterte Althea Hilyer zu: »Als sie von Gedankenübertragung und dergleichen sprach, konnte ich mir nicht helfen, aber ich musste an Jaro und seine früheren Schwierigkeiten denken – die hoffentlich beendet sind.«

Hilyer überdachte die Sache. »Sie hat das Thema ziemlich ausgedehnt. Die ›Tantricker‹ scheinen beinahe abnorm in ihren Eigenschaften, und die ›Weißen Magier‹ sind, gelinde gesagt, bemerkenswert. Aber ich sehe keinen Zusammenhang mit Jaro.«

Althea sagte zweifelnd: »Jaros Erfahrungen waren sicherlich ungewöhnlich. Es mag Zusammenhänge geben, die wir nicht bemerkt haben.«

»Unsinn!« sagte Hilyer barsch. »Jaro hat weder Kontakt mit diesen Strömen aus transtemporalen Strahlen gehabt noch führt er die sieben Pflichten der Täglichen Tat aus.«

Althea war nicht gänzlich überzeugt. »Jaro ist gewiss ein besonderer Fall. Er weiß das so gut wie wir. Es muss an seinem Verstand nagen. Kein Wunder, dass er seine Herkunft herausfinden will.«

»Zu gehöriger Zeit soll er das auch, aber seine Ausbildung geht vor. Ich fürchte, er kooperiert nicht mit ganzer Kraft.«

»Wie das?« rief Althea. »Ich glaube, er war recht freundlich.«

»Freundlich, vielleicht; kooperativ, teilweise. Zum Beispiel läßt er Kurse wie ›Nichtsemantische Poesie‹ und ›Symbologie der Farben‹ ausfallen, um mehr Zeit für seine Arbeit am Raumhafen zu finden.«

Althea gedachte das Thema zu wechseln. »Sieh dort drüben, gerade an dem Mann im blauen Umhang vorbei. Es ist Dekan Hutsenreiter mit einem höchst unpassenden Hut!«

Hilyer wandte sich um. Er rief aus: »Reg dich nicht über den Hut auf! Wer ist die unpassende Frau?«

Althea musterte Dekan Hutsenreiters Begleitung, die

einen Kopf größer war als Hutsenreiter selbst. Ihre Beine und Arme waren lang und biegsam; ihr Hintern geschmeidig; ihr Busen war großartig und ihr Gesicht eine Maske marmorner Geringschätzung gegenüber den Blicken, die sich auf sie richteten. Sie trug ein eindrucksvolles hautenges, purpurnes und grünes Gewand, dazu einen hohen kegelförmigen Turban aus Goldtuch. »Könnte das seine Frau sein, die Prinzessin der Morgenröte von Marmone?«

»Das glaube ich nicht«, sagte Althea, »aber ich bin mir nicht sicher. Wer auch immer sie ist, wie kann er sie sich leisten? Ich dachte, er wäre in großen finanziellen Schwierigkeiten.«

»Es ist mir ein Rätsel. Auf jeden Fall halte ich sie nicht für eine Clam Muffin.«

Laurz Mur erschien wieder auf der Rednerbühne. »Die Zeit drängt, wir sind bereits etwas in Verzug geraten. Ohne große Vorrede stelle ich Ihnen unseren nächsten Redner vor: ein Gelehrter von makelloser Empfehlung, der Ehrenwehrte Kyril Hape.«

Ein hochgewachsener Mann mit einer schnabelförmigen Nase, wilden schwarzen Augen und einem Schopf weißen Haares betrat das Podium. Laurz Mur sprach weiter, beschrieb Hape als einen Mann, den er selbst bereits seit seiner Kindheit verehre. Er wäre ein auf seinem Gebiet hervorragender Linguist, der ursprünglich von der Alten Erde stamme, nun an einem Ort mit Neugier erregenden Ruinen wohne, dessen Lage er allerdings nicht bereit war zu offenbaren. Hape trat vor und beschrieb seine Bemühungen, die Inschriften auf einer Serie von fünfundachtzig Platten einer Iridiumlegierung zu übersetzen, die in einer niedrigen Höhle in der Nähe seines Lagers entdeckt worden waren. Sein Vortrag war im Grunde eine Erzählung über unaufhörliche Bemühungen, die Bedeutung aus den unverständlichen Markierungen zu filtern. Er erzählte von den verschiedenen Kunstgriffen, Techniken und Proben, die er über die Jahre hinweg angewandt hatte – alle mit der gleichen Wirkung. Als er geendet hatte, blickte er zu Laurz Mur. »Ich nehme an, dass ich mir, am örtlichen Standard gemessen, eine sehr niedrige und recht schäbige Tamsour verdient habe.« Er sprach mit einem grimmigen Lächeln. »Ich bin sicher, ich verwende die Wörter unkorrekt, aber das macht nichts. Ich habe diesen Inschriften viele Jahre gewidmet, und ich habe nichts, was ich, diese Arbeit betreffend, vorzeigen könnte: nicht einmal eine Rente von meiner Universität. Sie haben mich vor über zehn Jahren aus ihrer Fakultät entlassen. Dennoch halte ich auf die ein oder andere Weise durch. Vielleicht überrascht es Sie zu erfahren, dass ich verzweifelt bestrebt bin, einige meiner neuen Ansätze an den verfluchten Inschriften zu erproben. Ich kann es kaum abwarten, zu meinem Büro zurückzukehren. Ich weiß wirklich nicht, ob ich vom Kosmos betrogen wurde oder nicht.

Ich darf darauf hinweisen, dass dort drüben, so selbstgefällig und ohne Zweifel genauso irrig in seinen Theorien wie stets, Clois Hutsenreiter sitzt. Ich arbeitete einst mit ihm zusammen. Selbst die Arbeiter nannten ihn ›Clois Sorglos‹, und jede Nacht nahmen sie ihm beim Glücksspiel sein Geld ab. Seitdem hat er ein Vermögen gemacht und wurde Dekan an einem Institut der höheren Bildung. Wie hat ›Clois Sorglos‹ diese Stellung erlangt? Durch emsige Proktoskulation, wurde mir gesagt. Ferner heiratete er eine irregeführte Erbin, ohne ihr Informationen über eine vorherige …«

Dekan Hutsenreiter sprang auf und rief: »Wo ist der Aufseher der Zeremonien? Wie lange will er diesen irren Rhodomontaden dulden? Wir lauschen dem Gestammel eines Verrückten; können wir dem kein Ende bereiten? Aufseher, walten Sie Ihres Amtes, wenn es Ihnen recht ist! Schließen sie diesen Dämon der verbalen Schändlichkeit aus!«

Laurz Mur kam mit großer Gelassenheit vor und

drängte Kyril Hape, das Podium zu verlassen oder wenigstens den Tenor seiner Ansprache zu ändern. Hape protestierte. Er wünsche den Zuhörern verschiedene andere Anekdoten von möglichem Interesse zu erzählen. Er rief aus: »Heute nachmittag werden Sie ›Clois Sorglos‹ bei seinem Versuch hören, meine Bemerkungen zu widerlegen. Seien Sie gewarnt! Sie werden Spitzfindigkeiten und Anspielungen zu hören bekommen!«

Laurz Mut gab ein bedeutungsvolles Signal.

Kyril Hape sagte: »Ich merke, die Zeit ist knapp, und ich muss meine Bemerkungen hier abbrechen. Ich kann Ihnen nur raten, Ihre Börsen festzuhalten, wenn Clois in der Nähe ist, und ihm kein Geld zu leihen. Ach! Meine Lebenszeit kam und ist dahin! Wenn ich die Platten nicht in meinen letzten goldenen Jahren entziffere, wird meiner Karriere die Qualität fehlen. Beiläufig will ich noch erwähnen, dass ich Clois Hutsenreiter verdächtige, genau diese Platten fabriziert zu haben, um sie dort zu verstecken, wo er wusste, dass ich sie finden würde. Ist er dieses Verbrechens schuldig? Schauen Sie nun in sein Gesicht; Sie werden sehen, dass er sehr breit lächelt. Es ist nicht das reine Lächeln der Unschuld.

Dies, meine Damen und Herren, beschließt meinen Vortrag.«

Kyril Hape verbeugte sich vor Laurz Mur und trat unter dem Applaus der Zuhörer von der Rednerbühne.

Hilyer murmelte zu Althea: »Eine höchst unkonventionelle Ansprache!«

Althea nickte. »Unkonventionell oder nicht, Dekan Hutsenreiter zeigte nur wenig Enthusiasmus.«

Laurz Mur sprach. »Als nächstes hören Sie den Vortrag von Professor Hilyer Fath vom Thaneter Institut in Thanet auf Gallingale. Sein Thema, so habe ich verstanden, ist ›Aspekte der Ästhetischen Symbologie‹.«

Hilyer marschierte zur Rednerbühne. Gewöhnlich

fühlte er sich bei solchen Anlässen wohl; heute saß Dekan Hutsenreiter unter den Zuhörern. Hilyer hob die Schultern. Es war nicht zu ändern. Um zu vermeiden, vom Kern seines Vortrags abgelenkt zu werden, musste Hilyer darauf achten, seine Augen vom Dekan abzuwenden, der finster unter der Krempe seines exzentrischen scharlachroten Hutes hervorblickte.

»Mein Gegenstand ist umfassend«, sagte Hilyer. »Wie auch immer, er ist verständlich und allgemein folgerichtig. Ich, für mein Teil, würde die Zwänge, die Sir Wilfred Voskovy im Namen der Praktikabilität einrichten will, zurückweisen. Worin besteht denn letztendlich der Schaden der Überfülle? Wenn Sie zu einem Bankett eingeladen sind, prangern sie ja nicht zu viele gute Speisen an, sondern deren Fehlen. Lassen Sie uns fortfahren, das ergötzliche Verbrechen der Gefräßigkeit zu zelebrieren, ungeachtet der hohläugigen Vegetarier, die uns neidisch anblicken. Ist es nicht klar? Sir Wilfred muss sich ein neues Credo suchen. ›Fülle‹, ›Plethora‹, ›Mannigfaltigkeit‹ – all das sind Signalpfosten, die den feinen Weg der ›Tamsour‹ anzeigen, um eines der besonderen örtlichen Konzepte zu gebrauchen oder vielleicht zu missbrauchen. Da soviel gesagt wurde, komme ich nun zum hauptsächlichen Thema.

Die Zeit ist knapp, und mein Gebiet so grenzenlos; ich werde Ihnen lediglich einige beschreibende Anekdoten erzählen. Sie werden kurz sein und den Kern der Sache treffen, da mein Thema, um es gut und wahrhaftig verstehen zu können, eine gefühlsmäßige Wahrnehmung der in Betracht kommenden Symbole erfordert. Ich betone, dass jede separate Symbologie eine enorm und extrem tiefgründige Studie notwendig macht. Ich bin einigermaßen amüsiert über Personen, die Geschmack und avantgardistischen Status vorgeben, indem sie Genuss an der Musik anderer als ihrer eigenen Kultur heucheln. Damit stempeln sie sich augenblicklich als Wichtigtuer ab.

Dennoch ist es möglich, die Symbole wahrzunehmen, ohne ihre gefühlsmäßige Kraft zu verstehen. In der Tat gibt es eine intellektuelle Befriedigung, indem einfach nur die Muster wiedererkannt werden. Häufig glaube ich, die Musik zu genießen, obwohl sicherlich aus den falschen Gründen. Musikalische Symbologie muss mit der Muttermilch eingesaugt, mit der Stimme der Mutter und den Geräuschen der natürlichen Heimstatt aufgenommen werden.

Mein Gebiet ist daher doppelt komplex, da jede Studie einer Musik eine Analyse der Gesellschaft, der die Symbologie entspringt, mit sich bringt. Der Analytiker wird faszinierende Übereinstimmungen finden, die die musikalische Symbologie mit anderen Aspekten der Matrix verbindet. Zum Beispiel …« Hilyer erwähnte verschiedene Gesellschaften, beschrieb deren Somatypen und typische Kleidungen und spielte repräsentative Musikabschnitte von jeder Gesellschaft. »Hören Sie gut zu. Zu jeder Gesellschaft spiele ich zuerst festliche Musik, dann alltägliche Musik, dann Trauermusik. Sie werden interessante Unterschiede und interessante Übereinstimmungen feststellen.«

So verlief Hilyers Präsentation. Sie endete mit folgender Darlegung: »Ästhetische Symbologie beschränkt sich selbstverständlich nicht nur auf Musik, obwohl diese vielleicht am zugänglichsten für das Studium ist. Andere Systeme sind komplexer und vieldeutiger. Die Konzepte dürften überdies widersprüchlich sein. Ich warne meine Studenten: Wenn sie hoffen, absolute Kriterien an die Ästhetische Symbologie anlegen zu können, sollten sie sich besser einem fügsameren Studium zuwenden.«

Hilyer kehrte an seinen Platz zurück. Althea versicherte ihm, dass seine Bemerkungen bei den Zuhörern vortrefflich angekommen waren und selbst Dekan Hutsenreiter etwas gemurmelt hätte, was sich wie ein widerwilliges Lob an seinen Genossen anhörte. »Und nun gedenke ich, wenn auch du Lust dazu hast, das Ganze etwas zu vertagen.«

»›Vertagen‹? Meinst du: ›Die Halle verlassen‹?« Hilyer war überrascht. »Weshalb? Die Sitzung dauert noch eine Stunde.«

Althea schnitt eine Grimasse. »So ist es, aber ich habe bereits zuviel über Drangsal und Stimmungen und Übertragungen gehört. Vielleicht bin ich ebenfalls ein Grenzfall für ›Empfänglichkeit‹ oder wie man diese Leute nennt.«

Hilyer blickte zweifelnd nach links und rechts. »Du kannst gehen, wenn du willst. Ich würde mich unwohl fühlen, wenn ich jetzt ginge.«

Althea sank in ihren Sitz zurück. »Ich werde warten. Aber lass uns so früh wie möglich gehen.«

Hilyer stimmte zu, und Althea beruhigte sich widerstrebend.

Laurz Mur stellte Dame Julia Neep vor, die ein Gebiet erörterte, das sie ›Kranke Gesellschaften‹ nannte. Bevor sie zum eigentlichen Thema kam, nahm sie sich ebenfalls die Zeit, um die Vorschläge Sir Wilfreds zu widerlegen. »Wie Hilyer Fath bedaure auch ich diese Art von düsterem Pessimismus. Wenn wir Sir Wilfred ernst nehmen, müssten wir dieses Konklave in diesem Moment beenden und nach Hause gehen, unsere Würdenämter niederlegen und den Rest unseres Lebens mit Vegetarismus und in Apathie verbringen. Was mich angeht, so weise ich das zurück. Nun denn, einige von Ihnen mögen vielleicht denken, dass mein Gebiet ›Kranke Gesellschaften‹ nicht weniger finster und unheilvoll ist als Sir Wilfreds Thema. Meine Präsentation wurde bereits als ›Dame Neeps Kurze Einführung in die Eschatologie‹ bezeichnet. Das ist natürlich eine Ente. Auf jede ›kranke Gesellschaft‹ kommen Dutzende von gesunden. Dennoch ist dies kein Grund für uns, unsere Hände zu ringen, der Destruktion das Wort zu reden und die Bettdecke über unseren Kopf zu ziehen.« Sie warf einen finsteren Blick auf den rosigen Mann in der ersten Reihe, der aufgesprungen war. »Ja, mein Herr?«

»Sie wenden sich an eine gebildete Zuhörerschaft. Wenn Ihre Gelehrsamkeit genauso verdreht ist wie Ihre Metaphern, werden wir hier einen qualvollen Morgen erleben.« Er verbeugte sich höflich und nahm wieder Platz.

Dame Neep sah ihn einen Moment lang prüfend an und sagte dann: »Mein Gebiet ist ›Kranke Gesellschaften‹, und Sie dienen sehr gut als Fallstudie. Haben Sie Lust, auf das Podium zu treten und sich meiner Untersuchung zu unterziehen?«

»Gewiss nicht!« sagte der Mann steif. »Nicht, bis Sie von da oben herabsteigen und sich zuerst meiner Untersuchung fügen.«

Dame Neep fuhr mit ihrem Thema fort und beschrieb die Charakteristiken einer kranken Gesellschaft: ihre Symptome, ihre Entwicklung, ihren Niedergang und ihren letztendlichen Verfall. »Die oberflächlichen Anzeichen sind keinesfalls übereinstimmend. Zum Beispiel muss eine statische Gesellschaft nicht unbedingt krank sein, wenn sie durch ihre Umwelt gefordert wird. Eine Gesellschaft mit Ungleichheiten in Privilegien und Wohlstand kann durchaus gesund sein, wenn eine Mobilität nach oben möglich ist. Und eine Gesellschaft ist krank, wenn keine solche Mobilität vorhanden ist, während Belohnungen und Nebenverdienste an Faulenzer und Schmarotzer vergeben werden. Isolierte Gesellschaften können sehr wohl sonderbar und wunderlich werden, aber nicht notwendigerweise krank; ihr Risiko ist groß, da sie keine konstruktive Kritik erhalten. Sie sind sich nicht bewusst, was eine krankhafte Degeneration sein könnte. Isolierte Gesellschaften sind beinahe unvermeidlich zum Verfall verurteilt. Priesterliche, religiöse oder priesterlich dominierte Gesellschaften sind wie Organismen mit Krebsbefall.«

Dame Neep entwickelte ihr Konzept in Kürze, nahm

einige Fragen der Zuhörer entgegen und verließ das Podium.

Laurz Mur trat vor. Er trug nun einen kegelförmigen Hut aus schwarzem Samt, der die elegante Blässe seines Gesichts akzentuierte.

»Ich möchte Dame Neep für Ihre zwingenden Ausführungen danken. Ich sehe, dass die Zeit sich der Stunde zuneigt, zu der wir eine Pause angesetzt haben. Wir sollten versuchen, den Zeitplan einzuhalten.« Ein sprödes kleines Lächeln erschien auf seinem Gesicht. »Auf Ushant zitieren wir das Diktum: ›Alle Begebenheiten müssen ihrem Imperativ gehorchen.‹ Also dann – obwohl die Zeit knapp ist, nur noch etwa sechs Minuten, wird sie doch für meine eigene kleine Präsentation ausreichen, die ich aus Bescheidenheit nicht auf den offiziellen Plan gesetzt habe.

Die Wahrheit ist, dass ich in meinem persönlichen Stil ebenfalls ein Soziologe von Format bin – Ihnen im Rang gleichkommend, wie ich glaube. Ich versichere Ihnen dies ohne Verlegenheit. Ah! rufen Sie verwundert, und ein Flüstern kommt auf: In welchem Bereich zeichnete sich Herr Laurz in aller Stille aus?« Laurz Mur schüttelte bedauernd den Kopf. »Es ist eine komplizierte Geschichte, zu detailliert für die verbleibende Zeit. Es reicht aus zu sagen, dass meine Aufsätze, die wahrlich neue Konzepte enthalten, nie veröffentlicht wurden. Die Anträge, die universelle Verbreitung verdient hätten, blieben ungehört, verschwendet wie Abfall. Ich habe schwer wie der sagenhafte Herkules gegen diese Schande gearbeitet; ich habe meine Aufsätze jedem Organ der intellektuellen Verbreitung, das ich ermitteln konnte, vorgelegt. Sie lehnten es übereinstimmend ab, sich mit der Neuheit meiner Gedanken zu befassen. Das ist das Wesentliche der Geschichte; obwohl betrüblich, will ich mich nicht beschweren. Statt dessen habe ich dieses Konklave organisiert, auf dem ich die Möglichkeit ergreifen kann, meine Ansichten auszudrücken.

Diese Versammlung umfasst die Elite der Gesellschaftsanthropologen und der Gelehrten verwandter Wissenschaften quer durch das Gaeanische Reich. Tatsächlich gibt es niemanden unter Ihnen, der nicht auf der Alten Erde veröffentlicht hat, was natürlich der Prüfstein der Leistung ist. Ich gratuliere Ihnen allen. Und nun, da ich das gesagt habe, bitte ich für eine kurze Weile um Ihre Aufmerksamkeit – nunmehr nur noch drei Minuten bis zur Pause – für eine verstümmelte Darstellung meiner Ansichten. Und warum sollten Sie auch nicht zuhören? Sie sind aufgrund meiner Einladung und durch die Kompliziertheit meiner Arrangements hier. Als die Stiftungsmittel nicht mehr ausreichten, ergänzte ich den Fehlbetrag aus meiner Privatbörse. So, wie Sie sehen, habe ich einen großen Teil von mir in den Erfolg dieses Konklaves eingebracht.

Aber die Zeit ist knapp, und ich muss mich beeilen, wenn ich auch nur die Reichweite meiner Gedanken skizzieren will. Ich befasse mich mit dem Mysterium des Lebens, dem persönlichen und individuellen Schicksal: Konzepte, die in der Vorstellung der ›Tamsour‹ enthalten sind.

Meine These ist, dass ich durch mein eigenes Streben einen Kosmos geschaffen habe: einen Kosmos, der seinen Schwung von meiner eigenen Lebensenergie erhält und der meine edlen Impulse dazu gebraucht, seine eigenen Charakteristiken zu vermehren. Dieser Kosmos, so hatte ich gehofft, hätte, meine natürlichen Eigenschaften erwägend, freundlich und unterstützend sein sollen, aber wie Sie hörten, war das Gegenteil der Fall, und ich traf allerorten auf Bosheit. Ist es nicht seltsam und erstaunlich, dass sich dieser Kosmos, meiner eigenen Schöpfung spottend und sarkastisch in seiner Arroganz, vor mir aufbaut, um mein unversöhnlicher Peiniger zu werden?« Laurz Mur lehnte sich vor und blickte ernst drein. »Eine Weile dachte ich, er wäre ausgeglichen, aber nun gewinnt der Kosmos an Kraft, und er würde mich zu einem erbärmlich quiekenden Unterding reduzieren, hätte ich nicht ein Mittel gefunden, um den Kosmos und seine kostbarsten Lieblinge zu zerstören.« Laurz Mur blickte auf eine Uhr und nahm seinen satinhölzernen Schlegel zur Hand. »Meine Damen und Herren, die Stunde neigt sich dem Zeitpunkt der Pause und der glorreichsten, dramatischsten Tamsour entgegen, die man sich nur vorstellen kann. Ich habe den Kosmos überlistet! Ich zerschlage ihn, ich zerstöre seine köstlichen Dinge, ich zerschmettere seine Ornamente; ich hebe ihn aus den Angeln; ich vernichte ihn. Die Zeit ist … jetzt!« Er schlug den Gong mit seinem Schlegel an.

Der Zentralleuchter strahlte plötzlich auf. Für den Bruchteil einer Sekunde sahen jene, die aufblickten, wie sich fliegende Scherben aus farbigem Glas mit augenversengendem Glanz davon lösten. Diese breiteten sich augenblicklich aus, füllten die Rotunde aus und ließen das Buntglas der großen Halbkugel zu Splittern explodieren. So endete das Konklave in Dimplewater auf der Welt Ushant in einer Tamsour, die für die kommenden Jahrhunderte ein Flüstern der Ehrfurcht anregen würde.

Kapitel XII

1 Das große alte Haus hallte von den Geräuschen der Verlassenheit wider. Jaro wurde in seiner Trauer und seinem Schuldbewusstsein gewahr, dass er Hilyers und Altheas Präsenz für selbstverständlich gehalten hatte, als würden sie für immer bei ihm sein. Aber nun waren sie tot, waren mit ihrer Güte und ihrem Humor zu leuchtendem Staub explodiert, und er konnte sie nicht zurückholen.

Jaro schob die Sentimalität betrübt beiseite und begann den düsteren Prozess, sein Leben neu zu organisieren. Er traf Vorbereitungen, die persönlichen Besitztümer der Faths zu entfernen; andernfalls würde er, wo er auch hinschauen mochte, an ihre fröhliche Gegenwart erinnert. Schuhe, Kleidung, Lotionen und Kosmetika, dieser und jener Krimskrams, wurden ebenso vor die Tür gebracht wie das schwere alte Mobiliar, welches der genügsame Hilyer nie hatte entfernen wollen. Altheas Kandelaber? Sie repräsentierten so viel von Althea, ihrer Freude und ihrem Ethusiasmus, dass Jaro es nicht fertigbrachte, sie in seine Haussäuberung mit einzubeziehen. Einige verstaute er in Vitrinen, andere reihte er entlang eines hohen Regals auf, wo sie dem ansonsten eintönigen Raum Farbe und Vitalität verliehen.

Während der ersten beiden Tage, nachdem er die Nachrichten aus Ushant erhalten hatte, hatte Jaro verschiedene Versuche unternommen, Skirl zunächst über das Clam-Muffin-Komitee und dann in Sassoon Ayry zu erreichen. Am dritten Tag antwortete eine kühle

Stimme auf seinen Anruf in Sasson Ayry und gab ihm bekannt, dass die Bank das gesamte Vermögen von Clois Hutsenreiter beschlagnahmt und das Haus als Pachtbesitz geschlossen hätte. Die ehemaligen Inhaber des Hauses würden es nicht mehr länger bewohnen. Jaro fragte: »Wo sonst ist Skirl Hutsenreiter zu finden?«

Die kühle Stimme erwiderte: »Die Bank kann diese Art von Information nicht geben. Solche Fragen sollten einer angemessenen Agentur vorgelegt werden.«

2 Am nächsten Morgen wurde Jaro von einem Herrn mit offensichtlicher Konduite besucht, der ein Kahulibaher-Emblem trug. Er war verbindlich in seinem Benehmen, von schlankem Körperbau, makellos gepflegt und barbiert, hatte schütteres dunkles Haar, pralle Wangen und große hundebraune Augen. Mit jeder Bewegung strömte er einen Hauch von Waldfarn-Essenz aus.

Der Herr stellte sich vor. »Ich bin Forby Mildoon, ein Bekannter Ihres verstorbenen Vaters. Welch furchtbare Tragödie! Ich kam zufällig die Katzvold-Straße entlang, also dachte ich, einmal vorbeizuschauen und mein Beileid auszusprechen.«

»Vielen Dank«, sagte Jaro. Forby Mildoon trat vor, und Jaro musste notgedrungen zur Seite ausweichen. Herr Mildoon marschierte ins Haus. Jaro blickte ihm mit hochgezogenen Augenbrauen nach, zuckte dann die Achseln und folgte Herrn Mildoon ins Wohnzimmer.

»Bitte setzen Sie sich«, sagte Jaro förmlich. Mildoon vollzog eine allumfassende Einschätzung des Raums; dann, nachdem er seine begrenzten Wahlmöglichkeiten erwogen hatte, ließ er sich behutsam auf der Couch nieder. »Ich sehe, Sie sind schwer bei der Arbeit«, sagte Mildoon. »Sehr vernünftig; es ist der beste Weg, Ihr

Gemüt zu beruhigen. Ich nehme an, die Dinge gehen leidlich gut?«

»Ziemlich gut.«

Mildoon machte eine mitfühlende Geste und blickte erneut durch den Raum, wobei er nicht mehr Billigung zeigte als zuvor. »Ich hoffe, Sie sind nicht allein. Sie sollten mit Ihren Freunden zusammensein oder in Ihrem Club.«

Jaro sagte unbewegt: »Ich habe zu arbeiten.«

Mildoon lächelte und nickte Jaro beipflichtend zu. »Es scheint, dass Sie demnächst in eine passendere Unterkunft umziehen?«

»Ich bleibe hier. Warum sollte ich umziehen?«

»Hm, ha. Es ist eine ziemlich einsame alte Scheune für Sie, oder was denken Sie?«

Jaro erwiderte nichts. Mildoon gab ein befangenes Hüsteln von sich und verschob seine Füße. »O weh, o wei! Wie die Zeit vergeht! Und die Unmenge an Arbeit, die auf mich wartet! Ich muss mich jetzt auf den Weg machen.«

Er erhob sich, hielt inne, als hätte er einen plötzlichen Einfall. »Vielleicht sollte ich die Sache nicht gerade zu diesem Zeitpunkt vorbringen, aber ich tue es trotzdem, aus Respekt vor Ihrem verstorbenen Vater. In den letzten paar Monaten zeigte er einiges Interesse am Verkauf des Besitzes. Ich musste ihm sagen, dass der Markt ziemlich flau ist, aber erst gestern habe ich Wind von etwas bekommen, was sich als eine vorteilhafte Situation herausstellen könnte. Wollen Sie die Einzelheiten hören?«

»Ich glaube nicht, dass ich Interesse habe. Ich plane einige Umbauten, dann vermiete ich vielleicht.«

Mildoon schüttelte zweifelnd seinen Kopf. »Umbauen ist ein riskantes Geschäft. Die Gefahr ist groß, dass Sie schließlich nur Geld aus dem Fenster werfen und die Sache aufgeben müssen. Ich habe viele solcher Projekte in Kummer enden sehen.«

Jaro, nun halb amüsiert, sagte: »Es mag durchaus billiger und sicherer sein, überhaupt nichts zu tun.«

Mildoon blies seine prallen Wangen auf. »Wenn Sie ein solch ödes Leben hier draußen in Regen und Wind erdulden können! Das ist ja eine richtiggehende Wildnis hier!«

»Ich bin daran gewöhnt; tatsächlich mag ich es sogar.«

»Dennoch, ich rate Ihnen zu verkaufen, und das auf der Stelle, während der Markt noch Lebenszeichen von sich gibt. Tatsächlich werde ich mich in eine gefährliche Lage begeben und das Buch der Wertemaßstäbe der Gesellschaft bis zum Äußersten beugen und selbst ein Angebot machen.«

»Das ist nett von Ihnen«, sagte Jaro. »Was für ein Angebot hatten Sie im Sinn?«

»Oh ... etwa fünfzehntausend, obwohl Sie schnell handeln müssen, bevor der Markt zusammenbricht.«

Seltsam, wie gierig die Augen Forby Mildoons geworden sind, dachte Jaro. »Nur für das Haus? Und ich behalte das Grundstück?«

Mildoons Gesicht ließ Schock und verletzte Würde erkennen. »Selbstverständlich nicht! Ich biete für Haus und Grundstück zusammen.«

Jaro lachte. »Das sind zweihundert Hektar mit schönem Wald und Wiesen da draußen!«

Mildoon gab einen ungläubigen Laut von sich. »Zweihundert Hektar aus Stein und Dreck kommt der Wahrheit näher! Es ist ein Nährboden für Stimps und Blutegel: pures durchweichtes Ödland.«

»Der Preis ist viel zu niedrig«, sagte Jaro. »Nicht annähernd genug für meine Zwecke.«

Mildoons gekünstelte Gutmütigkeit ließ nach, und sein Ton wurde schärfer. »Was ist denn Ihr Preis?«

»Oh ... ich weiß es nicht. Ich habe darüber nicht nachgedacht. Ich würde wahrscheinlich etwa fünfunddreißigtausend oder vierzigtausend oder noch mehr wollen.«

»Was!« Mildoon war aufgebracht. »Eine solche Summe kann ich nicht aufbringen! Wir müssen realistisch sein; dies sind die harten Tatsachen des Lebens. Wenn ich Ihnen zwanzig- oder auch nur neunzehntausend gebe, würde mich meine Familie in eine Gummizelle sperren!«

»Ihre Familie ist eine wilde Sippe«, sagte Jaro. »Wie ich mich erinnere, sind sie mit Dame Vinzie Bynnoc verwandt.«

»Nun – ja. Sie ist wahrlich eine großartige alte Dame und eine Inspiration für jedermann! Aber zurück zu Merriehew …«

»Alles in allem genommen, bin ich noch nicht bereit zu verkaufen.«

Mildoon sann nach, rieb sich sein Kinn. »Lassen Sie uns einmal sehen. Ich nehme an, ich könnte hier und da etwas zusammenkratzen und Ihnen für diesen heruntergekommenen alten Ort und das Grundstück siebzehn- oder achtzehntausend auf die Hand geben. Nennen Sie es freundliches Entgegenkommen, wenn Sie so wollen.«

»Heruntergekommen oder nicht, in diesem Haus kann ich leben, bis ich entscheide, was ich mit mir anfangen will. In der Zwischenzeit könnte sich der Markt wieder verbessern, oder jemand macht ein besseres Angebot.«

Mildoon wurde augenblicklich wachsam. »Hatten Sie schon andere Angebote?«

»Bisher nicht.«

Mildoon schielte gedankenvoll an die Decke. »Unnötig zu sagen, dass meine Zeit Geld ist und ich keine Eicheln entlang der Katzvold-Straße aufsammeln kann. Wenn Sie das Geschäft jetzt abschließen, gehe ich bis zwanzigtausend hoch. Der Preis gilt für ungefähr fünf Minuten, dann fällt er wieder.«

Jaro musterte ihn neugierig. »Gehe ich recht in der Annahme, dass Sie in ihrem eigenen Interesse kaufen?«

»Nur aus wilder Spekulation, von der ich eigentlich nicht weiß, wie sie zu rechtfertigen ist.«

Jaro lachte. »Sorgen Sie sich keinen Augenblick über Ihre Kühnheit. Ich habe nicht vor zu verkaufen.«

Mildoon forschte klagend nach: »Warum verlangen Sie eine so unvernünftige Summe?«

»Ich möchte eine ausgedehnte Raumreise finanzieren.«

Mildoon zog an seinem Kinn. »Ich zahle fünftausend Sol für eine Drei-Jahres-Option. Das könnte Ihr klügster Zug sein! Wenn Sie wollen, stelle ich das Dokument hier und jetzt aus und gebe Ihnen fünftausend Sol auf die Hand! Hört sich das nicht wie ein verlockendes Geschäft an?«

Jaro schüttelte lächelnd den Kopf. »Schlechter als zuvor. Warum brauchen Sie den Besitz so dringend? Wegen Lumilar Vistas?«

Forby blinzelte. »Wo haben Sie von Lumilar Vistas gehört?«

»Ganz einfach. Clois Hutsenreiter verkaufte die Gelbvogel-Ranch an den Fidol-Konzern, der, wie ich hörte, zu Ihrem großen Schaden, an Lumilar Vistas weiterverkauft hat.«

»›Hörte‹? Von wem?«

»Von meinem Vater. Er sah eine Meldung dieses Inhalts in der Zeitung.«

»Unsinn und dummes Zeug! Blühender Unsinn!«

Jaro zuckte die Achseln. »Vielleicht ja, vielleicht nein. Mich kümmert es nicht.«

Forby Mildoon sprang auf und verließ Merriehew unter minimalen Höflichkeitsbekundungen.

3

Der Nachmittag war halb vorüber, als Jaro einen Anruf von Skirl Hutsenreiter erhielt. Er fragte: »Wo bist du? Ich versuche schon seit Tagen, dich zu erreichen.«

»Ich wohnte im Clam-Muffin-Club.« Ihre Stimme, dachte Jaro, klang matt und mutlos.

»Du hättest schon früher anrufen sollen! Ich habe mir Sorgen um dich gemacht!«

Skirls Stimme blieb kühl und unpersönlich. »Ich war mit hundert Einzelheiten beschäftigt. Das Haus ist natürlich beschlagnahmt. Die Bankleute haben mich ausgesperrt, darum bin ich im Club.«

»Für wie lange?«

»Eine Woche etwa, nehme ich an. Alle sind nett zu mir, da ich nun offiziell eine heimatlose Waise bin. Ich weiß nicht, wie lange diese Stimmung noch anhält.«

»Was ist mit Geld?«

»Ich habe versucht, etwas aufzutreiben – was mich daran erinnert, warum ich dich anrufe. Der Anwalt meines Vaters ist Flaude Reveless. Er zeigte mir eine Klausel im Veräußerungsvertrag der Gelbvogel-Ranch zwischen meinem Vater und dem Fidol-Konzern. Vater wurde ein kleiner prozentualer Anteil an jeder weiteren Veräußerung eingeräumt, wenn sie binnen der nächsten fünf Jahre nach dem Verkauf stattfänden. Fidol verkaufte an Lumilar Vistas und setzte damit die Klausel in Kraft, was Herr Reveless anzeigte; sonst wäre die Klausel ignoriert worden. Und tatsächlich behauptete Lumilar, die Klausel wäre ungültig, weil mein Vater tot wäre. Ich sagte, ich wäre nicht tot und wolle mein Geld einziehen, bevor die Bank davon erführe. Also gingen Herr Reveless und ich zu den Büros von Lumilar, um die Dinge in Ordnung zu bringen. Während Herr Reveless Gilfong Rute die Sache auseinandersetzte, wanderte ich in den Lumilar-Büros umher und blickte schließlich in das Architekten-Studio. An den Wänden hingen Zeichnungen und Skizzen von Herr Rutes jüngsten Plänen: eine sehr große und sehr luxuriöse Siedlung, die als Levyan Zarda bekannt ist. Es soll einen prächtigen Club mit Einrichtungen jeglicher Art geben und etwa fünfzig private, abgelegene Gutshäuser.

Der Rest der Besitzung wurde als ›Sport im Freien‹, ›Schwimmen‹ und ›Wildnis‹ bezeichnet. Als ich die Pläne studierte, wurde ich einer überraschenden Situation gewahr: Levyan Zarda war in einem Block aus Besitzungen gelegen, die ich als Gelbvogel-Ranch, Merriehew und die Ländereien nördlich von Merriehew bis zum Fluss erkannte.«

»Das sind bemerkenswerte Neuigkeiten«, sagte Jaro. »Das erklärt eine ganze Menge.«

»Ja«, sagte Skirl. »Ich dachte mir, dass du interessiert sein würdest. Auf jeden Fall entdeckte mich der Architekt in seinem Büro und wurde furchtbar ärgerlich. Er sagte, dass die Zeichnungen vertraulich wären und dass Herr Rute, wenn er meine Schnüffelei in seinen persönlichen Angelegenheiten, in die er bereits eine halbe Million Sol gesteckt hätte, entdeckte, entschiedene Schritte unternehmen würde, um sich meiner Diskretion zu versichern. Das hörte sich bedrohlich an. Ich riet ihm, sich nicht zu sorgen, da ich nichts von Interesse gesehen hätte, und ging in die äußeren Büros, um zu warten.

Nach einigen Minuten erschien Herr Reveless. Er erzählte mir, dass Gilfong Rute gemurrt, aber am Ende eine Vollmacht über die fällige Summe ausgestellt hätte. Der nächste Schritt war, das Geld ohne Verzug auf eine andere Bank zu übertragen, sicher vor den Darlehensgebern der Bank meines Vaters, was wir dann auch taten. Als Folge habe ich etwa zwölfhundert Sol aus dem Besitz gezogen. Dann gibt es da noch vierhundert Sol aus einem kleinen Treuhandfonds, den mein Vater vergessen hat zu plündern. Herr Reveless sagt, dass mir dieses Geld ebenfalls zur Verfügung stehe. Die Bank überlässt mir meine Kleidung und einige persönliche Besitztümer. Was nun? Ich weiß es nicht, außer, dass ich meinen Weg als Effektuatorin beginne, ob ich nun eine Lizenz bekomme oder nicht. Was ist mit dir?«

»Ich werde bald wieder meine Arbeit am Raumterminal aufnehmen; tatsächlich sehe ich Gaing Neitzbeck heute abend im Gasthaus Zum Blauen Mond.«

»Ich dachte, die Faths hätten dich in guten Verhältnissen hinterlassen.«

»So ist es. Ich habe ein monatliches Einkommen von fünfhundert Sol aus Investitionen, aber an den Hauptteil kann ich erst heran, wenn ich vierzig bin. Raumreisen kann ich immer noch nicht finanzieren, selbst wenn ich wüsste, wohin ich will. Das könnte deine erste Aufgabe als Effektuatorin sein: Finde heraus, wo die Faths mich gefunden haben.«

»Ich denke darüber nach. Es sollte eigentlich nicht so schwer sein.«

»Das sagst du. Ich habe kreuz und quer gesucht. Wann kann ich dich treffen?«

»Ich weiß nicht. Ruf mich nicht bei den Clam Muffins an; sie verbinden dich nicht weiter.«

»Wie du willst«, sagte Jaro kalt. »Auf jeden Fall danke für die Informationen bezüglich Lumilar und Levyan Zarda.«

»Ja ... ich hoffe, sie sind dir nützlich. Jetzt muss ich gehen.« Die Verbindung wurde unterbrochen. Jaro wandte sich stirnrunzelnd und unzufrieden ab. Der Anruf hatte ihm viel zu denken gegeben. Ansonsten war er nicht befriedigend gewesen. Skirl schien entfernter als je zuvor. Was sollte er nur bezüglich dieses entzückenden, wenn auch eigensinnigen kleinen Geschöpfes unternehmen?

4

Als die Abenddämmerung Einzug hielt, traf Jaro Gaing beim Gasthaus Zum Blauen Mond, einer Mischung aus Salon und Restaurant am Rande der Wälder, halb zwischen Thanet und dem Raumterminal gelegen. Der Blaue Mond war die stilechteste Version eines wahren Raumfahrer-Salons, die in der recht zimperlichen Umgebung von Thanet zu finden war. Unter den Gästen fanden sich tatsächlich echte Raumfahrer vom Terminal, die von der kosmopolitischen Küche und der behaglichen Atmosphäre angezogen wurden. Ebenfalls anwesend waren elegante junge Paare von mittlerem Status, die hofften, Intrigen, Andeutungen exotischer Laster und das ungestüme Aroma des unerlaubten Abenteuers zu entdecken.

Jaro und Gaing fanden einen Tisch im Schatten, wo ihnen Krüge voller Bier und Pfeffersteaks serviert wurden. An diesem Abend war Gaing noch schweigsamer als gewöhnlich, als ob er mit privaten Belangen beschäftigt wäre. Jaro war verwirrt. Gaings Art war meist gleichmütig.

Während sie ihre Mahlzeit verzehrten, erzählte Jaro Gaing von Forby Mildoons Besuch in Merriehew. »Als er sein erstes Angebot unterbreitete, war es beiläufig, und es schien, als kümmere er sich nur wenig darum, ob ich es akzeptiere oder nicht. Nach und nach wurde er nervöser, und letztendlich rief er in purem Jammer aus, dass er das Geld nicht hätte, um den von mir geforderten Preis zu zahlen; dann wollte er eine Option. Ich begann, mich wegen seiner Dringlichkeit zu wundern. Dann dachte ich an Gilfong Rute und wunderte mich nicht mehr. Mir tat sogar Lyssel Bynnoc leid, die mich zum Konservatorium mitnahm, damit ich ihren Onkel Forby Mildoon kennenlerne. Arme Lyssel! Forby Mildoon ist nicht erschienen; es war der Tag, an dem Rute ihn aus Lumilar Vistas und dem Levyan-Zarda-Projekt hinauswarf. An diesem Morgen gedachte er, Gilfong Rute zuvorzukommen, was ihm allerdings misslang.«

»Tragisch«, sagte Gaing. »Sehr betrüblich.«

»Heute nachmittag klärte sich alles auf. Skirl entdeckte, dass Gilfong Rute sein Projekt auf Merriehew ausdehnen muss. Seine Pläne sind äußerst geheim. Mildoon würde nichts lieber wollen, als Gilfong Rute einen hohen Preis aufzuzwingen.«

»Rache ist süß, in der Tat!« sagte Gaing. »Nun musst du lediglich warten, bis Rute mit einem Angebot auftaucht und du deinen Preis festsetzen kannst.«

»Mir ist derselbe Gedanke gekommen.«

Gaing schob die leeren Platten beiseite und bestellte noch mehr Bier. Jaro beobachtete ihn sorgfältig und fragte sich, was an seinem Gemüt nagte.

Gaing kippte den halben Inhalt des Krugs in die Kehle und blickte finster durch den Raum. Jaro wartete schweigend. Gaing schwang herum und fixierte Jaro, der einen Schauer unbehaglicher Schuld spürte. Er forschte in seinem Gedächtnis, konnte sich aber an keinen Fehler erinnern. »Ich habe dir etwas zu sagen und weiß nicht, wo ich anfangen soll«, sagte er.

Jaro war nun mehr denn je beunruhigt. »Ist es meine Arbeit? Habe ich etwas falsch gemacht?«

»Nein, nichts dergleichen.« Gaing trank erneut aus seinem Krug und setzte ihn mit einem Knall auf den Tisch. Er brummte: »Es ist etwas, worüber du nichts weißt.«

»Das ist eine Erleichterung – das nehme ich wenigstens an. Sag mir, was es ist.«

»Nun gut.« Gaing bestellte mehr Bier, welches augenblicklich gebracht wurde. Gaing trank und setzte den Krug ab. »Du erinnerst dich daran, dass Tawn Maihac dich in die Werft brachte.«

»Selbstverständlich erinnere ich mich daran.«

»Er stellte dich Trio Hartung und mir vor. Du wurdest mein Lehrling.«

»Daran erinnere ich mich auch. Wie könnte ich das vergessen?«

»Das Arrangement war nicht zufällig. Maihac und ich sind alte Schiffskameraden. Wir fanden heraus, dass du von den Faths hierhergebracht wurdest. Wir erwarteten, dass der Mann, der deine Mutter umgebracht hat, herkäme, um dich zu töten. Sein Name ist Asrubal. Wir warteten und beobachteten, aber Asrubal kam nicht, und du lebst immer noch. Wir erachteten dies als Erfolg.«

»Ja … das ist nett«, sagte Jaro. »Ich mag es, am Leben zu sein. Warum sollte Asrubal mich töten wollen?«

»Asrubal würde dich nicht auf der Stelle umbringen. Zuerst würde er dich mit größter Sorgfalt befragen. Er will einige Dokumente finden und denkt, du weißt, wo sie versteckt sind.«

»Lächerlich! Ich weiß nichts davon. Ich kann mich an nichts erinnern.«

»Asrubal ist sich dessen wahrscheinlich bewusst. Deshalb hast du ein ruhiges Leben gelebt.«

»Mir erscheint es nicht gerade ruhig. Aber aus welchem Grund solltet ihr – du und Maihac – euch so emsig darum kümmern, mich am Leben zu halten?«

»Das, ist kein Geheimnis! Ich sorge mich, weil ich keinen neuen Lehrling ausbilden will. Maihac sorgt sich, weil er dein Vater ist.«

»Mein *Vater*?« Nach einem Augenblick spürte Jaro, dass er nicht so erstaunt war, wie er es eigentlich hätte sein sollen. »Warum hat er mir das nicht selbst gesagt?«

»Wegen der Faths. Du warst Teil der Familie, und alle waren glücklich; die Wahrheit hätte den Faths nur Kummer bereitet. Nun sind sie tot, und es gibt keinen Grund, warum du die Wahrheit nicht erfahren solltest.«

»Und warum verließ Maihac Gallingale?«

»Aus vielen Gründen. Er soll es dir selbst erzählen; er wird in Kürze zurück sein.«

»Und wenn er zurück in Thanet ist – was passiert dann?«

Gaing zuckte die Achseln. »Ich vermute, er hat Pläne, aber welche, kann ich nicht sagen.« Er erhob sich. »Ich gehe jetzt heim, weil ich mich nicht mehr länger unterhalten möchte.«

5

Am Mittag des nächsten Tages war Jaro mit dem Ausräumen des Hauses fertig. Fadenscheinige alte Vorleger, abgenutztes Mobiliar, eine große Menge angesammelten Gerümpels vom Speicher und aus dem Keller wanderten durch die Tür. Außer Altheas Kandelabern, die er, wie er wusste, niemals würde aufgeben können, blieb am Ende nur wenig von den Faths zurück, um im Haus zu spuken.

Jaro setzte sich und überlegte, was nun zu tun sei. Er wurde durch einen Anruf des Anwalts der Faths, Walter Imbald, unterbrochen. Nachdem er sich höflich nach Jaros Zurechtkommen mit der neuen Lebenslage erkundigt hatte, sagte Imbald: »Ich habe hier einen Brief und ein Paket. Hilyer und Althea Fath wollten, dass ich sie Ihnen unter gewissen Voraussetzungen übergebe. Macht es Ihnen etwas aus, in meinem Büro vorbeizuschauen?«

»Ich werde sofort da sein«, sagte Jaro.

Imbald unterhielt ein bescheidenes Büro auf der halben Höhe des Flammarion-Prospekts. Eine weibliche Angestellte unbestimmbaren Alters und ernster Veranlagung meldete Jaro bei Imbald an und führte ihn in ein weiter innen gelegenes Büro.

Imbal erhob sich höflich, und Jaro sah einen Mann mittleren Alters mit schmächtigem Körperbau, stark ausgeprägten Zügen und scharfen Augen. Strähnen mausbraunen Haars waren streng über den Kopf nach hinten geordnet. Ein Emblem zeigte seine Mitgliedschaft bei dem obskuren und langweiligen Titular-Club an, während ein kleiner, schwarz-grüner Knopf seine Verbundenheit mit den lebhafteren Brummagemmen andeutete. Deshalb war seine Konduite beschränkt, nicht im geringsten modisch, aber gesetzt, solide und folgerichtig: ein oder zwei Leisten unter dem Quadratischen Kreis, viel tiefer als die Lemurianer oder die Val Verden. Imbald begrüßte Jaro ohne Überschwenglichkeit und bot ihm einen Platz an. »Bitte setzen Sie sich.« Er nahm selbst auch wieder Platz. »Tatsächlich habe ich auf Ihren Anruf gewartet.«

»Es tut mir leid«, sagte Jaro. »Ich war damit beschäftigt, mit mir selbst klarzukommen. Alles ist plötzlich auf mich eingestürmt.«

Imbald nickte rasch. »Wie Sie wissen müssten, haben die Faths ohne Einschränkung alles an Sie vermacht. Ihr Vermögen ist konservativ investiert worden und versieht Sie mit einem sehr ansehnlichen Einkommen. Der Hauptteil, möchte ich hinzufügen, steht nicht zur Verfügung und darf nicht angerührt werden, bis Sie vierzig Jahre alt sind. Diese Festsetzung wurde auf mein dringendes Anraten eingefügt. Auf jeden Fall hatten die Faths vor, Sie zu einem sehr vermögenden jungen Mann zu machen.«

Jaro sagte steif: »Ich bin angemessen dankbar, obwohl ich sie viel lieber zurück hätte.«

»Sie waren feine Leute«, sagte Imbald, ohne das Feuer der Überzeugnung. »Was, wenn ich fragen darf, sind Ihre Pläne bezüglich Haus und Grundstück?«

»Ich habe keine Eile, mich zu entscheiden.«

Imbald schürzte verständig die Lippen. »Ganz recht. Wenn sie Fragen haben, zögern Sie nicht, mich anzurufen. Aber nun zu meinem Hauptanliegen. Vor etwa drei Monaten gaben die Faths einen Brief und ein Paket in meinen Gewahrsam. Ich werde Ihnen den Brief jetzt aushändigen.«

Imbald öffnete eine Schublade seines Schreibtisches und brachte einen langen braunen Umschlag zum Vorschein, den er Jaro aushändigte. »Ich kenne den Inhalt des Briefes nicht. Ich nehme an, er betrifft das Paket, welches gleichfalls in meine Obhut gegeben wurde.«

Jaro las den Brief:

Lieber Jaro,
dies ist als Absicherung für den höchst unwahrscheinlichen Umstand geschrieben, dass wir beide gleichzeitig und unerwartet sterben. Wenn Du diesen Brief liest – die Parzen mögen es verhüten! –, bedeutet das, dass dieser unwahrscheinliche und betrübliche Umstand katastrophalerweise

eingetreten ist. Wir reden nun zu Dir vom jenseitigen Tal! Ein seltsamer Gedanke, wo ich doch hier sitze und dies schreibe! Aber, wie Du weißt, versuchen wir logisch und vorausschauend zu handeln. Es ist töricht, alles dem Zufall zu überlassen, wenn dieses Element ausgeschaltet werden kann. Also – wenn Du dies liest, hat das Ereignis, das wir alle beklagen, stattgefunden, und wir sind tot! Auch wirst Du, auf einer weniger einschneidenden Ebene, Deinen Lehrplan am Institut beendet haben. Wir erkennen, dass Du für Impulse empfänglich bist, die Dich hinaus auf die Suche nach Deiner Herkunft treiben können, bevor Du Deinen Abschluss machst. Wir glauben, dass dies unratsam ist, und hoffen, eine vernünftige Abfolge der Dinge zu erreichen, so dass es Dir leichter fällt, diesen Weg zu gehen.

Sei versichert, wir fühlen mit Dir in Deiner Qual und zaudern, die Ursache Deiner Frustration zu sein, aber wir sind davon überzeugt, es ist in Deinem besten Interesse, dass Du eine Ausbildung erhältst, die Dir eine solide und respektabele Position in der Gesellschaft verschafft. Es ist eine ausgezeichnete Ausgangsbasis, einen Abschluss am Institut erlangt zu haben!

So, dies ist das Ende, wir haben die Information, die von Rechts wegen Dir gehört, in einem Treuhandfach hinterlegt, welches Dir am Tag nach Deinem Abschluss mit repräsentativen Ehren am Institut geöffnet wird.

Natürlich hoffen wir, dass Du diesen Brief niemals zu lesen bekommst. Am Tag nach Deiner Immatrikulation wärest Du über die kleine Zeremonie verblüfft gewesen, die wir aus seiner Verbrennung gemacht hätten.

Deine Dich liebenden Pflegeeltern, Hilyer und Althea Fath.

Jaro blickte den Anwalt an. »Ich beabsichtige nicht, am Institut zu bleiben.«

»Dann werden Sie das Paket im Treuhandfach niemals erhalten.«

»Gibt es keinen Weg, diese Vorkehrungen zu umgehen? Weder Hilyer noch Althea Fath haben den Drang, der auf mir lastet, völlig verstanden.«

Der Anwalt musterte Jaro neugierig. »Wenn ich eine persönliche Frage stellen dürfte: Warum nicht den Wünschen Ihrer Pflegeeltem willfahren? Sie scheinen mir vernünftig zu sein, und es gibt schlimmere Schicksale als eine Laufbahn am Institut.«

»Ich habe einen lebenserfahrenen Freund«, sagte Jaro. »Er sagt, das Institut sei wie ein gefälliges Vogelhaus für zahme Vögel. Keiner fliegt sehr weit hinaus. Der größte Vogel sitzt auf der höchsten Stange. Die, die unten sitzen, müssen ein wachsames Auge nach oben haben.«

Walter Imbald erhob sich. »Ich freue mich, Sie kennengelernt zu haben. Falls und wenn Sie Ihren Abschluss am Institut haben, rufen Sie mich bitte wieder an.«

Jaro verabschiedete sich und kehrte nach Merriehew zurück. Der Besuch bei Walter Imbald war entmutigend gewesen. Imbald strahlte, während er sich vollkommen korrekt verhielt, eine Stimmung kalter Missbilligung aus und sogar etwas, das einer Abneigung nahekam, als ob sich Jaro, indem er die Wünsche der Faths missachtete, als undankbar und als Vagabund offenbare.

Jaro saß und brütete vor sich hin, sein Geist beschäftigte sich mit einer Reihe von Gedanken. Mit einem Stich des Bedauerns bemerkte er, dass sich seine Gefühle bezüglich der Faths bereits wandelten und abstrakter wurden. Tatsächlich konnte er sich eines unterschwelligen Grolls wegen ihrer Versuche, ihm einen strukturierten Lebensstil, in dem er sich niemals wohlgefühlt hätte, aufzuzwingen, nicht enthalten.

Vielleicht hatten sie ihn nicht so sehr um seinetwillen geliebt, sondern als ein Exemplar ihrer gesamten philosophischen Ideale. Und wenn Jaro nicht mit den Idealen übereinstimmte, musste er mehr oder weniger subtil bestraft werden. Dennoch würde er seinem Gram nicht erlauben, sein Denken zu verzerren.

Was war mit Merriehew? Gilfong Rute hatte für sein wundervolles Levyan Zarda zuversichtlich die Merriehew-Ländereien eingeplant; diese Tat schien mehr als nur ein wenig arrogant in ihrer Anmaßung. Vielleicht sah Rute im Geschäft mit einem unerfahrenen Studenten keine Schwierigkeiten. Vielleicht waren ein paar tausend Sol mehr oder weniger, die an den Studenten gezahlt würden, ein geringfügiger Posten gegenüber der Gesamtrechnung von Rutes mutmaßlichen Ausgaben. Vielleicht würden Versuche unternommen werden, ihm Furcht einzuflößen oder ihn einzuschüchtern. Auf jeden Fall sprach nichts für eine Renovierung oder auch nur einen Anstrich, bis die Sachlage geklärt war. Was war mit der verwirrendsten Entwicklung von allen, die Tawn Maihac hieß?

Jaro rief Gaing Neitzbeck im Raumterminal an. »Hier ist Jaro.«

»Ja, Jaro?«

»Hast du etwas Neues von Maihac gehört?«

»Nicht mehr, als du bereits weißt.«

Jaro sprach abermals von Gilfong Rute und seinem Interesse an Merriehew. »Rute scheint sich sehr sicher, dass er Merriehew übernehmen kann, wann immer er es als passend erachtet.«

Gaing dachte einen Augenblick lang nach und fragte dann: »Hast du ein Testament?«

»Nein.«

»Ich schlage vor, du setzt ein Testament auf; je früher, desto besser. Wenn du heute nacht sterben würdest, würde Maihac erben, aber Rute wüsste das nicht. Wahrscheinlich denkt er, du würdest kein Testament hinterlassen, und es gäbe keinen nahen Verwandten, woraufhin er Mittel und Wege fände, den Besitz zu erwerben. Also fertige auf der Stelle ein Testament an und lass es jeden wissen, dass ein Testament existiert. Das ist eine preiswerte Versicherung.«

In gepresstem Ton fragte Jaro: »Glaubst du wirklich,

Rute will mich umbringen, um an Merriehew heranzukommen?«

»Solche Dinge geschehen.«

Jaro säumte nicht, Walter Imbald anzurufen.

»Hier ist Walter Imbald.«

»Hier ist Jaro Fath.«

»Ah, Herr Fath. Gibt es ein Problem?«

»Kein Problem, außer dass ich sofort ein Testament aufsetzen möchte, noch an diesem Nachmittag.«

»Das ist möglich. Ist es ein kompliziertes Testament?«

»Nein, ein recht schlichtes.« Jaro beschrieb die Bedingungen des Testaments. »Wenn Sie das Dokument aufsetzen, komme ich in Ihr Büro und unterzeichne es direkt.«

Imbald zeigte keine Überraschung. »Das Testament kann in zwanzig Minuten bereit sein.«

»Ich werde dort sein.«

Jaro machte sich zu Imbalds Büro auf und unterzeichnete das Dokument, welches Imbald für ihn bereithielt. Imbald zeigte schließlich seine Neugierde. »Diese Erben: Tawn Maihac, Gaing Neitzbeck – wer sind sie? Die Identität von Skirl Hutsenreiter kenne ich selbstverständlich.«

»Maihac ist mein Vater; Gaing Neitzbeck ist ein Freund, genau wie Skirl.«

»Und warum die Eile?«

»Gaing Neitzbeck hat es mir angeraten, als er herausfand, dass Gilfong Rute Merriehew für eine große Siedlung erwerben will.«

»Ah, ja! Ich verstehe diesen Gedanken. Dem stimme ich zu. Das Testament ist eine gute Idee.«

6 Jaro fuhr den alten Familienwagen der Faths die Katzvold-Straße zurück und erreichte das Merriehew-Haus gerade, als die Sonne hinter den niedrigen Hügeln im Westen versank. Er betrat das Haus und stand einen Moment in der Diele. Er fühlte sich rastlos und unentschlossen. Zu viele Dinge hatten sich ereignet oder waren im Begriff sich zu ereignen oder könnten sich ereignen; es lag eine Bedrohung in der Luft, und Jaro fühlte sich unwohl. Er entschied, dass er hungrig war, und ging in die Küche. Er schaute in die Speisekammer und fragte sich, was er essen sollte. Suppe wäre angenehm, zusammen mit Brot und Käse und einem Salat. Er holte einen Karton aus der Kammer, hielt dann inne und lauschte. Jaro vernahm das Geräusch leichter Schritte auf der Veranda.

Einen Moment später läutete die Glocke. Jaro ging zur Tür, öffnete sie und fand Lyssel Bynnoc vor, die ihn anlächelte. Jaro starrte sie verdutzt an. Von allen Personen, die er kannte, war sie die letzte, die er erwartet hätte.

Lyssel sprach mit heiterem Schwung: »Darf ich hineinkommen, Herr Waise?«

Jaro zögerte und musterte sie von oben bis unten. Er trat zur Seite, und Lyssel betrat mit einem kecken Seitenblick auf ihn das Haus. Sie legte ein betörendes Verhalten an den Tag, weshalb bei Jaro der Gedanke aufkam, dass sie einen bestimmten Zweck verfolgte.

Jaro schloss nachdenklich die Tür und wandte sich um. Sie trug eine helle Hose, die eng an der Hüfte und locker an den Knöcheln war und eine rosa Bluse. Ihr Haar war zu einem Pferdeschwanz gebunden, der von einem rosa Band zusammengehalten wurde.

Jaro fragte förmlich: »Wie komme ich zu der Ehre dieses Besuchs?«

Lyssel winkte forsch mit ihrer Hand. »Oh … wegen dem und jenem. Auch ein bisschen Neugierde ist im Spiel, wie du jetzt mit deinem Leben ganz allein, ganz privat zurechtkommst.«

Jaro musterte sie, als ob sie ein seltsames Wesen von einer fernen Welt wäre. Lyssel protestierte lachend:

»Jaro! Warum schaust du mich derart an? Bin ich so aufsehenerregend? Oder bin ich zu unscheinbar für deinen Geschmack?«

Jaro schüttelte verwirrt seinen Kopf. »Wirklich, Lyssel! Was erwartest du? Es ist Monate her, seit ich dich das letzte Mal sah. Du hast mir die Aussätzigenbehandlung verabreicht und warst extrem hochmütig. Und nun kommst du frohlockend in mein Haus, munter wie ein Mistkäfer, und ich kann nur raten, was du beabsichtigst.«

Lyssel schnitt eine Grimasse, schürzte die Lippen und verzog die Nase. »Jaro! Ich bin überrascht von dir!«

»Oh? Wie das?«

»Ich habe dich immer für fröhlich gehalten, aber nun blickst du mich finster an und lässt mich in der kalten Diele stehen. Wäre es nicht netter, du würdest mich ins Wohnzimmer geleiten, wo ich ein Feuer im Kamin sehe?«

»Oh, also gut. Komm herein.« Jaro gewährte Lyssel den Vortritt, und sie begab sich sogleich zum Feuer, um sich zu wärmen.

»Es ist ein wenig kahl hier«, sagte Jaro. »Ich habe einen Großteil der alten Einrichtung entfernt. Wenn ich bleibe, werde ich einige neue Stücke aufstellen.«

»Also hast du beschlossen, hier zu leben? Oder wirst du verkaufen?«

»Bis jetzt steht noch nichts fest.«

»Mein Rat wäre zu verkaufen – wahrscheinlich an meinen Onkel Forby Mildoon. Er würde dir weit und breit den besten Preis machen.«

»Er hat bereits ein Angebot gemacht.«

»Und was hast du ihm gesagt?«

»Ich sagte nein.«

Lyssel schaute einen Augenblick ins Feuer, dann wandte sie sich um und blickte ihm ins Gesicht. Sie legte ihre Hand auf seine Schulter. »Ich bin verwirrt, Jaro.«

»Weswegen?«

»Du hast dich verändert! Etwas Herbes, Grimmiges ist über dich gekommen. Was ist nur mit dem Jaro geschehen, der so freundlich und versonnen war und stets den Anschein erweckte, seinen träumerischen romantischen Gedanken nachzuhängen? Ich fand diesen Jaro höchst sympathisch.«

»Und du kommst hierher, um mir das zu sagen?«

»Natürlich nicht!« Lyssel warf den Kopf ungehalten herum, wobei ihre goldenen Locken durch die Luft flogen. »Darf ich eine persönliche Anmerkung machen?«

»Wie du magst.«

»Du bist viel zu ironisch geworden. Warum lachst du?«

»Ich hatte nur gerade einen irrigen Gedanken – nicht komisch, wirklich.«

Lyssel entspannte sich, ihr Argwohn war beschwichtigt. »Wie auch immer. Ich bin froh, dass ich gekommen bin.« Sie blickte durch den Raum. »Armer Jaro! Du musst einsam sein. Früher warst du stets so etwas wie ein Einzelgänger. Sogar ein wenig ungewöhnlich.«

»Vielleicht.«

»Ich denke, du solltest diese öde, alte Fledermausfalle für den Betrag verkaufen, den du kriegen kannst, und dann in ein feines kleines Apartment in der Nähe des Instituts ziehen.«

Jaro schüttelte den Kopf. »Dieser Ort ist gar nicht so schlecht – und er ist kostenlos.«

»Ihm fehlt es an Schwung.«

»Forby Mildoon kümmert das nicht. Er will kaufen, mit oder ohne Schwung. Auf jeden Fall fange ich nicht am Institut an.«

Lyssel trat einen Schritt näher. Sie blickte auf, ihre blauen Augen suchten sein Gesicht, forschten nach Zuversicht und Hoffnung. »Ich dachte einmal, du wärest von mir angezogen, erinnerst du dich?«

»Natürlich erinnere ich mich. Ich bin es immer noch.«

»Du sagtest mir, du wolltest mich nehmen und ins Bett schleppen.«

»Daran erinnere ich mich auch. Zu der Zeit schien es eine gute Idee zu sein.«

Lyssel täuschte Bestürzung vor. »Habe ich mich so sehr zu meinem Nachteil verändert?«

»Nein, aber nun fürchte ich mich vor Dame Vinzie.«

»Pah! Sie ist nur eine komische alte Miezekatze. Gerade jetzt ist sie wahrscheinlich in der Küche und spielt mit dem Koch Fangen.«

Jaro wandte sich um und legte ein weiteres Scheit ins Feuer. Lyssel beobachtete ihn gespannt und ging dann zur Couch, um sich zu setzen. Sie klopfte auf den Platz neben sich. »Setz dich, Jaro. Sei nett zu mir.«

Jaro gehorchte. Lyssel lehnte sich an ihn. »Küss mich, Jaro. Das willst du doch, oder?«

Jaro küsste sie gefällig, und Lyssel drückte sich seufzend näher an ihn. Jaro fiel es schwer, die kaltblütige Losgelöstheit aufrechtzuerhalten, die, wie er beschlossen hatte, sein Verhalten lenken sollte.

Lyssel schaute ihn mit einem schmachtenden blauen Blick an. »Du wirst tun, was ich will, nicht wahr?«

»Ich bin nicht sicher.«

»Jaro! Sei nicht schwierig! Küss mich noch einmal.«

Jaro küsste sie und fragte: »Was willst du, soll ich als nächstes tun?«

Lyssel seufzte. »Ich weiß es nicht. Ich habe das noch nie zuvor gespürt. Du könntest alles mit mir tun, was du willst.«

»Das ist eine gute Idee. Das werde ich tun; tatsächlich werden wir es zusammen tun.« Jaro begann ihre Bluse aufzuknöpfen. Sie blickte hinab und beobachtete ihn. Einen Knopf – zwei Knöpfe – drei Knöpfe! Eine ihrer Brüste erschien in der Öffnung. Jaro beugte sich vor, um sie zu küssen, dann wollte er sich den anderen Knöpfen widmen. Lyssel hielt ihn zurück. »Zuerst, Jaro, möchte ich, dass du zustimmst, mir zu helfen; dann kannst du machen, was du willst.«

»Dir helfen – wie?«

Lyssel blickte ins Feuer. Leise und nachdenklich sagte sie: »Heute ist mir ein wundervoller Plan eingefallen. Ich weiß jetzt, was ich am allerliebsten möchte: mehr als in die Quantorsi aufgenommen zu werden, mehr als ein großes Haus am Lesmond-Hügel. Aber ich brauche deine Hilfe. Es würde auch zu deinem Vorteil sein, da es dir einen sehr ansehnlichen Preis für Merriehew einbrächte.«

»Das hört sich zu gut an, um wahr zu sein.«

»Aber es ist ziemlich wirklich und innerhalb des Möglichen! Alles, was wir brauchen, ist unsere Zusammenarbeit.«

»In welcher Hinsicht?«

Lyssel blickte geheimnisvoll nach rechts und links, als fürchte sie Horcher. »Ich erzähle dir ein großes Geheimnis. Es betrifft Gilfong Rute und eine Gesellschaft namens Lumilar Vistas. Sie planen eine große, sehr üppige, sehr teure Siedlung. Sie wird Levyan Zarda genannt. Rute könnte einen Teil von Merriehew einbeziehen, aber es wäre ein fachmännischer Handel nötig, um einen Höchstpreis von ihm zu bekommen. Für diese Aufgabe ist Forby Mildoon sehr gut gerüstet. Ein Teil des Geschäfts – tatsächlich würde dies Onkel Forbys Auftrag sein – würde Rutes Raumjacht einschließen, die er nie benutzt. Es ist ein herrliches Schiff, eine Fortunatus Glitterway und sie ist fast neu. Falls Onkel Forby fähig ist, sich die *Pharsang* zu sichern, wird er mich auf eine lange Kreuzfahrt mitnehmen: an der Pandora Chromatik und an den Polymarken vorüber und vielleicht sogar nach Xatithenoros hinab. Wäre das nicht wunderbar?«

»Ja, das wäre es. Wie passe ich in den Plan? Bin ich zur Kreuzfahrt eingeladen?«

Lyssel dachte einen Moment lang nach. Diese Vorstellung, so sah es aus, war ihr vorher nicht in den Sinn gekommen. Während er sie beobachtete, erlosch Jaros erotische Glut. Lyssel vollführte eine kleine Gebärde, als wolle sie eine Trivialität abtun. »Ich kann nicht für Onkel Forby sprechen, und natürlich wird es seine Jacht sein. Aber bis dahin ist es noch ein weiter Weg.« Sie schmiegte sich an ihn. »Müssen wir jetzt über solche Dinge reden? Du musst mir lediglich deine Treue versichern.«

»Ja, aber diese Nebenabsprachen sind wichtig. Zum Beispiel – würden deine Mutter und deine Großmutter an der Kreuzfahrt teilnehmen?«

Lyssel runzelte die Stirn. »Also wirklich, Jaro! Du stellst die außergewöhnlichsten Fragen! Sie mögen sehr wohl an der Kreuzfahrt teilnehmen.«

»Würden sie es gutheißen, wenn wir eine gemeinsame Kabine hätten?«

Lyssel blies gequält einen Luftstoß zwischen ihren zusammengepressten Lippen hindurch. »Die Situation wäre höchst unangenehm! Ich wüsste nicht, wie es eingerichtet werden könnte, es sei denn, du würdest dich als Crewmitglied einschiffen. Vielleicht könnten wir uns dann heimlich treffen, obwohl Onkel Forby es nicht gutheißen mag. Wie dem auch sei, du wirst sicher einen großzügigen Preis für Merriehew bekommen – wahrscheinlich mehr, als es wert ist.«

»Lass uns ein anderes Mal darüber reden. Jetzt und hier haben wir bessere Dinge zu tun.« Er öffnete den vierten und den fünften Knopf.

»Nein, Jaro!« rief Lyssel und hielt ihre Bluse zusammen. »Wir müssen uns entschieden haben, bevor wir auch nur einen Zentimeter weitergehen.«

»Ich verstehe deine Pläne nicht; sie sind zu kompliziert. Lass sie uns für den Augenblick beiseite stellen.«

»Der Plan ist einfach.« Aus ihrer Tasche brachte sie ein gefaltetes Papier, eine Münze und einen Stylus zum Vorschein. »Du brauchst überhaupt nicht nachzudenken. Du musst lediglich diesen Sol nehmen und deinen Namen auf das Papier setzen. Alles wird peinlich genau erledigt, und wir können uns entspannen.«

»Und was soll ich unterzeichnen?«

»Nichts von Bedeutung. Nur das, was wir besprochen haben. Es gibt keinen Grund zu zaudern; unterzeichne nur.«

Jaro warf ihr einen fragenden Seitenblick zu und las das Dokument:

Ich, Jaro Fath, übertrage Lyssel Bynnoc oder ihrem Bevollmächtigten als Gegenleistung für einen Sol eine Fünf-Jahres-Option zum Kauf des Besitzes, der als Merriehew bekannt ist, einschließlich Haus und Ländereien, zu einem Preis, der noch zu verhandeln ist, jedoch in keinem Fall weniger als sechzehntausend Sol betragen soll, aber eventuell um die Summe von viertausend Sol erhöht wird, je nach Marktgegebenheiten. Ich füge meine Signatur bei.

Jaro hob die Augenbrauen warf Lyssel einen weiteren Seitenblick zu und legte dann das Papier ins Feuer, wo es aufflackerte und sich kräuselte. Lyssel presste die Hände auf den Mund und schrie bestürzt auf. Jaro sagte: »Das ist aus dem Weg! Lass uns nun mit den Knöpfen weitermachen.«

Lyssel zuckte zurück. »Du machst dir überhaupt nichts aus mir! Du willst nur irgendwelche Sachen mit meinem Körper machen.« Mit zitternden Fingern knöpfte sie ihre Bluse zu.

»Ich dachte, das hättest du im Sinn gehabt, als du hierher kamst«, sagte Jaro mit nicht überzeugender Unschuld.

Tränen kullerten aus Lyssels Augen. »Warum arbeitest du gegen mich und verletzt mich so tief?«

»Es tut mir leid«, sagte Jaro grinsend. »Das war eigentlich nicht das, was ich im Sinn hatte.«

Lyssel sah ihn mit verkniffenem Gesicht und wild

funkelnden Augen an. Bevor sie sich weiter äußern konnte, läutete das Telefon auf der anderen Seite des Raums. Jaro runzelte die Stirn. Wer konnte das sein? Jaro rief: »Sprechen Sie!«

Das Gesicht eines Herrn in mittlerem Alter, offensichtlich von milder und leutseliger Natur, erschien auf dem Bildschirm. »Herrn Jaro Fath, bitte?« Die Stimme hörte sich kultiviert und kräftig an.

»Ich bin Jaro Fath.«

»Herr Fath, ich bin Abel Silking von Lumilar Vistas.«

Jaro hörte, wie Lyssel vor Erregung Luft holte. »Jaro!« rief sie in einem heiseren Halbflüstern. »Sprich nicht mit diesem Mann; es wird uns ruinieren.«

Abel Silking hatte weitergesprochen. »Ich bin zufällig in der Nähe von Merriehew. Ich frage mich, ob ich nicht für ein paar Minuten vorbeikommen könnte, um mit Ihnen eine Angelegenheit gemeinsamen Interesses zu besprechen?«

»Jetzt?«

»Wenn es Ihnen gelegen ist.«

»Nein, nein!« schrie Lyssel mit heiserer, halblauter Stimme. »Lass ihn nicht hierher kommen! Er wird alle unsere Pläne verderben!«

Jaro zögerte, entsann sich Lyssels aufgeknöpfter Bluse und dem nicht abgeschlossenen Geschäft, das sie repräsentierte. Aber viel von seiner Glut war verschwunden. Lyssel begann zu wimmern: »Jaro! Denk nach! Denk doch nur, was es bedeutet! Denk an uns beide!«

»Du stellst zu viele Bedingungen.«

»Keine Bedingungen! Nimm mich! Dann wirst du das Notwendige aus purer Freude tun.«

Jaro zuckte zusammen. Für wie billig sie ihn hielt; wie leicht dachte sie, ihn verführen zu können! Es war demütigend. Der letzte Funke seines Verlangens erlosch.

Silkings Stimme kam vom Bildschirm: »Herr Fath? Sind Sie noch da?«

»Ich bin da«, sagte Jaro. Lyssel spürte seine Absicht. Sie war unterlegen. Ihre Träume waren zerplatzt; ihre wunderbaren Hoffnungen waren in einem einzigen Augenblick zu nicht mehr als schalen Erinnerungen geworden, trocken wie Staub. Jaro hörte sie durch den Raum und die Vordertür hinauslaufen, die Veranda entlang und davon. Er wandte sich wieder dem Telefon zu. »Herr Silking? Sie können kommen, wenn Sie wollen. Ich glaube nicht, dass Sie etwas erreichen werden, da ich nicht bereit bin, irgendwelche Zugeständnisse zu machen – aber ich werde Sie zumindest anhören.«

»Ich werde in Kürze da sein.« Der Bildschirm wurde leer.

Fünf Minuten später läutete die Türglocke. Jaro ließ Abel Silking ein und führte ihn in das Wohnzimmer. Er entschuldigte sich für das spartanische Ambiente seines Haushalts. Silking winkte ab, um sein fehlendes Interesse am Zustand von Jaros Haus anzudeuten. Er trug einen feinen perlgrauen Anzug, passend zu seinem grauen Haar. Seinem Gesicht fehlten bemerkenswerte Charakteristiken; es war glatt, weltmännisch, hatte wächserne Haut, einen schmalen, bleichen Mund unter einem grauen Schnurrbart. Unter dem spöttischen Bogen seiner Augenbrauen lagen seine milden und wachsamen Augen. »Herr Fath, lassen Sie mich Ihnen als erstes die aufrichtige Anteilnahme von mir und Lumilar Vistas aussprechen.«

»Vielen Dank«, sagte Jaro. Obwohl beeindruckend, erschien Silking weniger verschlagen als Forby Mildoon.

»Nichtsdestoweniger geht das Leben weiter, und wir können den Fluss der Ereignisse nicht anhalten, ob zum Guten oder Bösen – man kann ihm nicht entgehen.«

»Dabei müssen Sie für sich selbst sprechen«, sagte Jaro. »Ich habe keine Eile, in diesen Strom oder Fluss –

wie Sie es auch nennen mögen – zu springen. Planschen Sie nur nach Herzenslust herum, aber lassen sie mich aus dem Spiel.«

Abel Silking lächelte ein sprödes Lächeln. Er blickte flüchtig durch den Raum. »Ich schließe, dass Sie entweder eine Renovierung planen oder vermieten oder verkaufen wollen.«

»Meine Pläne stehen noch nicht fest.«

»Verstehe ich es recht, dass Sie mit dem Unterricht am Institut beginnen?«

»Ich glaube nicht.«

»Und was wollen Sie mit Ihrem Besitz anfangen?«

»Ich werde für eine Weile hier leben. Vielleicht vermiete ich das Haus und reise etwas.«

Silking nickte. »Lumilar Vistas könnte daran interessiert sein, ihnen ein sehr faires Angebot zu unterbreiten.«

»Bemühen Sie sich nicht. Mein Preis ist recht hoch. Sie mögen ihn sogar ›unfair‹ nennen.«

»Wie hoch? Wie unfair?«

»Ich weiß nicht. Und wie ich andeutete, bin ich nicht bereit, darüber nachzudenken. So viel sage ich Ihnen: Ich hatte bereits andere Angebote von Personen, die dringend kaufen wollen. Der Besitz ist offensichtlich wertvoll.«

»Ich bin autorisiert, Ihnen das sehr ansehnliche Angebot von dreißigtausend Sol zu machen.«

Jaro sagte nüchtern: »Ich werde das Angebot mit den in meinem Testament genannten Erben besprechen. Sie sind natürlicherweise an jeder Transaktion, die Merriehew einschließt, interessiert.«

Silking hob seine Augenbrauen. »Ich bin überrascht, dass Sie ein Testament haben! Wer, wenn ich fragen darf, sind Ihre Erben?«

Jaro lachte. »Ihre Identität ist im Moment von keinerlei Bedeutung – lediglich die Tatsache ihrer Existenz. Gute Nacht, Herr Silking.«

Abel Silking ging zur Tür, wo er innehielt. »Bitte treten Sie in keine weiteren Verhandlungen ein, ohne uns vorher zu benachrichtigen, da wir uns selbst als Partei mit dem vorrangigen Interesse betrachten.«

Jaro sagte höflich: »Falls und wenn ich entscheide zu verkaufen, werde ich es gewiss zu meinem größten Vorteil tun.«

Abel Silking lächelte matt. »Sie müssen das Gewicht von Lumilar Vistas in Betracht ziehen und die beinahe furchterregende Überzeugungskraft, die wir hervorbringen können. Gute Nacht, Herr Fath.«

»Gute Nacht, Herr Silking.«

Die Tür schloss sich. Jaro hörte die leiser werdenden, gemessenen Schritte auf der Veranda. Durch das Fenster sah er, wie Silking in ein luxuriöses schwarzes Fahrzeug einstieg. Es glitt die Auffahrt hinab, bog auf die Straße ein und verschwand.

Jaro ging auf die Veranda hinaus. Die Gegend war dunkel und ruhig, bis auf das Rascheln des Windes in den Bäumen. Er stand bewegungslos, die Haut auf dem Rücken prickelte, und er lauschte in den Geräuschen des Windes nach dem Murmeln der Geister.

Die Nacht war kalt. Jaro erschauerte und ging hinein ins Haus.

Das Feuer im Kamin war heruntergebrannt. Jaro legte ein paar Scheite nach. Er ging in die Küche, bereitete sich eine Suppe zu, aß diese zusammen mit Brot, Käse und Salat und kehrte zurück, um sich vor dem Feuer niederzulassen. Er dachte an Lyssel, die vor Hass und Gram kochen würde. Welch ein seltsames, quecksilbriges Geschöpf Lyssel doch war! Sie war, auf jede Eventualität außer einer Niederlage vorbereitet, nach Merriehew gekommen. Das Programm war gewiss mit stillschweigender Duldung ihrer Mutter und Forby Mildoons geplant worden. Ihr Vorhaben konnte nicht scheitern. Es war einfach, geradeheraus, zwingend. Lyssel würde den unglücklichen jungen Nimp necken und einlullen, bis er vor Begierde dampfte und eifrig die Option unterschriebe: Vorgang abgeschlossen.

Lyssel war, trotz aller Legenden, die sie über die Jahre hinweg hervorbrachte, sexuell kühl, vielleicht sogar frigide. Sie würde das Projekt mit vielen Vorbehalten angehen.

Als Jaro ins Feuer starrte, schien er die Unterhaltung der drei Verschwörer, wie sie ihre Strategie ersannen, zu hören:

LYSSEL (verdrießlich): Es ist alles so intim und verschwitzt. Ich bin nicht sicher, ob ich dem gewachsen bin, wenn er darauf besteht.

MILDOON: Besorg die Option, mit allen Mitteln!

DAME IDA: Tu, was nötig ist. Ein wenig Unzucht für einen guten Zweck ist durchaus akzeptabel.

LYSSEL (schmollend): Ich würde mich so töricht fühlen! Was ist, wenn er mir dennoch widersteht?

DAME IDA (verächtlich): So etwas wurde schon viele Male vorher gemacht, da kannst du sicher sein.

MILDOON (nachdrücklich): Denk an die *Pharsang*! Zieh die Sache auf die eine oder andere Weise durch.

DAME IDA: Du hast die entsprechende Ausrüstung, nutze sie zum Vorteil. Sie verbessert sich mit dem Alter nicht.

In dieser Art, dachte Jaro, mussten die drei Verschwörer die Ereignisse des Abends geplant haben. Lyssel würde ohne Zweifel ihr Versagen auf das Erscheinen von Abel Silking zurückführen.

Das Vorhaben war schon lange geplant gewesen. Jaro dachte an die Hummelboster Panik zurück, als Lyssel ihn in seiner Tracht der Arkadischen Scharlatane getroffen hatte. Sogar damals hatte sie ihn schon als mögliche Infiltrationsquelle in den Haushalt der Faths erkannt, wo er Hilyer und Althea hätte überreden können, Merriehew an Forby Mildoon zu verkaufen. Das war misslungen, und die Engel der Buße hatten Jaros Knochen gebrochen. Aber Lyssel war beharrlich, bemühte sich noch tapferer und hatte Jaro an diesem Abend erlaubt, fünf Knöpfe aufzuknöpfen und ihre Brüste zu küssen.

Lyssel würde nicht mehr zurückkommen. Das Spiel war vorbei. Nie wieder würde sie Jaro mit ihrer Anschmiegsamkeit verlocken. Wenn man alles in Betracht zog, war es eine interessante Episode gewesen, und Jaro hatte viel erfahren, wenn auch nicht genug. Vor seinem Geist trieb das Gesicht von Skirl Hutsenreiter. Sein Puls schlug schneller. Was wäre, wenn Skirl nach Merriehew gekommen wäre und sich angeboten hätte, falls Jaro ein einfaches kleines Papier unterzeichnete? Was dann? Hätte er es unterzeichnet? Jaro schnitt, von der Vorstellung fasziniert, eine Grimasse.

Er sprang auf und entfachte das Feuer neu. Natürlich nicht; die Vorstellung war absurd. Nicht in einer Million Jahre würde sich Skirl in einer solchen Weise hergeben.

Oder würde sie, wenn die Not groß genug wäre?

Jaro setzte sich und beobachtete das Feuer.

Eine Stunde verging. Er sagte sich, dass es an der Zeit war, ins Bett zu gehen. Ein Geräusch? Er spitzte die Ohren. Schritte auf der Veranda? Wer könnte zu dieser Nachtzeit noch zu Besuch kommen? Gewiss nicht Lyssel! Jaro rannte zur Tür, drehte das Verandalicht an und blickte aus dem Fenster. Es war nicht Lyssel, die demütig und zitternd um Einlass bat.

Jaro öffnete die Tür. Tawn Maihac stand gegen das Verandageländer gelehnt. Für einige Sekunden starrten die beiden einander an, dann fragte Maihac: »Darf ich hineinkommen?«

Kapitel XIII

1 Jaro wusste nicht, was er sagen sollte. Er trat zurück, und Maihac kam ins Haus. Jaro schloss die Tür. Maihac drehte sich um, und erneut musterten sie sich gegenseitig. »Ich nehme an, du bist böse auf mich«, sagte Maihac.

Jaro war sich seiner Gefühle nicht sicher. Er konnte den Kernpunkt von Maihacs Aussage nicht leugnen. Warum hatte Maihac sich nicht offenbart? Warum hatte er Thanet verlassen, ohne auch nur ein Wort des Abschieds? Schließlich sagte er: »Ich gebe zu, dass meine Gefühle verletzt sind, aber ich nehme an, das ist ohne große Bedeutung. Du wusstest, was du tust, und musst deine Gründe dafür gehabt haben.«

Maihac lächelte: ein flüchtiges Lächeln, welches für einen Augenblick sein ganzes Gesicht aufleuchten ließ und eine Bandbreite von Empfindungen offenbarte, die zu schnell vorüberging, als das Jaro sie gänzlich hätte wahrnehmen können. Er schlang die Arme um Jaros Schultern und umarmte ihn. Schließlich trat er zurück und grinste. »Das habe ich mir schon seit langem zu tun gewünscht, es aber nicht gewagt. Du hast recht. Es gab Gründe für das, was ich tat. Ich glaube, du wirst dem zustimmen, wenn du die ganze Geschichte kennst. Nichtsdestoweniger entschuldige ich mich.«

Jaro lachte. »Sag nichts mehr. Wichtig ist, dass du jetzt hier bist. Komm, lass uns hinein ins Warme gehen.«

Jaro führte ihn ins Wohnzimmer. Maihac stellte sich vor das Feuer. Jaro fragte: »Bist du hungrig? Möchtest du irgend etwas?«

Maihac schüttelte seinen Kopf. »Ich bin gerade erst auf Gallingale eingetroffen. Gaing erzählte mir etwas über deine Situation, und ich dachte, ich sollte dich wissen lassen, dass ich zurück bin.«

»Dem stimme ich vollkommen zu! Wo bist du untergebracht?«

»Bisher noch nirgends.«

»Dann bleib doch hier! Das Haus ist leer; ich würde mich über deine Gesellschaft freuen.«

»Ich nehme erfreut an.«

Die zwei zogen sich Stühle ans Feuer. Jaro brachte eine Flasche erlesenen Weins aus dem Estresas-Tal, die Hilyer für einen besonderen Anlass beiseite gelegt hatte, zum Vorschein. Als Jaro die Kelche füllte, sagte er: »Ich hoffe, du wirst die Geheimnisse, die an mir nagen, aufklären.«

»Sicher, sobald ich mich etwas entspannt habe.«

»Kannst du mir vorab wenigstens eine einzige Frage beantworten? Weißt du, wo die Faths mich zuerst gefunden haben?«

»Nein. Die Faths wollten es mir nie sagen, und ich bin genauso begierig darauf, es herauszufinden, wie du – vielleicht sogar noch mehr, da dort Jameil, deine Mutter, umgebracht wurde.«

Für einen Moment flackerte das bekannte alte Bild in Jaros Geist auf: der hagere Mann mit schwarzem Hut und schwarzem Kuttenumhang, dessen Silhouette sich gegen den Abendhimmel abzeichnete. Er sagte: »Die Faths waren bis an die Grenze zur Besessenheit verschlossen. Sie dachten, ich würde mich sofort in den Weltraum aufmachen, wenn ich wüsste, wohin. Sie hatten natürlich recht. Die Aufzeichnungen sind fort – wie weggewischt. Ich habe überall ohne Erfolg gesucht. Ich bin überzeugt, es lag hauptsächlich an Hilyer. In solchen Dingen war er fanatisch.«

»Wir werden noch einmal suchen«, sagte Maihac. »Ich bin ebenso fanatisch, wenn es sich als notwendig erweist. Etwas muss einfach zu Tage kommen.« Er blickte durch den Raum. »Ich sehe, du hast den größten Teil der Einrichtung entfernt, obwohl ich die Kandelaber wiedererkenne.«

»Ich konnte sie nicht fortgeben. Es ist zuviel von Althea in ihnen.«

»Planst du eine Renovierung?«

»Ich bin nicht sicher. Wenn du in der Stimmung bist, wäre ich an deinen Ansichten interessiert.«

»Gib mir noch etwas von Hilyers gutem Wein. Was meine Ansichten angeht, sie mögen schlimmer als das Problem sein. Dennoch werde ich lauschen und dich wissen lassen, was zu Tage kommt.«

»Du meinst jetzt?«

»Warum nicht? Ich sitze bequem.«

Jaro füllte die Kelche erneut und erzählte Maihac von Forby Mildoons Versuchen, Merriehew zu kaufen, von Skirls Entdeckung, dass Levyan Zarda in der Planung 200 Hektar Merriehew-Ländereien einschloss. Er erzählte von Lyssel und ihren verzweifelten Methoden. »Sie war ziemlich unbarmherzig, bis zu einem gewissen Punkt.« Jaro dachte an die Episode zurück. »Arme Lyssel! Sie versuchte es mit einer Verführung, bei der sie sich nicht die Füße nassmachen musste. Es war alles sehr seltsam. Hätte ich unterzeichnet, hätte Forby Mildoon die Option benutzt, um sich die *Pharsang* von Gilfong Rute zu sichern. Als Abel Silking anrief, verschwand Lyssel in Panik.« Jaro erzählte von Silkings Besuch und seinem Auftritt als Vertreter von Lumilar Vistas. »Am Ende drohte er nicht allzu subtil. Es war ein interessanter Abend.«

Maihac stand auf

»Wenn du mich und vielleicht Gaing Neitzbeck aufforderst, dir bei den Geschäften mit Lumilar Vistas behilflich zu sein, denke ich, du könntest den Drohungen des Herrn Silking ohne weiteres begegnen.«

»Du bist aufgefordert.«

»Sehr gut«, sagte Maihac. »Wir werden die Sache untersuchen. Und nun, wo werde ich schlafen?«

2

Während des morgendlichen Frühstücks erzählte Maihac über die Umstände, die ihn nach Gallingale gebracht hatten.

»Mein ursprüngliches Zuhause war ein großes zweistöckiges Haus im feinen Bezirk eines Dorfes namens Cray, im Hinterland der Welt Paghorn im Aries-Sektor. Mein Vater und meine Mutter waren vornehme Leute; tatsächlich waren sie Schulmeister und Schulschwester an der örtlichen Grundschule. Sie stammten von Phasis, ebenfalls im Aries gelegen, wo sie aus Familien der oberen Klasse kamen. Ich habe nie verstanden, was sie nach Cray, an den Rand des Langen Moors, was heißt an die Grenze zum Nichts, verschlagen hat. Ich war das jüngste von fünf Kindern. Die ersten vier waren Mädchen. Unser Haus war, bis auf das Landhaus von Vaswald, dem Salonbesitzer, das schönste im Ort. Meine Mutter hatte beschlossen, uns als Damen und Herren aufzuziehen, wobei sie ein Buch mit dem Titel *Godfroys Führer der feinen Manieren* zu Rate zog. Bei jedem Mahl wurden wir mit dem gesamten Utensiliensortiment konfrontiert. Das örtliche Volk benutzte lediglich Spatel und etwas, das sie ›Nupper‹ nannten und für das Aufbrechen der Schalen gekochter Moorwürmer verwendeten. Wenn ich so zurückdenke – sie waren ein wirklich tölpelhaftes Volk.« Maihac lachte. »Die Dorfleute hatten ein schönes Spiel ersonnen. Während des Tages waren die Mädchen und jungen Frauen sicher, aber in der Nacht zogen die Dorfstutzer Masken auf, schlichen im Ort herum und hielten Ausschau nach den Weibern, die sich ebenfalls hinter Masken verbargen und herauskamen, um Abenteuer zu suchen. Ich muss sagen, dass es nie zu Gewalttaten kam, und wenn ein Mädchen oder eine Frau keine Maske trug, ein Licht mitführte und überzeugend protestierte, geschah ihr gewöhnlich nichts Schlimmeres als ein Schlag auf den Hintern als Abschiedsgruß. Niemand musste viel leiden. Unnötig zu sagen, dass es meinen Schwestern nicht erlaubt war, auf die Straße zu gehen. Als ich sechzehn war, wurde ich nach Phasis gesandt, um einige Verwandte zu besuchen. Mir wurde eine Stelle als Steward an Bord eines Frachtschiffes angeboten, die ich annahm. Ich kehrte nie mehr nach Paghorn zurück. Ich weiß nicht, was aus meiner Familie geworden ist, wofür ich mich schäme. So begann meine Laufbahn.

Einige Jahre später war ich Maat auf einem anderen klapprigen alten Frachter, der *Distilcord,* unter Kapitän Paddo Rark. Auf der Welt Delias Vale löschten wir Fracht, aber der Verschiffungsbeamte hatte nichts für den weiteren Transport. Kapitän Paddo sandte mich und Gaing Neitzbeck, den Ingenieur, ins Hinterland, um etwas Fracht aufzutreiben. Bei unserer Rückkehr fanden wir Kapitän Paddo und den Steward ermordet vor, und eine Bande Räuber plünderte das Schiff. Gaing und ich töteten die Räuber, beerdigten Kapitän Paddo und den Steward; dann luden wir die Fracht ein, die wir zusammengekratzt hatten, und verließen Delias Vale. Gaing und ich waren die einzigen Besatzungsmitglieder. Paddo Rark war alleinstehend gewesen; und nun waren Gaing und ich de facto Eigner der *Distilcord.*

Bei der ersten Gelegenheit versorgten wir uns mit den angemessenen Papieren, ließen die *Distilcord* auf unsere Namen registrieren und begannen damit, Fracht zu transportieren.

Wir kamen gut zurecht und fanden immensen Gefallen daran; es war ein gutes Leben für zwei tatkräftige junge Vagabunden. Dann, eines Tages, gingen wir auf der Welt Nilo-May nieder, einziger Planet der Sonne Gelbe Rose, und landeten auf dem Haupttraumhafen Loorie. Und hier fingen unsere Schwierigkeiten an.«

Das Telefon läutete.

Jaro ging, um den Anruf entgegenzunehmen, und kehrte nach einem Moment zurück. Er sprach verwirrt: »Ich muss sofort jemanden in Thanet treffen. Ich bin innerhalb einer Stunde wieder hier. Kann die Geschichte so lange warten?«

»Kein Problem. Ich werde meine Sachen auspacken.«

3 Jaro fuhr mit dem alten Familienwagen in die Stadt – den Flammarion-Prospekt entlang, am Institut vorbei, in die Vilia-Straße, den Lesmond-Weg hinauf nach Sassoon Ayry. Auf der Straße stand Skirl, neben ihr zwei kleine Gepäckstücke. Sie trug eine dunkelblaue Jacke und einen kurzen dunkelblauen Rock; sie stand aufrecht, das Gesicht straff und ernst. Jaro hielt neben ihr an. Sie sahen sich gegenseitig an, keiner zeigte eine Regung. Jaro sprang heraus und lud Skirls Gepäck in den Familienwagen. »Ist das alles? Du wirst nicht viel Garderobe haben.«

»Das ist alles, was die Wachen mich haben nehmen lassen. Sie sagten, sie hätten strikte Order von der Bank, mich nur die bloßen Notwendigkeiten mitnehmen zu lassen.«

»Seltsam.«

Skirl zuckte gleichgültig die Achseln. »Ich musste einige Dinge, die ich recht gern mochte, zurücklassen, aber es macht keinen großen Unterschied. Die Bankiers sind ärgerlich, weil ich die Schulden meines Vaters nicht bezahle und die fadenscheinige Entschuldigung anführe, ich hätte kein Geld.«

Jaro schüttelte erstaunt den Kopf. Er öffnete die Tür. Skirl stieg in den Wagen, und sie fuhren den Lesmond-Weg hinab.

Skirl sagte: »Ich habe mich entschlossen, aus dem Club auszuziehen, bevor meine Anwesenheit lästig würde. Da du allein in Merriehew lebst, verwahrlost und mutterlos, beschloß ich, mich für den Posten einer Haushälterin zu bewerben.«

»Du bist angestellt«, sagte Jaro. »Du kannst entweder bei mir schlafen oder das Hauptschlafzimmer mit privatem Bad haben, was immer dir gefällt.«

»Das ist ein schlechter Scherz«, sagte Skirl streng. »Ich will so viel Privatsphäre wie möglich.«

»Ganz wie du willst. Deine Aufgaben werden nicht sehr umfangreich sein. Im Moment gibt es noch einen anderen Gast. Wir teilen uns die anfallende Arbeit.«

»Wer ist der Gast?«

»Es ist ein Raumfahrer namens Tawn Maihac.« Jaro hielt inne, dann fügte er hinzu: »Er ist mein Vater.«

Skirl warf ihm einen skeptischen Seitenblick zu. »Ist das eine weitere deiner Verrücktheiten?«

»Natürlich nicht!«

»Das ist eine überraschende Neuigkeit.«

»Absolut. Als ich es herausfand, war auch ich äußerst überrascht.«

»Wie hast du es herausgefunden?«

»Gaing Neitzbeck hat es mir gesagt.«

»Sehr interessant. Wie ist er denn so?«

»Es ist ziemlich schwer, ihn zu beschreiben. Er ist kompetent und vielseitig. Hast du jemals von einem ›Froschhorn‹ gehört? Nein? Macht nichts. Maihac ist ruhig und ganz und gar nicht theatralisch, aber es ist schwer, ihn zu ignorieren.«

»Du scheinst ihn zu bewundern.«

»Sehr sogar.«

»Gehört Herr Maihac zu einem der wichtigen Clubs? Ist er ein Grande?«

»Nicht, dass ich wüsste.«

»Schade.«

»Vermutlich. Es ist zu dumm, dass er nicht wohlhabend ist.«

»Ist er nicht?«

»Nein. Ich bin wahrscheinlich besser gestellt als er.«

»Bist du sicher, dass die Fakten stimmen?«

Jaro überlegte. »Ich glaube nicht, dass ich das Ziel eines Schwindelunternehmens bin. Zumindest hat er bis jetzt noch nicht versucht, Geld von mir zu leihen.«

»Hat er die sechs fehlenden Jahre deines Lebens erklärt?«

»Da sind Lücken in seinem Wissen. Er weiß nicht, wo die Faths mich gefunden haben. Das muss ich selbst herausfinden.«

»Hmm. Und wann wirst du mit der Suche beginnen?«

»Ich habe bereits alle Aufzeichnungen und Journale, die ich finden konnte, durchgesehen. Ich habe nichts herausgefunden. Dennoch, früher oder später muss etwas zu Tage kommen.«

»Und dann – was?«

»Das ist eine Frage des Geldes. Ich habe ein Einkommen, aber es ist nicht genug, um mich nach Außerwelt zu bringen.«

Skirl sagte entschieden: »Als Effektuatorin habe ich vor, viel Geld zu verdienen. Ich könnte Hilfe gebrauchen. Wenn du dich entscheidest, mit mir zusammenzuarbeiten, könnte sich das als ein profitabler Beschluss erweisen.«

»Das ist ein Langzeitprojekt.«

»Vielleicht. Vielleicht nicht.«

»Wir wären Partner; ist das deine Vorstellung?«

Skirl stieß ein kühles Lachen aus. »Entschieden nein. Kommst du unter mein Kommando, wirst du Fälle, die dem Leitenden Direktor, also mir, zu vulgär oder zu schmutzig sind, übernehmen.«

»Das ist geradeheraus, gewiss. Ich werde über das Angebot nachdenken.«

Sie kamen in Merriehew an. Jaro lud Skirls Gepäck ab, und Maihac kam hinaus, um zu helfen. Jaro machte die beiden miteinander bekannt, dann trug er Skirls Gepäck in das für sie bestimmte Zimmer.

Jaro erzählte Skirl: »Maihac ist mitten in einem höchst interessanten Bericht, und ich will den Rest davon hören. Vielleicht hast du Lust, uns Gesellschaft zu leisten.«

»Natürlich«, sagte Skirl. »Zuerst bereite ich etwas Tee, wenn ich darf?«

Die drei saßen im alten Wohnzimmer, Teekanne und Nusskuchen standen auf einem niedrigen Tisch bereit. Jaro erzählte Skirl: »Du hast etwas von Maihacs früherem Leben verpasst. Er ist in der Nähe eines Dorfes namens Cray geboren, neben dem Langen Moor, auf einer Welt im Aries-Sektor. Im Alter von sechzehn Jahren wurde er Raumfahrer. Einige Jahre später kamen er und Gaing Neitzbeck in den Besitz eines Frachtschiffs namens *Distilcord.* Im folgenden brachten sie eine Fracht zur Welt Nilo-May, im Orbit um den Stern Gelbe Rose, am Rande des Reichs. Dort begannen laut Maihac, seine Schwierigkeiten. Habe ich recht?«

»Ganz richtig«, sagte Maihac. »Außer, dass Gelbe Rose nicht nur die Grenze des Reiches markiert, sondern auch den Rand der Galaxis. Jenseits davon liegt der schwarze Weltraum.«

4

Maihac nahm seine Geschichte wieder auf. »Bevor wir auf Nilo-May ankamen, erfreuten Gaing und ich uns eines vergnüglichen Lebens, trieben ohne Fahrplan zwischen den Sternen, wohin die Aussicht auf Fracht uns auch bringen mochte. In jedem Hafen fanden wir seltsame neue Farben, fremde Gerüche, neue Geräuschkombinationen, überraschende Flora und Fauna sowie menschliches Volk mit unbekannten Gewohnheiten. Wir lernten die Techniken des Geschäftemachens von einem Händler, der solch raffinierte

Tricks kannte, dass es eine Freude war, geprellt zu werden. Wir hörten so breite Dialekte, dass wir sie kaum verstehen konnten. Wachsamkeit war stets ein guter Gedanke im Hinblick auf den Profit und das Überleben. Die offenkundigsten Gefahren beschworen wir häufig selbst herauf, bei Glücksspielen, die wir nicht so recht verstanden, oder indem wir zuviel Interesse an der Tochter eines Gasthausbesitzers zeigten.

In Port Hedwig auf der Welt Trasnoy kamen wir mit einer Fracht aus kleinen elektronischen Werkzeugen an, nur um zu erfahren, dass der Empfänger in Konkurs gegangen war. Frachtkosten, Lagergebühren, Hafensteuer, Abgaben, Schmiergelder und Zölle hätten zusammengenommen mehr als den Wert der Güter selbst ausgemacht, so dass ein Entladen nicht in Frage kam und der *Distilcord* lediglich vier Stunden zugestanden wurden, sich von dem Planeten zu entfernen. Wir verließen Trasnoy mit Kurs auf eine Region, die so entlegen war wie nur irgendeine, die wir jemals zuvor besucht hatten.«

Maihac hielt inne, während Skirl seine Teetasse wieder auffüllte. Jaro fragte, ob er nicht eine andere Erfrischung bevorzuge: mehr von dem Estresas-Tal-Wein oder vielleicht eine kleine Kostprobe eines säuerlichen Roggenwhiskeys, den Hilyer oft als ›Nektar der Götter‹ beschrieben hatte?

Maihac meinte, dass der Tag dafür noch zu jung war, und lehnte Wein und Whiskey ebenso ab wie Skirl. Dann fuhr er mit seiner Erzählung fort.

Die *Distilcord* schwang sich um den Stern Gelbe Rose, näherte sich der Welt Nilo-May und landete in Loorie, dem Haupt- und einzigen Raumhafen. Loorie war wenig mehr, als ein im Schatten enorm großer Bäume gelegenes Dorf mit einer langen Hauptstraße, die im heruntergekommenen Raumhafen endete.

Die Landeformalitäten waren nur symbolischer Art,

und danach war es Maihac und Gaing freigestellt, ihre Fracht nach eigenem Gutdünken zu veräußern.

Auf Maihacs entsprechende Frage informierte der Angestellte im Terminalbüro sie, dass es zwei Frachtmaklerhäuser in Loorie gäbe, die Lorquin-Verschiffungsagentur und die Primel-Vereinigung, beide mit Büros an der Hauptstraße. Der Angestellte war im Zweifel über ihre Aussichten. »Lorquin und Primel sind beide, was ich eine ›Zweckfirma‹ nennen würde, jede mit ihrem festen Kundenstamm. Trotzdem – wer weiß? Es schadet nicht zu fragen. Tatsächlich steht dort drüben Aubert Yamb, von Lorquin; er ist gekommen, um die wöchentlichen Ladungsverzeichnisse zu prüfen. Sprechen Sie mit Yamb; er kann Ihnen mehr sagen als ich.«

Maihac und Gaing wandten sich um und beobachteten einen plumpen mondgesichtigen Mann, der etwas über die erste Jugend hinaus war und hellbraunes Haar hatte. Er stand am Schwarzen Brett und machte sich Notizen von den aushängenden Dokumenten.

Die zwei gingen auf ihn zu und stellten sich vor. »Wir haben gehört, Sie sind ein Vertreter der Lorquin-Verschiffungsagentur?«

»Das ist bis zu einem gewissen Grad wahr«, sagte Yamb. »Eigentlich herrscht nur die Chefin im Stall; der Rest von uns beugt sich ihrem Kommando.«

»Dennoch könnten Sie uns einen Rat geben. Unser Schiff ist die *Distilcord;* wir befördern eine Fracht wertvoller Geräte, die wir verkaufen möchten. Die Lorquin-Agentur könnte sich etwas Gutes tun, wenn sie schnell handelt und uns ein faires Angebot unterbreitet. Wir hoffen, langwierigen Verhandlungen entgehen zu können.«

»Hmm.« Yamb schürzte seine rosa Lippen. »Ich fürchte, Sie verstehen die Handelspraktiken, die bei Lorquin-Verschiffung en vogue sind, nicht. Denkbar wäre, dass Dame Waldop Ihre Güter in Kommission nimmt, wenn Sie Lagergebühren bezahlen. Sie mag sogar auf der Stelle kaufen, wenn der Preis annehmbar ist und Sie gleichzeitig das Wort ›fair‹ vergessen.«

»Das ist nicht ermutigend«, sagte Maihac. »Was ist mit der Primel-Vereinigung?«

»Vielleicht wird sie einige Stücke in Kommission nehmen. Primel ist im wesentlichen der Mittelpunkt einer Genossenschaft, die für Viehzüchter und kleinere Interessenten konsolidiert, importiert und exportiert. Durch eine Reihe von Wundern überlebt sie von Jahr zu Jahr und muss somit einem Zweck dienen. Die leitenden Direktoren sind Tante Estebel Pidy und mein Vetter Twillie. Ich kenne ihre Geschäfte gut und kann Ihnen versichern: Selbst wenn sie Ihre Fracht aus purer Narretei kaufen, sind sie nicht so töricht, auch dafür zu bezahlen.«

»Und es gibt keine anderen Frachtmakler in Loorie?«

»Keine. Lorquin kauft von Zeit zu Zeit Zeug wie dieses, dann schafft man es woandershin, um es zu verkaufen. Aber erwarten Sie keinen erfreulichen Preis: Dame Waldops Geiz ist berüchtigt.«

»Wo ist ›woandershin‹?«

Yamb machte eine unbestimmte Geste. »Oh – hier, da; entlegenere Gegenden.«

»Wo wäre das? Wir befinden uns bereits am Ende der Galaxis.«

Yamb verzog das Gesicht. »Ich sollte im Moment nicht mehr sagen, und ich hoffe, Sie werden nicht offenbaren, dass ich auf andere Märkte hingewiesen habe; Dame Waldop ist schnell bei der Hand, wenn es darum geht, ein loses Mundwerk im Zaum zu halten.«

»Sie haben nichts zu befürchten; wir sind diskret.«

Yamb rieb nachdenklich das Kinn. »Grüßen Sie mich bitte nicht einmal in der Öffentlichkeit, da ich auf meinen Ruf achtgeben muss. Abgemacht?«

»Abgemacht. Erzählen Sie uns mehr über Dame Waldop, so dass wir wissen, wie wir am besten mit ihr verfahren.«

»Sie ist eine Wucht von einer Frau; ihre Statur und ihre schiere Präsenz sind beeindruckend; sie stampft mit ihrer bedeutenden Oberweite über jeden hinweg, während ihr Hintern wie ein Stahlponton ist. Sie ist ungemein streng und – ich wage zu sagen – sie hat ein wenig von einem Leuteschinder. Zitieren Sie mich bitte nicht.«

»Also dann, es scheint, als wären wir gezwungen, mit dieser imponierenden Frau zu handeln.«

»Sie haben keine Wahl, außer der Direktor ist persönlich zur Hand. Sein Name ist Asrubal, er ist genauso unflexibel wie Dame Waldop und sogar noch unheilvoller.«

»Wir können nur unser Bestes tun«, sagte Maihac. »Falls wir nicht mit der Primel-Vereinigung handeln.«

»Das wäre sinnlos, da Ihnen nicht erlaubt ist, Handel auf Fader zu treiben.« Yamb hielt kurz inne und spähte schuldbewusst über die Schulter. »Ich gehe viel zu freimütig mit meiner Zunge um. Vergessen Sie alles, was ich Ihnen gesagt habe.«

»Es ist nicht einmal mehr eine Erinnerung.«

Yamb seufzte. »Ich bin erleichtert. Entschuldigen Sie mich jetzt; ich muss gehen.«

Nach dem zuverlässigen *Handbuch der Planeten* ist Nilo-May ursprünglich von dem legendären Wilbur Wailey* lokalisiert worden.

---

* Wilbur Wailey begann, nach einer kurzen Zeit als Lokator, ein Unternehmen zweifelhafter Art. Nach seiner eigenen Einschätzung war seine größte Errungenschaft sein ›Imperium von Ruhm und Ehre‹ – auf einer Welt, die so weit von den galaktischen Strähnen und Sternenströmen entfernt lag, dass sie fünftausend Jahre später immer noch nicht wiederentdeckt worden war. Auf diese Welt, die Wailey Safronilla nannte, brachte er eine Schar ansehnlicher junger Frauen, die er durch verschiedene Taktiken angeworben hatte. Einigen zahlte er

Der Stern Gelbe Rose, zusammen mit Nilo-May, wanderte durch eine leere Kluft am Rand der Galaxis, in einer Region, die beinahe vom Rest des Reiches vergessen war.

Östlich von Loorie erhoben sich die Hoo-Woo-Hügel; im Westen, hinter fünfzehn Kilometern Morast, lag die Bucht von Bismold; im Süden und Norden befanden sich Farmen und andere landwirtschaftliche Unternehmungen. Außer in dem Loorie umgebenden Distrikt und in einigen Hinterlandstationen war die Welt unbewohnt und praktisch eine rohe Wildnis.

Eine äquatoriale Wüste umgürtete den Planeten, mit Kanälen, die zwei seichte Ozeane im Norden und Süden verbanden. Seltsam ölige Flüsse entsprangen in

---

großzügige Boni, andere entführte er aus Klöstern, Akademien, Ferienlagern, Schönheitsfesten, geistigen Vervollkommnungsgruppen und dergleichen. Bei einer Gelegenheit erbeutete er ein vollständiges Mädchen-Musikkorps, zusammen mit ihren Instrumenten – Querflöte, Waldhorn und Trommel. Einige Monate später brachte er sechshundertfünfzehn erstklassige Typ-A-Jungfrauen der Transparenten unter dem Vorwand auf eines seiner Schiffe, sie könnten sich dort seine Sammlung tropischer Fische ansehen. Als sie alle an Bord waren und sich hier und da nach den Fischen umschauten, wurden die Türen geschlossen, und das Schiff flog ab. Auf Safronilla wurden die Transparenten ausgeschifft, aber ihre Entrüstung war vergebens. Wilbur Wailey war emsig: Methodisch, eine nach der anderen, bekamen sie Kinder von ihm – nicht nur einmal, sondern mehrere Male. Fünfzehn Jahre später machte er wieder die Runde; diesmal begattete er ohne Voreingenommenheit oder Favoritentum seine Töchter. Genauso verfuhr er an seinem Lebensabend mit seinen Enkeltöchtern. Wenn sich Anthropologen zum Plaudern oder für einen Abstecher zum Fachsimpeln in den Gesellschaftsräumen ihrer Clubs versammeln, mochte jemand spät abends, nachdem einige Schlucke von Pussers Verordnung oder Altem Wickelfuß konsumiert waren, eine Anspielung auf Wilbur Wailey und sein Leben machen. Nach einigen Augenblicken würde jemand anderes sagen: »Heutzutage werden keine Männer wie Wilbur Wailey mehr hervorgebracht!« Und für eine Weile schweigt die Gruppe, während jeder seinen oder ihren Gedanken nachhängt und sich fragt, wie es wohl jetzt auf dem fernen Safronilla zugeht.

den Wüstenhochlanden und strömten durch Wälder aus Zunderholzbäumen und vielfarbigen, gigantisch wuchernden Dendren. Jenseits breiteten sich Sümpfe aus, unterbrochen von Flößen aus Baumwollquasten und Stengeln von Schwarzruten, die persimonenfarbene Schoten besaßen, auf denen große eidechsenähnliche Wesen tanzten und herumwirbelten und von Schote zu Schote hüpften. Häufig erbauten sie neun Meter hohe, kegelförmige Strukturen aus Fasern und Schleim. Durch kleine runde Fenster stießen die Eidechsen ihre Köpfe, blickten nach rechts und links und zuckten dann zurück in die Dunkelheit. Ein Vorhang aus stetigem Regen, der aus einem hohen Wall schwarzer Wolken fiel, hing entlang des Äquators und wurde fortwährend von Passatwinden aus dem Norden und dem Süden gespeist, die dort schwungvoll zusammenkamen, kollidierten, sich hoch in die obere Atmosphäre erstreckten, um sich zu drehen und in Richtung der Pole zu strömen. Die Sümpfe entlang der Ausläufer der Wüsten und neben den Flüssen kochten vor Leben. Knäuel wimmelnder Würmer, tänzelnde Andromorphen mit schwimmhautbesetzten Füßen, grünen Kiemen und Augen am Ende langer gegliederter Arme, seesternähnliche Pentapoden tappten auf sechs Meter langen Ästen entlang – Geschöpfe, nur aus Rachen und Schwanz bestehend, sich wälzende Knorpelmassen mit rosa gerippten Unterseiten.

In Loorie lebte die Bevölkerung von siebentausend Menschen nach einer besonnenen Philosophie, die der Hast, der Spannung und dem streitbaren Ehrgeiz entsagte. Besucher sprachen oft neidisch von der ›kühlen Gelassenheit‹, die sie in Loorie entdeckt hatten. Andere, mit einem anderen Temperament, benutzten solche Begriffe wie ›apathisch‹ oder ›faul‹, um dasselbe Verhalten zu beschreiben.

Die Gebäude von Loorie als Gruppe betrachtet, riefen einen Effekt hervor, der einzigartig, ja geradezu malerisch war, obwohl kein einzelnes Gebäude, allein gesehen, bemerkenswert schien. Die Bauweise war gleichförmig: Wände aus Puffholzplanken, die aus Dendren geschlagen wurden, verleimt mit dem eigenen Saft, stützten neunseitige Dächer, die abwechselnd von Eisengerät, je nach dem Geschmack des Besitzers, überragt wurden: Windflügel, Geistervertreiber, Trudelräder, Schicksalseisen und dergleichen. Handelsunternehmen säumten die Hauptstraße: die Natural-Bank, das Fragrant-Hotel, Cudders Markt, die Lorquin-Verschiffungsagentur, Tecmart, die Peurifoy-Erfrischungsstube, der Bon-Ton-Salon, ein IFCC-Büro fünften Grades, besetzt mit einem Paar örtlicher Rekruten und, weiter die Straße hinab, die Primel-Vereinigung. Dendren wuchsen in den Hinterhöfen und Zwischenräumen, warfen Schatten und strömten einen trockenen, pfefferartigen Geruch aus.

Maihac und Gaing hielten vor der Peurifoy-Erfrischungsstube an und ließen sich davor, im Schatten von schwarzem und grünem Laubwerk, nieder. Ein kleines Mädchen, welches ein knöchellanges Kleid aus braunem Musselin trug, blickte aus dem dunklen Innern heraus, unterzog die beiden einer lässigen Musterung, marschierte dann hinaus, um nach ihren Bedürfnissen zu fragen, und kehrte alsbald mit Krügen voll Bier zurück.

Die Lokalzeit war, nach dem Stand der Sonne Gelbe Rose zu urteilen, etwa Mittag. Sie schien, ohne zu blenden, und verbreitete ein klares Licht, welches seltsame Auswirkungen auf die Perspektive hatte. In den Straßen war es ruhig. Die Dorfleute verfolgten mit gesetzten Bewegungen ihre Angelegenheiten, Gleiter bewegten sich lautlos über die Wege. Einige Leute gingen mit gebeugtem Kopf, die Arme hinter dem Rücken verschränkt, als ob sie von abstrakten Überlegungen in Anspruch genommen wären; andere hielten inne, um auf Bänken auszuruhen, wo sie ihre Pläne für den Tag überdachten. Sie erwiesen sich weder als gesellig noch als redegewandt. Personen, die auf der Straße aneinander vorbeigingen, tauschten argwöhnische Seitenblicke unter schweren Augenlidern aus. Wenn sich Freunde oder Geschäftspartner trafen und eine Verständigung notwendig wurde, blickten sie erst nach links und rechts über ihre Schultern und sprachen dann mit einem wachsamen Unterton, als würden sie Dinge von geheimer Bedeutung weitergeben. Auf dieser Grundlage erschien Loorie wie ein wahrer Bienenstock von Intrigen. Drei langschnäbelige rosa Vögel mit schwarzen Kämmen entlang des Halses glitten über sie hinweg. Ihre Flügel, schmal und mit einer bemerkenswerten Spannweite, schwangen sie, beinahe wie nebenbei, auf und ab. Beim Dahinfliegen stießen sie misstönende Rufe aus – die lautesten Töne, die in ganz Loorie zu hören waren.

Aus dem Peurifoygarten hinaus konnten Maihac und Gaing über die Straße und durch ein großes Fenster in das Frontbüro der Lorquin-Verschiffungsagentur blicken. In der schattigen Dunkelheit im Innern marschierte eine große Frau mit breiten Schultern und einem außergewöhnlichen Oberkörper hin und her und gestikulierte, als würde sie sich an jemanden richten, der nicht zu sehen war. »Das muss Dame Waldop sein«, sagte Maihac.

»Sie ist kolossal, ohne Zweifel!« sagte Gaing.

»Sie scheint erregt oder gar in einem Zustand der Gewalttätigkeit zu sein«, sagte Maihac. »Vielleicht hat sie Aubert Yamb bei einem Bruch des Gesellschaftsprotokolls erwischt, und er erfährt nun von seinem Fehler.« Maihac leerte sein Bier. »Bist du bereit für einen Besuch?«

Gaing legte den schweren irdenen Krug trocken. »Jetzt ist ein ebenso guter Zeitpunkt wie jeder andere.«

Die zwei überquerten die Straße und betraten das Gebäude der Lorquin-Verschiffungsagentur. Im Zentrum des Raumes hielt Dame Waldop mitten im Schritt inne, schwang herum und sah ihre Besucher mit zurückgeworfenem Kopf und vorgeschobenem, prächtigem Oberkörper an. Aubert Yamb kauerte über einem Schreibtisch im hinteren Teil des Raums und machte Notizen im Hauptbuch. Er blickte verstohlen zu den zwei Raumfahrern und setzte dann seine Arbeit fort. Dame Waldop musterte ihre Besucher mit glitzernden Augen, die an einer langen, dünnen Nase vorbeischauten. Sie fragte: »Also nun, meine Herren? Was wünschen Sie?«

Maihac erläuterte das Geschäft, welches sie zur Lorquin-Agentur geführt hatte. Dame Waldop hörte einen Moment lang zu, dann unterbrach sie ihn mit einer schnellen, hackenden Geste.

»Wir brauchen keine solchen Kinkerlitzchen. Wir von Lorquin sind keine Hökerer; wir sind Händler und Verschiffer von wichtigen Waren.«

Aus dem Schatten kam Yambs Stimme. »Dame Waldop, bitte entsinnen Sie sich! Der Direktor erwähnte unseren Bedarf an verfrachtbaren Ladungen.«

»Da gibt es durchaus genug«, blaffte Dame Waldop. »Ihr Ratschlag gehört nicht zur Sache.« Sie wandte sich wieder Maihac und Gaing zu. »Wo sind Ihre Muster?«

»Wir haben nur dies hier mitgebracht.« Gaing zeigte eine kleine Vorrichtung. »Es ist ein Lochtreiber. Man setzt diese Muffe auf eine harte Oberfläche, Stein, Holz, Metall oder Synthetik, drückt diesen Knopf, und ein Loch der genauen Größe und Tiefe wird in das Material getrieben. Danach tauchen sie, wenn Sie wollen, einen Nagel in Klebstoff, klopfen ihn in das Loch, und der Nagel ist dauerhaft fest; es kann auch ein Bolzen oder Haken sein. Mit einem besonderen Werkzeug kann man eine Türangel dauerhaft in einer Wand verankern. Es ist einfach, narrensicher und wirksam.«

»Welchen Preis erwarten Sie für diese Ladung?«

»Es gibt fünfundvierzighundert Stück. Sie werden zu etwa acht bis zehn Sol pro Stück verkauft. Unser Preis ist fünfzehntausend Sol für den ganzen Posten.«

»Ha, hah! Absurd!« Sie zwinkerte Yamb zu: »Gehen Sie mit diesen Männern zu ihrem Schiff und stellen Sie eine sorgfältige Liste mit allen sachdienlichen Informationen über die angebotenen Güter auf.«

»Um Zeitverschwendung zu vermeiden«, sagte Maihac, »wie würde Ihr Angebot aussehen, vorausgesetzt es ist alles in Ordnung?«

Dame Waldop zuckte die Achseln. »Ich würde vielleicht zwei- oder dreitausend Sol bieten. Hier draußen, am Ende von allem, mit keinem anderen Markt in der Nähe, ist das ein fairer Preis.«

»Da ist immer noch Fader«, brachte Maihac vor.

Dame Waldop zog ihren Kopf noch weiter als vorher zurück. Sie krächzte: »Wer hat Ihnen gegenüber Fader erwähnt?«

»Es gab Gerede im Raumhafen.«

»Solches Gerede ist schierer Blödsinn! Man sollte eigentlich wissen, dass die Lorquin-Agentur als einziger Handelskanal für alle anderen Transport- und Verschiffungsdienste fungiert. Ich schlage vor, Sie vermeiden das Eindringen in bestehende Geschäftszweige.«

»Falls dreitausend Sol Ihr höchstes Angebot bleibt, werden wir nicht mehr von Ihrer Zeit verschwenden.«

Maihac und Gaing verließen die Lorquin-Verschiffungsagentur und setzten ihren Weg die Straße entlang zur Primel-Vereinigung fort. Sie betraten einen langen schmalen Raum, der dunkel und schattig war und süßsauer nach unbekannten Gewürzen, aromatischen Hölzern, Leder und dem moderigen Staub des Alters roch. Links hinter einem Schalter saß eine dralle junge Frau, die trockene Bohnen in passende Schüsseln sortierte. Ihr blondes Haar war zu einem Knoten gebunden; sie hatte ein trauriges Gesicht mit einer klumpigen Nase und einem kleinen rosa Mund.

Nahebei auf dem Schalter stand ein Schild, auf dem zu lesen war:

DAME ESTEBEL PIDY
Direktorin

Die junge Frau war verdrossen und beachtete ihre Besucher nicht, bis Maihac fragte: »Sind Sie die Direktorin?«

Die Frau blickte finster auf und deutete auf das Schild. »Können Sie nicht lesen? Ebbie ist Direktorin. Ich bin Twee Pidy, Leiterin der Forschung und Außerwelt-Tätigkeiten.«

»Entschuldigen Sie«, sagte Maihac. »Wo ist die Direktorin?«

Auf der anderen Seite des Raums, halb im Schatten verborgen, saß eine ältere Frau mit breiten Wangenknochen und halblangem, ergrauendem Haar. Sie erhob sich und trat vor. »Ich bin Estebel Pidy; ich leite das, was der Leitung bedarf, was wenig genug ist.«

Abermals schilderte Maihac ihr Geschäft. Wie schon zuvor, rief er bei seiner Zuhörerschaft keine positive Reaktion hervor. Estebel Pidy fehlte jegliches Interesse an einem ernsthaften Handel. »Wir agieren für die örtlichen Kaufleute, importieren ihren Bedarf, exportieren alles, was aus dem Hinterland kommt. Es ist ein Geschäft kleinen Maßstabes, kaum genug, um uns über Wasser zu halten. Wir können nicht mit Lorquin konkurrieren; die handeln mit Außerwelt.«

»Sie sollten bei diesem Spiel mitmischen.«

»Das ist nicht so einfach«, sagte Estebel Pidy. »Lorquin besitzt zwei Schiffe, die *Liliom* und die *Audrey-Anthey*; sie setzen diese Schiffe im Pendelverkehr nach Fader ein, transportieren Fracht in beiden Richtungen. Wir haben nicht einmal einen wackeligen Flitzer.«

»Ich sagte zu Dame Waldop, wir brächten unsere

Güter nach Fader, und sie wurde unruhig. Was bedeutet das?«

Twee Pidy schaute von ihrer Arbeit auf. »Da müssen Sie noch fragen? Sie wollen keine Störungen in ihrem Handel! Wenn Sie Ihre Geräte nach Fader brächten, könnten Sie sie zu Ihrem Preis verkaufen.«

Dame Estebel sagte sanft: »Die Roum sind ein seltsames Volk, um nach Asrubal von Urd zu urteilen. Sie sind zu stolz, um zu feilschen; sie zahlen den Preis mit hochmütiger Geringschätzung. Das ist alles, was wir aus einer zuverlässigen Quelle wissen.«

Twee sagte gehässig. »Nun wissen Sie, warum Dame Waldop den Fader-Handel schützt. Niemand anderes darf von den Früchten dieses goldenen Baumes kosten: das ist das Lorquinsche Credo.«

»Wie können sie uns von Fader abhalten? Kontrollieren sie den Raumhafen?«

»Es gibt einen einzigen Raumhafen, an einem Ort, der Flad genannt wird. Er ist offen, aber was dann? Dreitausend Kilometer geheimer Wege führen nach Romarth, wo die Güter verkauft werden. In Flad sind Sie allein in einer wilden Einöde, und niemand kauft Ihre Güter. Wenn Sie nur hundert Meter umherwandern, könnten Sie von den Lokloren gefangengenommen werden und zum ›Tanz mit den Mädchen‹, wie sie es nennen, geschleppt werden.«

»Also warum die Fracht nicht unmittelbar nach Romarth bringen?«

»Das ist verboten. Selbst die Lorquin-Agentur muss sich eine besondere Vollmacht verschaffen, sollten sie eine Ladung direkt nach Romarth bringen müssen.«

»Also ist es nicht unmöglich.«

»Nicht, wenn man eine besondere Vollmacht hat, welche selten ausgestellt wird. Die Roum schätzen ihre exklusive Zurückgezogenheit und fürchten, dass Außenseiter die Lokloren mit Waffen beliefern könnten.«

»Wo beantragt man eine Vollmacht?«

»In Romarth, wo sonst? Aber warum sollte man sich so bemühen?«

»Das ist kein Geheimnis«, sagte Maihac. »Es ist der Unterschied zwischen Dame Waldops zwei- oder dreitausend Sol und den fünfzehn- oder zwanzigtausend, die wir von den freigiebigen Roum kassieren könnten. Für uns ist Fader nur ein weiterer Anlaufhafen.«

Estebel wurde ungeduldig. »Unsere Zeit ist wertvoll. Wir können Ihnen nicht mehr sagen.«

Twee Pidy platzte grollend hinaus: »Ganz genau, bei allem, was recht ist! Von Rechts wegen müssten uns diese beiden Beratungsgebühren zahlen!«

Maihac lächelte sein liebenswürdigstes Lächeln. »Dürfen wir eine letzte Frage stellen, die wir nicht wagen, an Dame Waldop zu richten?«

»Oh, also gut«, seufzte Estebel Pidy. »Was ist es diesmal?«

»Nachdem wir Loorie verlassen haben, wo müssen wir suchen, um Fader zu finden?«

Estebel Pidy sagte: »Wenn die Sonne untergegangen ist, gehen Sie hinaus und blicken in den Himmel. Auf einer Seite ist die helle Galaxis; auf der anderen Seite ist die schwarze Leere, in der nur ein Stern zu sehen ist. Dieser Stern ist Nachtlicht, mit seinem Planeten Fader.«

5

Die *Distilcord* ließ Gelbe Rose hinter sich und setzte einen Kurs, der fort vom Schimmer der Galaxis und hinaus in die Leere führte. Weit voraus funkelte Nachtlicht, ein vagabundierender Stern, der sich von der galaktischen Gravitation losgerissen hatte, um ohne Umlaufbahn oder Ziel allein umherzuirren.

Die Zeit verging; Nachtlicht wurde heller, und die *Distilcord* näherte sich der Welt Fader. Maihac, der im *Handbuch der Planeten* nachschaute, fand keinen Eintrag. Andere Auskunftsquellen enthielten auch keine Informationen. Das Makroskop des Schiffes errechnete den Durchmesser als etwas kleiner als Erdstandard mit annähernd gleicher Gravitation. Ein einzelner Kontinent nahm einen großen Teil der südlichen* Hemisphäre ein, mit einem Ozean, der den Rest des Planeten bedeckte. Berge entfalteten sich am südlichen Rand des Kontinents, ein tiefer, dunkler Wald hüllte die zentrale Fläche ein, und eine riesige Steppe dehnte sich nach Norden, Osten und Westen hin aus. Weder die Stadt Romarth noch eine andere Ansiedlung war auszumachen.

Schließlich bemerkte Maihac eine Anhäufung weißer Gebäude im Wald, getarnt von Bäumen, die zwischen den Gebäuden und entlang der Wege standen. Ein Funkfeuer kennzeichnete den Raumhafen Flad, der allein in der Mitte der nördlichen Steppe lag. Das Makroskop zeigte eine Ansammlung einsamer windschiefer Schuppen und Lagerhäuser. Maihac sandte eine Ankunftsmeldung, erhielt aber keine Antwort. Er versuchte es noch einmal, mit dem gleichen Resultat. Ohne weiteren Versuch setzte er die *Distilcord* auf dem Landefeld neben dem Terminalbüro auf. Auf jeder Seite befanden sich Warenhäuser, ein Schlafsaal für Personal, eine behelfsmäßige Werft, verschiedene Schuppen: alles in verschiedenen Stadien des Verfalls. Die Steppe dehnte sich in alle Richtungen aus, nur von einer Straße unterbrochen, die nach Süden verlief.

Das Terminalgebäude briet in der Sonne. Niemand kam heraus, um die *Distilcord* zu inspizieren. Maihac

---

* Wenn ein Beobachter sich vorstellt, er stünde auf dem Äquator eines Planeten, in Richtung der Rotation blickend, ist links von ihm der Norden und rechts der Süden. Die Polarität von Nord- und Südpol, im Sinne von magnetischem Fluss, mag oder mag nicht mit der oben zitierten Regel übereinstimmen, die im wesentlichen festsetzt, dass die Sonne des Planeten im Osten auf- und im Westen untergeht.

und Gaing stiegen aus und bemerkten einen großen Mann mit wirren schwarzen Locken und einem schwarzen Bart, der in der geöffneten Tür der Werft stand und sie gleichgültig beobachtete, als sie das Feld zum Terminalbüro überquerten. Sie drängten sich durch eine Tür und betraten eine schmuddelige Vorhalle. Der einzige Anwesende saß entspannt an einem Schalter, die Hände vor sich gefaltet, offensichtlich in tiefe Träumereien versunken. Er war von mittlerem Alter, dünn, hatte eine Gelehrtenblässe, ein asketisches Gesicht und einen widerwilligen Zug um den Mund. Er trug eine faltige Tunika mit einem blauen Medaillon, welches an seiner Schulter befestigt war. Vielleicht war er etwas seltsam, dachte Maihac, und kümmerte sich deshalb um den Schalter an diesem entfernten und staubigen Außenposten.

Der Terminalleiter, wenn er es war, nahm Maihac und Gaing nun wahr. Sein Gesicht wandelte sich; offensichtlich hatte er mit offenen Augen geschlafen. Sich erhebend blickte er durch das Fenster zur *Distilcord.* Er wandte sich an die Neuankömmlinge. »Das ist weder die *Liliom* noch die *Audry-Anthey*; wer sind Sie?«

»Dies Schiff ist die *Distilcord.*« Maihac händigte Papiere aus, die der Leiter ohne wirkliches Interesse überflog. Er besah sich Maihac und Gaing erneut, noch näher als zuvor. »Dann sind Sie nicht von der Lorquin-Agentur?«

»Nein; wir repräsentieren lediglich uns selbst.«

»Und weshalb kommen Sie nach Fader? Es ist eine weite Reise.«

»Das ist kein Geheimnis. Wir transportieren eine Fracht kleiner Geräte, die wir hoffen in Romarth verkaufen zu können.«

Der Leiter fragte zweifelnd: »Sind das Waffen oder kann man sie als Waffen benutzen?«

»Nein, absolut nicht; sie sind nur im Baugewerbe

nützlich. Wir möchten unsere Fracht in Romarth entladen, was effizient und bequem wäre.«

Der Leiter zeigte ein bitteres Lächeln. »Diese Begriffe haben in Romarth keine Bedeutung. Die Roum arbeiten nicht; daher kümmert sich niemand viel um Bequemlichkeit oder Effizienz.«

Gaing fragte ungeduldig: »Wenn auch nur für unsere Bequemlichkeit, dürfen wir nach Romarth weiterfliegen?«

Der Leiter schüttelte den Kopf. »Nur mit einer besonderen Vollmacht, ohne die Sie sofort unter Arrest gestellt würden und Schiff und Fracht verlören.«

»In diesem Fall stellen Sie doch bitte die angemessene Vollmacht aus.«

Wieder schüttelte der Leiter seinen Kopf. »So einfach ist das nicht. Meine Befugnisse sind gleich null oder sogar noch weniger, da ich hier bin, um zur Strafe nachzudenken – was nun, glücklicherweise, zu Ende ist.«

Maihac fragte: »Wer hat dann die Befugnisse?«

Der Leiter zog an seinem Kinn. »Die einzige Person in der Umgebung mit Befugnis ist Arsloe in der Werft.«

»Der Mann mit dem schwarzen Bart?«

»Ja … ein bärbeißiger Kamerad und ebenfalls Außerweltler wie Sie. Wenn er etwas will, redet er über Radio mit Asrubal; aber selbst dann kann er nichts für Sie tun. Die Vollmacht ist nur in Romarth selbst zu erhalten.«

Gaing fragte barsch: »Wie bekommen wir eine Vollmacht, wenn uns nicht erlaubt ist, dahin zu kommen, wo wir sie bekommen können?«

»Aha!« rief der Leiter. »Sie denken, Sie hätten ein verzwicktes Paradoxon aufgeworfen, aber da liegen Sie falsch. Sie reisen für die Vollmacht nach Romarth und kehren dann wieder zurück.«

»Das ist nur recht und billig«, sagte Gaing. »Wir werden mit unserem Flitzer dorthin fliegen.«

»Nein«, sagte der Leiter. »Nichts auf Fader ist einfach. Eine solche Tat ist ebenfalls illegal.«

»Warum das?«

»Weil der Flitzer in die Hände der Lokloren fallen könnte und zur gefährlichen Waffe würde. Es gibt schon genug Schwierigkeiten; wir geben uns Mühe, dass sie nicht an Waffen und ähnliches Gerät herankommen. Wenn Sie wünschen, nach Romarth zu reisen, müssen Sie den regulären Transport benutzen, wie jeder andere auch. Tatsächlich verlässt ein Zug morgen früh Flad.« Zum ersten Mal zeigte der Leiter eine Spur Lebendigkeit. »Ich werde selbst mit dem Zug fahren; meine Bußfrist ist vorbei, und morgen lasse ich dieses Staubloch und das mürrische Viehstück Arsloe hinter mir zurück – für immer, hoffe ich. Ich muss mir natürlich Mühe geben, um meine vorherigen Fehler zu vermeiden.«

»Was haben Sie denn verbrochen?« fragte Gaing. »Haben Sie …« Er deutete in groben Zügen einen Akt der sexuellen Perversion gegenüber der Tochter eines obersten Richters an.

»Nein, nichts dergleichen. Was ich tat, war schlimmer. Ich habe unpopulären Meinungen Ausdruck verliehen.«

6

Maihac und Gaing kehrten zur *Distilcord* zurück, wo sie ihre Möglichkeiten besprachen. Sie konnten Fader verlassen und versuchen, ihre Fracht anderweitig zu verkaufen, oder sie könnten sich die Mühe machen, in Romarth zu verkaufen. Zum Schluss entschieden sie, dass Maihac mit dem Zug nach Romarth reisen sollte, während Gaing in Flad blieb, um auf die *Distilcord* und ihre Fracht aufzupassen. Es war eine Übereinkunft, die keinem von ihnen behagte, aber der Leiter hatte sie dahingehend informiert, dass unbewachte Schiffe häufig von wandernden Loklorenbanden geplündert wurden.

Die Fahrt nach Romarth erforderte sechs oder sieben Tage: drei Tage über die Tangtsang-Steppe und drei oder vier Tage durch den Blandy-Deep-Wald. Wenn die Vollmacht schnell gewährt würde, wäre Maihac in zwei Wochen zurück. Wenn die Vollmacht verweigert würde, käme Maihac trotzdem so schnell wie möglich wieder. Inzwischen bliebe er mit Gaing über ein tragbares Radio in Verbindung.

Die Sonne ging inmitten pflaumenfarbener und karminroter Streifen von Federwolken unter. Dämmerung kam über die Welt und gab der schwarzen Nacht Raum. Im Osten trieb ein großer trüber Mond in der Farbe silbergoldener Legierung in den Himmel, gefolgt von einem weiteren derselben Farbe und Größe. Weit im Süden erhob ein Nachtgeschöpf ein wildes Wehklagen, das plötzlich abbrach und eine bedrückende Stille hinterließ. Die Monde wanderten über den Himmel nach Westen. Die Stunden vergingen. Im Osten zeigte der Himmel eine safrangelbe Tönung, die sich nach und nach in Rot verwandelte, und alsbald ging die Sonne auf. Der Zug war zusammengesetzt worden: eine massive Traktoreinheit, die auf sechs großen Rädern rollte, ein Passagierwaggon, ein Servicewaggon und drei Güterwaggons. Maihac stieg ein. Eine halbe Stunde nach Sonnenaufgang verließ der Zug Flad und rollte über die Tangtsang-Steppe nach Süden in Richtung Romarth.

Maihac fand sich in Begleitung von vier weiteren Passagieren, einschließlich des ehemaligen Terminalleiters, dessen Name, wie er erfuhr, Bariano vom Hause Ephrim war. Die anderen drei Passagiere waren Roum reiferen Alters, alle aus dem Hause Urd. Ihr Benehmen war bemerkenswert wichtigtuerisch, wenn nicht gar hochmütig. Ihr Umgang mit Bariano war von frostiger Förmlichkeit geprägt. Nach einem Seitenblick auf Maihac und einigen gemurmelten Worten untereinander ignorierten sie seine Anwesenheit. Für ihre Unterhaltungen benutzten sie einen für Maihac unverständlichen Dialekt. Wenn Bariano in ihre Konversation mit einbezogen wurde, sprachen sie Standardgaeanisch mit geschraubtem Akzent. Unmittelbar nach dem Einsteigen requirierten sie einen Tisch im rückwärtigen Teil des Wagens, wo sie Dokumente ausbreiteten und eine ernste Diskussion begannen. Bariano saß an der Seite, blickte hinaus über die Steppe, und Maihac tat es ihm gleich. Es gab nur wenig zu sehen. Die Landschaft war kahl, aufgelockert durch niedrige Hügel in der Ferne und gelegentlich einen einsam wachsenden Baum. Näher am Zug gab es Dickichte aus sprödem Dorngebüsch, Sträucher aus mattgelbem Spindelgras und Flecken von Flechten, die die Form und Farbe von Schorf besaßen.

Nach einer Weile schien sich Bariano zu langweilen, und er ließ sich recht widerwillig auf eine Unterhaltung mit Maihac ein. Er gab zu verstehen, dass er die übrigen drei Passagiere nicht sehr hoch achtete. »Sie sind kaum mehr als kleine Funktionäre, berauscht von ihrer eigenen, geringfügigen Wichtigkeit. Sie kommen in Abständen nach Flad, um die Lorquin-Buchführung für gültig zu erklären. Natürlich finden sie niemals auch nur den geringsten Fehler, geschweige denn eine ernsthafte Überschreitung. Sie sind Urd, aus demselben Haus wie Asrubal.

Haben sie ihre rosa Schulterspangen bemerkt? Das heißt, ihre Clique ist Rosa, während die Clique des Hauses Ephrim Blau ist. Heutzutage sind die Cliquen von geringer Bedeutung; tatsächlich ist es eine aussterbende Tradition. Dennoch, es gibt ihnen keinen Grund, mich zu mögen. Außerdem muss ich zugeben, dass meine Zeit der Buße meinen Raschudo beeinträchtigt hat.«

»›Raschudo‹?«

»Ein örtlicher Begriff. Er bedeutet ›Ruf‹, ›Selbstachtung‹ und noch einiges mehr. Sie werden feststellen, dass die Roum-Psyche höchst komplex ist, jenseits von allem, was sie bisher kannten.«

Während des späten Nachmittags wurde der Zug durch einen Trupp von sechs Lokloren-Nomaden zum Halten gebracht. Bariano berichtete Maihac: »Sie sammeln einen Tribut ein. Tun Sie nichts; sagen Sie nichts. Zeigen Sie keine Neugier. Sie sind nicht reizbar, es sei denn, sie werden provoziert.«

Maihac, der durch das Fenster blickte, sah sechs groteske Geschöpfe, die an die zwei Meter zehn groß waren. Sie waren so massig und ehrfurchtgebietend, dass sie beinahe majestätisch wirkten. Ihre Haut schien eine gelb und rostbraun gesprenkelte, hornige Hülle zu sein. Ihre Stirnpartien neigten sich nach hinten, verengten sich zu Kämmen, die mit kurzen Dornen versehen waren. Die unteren Hälften der Gesichter liefen spitz zu, so dass die Münder unter den Nasenspitzen schmal und in Knorpelpolster gebettet waren. Sie trugen schmierige Lederschurze, schwarze Westen und mit Eisen beschlagene Sandalen.

Der Zugführer zahlte ihnen sechs Kannen Bier, die die Lokloren sich über die Schulter hängten. Dann reihten sie sich entlang des Passagierwagens auf. Für einen Moment starrten sie durch die Fenster auf die Insassen, dann drehten sie sich um und trotteten über die Einöde davon. Die sechs Räder des Traktors drehten sich wieder, und der Zug schlingerte nach Süden. Am folgenden Tag erschien eine weitere Loklorenbande und sammelte einen weiteren Tribut des starken Gebräus ein, welches als ›Nacnoc‹ bekannt war. Bariano und die drei Urd-Offiziellen waren sichtlich angespannt. Bariano murmelte Maihac zu: »Das sind Strenke – die schlimmsten von allen. Wenn sie kommen, um Sie anzusehen, sitzen Sie wie ein Stein – oder sie nehmen Sie mit sich, zum ›Tanz mit den Mädchen‹ beim Schein der zwei fahlen Monde.«

Die Lokloren jedoch schnappten sich nur ihre Kannen, traten zurück und erlaubten dem Zug mit seinen fünf Passagieren, die steif wie die Statuen saßen und den Blick auf den Boden fixiert hielten, seinen Weg fortzusetzen.

Nachdem der Zug einen halben Kilometer gerollt war, entspannten sich die Passagiere. Die Urd-Offiziellen machten ihrer Nervosität durch verärgerte Bemerkungen Luft. Bariano erzählte Maihac mit schwermütigem Lächeln: »Das ist die Wirklichkeit der Tangtsang-Steppe und vielleicht von ganz Fader. Wir kontrollieren nicht mehr länger unsere Heimat, wenn wir es überhaupt je taten.«

»Ich habe einen Vorschlag«, sagte Maihac. »Vielleicht mögen Sie ihn sich anhören.«

Barianos Augenbrauen hoben sich. »Aha! Es scheint, wir haben ein elementares Prinzip übersehen! Glücklicherweise sind Sie da, um die Dinge richtigzustellen!«

Maihac beachtete den Sarkasmus nicht. »Ein Trupp bewaffneter Wächter mit Energiegewehren könnte das Problem lösen.«

Bariano zog nachdenklich an seinem Kinn. »Die Vorstellung hat in ihrer angenehmen Einfachheit etwas für sich. Wir rekrutieren einige Wächter und bewaffnen sie mit importierten Energiegewehren. Sie fahren auf dem Zug mit, schießen auf eine Anzahl Lokloren und verweigern ihnen ihren Nacnoc. So weit, so gut! Aber was ist beim nächsten Mal? Die Lokloren könnten sich auf den Klippen von Beresford versammeln und Felsen die Hänge hinabrollen, die den Zug zerschmettern und Wächter und Passagiere töten. Dann konfiszieren sie die Energie-Gewehre. In Romarth gibt es großen Ärger, und wir senden eine Strafexpedition aus. Die Lokloren nehmen Zuflucht im Wald und verschwinden. Aber sie vergeben und vergessen das nicht! Sie umzingeln Romarth, dringen des Nachts in die Stadt ein und nehmen Rache. Danach fügen wir uns in das Unvermeidliche und zahlen ihnen Tribut. Ihr Vorschlag, trotz des Vorzugs der leichten Durchführbarkeit, ist wertlos.«

»Vielleicht«, sagte Maihac. »Aber ich habe noch einen anderen, den Sie vielleicht hören möchten.«

»Selbstverständlich!«

»Verlegte man den Raumhafen nach Romarth, würde man alle Probleme mit einem Mal vermeiden.«

Bariano nickte. »Dieser Plan ist, wie der erste, von vortrefflicher Einfachheit gekennzeichnet. Allerdings ist er uns bereits eingefallen und längst verworfen worden – aus einem triftigen Grund.«

»Aus welchem Grund?«

»Wir wollen Romarth vom Gaeanischen Reich isolieren. Unsere Ahnen reisten, so weit sie konnten, hinaus aus der Galaxis, durch die Leere zum Stern Nachtlicht. Isolation war damals das Leitprinzip, in der Morgenröte unserer Geschichte, wie auch jetzt, im traurigen Glanz unserer Abenddämmerung.«

Maihac sann eine Weile nach, dann fragte er: »Ist die Stimmung in Romarth im allgemeinen so melancholisch?«

Bariano lachte bitter. »Erscheine ich so düster? Entsinnen Sie sich, ich habe gerade erst eine Frist der büßerischen Meditation in Flad vollendet und wurde mürrisch. Aber ich bin auch nicht der typische Roum-Kavalier*, der unerfreuliche Vorstellungen beiseite stößt, als wären sie Symptome der Lepra. Er baut sich seine Welt und seine Erkenntnisse im Zusammenhang mit seinem Raschudo auf. Er richtet all seine Aufmerksamkeit auf den Augenblick, der selbstverständlich fühlbar ist. Es ist nicht notwendig, in Panik zu verfallen; es liegt keine Bedrohlichkeit in der Luft, und die tragische Grandeur von Romarth erhöht den Geist. Dennoch sind die Fakten trostlos. Die Bevölkerung

---

* *Kavalier:* eine ungenaue Übersetzung, dennoch akkurater in den Untertönen als ›junger Edler‹, ›Ritter‹ oder ›Bursche‹.

nimmt ab; die Hälfte der wundervollen Paläste steht leer, dient als Behausung für schreckliche Geschöpfe, die wir ›Weiße Hausguhle‹ nennen. In zweihundert Jahren – vielleicht mehr, vielleicht weniger – werden all unsere Paläste leer stehen, und die Roum werden vergangen sein, außer einem verspäteten Streuner, der die einsamen Alleen entlangwandert. Das einzige Geräusch wird das Tippeln der Hausguhle sein, wie sie die mondbeschienenen Hallen des alten Romarth durchstreifen.«

»Das ist eine freudlose Aussicht.«

»Wie wahr, aber wir müssen solche Gedanken mit kühler Bravour abtun und uns auf die Kunst des Lebens konzentrieren. Wir sind begierig darauf, den letzten Tropfen Empfindung aus jedem Augenblick des Lebens zu wringen. Denken Sie nicht, wir wären Hedonisten oder Sybariten, auch wenn Mühe und Plackerei in unserem Leben fehlen. Wir widmen uns den Freuden der Anmut, Schönheit und Kreativität, die alle strikt von Konventionen kontrolliert werden, genau wie vieles andere mehr. Meine Sinnesart ist stets ruhelos und zweifelnd gewesen, und diese Charakterzüge haben mir nicht gut gedient. Bei einem Symposium verkündete ich, dass moderne Bemühungen, Schönheit zu schaffen, trivial und repetitiv wären; ich behauptete, alles Bedeutsame wäre bereits Hunderte Male getan worden. Meine Meinungen wurden für verderblich gehalten. Ich wurde nach Flad geschickt, damit ich mein Denken revidieren könne.«

»Und haben Sie die Berichtigung durchgeführt?«

»Natürlich. In Zukunft werde ich meine Meinung für mich behalten. Das Gewebe des Lebens in Romarth ist fein. Selbst meine geringfügigen Störungen zerren am gesellschaftlichen Einklang. Läge der Raumhafen in Romarth, würden wir einem nie enden wollenden Fluss von Neuheiten und Widersprüchen ausgesetzt sein. Es kämen und gingen Kreuzfahrtschiffe, die Hunderte von Touristen brächten, die unsere Promenaden entlangschlendern, unsere Paläste in Hotels umwandeln würden, die in Cafés auf unserem schönen Gamboye-Platz oder dem Lalakillany-Platz säßen. Der Raumhafen bleibt in Flad. Und wir entgehen dem Jammer der gesellschaftlichen Infektion.«

»Sie könnten dabei mehr verlieren als gewinnen«, sagte Maihac. »Das Reich ist mannigfaltig. Haben Sie schon einmal daran gedacht, von Fader wegzugehen und andere Welten zu erkunden?«

Bariano fand die Vorstellung amüsant. »Wir alle müssen von Zeit zu Zeit mit leichtsinnigen Impulsen fertig werden. Wanderlust ist ein grundlegender Drang. Dennoch gibt es praktische Gründe, weshalb wir nur selten reisen. Wir sind ein anspruchsvolles Volk. Angemessene Speisen und Logis gehen über unsere finanziellen Möglichkeiten hinaus. Wir interessieren uns nicht für malerischen Schmutz. Wir können Dreck oder verdorbene Nahrung oder schlechte Unterbringung nicht ausstehen. Wir wollen nicht mit öffentlichen Transportmitteln inmitten einer Menge übelriechender Einwohner fahren. Da geeignete Einrichtungen einen übermäßigen Preis verlangen, bevorzugen wir es, zu Hause zu bleiben.«

»Da muss ich Sie eines Besseren belehren«, sagte Maihac. »Ihre Befürchtungen sind übertrieben. Ich stimme zu, dass man auf Reisen das Schlechte zusammen mit dem Guten nehmen muss. Aber das Gute, oder wenigstens das Annehmbare, ist bei weitem häufiger und nicht schwer zu finden. Man muss nur Ratschläge vor Ort annehmen.«

Bariano sagte düster: »Das mag ja sein, aber diese praktischen Probleme sind einfach zu umfassend, um gelöst zu werden. Wir können nur mit wenig Außerwelteinkommen rechnen, da unsere Exporte kaum unsere Importe decken. Der Überschuss an Gaeanischen Sol ist begrenzt. Selbst wenn wir reisen wollten, fehlten uns die Sol, um über Loorie hinauszukommen.«

Maihac überlegte. »Die Lorquin-Agentur verhandelt über Import und Export?«

»Richtig. Gewöhnlich gibt es einen Profit, der auf unseren persönlichen Konten bei der Natural-Bank in Loorie deponiert wird, wo die Guthaben Zinsen erbringen. Selbst auf diese Weise belaufen sie sich auf nicht sehr viel; gewiss nicht genug, um uns auf eine große Fahrt durch das Gaeanische Reich zu bringen.«

»Trotz alledem, nimmt überhaupt jemand das Risiko auf sich und geht auf Reisen?«

»Selten. Ich kannte zwei Herren, die es vorzogen zu reisen. Sie fuhren nach Loorie und hoben ihr Geld von der Natural-Bank ab. Sie nahmen eine Passage zu unbekannten Welten des Reiches und kehrten nie zurück. Uns erreichte nie eine Nachricht von ihnen. Es war, als ob sie in einem Ozean aus zehn Billionen gesichtsloser Seelen verloren wären. Niemand wünscht sich, ihr Schicksal zu teilen.«

Eine Stunde später bemerkte Maihac eine weitere Gruppe Lokloren, deren Silhouetten sich auf einer runden Anhöhe einer Sanddüne gegen den Himmel abzeichneten. Sie beobachteten unbewegt, wie der Zug vorbeifuhr.

Bariano konnte das Desinteresse nicht erklären und bemerkte nur, dass alle Lokloren unberechenbar seien. »Das waren Golks – wahrscheinlich genauso schlimm und unheimlich wie die Strenke.«

Maihac fragte: »Wie können Sie einen Lokloren von dem anderen unterscheiden?«

»Im Fall der Golks ist es einfach. Die Golkfrauen weben einen Stoff aus Seegras. Wie Sie erkennen können, tragen diese Burschen Röcke statt Lederschurze aus diesem Stoff.«

Maihac sah, dass die massiven Hüften tatsächlich in erdfarbene Wämser gehüllt waren, die die safrangelben und rostbraunen Brustkörbe freiließen. Er beobachtete die Golks, bis sie nicht mehr zu sehen waren, dann wandte er sich wieder Bariano zu. »Sind sie intelligent?«

»In gewisser Weise. Manchmal sehen sie recht gescheit aus, und ich muss sagen, dass sie einen schauderhaften Sinn für Humor haben.«

»Werden sie als menschlich betrachtet?«

»Um diese Frage zu beantworten, bedarf es einer Beschreibung ihres Ursprungs. Es ist eine verwickelte Geschichte, aber ich werde mich kurz fassen.«

»Fahren Sie fort!« sagte Maihac. »Ich habe nichts Besseres zu tun.«

»Also gut. Gehen wir etwa fünftausend Jahre zurück. Unter den ersten Siedlern gab es eine Gruppe idealistischer Biologen, die versuchten, eine Art spezialisierter Arbeiter zu erschaffen. Ihr größter Erfolg waren die Seishaneesen. Ihr furchtbarster Fehlschlag, so stellte sich heraus, waren die Lokloren. Das ist die Geschichte in ihrer kürzesten Form. Kurz, die Lokloren sind weniger eine menschliche Variation als eine menschliche Deviation.«

Bald nach Mittag näherte sich der Zug einem hohen, dunklen Wald, den Bariano als den Blandy-Deep identifizierte, der die Grenze zur Tangtsang-Steppe markierte. Eine Stunde später hielt der Zug neben dem Skein-Fluss in der Nähe eines Kais, an dem eine große Barkasse vor Anker lag. Die Barkasse war aus einem schweren, blanken Holz gebaut; ihr handwerklicher Standard, dachte Maihac, war bemerkenswert. Vom steilen Bug her bauchte sich der Rumpf zu einer beinahe üppigen Mittelsektion aus und verlief mit der Anmut eines sich auflösenden Akkords über die gesamte Länge des Querholzes, die von sechs durch Pfosten abgeteilte Fenster unterbrochen wurde. Die Vorpiek, das Deckhaus und das Heckkastell waren in gleicher Kunstfertigkeit in der Norm barocker Eleganz ausgeführt. An Bug und Heck hielten Pfosten schwere, aus schwarzem Eisen und farbigem Glas gestaltete Laternen.

Die Passagiere gingen an Bord des Schiffes und wurden zu Kabinen im Deckhaus geführt. Die Leinen wurden losgemacht. Die Barkasse trieb flussabwärts davon. Nach einem halben Kilometer änderte der Skein die Richtung, um in den Blandy-Deep zu münden. Von nun an bewegte sich die Barkasse durch den düsteren Schatten des Waldes.

Tage und Nächte vergingen. Der Fluss strömte glatt und ruhig dahin und krümmte sich unter dem Dach des hohen Laubwerks hier- und dorthin. Die Stille war, bis auf das Murmeln des Wassers unter dem Rumpf, vollkommen. In der Nacht warf ein Paar großer Monde ein klares Licht in einer Weise durch das Laubwerk, die Maihac in seiner Wirkung als beinahe traumhaft empfand. Er sagte etwas in dieser Hinsicht zu Bariano, der mit einem herablassenden Achselzucken antwortete. »Ich bin überrascht, Sie so begeistert zu sehen. Es ist letztendlich nur ein Trick der Natur.«

Maihac blickte Bariano spöttisch an. »Ich bin verwirrt, Sie so empfindungslos zu sehen.«

Bariano war nie erfreut, wenn Maihacs Meinung von seinen eigenen abwichen. »Ganz im Gegenteil! Sie sind es, der ästhetische Urteilskraft vermissen lässt! Aber warum bin ich eigentlich überrascht? Von Ihnen als Außerweltler kann nicht erwartet werden, die Feinfühligkeit der Wahrnehmung der Roum zu teilen.«

»Ich bin verwirrt, gewiss«, sagte Maihac. »Die Sprünge und Sätze Ihres Denkens lassen mich weit zurück, wie einen gefleckten Hund, der einen Wagen durch den Staub verfolgt.«

Bariano lächelte ein kühles Lächeln. »Wenn ich Sie korrigieren darf – ich muss ohne Beschönigung sprechen, aber bitte seien Sie nicht gekränkt!«

»Sprechen Sie frei heraus«, sagte Maihac. »Sie könnten mir ja etwas sagen, was ich nicht weiß.«

»Also gut. Es ist einfach nur so, dass Ihre ästhetischen Beurteilungen amorph sind. Es ist naiv, Schönheit dort entdecken zu wollen, wo gar keine beabsichtigt war. Das Thema ist umfassend. Man bemerkt häufig einen angenehmen Aspekt der Natur, durch Zufall oder mathematische Prozesse hervorgerufen. Er mag heiter und zuträglich sein, ist aber das Werk des Zufalls und lässt die menschliche Genialität vermissen. Es gibt keinen Impuls der bestimmenden Kreativität, um ihm wahre Schönheit einzuflößen.«

Maihac war über den kompromisslosen Schwung von Barianos Analyse bestürzt. Er sagte vorsichtig: »Sie machen sehr geringe Unterscheidungen.«

»Selbstverständlich! Das ist die Natur des klaren Denkens.«

Maihac deutete nach vorn, dorthin, wo das Mondlicht, gefiltert durch das Laub, ein Filigranwerk aus silbernem Licht und schwarzen Schatten auf das dunkle Wasser warf. »Finden Sie nicht, dass dies ein hübscher Effekt ist? Verdient er nicht wenigstens Beachtung?«

»Die Szenerie ist nicht ohne Charme, aber Ihre mentalen Prozesse sind unordentlich. Sicherlich bemerken Sie doch, dass es der Szenerie an konzeptioneller Integrität mangelt. Es ist Chaos; es ist Abstraktion; es ist nichts!«

»Dennoch beschwört es eine Stimmung. Ist das nicht die Funktion der Schönheit?«

»Ganz recht«, sagte Bariano mit Gleichmut. »Aber lassen Sie mich eine Parabel zitieren oder, wenn Sie es vorziehen, ein Paradoxon. Nehmen Sie an, Sie liegen im Bett und schlafen. Ihr Traum führt Sie in die Gesellschaft einer reizenden Frau, die beginnt, erregende Andeutungen zu machen. In diesem Augenblick klettert ein großes, schmutziges Haustier auf das Bett und streckt seine haarige Masse neben Ihnen aus, der Schwanz hängt Ihnen in die Stirn. Sie bewegen sich rastlos im Schlaf, und während Sie das tun, pressen Sie Ihr Gesicht gegen seine Geschlechtsteile. In Ihrem Traum küsst die schöne Frau Sie mit warmen, feuchten

Lippen und erzeugt eine lustvolle Empfindung. Sie sind aufgewühlt und verzückt! Dann wachen Sie auf, entdecken die Wirklichkeit Ihrer Berührung und sind ungehalten. Nun denn: Bedenken Sie gewissenhaft! Soll Sie das Entzücken des Traums erfreuen? Oder sollen Sie sich, nachdem Sie das Tier geschlagen haben, im Dunklen freudlos zusammenkauern und über das Geschehen nachdenken? Argumente können für jede Möglichkeit vorgebracht werden. Wenn Sie wollen, wende ich einige dieser Argumente auf unser vorheriges Gespräch an.«

»Nein danke«, sagte Maihac. »Sie haben genug gesagt. Wenn es in Zukunft so scheint, als würde mir im Schlaf etwas Erfreuliches widerfahren, werde ich mich von dessen Wirklichkeit überzeugen.«

»Eine weise Vorsichtsmaßnahme«, murmelte Bariano.

Maihac sagte nichts mehr; er war sich bewusst, dass er lediglich Barianos Theorien bezüglich der Bewohner des Gaeanischen Reiches verstärken würde.

Zur Mitte des dritten Tages tauchten Kais und rustikale Hütten entlang der Flussufer auf; dann gelegentliche Wohnhäuser, die von alten Gärten umgeben waren. Einige der Gebäude waren beinahe palastartig; manche waren alt, manche sehr alt und im Stadium des Verfalls. Von Zeit zu Zeit erblickte Maihac Leute in den Gärten. Sie bewegten sich mit behaglicher Mattigkeit, als ob sie die Stille des Waldes genießen würden.

Bariano kommentierte: »Es ist nicht die Saison der Rastifikation, obwohl viele Häuser das ganze Jahr über bewohnt sind. Wenn Kinder in der Familie vorhanden sind, ist das oft der Fall. Sehen Sie dort: Kinder spielen auf dem Rasen.«

Maihac sah zwei Kinder, die barfuß über das Gras liefen, wobei ihnen die dunklen Haare hinterherwehten. Sie trugen knielange Kittel, einer fahlblau, der andere graugrün. Maihac dachte, dass sie aktiv und glücklich schienen. Bariano sagte: »Hier draußen sind sie sicher, da Hausguhle die einsamen Wälder meiden.«

Maihac bemerkte zwei Gärtner, die mit Heckenscheren arbeiteten, um eine Hecke zurechtzuschneiden. Sie waren schlank, nicht von großem Wuchs, aber gewandt und schnell im Umgang mit den Gartengeräten. Ihre Haut war gelblich-braun; staubfarbenes Haar hing fransig in regelmäßige, eher sanftmütige Gesichter. »Wer mag denn das sein?«

»Es sind Seishaneesen. Sie machen die Arbeiten, die getan werden müssen, wenn die Roum ihre Lebensart aufrechterhalten wollen. Sie sind von uns unabhängig. Sie fällen die Bäume und sägen daraus Bohlen; sie pflanzen das Getreide an und backen das Brot; sie reparieren Rinnen und bessern die Dächer aus. Sie sind sauber, gelehrig und fleißig. Aber sie kämpfen nicht und sind gegen die Lokloren oder das Nachtvolk nutzlos. So müssen die Roum-Kavaliere ihre Schwerter ziehen und die Wilden niederschlagen. Einige sagen, es wäre zu spät. Jedes Jahr besetzen die Hausguhle einen weiteren der alten Paläste.«

»Offensichtlich finden Sie keine wirksame Möglichkeit, mit diesen Dingen fertig zu werden.«

»Richtig«, sagte Bariano. »Sie suchen die Grüfte unter den Palästen heim, und anscheinend haben sie ein Tunnelnetz gegraben. Wir haben sie stets im Hinterkopf, niemand geht des Nachts gerne allein hinaus.«

Am nächsten Morgen erreichte die Barkasse Romarth. Der Skein krümmte sich an häßlichen, schweren Mauern aus braunen Backsteinen vorbei und wandte sich nach Norden, wo der Blandy-Deep sich hinzog, um zuerst zu einer Savanne, dann zur Tangtsang-Steppe zu werden.

Die Barkasse dockte an der Esplanade an, und die Passagiere stiegen aus. Bariano deutete. »Dort drüben ist das Kolloquarium, wo der Rat seinen Sitz hat.« Er zögerte, dann sagte er: »Ich werde Sie dahin führen, wo Sie Ihre Petition stellen müssen. Sie werden recht schnell angehört werden, aber erwarten Sie in Ihrem Fall keine rasche Verfügung, da Sie gegen viele festgelegte Meinungen angehen müssen.«

7

Maihac hielt in seiner Erzählung inne. »Ich möchte euch nicht mit zu vielen Einzelheiten langweilen …«

Skirl sagte rasch: »Sie langweilen mich nicht, nicht im geringsten!«

»Trotzdem, würde ich euch alles erzählen – alles, was ich über Romarth und die Roum erfuhr, ihre Sitten, Raschudo, Philosophie und die gesellschaftlichen Wechselwirkungen, zusammen mit einer Beschreibung der Paläste, der Gewohnheiten beim Speisen und Schlafen, die Höflichkeitsrituale, die kultivierte Wildheit der Kavaliere, der sich mehrende Schrecken der Hausguhle –, es wäre ein großes Unterfangen, und das, noch bevor ich überhaupt mit dem furchtbarsten Abenteuer von allen angefangen habe. Also dann, Jaro: Du kannst mir noch den ein oder anderen Schluck von Hilyers gutem Wein einschenken, während ich mich für einen Moment zurücklehne.«

Jaro schenkte drei Kelche mit dem goldenen Estresas-Wein ein. Maihac lehnte sich im Stuhl zurück und sortierte seine Gedanken. Schließlich sagte er: »Ich versuche, euch wenigstens einen flüchtigen Eindruck von Romarth zu vermitteln, der vielleicht schönsten Stadt, die jemals von der Gaeanischen Rasse erdacht wurde. Als ich sie sah, waren viele ihrer großen Häuser bereits verlassen und ihre wundervollen Gärten dem Verfall überlassen worden. Dekadenz lag in der Luft, wie der Geruch einer faulenden Frucht. Nichtsdestoweniger beharrten die Roum auf ihren Ritualen und erledigten ihre komplizierten Zeremonien. Einige Male am Tag wechselten sie ihre Kleidung, passend zur Stunde.

Es ist wichtig, die Natur der ursprünglichen Siedler zu verstehen. Sie waren eine intellektuelle Elite, die ein Kontingent Genbiologen umfasste. Gaeanische Rechtssprechung hinderte sie daran, etwas zu verfolgen, was sie als ihr ›ultimatives Projekt‹ betrachteten; auf Fader wurden ihnen keine solchen Restriktionen auferlegt.

Zu Beginn machten die Siedler Gebrauch von Sklavenarbeit, aber dabei gab es viele Nachteile. Die Sklaven wurden krank oder alt; auf jeden Fall starben sie, und es war kostspielig, sie zu ersetzen. Sie waren oft ungebärdig, verdrossen oder faul; Disziplin war lästig und in gleichem Maße fruchtlos. Am Ende wählten die Biologen einige Hauptsklaven aus und benutzten ihre Gene, um etwas zu schaffen, das, wie sie hofften, eine Klasse idealer Arbeiter würde. Sie produzierten eine Art experimenteller Prototypen nach der anderen. Häufig brachten ihre Bemühungen unvorhergesehene Früchte hervor: Geschöpfe mit drei Meter langen Beinen oder Wesen, die so korpulent waren, dass es ihnen nur wohl erging, wenn sie in warmen Wasser treiben konnten. Eine weitere Art entwickelte antigesellschaftliche Züge von heftiger Bösartigkeit; sie glorifizierten Schmerz und Unversöhnlichkeit. Schreiend, kratzend, rasend brachen sie durch die Mauern und flohen über die Tangtsang, wo die Stärksten und Unbarmherzigsten überlebten, um zu Lokloren zu werden.

Schließlich wurden die Seishaneesen synthetisiert: eine schlanke, höfliche Rasse von Halbmenschen mit erdfarbener Haut und sanften braunen Augen. Sie sind von begrenzter Intelligenz, aber gelehrig, fleißig und von ruhigem Temperament. Eine unbedeutende Verschiebung einiger Moleküle bedingte ihre Epigenetik. Sie sind nur nominell Mann und Frau und besitzen lediglich rudimentäre Geschlechtsorgane. Daher werden die Seishaneesen aus Zygoten gezeugt, die in dem hässlichen braunen Backsteingebäude, bekannt als ›Schmelze‹ kultiviert werden. Die dritte Rasse Romarths ist so etwas wie ein Geheimnis. Es wird gesagt, dass die ersten Genetiker sich in der Absicht selbst modifizierten, eine Rasse intellektueller Übermenschen hervorzubringen, aber der Prozess schlug fehl. Einige dieser fehlerhaften ›Übermenschen‹ fraßen sich durch ihre Boxen und entflohen, um sich in den Grüften der verlassenen Paläste zu verstecken. Die weißen ›Hausguhle‹, wie sie später genannt wurden, machen im Schutz der Dunkelheit ihre Ausflüge nach draußen. Zuweilen dringen sie in die Grüfte von bewohnten Häusern ein und wagen sich hinterlistig vor, um schreckliche Greueltaten zu begehen. Jenen, die sie gesehen haben und überlebten, schwillt die Zunge an, wenn sie versuchen, sie zu beschreiben. Gelegentlich starten die Roum-Kavaliere Attacken in der Absicht, die Geschöpfe ein für allemal unschädlich zu machen, nur um zu erkennen, dass sie gegen Schatten kämpfen und in Fallen stolpern. Schließlich verlieren sie ihren Mut, und die Situation ist wie zuvor oder schlechter, wenn die Hausguhle Rache nehmen.

Die Roum sind ein elegantes Volk. Jeder einzelne von ihnen hält sich für die Summe aller bekannten Vorzüge. Jeder spricht drei Sprachen: klassisches Roum, die gegenwärtige Roum-Umgangssprache und Gaeanisch. Jeder Roum wird in eines von zweiundvierzig Häusern, oder einen von zweiundvierzig Stämmen, geboren, alle mit einzigartigem Verhaltensstil. Die Politik wird von einem Rat aus Granden kontrolliert, die im Kolloquarium sitzen.«

Wieder hielt Maihac inne. »Das ist recht langweiliges Zeug … aber der Hintergrund ist notwendig, um zu verstehen, was geschah.«

Beide, Jaro und Skirl, bestritten, Langeweile zu verspüren. Maihac fuhr mit seiner Geschichte fort. Er nahm sich ein paar Minuten, um die Stadt als solche zu beschreiben; ihre Straßen, ihre großen Häuser, die allgemeine Atmosphäre unermesslichen Altertums. Er schilderte die Roum, ihre elegante Kleidung und die romantischen, häufig leidenschaftlichen Persönlichkeiten, besonders unter den prahlerischen jungen Burschen.

Maihac machte sich sogleich zum Kolloquarium auf, wo er –Barianos Rat folgend – den Ratsherrn Tronsic vom Hause Stam aufsuchte, dem er seine Petition vorlegte. Tronsic, ein stämmiger, grauhaariger Mann mittleren Alters, erwies sich als herzlicher, als Maihac zu hoffen gewagt hatte. Er ging so weit, Maihac Unterkunft in seinem Haus anzubieten, was Maihac erfreut akzeptierte.

In einem angemessenen Moment legte Tronsic dem Rat Maihacs Petition vor. Sie nahmen das Dokument zur Erwägung an, was – so versicherte Tronsic Maihac – Grund zu vorsichtigem Optimismus war.

Während Maihac wartete, blieb er mittels seines transportabelen Radios mit Gaing in Verbindung. Er erklärte Gaing, dass Geduld vonnöten wäre, und er hoffe, er langweile sich nicht. Gaing knurrte nur und sagte, er würde weiterlesen.

Maihac war ein Objekt großer Neugierde. Tronsic erzählte ihm, jeder sinne über das Leben anderswo im Gaeanischen Reich nach, trotz des Glaubens, die Bedingungen seien roh, unhygienisch und gefährlich. Maihac entgegnete, dass sich die Umstände von Ort zu Ort unterschieden und dass, wenn die Roum sich entschlossen zu reisen, sie sich darauf einstellen mussten, das Schlechte mit dem Guten zu nehmen.

»›Gutes‹?« verlangte ein modischer junger Kavalier namens Serjei vom Hause Ramy zu wissen. »Was kann schon inmitten dieser rohen Welten gefunden werden, das sich mit Romarth messen könnte?«

»Nichts. Romarth ist einzigartig. Bei allem, was

recht ist, dann bleiben Sie daheim, wenn Sie das vorziehen.«

Ein anderer sagte: »Alles schön und gut; dennoch ist die Faszination an exotischen Orten unleugbar. Unglücklicherweise ist das Reisen in erträglichem Stil übermäßig teuer. Letzten Endes haben wir keine Lust dazu, die Straße entlangzutrampeln wie Gassenjungen.«

Serjei sagte: »Richtig! Wir dürfen uns auf das Risiko, unser Kapital in einem fremden Ort durchzubringen, nicht einlassen! Sonst wären wir gezwungen, um das pure Überleben schwer zu arbeiten.«

Sein Gefährte sagte: »Unser Raschudo würde in lächerlicher Weise kompromittiert werden. Wir könnten uns niemals mehr in Positur werfen!«

Maihac gab zu, dass diese Befürchtungen gerechtfertigt waren. »Wenn jemand luxuriöse Unterkunft und exquisite Speisen wünscht, muss er fähig sein zu zahlen, da niemand solche Einrichtungen kostenlos anbietet.«

Bestimmte Roum waren verwegener als andere. Unter ihnen befand sich Jamiel vom Hause Ramy, eine schlanke, aufrechte junge Frau von außergewöhnlichem Charme und überdurchschnittlicher Intelligenz. Die vielschichtige Beschaffenheit ihrer Persönlichkeit faszinierte Maihac: besonders ihre unkonventionelle Denkart, ihr unbekümmerter Sinn für Humor, der unter den Roum ungewöhnlich war, und ihre Unduldsamkeit gegenüber den Einschränkungen des Raschudos*. Maihac konnte es nicht verhindern, sich in Jamiel zu verlieben. Er dachte, ein erwiderndes Gefühl zu spüren, und alsbald nahm er seinen Mut zusammen und schlug eine Hochzeit vor. Sie stimmte mit dankbarem Enthusiasmus zu. Die zwei wurden unverzüglich nach den traditionellen Riten des Hauses Ramy vereint.

---

* *Raschudo:* Ein strenges und genaues System des Verhaltens. (Siehe unten)

Als Entgegnung auf Maihacs Frage, erklärte Jamiel ihm die Komplexität des Roum-Finanzsystems. Jedes Haus benutzte ein Konto bei der Natural-Bank von Loorie. Die Profite, die durch die Lorquin-Verschiffungsagentur verdient wurden, wurden unter den zweiundvierzig Häusern aufgeteilt und auf den entsprechenden Konten deponiert.

Maihac hielt das System für recht schludrig und extrem anfällig für Unkorrektheit, wenn nicht gar Korruption. Er fragte: »Wer berechnet diese Anteile am Profit?«

»Asrubal von Urd«, sagte Jamiel. »Er ist der Direktor der Lorquin-Agentur. Er gibt einen jährlichen Bericht heraus, der von drei Offiziellen geprüft wird, und erst dann werden die Gelder ausgezahlt.«

»Und das ist die einzige Rückversicherung, dass die Gelder gerecht verteilt wurden?«

Jamiel zuckte die Achseln. »Wer beschwert sich? Der Raschudo beharrt auf Missachtung solcher Einzelheiten; sie sind zu armselig, um die Aufmerksamkeit eines Roum-Herren zu erregen.«

»Ich kann dir so viel sagen«, sagte Maihac. »Die Preise, die ihr der Lorquin-Agentur für Importgüter zahlt, sind zwei- bis dreimal so hoch, wie die Preise in Loorie oder sonstwo im Reich.«

Jamiel sagte, dass sie schon seit langem eine solche Vermutung hege, wie viele ihrer Bekannten auch. Sie fügte als beiläufige Kleinigkeit zwischendurch die Information hinzu, dass sie schwanger sei.

Die Zeit verging. Maihac begann zu argwöhnen, dass seine Petition permanent aufgeschoben worden war. Jamiel versicherte ihm das Gegenteil. »Wenn man mit dem Kolloquarium zu tun hat, muss man Verzug in Kauf nehmen – besonders wenn die Cliquen mit einbezogen werden, wie in diesem Fall. Das Haus Urd ist ein Mitglied der Pflaumenrosa-Clique und will jegliche Verletzung des Monopols der Lorquin-Agentur entmutigen. Die Blauen würden eine Änderung des Systems vorziehen – vielleicht sogar eine vollständige Umorganisation.«

Maihac wusste nur wenig anderes von den Cliquen, als dass ihre Unterschiede von uralten Ideologien herrührten, die so subtil waren, dass er sie nicht erfassen konnte. Ihm war klar, dass die Kämpfe der Cliquen untereinander entschieden sein mussten, bevor er einen Richtspruch über seine Petition erwarten konnte.

Maihac kommunizierte weiter regelmäßig mit Gaing, der immer mehr über den Verzug murrte. Dann, eines Tages, kam von Gaing die Nachricht des Desasters. Lokloren waren auf die für sicher gehaltene Landefläche gestürmt und hatten die *Distilcord* attackiert. Die Fracht war geplündert und das Schiff selbst durch drei große Explosionen zerstört worden.

Maihac erhielt die Nachricht, während er im Vorzimmer zum Kolloquiarium wartete. Gaing enthüllte, dass er unmittelbar vor dem Angriff Asrubal vom Hause Urd in Flad gesehen und dieser mit den Lokloren konferiert hatte. Asrubal war mit dem Agentur-Flitzer direkt vor Beginn der Attacke in Richtung Romarth abgereist und sicherlich dafür verantwortlich. Gaing hatte den Leiter des Flad-Terminals, einen Faurez vom Hause Urd, in Gewahrsam genommen. Er hatte etwas Druck auf Faurez ausgeübt, der ihm schließlich erzählte, was er wissen wollte. Zunächst hatte man beabsichtigt, Gaing zu töten, um eine solche Situation, wie sie nun entstanden war, zu vermeiden. Maihac lauschte und drang dann in den Raum ein, wo der Ausschuss der Ratsherren tagte. Nach einigen Schwierigkeiten gewann er die Aufmerksamkeit der Ratsherren und beschrieb die Zerstörung bei Flad. Er stellte sein Radio auf den langen, halbkreisförmigen Tisch und sprach ins Netz. »Bist du noch da?«

»Ich bin hier«, erklang Gaings Stimme, die durch Töne der Wut und Bedrohung gekennzeichnet war.

»Zu Ihrer Information: Ich war noch nie so verärgert. Dieser Schuft Faurez hat Glück, dass ich ein zurückhaltender Mensch bin. Er hat sein Leben gerettet, indem er zugab, dass das Haus Urd die volle Verantwortung für diese bedauerlichen Ereignisse trägt und für alle Schäden aufkommt.«

Von einem der Pflaumenrosa-Ratsherren kam ein Schrei des Protests: »Halt! Halt! Dieser Mann hat keine offizielle Bevollmächtigung, um auch nur so viel wie einen eingelegten Gallenstein herauszugeben!«

»Wie auch immer«, sagte der Ratsvorsitzende. »Lassen Sie uns auf das Zeugnis des Außerwelt-Herrn hören.«

Maihac sprach zu Gaing: »Ist Faurez bei dir?«

»Ja, immer noch.«

»Gibt auf ihn acht. Er darf nicht entkommen.«

»Wohl nicht. Das habe ich mir bereits gedacht.«

»Ich bin nun im Ratszimmer. Die Ratsherren sind bereit, deinen Bericht zu hören.«

»Gut.« Gaing erzählte noch einmal seine Geschichte und sagte dann: »Der Leiter des Terminals ist damit einverstanden, Ihnen mitzuteilen, was er weiß. Faurez, sprechen Sie! Erklären Sie den Ratsherren, was geschehen ist.«

Aus dem Radio drang eine vor Gefühl erstickte Stimme: »Ich bin Faurez von Urd; Wortverdrehungen haben keinen Zweck, da der Raumfahrer Zeuge der Ereignisse war. Ich will die Fakten grob darlegen. Asrubal von Urd, der von Loorie kam, sah die *Distilcord.* Er befahl den Lokloren, sie zu zerstören – und mit zu kooperieren. Nach der Vernichtung der *Distilcord,* sagte er den Lokloren, sollten sie Gaing Neitzbeck töten; dann machte er sich mit dem Flitzer nach Romarth davon. Neitzbeck tötete mit seiner Handwaffe zwanzig Lokloren, bevor sie ihre Bemühungen aufgaben und abzogen. Neitzbeck setzte mich fest und beharrte darauf, dass ich dem Rat die wahren Begebenheiten berichten sollte. Ich tue dies ohne Zaudern, da Asrubal eine böse Tat begangen hat und somit die Konsequenzen tragen muss.«

Der Rat stellte Faurez Fragen und deutete schließlich an, genug gehört zu haben.

Asrubal traf etwas später ein. Er wurde sogleich aufgefordert, vor dem Rat zu erscheinen. Als er schließlich den Raum betrat, zeigte er kein Schuldbewusstsein und stellte sogar Entrüstung zur Schau, zu einer solch ungelegenen Zeit vorsprechen zu müssen. Anstatt die Anschuldigungen zu leugnen, verteidigte er seine Taten mit steinerner Selbstgerechtigkeit, indem er behauptete, Maihac und Gaing Neitzbeck hätten den traditionellen Gesetzen, die den Handel zwischen Fader und den inneren Welten regelte, zuwidergehandelt.

»Unsinn!« verkündete Tronsic vom Hause Stam. »Es gibt keine Handelsgesetze, nur Gewohn- und Gepflogenheiten. Sie haben eine ungerechtfertigte Plünderung begangen und müssen mit ganzer Härte bestraft werden!«

Asrubal brüllte wild auf. »Sie wagen es, einem Urd-Granden gegenüber von Bestrafung zu sprechen? Raschudo steht auf dem Spiel!«

»Mäßigen Sie Ihren Ausbruch!«, ordnete der Vorsitzende an. »Wenn Sie zur Rechenschaft gezogen werden, wird allein Ihr Tun gerichtet, nicht Ihr Toben.«

Die Anschuldigungen gegen Asrubal wurden in eine angemessene Form gebracht und der Prozess der gerichtlichen Verfolgung in Gang gesetzt. Wie erwartet werden konnte, kam der Fall durch die gewundenen Prozesse des Kolloquariums nur langsam voran.

Währenddessen war Jamiels Zeit gekommen, und sie gebar Zwillingssöhne: Jaro und Garlet.

Maihac wollte Gaing mit einem Urd-Flitzer nach Romarth kommen lassen, das Ersuchen wurde jedoch abgelehnt. Inzwischen sammelten sich die Lokloren mit der Absicht, Rache an Gaing zu nehmen, in der Nähe von Flad. Ein Lorquin-Frachter, die *Liliom*, bereitete sich auf die Abreise von Flad vor; Gaing Neitzbeck hatte keine andere Wahl, als nach Loorie zurückzukehren.

Der Prozess hatte, wenn nichts anderes, Asrubals Raschudo vermindert. Dies war eine Qualität, die in etwa mit ›Ehre‹ umschrieben werden konnte, jedoch mehr Eigenschaften umfasste. ›Raschudo‹ schloss Flair, Anmut, unempfindliche Tapferkeit, Höflichkeitsrituale, die exakt, bis zum Schnippen mit dem kleinen Finger, festgelegt waren und vieles andere mehr ein.

Nach zwei Jahren wurde Maihac vor das Kolloquarium bestellt, wo die Ratsherren letztendlich zu einem Konsens gelangt waren. In der Angelegenheit der *Distilcord* war Asrubal für schuldig befunden worden. Er war getadelt und aufgefordert worden, eine Entschädigung für die *Distilcord* und deren verlorene Ladung an Maihac zu zahlen. Asrubal lauschte dem Richtspruch unbewegt; sein Raschudo zwang ihm steinerne Gleichgültigkeit auf.

Maihac wandte sich an den Ausschuss. »Ehrenwerte Ratsherren, wie ist der Status meiner ursprünglichen Petition?«

»Sie ist nichtig«, sagte der Vorsitzende. »Die *Distilcord* und ihre Ladung existieren nicht mehr.«

»Das ist wahr. Daher möchte ich um einen Handelsfreibrief bitten, der es mir erlaubt, Fracht von Außerwelt direkt nach Romarth zu bringen und als Agent für ihren Export zu fungieren.« Die Exporte, so hatte Maihac erfahren, bestanden beinahe ausschließlich aus Platten kostbarer Mineralien, die von den Seishaneesen gebrochen und poliert wurden: Milchopal, seidengrüner Jade, dichter und schwerer Gagat, der glatt wie Glas poliert wurde, Licht aber vollständig absorbierte, so dass sein Anblick wie das Starren in ein tiefes schwarzes Loch war. Es gab außerdem noch fahlgrünen Porphyr, der mit Alexandritkristallen durchzogen war;

blau und grün gesprenkelte Malachite; wasserklares vulkanisches Glas, das von roten Schleiern aus kolloidalem Gold überströmt wurde und häufig von kobaltblauen Streifen durchsetzt war. Solche Materialien erzielten hohe Preise in den urbanen Gebieten des Reiches, und Maihac vermutete, dass die Erträge der Verkäufe nicht in angemessener Höhe an die Roum weitergegeben wurden. Kurz, die Roum waren mit an Sicherheit grenzender Wahrscheinlichkeit die Opfer eines massiven Schwindels. Maihac fuhr fort: »Ich garantiere Ihnen einen weit größeren Gewinn, als die Lorquin-Agentur Ihnen bietet, die meiner Meinung nach nicht fair mit Ihnen handelt.«

Asrubal sprang sogleich auf. »Diese Aussagen sind unverantwortlich! Dieser Mann ist ein abscheulicher Aufwiegler und Lügner! Die Lorquin-Agentur hat sich bewährt und ist bemerkenswert zuverlässig. Der Außerweltschuft muss zur Rechenschaft gezogen werden!«

Die Ratsherren saßen schweigend. Die Angelegenheit war unangenehm. Ein gewisser Melgrave vom Hause Slayard sagte freimütig: »Jeder macht gelegentlich Fehler. Ist dies nicht unser aller Recht? Die Lorquin-Agentur hat lediglich einen Fehler begangen.«

Ormond von Ramy sagte: »Die Lorquin-Agentur mag nachlässig gewesen sein, oder es könnte sein, dass jemand die Abrechnungen manipuliert und den naiven Direktor täuscht – oder es mag eine weitere, noch weniger gefällige Erklärung geben.«

»›Erklärung‹?« verlangte der Vorsitzende zu wissen. »Da komme ich nicht mit. Eine Erklärung wofür?«

Maihac sagte: »Die Preise, die Sie für gewöhnliche Güter bezahlen, sind zwei- oder dreimal so hoch, wie die in Loorie. Die Transportkosten können dafür auf keinen Fall verantwortlich sein. Ich weiß nicht, wie Lorquin Ihre Exporte verkauft, aber Sie verdienen – wenn das Modell stimmt – nur die Hälfte von dem, was

Ihnen eigentlich zusteht. Kurz: hier liegt entweder grober Ineffizienz oder Veruntreuung im großen Stil vor. Nur Asrubal von Urd besitzt die Kompetenz, uns die Fakten zu liefern.«

Ein Pflaumenrosa-Ratsherr rief wütend: »Sie legen einem Granden von Romarth, namentlich Asrubal vom Hause Urd, Unterschlagung zur Last!«

Maihac fragte: »Und was wäre, wenn Asrubal dieser Unterschlagung schuldig ist? Was würde das bedeuten?«

»Unmöglich! Sein Raschudo würde es ihm verbieten, genau wie unserer eine solch unedle Vorstellung niemals in Erwägung zieht!«

»Dennoch, seien Sie so freundlich und denken Sie das Undenkbare. Nehmen Sie an, Asrubal wäre tatsächlich eines solchen Verbrechens schuldig: Wie würde er bestraft werden?«

Der Vorsitzende sagte: »Wenn sich eine Strafe als notwendig herausstellen sollte, wird die schuldige Person aus Romarth verstoßen.«

Der Pflaumenrosa-Ratsherr rief: »Beschuldigen Sie Asrubal tatsächlich solcher Missetaten? Ohne Beweise bewegen Sie sich nahe am Rand der kriminellen Verleumdung!«

»Ich habe lediglich eine Möglichkeit vorgebracht. Asrubal muss nur seine vertraulichen Bücher herausgeben, um mich zu widerlegen.«

Asrubal stieß einen Laut der Verachtung aus. »Ich zeige meine Bücher niemanden; mein Raschudo ist Garant für meine Dokumente.«

Maihac richtete sich an den Rat: »In diesem Fall: Geben Sie mir den Handelsfreibrief, und ich werde den Beweis, dass Sie von Asrubal und seiner Lorquin-Agentur hintergangen werden, erbringen. Dann wird sich herausstellen, wer der Lügner ist.«

Asrubal erhob sich zu seiner ganzen Größe und richtete eine gellende Schmährede gegen Maihac, den er als

›einen listigen Außerweltgauner‹ bezeichnete, ›der ausgerottet werden müsse‹.

Asrubal wurde für zügellos erklärt und erhielt einen Tadel vom Vorsitzenden, der Maihac gleichermaßen für weithergeholte Anschuldigungen rügte.

Maihac wiederholte: »Geben Sie mir nur den Handelsfreibrief, und ich werde beweisen, dass Sie betrogen werden!«

»Was das angeht, so werden wir sehen. Zunächst müssen wir unseren Hauptfall entscheiden.«

»Ich will nichts mehr davon hören!« verkündete Asrubal. Er wandte sich um und stapfte aus dem Raum, wobei er die traditionellen Respektsbezeugungen an den Gerichtshof ignorierte und keinerlei Interesse an der Höhe des Urteils zeigte. Seine Widerspenstigkeit überraschte niemanden, und auch seine Parteigänger kamen nicht aus der Ruhe. Nach achttausend Jahren der Streitigkeiten waren Methoden erdacht worden, um mit beinahe jeder Situation umgehen zu können. Nichtsdestoweniger gingen die Angelegenheiten in Romarth weiterhin nur langsam voran. Weitere sechs Monate vergingen, bevor Maihac eine Einzugsermächtigung über dreihunderttausend Sol vom Konto des Hauses Urd bei der Natural-Bank von Loorie erhielt. Dies war eine Zahlung von bedeutendem Ausmaß, besonders für einen Außerwelter, und Maihacs Beliebtheit, die niemals sehr groß gewesen war, schwand noch weiter dahin, speziell was die Pflaumenrosa-Clique anging.

Andeutungen eines Wendepunktes lagen in der Luft. Maihac war gewarnt worden, dass er in ständiger Gefahr schwebte, ermordet zu werden, auch seine Familie wäre davon betroffen. Durch die Heirat hatte Jamiel ihrer Bindung zum Hause Ramy entsagt und stand somit nicht länger unter dem Schutz des Haus-Protektorats, während ihre Kinder als namenlose Außerweltler betrachtet wurden.

Es war die Zeit gekommen, Romarth zu verlassen. Ein Lorquin-Schiff würde in Flad ankommen, und wenn sie binnen zweier Tage dort einträfen, würde es sie mit zurück nach Loorie nehmen.

Ein Flitzer wurde benötigt; Tronsic vom Hause Stam besaß als Ratsherr das Vorrecht auf einen Flitzer und arrangierte ein geheimes Treffen mit Maihac, da die Pflaumenrosa-Clique, wenn sie von den Plänen erführe, einschreiten würde.

Maihac und Jamiel packten einige Habseligkeiten zusammen, gaben den beiden Kindern ein Schlafmittel und gingen über geheime Wege zur Ruine des Salsobar-Palasts in der Nähe des Flusses, am Rande des Waldes.

Der Flitzer erwartete sie bereits. Er wurde von drei Blauen Kavalieren bewacht, die sie nervös zur Eile drängten. »Die Sonne ist über dem Horizont. Wir dürfen keine Zeit verschwenden!«

Maihac und Jamiel luden ihre Besitztümer in die Frachtabteilung und betteten die schlafenden Kindern auf dem Rücksitz.

Auf der anderen Seite des Gartens bewegte sich etwas im Schatten. Maihac starrte hinüber und war vor Schreck wie gelähmt. Er befreite sich davon und rief Jamiel zu: »Hier stimmt etwas nicht; steig ein!«

Zwei verhüllte Gestalten kamen aus dem Schatten zum Vorschein. Sie trugen lange dunkelrote Roben; ihre Gesichter zeigten unnatürliche Polster aus Knochen und Knorpel. Hausguhle! dachte Maihac. Jamiel rief: »Es sind Irrfrauen in Furcht-Masken! Wir sind verraten worden!«

Maihac schickte sich an, in den Flitzer einzusteigen. Aus einer anderen Richtung kam ein Getrappel und ein dumpfer Aufschlag; ein halbes Dutzend Kavaliere, verkleidet als uralte Krieger, liefen auf den Flitzer zu.

Die Krieger trugen groteske Masken der traditionellen Assassinen. Sie rannten schwerfällig, stampften mit hoch erhobenen Knien, sprangen über marmorne Bänke und hielten ihre Schwerter bereit. Im Hintergrund stand ein hagerer Mann mit knochigem weißen Gesicht: Asrubal von Urd. Er rief: »Tötet nicht! Ergreift sie, aber tötet sie nicht! Er wird in die Grube gehen!«

Die drei Blauen Kavaliere bereiteten sich darauf vor, den Flitzer zu verteidigen.

Jemand versuchte, den Rücksitz zu erklimmen: eine der Irrfrauen. Jamiel schlug mit einem Stock nach ihr, wurde aber selbst ergriffen und zu Boden geworfen. Es entstand ein Gewirr sich krümmender Körper. Fluchend und um sich tretend versuchte Jamiel, zurück an Bord des Flitzers zu klettern, aber eine der Frauen bekam sie zu fassen und stieß sie erneut hinab. Jamiel zog sich selbst wieder auf die Beine, schwang den Stock im Kreis und trieb die Frau zurück. Plötzlich war Jamiel allein, und die zwei Frauen eilten mit buckligen Rücken davon. Jamiel kletterte an Bord, und Maihac brachte den Flitzer in die Luft. Sie entkamen nur um Zentimeter. Asrubal stieß ein wildes Gebrüll aus. »Sie dürfen nicht entkommen!«

Der Flitzer erhob sich: dreißig Meter, sechzig Meter. Darunter standen verstreut die Pflaumenrosa-Krieger mit hängenden Schultern. Die Blauen Kavaliere zogen sich währenddessen durch den Garten zurück; ihre Arbeit war getan.

In hundert Meter Höhe hielt Maihac den Flitzer in der Schwebe. Asrubal stand neben dem Flusslauf, sein blasses Gesicht hob sich von seiner schwarzen Kleidung ab. Maihac starrte erstaunt hinab. Asrubal trieb ein seltsames Spiel: Er warf ein zappelndes Objekt hoch in die Luft und fing es dann wieder auf. Er schmiss das Ding noch höher als zuvor; es schien ein Strohmann oder eine große Puppe zu sein. Asrubal bemühte sich nicht, es wieder zu fangen, und es fiel aus der Höhe mit einem dumpfen Aufschlag auf die Steinplatten. Asrubal nahm das Bündel an sich und stieß es über die Balustrade in den Fluss, wo es versank.

Von Jamiel kam ein erbärmlicher Schrei unerträglichen Entsetzens; sie klammerte sich an Maihacs Arm; er wandte sich um und sah, was geschehen war. Zwei Gestalten lagen auf dem Rücksitz. Eine war ein Kind; die andere war eine Puppe.

Jamiel wurde hysterisch und versuchte aus dem Flitzer zu springen. Maihac hielt sie zurück. »Kehr um!« schrie sie. »Oh, zurück, zurück! Hilf unserem Kind!«

Maihac sagte düster: »Für ihn gibt es keine Hilfe mehr. Er ist tot. Wenn wir umkehren, töten sie uns alle.«

»Aber wir müssen doch etwas tun!«

»Ich weiß nicht, was getan werden kann.«

»Garlet ist tot!« schrie Jamiel mit herzzerreißender Stimme. »Die Irrfrauen haben ihn genommen! Ich sah, was sie taten, konnte es aber nicht verstehen; wer kann nur so böse sein? Garlet ist tot!«

Maihac, betäubt und ungläubig, blickte hinunter zu Asrubal, der grimmig und majestätisch dastand, die Beine gespreizt, die Arme über der Brust verschränkt. Maihac musterte ihn für zehn Sekunden, dann wandte er sich ab. Er brachte den Flitzer höher und flog nach Norden über den Blandy-Deep in Richtung Flad.

Sogleich fragte Jamiel: »Was willst du tun?«

»Ich weiß es nicht.« Dann, nach einem Moment: »Zuallererst muss ich dich und Jaro auf das Schiff nach Loorie bringen.«

»Und dann?«

Maihac seufzte. »Ich sollte wahrscheinlich mit euch kommen. Ich kann das arme Kind nicht wieder lebendig machen. Eines Tages werde ich Asrubal umbringen – vielleicht, wenn ich in meinem eigenen Schiff nach Romarth zurückkehre.«

Jamiel hatte nichts zu sagen. Maihac nahm die Einzugsermächtigung über die dreihunderttausend Sol aus seiner Tasche und steckte sie in den Beutel, den sie um die Taille trug. »Am besten nimmst du dies an dich – für den Augenblick wenigstens. Denk daran, sie ist ausgestellt auf den ›Inhaber‹. Jeder kann sie sich bar auszahlen lassen. Denke ebenso daran, dass sie unbeschränkt gültig ist und dass sie, solange das Geld auf dem Urd-Konto bleibt, Zinsen erbringt. Wenn wir das Geld nehmen, werden wir Asrubal hart treffen und ihm auf höchst schmerzvolle Weise zusetzen.«

»Dadurch fühle ich mich nicht besser.«

»Nein. Wir werden Asrubal Schlimmeres antun, als nur sein Geld zu nehmen.«

Jamiel sagte eindringlich: »Ich will nicht, dass du nach Romarth zurückkehrst – nicht jetzt! Du würdest binnen einer Woche umgebracht werden!«

»Ich vermute, du hast recht. Aber wir sind nicht hilflos und können Asrubal immer noch schaden.«

»In welcher Hinsicht?«

»Wenn wir in Loorie ankommen, werden wir folgendes tun …«

Jamiel lauschte aufmerksam. »Ja. Das ist eine gute Idee, und sie muss in die Tat umgesetzt werden.« Nach einem Moment wandte sie sich um, ergriff die verhasste Puppe und warf sie aus dem Flitzer. Sie wirbelte hinab und verschwand im Wald.

Während des Nachmittags erreichten sie den Raumterminal bei Flad. Maihac senkte den Flitzer auf das Landefeld hinab, wo nun der Lorquin-Raumfrachter *Liliom* stand.

Maihac landete neben dem Frachter und machte sich daran, das Gepäck auszuladen, während Jamiel, die Jaro trug, an Bord des Schiffes ging, um den Zahlmeister zu suchen.

Hinter Maihac erklang das Geräusch schwerer Schritte. Er wirbelte herum und blickte in die schrägen gelben Gesichter von vier Lokloren-Stammesmännern. Er wurde ergriffen, seine Arme wurden hinter seinem

Rücken gebunden, und mit einem Strick um den Hals wurde er fortgezogen. Maihac sah, wie ein gewichtiger schwarzbärtiger Mann in der Tür stand, sie beobachtete und seine zufriedene Haltung nicht verbergen konnte. Als er Maihacs verzweifelten Blick bemerkte, erhob er seine Hand in beiläufigem Gruß und rief: »Hoy, Kamerad! Tanze gut mit den Mädchen! Vielleicht lassen sie dich ja noch an sich heran, bevor sie deinen Kopf kochen!«

Der Strick ruckte, und Maihac hörte nichts mehr.

8

Die Lokloren trabten über die Steppe; Maihac rannte und stolperte hintendrein. Nach anderthalb Kilometern erreichten die Lokloren ihr Lager. Sie banden das Ende von Maihacs Führungsstrick an ein Wagenrad. Eine Stunde verging, während die Sonne inmitten bauschiger orangefarbener und gelber Wolken unterging. Maihac versuchte vorsichtig, den Knoten in seinem Nacken zu lösen – ohne Erfolg. Die Lokloren gaben sich träge und lässig, aber er stand stets unter Beobachtung. Maihac musterte seine Wächter. Sie waren alle reife Krieger der Kategorie der ›Dritt-Befiederung‹: massiv, etwas größer als Maihac, mit hervorragendem Kamm entlang ihrer zurückweichenden Stirn, hartem Nasenschnabel und fliehendem Kinn. Die Männer trugen lockere Hosen; die Frauen zeigten bleichweiß gefärbte Gesichter und trugen schwarze Röcke, schmutzigweiße Westen und kegelförmige Lederhüte mit Ohrlaschen, die vom Kopf abstanden.

Dunst legte sich über die Steppe. An einer offenen Stelle wurde ein Feuer angefacht. Einer der Burschen kam, um Maihac von oben bis unten zu betrachten. »Nun wirst du tanzen. Jeder, der im Lager neu ist, tanzt mit den Mädchen. Sie sind gute Tänzerinnen, und du musst flink auf den Beinen sein. Nachdem du getanzt hast, sind wir mit dir fertig, da dies die Vorgabe der Anweisung ist.«

Maihac sagte: »Ich widerrufe die Anweisung! Die neue Anweisung lautet, diese Stricke zu entfernen und mich zum Terminal zurückzubringen.«

Der Loklore sagte zweifelnd: »Das mag so kommen, aber zuerst musst du mit den Mädchen tanzen. Wenn die Dinge erst im Rollen sind, können sie nicht mehr geändert werden. So sind die Wege von Wasser, Erde und Luft.«

Maihac wurde zum Feuer geschleppt, wo sechs Mädchen in einer Gruppe standen und rastlose Bewegungen ausführten: Hopser, Armverdrehungen, ein Vor- und Zurückzucken des Kopfes, während sie Maihac abschätzten und heisere, gurrende Laute ausstießen.

Der Strick wurde von Maihacs Hals entfernt; gleichzeitig begann eine alte Frau einer sehr großen Viola ächzende Geräusche zu entlocken. Sie spielte eine traurige Weise, zu der sie sang: »Fum dum dum! Tanz heut nacht um das prächtige Feuer herum! Tanz diesen alten Tanz unter dem Himmel der Nacht! Alter Sand! Altes Feuer! Nichts darf sich ändern; es ist stets der Tanz der Mädchen!«

Die Viola kratzte und stöhnte; die Mädchen hopsten und traten mit schwerfälligen Beinen aus, während sie um das Feuer kreisten und Maihac aus den Augenwinkeln beobachteten. Maihac wurde vorwärts gestoßen; er schwankte und stolperte auf die tanzenden Mädchen zu. Das erste Mädchen ergriff ihn begierig und nahm ihn in Pirouetten mit um das Feuer herum; Maihac bemerkte den ranzigen Geruch ihres Körpers und versuchte sich loszumachen, aber sie gab ihn an ein anderes Mädchen des Kreises weiter. Diese gab ihm einen Schubs zum Feuer. »Spring durch die Flammen! Zeig uns einen feinen Sprung! Ein scharfes Zwicken mit meinen Zähnen macht dich munter! Wenn du mir keinen feinen Sprung zeigst, werde ich an deinem Kopf knabbern!« Sie stieß ihren Kopf mit glitzernden Zähnen nach vorn. »Spring!«

Maihac hielt die Flammen für zu hoch und das Feuer für zu groß, um darüber hinwegzuspringen, und versuchte fortzugelangen, nur um von einem dritten Mädchen gefasst zu werden, das ihn leichtfüßig um das Feuer herumwirbelte; dann gab sie ihm eine schnelle Drehung und versuchte ihn mit einem fröhlichen Wiehern ins Feuer zu stoßen. Diese Bewegung hatte Maihac vorhergesehen. Statt Widerstand zu leisten, ließ er sich durchsacken, ergriff ihren freien Arm und stieß sie zurück. Sie mühte sich, aufrecht zu bleiben, fiel aber durch das Feuer und blieb dann, mit den Beinen strampelnd, liegen wie ein umgedrehter Käfer. Von den Zuschauern kam ein klapperndes Geräusch des Beifalls, so als ob sie einer Tat vorzüglicher Technik applaudierten. Die Mädchen schrien vor Aufregung und tanzten weiter, hüpften und stolzierten noch kraftvoller als zuvor. Wieder wurde Maihac ergriffen und umhergewirbelt. Er wartete nicht, bis das Mädchen im Vorteil war; während einer ihrer stolzen Austritte umklammerte er ihr Bein, warf sie zu Boden und trat ihr gegen den Kopf. Er trat noch einmal zu; ein Knorpel zerplatzte, und sie blieb reglos liegen. Maihac nahm das Messer aus ihrer Gürtelscheide, ließ sich auf die Knie nieder und wartete, bis ihn das nächste Mädchen forderte. Er stieß zu, schlitzte ihm denen Bauch auf und rollte zur Seite. Das Mädchen schrie auf, fiel zurück und fasste nach ihren Eingeweiden.

Die Musik hörte auf. Die alte Frau rief: »Der Tanz ist vorbei! Tötet ihn mit den Eisenstangen!«

Ein Krieger sagte: »Halt den Mund, alte Frau! Den Anweisungen wird entsprochen; er hat mit den Mädchen getanzt, und wir haben unser Eisen eingesammelt. Nun lasst ihn Buiskid sein, und wir warten den rechten Augenblick ab; vielleicht gibt es noch mehr Eisen.«

Die Mädchen stießen Maihac verächtlich vom Feuer fort. Maihac erwehrte sich ihrer Schläge, so gut er konnte, dankbar, noch am Leben zu sein. Eines der Mädchen schrie: »Du bist Buiskid, der Niedrigste unter den Niedrigen! Du musst Wasser tragen und Wäsche waschen!« Maihac ging hinüber zum Wagenrad und setzte sich. Niemand nahm weiter Notiz von ihm, außer ein paar Jungen, die in seiner Nähe hockten und ihn aufmerksam beobachteten. Nach einer Weile krabbelte Maihac unter den Wagen und versuchte zu schlafen.

So begann die verzweifeltste Periode in Maihacs Leben. Er erfuhr, das ›Buiskid‹ eine Art der Versklavung bedeutete. Er musste sich Unbequemlichkeiten, Schmerzen und Entbehrungen unterziehen. Er wurde Zeuge gelegentlicher Zwischenfälle, die so entsetzlich waren, dass sie für ihn unwirklich waren; häufig entkam er selbst nur knapp einer Beteiligung an solchen Geschehnissen. Für eine Weile lebte er von Minute zu Minute, bis die Minuten zu Tagen wurden; dann wurden die Tage zu Monaten, während derer seine Existenz immer noch auf des Messers Schneide stand. Er fragte sich, warum man ihm sein Leben ließ. Keine seiner Theorien war überzeugend. Zum Schluss sagte er sich, dass die Lokloren ihn vermutlich lieber als ›Buiskid‹ denn als Leiche sehen wollten. Er spürte einen Schimmer von Hoffnung; vielleicht, durch Glück, Wachsamkeit, rattenhafte Schläue und noch mehr Glück, könnte er überleben.

Maihacs Rolle als ›Buiskid‹ schloss mühsame Arbeit und gelegentliche Misshandlungen von jedem, der in Stimmung dazu war, ein. Den Taten fehlte es jedoch an Feindseligkeit, und sie wurden zum größten Teil nur zerstreut durchgeführt. Die Psychologie der Lokloren, so entdeckte er, war bemerkenswert einfach. Emotionale Bindungen waren unbekannt; sie schlossen keine Freundschaften, und Groll verlor sich schnell in den

Wogen neuer Wutausbrüche und Strafmaßnahmen. Dies war ein Teil des Ginko-Stammes, der sich dem furchtbaren Strenke-Stamm als wenigstens ebenbürtig empfand. Sie kannten weder Liebe noch Hass; sie zeigten nur Loyalität für ihren Stamm. Sie vereinigten sich mit den Frauen, ohne Unterschiede zu machen; die Frauen gingen zu einem besonderen Lager und brachten ihre Nachkommen zur Welt, um sich kurz darauf wieder dem Stamm anzuschließen. Die Jungen blieben in der Obhut von Seishaneesen. Die Lokloren-Männer waren reizbar und kämpften oft untereinander; diese Kämpfe reichten von Balgereien bis zu ernsthaften Verletzungen, die auch zum Tod führen konnten. Eine rigorose Isolationspolitik der Roum versagte ihnen Energiewaffen; ihre Bewaffnung war bodenständiger: Messer, Piken mit eisernen Spitzen und kurzstielige Äxte mit halbkreisförmigen Schneiden. Maihac studierte ihre Techniken sorgfältig, hielt Ausschau nach verwundbaren Stellen, die ihm, sollte es notwendig sein, nützlich sein könnten.

Die Loklorenhaut war eine hornige Umhüllung, die als Rüstung diente. Sie war lediglich an den Unterschenkeln, am Kinn und am Nacken dünn. Nach sorgfältiger Überlegung rüstete sich Maihac unauffällig mit einer kuriosen Waffe aus: einer etwa anderthalb Meter langen Pike, die auf der einen Seite zugespitzt war, auf der anderen in eine dünne, gekrümmte Schneide auslief, die wie ein flacher Haken im rechten Winkel an den Schaft geschweißt war und dessen innere Kante zur Schärfe einer Rasierklinge geschliffen wurde. Niemand beachtete seine Arbeit, außer zwei Lokloren-Jungen, die abkommandiert waren, ihn bei Tag und Nacht zu bewachen, offensichtlich um ihn an der Flucht zu hindern, obwohl es nicht klar war, warum sich überhaupt jemand darum scheren sollte. Die Antwort, sagte sich Maihac, lag in der Natur der Lokloren-Psyche. War ein Prozess erst einmal in Gang gesetzt, konnte er nicht mehr aufgehalten werden, es sei denn, jemand brachte ein Gegengewicht ins Spiel; und die Lokloren waren vor allem träge. Maihac hatte sich an ihre Überwachung gewöhnt; wo auch immer er ging, wie auch immer seine Aktivitäten waren, er wusste, dass die zwei Jungen irgendwo in der Nähe kauerten und ihre schwarzen Knopfaugen auf ihn gerichtet hatten.

Eine Gelegenheit, seine Waffe auszuprobieren, ergab sich sehr bald. Ein junger Mann, der in einem Kampf mit einem stärkeren Gegner unterlegen war, entschied, seine Technik an einer nutzlosen Person zu perfektionieren, und beschloß, den Buiskid zu Übungszwecken umzubringen.

Maihac bemerkte die zielbewusste Annäherung des jungen Lokloren. Er war wohlgeformt, mit einem nahezu ausgereiften Kamm, der vier bis fünf Zentimeter lange, buckelköpfige Spitzen aufwies. Er war größer und schwerer als Maihac. Er nahm eine Handvoll Sand auf und warf sie gegen Maihac: die rituelle Ankündigung bevorstehender Aggression. Maihac nahm seine neue Waffe zur Hand. Der Loklore hielt inne. Er stieß einen krächzenden Schrei aus, vollführte eine rituelle Drehung und warf seine Axt in die Luft, um seine Missachtung auszudrücken, die dazu dienen sollte, seinen Gegner zu entmutigen.

Maihac trat einen schnellen Schritt vorwärts, hakte mit seiner Waffe den Hals seines Gegner ein und zog dessen Kopf nach vorn; die fallende Axt schlug auf die fliehende Stirn des erschreckten Lokloren. Maihac stieß den Griff seiner Waffe mit einer raschen Bewegung zurück; die Schneide drang durch die dünne Bekleidung und halbwegs durch den gerippten Hals. Der Loklore sank nieder, zuckte und lag dann regungslos auf dem Boden. Die Zuschauer machten brummende Geräusche der Enttäuschung; dem Kampf hatte jeglicher Reiz gefehlt.

Niemand würde Maihac davon in Kenntnis setzen, dass er seinen Status erhöht hatte; er musste diesen

Schritt selbst vollziehen, und wer auch immer Widerspruch einlegen wollte, konnte dies tun. Die Mädchen fuhren dort mit der Arbeit fort, wo er sie hatte liegenlassen, und verbesserten dadurch die Bedingungen seiner Gefangenschaft um ein geringes Maß.

Eine Woche verging, und Maihac, stets wachsam, bemerkte einen unheilvollen Umstand. Eine Gruppe Krieger des Standes der ›Erst-Befiederung‹ plante, ihn in eines ihrer Spiele miteinzubeziehen: wahrscheinlich den Spießrutenlauf, der gewöhnlich den Gefangenen anderer Stämme vorbehalten war. Wenn der Gefangene die Spießruten durchlief und überlebte, war er frei und konnte sich wieder zu seinem Stamm begeben. Häufig versagte der Gefangene die Zusammenarbeit, blieb stur stehen und bewegte sich nicht, während die Krieger ihn bei lebendigem Leib geißelten, wobei sie ihm die dicke Haut abzogen und aus ihm eine gräßliche gelborangefarbene Karikatur seiner selbst machten. Der Gefangene wurde nun für frei erklärt, und ihm war anheimgestellt, über die Steppe zu seinem eigenen Stamm zurückzuwatscheln.

Die Vorbereitungen waren unheilvoll. Unter denen, die zuschauten, war Babuja, ein Veteran der ›Zweit-Befiederung‹. Er war von massiger Gestalt: zwei Meter zehn groß, breit, mit umfangreicher Brust und kurzen, stämmigen Beinen. Die Spitzen seines Kamms standen aufrecht und drohend sechs bis acht Zentimeter hoch; seine hornigen Brustplatten waren zerkratzt und hatten die Farbe getrockneten Blutes. Er hatte manch bösartigen Kampf erlebt, wobei ihm seine enorme Kraft zugute gekommen war. Wegen seiner schwerfälligen Mentalität, die für Kämpfe der ›Zweit-Befiederung‹ völlig ausreichend war, hatte er den Rang der ›Erst-Befiederung‹ niemals erlangt. Babuja war selbstgefällig, unflexibel und, genau wie die meisten anderen Lokloren, Anstrengungen abgeneigt.

Maihac zögerte nur einen Augenblick, da seine Möglichkeiten nicht gut waren. Er nahm eine Handvoll Sand auf und warf sie, indem er sich von der Seite näherte, in Babujas schwarze Knopfaugen. Babuja war erstaunt, brüllte wild auf und schlug mit seinen Armen aus. Dann blickte sich nach demjenigen um, der den Sand geworfen hatte. Konnte es sein, dass dieser bedeutungslose weichhäutige Roum ihn herausgefordert hatte? Babujas Verstand versuchte die Situation zu erfassen. Er konnte sich nicht helfen; eine Herausforderung war eine Herausforderung. Währenddessen standen die jungen Männer, die sich darauf vorbereitet hatten, Maihac durch die Spießruten laufen zu lassen, verdrossen daneben; Maihac hatte ihnen ihr Spiel verdorben.

Babuja fand seine Stimme wieder. »Machst du Spaß mit mir? Es wird ein schmerzvoller Spaß werden. Du wirst verlieren, und die Mädchen werden deinen Kopf kochen.«

»Was ist, wenn ich gewinne?«

»Du gewinnst nicht.«

»Wenn ich gewinne, nehme ich deinen Rang der ›Zweit-Befiederung‹ ein.«

»Ganz, wie du willst.« Das Zugeständnis wurde gleichgültig gemacht und bedeutete keinesfalls etwas, da die Lokloren lästige Abkommen nicht beachteten.

Die Sonne war bereits untergegangen. Die zwei Monde standen tief im Westen über der Silhouette niedriger Hügel am Horizont. Auf der einen Seite des Feuers kauerten die Lokloren-Frauen, das Dunkelrot und Dunkelblau ihrer Hosen glomm im Schein des Feuers. Die Männer standen für sich, jeder unerschütterlich und allein mit sich selbst.

Babuja stolzierte vor. »Komm näher, kleiner Narr. Ich haue einmal; ich haue zweimal; dann schlage ich dich mit deinen eigenen Beinen, bis die Mädchen kommen, um dich zum Kessel zu tragen und deinen Kopf zu kochen.«

Maihac ging vorsichtig seitwärts um die große Gestalt herum. Babuja beobachtete ihn verächtlich und gab sich nicht einmal die Mühe, seine Axt zu heben.

Maihac hoffte, schnell in Reichweite zu gelangen und flink wieder herauszukommen, um den tödlichen Axtschlägen zu entgehen. Wenn sein Vorhaben fehlschlug, würde sein Leben mit allen Empfindungen, Hoffnungen und Erinnerungen zu einem Ende gelangen. Er bewegte sich etwas näher und schätzte Babujas Reichweite zentimetergenau ab. Babuja musste zu einem Ausfall mit der Axt provoziert werden, so dass er einen Augenblick lang für eine Gegenattacke offen war. Maihac rückte einige Zentimeter näher. Zu nahe! Die Axt schnellte vor. Maihac wich seitlich zurück, und die Klinge pfiff nahe an seinem Körper vorbei. Er versuchte, um die turmhohe Gestalt herumzukommen, aber Babuja drehte sich, schwang die Axt hoch und schlug erneut aus. Maihac war außer Reichweite. Babuja grunzte und blickte wild. Dies war nicht die übliche Art, einen Kampf zu führen; ein rechter Krieger kämpfte im Getöse klingenden Metalls und schlug die Axtklinge in Fleisch. Am Ende hackte der ausdauerndste Krieger seinen Gegner in Stücke – aber dieser närrische Roum war einem ehrlichen Kampf offensichtlich abgeneigt. Babuja versuchte einen cleveren Rückhandhieb, der schon in der Vergangenheit viele Gegner zerschmettert hatte. Maihac fiel flach zu Boden, stieß seine Waffe vor und hakte sie hinter Babujas linker Kniekehle ein. Er zog sie zurück, wobei die Schneide Babujas Kniesehne durchschnitt, worauf das Bein nutzlos herunterbaumelte. Die Axt sauste herab, und die Spitze ritzte Maihacs Schulter. Er rollte sich verzweifelt zur Seite und sprang auf die Beine. Babuja machte einen Schritt nach vorn, aber sein Bein knickte ein; er schwankte und fiel lang hin. Maihac ergriff die Axt und schlug auf den kräftigen Nacken ein – so lang, bis der Kopf abgetrennt war und wegrollte.

Maihac trat zur Seite und stützte sich auf dem Axtgriff ab, während er nach Luft schnappte. Er streckte die Hand aus. »Bring mir Bier.« Eine Frau hastete fort und kehrte mit einem vollen Krug zurück. Er befahl die Frauen zu sich, damit sie seine verletzte Schulter versorgten. Sie wuschen den Schnitt aus, stachen durch die Wundränder, nähten sie zu und brachten Bandagen an. Maihac deutete auf Babujas Kopf und gab Anweisungen. Ohne Protest nahmen die Frauen den Kopf beiseite und fingen fleißig an zu arbeiten: Zuerst schnitten sie die Knochen, das Hirn und die anderen Organe heraus, dann weichten sie die Haut in Öl ein, schabten Fett und Fasern ab. Übrig blieb ein Kopfstück, bestehend aus Kamm und Spitzen, das am eisernen Nasenschnabel befestigt war. Maihac nahm außerdem noch Babujas Halskette aus Knochen und die gewichtige Axt an sich. Alsbald brachten die Frauen Maihac das Kopfstück. Sorgfältig passte er die Falten des safranfarbenen Leders an seinen Kopf an, an dem sie locker herunterhingen und seine Nase mit einem sauren Gestank bestürmten. Dennoch glaubte Maihac, einen Hauch von Babujas Mana zu verspüren: eine zu Kopf steigende, beinahe ehrfurchtgebietende Empfindung, welche ihn veranlasste, sich mit veränderter Haltung zu bewegen und mit mehr Selbstbewußtsein zu den Futtertrögen zu gehen, wo er vorher auf die letzten Brocken gewartet hatte. Wenn er das Lager durchschritt, verspürte er eine Änderung in der Haltung ihm gegenüber; in mancher Hinsicht war Maihac in die Gemeinschaft der Bande aufgenommen worden. Dennoch, wann immer er sich zufällig umschaute, war der eine oder andere der wachsamen Jungen anwesend und taxierte jede seiner Bewegungen.

Maihac machte sich bei Reparaturarbeiten an Motorwagen nützlich und fühlte sich nicht länger unmittelbar von willkürlichen Attacken bedroht, obwohl er noch immer körperlichen Kämpfen ausgesetzt war, weil die jungen Lokloren ihr Spiel trieben, um ihre überschüssigen Energien loszuwerden. Dies war ein wildes, unreglementiertes Freistilringen, in das Maihac oft einbezogen wurde, da kein besserer Gegner zur Verfügung stand. Wenn er versuchte, dem Sport aus dem Weg zu gehen, wurde er gnadenlos getreten, bis er sich verzweifelt fügte, was ihm üblicherweise weitere Verletzungen und Verstauchungen einbrachte. Um des Überlebens willen brachte er sich dazu, Konflikte nicht zu scheuen, sondern sich darin auszuzeichnen und die Techniken zu verfeinern, die er während seiner kurzen IPCC-Zeit gelernt hatte. Bald war er fähig, sich nicht nur vor den schlimmsten Fausthieben zu schützen, sondern solchen Schaden zuzufügen, dass er nicht länger zum Spielen gezwungen wurde. Nichtsdestoweniger, um seine eigenen Reflexe aufrechtzuerhalten, beteiligte er sich gelegentlich zu Übungszwecken an dem Sport; sollte er jemals der Tangtsang-Steppe und Fader entkommen, brauchte er eine Konfrontation mit einem menschlichen Widersacher nicht mehr zu fürchten.

Die Lokloren-Bande wanderte weit herum, hin und her über den Kontinent. Maihac wusste nicht, was geschehen würde, ginge er seiner eigenen Wege. Er vermutete, dass er gejagt und getötet würde, wenn auch nur aus müßiger Bosheit. Im Augenblick machte es keinen großen Unterschied, da er nicht hoffen konnte, eine einsame Reise nach Flad zu überleben.

Die Zeit verging: Monate, ein Jahr, zwei Jahre. Maihac nahm, durch die Umstände gezwungen, viele der rauhen Haltungen der Lokloren an; er wurde zu jemandem, den sein früheres Selbst nicht beachtet hätte.

Der Stamm wanderte nach Norden und traf gelegentlich auf andere Stämme. Bei solchen Ereignissen mochte es formale Grüße und rituellen Austausch von Frauen geben. Manchmal wurden Herausforderungen ausgesprochen und ein Kämpfer jedes Stammes trat an zu einem Duell im Licht des Feuers. Zu Maihacs Überraschung stießen ihn die Ältesten einmal mit düsterem Humor vor, damit er für den Stamm als Kämpfer antrat.

Maihac, der bei weitem schneller und agiler als sein Gegenüber war, brachte es fertig, die Kraftprobe zu gewinnen, obwohl er im Verlauf des Kampfes eine schlimme Wunde erlitt, die die Frauen des Stammes anschließend versorgten. Ihm wurde weder gratuliert, noch schenkte man ihm Anerkennung für seinen Sieg. Er hatte gewonnen, das Drama war vorüber, die Tat war getan und hatte keinen Bezug zur Zukunft.

Der Stamm bewegte sich langsam Richtung Südwest und erreichte einen großen Fluss, den er nicht zu überqueren wagte, da niemand schwimmen konnte. Sie folgten dem Flusslauf in einen düsteren Wald aus hohen Koniferen nach Süden. Nach einigen Tagen der Reise kamen sie an einen verlassenen weißen Palast in einer verfallenen Stadt. Die Lokloren hatten schon lange zuvor einen solchen Palast für sich beansprucht; nun fanden sie weiße Hausguhle, die sich im Schatten bewegten. Die Plage rief bei den Lokloren Raserei hervor. Sie entzündeten Fackeln und machten sich daran, den Palast von seinen Bewohnern zu reinigen. Die Hausguhle wichen vor ihnen zurück, stießen verdrossene Schreie aus, leisteten jedoch keinen Widerstand.

Sie waren verschwunden, so schien es zumindest, und hinterließen lediglich einen ranzigen Geruch. Maihac ging los und untersuchte die Fresken eines Raums, der wohl als Großer Salon gedient hatte. Er vernahm ein leises Geräusch, wandte sich um und sah in der Nähe einen Hausguhl, der einen langen gekrümmten Arm, wie in jammervoller Anklage, auf ihn richtete. Maihac blieb wie angewurzelt stehen. Der Hausguhl langte schielend nach ihm und wollte zufassen. Maihac schlug den Arm fort. Der Hausguhl schrie auf und sprang mit einem Aufflattern seiner Robe auf Maihac zu, der sich nur durch seine Reflexe retten konnte. Er rollte zur Seite und fand sich in den schrecklichsten Kampf seines Lebens verwickelt. Der Hausguhl schrie ständig und flehte mit melodiöser Stimme. Schließlich verstummte das Geschöpf und streckte sich über Maihac aus, dessen Gesicht aufgerissen und dessen Kopfhaut förmlich aufgeschlitzt war. Eine Anzahl Lokloren hatte zugesehen; nun wandten sie sich ab. Maihac erkannte, dass sie ihn für tot hielten.

9 Das Haus war still. Die Lokloren waren verschwunden. Maihac wusste, dass die Hausguhle zurückkommen würden. Er kroch zur Vorderseite des Palastes und blickte über den Fluss. Er starrte verwundert. Das große Gebäude am Flussufer – konnte es die Schmelze sein? War diese Stadt Romarth? Er taumelte den Fluss entlang und traf bald darauf auf eine Gruppe Kavaliere. Sie nahm ihn zum Hause Ramy mit, wo er so gut wie möglich versorgt wurde.

Maihac stellte fest, dass seine Leistung, drei Jahre in Gefangenschaft eines Lokloren-Stammes zu überleben, ihm öffentlichen Beifall und umfangreiche Sympathie eingebracht hatte. Er erfuhr, dass es seit ihrer Abreise keine Nachricht von Jamiel gab. Die Ältesten vom Hause Urd hatten sich von Asrubal, der gegenwärtig nicht in Romarth weilte, und seiner Gruppe abgesondert. Sie räumten ein, dass diese Leute des kriminellen Angriffs auf Maihac, Jamiel und Jaro schuldig und gemeinsam für den Mord am Kinde Garlet verantwortlich waren. Jeder würde seine angemessene Strafe erleiden. Das Haus Urd bot Maihac seine Entschuldigung und eine Entschädigung von fünftausend Sol an. Maihac verlangte zudem ein Dokument, welches ihm die Mitarbeit und Kooperation von Urd-Repräsentanten in Loorie und anderswo sicherte. Die Urd-Ratsherren lehnten das Ersuchen zunächst ab, da sie es für zu weit gefasst und vage hielten. Maihac legte dar, dass er eine solche Autorisierung benötige, um Jamiel, die auf einem Lorquin-Schiff nach Loorie geflogen war, zu finden. Die Urd-Ratsherren, die unter öffentlichen Druck gerieten, gaben Maihac das gewünschte Dokument, eine Transportmöglichkeit mit dem Lorquin-Flitzer nach Flad und eine Passage an Bord des Lorquin-Frachters nach Loorie. Maihac trat die Reise so bald wie möglich an. Als er über die Tangtsang-Steppe flog, starrte er auf die ihm bekannten Landkonturen und versuchte, sich in Begleitung der Lokloren vorzustellen. Die Bilder von Lagerfeuern, Futtertrögen, Schmerz, Furcht und Elend waren zu wirklich, um abgetan werden zu können, und zu weit weg, um wahrlich real zu sein.

Alsbald erreichte Maihac Loorie. In der Lorquin-Agentur legte er sein Dokument der eindrucksvollen Dame Waldop vor. Sie prüfte es lang und breit und sagte gewichtig: »Was genau wollt Ihr?«

»Vor drei Jahren kam hier eine junge Frau von Romarth mit ihrem zwei Jahre alten Sohn an. Erinnern Sie sich an sie?«

»Flüchtig. Wenn ich mich recht entsinne, schien sie unglücklich zu sein.«

»Haben Sie mit ihr gesprochen?«

»Nur kurz. Sie fragte mich nach der Natural-Bank. Ich wies ihr die Richtung; sie entschwand mit ihrem Kind. Das ist alles, was ich Ihnen sagen kann.«

»Vielen Dank. Nun, zweitens, wo ist Asrubal?«

Dame Waldops Stimme nahm eine hochmütige Schärfe an. »Was das angeht, kann ich nichts sagen. Er ist nicht in Loorie, und ich glaube, er ist nach Außerwelt gegangen.«

»Und Sie haben keinen Hinweis darauf, mit welchem Ziel?«

»Keinen. Ich bin nicht seine Vertraute.«

»Entschuldigen Sie einen Moment; vielleicht weiß es Ihr Angestellter.«

»Das bezweifele ich doch sehr!« verkündete Dame Waldop. »Lassen Sie uns nicht seine Zeit verschwenden.«

Maihac wandte sich an Aubert Yamb, der über seinem Schreibtisch kauerte und vorgab, nichts zu hören. Maihac blickte auf das Plakat auf seinem Schreibtisch. »Ihr Name, wie ich sehe, ist Aubert Yamb.«

»Das ist richtig, mein Herr.«

»Kennen Sie Asrubal vom Hause Urd. Haben Sie ihn schon einmal gesehen?«

»Ja, mein Herr. Ein stattlicher und ernster Herr. Wenn er ›nein‹ sagt, bläst er nicht ins Horn oder läutet mit einer Glocke, um seinem Standpunkt Nachdruck zu verleihen.«

»Wo ist Asrubal jetzt?«

»Er ist nach Außerwelt gegangen, nach ...«

Dame Waldop rief: »Yamb, äußern Sie gefälligst keine Narreteien, bloß um Aufmerksamkeit zu erregen.«

»Wie Sie wollen, Dame Waldop.« Yamb beugte den Kopf wieder über seine Bücher. Er blickte erneut auf und kratzte mit einem Bleistift an seiner Nasenspitze. »Ich werde es Ihnen sagen, und Sie können es, wenn Sie es für richtig halten, an den Herrn weitergeben. Asrubal flog nach Ocknow auf Flesselrig.«

Dame Waldop schnalzte mit der Zunge und schwang ärgerlich herum. »Yamb, Sie haben Ihre Befugnisse bei weitem überschritten. Ich habe diese Tendenz schon seit längerem bei Ihnen bemerkt, und bis zu diesem Augenblick habe ich unter Ihren drohenden Indiskretionen gelitten. Sie haben sich ein letztes Mal in Angelegenheiten eingemischt, die Sie nichts angehen; kurz: Sie sind entlassen – ohne Referenz.«

»Das ist eine betrübliche Nachricht«, sagte Yamb. »Ich habe lediglich versucht, hilfsbereit zu sein.«

»Alles schön und gut, aber wenn Sie es in der Welt zu etwas bringen wollen, müssen Sie lernen, wann es angeraten ist, hilfsbereit zu sein, und wann es am besten ist, das zu vermeiden, was ich aufgeblasene Wichtigtuerei nenne.«

»Ja, jetzt verstehe ich. Darf ich meinen Job zurückhaben?«

»Absolut nein. Beenden sie diesen Tag freundlicherweise wie gewöhnlich. Bevor Sie gehen, reinigen Sie die Behälter und sperren Sie die Telefone. Außerdem, selbst wenn Sie länger arbeiten müssen, stellen Sie sicher, dass die Bücher auf dem neuesten Stand sind.«

»Sehr wohl, Madame. Ich werde meinen Lohn aus der Kasse nehmen.«

»Wie Sie wünschen. Nur legen Sie eine Auflistung bis zum kleinsten Posten in die Schublade.«

Maihac hatte keine weiteren Geschäfte mit Dame Waldop zu erledigen und verließ die Agentur. Im Schatten eines blaugrünen Dendrons hielt er inne, um über den Verlauf seines Lebens nachzudenken, seit er das letzte Mal über die Hauptstraße Loories geschritten war. Er sann darüber nach, wie er einst gewesen und was aus ihm nun geworden war. Die Gedanken waren weder heiter noch erhebend, und er stieß sie beiseite. Es war wichtig, seine Gefühle in einem Gleichgewicht zu halten, um seine Leistungsfähigkeit zu steigern. Wenn nichts anderes, so hatten ihn die drei Jahre mit den Lokloren Disziplin gelehrt. Häufig hatte er sich gesagt: Wenn er seine Wanderungen über die Tangtsang-Steppe durch irgendeinen Zufall überleben würde, er wollte nie wieder Düsternis oder Elend verspüren.

Er blickte nach links, wo die Straße in den Raumterminal mündete; dann nach rechts, wo die Straße schließlich in einem Wald verschwand. Hier, innerhalb seines Sichtbereiches, lebten zwei- oder dreitausend verschlossene Leute, die sich gegenseitig vertraulich Dinge zumurmelten, wenn sie sich auf der

Straße trafen, und achtsam gingen, so als ob sie nicht einmal das Geräusch von Schritten hervorrufen wollten.

Maihac überquerte die Straße und betrat die Büros der Natural-Bank. Er stand in einem düsteren Foyer mit hoher Decke und Kassenschaltern entlang der Wand. Eine weitere Wand war mit schmalen Brettern porösen goldenen Zundholzes vertäfelt. Ein unbesetzter Schreibtisch stand neben einer Tür mit der Inschrift:

HUBER THAWN
Direktor

In Abwesenheit eines Empfangsangestellten öffnete Maihac die Tür und betrat das Büro, einen weiteren hohen Raum mit einer schönen Holzvertäfelung aus gemustertem Grünholz. Hohe Fenster blickten auf einen Garten hinaus; ein schwerer flaschengrüner Teppich bedeckte den Boden. Hinter einem übergroßen Schreibtisch saß Huber Thawn, der klein und dick war und ein rundes rosafarbenes Gesicht mit Stupsnase und einen kleinen kampflustigen Schnurrbart hatte. Sein rostbraunes Haar war links und rechts von seinen Ohren derart gekämmt, dass es Flügel bildete. Sein glänzender dunkelbrauner Anzug schien zu prächtig für eine Umgebung wie Loorie zu sein, genau wie seine geblümte Krawatte und seine polierten Schuhe mit Fünf-Zentimeter-Absätzen und langgezogenen Spitzen. Maihac wurde mit einem Stirnrunzeln begrüßt, als hätte er Thawns Büro bei weitem zu lässig betreten und passe so gar nicht in das Format der von der Bank bevorzugten Kunden; tatsächlich schien Maihac, alles in allem genommen, ein Mann mit vielen unerwünschten Charakteristiken zu sein. Thawn sprach ernst: »In Zukunft mögen Sie es vorziehen, von meinem Sekretär angemeldet zu werden. Es wird für uns beide als würdigere Prozedur erachtet.«

»Gut, das zu wissen«, sagte Maihac. »Ich bin gerade von Romarth angereist und habe mich noch nicht an die Bräuche hier angepaßt.«

Thawn schielte Maihac von der Seite her an, sein Schnurrbart sträubte sich. »Von Romarth, sagen Sie? Sehr interessant! Also was, wenn ich fragen darf, ist Ihr Begehr?«

»Einfach genug. Ich möchte die finanziellen Aufzeichnungen des Hauses Urd prüfen, besonders die Konten von Asrubal von Urd.«

Thawns Kinnlade sank hinab. Er stotterte einen Augenblick, bevor er seine Worte fand. »Welch absurde Absicht! Das ist natürlich unmöglich! Die Privatsphäre unserer Kunden ist heiliges Gut.«

»Das nehme ich an. Aber ich habe ein Dokument bei mir, das mich zu dieser Nachforschung ermächtigt. Sie haben in dieser Angelegenheit keine Wahl.«

Thawn wurde ungehalten. »Das ist höchst ungewöhnlich! Ich kann mir nicht vorstellen, wie eine solche Bevollmächtigung gültig sein kann!«

»Sehen Sie selbst.« Maihac warf das Dokument auf Thawns Schreibtisch. Thawn zuckte zurück, als ob Maihac ihm ein giftiges Insekt angeboten hätte. Er beugte sich vorsichtig vor, warf einen Blick darauf und grunzte leise vor sich hin. Er las das Dokument, las es noch einmal und lehnte sich schließlich schwer in seinem Stuhl zurück. »Mehr muss nicht gesagt werden. Dieses Dokument ist definitiv. Natürlich möchte ich eine Kopie für meine Akten anfertigen.«

»Wie es Ihnen beliebt.«

Thawn sprach nun mit falscher Herzlichkeit. »Nun denn – Sie wollen sich einen Überblick über die Urd-Konten verschaffen? Das kann noch in diesem Augenblick geschehen.« Ein Paneel der Wandvertäfelung glitt zurück, um einen großen Bildschirm zu offenbaren. Thawn sprach einige Worte, und auf dem Schirm erschienen Informationen.

Maihac studierte die Zahlen fünf Minuten lang und stellte gelegentlich Fragen an Thawn, der mit knapper Höflichkeit antwortete. Darauf sagte Maihac: »Ich sehe keine Aufzeichnung über eine Auszahlung von dreihunderttausend Sol an Jamiel Maihac.«

»Es wurde keine solche Auszahlung vorgenommen. Ich erinnere mich der Umstände genau. Vor einigen Jahren legte eine junge Frau diese außergewöhnliche Einzugsermächtigung vor. Ich informierte sie, dass ich nie so viel Bargeld im Hause hätte; dass dies lästig und unsicher zugleich wäre. Ich sagte ihr, sie hätte zwei Möglichkeiten. Ich könne die Einzugsermächtigung der Hauptniederlassung der Natural-Bank in Ocknow auf Flesselrig vorlegen und die Antwort von Flesselrig abwarten, was einen Verzug von einigen Monaten mit sich brächte; oder sie könne sich selbst mit der Einzugsermächtigung an die Natural-Bank in Ocknow wenden, wo das Haus Urd ebenfalls ein Konto führt – ein beträchtlich größeres, nehme ich an, als jenes, welches der lokalen Bank anvertraut wurde. Ich sagte ihr, dass letztere Möglichkeit wohl beträchtlich schneller zum Erfolg führen würde, als hier auf die Auslieferung des Bargeldes zu warten. Ich vermute, sie nahm meinen Rat an, denn sie verließ die Bank.«

»Hat sie einen Hinweis auf ihre Pläne gegeben?«

»Nichts. Ich nehme an, sie hat eine Passage mit dem nächstmöglichen Flug nach Ocknow genommen.«

»Und sie hat keine Nachricht hinterlassen?«

»Keine.«

Maihac zog eine untröstliche Grimasse. Er blickte noch einmal auf den Bildschirm. »Asrubals hiesiges Konto ist recht bescheiden – etwa achttausend Sol.«

Huber Thawn stimmte zu, dass der verzeichnete Betrag Asrubals nicht außergewöhnlich war.

»Unterhält er ein eigenes Konto in Ocknow?«

Thawn blies durch seinen Schnurrbart, um sein Missfallen über die Frage anzudeuten. Er erwiderte kalt: »Ich kenne die genauen Zahlen nicht, aber es heißt, sein Ocknow-Konto ist recht beträchtlich.«

»Eine letzte Frage. Haben sie Asrubal in jüngster Zeit gesehen oder mit ihm gesprochen?«

»Nein, mein Herr. Ich habe ihn für eine längere Weile – Monate oder sogar Jahre – nicht gesehen. Zur Zeit ist er ebenfalls unterwegs nach Ocknow.«

Maihac dankte Thawn und verließ die Bank. Draußen hielt er inne und dachte über die Dinge, die er erfahren hatte, nach. Es war nicht sehr viel, und nichts davon war ermutigend. Er ging weiter, um sich auf eine Bank zu setzen und das verschlossene Volk von Loorie zu beobachten, das verstohlen seinen Angelegenheiten nachging. Die Sonne Gelbe Rose sank in den Nachmittagshimmel und warf lange Schatten entlang der Straße. Er sah, wie Dame Waldop die Büros der Lorquin-Verschiffungsagentur verließ und mit ihrem hochragenden Busen einherstolzierte. Die schwarz gewandeten Leute von Loorie senkten den Kopf, wichen bei ihrem Näherkommen zur Seite und beobachteten sie dann mit verstohlenen Blicken.

Maihac wartete, bis sie aus seiner Sicht verschwunden war, dann überquerte er die Straße und blickte durch das Fenster der Agentur. Er bemerkte Aubert Yamb, der düster an seinem Schreibtisch saß. Die Tür war verschlossen; auf Maihacs Klopfen kam Yamb zögernd zur Tür. Er zog den Bolzen zurück, öffnete die Tür einige Zentimeter weit und spähte Maihac eulenhaft an. »Die Agentur ist für heute geschlossen. Wenn Sie morgen zurückkommen, schenkt Ihnen Dame Waldop ihre volle Aufmerksamkeit.«

Maihac stieß die Tür auf und schloss sie hinter sich. »Sie sind es, den ich sprechen möchte.«

»Ich bin nicht länger Mitarbeiter«, sagte Yamb. »Ich kann keine offiziellen Geschäfte durchführen.«

»Das ist schon in Ordnung. Ich möchte lediglich Informationen, für die ich bereit bin zu zahlen.«

»Oh?« Yamb war interessiert. »Wieviel?«

»Wahrscheinlich mehr, als Sie erwarten.« Maihac legte zwanzig Sol auf den Schalter. »Lassen Sie uns am Anfang beginnen. Vor drei Jahren habe ich gewisse Pläne mit meiner Frau gemacht. Ich sagte ihr, dass ich, sobald wir Loorie erreicht hätten, beabsichtigte, Sie im Zusammenhang mit einigen vertraulichen Arbeiten, für die Sie finanziell entlohnt werden sollten, aufzusuchen. Im wesentlichen benötigte ich kopierte Dokumente, die später möglicherweise in einer strafgerichtlichen Verfolgung Verwendung finden würden. Ich verspätete mich, so dass Jamiel vor mir in Loorie ankam. Ich bin sicher, dass sie unsere Pläne ausgeführt hat und so früh wie möglich mit Ihnen in Kontakt getreten ist. Habe ich recht?«

Yambs Gesicht wurde zu einer Maske listiger Schläue. Er musterte Maihac mit gesenkten Lidern. »Wie war der Name der jungen Dame?«

»Jamiel Maihac. Ich bin Tawn Maihac. Wieviel hat sie Ihnen gezahlt?«

»Tausend Sol – und keinen Bleiheller zuviel, wenn man das Risiko in Betracht zieht.«

»Und Sie haben die Arbeit exakt nach ihren Anweisungen durchgeführt?«

Yamb blickte besorgt über seine Schulter zur Tür. »Ja ... ich habe Kopien meiner Hauptbücher der letzten fünf Jahre gemacht. Sie verzeichnen detailliert alle Geschäftstransaktionen des in Frage kommenden Zeitraums. Sie war mit dem Resultat zufrieden.«

»Gut. Sie können nun die gleichen Kopien für mich noch einmal machen. Die Bezahlung wird identisch sein.«

Yamb verzog das Gesicht. »Unmöglich. Selbst wenn ich es könnte, würde ich es nach den Auswirkungen beim ersten Mal nicht wagen.«

»Wie bitte?«

»Asrubal kam einige Tage später von Fader an. Er war in einer boshaften Stimmung. Sobald er das Büro betreten hatte, verlangte er meine Hauptbücher zu sehen. Ich versichere Ihnen, meine Seele erstarrte. Wie auch immer, ich heuchelte Gleichgültigkeit und gab ihm höflich die Hauptbücher heraus. Er sah sie sofort durch, murmelte flüsternd mit Dame Waldop, die verdutzt dabeistand. Mit einem Mal beugte Asrubal sich herunter und schnupperte an den Seiten. Er schaute Dame Waldop mit einem Blick an, der mir noch jetzt, wenn ich daran denke, einen eisigen Schauer den Rücken hinunterlaufen lässt. Er erklärte mit leiser, raspelnder Stimme: ›Die Hauptbücher wurden kopiert!‹

Dame Waldop schrie: ›Unmöglich! Wer würde so etwas tun? Kommen Sie; lassen Sie uns das Gerät untersuchen. Der Zähler wird uns die Tatsachen offenbaren.‹

Die zwei gingen ins Hinterzimmer und untersuchten den Zähler, aber ich hatte diesbezüglich nichts zu befürchten, da ich ihn während meines unbefugten Benutzens abgeschaltet hatte. Sie kamen, angeführt von Dame Waldop, die ihre Schultern rechtfertigend nach hinten geschoben hatte, wieder aus dem Zimmer heraus. ›Wie Sie sehen, ist die Anzahl richtig. Ihre Nase hat Sie, wenigstens in diesem Fall, in die Irre geführt.‹

Arubal wandte sich mir zu und musterte mich mit beunruhigender Intensität. ›Nun denn, Yamb! Haben Sie diese Hauptbücher kopiert?‹

›Natürlich! Jede Woche kopiere ich sie auf dem Berechnungsgerät! Es ist meine Aufgabe, so dass die Informationen augenblicklich für Euer Ehren bereit sind! Es ist eine einfache Sache. Ich rufe zum Beispiel ‚Export', dann ‚Transaktionen', dann äußere ich die Besonderheiten der Transaktion. Es ist ein feines, zufriedenstellendes System.‹

›Das kann man wohl sagen. Haben Sie die Hauptbücher auf dem Kopiergerät kopiert? Kommen Sie schon; sagen Sie es mir! Diese Dokumente sind von grundsätzlicher Wichtigkeit!‹

Ich spürte förmlich, wie sein Blick sich in mein Gehirn bohrte, aber ich habe mein Verhalten argloser Unschuld vervollkommnet, das den stärksten Inquisitor davon überzeugt, ich wäre ein Mondkalb mit nicht mehr im Sinn als eine gut gebutterte Pastinake. Ich glaube, dass ich eben diesen Eindruck auf Asrubal gemacht und ihn verwirrt habe. Er ist jedoch immer noch so gefährlich wie eine zusammengerollte Feuerschlange. Er befragte mich eine Zeitlang, aber ich lächelte nur und leckte die Lippen in einer salbungsvollen Weise, die jedermann widerwärtig findet. Asrubal wandte sich schließlich ab und warf die Arme hoch. Für eine Weile fuhr er fort, Dame Waldop zu quälen, die alle Beschuldigungen leugnete. Am Ende löschte er die Informationen aus dem Verwaltungsapparat; dann schnappte er sich meine Hauptbücher und verließ das Büro. Er war wütend, und sein Gesicht war wie aus Knochen gemeißelt.«

»Hat Jamiel angedeutet, was ihre Pläne sind?«

»Nein. Sie ging zum Terminal und buchte eine Passage. Mir wurde gesagt, Asrubal habe teure Nachforschungen angestellt, aber ich schließe, dass er nichts Definitives erfahren hat.«

Maihac brachte hundert Sol zum Vorschein. Yamb neigte seinen Kopf zur Seite. »Sie holen dieses Geld mit der unbekümmerten Leichtigkeit eines wohlhabenden Granden hervor, für den tausend Sol kaum einen Unterschied zu hundert ausmachen.«

»Nicht unbedingt. Haben Sie mir noch mehr mitzuteilen?«

»Nur die Geschichte meines Lebens und die Farbe von Dame Waldops Schlüpfer, den ich eines Tages erspähte, als sie auf einem Fruchtstück ausglitt, das ich weggeworfen hatte, und auf den Hintern fiel.«

»Nichts anderes?«

Yamb seufzte. »Überhaupt nichts.«

Maihac händigte ihm die hundert Sol aus. »Sie werden das brauchen, während Sie sich auf eine neue Laufbahn vorbereiten.«

»Diesbezüglich brauchen Sie sich keine Gedanken zu machen«, sagte Yamb selbstzufrieden. »Ich werde meiner Tante Estebel bei der Primel-Vereinigung zur Hand gehen, bis Dame Waldop nach einer Weile merken wird, dass ich einige geheimnisvolle Abkürzungen installiert habe, so dass ich für sie unentbehrlich bin. Sie wird wütend sein und fluchen, aber letztendlich wird sie mich zur Arbeit zurückzitieren. Meine Antwort wird träge erfolgen; dieses Mal ist sie zu weit gegangen, und einige ihrer Anspielungen waren etwas unter der Gürtellinie. Ich werde ihr das sagen. Außerdem werde ich ihr eine beträchtliche Erhöhung des Gehalts nahelegen und einen neuen Schreibtisch nahe der Tür mit einem Schild, das mich als ›Finanzaufseher‹ oder etwas Ähnlichem identifiziert.«

»Sie haben ein abenteuerreiches Leben«, sagte Maihac. »Wo ist das IPCC-Büro?«

Yamb öffnete die Tür und führte Maihac hinaus in den späten Nachmittag. Er deutete die Straße hinauf. »Gehen Sie bis zur zweiten Kreuzung. Dort, zwischen dem Fußpflege-Salon und einem großen Armreifblütenbaum, werden Sie die IPCC finden.«

Im IPCC-Büro identifizierte sich Maihac einem jungen Agenten gegenüber und fragte, ob Nachrichten für ihn bereitlägen. Wie er erwartet hatte, holte der Beamte einen Umschlag mit seinem Namen hervor.

Die Nachricht lautete:

Tawn Maihac:

Ich habe mich von Bord der Lustspranger *der Demeter-Linie ausgeschifft. Eine Nachricht, gerichtet an das Hauptbüro der Demeter-Linie auf der Alten Erde, wird mich erreichen, und ich werde mich am vorgeschlagenen Treffpunkt einfinden.*

Gaing Neitzbeck

10 · Maihac verließ Loorie an Bord eines Schiffes der Swannic-Linie, das ihn zu Calleys Knotenpunkt auf Virgo AXX-1 Dreizehn brachte, wo er auf ein Touristen-Kreuzfahrtschiff wechselte, das ihn mit nach Ocknow auf der Welt Flesselrig nahm, dem kommerziellen und finanziellen Angelpunkt für einen großen Teil dieses abgelegenen Sektors. Maihac begab sich unmittelbar zu den Hauptbüros der Natural-Bank, wo er an einen der Unterinspektoren verwiesen wurde, an Brin Dykich, der sich bemerkenswert von Huber Thawn aus Loorie abhob. Er war schlank, ansehnlich, hilfsbereit und hatte keinen Schnurrbart. Er nahm Maihac mit in sein Büro, bestellte Tee und fragte, wie er zu Diensten sein könnte.

»Sie werden mein Anliegen zuerst für irregulär halten«, sagte Maihac. »Vielleicht sogar für aufsehenerregend, aber wenn Sie den Hintergrund erfahren, erkennen Sie, dass alles seine Ordnung hat.«

»Bitte fahren Sie fort«, sagte Dykich. »Sie haben zumindest mein Interesse geweckt.«

»Ich bin ein ehemaliger Beamter der IPCC und habe mich in gutem Einvernehmen zur Ruhe gesetzt. Ich versuche einen Verbrecher zu verhaften. Er ist ein Dieb, ein Schwindler und ein Mörder; er ist ein Roum von der Welt Fader; sein Name ist Asrubal vom Hause Urd, und er unterhält ein Konto bei wenigstens zwei Zweigstellen der Natural-Bank – hier und in Loorie.«

»Und Sie wollen Auskünfte bezüglich des Kontos?« Dykichs Ton war neutral. »Offensichtlich kann ich Ihnen nicht von Diensten sein, obwohl Sie meine Sympathie haben. Ich habe Asrubal getroffen und empfand ihn, ehrlich gesagt, als jemanden, der einem garstigen Menschenschlag angehört.«

Maihac legte seine Dokumente auf den Schreibtisch. »Dies ist meine Bevollmächtigung.«

Dykich las sich die Dokumente sorgfältig durch und blickte dann Maihac an. »Dies ist ein sehr machtvolles Instrument. Es gibt ihnen diskrete Verfügungsgewalt über Gelder des Hauses Urd, selbst wenn sie anfänglich auf Asrubals Unterkonto eingezahlt wurden.«

»So habe ich es verstanden.«

»Nun, die Anweisungen sind klar. Ich nehme an, Sie möchten das Konto inspizieren?«

»Ja, wenn es Ihnen recht ist.«

Dykich brachte die relevanten Zahlen auf seinen Bildschirm. Maihac studierte sie sorgfältig. »Natürlich wissen Sie, dass es eine Einzugsermächtigung über dreihunderttausend Sol von Asrubals Konto gibt, die immer noch nicht eingelöst scheint.«

»Ich habe eine entsprechende Referenz bemerkt.«

»Die Ermächtigung wurde nicht in Loorie erfüllt und augenscheinlich auch nicht hier.«

Dykich blickte über den Schirm. »Richtig. Wir haben keine solche Ermächtigung eingelöst. Sie existiert immer noch und ist genauso gut wie bares Geld.«

»Wieviel ist sie jetzt wert – mit aufgelaufenen Zinsen und Dividenden für drei Jahre?«

»Ungefähr vierhunderttausend Sol.«

»Ich möchte dieses Geld vor jedwedem Versuch Asrubals, es einzuziehen, schützen. Wie kann das gewährleistet werden?«

Dykich dachte nach. »Es ist kein einfacher Vorgang, aber es ist möglich. Auf Grund dieser Bevollmächtigung kann ich eine angemessene Summe auf ein modifiziertes Fremdkonto überweisen, welches lediglich durch die Vorlage der Ermächtigung, die auf den ›Inhaber‹ bezogen ist, zugänglich ist.«

»Dann tun Sie das bitte.«

»Mit Vergnügen. Ich werde die exakte Summe berechnen. Sie müsste nahe an vierhunderttausend Sol herankommen und wird, wie Sie bemerken, Asrubals Konto beinahe vollständig tilgen.«

»Asrubal wird nicht erfreut sein. Stellen Sie sicher, dass weder er noch jemand anderes aus dem Hause Urd Zugriff auf das Konto erhält.«

»Ich werde eine Klausel mit einem entsprechenden Inhalt aufsetzen.« Dykich nahm das Dokument an sich und las es noch einmal mit großer Sorgfalt. Er zuckte die Achseln. »So sei es. Aber ich muss eine beglaubigte Kopie des Dokumentes machen, die Sie zu meinem Schutz gegenzeichnen müssen.«

Die Kopie wurde zu Dykichs Zufriedenheit rechtskräftig gemacht. Maihac fragte: »Ich nehme an, Sie haben Asrubal in letzter Zeit nicht gesehen?«

»Nicht in letzter Zeit. Gewiss nicht in den letzten Monaten, vielleicht länger. Jetzt, wo ich daran denke, fällt mir ein, dass eine Nachricht vor etwa einem Jahr hinterlegt wurde; das genaue Datum …« Dykich wühlte in seiner Schublade und brachte einen blassgelben Umschlag zum Vorschein. Er las das Datum. »Sie wurde vor einem Jahr hinterlegt. Asrubal war seitdem nicht hier.« Maihac langte vor und nahm den Umschlag aus Dykichs zaudernden Fingern. Bevor Dykich protestieren konnte, hatte Maihac den Umschlag geöffnet und die Nachricht herausgezogen. Er las laut:

An Asrubal von Urd:

Mit dem Haus, in dem die Frau starb, als Mittelpunkt durchsuchte ich die Fläche in konzentrischen Kreisen und stieß schließlich auf Fakten, die, wie ich glaube, eine neunzigprozentige Wahrscheinlichkeit besitzen. Die einzig abweichende Hypothese (zehn Prozent Wahrscheinlichkeit) ist, dass der Junge im Fluss ertrank. Eher wurde er von einem Paar Anthropologen namens Hilyer und Althea Fath aufgelesen und zu ihrem Heim in der Stadt Thanet auf der Welt Gallingale mitgenommen. Öffentliche Aufzeichnungen machen diese Ansicht hochwahrscheinlich.

Terman von Urd

Dykich starrte Maihac an. »Geht es Ihnen gut? Sie sind bleich wie ein Gespenst!«

»Jamiel ist tot«, murmelte Maihac. »Asrubal hat sie umgebracht.«

11

»Viel mehr gibt es nicht zu erzählen«, sagte Maihac. »Die Nachricht, die Terman bei Brin Dykich hinterließ, erschüttert mich, wenn ich daran denke, heute immer noch. Ich hatte gehofft, dass Jamiel Asrubal entkommen könne – aber er hat sie eingeholt. Ich kann nicht ertragen, daran zu denken, was dann geschah. Mein Leben kreiste um zwei Personen: Jaro und Asrubal. Sogar während ich in Dykichs Büro saß, fragte ich mich, warum Asrubal so begierig darauf sein sollte, Jaro zu verfolgen. Nach langem Nachdenken kam ich auf die Antwort. Es konnte sich nur so verhalten, dass Jamiel die Einzugsermächtigung und die belastenden Hauptbücher an einem sicheren Ort hinterlassen hatte und starb, bevor Asrubal es aus ihr herausbringen konnte. Der Junge war entkommen und wusste möglicherweise von dem Versteck. Die Aussicht war gering, aber Asrubal konnte sie nicht außer acht lassen; er konnte sich nicht sicher fühlen, bis er die Hauptbücher und die Ermächtigung vernichtet hatte.

Terman mochte oder mochte sich nicht mit Asrubal in Verbindung gesetzt haben. Ich reiste sofort nach Thanet und war sehr erleichtert, als ich herausfand, dass du lebendig und in guten Händen warst. Die Faths haben dich, so gut es ihnen möglich war, aufgezogen. Gaing begleitete mich. Er nahm eine Arbeit in der Werft an. Ich wurde als Sicherheitsbeamter eingestellt. Wir überprüften alle ankommenden Passagiere. Wir achteten besonders auf Schiffe, die aus Richtung Flesselrig und Nilo-May kamen.

Die Zeit verging; nichts geschah; Asrubal zeigte sich nicht, noch jemand anderes, der ein Roum hätte sein können.

Ich wurde nervös. Stimmten meine Theorien nicht mit der Wirklichkeit überein? Ich konnte nicht erkennen, wo ich einen Fehler begangen hatte – es sei denn, Terman hatte, nachdem er die Nachricht bei Dykich hinterließ, niemals Kontakt mit Asrubal gehabt, so dass die Information bezüglich der Faths nicht weitergegeben wurde. Vielleicht war Terman gestorben, oder er war umgebracht worden oder hatte entschieden, sich irgendwo auf einer der Welten des Reiches dauerhaft anzusiedeln, statt nach Fader zurückzukehren. Ich setzte mich mit Brin Dykich in Ocknow in Verbindung; er berichtete, dass sich bezüglich des Bankeinzugs niemand bei ihm gemeldet und er auch keine weiteren Zahlungen auf Asrubals Konto getätigt hätte. Ich fragte mich, was vorging. Schließlich beschloß ich, mein Glück bei den Faths zu suchen und mit ihrem Sohn bekannt zu werden. Zu dieser Zeit hatte ich von der verstümmelten Erinnerung erfahren, die mich natürlich beunruhigte. Dennoch, das Gedächtnis konnte zurückkehren und mit ihm die Erinnerung an die Umstände, die den Tod seiner Mutter und den Aufenthaltsort von Hauptbuch und Bankeinzug betrafen.

Ich ging zu einem Kuriositätenhändler und erwarb exotische Instrumente, einschließlich eines Froschhorns, welches ich versuchte zu spielen. Es war sehr schwierig und hörte sich stets gleich an, ob ich es nun schlecht oder gut spielte. Ich schrieb mich am Institut ein und besuchte ein paar von Altheas Vorlesungen, wo ich vorsichtig mein Interesse an exotischen Instrumenten erwähnte. Althea interessierte sich sogleich für mich, und ich musste nichts weiter tun, um nach Merriehew zu kommen und ihre Familie kennenzulernen. Wir sprachen über ihren adoptierten Sohn, und Althea konnte ihren Stolz auf diesen Jungen, der so wohlgeraten war, nicht zurückhalten. Ich versuchte herauszufinden, wo sie auf dieses Musterexemplar gestoßen waren, aber Althea stotterte und murmelte lediglich und wechselte das Thema.

Ich begann damit, Merriehew regelmäßig zu besuchen. Im allgemeinen waren die Abende erfreulich, trotz Hilyers Verdächtigungen, die automatisch auftraten, obwohl ich ihm stets zustimmte und höflich all seinen Ansichten lauschte. Ich brachte sogar mein Froschhorn mit und spielte für sie. Ich erfreute jeden, außer Hilyer, der wahrscheinlich eifersüchtig auf mich war; außerdem war ich ein Raumfahrer, also ein Vagabund. Bei verschiedenen Gelegenheiten lenkte ich die Unterhaltung auf deine Ursprünge, aber Hilyer und Althea waren stets ausweichend. Weshalb, konnte ich zu diesem Zeitpunkt nicht sagen. Kein Wunder, dass sie mich für einen schlechten Einfluss hielten – so sehr, dass ihre Einladungen bald ausblieben.

Die Zeit verging. Ich spürte, dass ich etwas Positives tun musste. Ich überließ Gaing die Verantwortung und nahm an Bord eines Frachters eine Passage nach Nilo-May. Das war ein Fehler; die Passage war billig, aber sie war auch langwierig. Letztendlich erreichte ich Loorie, wo ich Änderungen entdeckte. Dame Waldop leitete nicht länger die Lorquin-Verschiffung. Die neue Direktorin war eine schlanke junge Frau mit Augen wie Feuersteine und kurzgeschorenem Haar. Aubert Yamb hatte seine Kusine Twee Pidy geheiratet und arbeitete nun in der Primel-Vereinigung. Er war nicht allzu erfreut, mich zu sehen, und hatte nur wenig Neues zu berichten. Etwa zwei Jahre zuvor hatte Dame Waldop Loorie mit unbekanntem Ziel verlassen. Von Asrubal hatte Yamb nichts mehr gesehen, und er hatte auch keine Informationen über seinen Aufenthaltsort. Im

Raumterminal durchsuchte ich die Aufzeichnungen und fand heraus, dass Terman von Urd eine Passage von Loorie nach Ocknow gebucht hatte. Ich tat es ihm gleich und verfolgte Terman für die nächsten zwei Jahre von Welt zu Welt auf seiner Suche nach Jaro. Es war eine langwierige, ermüdende Arbeit und sehr gewagt; am Ende verlief die Spur im Sand, und ich stand nach drei Jahren der Mühe mit nichts da. Ich beschloß, nach Thanet zurückzukehren und von den Faths zu erfahren, wo sie dich fanden, obwohl ich annahm, dass sie nichts sagen würden.

Hier auf Gallingale standen die Dinge schlimmer als je zuvor. Die Faths waren tot, und Gaing hatte keine Anzeichen von Terman oder Asrubal oder irgend jemand anderem von Interesse gesehen. So in etwa hat sich alles zugetragen.«

Kapitel XIV

1 Nach einer Stunde des Brütens beschloß Skirl, dass die Behandlung, die ihr von der Bank widerfahren war, die Grenze der Respektlosigkeit überschritten hatte. Sie telefonierte mit dem Clam-Muffin-Komitee und beschrieb die Anstoß erregenden Geschehnisse. Die Bank, so erklärte sie, nage an den Grundfesten der zivilisierten Gesellschaft, indem sie ihre Person und ihren Status missachte.

Der Vorsitzende des Komitees hielt sie an, sich für eine Weile zu beruhigen, während er ihre Angelegenheiten in Ordnung brachte. Zehn Minuten später rief er an, um anzukündigen, dass die Bank ihren Fehler eingestanden hatte und ihr nun ihre Entschuldigung aussprach. Die Bank wäre erfreut, wenn sich Skirl bei passender Gelegenheit bereit fände, nach Sassoon Ayry zurückzukehren, wo sie ihre Habe sicherstellen könnte. Das Bankpersonal stehe bereit, ihr alle notwendige Hilfe zu leisten.

Skirl dankte dem Vorsitzenden und sagte, dass es, wie stets, eine wunderbare Sache sei, eine Clam Muffin zu sein; darin stimmte ihr der Vorsitzende zu.

Jaro und Skirl fuhren sogleich nach Sassoon Ayry, wo sie einen neuen Geist der Zusammenarbeit entdeckten. Skirl packte die begehrtesten Teile ihrer Garderobe ein und durchstreifte das Haus, um solche Objekte, die als Andenken betrachtet werden konnten, einzusammeln. Dazu gehörten ihres Vaters Sammlung alter Kolosti-Miniaturen und ein fossiler Trilobit von der Alten Erde.

Skirl und Jaro kehrten nach Merriehew zurück. Jaro

trug die Behälter ins Haus und hinauf in das Schlafzimmer, in welchem sich nun Skirl einquartiert hatte. Jaro ging seinen eigenen Angelegenheiten nach, während Skirl dankbar ihre Garderobe auspackte und ein dunkelgrünes Kleid anzog. Für einen Augenblick stand sie vor dem Spiegel und musterte ihr Abbild. Sie nahm eine Bürste und richtete ihre Locken. Sie besah sich erneut. Etwas war anders; etwas hatte sich verändert. War es besser oder schlechter? Sie war sich nicht sicher. Nachdenklich wandte sie sich vom Spiegel ab. Sie ging hinunter ins Wohnzimmer. Jaro blickte sie an und schaute dann noch einmal intensiver. »Du siehst bemerkenswert hübsch aus! Was hast du mit dir angestellt?«

»Ich habe mich umgezogen und mein Haar gebürstet. Außerdem habe ich keinen Ärger mehr mit den Bankiers.«

»Irgendetwas in dir hat sich gewandelt«, sagte Jaro. »Was es ist, weiß ich nicht. Vielleicht ist es, weil …« Er zögerte. »Wie dem auch sei.«

Skirl blickte ihn argwöhnisch an, dann sagte sie: »Ich glaube, du hast Probleme, mit denen du noch nicht zurande gekommen bist.«

»Richtig. Ich möchte herausfinden, wo die Faths zuerst auf mich stießen.«

»Ah, ja. Sie haben es dir niemals gesagt.«

»Immer wenn ich fragte, lachten sie lediglich und sagten, es wäre ein weit entfernter und unwichtiger Ort gewesen.«

»Was könnte ihr Motiv gewesen sein?«

»Ganz einfach. Sie wollten, dass ich einen Abschluss am Institut mache und in die Fakultät eintrete. Vor allem durfte ich nicht Raumfahrer werden und hinausziehen, auf der Suche nach meiner Vergangenheit.«

»Das erscheint mir etwas anmaßend.«

Jaro nickte. »Dennoch, sie wollten das Beste für mich.«

»Ich nehme an, du hast ihre Aufzeichnungen durchgesehen?«

Jaro beschrieb den Umfang seiner Bemühungen. »Ich habe nichts gefunden.«

Skirl nickte. »Du brauchst die Hilfe eines geübten Effektuators.«

»Wahrscheinlich. Hast du Vorschläge?«

»Ich könnte den Fall übernehmen, wenn das Honorar adäquat ist.«

»Das Honorar ist bedauerlicherweise nicht adäquat. Es ist überhaupt nicht vorhanden.«

»Wie auch immer«, sagte Skirl. »Das ist ungefähr das, was ich erwartet habe. Im Sinne einer guten Öffentlichkeitsarbeit nehme ich den Fall an. Also entspann dich! Dein Kummer ist zu Ende.«

»Das hoffe ich – aber ich bezweifle es. Hilyer hat seine Arbeiten sorgfältig erledigt. Ich habe überall gesucht.«

»Du hast wahrscheinlich an den falschen Orten gesucht.«

»Wir werden sehen«, sagte Jaro. »Wo willst du anfangen?«

»Zuerst werde ich einige Fragen stellen.«

»Frag drauflos.«

»Wo hast du bereits gesucht?«

»Ich habe ihre Aufzeichnungen durchsucht. Das Tagebuch des fraglichen Jahres fehlt. Ich sah Notizen durch, Rechnungen, Quittungen, Vollmachten, Andenken, Speisekarten – nichts. Ich habe die Dachstube ausgeräumt. Ich habe herausgefunden, dass einige hundert Jahre lang niemand etwas weggeworfen hat. Ich fand Aufzeichnungen über Gartenbau, Altheas Schularbeiten, zerbrochene Stühle – aber keine Berichte über Außerweltreisen. Ich ging Zentimeter für Zentimeter durch Hilyers Werkstatt; ich untersuchte jedes Buch der Bibliothek. Ich suchte an allen wahrscheinlichen Stellen, dann an allen unwahrscheinlichen. Immer noch nichts. Kein Hauch, kein Wispern. Ich prüfte noch einmal die Tagebücher, schaute nach obskuren Referenzen. Wieder nichts.«

»Du könntest einen Hinweis oder eine geheime Anspielung übersehen haben.«

»Das ist möglich – aber ich glaube nicht.«

»Ich fange mit den Tagebüchern an.«

Jaro zuckte die Achseln. »Wie du willst. Ich fürchte, es ist zwecklos.«

»Es muss einen Hinweis geben.«

»Hilyer war ein methodischer Geist. Soweit ich sagen kann, hat er nichts übersehen.«

»Ich werde sehen, was ich herausfinden kann.«

Jaro überließ Skirl ihrer Arbeit. Er fand Maihac auf der Veranda und sprach mit ihm über die verschiedenen Übernahmeversuche von Merriehew: Forby Mildoon, Lyssel mit ihren unkonventionellen Bemühungen, Abel Silking mit seinen Drohungen.

»Wenn ich daran zurückdenke, werde ich ärgerlich«, sagte Jaro. »Sie planten, den armen törichten Nimp so einzulullen, dass er ihnen den Besitz für einen Pappenstiel überlässt. Dann, wenn sie ihn aus der Katzvold-Straße vertrieben hätten, hätten sie sich Gilfong Rute vorgenommen und ihn aus seiner Glitterway-Raumjacht hinausgedrängt. Abel Silkings Angebot war besser, aber es schloss Drohungen mit ein. Ich bin über keine von diesen Personen erfreut.«

»Ich glaube nicht, dass Silking seine Drohungen in die Tat umsetzt, besonders nachdem wir ihm Gaing Neitzbeck vorgestellt haben.«

Sich etwas heiterer fühlend ging Jaro, um nach Skirls Fortschritten zu schauen. Er fand sie, wie sie niedergeschlagen einen Ordner gemischter Papiere durchsah, die er bereits einige Male untersucht hatte. »Was hast du erfahren?«

»Nichts. Hilyer scheint wild entschlossen gewesen zu sein, die Information vor dir zu verbergen.«

»So möchte ich Hilyer nicht in Erinnerung behalten.«

»Vielleicht bin ich nicht milde genug.« Sie deutete zum Regal. »Dort ist das Tagebuch des Jahres, bevor du gefunden wurdest, und das für das Jahr danach. Sie sind mit ›25‹ und ›27‹ beschriftet. Nummer ›26‹, das Tagebuch für das fragliche Jahr, fehlt.«

»Es ist wahrscheinlich Bestandteil des Pakets, das Imbald für mich bereithält, sollte ich zur Besinnung kommen und mich am Institut einschreiben.«

Skirl wandte sich vom Schrank ab. »Du hast recht. Hilyer war gründlich. Ich habe genug von seinen nichtigen Notizbüchern.«

»Es mag etwas am Institut geben, was Maihac übersehen hat. Aber genug für jetzt. Es ist an der Zeit für unser erstes Festmahl. Gaing Neitzbeck wird anwesend sein. Bist du eine gute Köchin?«

»Ich glaube nicht.«

»Ich werde kochen, und du bereitest den Tisch in festlicher Weise vor. Altheas beste Tischwäsche findest du in dem Schrank dort drüben; das Geschirr ist im Küchenschrank.«

»Gut«, sagte Skirl. »Was willst du denn kochen?«

»Stew.«

»Das hört sich gut an. Vielleicht bringst du mir ja eines Tages das Kochen bei.«

»Gewiss. Stew ist einfach. Du steckst die Zutaten in einen Topf, fügst Wasser hinzu und kochst es. Wenn es fertig ist, kommt Salz und Pfeffer dazu, und es wird serviert. Es ist ein unfehlbares Rezept.«

Skirl ging zum Schrank. Sie suchte ein heiteres, blaurotkariertes Tischtuch aus und breitete es über den Tisch. Sie deckte den Tisch mit passendem Geschirr und stellte einen von Altheas Kandelabern dazu, den sie in Farbe und Design für das Arrangement für angemessen hielt.

Als Gaing eintraf, nahm die Gesellschaft um den Tisch herum Platz. Das Abendessen wurde bei Kerzenlicht serviert: ein grüner Gartensalat, Stew, Brot und Oliven, zusammen mit zwei Flaschen von Hilyers Emilione-Red-Tischwein. Skirl aß mit gutem Appetit, aber sie hatte nur wenig zu sagen und schien mit ihren eigenen Gedanken beschäftigt zu sein. Sie waren offenbar unterhaltsam, da Skirl Mühe hatte, ein Grinsen zu unterdrücken, das von Zeit zu Zeit drohte, durch ihre Maske der Feierlichkeit zu dringen. Jaro beobachtete sie und fragte sich, was ihr geheimes Vergnügen sein könnte.

Maihac füllte die Kelche und lehnte sich im Stuhl zurück. »Ein Gebiet für Nachforschungen verbleibt noch: die Fakultät am Institut.«

Jaro sagte düster: »Ich habe bereits nachgefragt. Niemand erinnert sich daran, was die Faths vor zwölf Jahren gemacht haben.«

»In diesem Fall scheinen wir in eine Sackgasse gelangt zu sein.«

Skirl sagte unbekümmert: »Es könnte nützlich sein den Effektuator, den du zur Lösung des Problems angeheuert hast, zu konsultieren – für ein recht geringfügiges Honorar, wie ich hinzufügen möchte.«

Jaro schaute sie mit einer plötzlichen Ahnung an. »Du hast die Antwort? Grinst du deshalb schon die ganze Zeit?«

»Vielleicht.«

»Sag es uns! Spann uns nicht auf die Folter!«

Skirl nippte an ihrem Weinkelch, bevor sie antwortete. Dann: »Der Ort heißt Sronk und befindet sich auf Camberwell.«

»Also wirklich! Wie hast du das herausgefunden?«

»Zuerst durch Deduktion, dann durch Induktion.«

»Komm schon! Es gehörte doch sicherlich etwas mehr dazu?«

»Nun, ja. Als ich den Kandelaber vom Regal nahm, bemerkte ich unter dem Fuß ein Schildchen mit einer Nummer und einem Namen – in diesem Fall ›21‹ und

›Dank Willow, Mauberley‹. Nach einem Moment des Überlegens ging ich zum Schrank und nahm das Tagebuch mit der Nummer 21 heraus. Ich fand beinahe sofort einen Verweis auf die Welt Mauberley und die Stadt Dank Willow. Ich ging zurück zum Regal und schaute unter die Füße der Kandelaber, bis ich ein Schildchen mit der Nummer 26 fand. Der angeführte Ort war Sronk und die Welt Camberwell. So, da habt ihr es.«

2 Der Kommunikator lieferte, da er mit der Institutsbibliothek verbunden war, Informationen bezüglich der Welt Camberwell, einschließlich physikalischer Charakteristiken, verschiedener Karten, einer Beschreibung der einheimischen Flora und Fauna, Informationen bezüglich der Völker von Camberwell, der Städte und ihrer Bevölkerung genau wie einem kurzen geschichtlichen Abriss. Der Hauptraumhafen war in der Nähe der Stadt Tanzig gelegen, fünfzehn Kilometer südlich des Flusses Blass. Sronk wurde etwa sechzig Kilometer östlich von Tanzig angezeigt, jenseits der Wyching-Hügel.

»Das nächste Problem wäre, dorthin zu gelangen«, sagte Jaro. »Das heißt Geld.«

»Geld und Zeit, wenn du den kommerziellen Transport benutzt«, sagte Maihac. »Camberwell befindet sich abseits der Hauptrouten, und es gibt dorthin nur schlechte Verbindungen von den Häfen der Knotenpunkte.«

»Was wir brauchen, ist ein Raumschiff«, sagte Jaro. »Ich kann an Silking für wenigstens dreißigtausend Sol verkaufen, vielleicht etwas mehr. Wieviel kostet eine Lokator 11-B?«

»Jeden Preis von fünftausend Sol, für ein Schiff mit einem Loch in der Hülle und einer geschmolzenen

Energiebox, bis fünfundzwanzigtausend oder dreißigtausend Sol für ein Schiff in vernünftigem Zustand. Aber eine Lokator wäre zu eng«, riet Maihac. »Vielleicht bekommen wir etwas Besseres.«

Das Telefon läutete. Jaro rief: »Sprechen Sie!« Auf dem Schirm erschien das Gesicht eines silberhaarigen Mannes im mittleren Alter, der bemerkenswert fröhlich war. Jaro sagte: »Guten Abend, Herr Silking.«

Abel Silking lächelte in bescheidener Selbstverleugnung. »Vielleicht ist es ein wenig spät, aber ich frage mich, ob Sie über das Angebot, das ich Ihnen gestern unterbreitete, nachgedacht haben?«

»Ja«, sagte Jaro. »Das habe ich.«

»Und Sie haben beschlossen zu akzeptieren – das hoffe ich zumindest?«

»Noch nicht so recht. Ich habe mir Rat von Herrn Tawn Maihac eingeholt, und er verhandelt nun in meinem Namen. Sie können mit ihm sprechen, wenn Sie wollen.«

Silkings Mund verlor etwas von seinem freundlichen Zug, aber sein Ton war so verbindlich wie immer. »Natürlich. Die Bedingungen sind bei ihm dieselben wie bei Ihnen.«

Maihac blickte auf den Bildschirm. »Ich bin Tawn Maihac. Jaro hat mich gebeten, ihn in dieser Sache zu vertreten. Ihr Auftraggeber ist Gilfong Rute?«

Silking entgegnete vorsichtig: »Genauer gesagt, es ist Lumilar Vistas.«

»Ich verstehe. Aber da ich nicht mit Lumilar Vistas verhandeln kann, muss es Gilfong Rute persönlich sein. Wenn er morgen mittag in Merriehew erscheint, werde ich mir sein Angebot anhören.«

Silkings Kinnlade fiel herab. »Herr Maihac, Sie geben widersinnige Äußerungen von sich. Ich kann Sie nicht ernst nehmen!«

»Wie auch immer. Ist Gilfong Rute in der Nähe? Falls ja, fragen Sie ihn, ob er Lust hat, morgen mittag hierher zu kommen. Das ist der einzige Weg, wie wir mit ihm verhandeln werden.«

»Einen Moment bitte.« Der Bildschirm wurde leer. Drei Minuten vergingen. Silking erschien wieder am Schirm und sah aus, als wäre er etwas aus der Ruhe gekommen. »Er sagt, dass er mittags da sein wird.« Silkings Mund verzog sich zu einem kleinen schmerzvollen Lächeln. »Er machte auch einige andere Kommentare, aber es wäre zwecklos, sie zu übermitteln. Ich sollte Sie nur warnen: Herr Rute ist nicht gut Freund mit Leuten, die versuchen, aus seiner Gutmütigkeit Vorteile zu ziehen.«

»Er braucht sich nicht zu sorgen; es wird morgen nicht viel Belanglosigkeiten geben.«

3

Am nächsten Tag, einige Minuten vor Mittag, fuhr ein großer, schwarzer, luxuriöser Wagen in die Auffahrt und hielt neben dem Haus an. Zwei Männer in blau-grünen Uniformen sprangen aus den Vordersitzen, blickten sich um und sicherten die Umgebung. Dann öffneten sie die Hintertür. Abel Silking stieg aus, gefolgt von Gilfong Rute. Silking und Rute näherten sich dem Haus; die uniformierten Männer blieben beim Wagen stehen.

Jaro öffnete die Tür, um sie einzulassen, führte die zwei dann in das Speisezimmer und stellte die Anwesenden vor. »Dies ist Skirl Hutsenreiter, eine Effektuatorin. Dies ist Gaing Neitzbeck. Mit Tawn Maihac haben Sie bereits gesprochen. Bitte nehmen Sie Platz.«

»Vielen Dank«, sagte Silking. Er und Gilfong Rute setzten sich an eine Seite des Tisches.

Silking sagte mild: »Nun denn, die Situation bleibt die gleiche. Sie haben das Angebot von Lumilar Vistas gehört; wir haben hier …«

Jaro unterbrach. »Herr Silking, Sie sitzen hier als

Zeuge, aber bitte beteiligen Sie sich nicht am Gespräch. Wir verhandeln unmittelbar mit Herrn Rute, und Ihre Bemerkungen verzögern das Ganze nur. Also, bitte halten Sie sich bedeckt oder, falls Sie dies vorziehen, gehen Sie ins Wohnzimmer und wärmen sich am Feuer.«

»Ich werde bleiben«, sagte Silking mit einem kalten Lächeln.

»Wie Sie wünschen.« Jaro wandte sich an Rute. »Sie wollen Merriehew, und wir sind bereit zu verkaufen. Tawn Maihac hat die erforderlichen Papiere vorbereitet, und wenn Sie ebenfalls bereit sind, gibt es nichts, was uns aufhalten müsste.«

Rute fragte ungeduldig: »Was für Papiere sind das?«

»Lediglich die üblichen Zertifikate für die Übertragung. Es gibt zwei Ausfertigungen: eine für Sie und eine für uns.«

»Unsinn«, verkündete Rute. »Ich habe die angemessenen Formulare bei mir. Silking, holen Sie sie heraus. Sie sind bereit für die Unterschriften.«

»Werfen Sie sie weg«, sagte Maihac. »Unsere Papiere sind besser.«

»Lassen Sie doch Ihre Papiere aus dem Spiel«, grollte Rute. »Ihnen wurde ein Angebot über dreißigtausend Sol gemacht. Akzeptieren Sie oder nicht?«

»Sicher akzeptieren wir«, sagte Maihac, »vorbehaltlich gewisser Bedingungen.«

Rute wurde augenblicklich argwöhnisch. »Welcher Bedingungen?«

Maihac schob zwei Seiten Papier über den Tisch. »Lesen Sie diese Dokumente.«

Rute nahm die Papiere auf und las. Seine Augenbrauen hoben sich staunend. »Das können Sie nicht ernst meinen!«

»Was denn sonst? Sie sind doch Eigner der Glitterway *Pharsang*?«

»Selbstverständlich bin ich Eigner der *Pharsang*. Gibt es daran Zweifel? Ich habe sie in den Rialco-Raumwerften in Murtsey bauen lassen, mit allen technischen Raffinessen.«

»Der Punkt steht nicht zur Debatte. Wie Sie nun wissen, möchten wir die *Pharsang* kaufen.«

Rute klopfte geringschätzig mit dem Handrücken auf Maihacs Dokumente. »Das ist purer Blödsinn, und Sie verschwenden meine Zeit. Fahren wir mit unserem Geschäft fort.«

»Die *Pharsang* ist unser Geschäft«, sagte Maihac. »Wieviel haben Sie Jaro für Merriehew geboten?«

»Wie Sie sehr wohl wissen, beträgt die Summe dreißigtausend Sol. Es ist ein großzügiges Angebot und nicht verhandelbar; nehmen Sie es an oder nicht.«

»Wir nehmen es an, solange die zwei Angebote zusammen akzeptiert werden.«

»Kommen Sie, mein Herr! Sprechen Sie nicht in Rätseln! Es gibt keine Besonderheiten an Ihrem Angebot; es ist alles lediglich eine Ente.«

»Dann hören Sie zu! Hier sind die Besonderheiten: Wir bieten dreißigtausend Sol für die *Pharsang* Glitterway als Bestandteil eines einzigen Handels.«

Rute blickte Maihac verblüfft an. »Sie sind verrückt! Die *Pharsang* kann jederzeit zweihunderttausend Sol oder mehr erzielen!«

»Wir sind flexibel«, sagte Maihac. »Wenn Sie zweihunderttausend Sols für die *Pharsang* haben wollen, beläuft sich der Preis für Merriehew auf das gleiche. Legen Sie jede Summe fest, die Sie wollen. Wir müssen nur die leeren Stellen in den Dokumenten ausfüllen, sie unterzeichnen, und die Transaktion ist komplett – eine Sache von Minuten.«

Rute sprang auf, sein Gesicht gerötet vor Wut. »Das ist ein Schwindel, ein glatter, nackter Schwindel! Sie machen ja kaum einen Versuch, das zu verhehlen! Das können Sie mir nicht antun; ich bin ein Mann von bester Konduite und das lasse ich nicht zu!«

»Seien Sie vernünftig«, sagte Maihac. »Sie haben bereits eine große Summe Geld in Ihr Lumilar-Vistas-Projekt gesteckt; ich habe gehört: etwa eine halbe Million Sol. Das ist herausgeschmissenes Geld, es sei denn, Sie sichern sich den Zuschlag für Merriehew.«

Gilfong Rute, der sich mit erhobenem Arm nach vorn gelehnt hatte, als ob er auf den Tisch schlagen wollte, hielt inne, die Faust verharrte in der Luft. »Wo haben Sie diese Zahl gehört? Diese Information ist streng vertraulich!«

»Soweit es uns angeht, wird sie auch weiterhin vertraulich bleiben. Nun denn: zurück zum Geschäft. Wenn Sie auf Jaros Angebot nicht eingehen, wird er das Haus zu einer rustikalen Taverne umbauen, die eigentlich recht gut gehen sollte. Er wird das Hinterland unterteilen und darauf Niedrigpreis-Wohneinheiten sowie ein Anstalt für straffällige Irre errichten.«

Rute lachte nur. »So leicht können Sie mich nicht übers Ohr hauen! Auf der anderen Seite gebe ich zu, dass ich nicht in der Lage bin, die *Pharsang* wie geplant zu nutzen; dennoch, Sie müssen schon mit weiteren einhunderttausend Sol herüberkommen.«

»Das ist nicht möglich«, sagte Maihac. »Wir müssen einen gleichwertigen Tausch vornehmen. Die *Pharsang* muss voll funktionsfähig sein, vollständig versorgt und bevorratet, mit frischen Energiezellen und neuen Codes in allen Synthetisierern.«

»Das ist Erpressung!« behauptete Gilfong Rute. »Halten Sie mich für eine fette Gans, die zum Rupfen bereit am Baum hängt?«

»Ganz und gar nicht. Aber wir können Ihre Versuche, Jaro zu betrügen, während Sie ihn für einen Nimp und einen Weichling hielten, nicht vergessen.«

»Ein Fehler, den ich nicht noch einmal mache«, brummte Rute. »Nun denn, meine Zeit ist kostbar. Lassen Sie uns die Dokumente unterzeichnen und dem ein Ende bereiten. Die Glitterway gehört Ihnen.«

Rute unterzeichnete die Dokumente mit unelegantem Schwung, trat dann zurück und sprach in hohlem Triumph: »Ich habe zwar meine Raumjacht verloren, aber mit dem Geld, das ich mit Lumilar Vistas mache, kann ich mir zwanzig davon kaufen, sollte mir der Sinn danach stehen. Sie hätten von mir das Doppelte von dem, was Sie verlangt haben, bekommen können.«

»Wie auch immer«, sagte Jaro. »Wir sind nicht habgierig.«

4 An Bord der prächtigen Glitterway *Pharsang* konnte Maihac seinen Enthusiasmus kaum zurückhalten. »Sie ist groß genug, um Passagiere oder Fracht zu befördern«, erklärte er Jaro. »Kurz: du hast eine Einkommensquelle, die in etwa an die eines ordentlichen Professors herankommt.«

»Die Faths wären wohl nicht erfreut über den Zweck, für den ich Merriehew hergegeben habe«, sagte Jaro. »Auf jeden Fall schulde ich ihnen all meinen Dank.«

Skirl fragte: »Also dann, wie sehen deine Pläne aus?«

»Zuerst: eine Reise nach Camberwell, wo ich versuchen werde, etwas über meine sechs verlorenen Jahre herauszufinden. Was ich danach mache, darüber kann ich nicht einmal spekulieren. Aber das Wichtigste zuerst. Das heißt die Rekrutierung einer Crew.«

»Ich melde mich freiwillig«, sagte Maihac. »Du bist der Kapitän. Gaing würde einen ausgezeichneten Chefingenieur abgeben, wenn ihn die Aussicht auf eine solche Reise reizt.«

»Es reizt mich sehr«, sagte Gaing. »Ich wäre unglücklich, wenn ihr mich von diesem Schiff würdet fernhalten wollen. Ich war schon viel zu lange an Land.«

»Gaing wird Chefingenieur und Stratege. Ich schreibe mich als Koch, Arbeiter, Navigator und Mädchen für alles ein.«

»Uns fehlt immer noch ein Erster Offizier«, sagte

Jaro. »Wir benötigen jemanden mit außergewöhnlichen Fähigkeiten: findig, clever, höflich, mit der Seele eines Vagabunden. Wir brauchen eine Person mit hohem Status – einen Clam Muffin, wenn wir einen finden können. Hoffentlich ist es uns möglich, eine qualifizierte Person anzuwerben.«

Skirl fragte zögernd: »Wann nimmst du Bewerbungen entgegen?«

»Sofort.«

»Ich möchte mich bewerben.«

Jaro streckte die Hand aus und zauste Skirls kurze, dunkle Locken. Sie duckte sich und richtete ihr Haar mit beiden Händen.

»Du bist angeheuert«, sagte Jaro.

»Und mein Gehalt?«

»Nicht viel – in etwa das, was du als Effektuator verdienst. Wenn wir die *Pharsang* für den kommerziellen Transport einsetzen, teilen wir den Profit.«

»Gaing und ich haben Erfahrung in dieser Branche«, sagte Maihac. »Es war ein angenehmes Leben – bis wir auf Fader unser Schiff verloren. Diese Episode war uns eine Lektion, und wir werden den gleichen Fehler nicht noch einmal machen. Habe ich recht, Gaing?«

»Das glaube ich auch.«

Jaro wandte sich Skirl zu. »Passt dir diese Übereinkunft?«

»Sie könnte nicht zufriedenstellender sein.«

5

Maihac und Gaing blieben an Bord der *Pharsang*; Jaro und Skirl kehrten nach Merriehew zurück. Sie aßen zu Abend, was in der Speisekammer übriggeblieben war, tranken die letzte Flasche von Hilyers gepriesenem Estresas-Tal-Wein und stellten sich dann vor das Feuer. Draußen setzte ein milder Regen ein. Sie sprachen mit leisen Stimmen und hielten häufig inne, um über die außergewöhnlichen Geschehnisse nachzusinnen, die sie letztendlich zusammengeführt hatten. Sie standen nahe beieinander. Jaros Arm lag um Skirls Taille, und sie umfasste ihn mit ihrem Arm auf die gleiche Weise. Die Unterhaltung versandete; jeder wurde sich zunehmend der Nähe des anderen bewusst. Jaro zog Skirl an sich, und sie küssten sich mit zunehmender Leidenschaft. Schließlich hielten sie inne, um Luft zu holen. Jaro fragte: »Erinnerst du dich daran, wie ich dich das erste Mal küsste?«

»Selbstverständlich! Das war, nachdem du mich ins Ohr gezwickt hattest.«

»Ich glaube, ich habe dich damals schon geliebt. Es war ein geheimnisvolles Gefühl, das mich verwirrt hat.«

»Und ich muss dich ebenfalls geliebt haben – obwohl ich zu der Zeit nicht klar über diese Dinge nachgedacht habe. Doch ich habe stets bemerkt, wie ansehnlich und sauber du aussahest, als ob du gründlich geschrubbt worden wärest.«

»Was für seltsame Leben wir doch führen!«

»Wenn wir mit der *Pharsang* hinausfliegen, werden unsere Leben noch seltsamer sein.«

Jaro nahm ihre Hand. »Etwas Seltsames und Wundervolles schickt sich an, in einem anderen Zimmer zu geschehen. Ich bin gespannt darauf herauszufinden, was.«

Skirl hielt ihn zurück. »Jaro, ich fühle mich merkwürdig. Ich glaube, ich habe Angst.«

Jaro neigte den Kopf und küsste sie. Sie schmiegte sich an ihn. »Im Grunde ist es keine Angst«, sagte Skirl. »Es ist etwas, das ich bisher noch nicht verspürt habe; ich glaube, es ist Erregung.«

Jaro nahm erneut ihre Hand, und sie verließen das Zimmer. Der Schein des Feuers bewegte sich inmitten der Schatten und rief auf den Formen von Altheas Kandelabern orangefarbene Schimmer hervor. Das Zimmer war still, bis auf das Prasseln des Regens gegen das Fenster.

Kapitel XV

1 Die *Pharsang* näherte sich der Welt Camberwell, ging über der Stadt Tanzig nieder und landete auf dem Raumhafen. Die vier Crewmitglieder versiegelten das Schiff, gingen durch den Terminal und traten hinaus in die kühle Luft Tanzigs. Vor ihnen führte eine Allee in die verwinkelte alte Stadt mit ihren spitzen Dächern und ihren verzogenen Schindelfassaden. In der Entfernung, vom Dunst halb verdeckt, wie drei Kolosse, die die Stadt beherrschten, stand das Dreifachmonument ›Schilderer der Wohlfahrt und Vergeltung‹ – einer von vielen Spitznamen, die dem legendären Richter anhafteten.

Beim Verlassen des Terminals verlangsamte Jaro seine Schritte; er merkte, dass sich etwas in seiner Erinnerung regte – eine unterbewusste Resonanz, schwach und flüchtig und schon wieder verschwunden, gerade als er versuchte, sie zu identifizieren. Was konnte es sein? Die dunstige Atmosphäre? Die verschwommenen Entfernungen? Die Silhouette der gekrümmten Dächer, verwinkelt und willkürlich? Der scharfe kampferartige Geruch der verzogenen Schindeln, die sämtliche Gebäude Tanzigs verkleideten? Tatsächlich war es ein beunruhigend bekannter Geruch.

Jaro merkte, wie Skirl ihn beobachtete. Er mochte es, sich selbst für gleichmütig und unergründlich zu halten, aber Skirl war hinsichtlich seiner Stimmungsänderungen unheimlich feinfühlig geworden. Mitunter glaubte Jaro, dass sie mehr über ihn wusste als er selbst. Nun fragte sie: »Was denkst du gerade?«

»Nichts Besonderes.«

»Da war etwas. Deine Gesichtszüge veränderten sich gerade, als ich dich beobachtete.«

Jaro lächelte schwach. »Es gibt ein altes Wort: ›Frisson‹. Ich weiß nicht, ob ich das Wort richtig verwende, aber ich glaube, das ist, was ich spüre.«

»Wirklich? Ich habe nie zuvor davon gehört. Wie fühlt es sich an?«

»In etwa wie ein schneller kalter Schauer über den Nacken.«

»Seltsam«, sann Skirl. »Ich habe nichts dergleichen verspürt.«

»Natürlich nicht! Warum solltest du?«

»Weil ich zuweilen genau das empfinde, was du empfindest. Wir haben wahrscheinlich eine telepathische Verbindung.«

»Ich nehme an, das ist möglich.«

Die vier fuhren mit einem Omnibus in die Stadtmitte, wo ihnen eine alte Frau, die auf einem Schlupfbrett die Straße entlangglitt, die Richtung zum Büro der Öffentlichen Aufzeichnungen wies. Zwei Stunden lang durchsuchten sie muffige Akten und handgeschriebene Adressbücher, entdeckten jedoch keine Eintragungen von Jamiel oder ihrem Kind.

Sie kehrten zur *Pharsang* zurück. Gaing und Maihac schifften den Flitzer aus; alle gingen an Bord. Sie flogen nach Osten, in Richtung Sronk, über Flächen von eintönigem Farmland, Wasserwiesen, die mit hohen Bambusdickichten überwachsen waren, und ein Dorf mit schmalen Schindelhäusern unter gekrümmten Dächern. Die Wyching-Hügel erhoben sich voraus: ein Wirrwarr aus lohfarbenen Hängen, Schluchten und glatten runden Kämmen. Bis zum Horizont und darüber hinaus breitete sich die Wildbeeren-Steppe aus. Südwärts führte eine Straße zu einer Stadt: Sronk, der Karte nach.

Der Flitzer überquerte die Hügel, wandte sich gen

Süden, folgte der Straße nach Sronk und landete auf einer ebenen Fläche am Rande des Stadtplatzes. Die vier Passagiere stiegen aus und verschafften sich einen Überblick, entdeckten aber nur wenig von Interesse. Als Erwiderung auf Jaros Frage deutete ein Passant auf die städtische Klinik, die, anders als andere Gebäude in Sronk, nicht aus verzogenen Schindeln unter doppelt und dreifach gekrümmten Dächern gebaut war, sondern aus geschmolzenen Gesteinsblöcken mit einem flachen Dach aus grauem Sinter. Jaro mustere das Gebäude mit Interesse, aber nichts drang an die Oberfläche seiner Erinnerung. Bei seinem ersten Besuch war er wahrscheinlich mehr tot als lebendig gewesen.

Dr. Fexel war immer noch tätig und erinnerte sich sofort an Jaros zerschundenen Körper, mit dem er sich befasst hatte. »Ich entsinne mich daran gedacht zu haben, dass Jaro ein prächtiges Musterexemplar für mein Anatomie-Klassenzimmer abgegeben hätte, da er jedes Trauma, das in den Lehrbüchern steht, demonstrierte.«

Skirl klopfte mit Besitzermiene auf Jaros Schulter. »Er hat recht gut überlebt, denken Sie nicht?«

Fexel stimmte enthusiastisch zu. »Er ist eine Huldigung an die moderne Medizin und an die Fähigkeiten von Doktor Solek und mir selbst. Nun, wahrscheinlich hat Doktor Myrrle Wanish den größten Anteil daran gehabt, Sie am Leben zu erhalten, da Sie sich vorgenommen hatten, sich selbst mit Anfällen äußerster Hysterie zu zerstören. Sie waren unglaublich – absolute Paroxysmen der Angst und Wut! Haben sie je den Grund für ein solch quälendes Verhalten entdeckt?«

»Nein«, sagte Jaro. »Es blieb ein Geheimnis.«

»Sehr außergewöhnlich! Lassen Sie mich sehen, ob ich Doktor Wanish ausfindig machen kann. Er wird in seinem Büro in Tanzig sein. Ich bin sicher, er wird mit Ihnen sprechen wollen.« Fexel arbeitete an seinem Kommunikator. Er sprach einige Worte, und Wanishs bärtiges Gesicht erschien auf dem Bildschirm. Fexel stellte Jaro vor. Wanish war sofort interessiert. »Ich entsinne mich Ihres Falls genau. Es war notwendig, ihre Erinnerung zu modifizieren; Sie erinnerten sich an etwas extrem Traumatisches, und die Reaktion darauf hätte Sie beinahe umgebracht.«

Jaro erschauderte. »Ich habe fast Angst davor zu erfahren, was passierte.«

»Sie wissen immer noch nichts über Ihr früheres Leben?«

»Nicht sehr viel. Tatsächlich sind wir deswegen hier.«

»Ihre Erinnerung lässt keine Anzeichen erkennen, dass sie zurückkehrt?«

»Nicht wirklich. Zuweilen gibt es ein oder zwei flüchtige Bilder; es sind stets dieselben. Mitunter vermeine ich die Stimme meiner Mutter zu hören, doch ich kann die Worte nicht verstehen.«

»Es ist möglich, dass die durchbrochenen Matrizen versuchen, sich neu zu bilden. Seien Sie nicht überrascht, wenn einige Ihrer Erinnerungen zurückkehren.«

»Können Sie etwas unternehmen, um dies zu erleichtern.«

Wanish dachte kurz nach und sagte dann: »Ich fürchte nein. Es gibt einen anderen Punkt zu berücksichtigen. Wenn Ihre Erinnerung zurückkehrt, wäre es möglich, dass Sie verabscheuen, was Sie vorfinden.«

»Selbst dann möchte ich die Fakten kennen.«

Dr. Wanish sagte forsch: »Es war eine Freude, mit Ihnen zu sprechen. Ich wünsche Ihnen viel Glück bei Ihren Unternehmungen.«

»Vielen Dank.«

Die vier kehrten zum Flitzer zurück. Sie folgten der Straße nach Norden. Sie bewegten sich langsam in einer Höhe von etwa sechzig Metern fort, die Wildbeeren-Steppe zur Rechten und die Wyching-Hügel zur Linken. Nach acht Kilometern entlang der Straße spannte Jaro sich an. Hier war es, wo er Furcht und Schmerz erfahren hatte. Das Gefühl wurde noch stärker, als ob die Erinnerung sich auf den zerbrochenen Matrizen zusammenklumpen würde und sie aufleben ließe. Er konnte die Hitze der Sonne auf seiner Haut beinahe spüren, den Kies, der seine Knie aufscheuerte, die frohlockenden Rufe der Gestalten, die über ihm standen, ihre Stöcke, die herabfuhren: Bum! Bum! Bum!

Jaro deutete auf eine Stelle auf der Straße. »Dort. Dort ist es geschehen.«

Maihac landete den Flitzer; sie stiegen aus, blinzelnd und zwinkernd in die Helligkeit des Tages. Sonnenlicht prallte auf ihr Köpfe. Die Hügel im Westen hatten die Farbe von abgestorbenem Knotengras.

Jaro ging einige Schritte die Straße entlang; dann hielt er inne. »Hier war es, wo die Faths mich fanden. Ich kann es spüren! Die Luft scheint zu vibrieren.«

»Und wie bist du hierher gekommen?«

Jaro deutete. »Über die Hügel. Da war ein Fluss, ein Rieddickicht, ein altes gelbes Haus.« Jaro dachte über die Jahre hinweg zurück. »Durch das Fenster konnten wir einen Mann im Zwielicht stehen sehen. Seine Augen schienen wie vierzackige Sterne zu glitzern. Ich wurde ängstlich. Meine Mutter hatte Angst. Es gab Verwirrung … etwas geschah … sie sagte mir etwas. Ich kann mich beinahe erinnern.« Jaro blickte zwinkernd zu den Hügeln. »Sie … ich glaube, sie muss mich ins Boot gesteckt haben.« Er hielt kurz inne. »Nein, so war es nicht. Ich ging selbst hinunter zum Boot – allein. Sie war bereits tot. Doch ich trieb mit dem Boot fort. Und das nächste, woran ich mich erinnere, ist, dass ich durch die Dunkelheit schwamm. Danach – nichts.«

Skirl berührte Jaros Arm. »Schau.«

Wenige hundert Meter die Straße hinunter stand ein Trio untersetzter junger Bauern, mit kleinen schwarzen Augen in mondförmigen Gesichtern. Sie starrten grußlos und mit unpersönlicher Neugierde. Skirl sagte milde: »Das könnten die Personen sein, die dich zusammengeschlagen haben.«

»Sie sind im richtigen Alter«, sagte Jaro tonlos.

»Bist du nicht zornig auf sie?«

»Sehr zornig. Aber ich denke nicht, dass ich etwas tun werde.«

Maihac schlenderte die Straße hinunter und sprach zu den Männern. Sie antworteten mit übertriebener Ehrerbietung, mehr, um ihn zu verspotten. Maihac kehrte zurück. »Sie sagen, sie erinnern sich nicht an eine solche Episode. Aber sie lügen – nicht aus Angst, sondern aus purer Freude an der Irreführung von Außerweltlern. So etwas ist recht gewöhnlich.«

»Hier gibt es nichts mehr zu erfahren«, sagte Jaro.

Der Flitzer hob ab und überquerte die Wyching-Hügel in westlicher Richtung. Ein Fluss schlängelte sich aus dem Westen bis zum Fuß der Hügel, wo er nach Norden abbog und schließlich im Dunst verschwand. Acht Kilometer flussaufwärts tauchte eine kleine Stadt in der Nähe des Flusses auf: Point Extase, der Karte nach, mit einer Bevölkerung von viertausend Einwohnern. Die Gebäude waren, wie die in Tanzig und Sronk, aus verzogenen Schindeln gebaut und in allen möglichen zarten Farben bemalt. Viele der Häuser waren alt und verfallen; sie alle hatten ein zerknittertes Aussehen und schiefe Dächer, wie die Hüte von trunkenen alten Vetteln.

Die Stadt war vom Fluss durch einen Streifen sumpfigen Ödlands getrennt, das teilweise von dichten Büscheln aus hohem Bambus überwachsen war. Der Flitzer glitt um die Außenbezirke der Stadt herum. Jaro suchte die unterhalb liegende Fläche ab. »Bisher sehe ich noch nichts Bekanntes«, sagte er zu den anderen. »Lass uns näher an den Fluss herangehen.«

Der Flitzer drehte von der Stadt ab und flog über den Streifen Ödland am Flussufer. Aus dem Augenwinkel nahm Jaro ein altes gelbes Haus wahr. Er deutete. »Das ist der Ort. Ich bin mir sicher!«

Der Flitzer landete neben dem Haus. Die vier stiegen aus. Das Haus war vor langer Zeit verlassen worden; die Fenster waren zerbrochen; auf der Rückseite der Veranda hatte man ein Brett quer vor die Tür genagelt. Alte gelbe Farbe blätterte von den Zundholzschindeln ab. An jeder Seite wuchs üppig Unkraut.

Jaro musterte das Haus prüfend; dann näherte er sich langsam. Die anderen blieben in der unausgesprochenen Übereinstimmung stehen, dass Jaro das Grundstück vor ihnen untersuchen sollte, bevor sie die Szene betraten und seine Wahrnehmung beeinflussen mochten.

Jaro, der alles außer acht ließ, außer dem, was in seinem Verstand war, schritt auf die Veranda, zerrte an dem Brett, das quer vor den Eingang genagelt war, und lockerte es. Er stieß gegen die Tür; knarrend und stöhnend schwang sie auf und offenbarte eine lange schmale Diele. Jaro trat ein und wandte sich dann zur Seite, dem vorderen Zimmer zu. Wie klein alles aussah! Seltsam! Er stand da, blickte in die staubigen Winkel und konnte sich, trotz all seiner Entschlossenheit, einer Aufwallung von Melancholie nicht entziehen: Es war unmöglich, nicht wegen etwas zu trauern, was einst teuer und nun für immer verloren war.

Etwas anderes wohnte dem Zimmer inne – etwas Gewichtiges, Unheilvolles, Träges. Jaros Puls begann sich zu beschleunigen. Er suchte in den Schatten, sah aber nichts Alarmierendes und hörte nicht einmal ein Wispern. Er überlegte, und ein Gedanke führte zum nächsten. Nach und nach kam ihm die Erkenntnis, dass er nichts finden konnte, weil nichts vorhanden war. Der Druck hatte den Ursprung in seinem eigenen Gehirn, in rudimentären Erinnerungen, die die Therapie von Dr. Wanish überstanden hatten.

Dieser Gedanke ließ den Druck aus dem Zimmer

verschwinden. Jaro stieß ein trockenes, unnatürliches Lachen aus; er hatte wilde Gedanken, war gänzlich seiner klaren Logik beraubt. Er murmelte: »Ich bin hier, nicht durch Zufall, noch auf Wunsch, noch durch Zwang. Ich bin hier, weil dies der Lauf der Dinge sein muss. Wenn ich nicht die eine Route genommen hätte, wäre ich über eine andere hierher gekommen. Nun, woher habe ich diesen Gedanken? Er ist ganz und gar nicht vernünftig. Ich bin hier – aber warum? Etwas regt sich.«

Jaro stand da wie ein Schlafwandler. Die Gegenwart war formlos geworden. Er blickte in einen Tunnel der Zeit. Er sah das gelbe Haus. Die Tür war geöffnet. Er hörte eine Stimme, die, wie er wusste, die Stimme seiner Mutter war. Sie stand vor ihm. Er spürte ihre Nähe, aber er konnte ihr Gesicht nicht sehen. Sie sagte: »Jaro, die Zeit ist knapp. Ich habe all meine liebende Kraft zusammengenommen, um mich dir zu erkennen zu geben! Ich präge dir diese Worte mittels der sogenannten hypnotischen Suggestion in dein Gehirn. Du wirst niemals vergessen, was ich dir sage, aber es wird nur klar sein, wenn du hierher zurückkehrst, zu diesem schrecklichen Ort. Für mich ist das Ende der Zeit gekommen! Ich habe dich angewiesen, die schwarze Schachtel zu nehmen und sie in deiner geheimen Bude zu verstecken. Wenn du zurückkehrst, gehe dorthin und hol die Schachtel wieder. Dann gehorche den Anweisungen, die darin liegen. Ich belaste dich mit diesem Auftrag, weil dein Vater tot ist. Sein Name war Tawn Maihac. Sei standhaft.«

Jaro hörte seine eigene Stimme, heiser und schwach, wie aus weiter Ferne kommend: »Ich werde standhaft sein.« Er hielt inne, um zu lauschen. Da war nur Stille, gewichtig und dicht. Er fühlte sich selbst, als ob er schwebe, doch wohin, konnte er nicht bestimmen, da alle Richtungen gleich waren. Seine Vision trübte sich; er konnte das gelbe Haus mit der geöffneten Tür nicht länger erkennen. Der Tunnel der Zeit wurde zu einer Strähne und war verschwunden.

Jemand rief seinen Namen. Jaro begann wieder zu atmen. Wie lange hatte er wie betäubt dagestanden? Er drehte den Kopf und sah Skirl neben sich. Sie zog an seinem Arm und blickte ihm besorgt ins Gesicht.

»Jaro! Warum bist du so seltsam? Bist du krank oder ohnmächtig? Ich habe dich gerufen! Du hast nicht geantwortet!«

Jaro atmete erneut tief durch. »Ich bin nicht sicher, was über mich gekommen ist. Ich dachte, ich hätte die Stimme meiner Mutter vernommen.«

Skirl blickte sich nervös im Zimmer um. »Komm, lass uns hinausgehen. Ich mag diesen Ort nicht.«

Sie kehrten ins Freie zurück. Maihac fragte: »Was ist geschehen?«

Jaro versuchte seine Gedanken zu ordnen. »Ich weiß es wirklich nicht – außer dass ich glaubte, die Stimme meiner Mutter zu hören.«

Maihac blickte ihn mit hochgezogenen Augenbrauen an. Nach einer Weile sagte er: »Woher weißt du, dass es deine Mutter war. Hat sich die Stimme selbst zu erkennen gegeben?«

»Ja«, sagte Jaro. »Die Stimme gab sich zu erkennen. Sie erwähnte hypnotische Suggestion, also müssen wir nicht nach einem Geist Ausschau halten.«

»Wie lautete die Nachricht? Ich nehme an, sie war verständlich.«

»Ich habe alles verstanden. Sie sagte mir, du wärest tot, und dass ich etwas tun müsste.«

»Und was wäre das?«

Jaro dachte nach. Nach einem Augenblick setzte er sich um das Haus herum in Bewegung und hielt alle drei oder vier Schritte an, um die Umgebung zu überblicken. Plötzlich war er sich sicher und rannte zu einem Steinhaufen, der vielleicht einmal ein Zwinger oder ein kleiner Schuppen gewesen sein mochte und nun mit roten Flechten und schwarzem Quastenkraut überwachsen war. Jaro ließ sich auf die Knie nieder und zog Steine zur Seite. Alsbald hatte er ein dunkles Loch geöffnet, das er vergrößerte, indem er mehr Steine zur Seite schob. Er langte in das Loch und tastete erfolglos darin herum. Er entfernte noch mehr Steine, legte sich flach hin, krabbelte in die Öffnung hinein, drehte sich auf die Seite und erfühlte einen über seinem Kopf verlaufenden Sims. Triumph! Er kroch aus dem Loch zurück und hielt eine flache schwarze Schachtel in der Hand.

Jaro zog sich hoch und blickte in die Gesichter seiner Gefährten. »Ich habe es dort gefunden, wo sie mir aufgetragen hat, es zu verstecken!«

»Öffne die Schachtel«, sagte Skirl. »Ich kann meine Neugier nicht zügeln.«

Maihac blickte sich wachsam in der Umgebung um. »Lasst uns diesen Ort erst einmal verlassen. Es ist möglich, dass Asrubal jemanden als Wache zurückgelassen hat.«

Die vier bestiegen den Flitzer und kehrten zum Raumhafen von Tanzig zurück. Zurück an Bord der *Pharsang*, den Flitzer in seinem Abteil verstaut, öffnete Jaro die Schachtel. Er zog einen blassgelben Umschlag aus gefaltetem, schwerem Pergament heraus, in dem ein anderer, kleinerer Umschlag steckte. Jaro legte den ersten Umschlag beiseite und hob die Lasche des zweiten an, zog ein Blatt Papier heraus und las zum zweiten Mal in seinem Leben einen Brief von jemanden, der ihn geliebt hatte und nun tot war.

Der Brief war in deutlicher Eile und extremer Gemütsverfassung gekritzelt. Jaro las laut:

»Ich frage mich, wer dies lesen wird und wann? Ich hoffe, Jaro, dass Du es bist. Wenn ich Erfolg habe und Du zurückkehrst, wirst Du wissen, dass ich nichts anderes hätte tun können. Wenn Du den Zwang übel

nimmst, den ich in Deinem Verstand plaziert habe, vergib mir bitte!

Ich bin verzweifelt. Ich habe zu lange gewartet. Ich habe Asrubal gesehen. Er findet uns bald, und unser Leben wird vergehen, und wir werden tot sein! Es ist ein entsetzlicher Gedanke. Jaro, was für eine seltsame Tatsache. Es macht mich schaudern, daran zu denken. Falls ich überlebe, wirst Du diesen Brief niemals lesen. Da Du ihn liest, weißt Du, dass die Dinge schlecht gelaufen sind, wenigstens für mich. Aber ich habe nichts anderes erwartet und gräme mich nur, dass ich dir die Bürde auferlegen muss, wenn Du tatsächlich überleben solltest.

Asrubal vom Hause Urd ist der Gefürchtete! Er wird mich töten, und er hat Tawm Maihac umgebracht, Deinen Vater. Ich weiß, dass es so ist, da drei Jahre vergangen sind und er uns nicht gefunden hat.

Dies sind Deine Anweisungen; folge ihnen, wenn es Dir möglich ist. Der andere Umschlag enthält erstens eine Einzugsermächtigung für die Natural-Bank in Ocknow, die mit den aufgelaufenen Zinsen eine sehr große Summe darstellt. Sichere dieses Geld, indem Du es auf ein neues, eigenes Konto überträgst. Zweitens: Kopiere die Dokumente im großen Umschlag sechsmal. Hinterlege eine Kopie in einem Bankschließfach; nimm die anderen Kopien mit nach Loone auf der Welt Nilo-May, in der Nähe des Sterns Gelbe Rose. Hinterlege eine Kopie in einem Schließfach der örtlichen Natural-Bank. Sende eine Kopie an den Justitiar in Romarth auf der Welt Fader, in der Nähe des Sterns Nachtlicht. Diese Dokumente werden Asrubal vernichten, wenn und falls der Justitiar sie erhält. Sie dürfen nicht in die Hände von jemandem aus dem Hause Urd fallen.

Als nächstes reise nach Romarth. Das ist gefährlich und muss mit Vorsicht unternommen werden. Mache Aubert Yamb in Loorie ausfindig, der höchstwahrscheinlich bei der Primel-Vereinigung zu finden ist. Gib Dich zu erkennen, bewege ihn dazu, ein kleines Raumschiff zu mieten, und reise nach Fader. Lande in der Nähe von Romarth. Das ist illegal, aber Du kannst Dich schützen, indem Du behauptest, Du wärest ein Sonderbote des Justitiars. Gib Dich sobald wie möglich meinem Vater, Ardrian von Ramy, in seinem Palast Carleone, zu erkennen.

Wenn Du den Justitiar triffst, gib ihm eine weitere Kopie und beschreibe, wie Du dazu gekommen bist. Erkläre ihm, dass sie die verbrecherischen Unterschlagungen von Asrubal von Urd beweisen. Erkläre, dass Asrubal mich, Deinen Bruder Garlet und Tawn Maihac getötet und versucht hat, auch Dich umzubringen. Die Aufgabe, die ich Dir auferlege, ist nun vollendet. Du kannst in Romarth, das trotz seiner Schönheit auch höchst gefährlich ist, nicht mehr ausrichten. Kehre nach Loorie zurück und von da aus nach Ocknow. Sichere Dein Geld und führe danach ein glückliches Leben.

PS: Verhandle nicht mit der Lorquin-Verschiffung. Du würdest umgebracht und Dein Leichnam in den Raum geworfen werden. Lorquin ist eine Agentur des Hauses Urd.

Fader ist eine alte, alte Welt. Sie ist überwiegend verwildert und sehr gefährlich. Dort ist es, wo Dein Vater den Tod fand. Frage Yamb in Loorie nach den Bedingungen auf Fader. Denk daran, Asrubal wird Dich mit Freude umbringen.

Wie ich Dich so beobachte, werde ich krank im Herzen. Für jetzt müssen wir uns trennen. Ich liebe dieses tapfere kleine Bündel Leben namens Jaro; ich blicke durch das Zimmer und sehe, wie Du jetzt bist, so ernst und ansehnlich; Du fragst Dich, warum ich so traurig schreibe. Falls Du diesen Brief liest, wirst Du es wissen. Mein armer kleiner Jaro. Du hattest einmal einen Zwillingsbruder, aber Asrubal hat auch ihn getötet.

Ich habe den Brief beendet. Nun werde ich einen hypnotischen Befehl in Deinem Verstand unterbringen, um Dich zu diesem hoffnungslosen Ort zurückzuholen. Du wirst nicht wissen, warum Du kommst, aber kommen musst Du.

Ich kann nicht mehr weiterschreiben. Meine Liebe wird stets mit Dir sein, selbst wenn ich vergangen bin; sie wird weiterbestehen, und vielleicht wirst Du sie spüren. Wenn Du lauschst, kann ich Dir vielleicht Rat geben. Ich habe mich oft nach solchen Dingen gefragt, und vielleicht werde ich sie bald wissen. Du merkst, dass ich den oben aufgeschriebenen, düsteren Bemerkungen widerspreche. Das nennt man ›Hoffnung‹! Vorläufig kann ich nichts mehr tun.

Deine Mutter Jamiel«

Nach einer Weile sagte Skirl mild: »Arme tapfere Frau! Also ist sie umgebracht worden!«

Jaro stellte fest, dass ihm Tränen aber die Wangen rollten. Maihac sagte rauh: »Es ist ein melancholischer Brief.«

Jaro öffnete den schweren braunen Umschlag und zog den Inhalt heraus. Da waren ein Bündel, das aussah wie Geschäftsberichte, und eine Einzugsermächtigung für die Natural-Bank über die Summe von dreihunderttausend Sol, zahlbar an den Inhaber, zusammen mit den aufgelaufenen Zinsen. Gaing untersuchte die Ermächtigung. »Sechzehn Jahre und mehr; mit Zinseszinsen wird sich der Kontostand derzeit verdoppelt oder verdreifacht haben, abhängig von den Zinsen.«

»Das Geld gehört dir und meinem Vater«, sagte Jaro. »Es war als Ausgleich für die *Distilcord* gedacht; es ist nicht das meine.«

»Es ist gut, das Geld zu haben«, sagte Gaing. »Es gibt genug für uns alle.«

Skirl fragte: »Und diese anderen Papiere? Es scheinen Rechnungen oder Fakturen oder dergleichen zu sein.«

Jaro studierte sie. »Sie bedeuten mir nichts. Doch meine Mutter wollte, dass sie nach Romarth gelangen, und ich werde mein möglichstes tun, um ihren Willen zu erfüllen.«

»So muss es sein«, sagte Maihac. »Es ist ziemlich gefährlich, aber nicht so gefährlich, wie es sein könnte, wären Gaing und ich nicht Mitglieder der Mannschaft.«

Jaro steckte die Papiere in den Umschlag zurück. »So wie ich es sehe, hält uns nichts mehr auf Camberwell. Gerade habe ich die Wahrheit über meine fehlenden sechs Jahre erfahren.«

Maihac stand auf. »Ich habe noch etwas zu erledigen; es wird aber nicht lange dauern.« Er verließ das Schiff.

Beinahe zwei Stunden vergingen. Maihac kehrte grimmig dreinblickend zurück. Er ließ sich in einem Stuhl nieder und nahm eine Tasse Tee entgegen. »Ich hatte nicht erwartet, Jamiel lebendig zu finden, aber nun ist es amtlich. In der Einwohnerregistratur erfuhr ich, dass eine Frau, bekannt als Jamu May, wohnhaft in Point Extase, Flusspromenade 7, vor dreizehn Jahren als Opfer einer nicht spezifizierten Gewalttat tot im Fluss aufgefunden wurde. Ihr Sohn, der fünf oder sechs Jahre zählte, war vermisst und für ertrunken gehalten worden.« Maihac lehnte sich im Stuhl zurück. »Ich hatte immer noch gehofft, dass Jamiel vielleicht durch ein Wunder entkommen wäre. Aber nun gibt es keine Hoffnung mehr. In irgendeiner schrecklichen Weise ist sie zu Tode gekommen. Wir werden Romarth besuchen und die Dokumente, für die Jamiel einen hohen Preis bezahlt hat, abliefern. Wir sollten vorbereitet gehen. Asrubal von Urd wird nicht glücklich sein, uns zu sehen. Er wird wissen, dass wir kommen werden, um Rache zu nehmen. Ich hoffe nur, er lebt noch.«

2

In Ocknow besuchten Maihac und Jaro die Natural-Bank. Skirl blieb an Bord der *Pharsang* zurück, während Gaing loszog, um eine gute Schiffswerft ausfindig zu machen, die fähig war, die Umgestaltungen an der *Pharsang,* die nun für notwendig gehalten wurden, durchzuführen.

In der Bank stellten Maihac und Jaro fest, dass Brin Dykich nun die Position des Leitenden Direktors innehatte. Er machte keine Schwierigkeiten, die Einzugsermächtigung in Bargeld umzuwandeln. Wie Gaing vorausgesagt hatte, hatte sich das Kapital, verzinst mit sechs und drei Viertel Prozent, weit mehr als verdoppelt. Sechshunderttausend Sol wurden auf ein neues Konto eingezahlt; der Überschuss wurde in einer Segeltuchtasche verpackt.

Maihac erzählte Dykich, wie die Dinge in Point Extase gelaufen waren. Dykich berichtete, dass vor etwa fünf Jahren Asrubal in sein Büro gekommen sei, um die Löschung der damals sieben Jahre alten Einzugsermächtigung zu verlangen. Dykich hatte dies verweigert, indem er die Anweisungen des Rats von Romarth zitierte. Asrubal hatte bittere Beschwerden vorgebracht. Als Dykich unerbittlich geblieben war, war Asrubal in kalter Wut aus seinem Büro gestürmt.

Maihac und Jaro kehrten mit der Segeltuchtasche, die nun mit Bargeld gefüllt war, zur *Pharsang* zurück. Gaing hatte eine angesehene Raumwerft gefunden und die Umbauarbeiten, die an der *Pharsang* vorgenommen werden sollten, arrangiert.

Drei Wochen später war die *Pharsang* mit verschiedenen Waffen ausgerüstet. Zusätzlich waren Energiekanonen und ein Zielerfassungsgerät im Flitzer angebracht worden, so dass er wie eine leichte Version der IPCC-Patrouillenschiffe funktionierte.

Maihac nahm Skirl beiseite und erklärte ihr, welche Gefahren der *Pharsang* und ihrer Crew auf der Welt Fader drohten. Mit großer Feinfühligkeit deutete Maihac Skirl gegenüber an, dass ihr verschiedene Möglichkeiten offenstanden, von denen sie jede nutzen konnte, ohne den geringsten Nachteil für sich oder ihre Achtung befürchten zu müssen. Während die *Pharsang* und ihre Crew ein gefährliches Programm auf Fader verfolgten, konnte Skirl, wenn sie das wollte, in Ocknow oder auch in Loorie warten, bis die *Pharsang* zurückkehrte. Sollte sie jedoch wünschen, an dem Unternehmen teilzunehmen, und die Risiken in Kauf nehmen wollen, würde jeder über ihre Gesellschaft erfreut sein.

Skirl antwortete mit steifer Stimme. Sie wies darauf hin, dass sie eine Clam Muffin sei, nichts fürchte und ihre Wahl selbstverständlich auf letztere Möglichkeit fiele. Sie konnte nicht so tun, als wäre sie über Maihacs Hinweis auf die unwürdige Alternative erfreut. Sie erklärte, dass Maihac nicht nur ihre Courage und ihren Abenteuergeist stillschweigend in Frage gestellt hätte, sondern auch ihre Loyalität Jaro gegenüber und ihre Ehre.

Maihac protestierte mit großer Inbrunst und meinte, dass Skirl seine Beweggründe missverstanden hätte. Er stelle weder ihre Courage noch ihre Tapferkeit noch ihre Bereitschaft, Jaros Schicksal zu teilen, in Frage und gewiss nicht ihre Ehrenhaftigkeit, was undenkbar wäre. Er beharrte darauf, dass er das Thema nur im Interesse einer methodischen Vorgehensweise vorgebracht hätte. Er wollte sicherstellen, dass Skirl alles wusste, was es über die Expedition zu wissen gab, so dass er sich nicht schuldig fühlen müsste, ihr ein falsches Gefühl der Sicherheit vermittelt zu haben. Maihac fügte hinzu: »Es ist einfach eine Sache der Erleichterung meines Gewissen für den Fall, dass du von den Lokloren Stück für Stück zerrissen wirst. Ich würde natürlich um dich trauern, aber ich wäre froh zu wissen, dass du deinem Verhängnis ohne Überredung durch mich entgegengegangen bist.«

»Du bist gewissenhaft«, sagte Skirl. »Dennoch – ich

verlasse mich darauf, dass ihr drei meine Person jederzeit schützen könnt.«

»Ich werde mein Bestes geben«, sagte Maihac. »Jaro würde es mir niemals verzeihen, wenn ich weniger leisten würde.«

»Weiß Jaro, dass du so mit mir redest?«

»Auf keinen Fall! Jaro ist vielleicht etwas eitel. Er nähme niemals an, dass du Reichtum, Komfort und Sicherheit dem Sterben in seiner Gesellschaft vorziehen würdest.«

Skirl und Maihac lachten, gingen als Freunde auseinander, und das Thema wurde nicht wieder angeschnitten.

Die *Pharsang* verließ Ocknow und setzte einen Kurs in Richtung des Sterns Gelbe Rose. »Das erste Ziel ist Asrubal«, sagte Maihac. »Wenn wir ihn in Loorie finden und uns dort mit ihm beschäftigen, um so besser. Wenn nicht, dann wird es auf Fader und in der Stadt Romarth sein.«

3

Die *Pharsang* näherte sich dem Rand der Galaxis; der Stern Gelbe Rose schien immer heller. Bald darauf sank die *Pharsang* auf Nilo-May nieder und landete auf dem Raumhafen Loorie. Nach den üblichen Vorkehrungen gegen Transit-Schocks stiegen die vier aus, durchliefen die Routineformalitäten und wurden in Richtung Stadt entlassen. Sie fanden sich am Beginn einer langen baumbeschatteten Straße.

Die vier besichtigten die Stadt, bemerkten die beengte und exzentrische Bauweise, die Mattigkeit, die die Luft erfüllte, die heimlichtuerischen Gewohnheiten des Stadtvolks, die hochgewachsenen Dendren, die über die Straße hingen: alles in allem eine ruhige, beinahe bukolische Szenerie.

Maihac führte sie auf den Weg zur Peurifoy-Erfrischungsstube, auf der der Lorquin-Verschiffungsagentur gegenüberliegenden Straßenseite. Sie setzten sich an die frische Luft, in den Schatten von schwarzem und grünem Laubwerk, und bekamen stillschweigend Krüge mit Bier serviert. Über die Straße hinweg zeigten breite Fenster das Innere der Lorquin-Agentur. Hinter dem Schalter stand ein kleiner, schmalgesichtiger, alter Mann mit weißem Haarschopf. Dame Waldop war nirgends zu sehen.

»In der Primel-Vereinigung, nur einige Türen weiter, können wir uns bei Aubert Yamb nach Neuigkeiten erkundigen«, sagte Maihac. »Als ich zuletzt durch Loorie kam, war er von der Lorquin-Agentur entlassen worden, und meiner Ansicht nach konnte er sich glücklich schätzen, am Leben zu sein.«

Als die vier ihr Bier ausgetrunken hatten, schritten sie die Straße zur Primel-Vereinigung hinunter. Jaro ging los, um Erkundigungen einzuziehen. Er stieß die Tür auf, trat in das dunkle Innere, das von dem Geruch nach Kräutern und harzigen Hölzern erfüllt war. Ein Schalter verlief entlang der ganzen Länge der Wand. Hinter dem Schalter saß Dame Estebel Pidy, so jedenfalls informierte ein Schild auf dem Schalter Jaro. Eine lange, schwarze Robe hing lose an ihrem knochigen Körper herab; ihre Haut war fahl wie Pergament, ihr schwarzer Haarwust war bis auf Ohrhöhe kurzgeschoren, und dem Haarschnitt fehlte es an jeglicher Finesse. Sie musterte Jaro mit ihren schwarzen Augen. »Ja, mein Herr; was ist Ihr Begehr?«

»Ich habe Geschäfte mit Herrn Aubert Yamb. Wo kann ich ihn finden?«

Dame Pidy erwiderte mürrisch: »Er ist in keiner guten gesundheitlichen Verfassung. Er hat keine Lust, seine Angelegenheiten mit Gläubigern zu besprechen.«

»Keine Angst; ich will nichts von seinem Geld.«

»Ein Glück für Sie«, schnaufte Dame Pidy. »Er hat

keines, und Sie können sicher sein, dass seine Frau Ihnen das gleiche sagen wird.«

»Ich habe nichts anderes erwartet«, sagte Jaro. »Wo lebt er?«

»Gehen Sie drei Blocks nach Norden; wenden Sie sich den Meisenweidenweg hinunter. Sein Haus heißt ›Engelsgesang‹, das zweite von rechts, unter einem Brandbaum.«

Die vier fanden, indem sie der angegebenen Richtung folgten, ›Engelsgesang‹ tief im Schatten eines ausladenden schwarzen Dendrons, von dem herzförmige blaue Schoten herabhingen.

Sie näherten sich dem vorderen Eingang und begegneten einer schlampigen Frau mit glattem Haar und rundem, argwöhnischem Gesicht. Sie sagte scharf: »Sie sind am falschen Ort; unser Anteil ist strittig, und in jedem Fall ist es schon lange überzeichnet.«

»Das ist nicht unsere Angelegenheit«, sagte Maihac. »Wir haben Geschäfte mit Aubert Yamb. Dürfen wir eintreten?«

Die Frau stand bewegungslos. »Yamb geht es nicht gut. Er braucht seine Ruhe.«

»Nichtsdestoweniger müssen wir ihn sprechen«, sagte Maihac. »Sind Sie nicht die frühere Twee Pidy?«

»Ja, und die bleibe ich auch. Worum geht es?«

»Vor einigen Jahren heuerte ich Yamb an, einige wichtige halboffizielle Arbeiten zu erledigen. Ich habe auch Sie damals getroffen, wie Sie sich vielleicht erinnern.«

Twee Pidy neigte den Kopf und prüfte Maihac durch zusammengekniffene Augen. »Ich erinnere mich an Sie. Es war vor langer Zeit. Und hier sind Sie wieder. Was wollen Sie nun vom armen Yamb?«

»Das werden wir ihm sagen, wenn wir ihn sehen.«

Twee stemmte die Arme in die Hüften. »Gut, wenn Sie darauf bestehen.« Twee trat zurück, um die Besucher hereinzulassen. Während sie über die Schulter mit ihnen sprach, führte sie sie durch eine Diele: »Er hat Jinjivertee getrunken, um seinen Schüttelfrost zu behandeln, aber der scheint nur seine Augen zum Tränen zu bringen; er ist sehr teilnahmslos geworden und kann selbst keinerlei Arbeit mehr ausüben.«

Sie führte sie zu Yambs Schlafzimmer. Yamb lag flach auf seinem Rücken und starrte durch rotgeränderte Augen an die Decke. Das Zimmer war dunkel und drückend vor schlechter Luft.

Maihac stellte die Gruppe vor. Yamb spähte von Gesicht zu Gesicht. Er sprach quengelig: »Ich bin weit davon entfernt, mich gut zu fühlen. Also, was wollen Sie?«

»Nicht viel«, sagte Maihac. »Betrachten Sie es als gesellschaftlichen Anlass. Ich habe Sie seit zwölf Jahren nicht gesehen.«

»›Zwölf Jahre‹?« Yamb hob den Kopf und starrte in träumerischer Verwirrung. »Jetzt erinnere ich mich! Sie sind der Mann, der auf Fader verlorenging und für tot gehalten wurde! Ihr Name ist – lassen Sie mich nachdenken – Tawn Maihac.«

»Richtig. Asrubal verkaufte mich an die Lokloren, aber ich entkam. Was wissen Sie über Asrubal?«

Yamb fiel auf sein Bett zurück. »Sie sprechen von einem Basilisken; erwähnen Sie nicht seinen Namen, selbst wenn er jetzt zurück auf Fader ist. Vor zwölf Jahren war ich sehr waghalsig. Durch eine Wendung des Schicksals entging ich der Entdeckung. Wenn ich daran denke, was hätte geschehen können, laufen mir eisige Schauer über den Körper wie hastende Mäuse mit kalten Füßen. Ah! Was waren das nur für Tage, natürlich!« Yamb sprach düster und monoton weiter. »Zwölf Jahre – es scheint ein Äon zu sein! Dame Waldop beherrschte mit ihrem mächtigen Busen und beängstigenden Hüften das Büro. Aber selbst Dame Waldop konnte sich Asrubals Wut nicht widersetzen und wurde ungnädig fortgeschickt. Mir erging es besser; ich habe letzten Endes meinen Platz gefunden. Bei der ersten Gelegenheit nannte ich mich ›Leitender Direktor‹ und saß an dem Schalter, an dem heute der alte Pounter steht. Mein Platz an der Sonne währte nicht lange. Ich versuchte, den Fader-Markt für Primel zugänglich zu machen, um Güter unmittelbar nach Romarth verkaufen zu können, an der Lorquin-Agentur vorbei, aber Asrubal wurde garstig. Um eine lange Geschichte kurz zu machen: Ich wurde geschlagen, bedroht und entlassen. So ging mein stolzester Augenblick vorüber: der Gipfel meiner Karriere sozusagen.« Yamb gab ein leises Seufzen von sich. »Es ist wahrlich der Stoff einer Tragödie, meinen Sie nicht?«

Twee wurde immer widerspenstiger. Sie rief: »Sie ermüden den armen Yamb und verschwenden meine wertvolle Zeit! Wir haben bereits die vernünftigen Erfordernisse der Gastfreundschaft überschritten – es sei denn, Sie planen einen Ausgleich?«

»Unsinn«, verkündete Maihac. »Wir erweisen Ihnen einen Gefallen, indem wir über die alten Zeiten reden. Wenn überhaupt, sollten Sie eine Gedenkfeier vorbereiten.«

Yamb stieß ein lautes, ersticktes Lachen aus. »Wenigstens haben Sie mir ein paar Atemzüge des Amüsements verschafft, die in meinem Leben viel zu rar waren.«

Yamb gab ein kurzes hackendes Husten von sich. »Ah, meine arme Kehle – trocken wie ein Zwieback! Frau, haben wir keinen Tipsik mehr zu trinken? Ist nicht das Leben dazu da, es als wunderbares Abenteuer zu leben und Tipsik mit Freunden zu teilen? Oder müssen wir um die guten Dinge winselnd und auf Zehenspitzen herumgehen, lediglich stolz auf unsere genügsame Einfachheit? Wenn wir erst tot sind, können wir kein Tipsik mehr trinken! Bring schon die Flasche, Frau! Schenke mit lockerem Handgelenk und eifriger Hand aus! Dies ist ein großer Tag!«

Twee schenkte mit zusammengepressten Lippen einen gelbgrünen Likör aus, der nach aromatischen Pollen schmeckte und ein Prickeln auf der Zunge hinterließ.

Yamb schmatzte mit den Lippen. »Das ist der wahre Stoff! Ich finde, dass vier Schlucke von diesem Tonikum das anregen, was ich den ›romantischen Geist‹ nenne, durch den ein Mann seine trägen Vorstellungen des Augenblicks in paradiesische Illusionen umwandeln kann. Die Episoden sind so süß, weil sie so zerbrechlich sind. Ein Misston, ein Rütteln, und die trostlose Realität kehrt zurück, und auch weitere vier Schlucke Tipsik können das Unglück nicht wieder abwenden.«

Twee warf eine gelangweilte Ermahnung ein: »Komm, komm, Yamb. Diese Leute sind nicht erpicht darauf, deine Loblieder zu hören. Wenn du etwas zu sagen hast, komm auf den Punkt wie ein Mann, der bei Sinnen ist!«

Yamb gab ein hohles Ächzen von sich und fiel auf sein Kissen zurück.

»Kein Zweifel, meine Teure, dass du recht hast! Doch in einer besseren Welt als dieser würde mir zu meinem Haferschleim Ramp und Hüttenkäse gereicht werden, und ich würde eine gute Figur beim Tanz machen.«

»Du bist ein unheilbarer Träumer«, murmelte Twee. »Warum bist du nicht glücklich mit dem, was du hast? Es gibt viele Leute, die mit Freude mit dir tauschen würden – weil sie nicht mehr leben.«

Yamb schien nachzusinnen. »Tatsächlich lässt es einen nach dem Für und Wider fragen.«

Twee brummte. »Schlag dir die Idee aus dem Kopf. Es ist schwer genug, auf dich in deinem gegenwärtigen Zustand acht zu geben.«

Maihac erhob sich. »Eine letzte Frage: Erwarten Sie Asrubal bald in Loorie zurück?«

Yamb sagte verdrießlich: »Ich kenne seine Pläne nicht. Im Augenblick weilt er auf Fader. Ohne Zweifel wird er zurückkehren, wenn er es für notwendig hält.«

Kapitel XVI

1 Die *Pharsang* verließ den Raumhafen von Loorie und setzte einen Kurs, der sie zum Rand des Nichts führte.

Gelbe Rose glitt an der Backbordseite vorbei, schrumpfte zu einem safranfarbenen Funken zusammen und verschwand. Randsterne tauchten auf, bewegten sich nach achtern und waren alsbald nicht mehr zu sehen. Weit voraus zeichneten sich vor dem Schwarz die leuchtenden Flecken anderer Galaxien ab.

Die Zeit verging. Die *Pharsang* trieb durch den freien Raum. Ein ferner Lichtpunkt zeigte einen einsamen, verlorenen Stern an: Nachtlicht.

An Bord der *Pharsang* begann die gelassene Routine sich zu ändern, als Nachtlicht der Brennpunkt der Aufmerksamkeit wurde. Bald nahm Nachtlicht eine Scheibenform an und offenbarte sich als gelbweißer Zwerg mittlerer Größe mit einer Gefolgschaft von vier Planeten.

Die inneren beiden waren Klumpen aus Felsen und geschmolzener Lava. Der vierte und entfernteste war eine trostlose Öde aus schwarzem Basalt und gefrorenen Gasen. Der dritte war Fader, eine Welt mit Wind, Wasser, Wald und Steppe, begleitet von einem Paar mäßig großer Monde.

Die *Pharsang* näherte sich Fader. Die Geographie war einfach. Auf einer Seite der Welt breitete sich ein einziger Kontinent in der nördlichen Temperaturzone aus; der Rest der Welt, außer den polaren Eiskappen, war unter einem einzigen, allumfassenden Ozean verborgen.

Die *Pharsang* umkreiste den Planeten und stieg in die Atmosphäre hinab. Sie sank durch hohe Flocken von Altozirren hindurch und trieb schließlich in einer Höhe von acht Kilometern über der Landschaft dahin. Maihac studierte das Terrain, wobei er eine Karte benutzte, um sich zu orientieren. Mit trauriger Faszination beobachtete er, wie die lohfarbene Landschaft unter ihm vorbeiglitt. »Wir sind über der Tangtsang-Steppe«, erklärte er den anderen. »Ich sehe Orte, die ich hoffte niemals wiedersehen zu müssen. Seht dort drüben!« Er deutete. »Seht ihr diesen Wirrwarr von Schuppen? Das ist Flad, der Raumhafen. Gaing, was kannst du ausmachen?«

Gaing richtete das Makroskop auf Flad. »Da ist ein Schiff auf dem Feld – die *Liliom*, glaube ich.«

»Geschieht etwas?«

»Das Achterabteil ist geöffnet. Sie haben gerade damit begonnen, Fracht auszuladen.«

»Hm«, sagte Maihac. »Ich hoffe, Asrubal plant keine Außerweltreise. Ich möchte ihn jetzt nicht mehr verlieren.«

»Niemand arbeitet zu schwer in Flad«, sagte Gaing. »Das Schiff wird für weitere zwei oder drei Tage im Hafen liegen, vielleicht länger.«

»Das sollte Zeit genug sein, wenigstens hoffe ich das«, sagte Maihac. »Dennoch werden wir Vorkehrungen treffen.«

»Wir können jederzeit ein Loch in die vordere Kammer der *Liliom* schlagen«, schlug Gaing vor. »Das wird die Mechaniker für ein oder zwei Wochen beschäftigen.«

»So könnten wir es machen – falls Asrubal nicht in Romarth sein sollte. Sehr wahrscheinlich wird es nicht notwendig sein.«

Die *Pharsang* drehte zur Seite ab und folgte der

Straße, die von Flad durch die Steppe zum Barkassenendpunkt auf dem Skein und dann weiter südöstlich durch den Blandy-Deep-Wald führte.

Gegen Ende des Nachmittags tauchte Romarth unter ihnen auf. Die *Pharsang* schwebte unsichtbar in einer Höhe von fünf Kilometern. Maihac identifizierte die Wahrzeichen der Stadt, an die er sich erinnern konnte. »Die ungleichmäßige Fläche mit den sechs Springbrunnen, wo die Boulevards zusammenkommen, ist der Gamboye-Platz. Die zwei Gebäude mit Säulengängen genau hinter der Brücke sind das Justizministerium und die Rechtskammer. Das Gebäude an der Seite ist das Kolloquarium, wo die Ratsherren sitzen. Das kauernde braune Bauwerk mit den drei grünen Glastürmen ist die Schmelze – eines der ältesten Gebäude Romarths. Es ist ein geheimnisvoller Ort, an dem die Seishaneesen gezüchtet und in einem Kinderhort aufgezogen werden, bis sie in Ausbildungslager entlang des Flusses verlegt werden. Es wird als geschmacklos erachtet, über die Schmelze zu reden.«

»Weshalb?« fragte Jaro. »Was geht in der Schmelze vor sich?«

»Ich weiß es nicht. Jamiel war wie die anderen; sie redete nie über den Ort.«

»Sonderbar.«

Maihac grinste in sardonischer Erinnerung. »Es gab so viel Sonderbares, dass ich kaum darüber nachgedacht habe. Zu der Zeit war ich begierig darauf, Romarth zu verlassen.«

Skirl blickte durch das Beobachtungsfenster hinab. »Es ist eine Stadt wie aus dem Märchen. Was gibt es sonst noch da unten?«

»Hunderte von Palästen. Einige werden genutzt, andere wurden der Zeit und den Hausghulen überlassen. Die Stadt riecht förmlich nach Geschichte. Beachte den breiten Boulevard neben dem Fluss, das ist die Esplanade, wo die Kavaliere und ihre Damen promenieren.

An der Seite befinden sich kleine Cafés; jeder hat sein bevorzugtes, wo er verweilt, um Erfrischungen zu sich zu nehmen und seine Freunde beim Flanieren zu beobachten. Eine Stunde vor Sonnenuntergang kehren sie alle nach Hause zurück, um sich für die abendlich stattfindenden gesellschaftlichen Anlässe in formelle Garderobe zu kleiden.«

Skirl fragte verwundert: »Und niemand arbeitet?«

»Nur die Seishaneesen.«

Skirl presste ihre Lippen missbilligend zusammen. »Es scheint eine schale Lebensweise zu sein. Haben sie keine Ambitionen? Vielleicht streben sie, um in ihre besten Clubs zu gelangen?«

»Nichts dergleichen. Sie kümmern sich lediglich um ›Raschudo‹.«

»Und was ist das?«

Maihac überlegte. »Nur ein Roum kann das erklären. Ich glaube, wenn du Eitelkeit, Wildheit, Selbstgefälligkeit, leichtsinnige Geringschätzung gegenüber Gefahr, Ehr- und Rufbesessenheit mischst, könnte das Resultat nahe an ›Raschudo‹ herankommen. Die Roum beachten eine elegante Etikette, die du ständig durchbrechen wirst. Aber wie auch immer – da kann keine Abhilfe geschaffen werden. Vom Standpunkt der Roum aus gesehen, sind wir kaum zivilisiert. Es ist zwecklos, sich zu ärgern, das dient nur ihrem Amüsement.«

Skirl lachte bitter. »Ich kann mich beherrschen. Aber bereits jetzt glaube ich, dass ich diese schöne Stadt nicht mag.«

»Ich mag sie auch nicht. Wenn unsere Geschäfte abgeschlossen sind, hoffe ich mit hoher Geschwindigkeit zu verschwinden und niemals zurückzukehren.«

2

Nachtlicht ging in einem Flackern melancholischer Farben unter. Dunst fiel über die Landschaft.

Einer der Monde erklomm den Himmel, gefolgt von dem anderen; dort glühten sie sanft und seidig, wie Perlen in Milch.

Nach einigem Nachdenken setzte Maihac sich an den Salontisch und schrieb einen kurzen Brief, wobei er die steifen Buchstaben der Roum-Kalligraphie verwandte:

An Ardrian von Ramy in seinem Palast Carleone

Mein Herr,
ich bedaure, Sie in Bedrängnis zu bringen, aber es geht nicht anders. Ich bin Tawn Maihac; vor beinahe zwanzig Jahren nahm ich Ihre Tochter Jamiel zur Frau. Sechs Jahre später wurde sie in Point Extase auf der Welt Camberwell ermordet.

Der Mörder ist mir bekannt. Er ist ein Roum aus Romarth. Ich habe seine Identität erst neulich erfahren, aber ich bin nun hier, um seine Tat in der einen oder anderen Weise zu rächen. Bei mir ist Jaro, der Jamiels überlebender Sohn ist. Wir möchten gerne sofort mit Ihnen sprechen, privat, wobei wir Ihnen gewisse wichtige Dokumente übergeben wollen. Sie werden uns in der Nähe Ihres Vordereingangs wartend vorfinden.

Tawn Maihac

Jaro und Maihac zogen sich Gewänder an, die der zwanglosen Kleidung der Roum-Kavaliere ähnelte. Sie rüsteten sich mit geeigneten Geräten aus, bestiegen den Flitzer und gingen in Romarth nieder. Sie landeten im Garten des Palasts Carleone, wo Jamiel einst gelebt hatte, und sandten den Flitzer mittels Fernkontrolle wieder in die Luft, wo er unauffällig hundert Meter über dem Garten schwebte.

Maihac ging zur Vordertür, während Jaro für einen Augenblick im Schatten wartete und dann über die Terrasse zu einer Marmorbalustrade wanderte. Der Garten erstreckte sich im Licht der Monde bis zu einer Wand aus hohen Bäumen. Als Jaro an der Balustrade stand, überkam ihn eine unheimliche, traumgleiche Stimmung: ein Gefühl aus seiner Kindheit, als er diesen Garten manchmal, in halbwachen Augenblicken, flüchtig erblickte. Damals hatte dieser Garten ihn mit einer sehnsüchtigen Melancholie berührt, vermischt mit bittersüßen Untertönen, wie dem Wohlgeruch eines Heliotrops.

Jaro stand an der Balustrade und sammelte seine Gedanken. Das Geheimnis des verlorenen Gartens war nun gelöst. Ein anderes Geheimnis blieb noch: die jammervollen Seufzer, die anhielten, bis Dr. Fiorio von der FWG-Genossenschaft sie eliminiert hatte. Jaro lauschte und fragte sich, ob Echos der Stimme immer noch in einem Winkel seines Gehirns widerhallten. Er hörte lediglich das Wispern des Windes im Laubwerk.

Maihacs Stimme durchbrach sein Grübeln. Er wandte sich vom Garten ab und überquerte die Terrasse. An der Tür stand Maihac mit einem grauhaarigen Mann von schmächtigem Körperbau, mit eckigem Gesicht und entschlossenen Zügen. Seine Haltung war steif und sein Benehmen formell, als wäre Maihac jemand, den er nicht gerne sah.

Maihac sagte zu Jaro: »Dies ist dein Großvater, Ardrian vom Haùse Ramy.«

Jaro verbeugte sich höflich. »Ich freue mich, Sie kennenzulernen, mein Herr.«

Ardrian antwortete mit einem kurzen Nicken. »Ja, es ist ein Ereignis, soviel ist sicher.« Er wandte sich Maihac zu. »Dein Erscheinen hier ist keine willkommene Überraschung; es rührt an Erinnerungen, die besser ruhen sollten.«

»Das tut nichts zur Sache«, sagte Maihac. »Meine Nachricht müsste dich über unsere Absichten in Kenntnis gesetzt haben.«

Ardrian gab ein zweifelndes Schnauben von sich.

»Deine Nachricht erschien mir wie eine einzige Übertreibung.«

Maihac grinste. »Ich kenne den Mann, der deine Tochter und deinen Enkel Garlet ermordet hat. Ich hielt es für angemessen, dich zu benachrichtigen, bevor wir an den Justitiar herantreten. Wenn du es vorziehst, stören wir dich nicht mehr länger.«

Ardrian sagte mürrisch: »Du bist in meinem Hause willkommen. Bitte tretet ein, und ich werde euch mit ungeteilter Aufmerksamkeit zuhören.« Er tat einen Schritt beiseite. Maihac und Jaro betraten ein achteckiges Atrium. Jaro blickte sich ehrfürchtig im Raum um. Dies war eine Pracht, die all seine bisherigen Erfahrungen übertraf. Eine hohe, gewölbte Decke wurde durch acht sich verjüngende Karyatiden gestützt, die den Kreis des Raums in acht Segmente teilten. Zwei der Segmente, links und rechts, mündeten in Korridore. Ein weiteres Segment umfasste den Vordereingang; das Segment gegenüber mündete in ein Wohngemach. Die vier übrigen Segmente waren getäfelt und in den Farben von Mottenflügeln angestrichen, um archaische Landschaften darzustellen. Jaro dachte sich, dass die dargestellten Szenerien durch Folklore inspiriert waren oder gar durch Erinnerungen an die Alte Erde.

Ardrian führte seine Gäste in das Wohngemach, das Jaro genauso eindrucksvoll in der Aufteilung, reich an Material und feinfühlig in Farbe und Detail fand wie das Atrium – und nach menschlichem Maßstab bei weitem bequemer. Am entfernten Ende des Raums arrangierten vier Seishaneesen Blumen in einem großen, blauen Wasserkrug – offensichtlich schufen sie einen Mittelpunkt für den Tisch. Sie warfen Jaro und Maihac verschmitzte Seitenblicke zu. Ihr leichtes Lächeln erinnerte ihn an etwas – woran? Jaro kam zu keinem Schluss. Verborgener Übermut? Heiterkeit? Unschuldige Glückseligkeit? Bei der Arbeit murmelten sie untereinander. Jaro fragte sich, was sie sagten. Sie waren faszinierend anzuschauen, dachte er: sauber, gewandt, ihre Züge schmal und regelmäßig, ihr bleiches Haar war kurzgeschoren und umrahmte den Kopf. An der Seite stand ein weiterer Seishaneese, der eine glänzende grün-graue Livree trug. Jaro dachte, dass er ein Seishaneese fortgeschrittenen Alters sein müsse, so sehr unterschied er sich von den anderen. Sein Torso war plump, seine Beine dünn und vogelartig, sein Kopf massiv, mit einer hohen Kuppel als Stirn, einer langen dünnen Nase, die wie ein Haken über einem kleinen, schwermütigen Mund und einem Knubbel von Kinn hing. Sein Benehmen war, im Gegensatz zu dem der anderen Seishaneesen, gesetzt und ein wenig pompös.

Jaro nahm neben Maihac Platz. Ardrian fragte: »Darf ich euch Erfrischungen anbieten?«

»Nicht gerade jetzt«, sagte Maihac. »Wir haben dir viel zu erzählen. Damit wir uns nicht wiederholen müssen, schlage ich vor, dass du den Justitiar anrufst und ihn bittest herzukommen, privat und allein und so bald wie möglich.«

Ardrian lächelte grimmig. »Ich bin wirklich überrascht. Ihr erscheint in einem Zustand bebender Aufregung aus dem Dunkel der Nacht und beharrt darauf, dass ich euren Notfall teile. Die Logik dessen entzieht sich mir.«

Maihac sagte geduldig: »Der Grund für die Eile ist nicht nur logisch, er ist praktisch. Wenn der Mörder erfährt, dass ich hier bin, könnte er versuchen zu entkommen.«

»Weit hergeholt und unwahrscheinlich«, erklärte Ardrian. »Zuallererst, wer ist dieser besagte Mörder?«

»Du kennst ihn gut. Sein Name ist Asrubal von Urd.«

Ardrian hob die Augenbrauen. »Ich kenne Asrubal von Urd, er ist ein Grande von hohem Rang. Eure Beschuldigung ist schwerwiegend.«

»Selbstverständlich.«

Ardrian dachte einen Augenblick nach und sagte dann gewichtig: »Es ist nicht an mir zu urteilen.« Er nahm eine Telefonscheibe von der Anrichte. »Ich werde tun, was ihr wünscht.« Er sprach in die Scheibe, lauschte, sprach erneut und legte die Scheibe beiseite. »Richter Morlock wird in Kürze eintreffen. Er lebt in der Nähe, wir werden nicht lange warten müssen.«

Für eine Weile herrschte Stille, unterbrochen durch die gedämpften Stimmen der Seishaneesen. Ardrian musterte seine Besucher ohne Herzlichkeit und sagte: »Ihr habt mir schlechte Kunde gebracht, aber ich bin nicht überrascht. Als du Jamiel mit nach Außerwelt nahmst, wusste ich, dass es mit ihr ein tragisches Ende nehmen würde.«

Maihac erwiderte geradeheraus: »Du bist ihr Vater, du liebtest sie so sehr wie ich, und du hast das Recht auf erbitterte Gefühle – aber sie sollten sich nicht gegen mich richten, sondern gegen ihren Mörder. Er ist kein Außerweltler; er ist ein Roum aus Romarth.«

Nach einem Augenblick des Schweigens fragte Ardrian: »Willst du die Umstände ihres Todes schildern?«

»Gewiss. Sie wurde getötet, während ich Gefangener der Lokloren war. Es hat dreizehn Jahre gedauert zu entdecken, wo sie umgebracht wurde und wer es getan hat. Der einzige Zeuge war Jaro. Unglücklicherweise – oder glücklicherweise – ist seine Erinnerung unvollständig.« Maihac legte ein in braunes Papier gewickeltes Paket auf den Tisch. »Dies ist das Paket, auf welches ich mich bezog. Es liegt ein Brief darin. Er ist an Jaro adressiert, und Jamiel hat ihn kurz vor ihrem Tod geschrieben. Wenn du ihn liest, wirst du zustimmen, dass der Gerechtigkeit Genüge geleistet werden muss.«

Ardrians Gesicht wurde nach und nach weniger hart. Er schien innerlich die Achseln zu zucken, erhob sich und ging zur Anrichte, wo er nach kurzer Überlegung eine Anzahl von Flaschen, Kolben und irdenen Krügen hervorholte. Über die Schulter rief er dem stattlichen Seishaneesen in der grün-grauen Livree zu: »Fancho! Bitte bringe uns ein wenig von diesem und jenem.«

Mit erhabenen Schritten verließ Fancho das Gemach. »Das ist mein neuer Majordomus«, erklärte Ardrian seinen Gästen. »Er ist recht tüchtig, jedoch ein wenig pompös. Ich frage mich des öfteren, was in seinem Verstand vorgeht.« Er wandte sich wieder seinen Flaschen zu und goß mit gespannter Konzentration Flüssigkeiten in eine grüne Glaskaraffe.

In seiner Beschäftigung innehaltend erkundigte er sich bei Maihac: »Erinnerst du dich von deinem letzten Besuch an die Kunst des Mixens?«

»Ich fürchte nein«, sagte Maihac. »Doch erinnere ich mich, dass du für einen Meister dieser Kunst gehalten wirst.«

Ardrian lächelte flüchtig und fuhr mit dem Mixen fort. »Es ist sicherlich eine weniger bedeutende Kunst, aber eine mit überraschender Bandbreite. Der Trank muss mit der Stimmung der Gesellschaft übereinstimmen, die mitunter heikel zu beurteilen ist. Aber man tut, was man kann.« Er beendete das Mixen und kehrte zu seinem Platz zurück. Fancho, der Grichkin-Majordomus, rollte einen Tafelwagen, beladen mit Überbleibseln von Pasteten, Spießen gerösteten Fleisches, gesalzenem Fisch, Krüstchen in Töpfen mit weißer und mit schwarzer Soße, Honigkugeln und dergleichen herein. Fancho stellte den Wagen dorthin, wo er von jedem zu erreichen war, ging dann zur Anrichte, schenkte die Flüssigkeit aus der grünen Glaskaraffe in Kelche und servierte sie Maihac, Jaro und Ardrian mit Schwung. »Wohl getan, Fancho«, sagte Ardrian. »Du wirst von Tag zu Tag geschickter.«

»Es ist mir stets eine Freude, meine Arbeit gut auszuführen.« Fancho marschierte stolz zum entfernten Ende des Gemachs.

Jaro blickte ihm mit Interesse nach. »Geschieht das üblicherweise mit den Seishaneesen, wenn sie alt werden?«

Ardrian schien von der Frage amüsiert. »Definitiv nein. Fancho ist ein Grichkin – eine besondere Art der Seishaneesen und ebenfalls sehr nützlich, muss ich hinzufügen.«

»Ich verstehe.« Jaro kostete den Trank. Er fand ihn herb und prickelnd, mit einem Dutzend faszinierender Aromen, die am Gaumen verweilten. Maihac kostete und sagte: »Offensichtlich hast du nichts außer acht gelassen.«

»Vielen Dank«, sagte Ardrian. »Vielleicht habe ich ein wenig der gerichteten Energie vergessen, ›Verve‹, wenn ihr so wollt, aber ich dürfte die Nuancen und Nachgedanken erreicht haben.«

Jaro nippte vorsichtig, versuchte die Feinheiten, die offensichtlich dem Kenner zugänglich waren, zu entdecken. Am Ende gab er den Versuch auf.

Morlock vom Hause Sadaj traf ein: ein schlanker Mann mittleren Alters mit klassisch scharfen Zügen, einer Gelehrtenstirn, engstehenden Augen und einem kompromisslosen Mund. Er trug eine lässige Tunika, die mit grünen und schwarzen Rauten gemustert war, und eine schwarze Hose. Ardrian stellte ihn Maihac und Jaro vor, schenkte dann ein und servierte einen Kelch seiner komplizierten Mixtur. Morlock nippte, zog eine nachdenkliche Grimasse und sagte: »Ich halte es für Ihren Zehenquetscher Nummer Zwei.«

»Ganz genau«, sagte Ardrian. »Aber wir dürfen keine Zeit mit dem Austausch von Komplimenten verschwenden. Maihac tobt vor Ungeduld, damit sein Mörder ihm nicht entschlüpft. Habe ich recht, Maihac?«

»Ganz recht«, sagte dieser.

Ardrian fuhr fort. »Maihac und Jaro sind eben erst eingetroffen, und ich glaube, dass sein Raumschiff in der Nähe schwebt. Er hat mir erzählt, dass meine Tochter Jamiel von Asrubal von Urd ermordet wurde und dass er Gerechtigkeit will.«

»Das ist nur recht und billig«, sagte Maihac. »Die Tatsachen sind unerfreulich. Als Jamiel, unsere beiden Kinder und ich vor sechzehn Jahren versuchten, an Bord des Flitzers zu gelangen, lauerten uns Asrubal und seine Handlanger auf. Am Ende schafften wir es, uns zum Flitzer durchzuschlagen. Ohne zu wissen, dass Garlet im letzten Moment aus dem Flitzer gekidnappt worden war, hoben wir ab. Als wir in die Luft stiegen, sahen wir Asrubal mit Garlet. Er warf das Kind hoch und ließ es auf die darunter liegenden Felsen fallen. Wir konnten nichts tun.

Asrubal richtete es so ein, dass die Lokloren in Flad auf uns stießen, um uns abzuschlachten. Jamiel und Jaro entkamen zum Raumschiff, ich wurde ergriffen, in die Steppe gezerrt und gezwungen, mit den Mädchen zu tanzen. Ich brachte es irgendwie fertig zu überleben, was sie zu amüsieren schien. Sie hielten mich drei Jahre lang gefangen. Während dieser Zeit verfolgte Asrubal Jamiel bis nach Point Extase auf der Welt Camberwell. Er wollte das Material in diesem Paket, das ich gerade eben Ardrian übergeben habe, zurückgewinnen. Asrubal ermordete Jamiel, aber er bekam das Paket nicht zurück. Jaro entkam ein zweites Mal.«

Morlock sagte: »Das ist keine unbedeutende Anschuldigung. Wie erklären Sie sich sein Verbrechen? Kurz, was ist sein Motiv?«

»Asrubal ist ein Dieb. Er hat das Volk von Romarth jahrelang ausgeraubt. Der Beweis liegt im Paket. Asrubal ermordete Jamiel, um diese Dokumente zu bekommen. Lesen Sie sie, aber lesen Sie zuerst den Brief, den Jamiel kurz vor ihrem Tod schrieb.«

Maihac öffnete das Paket und zog den Brief heraus,

den er in Ardrians Hand legte. »Es ist keine erfreuliche Lektüre.«

Ardrian las mit unbewegter Miene und gab den Brief an Morlock weiter, der ihn ebenfalls las. »Sie haben recht«, sagte Morlock. »Es ist kein erfreulicher Brief.«

Maihac holte den verbliebenen Inhalt aus dem Paket. »Auf meine Anweisung hin verschaffte sich Jamiel diese Dokumente von Aubert Yamb, einem damaligen Angestellten der Lorquin-Agentur.

Hier sind fünf Geschäftsbücher. In der Tat sind es Yambs Arbeitsbücher, in denen er die täglichen Transaktionen der Lorquin-Agentur verzeichnete. Beachten Sie, dass Yamb die Preise aller gekauften und verkauften Artikel von Import und Export festgehalten hat. Sie werden bemerken, dass der Aufschlag auf Importe und die erhobenen Provisionen auf Exporte niemals weniger als hundert Prozent ausmachen – in allen Fällen zu Lasten des Volks von Romarth. Das sind die Profite, die Asrubal von der Lorquin-Agentur abgezweigt hat. Im Laufe der Zeit sammelte sich eine gewaltige Summe an. Die Roum waren entweder zu unschuldig, zu vertrauensselig, zu unvorsichtig oder einfach zu dumm, um dagegen zu protestieren. Dies ist der Grund, weshalb Asrubal vor zwanzig Jahren, als ich das erste Mal auf Fader ankam, meinem Gesuch für einen Handelsbrief entgegentrat. Es ist der Grund, warum er mein Todfeind wurde. Es ist der Grund für Jamiels Tod.«

Morlock studierte die Bücher und reichte sie an Ardrian weiter. Die beiden Roum lasen schweigend, während Maihac und Jaro zuschauten und sich an Ardrians Zehenquetscher Nummer Zwei labten.

Schließlich gab Morlock die Bücher an Maihac zurück, der sie wieder in den blassgelben Umschlag gleiten ließ. Morlock blickte zu Ardrian. »Was ist Ihre Meinung?«

»Wir sind hereingelegt worden.«

»Ich denke dasselbe«, sagte Morlock. »Asrubal ist ein

schlauer Dieb. Es hat uns beschwindelt, gnadenlos. Maihac zufolge ist er auch ein Mörder – obwohl seine Schuld nur schwer zu beweisen sein dürfte.«

»Nicht notwendigerweise«, sagte Maihac. »Als er meinen Sohn Garlet tötete, gab es sechs Zeugen. Sie waren als Assassinen maskiert, aber ohne Zweifel können sie identifiziert werden.«

»Selbst dann könnten alle behaupten, nichts gesehen zu haben.«

»Wie auch immer«, sagte Maihac. »Falls Asrubal der Justiz entgeht, werde ich dafür sorgen, dass er nicht sehr weit kommt.«

Morlock runzelte die Stirn. »Das ist eine extravagante Rede, die mich in eine unbequeme Position bringt. In Romarth gründet sich die Justiz auf uralte Traditionen. Der Rat eines Außerweltlers hat nur wenig Gewicht.«

»Lassen Sie uns realistisch sein«, sagte Maihac. »Wenn die Frau und der Sohn des Außerweltlers getötet wurden, er ergriffen wurde, um mit den Mädchen zu tanzen, und der Außerweltler mit einem mächtigen Kriegsschiff zurückkehrt und sich nach Romarth begibt, um den Justitiar über viele andere Verbrechen zu informieren – all dies ist der Fall –, glaube ich, dass die Ansicht des Außerweltlers sorgfältig beachtet werden sollte.«

»Wie wahr«, sagte Morlock. »Besonders im Hinblick auf das mächtige Kriegsschiff.«

»Wir sind vernünftige Leute«, sagte Maihac. »Aber falls die Roum-Justiz zu schwach ist, um mit diesen Verbrechen fertig zu werden, werde ich sehr enttäuscht sein.«

»Du stehst nicht allein da«, sagte Ardrian barsch zu ihm. »Fang nicht an zu schreien, noch bevor du getroffen bist; es betrifft uns alle.«

»Es tut mir leid«, sagte Maihac.

Morlock lächelte schwach. »Ich denke, dass wir uns

verstehen.« Er nahm die Telefonscheibe zur Hand, rief den Aufseher der Öffentlichen Dienste an und erteilte Anweisungen.

3 Ein Zug Regulatoren sammelte sich auf dem nördlichen Teil des Gamboye-Platzes. Dort gesellten sich der Richter Morlock und Ardrian vom Hause Ramy zu ihnen. Die Gesellschaft marschierte entlang eines Wohnboulevards nach Norden und traf alsbald vor Asrubals Palast Varcial ein. Maihac und Jaro glitten über ihren Köpfen im Flitzer dahin. Sie beobachteten, wie die Regulatoren rund um das Gebäude ausschwärmten und alle Fluchtrouten blockierten. Der Justitiar, Ardrian von Ramy, der Aufseher und vier Offiziere näherten sich dem Haupteingang und taten ihre Anwesenheit kund. Nach einer Weile kam Asrubal selbst zur Tür.

Aus dem Flitzer beobachtete Jaro durch das Makroskop das Geschehen, blickte zum ersten Mal in Asrubals Gesicht, seitdem er es durch das Fenster des alten gelben Hauses in Point Extase hatte starren sehen. Er erinnerte sich an ein Gesicht, hart und weiß, als wenn es aus Knochen modelliert worden wäre. Während er hinabblickte, sah er dasselbe Gesicht. Er erschlaffte in seinem Sitz, als eine Abfolge schrecklicher Bilder durch seinen Verstand wogte. Er atmete tief ein. Die Bilder wichen zurück; sein Verstand war leer.

Maihac sah ihn an. »Was ist los?«

»Nur Erinnerungen. Nun sind sie verschwunden.«

Richter Morlock wandte sich an Asrubal. »Ich habe soeben Informationen erhalten, die Sie in Zusammenhang mit gewissen Verbrechen bringen. Ich bin verpflichtet, Sie in Gewahrsam der Regulatoren zu geben. Von diesem Augenblick an sind sie ein Gefangener unter offiziellem Arrest.«

Asrubal stieß ein majestätisches Gebrüll im Bariton aus. »Was für ein Unsinn ist das? Ich bin ein respektierter Grande des Hauses Urd; ich kann mir den Grund für eine solche Verfolgung nicht vorstellen!«

Morlock lächelte. »Denken Sie scharf nach! Ich bin gewiss, Sie erinnern sich an das ein oder andere Detail Ihrer Missetaten.«

»Mein Raschudo ist superb! Beabsichtigen Sie, mich zum Crillinx-Kerker zu schleppen?«

»Nicht zum Crillinx-Kerker«, sagte der Justitiar. »Darin hat seit drei Jahren niemand mehr eingesessen, und er ist unbewohnbar. Sie werden in Ihrem eigenen Wohnbereich abgesondert, der gesichert und bewacht werden wird. Sie dürfen keine Besucher empfangen – darin sind Freunde, Familie oder Verwandte vom Hause Urd eingeschlossen, außer Ihrem Rechtsanwalt, den Sie uns morgen nennen können. Nun müssen wir Sie einer persönlichen Durchsuchung unterziehen. Auch werden wir Ihren Wohnbereich inspizieren und sichern.«

Einige Male hatte Asrubal versucht, sich zu beschweren, mit dem Ergebnis, dass er vom Aufseher zur Ruhe gebracht wurde. Schließlich wurde ihm erlaubt zu reden. Verärgert verlangte er zu wissen: »Wessen bin ich angeklagt?«

Richter Morlock entgegnete: »Sie sind des Mordes, der Unterschlagung und des Betrugs angeklagt.«

Asrubal stampfte vor Wut mit dem Fuß auf. »Niemand ficht mein Raschudo an; nur ich kann ein solches Urteil abgeben!«

»Falsch!« verkündete Ardrian. »Raschudo ist ein Wechselspiel zwischen Ihnen selbst und Ihresgleichen und bricht zusammen, wenn Verachtung Billigung ersetzt.«

»Dann beantworten Sie mir dies: Wer ist mein Ankläger?«

»Da gibt es verschiedene Personen einschließlich

Tawn Maihac, einem Außerweltler, seinem Sohn Jaro, der Justitiar Ardrian von Ramy und mir selbst. Das ist mehr als ausreichend. Sie befinden sich nun im Gewahrsam des Aufsehers und der Regulatoren. Sie werden so bald wie möglich vor ein besonderes Gericht gestellt.«

Kapitel XVII

1 Jaro und Maihac kehrten zu Ardrians Palast Carleone zurück, wo sie schon bald die Gesellschaft des Richters Morlock in Begleitung dreier hochrangiger Ratsherren erhielten. Ardrian führte seine Besucher in ein fahlgrün getäfeltes Konferenzzimmer, dessen Wände mit den Porträts ehemaliger Patronen von Ramy geschmückt war. Die Gesellschaft nahm um einen ovalen Tisch herum Platz. Sogleich wurden von seishaneesischen Dienern unter der erhabenen Aufsicht von Fancho, dem Majordomus, Erfrischungen gereicht.

Maihac und Jaro setzten sich an ein Ende des Tisches und wurden im folgenden von allen außer Ardrian ignoriert, der ohne Erfolg versuchte, sie in die allgemeine Unterhaltung miteinzubeziehen.

Nach zehn Minuten des beiläufigen Gespräches nahm Morlock die Gelegenheit wahr und machte eine Ankündigung: »Die Gesellschaft mag daran interessiert sein, zu erfahren, dass ich Asrubal von Urd heute nacht bis zur formellen Verhandlung unter Hausarrest gestellt habe.«

Die Neuigkeit erregte eine Reihe verwunderter Ausrufe. »Was sagen Sie da?« … »Sehr ungewöhnlich!« … »Ist das ein Scherz oder eine Farce?«

»Ich meine es durchaus ernst«, sagte Morlock. »Er ist verschiedener Verbrechen angeklagt, einschließlich Betrug, Diebstahl, Unterschlagung und Mord.«

Die Ratsherren protestierten vehement. »Sie sind klar und deutlich das Opfer einer Täuschung!« brauste Ferodic von Urd auf, ein schmalgesichtiger Mann mit tiefliegenden Augenhöhlen und einer leichenhaften Blässe. »Asrubal ist mein Verwandter!«

Crevan vom Hause Namary protestierte: »Gewiss, Morlock! Sie handeln in unmäßiger Eile!«

Morlock sagte: »Meine Herren, wenn Sie dazu geneigt sind, werde ich Ihnen die Tragweite dieses Falls erläutern.«

»Bitte, tun Sie das! Wir sind gespannt!«

Mit gemäßigter, monotoner Stimme beschrieb Morlock seine Gründe für die Inhaftierung Asrubals. Die Ratsherren lauschten mit Skepsis.

Esmor von Slayford klagte: »Zumindest haben Sie überreagiert. Hätte diese kleine Affäre nicht in aller Stille geregelt werden können?«

Ardrian versteifte sich. »Spielen Sie auf die Ermordung meiner Tochter als bloße ›kleine Affäre‹ an?«

»O nein! Selbstverständlich nicht!«

Ferodic wedelte mit seiner knochigen Hand. »Aber wir müssen logisch vorgehen. Die Anschuldigungen sind noch nicht bewiesen worden. Der gesamte Fall mag sich sehr wohl als eine Phantasmagorie erweisen.«

Morlock fragte: »Sie glauben also, dass diese beiden Außerweltler boshafte Irre sind?«

Ferodic spähte zu Maihac und Jaro hinüber. »Ich kann ihre Wahrhaftigkeit nicht nach so kurzer Bekanntschaft beurteilen. Wie auch immer, es muss beachtet werden, dass sie Außerweltler sind.«

Crevan sagte verdrießlich: »Was die Lorquin-Affäre angeht, so kann ich ein solch großes Trara wegen ein paar verlegter Sol nicht verstehen.«

Maihac brachte eine höfliche Berichtigung vor: »Asrubal hat wahrscheinlich mehr als eine halbe Million Sol gestohlen – eine nicht unbeträchtliche Summe.«

»Die Anschuldigungen sind gemacht worden und müssen untersucht werden«, sagte Morlock. »Morgen früh werde ich die Ratsherren bitten, Anklage gegen

Asrubal zu erheben. Die Adjudikatoren werden morgen nachmittag tagen.«

»So bald schon?« schrie Ferodic. »Das scheint mir ein Übermaß an Eifer zu sein!«

Morlock sagte unbewegt: »Ich habe keinen Gefallen an solchen Dingen. Ich möchte diese Angelegenheit so früh wie möglich erledigt haben.«

Ferodic erhob sich. »Ich muss über diese Situation nachdenken und werde mich nun zurückziehen.«

Die anderen Ratsherren taten es ihm gleich. Ardrian führte sie zum Vordereingang.

Maihac und Jaro bereiteten sich ebenfalls auf ihren Abschied vor. Morlock und Ardrian beobachteten, wie Jaro den Flitzer aus der Luft holte. Ardrian fragte: »Ihr werdet am Morgen wieder anwesend sein?«

»Wann immer Sie es wünschen.«

»Also dann, bis morgen früh.«

2 Am folgenden Tag flogen Maihac und Jaro zusammen mit Skirl von neuem nach Romarth. Gaing blieb an Bord der *Pharsang,* von wo er mit Maihac über Radio verbunden war. Ardrian nahm die drei mit zum Kolloquarium, wo sich die gesamte Gesellschaft der Ratsherren versammelt hatte. In ihren uralten, traditionellen Trachten boten sie einen eindrucksvollen Anblick.

Es begann ein Vorgang, der für die Außerweltler zum größten Teil verwirrend war. Nach der kurzen Erklärung des Richters Morlock, Asrubals Name sei in Verbindung mit gewissen ernsthaften Verbrechen über einen Zeitraum von einigen Jahren genannt worden, und es sei wahrscheinlich am besten, wenn die Adjudikatoren den Fall klären würden, fragte Ferodic von Urd: »Und wer hat diese Informationen vorgelegt?«

»Der Herr dort drüben.«

»Sind das nicht die Außerweltler aus dem entfernten Gaeanischen Reich?«

»So ist es.«

»Hm. Ihr Beweis könnte sehr wohl durch Ignoranz oder Aberglaube beeinflusst sein.«

»Unwahrscheinlich.«

Ferodic brummte weiter, aber Morlock setzte sich und brachte daraufhin dem weiteren Verlauf lediglich unbeteiligtes Interesse entgegen. Die Ratsherren tauschten Bemerkungen aus, mitunter belanglos, mitunter verborgen. Von Zeit zu Zeit wurden Fragen an Morlock gerichtet, der kurz und bündig antwortete. Einmal lehnte sich ein Ratsherr vor und fragte Skirl, ob sie die Umstände ihres Lebens mitteilen könne. Skirl willigte gern ein. Sie beschrieb Sassoon Ayry in Thanet und den Palast Piri-piri ihrer Mutter auf Marmone. Sie gab sich als Clam Muffin zu erkennen, die, zusammen mit den Quantorsi und den Tattermen, die verfeinerte Gruppe der ›Sempiternalen‹ bildeten, wo das Wort ›Status‹ keine Bedeutung mehr hatte. Sie fand es schwierig, die Bedingungen in Romarth mit denen von Thanet in Beziehung zu setzen, da das kultivierte System von Status, Leistenstreben und Clubmitgliedschaft in Romarth unbekannt war. Skirl wagte die Vermutung, dass der Zustand des hohen Raschudos in etwa wie eine Mitgliedschaft in einem der Quadratischen Kreise oder vielleicht bei den Kranken Hühnern sei. Die Lebensbedingungen in Thanet wären unendlich vielfältig. Der größte Teil der Leute würde in Arbeiten ausgebildet, die sie am meisten interessierte. Gelegentlich besäßen Bürger Raumjachten, die mit allem Komfort zwischen den Welten des Gaeanischen Reiches kreuzten; tatsächlich wären sie und ihre Gefährten in einer solchen Raumjacht nach Fader gereist; sie schwebe nun fünf Kilometer über Romarth.

Die Ratsherren hörten kommentarlos zu und erklärten schließlich, sie hätten genug gehört. Jaro wurde danach um einen ähnlichen Bericht gebeten. Er beschrieb den Verlauf seines Lebens und gab an, dass er erst vor kurzem die Fakten seiner Herkunft erfahren hätte. Als er sprach, schienen die Ratsherren ihr Interesse zu verlieren. Sie murmelten untereinander, schauten in ihre Notizbücher und rutschten auf ihren Stühlen hin und her. Jaro stoppte mitten im Satz und ging zu seinem Stuhl zurück. Niemand schien es zu bemerken. Er sagte zu Maihac: »Jetzt ist es an dir.«

»Ich denke, dass sie genug gehört haben«, sagte Maihac. »Sie kümmern sich nun um das Problem des Mittagessens.«

»Ich verstehe das System nicht«, brummte Jaro.

»Das tut nichts zur Sache. Sie folgen dem Muster der Tradition, und wir müssen ihnen folgen.«

»Aber sie haben nichts bezüglich Asrubal gefragt!«

»Sie wissen alles, was sie wissen müssen. Morlock hat sie gebeten, Asrubal den Adjudikatoren vorzuführen. Gegen Mittag werden sie ihre Entscheidung treffen und in Scharen zum Mittagessen ziehen. So werden die Dinge hier erledigt.«

»Ich verstehe.«

Am Mittag erhoben sich die Ratsherren. Der Vorsitzende Ratsherr intonierte: »Asrubal vom Hause Urd, abscheulicher Vergehen beschuldigt, wird dem Urteil der Adjudikatoren anheimgestellt. An Ihnen ist es zu erklären, wer die Strafen erleiden muss: der Angeklagte oder die Ankläger.«

Jaro wandte sich an Maihac. »Was meint er damit?«

»In unserem Fall ist es wahrscheinlich leeres Gerede. Wenn im traditionellen Roum-Recht Anklagen vorgebracht wurden und man den Angeklagten für unschuldig befand, wurden die Strafen auf die Ankläger übertragen, um sie zu lehren, kein falsches

Zeugnis abzulegen. Aber das passiert uns nicht – nicht mit Gaing, der uns von der *Pharsang* aus beobachtet.«

»Dennoch ist der Gedanke recht erschütternd.«

»Ja«, sagte Maihac. »In Romarth trifft das auf viele Dinge zu.«

Ardrian gesellte sich zu den drei Außerweltlern. »Das wäre im Moment alles. Die Adjudikatoren werden später am Tag zur Sitzung schreiten. In der Zwischenzeit wäre ich erfreut, wenn ihr mir zu Mittag Gesellschaft leisten würdet. Im Interesse eurer Bequemlichkeit und der Gastfreundschaft, die euch geschuldet wird, lade ich euch ein, in Carleone zu verweilen.«

»Vielen Dank«, sagte Maihac. »Ich glaube, ich kann für uns alle sprechen. Wir sind froh, die Einladung annehmen zu können.«

»Sehr gut«, sagte Ardrian. »So soll es sein.«

3 Die fünf Adjudikatoren trafen sich während des Nachmittags – nicht im Kolloquarium, sondern in der großen Halle von Asrubals Palast Varcial, damit Asrubal ein angemessener Zugang zum Verfahren ermöglicht wurde. Die Adjudikatoren saßen an der Rückseite eines langen Tisches, auf dem Seishaneesen Flaschen, Krüge, Tabletts mit Pasteten, Salzfisch, kandierter Vogelleber und dergleichen vorbereitet hatten, um die Gesetzgeber für ihre Arbeit zu stärken. Sie waren Männer von unterschiedlichem Körperbau: groß, klein, schmal, plump, aber sie alle strahlten die Haltung des hohen Raschudos aus. Der Oberadjudikator, bekannt als Magister, war der Älteste der Gruppe und gab das markanteste Erscheinungsbild ab. Er saß vorgebeugt da, die spitzen Ellbogen auf den Tisch gestützt. Einige Strähnen weißen Haares wuchsen auf seinem Kopf;

lange Ohren, schlaffe Augenlider und eine lange dünne Nase verliehen ihm das Aussehen einer müden Eule. Er blickte durch den Raum; zufrieden, dass alles in Ordnung war, schlug er einen Gong an und rief: »Die Sitzung der Adjudikatoren hat nun begonnen. Die Form muss absolut gewahrt bleiben. Führt den Gefangenen vor!«

Zwei Regulatoren brachten Asrubal herein und setzten ihn auf einen massiven Stuhl an der Wand.

Wieder sprach der Magister. »Dies ist ein Verfahren des hohen Gerichts. Recht und Billigkeit sind maßgebend. Es werden weder Geburt, Haus, Clique noch Raschudo berücksichtigt. Adjudikation ist exakt. Häufig kommen wir zu einem Urteil, noch bevor die Beweise vorgelegt werden. Emotionale Demonstrationen werden nicht toleriert. Wir werden nun beginnen. Richter Morlock, stellen Sie Ihren Fall vor der Versammlung dar.«

Morlock beschrieb in gedämpftem Tonfall die Verbrechen, derer Asrubal beschuldigt worden war. Asrubal lauschte, ohne seinen Ausdruck zu ändern, und starrte Morlock mit runden schwarzen Augen an.

Dieser vervollständigte seine einleitenden Feststellungen, und Jaro wurde aufgerufen, um auszusagen. Morlock, die Adjudikatoren und Barwang, Asrubals Anwalt, stellten Fragen: viele, die den Fall betrafen, andere, deren Relevanz weit entfernt schien. Der Magister erzwang keine Disziplin, so dass Jaro häufig zwei oder drei Fragen auf einmal gestellt wurden. Er wunderte sich über die Formlosigkeit des Verfahrens, zumal die Adjudikatoren selbst ruhig und würdevoll waren. Vielleicht gedachten sie in ihrer Eitelkeit, mit nur einem Teil ihrer Aufmerksamkeit Recht zu sprechen: Wenn das der Fall war, war es die vollendetste Arroganz überhaupt. Als Jaro erzählte, was er wusste, tauschten sie untereinander Kommentare aus und unterbrachen ihn gelegentlich, um neue Fragen zu stellen. Jaro zügelte achtsam seine Ungeduld und beantwortete jede Frage in allen Einzelheiten. Zuweilen blickten die Adjudikatoren in Asrubals Richtung, als ob sie ihn zu einem Kommentar einladen wollten. Asrubal entgegnete zuweilen mit einem dünnen Lächeln, gelegentlich brach es aus ihm heraus: »Unsinn, alles Unsinn, hören Sie?« Und: »Dummes Zeug und Geschwätz!« Und: »Er ist ein Lügner und ein Skorpion; werfen Sie ihn hinaus!«

Asrubal wurde von seinem Verwandten Barwang von Urd vertreten, einem rosigen Mann mittleren Alters, der zungenfertig war, große braune Hundeaugen, wallende Locken braunen Haars, einen seidenen Schnurrbart und einen kleinen Wanst hatte, den er, zusammen mit einer recht breiten Hüfte, versuchte, unter einem losen Umhang aus grün-schwarzem Samt zu verbergen. Er verhielt sich mit großtuerischer Gleichgültigkeit, die Jaro ärgerlich fand.

Barwang wanderte unruhig durch die Halle, hielt gelegentlich inne, um zu lauschen; zuweilen lehnte er sich Asrubal entgegen, um eine vertrauliche Einsicht zu vermitteln; mitunter verließ er die Halle, um zurückzukehren, einen Moment zuzuhören und zu schreien: »Meine Herren! Asrubal und ich haben genug von diesem erbärmlichen Hickhack! Es ist eine Zumutung für meinen Verwandten! Setzen Sie dieser Verfolgung ein Ende.«

Die Adjudikatoren lauschten mit gemessener Aufmerksamkeit. Schließlich sagte einer von ihnen: »Barwangs Bemerkungen erinnern mich daran, dass es Zeit ist, uns zu vertagen. Die Granden von Urd haben ein schnelles Ende des Verfahrens gefordert, und letztendlich müssen wir Asrubal nicht länger als nötig eingesperrt halten. Wir sollten uns heute in einer Woche wieder treffen.«

Die drei Außerweltler kehrten in den Palast Carleone zurück, wo sie in ihre Räume geführt wurden. Sie badeten und wurden von seishaneesischen Dienern in elegante Abendgarderobe gekleidet.

Die drei versammelten sich im kleinen Wohnzimmer, und alsbald gesellte sich Ardrian zu ihnen, der seine Kunst der Kreation von erfrischenden Getränken ausübte. Für eine Stunde unterhielt sich die Gruppe über die Ereignisse des Tages. Jaro sagte, dass die Verfahrensweise des Roum-Rechts ihn verblüffe.

Ardrian erklärte: »Es ist wirklich recht einfach. Die Sitzung der Adjudikatoren ist entspannt. Sie beobachten, nehmen auf und verarbeiten. Eine Mischung von Informationen gelangt in ihren Verstand, wo sie auf unbewusster Ebene sortiert werden, bis alle an ihrem Ort sind und ein sicheres Urteil gefunden wird.«

Skirl fragte: »Warum haben sie das Gericht um eine Woche vertagt?«

»Mitunter sind die Adjudikatoren etwas kapriziös. Vielleicht waren sie müde oder gelangweilt, oder vielleicht möchten sie gern von sich als Manifestation der Naturgewalt denken, die sich in unbarmherzigem Rhythmus bewegt. Auf jeden Fall werdet ihr eine Woche der Freizeit haben, um die Pracht von Romarth und seiner aufregenden Gesellschaft zu erkunden. Denkt daran, es ist gefährlich, sich allein in verlassene Paläste zu wagen, da die weißen Hausghule unberechenbar sind und euch ohne Warnung anspringen. Selbst mit einer Begleitung seid ihr nicht vollkommen sicher.« Er erhob sich. »Nun werden wir uns zum Speisezimmer begeben. Heute abend werdet ihr einige meiner Freunde und Verwandten kennenlernen. Sie werden nicht wissen, wie sie sich angemessen zu betragen haben. Seid nachsichtig mit ihnen, und wenn sie sich in einem sonderbar erscheinenden Stil benehmen, zeigt keine Überraschung.«

»Ich werde vorsichtig sein«, sagte Jaro. »Ich kann natürlich nicht für Skirl sprechen. Sie ist eine Clam Muffin und begibt sich nicht in die Gesellschaft von jedermann. Vielleicht solltest du deine Verwandten warnen.«

Ardrian blickte Skirl zweifelnd an. »Im Moment erscheint sie recht ruhig. Tatsächlich passt sie nicht ins übliche Bild, das man sich von Außerweltlern macht.«

»Nichtsdestoweniger ist sie real und sehr lebendig.«

»Extrem lebendig«, sagte Skirl.

Der Abend verging ohne ungelegene Zwischenfälle. Die Roum schienen neugierig darauf zu sein, was das Leben in den Außerwelten anging.

»Überall ist es anders«, sagte Maihac. »Die IPCC erhält einheitliche Grundrechte aufrecht, so dass ein Reisender nicht verprügelt wird, weil er sich öffentlich die Nase putzt. Dennoch gibt es eine ausreichende Mannigfaltigkeit, um das Reisen interessant zu machen.«

»Schade, dass es so teuer ist«, sagte eine junge Frau.

Jaro sagte: »Wenn Asrubal von Urd nicht ein solcher Dieb wäre, könnten Sie ausreichend Geld besitzen, um komfortabel zu reisen.«

Broy, ein Kavalier aus dem Hause Carraw, sagte steif: »Ihre Bemerkungen kommen einer Verleumdung gleich. Asrubal ist ein Grande von hohem Raschudo. Es ist nicht schicklich, dass ein Außerweltler eine solche Sprache wählt!«

»Verzeihung!« sagte Jaro. »Ich wollte Sie nicht beleidigen.«

Es herrschte Stille am Tisch. Schließlich nickte Broy steif. »Ich bin nicht beleidigt, das ist eine weitere Unverschämtheit! Ich weise Sie lediglich auf die Notwendigkeit hin, Ihre Zunge im Zaum zu halten und Respekt zu wahren.«

»Ich werde mich bemühen«, sagte Jaro sanft. Er bemerkte, dass Maihac und Ardrian still vor sich hinlächelten. Skirl schaute verächtlich und ungläubig von Jaro zu Broy, brachte es jedoch fertig, den Mund zu halten. Der Abend nahm seinen Lauf, war aber nicht mehr so ungezwungen wie zuvor.

Später erklärte Ardrian Jaro und Skirl: »Ihr habt euch richtig verhalten, genau wie ich es wünschte. Broy von Carraw ist ein junger hitziger Geck. Er hat Verbindungen zum Urdklan und dachte, er könne einen grandiosen Hieb auf eure Kosten anbringen. Ihr braucht euch keine Sorgen machen, es bedeutet nichts.«

»Ich war nicht besorgt«, sagte Jaro. »Ich war mehr belustigt als alles andere. Er ist keine Bedrohung für mich.«

»Sei dir da nicht so sicher! Er hat ein unstetes Temperament, und er ist ein geschickter Fechter.«

»Ich werde mein möglichstes tun, um ihn nicht zu provozieren.«

Am folgenden Tag wurden Jaro und Skirl mit auf eine Besichtigung des verlassenen Palastes Somar genommen, Sitz des längst ausgestorbenen Soumarjian-Stammes. Sie wurden von einem Paar Kavalieren vom Hause Ramy und zwei weiteren vom Hause Immir begleitet. Mit Ehrfurcht schritten Jaro und Skirl durch die Stille der düsteren Hallen. In einer Bibliothek verweilte Skirl, um die Bücher, die die Regale säumten, zu betrachten. Sie waren dick und schwer, mit Deckeln aus gravierter Pappe und Seiten voller Text und handgearbeiteten Illustrationen.

Roblay von Immir, der ein besonderes Interesse an Skirl zu hegen schien, blieb bei ihr, während die anderen in den Großen Salon weitergingen. Er erklärte die Bücher: »Einst machte jeder seine persönlichen Aufzeichnungen in solchen Büchern. Jedes dieser Bücher erzählt die Lebensgeschichte von jemandem. Die Bücher sind mehr als Tagebücher; sie sind Werke von künstlerischer Schönheit, durchsetzt mit Passagen von Poesie und vertraulicher Offenbarung, die der Chronist ohne Verlegenheit aufschreiben konnte, da sein Buch erst nach seinem Tode geöffnet werden durfte. Bildseiten wurden in liebevollen Details geschaffen, wobei die entzückendsten Farbharmonien benutzt wurden, zuweilen eindrucksvoll, zuweilen gedämpft und unklar. Die Kostüme sind natürlich archaisch, aber wenn Sie den Text lesen, erwachen die Leute in den Bildern zum Leben und durchschreiten mit ihren Hoch- und Tiefpunkten die Seiten. Die Zeichnung ist, wie Sie sehen können, flüssig und flexibel und fängt die Persönlichkeit des Chronisten ein. Mitunter sind die Bilder unschuldig, als ob sie durch die Augen eines Kindes wahrgenommen würden; mitunter sind sie recht leidenschaftlich. Häufig hört man, dass die Bücher den Wunsch des Chronisten ausdrücken, ewig zu leben. Das Volk glaubte, vielleicht ernsthaft, dass sie ihre Essenz in die Bücher einbrächten und dass die Bücher auf irgendeine Weise die Zeit zum Stillstand bringen würden, so dass die Person, die das Buch geschaffen hatte, für immer lebendig wäre und ihren Weg durch die Seiten, die sie so liebevoll gestaltet hatte, halb träumend immer wieder durchlebte.« Roblay zog eine Grimasse. »Ich muss sagen, dass wir die Bücher mit Ehrfurcht behandeln, wenn wir gelegentlich den ein oder anderen alten Palast besuchen.«

»Und wie alt sind die Bücher?«

»Die Mode wurde vor ungefähr dreitausend Jahren beliebt und hielt sich für tausend Jahre oder mehr. Sie starb plötzlich aus, und nun würde niemand daran denken, einem Buch so viel Mühe zu widmen.«

»Es ist besser, als sein Leben nichts zu widmen.«

»Ja«, sagte Roblay nachdenklich. »Sie haben sicherlich recht.« Er nahm das Buch von Skirl, blätterte müßig durch die Seiten und verweilte von Zeit zu Zeit, um eine der erlesenen Verzierungen zu mustern. »Sie waren ein uns sehr ähnliches Volk – natürlich –, aber es ist amüsant, die wunderlichen alten Kostüme zu sehen und zu versuchen, den Fluss ihres Lebens zu erspüren. Sie waren ein glücklicheres Volk, so scheint es wenigstens. Heute liegt eine Müdigkeit in der Luft. Romarth verfällt und kann niemals mehr das sein, was es einst war.« Er stellte das Buch zurück in das Regal. »Ich schaue nur selten in diese Bücher. Sie versetzen mich in düstere Stimmung, und anschließend bin ich tagelang schwermütig.«

»Zu schade«, sagte Skirl. »Wenn ich Sie wäre, würde ich hinausgehen und die realen Welten des Reiches erkunden und vielleicht eine ansprechende Beschäftigung finden.«

Roblay lächelte versonnen. »Das heißt, ich wäre gezwungen, ununterbrochen für Nahrung und Unterkunft zu arbeiten.«

»Darauf könnte es hinauslaufen.«

»In Romarth habe ich weder Mühe noch Arbeit. Ich lebe in einem Palast und speise sehr gut. Der Kontrast ist schwer zu übersehen.«

Skirl lachte. »Sie führen ein behütetes Leben, wie eine Auster in der Sicherheit ihrer Schale.«

Roblay hob die Augenbrauen. »So würden Sie nicht reden, wenn Sie mich besser kennen würden! Ich habe vier Duelle gefochten, und zweimal war ich auf der Jagd nach Hausghulen. Ich bin ein Hauptmann der Dragoner, aber genug von mir! Lassen Sie uns von Ihnen reden. Eine sehr wichtige Frage, zum Beispiel: Sind Sie an jemanden gebunden?«

Skirl blickte ihn von der Seite an. »Ich bin nicht sicher, ob ich Sie verstehe«, sagte sie – obwohl sie es sehr wohl tat. Roblay war galant und charmant, und ein wenig zu flirten konnte nicht schaden. Im Grunde, so erklärte sie es sich selbst, studierte sie die Soziologie der Roum-Kavaliere.

»Was ich meine, ist dies.« Für einen Augenblick berührte Roblay ihre Schulter. »Sind Sie frei, Entscheidungen zu treffen, ohne Rechenschaft ablegen zu müssen?«

»Selbstverständlich! Ich regele meine Angelegenheiten selbst.«

Roblay lächelte. »Sie sind eine Außerweltlerin; dennoch üben Sie eine merkwürdige Anziehungskraft aus, die ich nur schwer in Worte fassen kann.«

»Ich bin exotisch«, sagte Skirl. »Ich bin mit dem quälenden Geheimnis des Unbekannten behaftet.« Die zwei lächelten sich gegenseitig an. Roblay begann mit einer Entgegnung, aber er hielt kurz inne, und sein Kopf ruckte herum, um zu den Bücherschränken zu blicken. Skirl vermeinte, ein verstohlenes Geräusch zu vernehmen. Sie blickte über die Schulter. Gleichzeitig zog sie die Handwaffe; Maihac hatte darauf bestanden, dass sie sie tragen solle. Nichts war zu sehen. Mit einem rauhem Flüstern fragte sie: »Was war das?«

Roblay, der immer noch hier- und dorthin starrte, sagte: »Manchmal gibt es geheime Durchgänge hinter den Wänden – hier vielleicht auch, obwohl Somar als sicheres Haus gilt. Selbstverständlich ist nichts jemals sicher. Die Hausghule mögen es zu spionieren; dann, wenn sie in Stimmung sind, langen sie nach jemandem, der sie nicht bemerkt hat. Sie sind entnervende Biester. Kommen Sie, lassen Sie uns zu den anderen gehen.«

Am folgenden Tag wurden Jaro und Maihac zum Kolloquarium gerufen, um sich mit Morlock und einigen Ratsherren zu beraten, die, laut Ardrian, meinten, dass die Adjudikatoren die Anschuldigungen gegen Asrubal ernst nahmen. Skirl, die Zeit hatte, ging aus, um die Boulevards von Romarth zu durchstreifen. Schließlich rastete sie in einem Café am Rande des Gamboye-Platzes. Hier stieß Roblay von Immir zu ihr. »Ich sah Sie hier einsam sitzen«, sagte er zu ihr. »Ich beschloß, Ihnen Gesellschaft zu leisten und unsere Unterhaltung weiterzuführen, die durch ein Knarren im Holzwerk unterbrochen wurde.«

»Es war mehr als ein Knarren«, sagte Skirl. »Es war ein Hausghul, der sich entscheiden wollte, ob wir eine gute oder eine schlechte Mahlzeit wären.«

Roblay gab ein unbehagliches Glucksen von sich. »So könnte es gewesen sein – obwohl ich nicht daran denken möchte. Wir haben uns gerade in Somar stets sicher gefühlt, da es in der näheren Nachbarschaft gelegen ist.«

»Warum rotten Sie die Kreaturen nicht ein für allemal aus? Wenn dies Gallingale wäre, gäbe es keine Hausghule in unseren Kellern.«

»Wir sind Hunderte Male auf solche Unternehmungen gegangen. Als wir uns in die Grüfte wagten, wurden wir angreifbar, und sie spielten uns ihre furchtbaren Streiche, so dass wir der Unternehmung überdrüssig wurden.«

»Etwas anderes, was mich irritiert, ist die Schmelze. Sagen Sie mir: Wie funktioniert sie?«

Roblay verzog unbehaglich das Gesicht. »Sie ist etwas, worüber niemand gerne redet; tatsächlich liegt dieses Thema am Rande der höflichen Unterhaltung, und es zeugt von schlechtem Geschmack, den Ort auch nur zu erwähnen.«

»Mir macht ein wenig Gewöhnlichkeit nichts aus. Können wir sie besuchen und selbst sehen, was dort vorgeht?«

Roblay schien überrascht zu sein. Er blickte zum grünen Kuppelgebäude am Fluss hinüber. »Ich habe niemals daran gedacht, so etwas zu tun. Ich vermute, es gibt nichts, was uns aufhalten kann; die Zugangsrampe befindet sich bequemerweise unmittelbar an der Esplanade.«

»Was geht dort vor? Sagen Sie es mir. Sie haben nur Andeutungen gemacht, und ich bin neugierig.«

»Also gut. Zunächst sollte ich sagen, dass einer von zweihundert Seishaneesen eine Abart ist; wenn er aufwächst, wird er etwas anders als ein gewöhnlicher Seishaneese und Grichkin genannt. Er ist unansehnlich und untersetzt, hat einen kahlen Kopf, der spitz zuläuft, und eine lange Nase, die über den Mund und etwas über das Kinn hinausragt. Am wichtigsten: Er ist intelligent genug, um zu denken, komplexe Anweisungen auszuführen und die gewöhnlichen Seishaneesen zu beaufsichtigen. Jeder Haushalt beschäftigt einen Grichkin als Majordomus. Die Grichkins, glaube ich, kontrollieren die Vorgänge in der Schmelze ohne Einmischung der Roum, die mit dem Ort nichts zu tun haben wollen. Die Grichkins nehmen sich all der unerfreulichen Einzelheiten des Haushalts an. Wenn ein seishaneesischer Diener ein gewisses Alter erreicht, wird er nachlässig und träge, seine Haut wird gelb, und sein Haar fällt aus. Unterdessen wird er dick wie eine Weintraube. Zu früher Stunde, wenn kein Roum unterwegs ist, bringen die Grichkins den abgenutzten Seishaneesen zur Schmelze und werfen ihn in den Leichenbehälter, wo er in eine Bindeflüssigkeit eingemischt und verarbeitet wird. Wenn ein Roum stirbt, sagen wir, er würde zu einer wunderbaren Stadt in den Wolken befördert. Das ist die Legende, die wir unseren Kindern erzählen, wenn sie fragen, was mit einem Verwandten geschehen ist, der plötzlich nicht mehr da ist. Die Wahrheit ist, dass die Grichkins den Leichnam zur Schmelze bringen, ihn in den Behälter werfen und er so in die Bindeflüssigkeit eingeht.« Roblay lachte humorlos. »So, nun wissen Sie so viel wie ich. Wenn Sie den Prozess aus der Nähe betrachten wollten, hielte Sie niemand auf, und der Weg wäre frei, aber Sie würden nicht mögen, was Sie zu sehen bekämen.«

»Würde ich auch in die Bindeflüssigkeit gemischt?«

»Ich glaube nicht. Sie würden nicht beachtet werden. Die Grichkins sind sanft und respektvoll wie die anderen Seishaneesen. Möchten Sie die Schmelze immer noch besuchen? Mir wurde gesagt, der Geruch wäre ganz und gar nicht angenehm.«

Skirl blickte zu dem gedrungenen Gebäude am Skein hinüber. »Vielleicht gehe ich ein anderes Mal – aber nicht jetzt.«

»Das ist gesundes Denken, besonders da ich Pläne habe, die Sie weitaus interessanter finden werden.« Roblay nahm seinen Hut ab und legte ihn beiseite. »Möchten Sie sie hören?«

Skirl war amüsiert. »Ich habe nichts Besseres zu tun.«

»Gut! Aus diesem Grund setze ich voraus, dass Sie in einer aufnahmefähigen Stimmung sind.«

»Zumindest höre ich zu.«

Roblay nickte gemessen, als hätte sie einen bedeutenden Aphorismus von sich gegeben. »Ich werde mich der Sache indirekt nähern. Sie sind sich bewusst, dass unser Lebensstil sich von allen anderen unterscheidet.«

»Ja«, sagte Skirl. »Das habe ich bemerkt.«

»Was Sie nicht wissen können, ist, dass unsere ästhetische Wahrnehmung überaus empfindlich ist. Wir wachsen in diese Fähigkeit hinein, so dass wir jeden Teil unseres Verstandes mit größter Flexibilität nutzen können. Einige von uns sind Telepathen, andere verfügen über nicht weniger als neun verschiedene Sinne, so dass unser Bewusstsein um ein Entsprechendes gesteigert ist. Ich selbst habe einen relativ hohen Grad an Empfindlichkeit erlangt und würde gern einige Einsichten diesbezüglich mit Ihnen teilen.«

Skirl schüttelte lächelnd ihren Kopf »Bemühen Sie sich nicht. Sie würden nur Begriffe benutzen, die ich nicht verstünde.«

»Ah, aber die Demonstration geht weit über bloße Unterhaltung hinaus! Natürlich müssen Sie für die Erkundung empfänglich und begierig sein. Was sagen Sie dazu?«

»Ich sage, dass ich das Programm gern in näheren Einzelheiten erläutert bekommen würde.«

»Selbstverständlich! Kommen Sie, gehen wir in meine Wohnung.«

»Und was dann?«

Roblay verlieh seiner Stimme Enthusiasmus. »Unser Ziel ist es, den Augenblick des Seins zu modulieren, wie ein Impresario die Musiker seines Orchesters kontrolliert. Nun denn: Glauben Sie mir?«

»Selbstverständlich! Was geschieht zunächst? Bitte erklären Sie es, Schritt für Schritt.«

Etwas mürrisch sagte Roblay: »Wenn wir die Wohnung betreten, zündet jeder von uns eine zeremonielle Kerze an und inhaliert den ausströmenden Duft von der Flamme des anderen. Dies ist ein Ritual von großer Antiquiertheit, und es symbolisiert das Zusammentreffen des Geistes auf einem bestimmten Niveau, das ich nicht definieren werde, da es uns in das Reich des Mystizismus führt. Für die Zwecke der Wirklichkeit tragen wir die Kerzen in mein grau- und lilafarbenes Gemach und stellen sie auf die Anrichte, zu jeder Seite meines sakramentalen Turmalins, welcher fast einen Meter lang und ein Gegenstand großer Schönheit ist. Während wir den Wechsel zwischen Licht und Schatten betrachten, entkleiden uns meine Diener so gewandt, dass man niemals ihre Hände spürt. Danach werden wir von Kopf bis Fuß mit einer Kruste übersprüht. Für Sie soll es die Farbe Pistaziengrün sein. Ich werde in einem anderen Farbton und einem anderen Aroma erscheinen. Danach verlangen wir nach unseren Masken.«

Skirt war leicht verwirrt. »Masken? Kennen wir uns nicht?«

»Die Masken sind wesentlich. Sie bewahren die Regungen alter Lobgesänge. Wenn die Maske Ihr Gesicht verbirgt, verspüren Sie ein leichtes, schwebendes Gefühl. Unser äußeres Selbst ist vergangen, wir sind zu Symbolen geworden.

Die Diener werden Sie nun auf den Tisch legen, wo ich ein Netz von Zentimeter-Quadraten auf Ihren Körper zeichne, die sich jeder Kurve und jeder Furche anpassen, jedem Winkel und jeder Erhöhung. Das Netz und einen pulsierenden Stab benutzend, erkunde ich die empfindlichen Zonen Ihrer Oberfläche. Diese werden farblich in eine große Karte übertragen, die Sie dann mitnehmen können. Es macht sich gut als Wanddekoration, die Ihre Freunde bewundern können.

Nun entkrusten wir uns gegenseitig zärtlich, was stets amüsant ist. Vielleicht erproben wir einige erotische Techniken – manche orthodox, manche neu –, wie die Stimmung über uns kommt. Wenn die Müdigkeit eintritt, heben uns die Diener auf Membranen, tragen uns zu einem Becken und legen uns sacht in warmes Wasser. Wenn wir im Wasser treiben, wird es aktiviert und bringt Wogen turbulenter Blasen hervor. Die Wirkung ist ungewöhnlich, wie fühlbare Musik. Die Kruste ist nun aufgelöst. Die Masken werden entfernt, und wir können wieder wir selbst sein.

Die Diener heben uns auf den Membranen aus dem Trägheitsbecken heraus und tragen uns zu einem weiteren Becken, wo sie uns auf eine Rutsche legen. Wir sausen die Rutsche hinunter in ein Becken mit Wasser, kälter als das kälteste Eis. Dort treiben wir, genießen das Prickeln jeden Nervs unserer Haut. Schließlich, wenn wir die Freuden des Wassers ausgekostet haben, bringen uns die Diener auf eine Estrade, wo sie uns mit weichen Handtüchern trockentupfen und uns mit Kostümen aus weißem Leinen bekleiden.

Nun ist es an der Zeit zu speisen. Im Lichte der zeremoniellen Kerzen wird die Mahlzeit aufgetragen, und wenn die Kerzen tropfen und erlöschen, ist das Ereignis beendet.« Roblay erhob sich. »Also – was denken Sie?«

Skirl überlegte einen Augenblick. »Es klingt sehr erfinderisch und auch etwas anstrengend.«

»Nicht wirklich«, sagte Roblay. »Einmal maskiert, ist man recht entspannt.« Er streckte die Hand aus, um ihren Arm zu ergreifen. »Kommen Sie! Der Immir-Palast ist ganz in der Nähe.«

Skirl schüttelte den Kopf. »Es ist nett von Ihnen, mich einzuladen, aber selbst mit Maske glaube ich nicht, dass ich es mögen würde, wenn jemand meine erogenen Zonen kartiert. Doch Sie haben mir geholfen, einige Traditionen der Roum zu verstehen, und nun glaube ich zu wissen, warum die Geburtenrate hier so niedrig ist.« Skirl stand auf und wich Roblays Versuch aus, sie zu ergreifen. »Bitte entschuldigen Sie mich, ich muss jetzt nach Carleone zurück.«

Kapitel XVIII

1 Zwei Tage später kündigte Ardrian an, dass ein formelles Bankett im Ramy-Palast bevorstehe, dem Wohnsitz von Kasselbrock, Patriarch des Ramy-Stamms. Kasselbrocks Einladung schloss nicht nur Ardrian und seine Verwandten ein, sondern auch seine drei Außerwelt-Gäste.

»Ich hoffe, ihr könnt den Abend genießen«, sagte Ardrian zu ihnen. »Es wird Zeremonien geben, die ihr nicht verstehen werdet. Formelles Verhalten ist notwendig. Wenn ihr teilnehmen möchtet, werden die Bediensteten euch in angemessene Gewänder kleiden. Ich werde meinen Neffen Alonso bitten, euch einzuweisen, zumindest was die grundlegenden Elemente der formellen Etikette angeht. Alles in allem betrachtet, denke ich, werdet ihr von der Erfahrung profitieren, und kleinere Fehltritte werden euch verziehen.«

»Es hört sich erfreulich an«, sagte Skirl. »Ich kümmere mich nicht um meine Manieren. Mein Vater, ein Clam Muffin wie ich selbst, war so etwas wie ein Leuteschinder. Schon in jungen Jahren lernte ich, unter allen Umständen höflich zu sein. Was gut genug ist für Sassoon Ayry, ist gut genug für den Ramy-Palast.«

Ardrian lächelte grimmig. »Ich erkenne, dass meiner Sorge die Grundlage fehlt, wenigstens in Ihrem Fall. Tawn Maihac hat aus seinen früheren Erfahrungen gelernt, aber Jaro ist ein unbekannter Faktor.«

»Ich werde Skirl ganz aus der Nähe beobachten«, sagte Jaro. »Sie wird mich anleiten, wenn mein Verhalten ins Ungeschliffene und Rohe abgleitet. Dennoch glaube ich, dass Skirl und ich von jeder Verfeinerung, die dein Neffe für angeraten hält, profitieren werden.«

Ardrian nickte. »So soll es sein.«

Während des Morgens schlenderten Jaro und Skirl die Esplanade hinunter, am Gamboye-Platz vorbei. Vor ihnen, über dem Wasser, kauerte die braune Schmelze mit einer Reihe hochgelegener Fenster und drei flachen Kuppeln aus grünem Glas. Jaro und Skirl näherten sich ihr. Sie verweilten, um zu dem hässlichen Gebäude hinüberzusehen. Von der Esplanade führte eine Rampe zu einem Triumphbogen, der eine Öffnung in der massiven Wand bildete. Innerhalb einer weiträumigen Halle war zur Linken eine Abtrennung, halb aus Glas, halb aus Beton, zu erkennen. Für eine Weile standen die zwei und beobachteten das Bauwerk. Jaro deutete zur Rampe. »Der Weg ist frei, möchtest du hineingehen?«

Skirl zögerte. »Ich glaube nicht. Ich könnte etwas sehen, was ich nicht sehen möchte. Ferner habe ich gehört, es rieche dort schlecht.«

»Ich bin eigentlich gar nicht so neugierig«, sagte Jaro. »Überall im Gaeanischen Reich gibt es Dinge, die ich nicht kennen will. Dies mag sehr wohl ganz oben auf dieser Liste stehen.«

Skirl sagte: »Nach einigen Forschungen könntest du ein Buch mit dem Titel *Dinge, von denen ich wünschte, sie nicht zu kennen* oder vielleicht *Anblicke, die ich wünschte, niemals gesehen zu haben* schreiben.«

»Hm.« Jaro überlegte. »Ich schreibe lieber ein Buch mit dem Titel *Dinge, die ich an Skirlet Hutsenreiter mag*.«

Skirl ergriff seinen Arm. »Wie kann ich jemals ärgerlich über dich sein, wenn du solche netten Dinge sagst?«

Jaro grinste sie an. »Ich dachte, du betrachtest mich als vollkommen.«

»Nahezu – aber nicht ganz.«

»Und woran mangelt es mir?«

»Du gehorchst mir nicht immer. Und du willst für immer durch das Reich wandern.«

»Und du nicht?«

»Glaub es oder glaub es nicht, ich habe zuweilen Heimweh nach Thanet.«

Jaro lachte. »Ich, wenn ich an Merriehew denke, mitunter auch, aber nicht ernsthaft.«

»Möchtest du jemals wieder dort leben?«

Jaro überlegte. »Ich glaube nicht. Ich würde keine Ruhe haben.«

»Ich könnte dich bei den Clam Muffins einführen«, überlegte Skirl.

»Das wäre fein. Aber beides – Sassoon Ayry und Merriehew – sind dahin. Inzwischen haben wir die *Pharsang* als Heim, und es gibt ein ganzes Reich zu erkunden.«

»Wie wahr«, sagte Skirl. »Welten ohne Ende.«

Jaro warf ihr einen verwirrten Blick zu, sagte jedoch nichts. Die zwei kehrten auf der Esplanade um, überquerten den Gamboye-Platz und gingen zurück zum Carleone-Palast.

Es war Nachmittag. Jaro und Skirl ruhten sich in ihren Gemächern aus und bereiteten sich mit der Hilfe der seishaneesischen Diener auf das Bankett vor.

Ardrian begleitete die drei Außerweltler schon früh zum Ramy-Palast und führte sie eine Stunde lang durch die prächtigen Hallen und Gemächer, die lebendig waren von Licht, Farbe und menschlicher Präsenz, wohingegen die entsprechenden Orte im verlassenen Somar nicht weniger prächtig, jedoch eintönig und dumpf waren. Seishaneesen bewegten sich geräuschlos durch die Schatten: schmächtige, geschmeidige Geschöpfe mit fahler Haut und weichem Blondhaar, das ihre Stirn umrahmte. Zwei Pagen standen am Fuß der großen Treppenflucht. Sie schienen weiblich zu sein, trugen die Uniformen von uralten Wächtern und standen steif und bewegungslos da, ihr Haar zu Spitzen über den Köpfen aufgetürmt wie Kerzenflammen. Jeder hielt das Heft einer viereinhalb Meter hohen, dünnen Lanze. Sie standen da, ohne auch nur mit einem Augenlid zu zucken, während die Gruppe vor ihnen einherschritt.

Jaro bemerkte ein niedriges Gewölbe an der Rückseite der Treppe. Es mündete in eine steinerne Treppenflucht, die in das Dunkel hinunterging. Als Erwiderung auf seine Frage sagte Ardrian: »Es gibt Grüfte unter allen Palästen. Sie werden zur Lagerung und für das Heranreifen von Wein verwendet. Darunter gibt es noch mehr finstere Orte: Verliese, wenn ihr so wollt. Sie sind nun, zum größten Teil wegen der Hausghule, blockiert. Sie gehen zurück auf eine Ära, die wir die Schlechten Zeiten nennen, als für hundert Jahre die Häuser geheime, hinterlistige Kriege gegen feindliche Häuser führten. Es war eine schreckliche Ära voll Hass und Rache, voll schauerlicher Komplotte und furchtbarer Taten, voller Morde in Gärten, Entführungen und immerwährender Gefangenschaften in einem der tiefliegenden Kerker. Einige der Stämme wurden bis auf den letzten Mann ausgerottet, und nur die verlassenen Paläste verblieben. Bringt dies Thema nicht in die Unterhaltung ein, es wird als schlechte Umgangsform betrachtet. Tatsächlich schlage ich vor, dass ihr eure Ansichten nicht zum Besten gebt, wenn ihr nicht danach gefragt werdet. Wenn euch Fragen gestellt werden, antwortet so kurz und zurückhaltend wie möglich. Ich denke, dass ihr die Logik hinter diesem Vorgehen erkennt.«

Die drei Außerweltler wurden ihrem Gastgeber vorgestellt, der sie am Fußende des langen Tisches Platz nehmen ließ. Weitere sechzehn Gäste nahmen ihre Plätze ein, und seishaneesische Diener trugen den ersten Gang auf

Das Bankett nahm seinen Lauf. Jaro und Skirl richteten ihr Verhalten nach dem der anderen Gäste aus und begingen offenbar keine gravierenden Fehler. Wie Ardrian empfohlen hatte, redeten sie nicht viel, tranken spärlich und hielten Arme und Ellbogen gesetzt nahe am Körper. Sie empfanden die Küche als schmackhaft, wenn sie auch mit unbekannten Gewürzen angereichert war. Die Gesellschaft umfasste Herren und Damen von offensichtlich respektablem Raschudo. Skirl und Jaro begegneten unpersönlicher Höflichkeit, aber wenig Herzlichkeit. Das Bankett war schon etwas fortgeschritten, als ein Herr mit pflaumfarbenen Wangen, einem Schopf weißer Haare und einem weißen Spitzbart, der dem Wein beträchtlich zugesprochen hatte, Skirl in recht schalkhafter Weise ansprach: »Genießen Sie das Bankett?«

»Ja, selbstverständlich!«

»Gut! Genießen Sie es, während Sie die Gelegenheit dazu haben. Ein Bankett wie dieses muss für ihre Erfahrung unvergleichlich sein.«

»Bis zu einem gewissen Grad«, sagte Skirl. »Der Palast ist prächtig. Mein eigenes Haus, Sassoon Ayry, ist nicht annähernd so groß, aber nicht, weil mein Vater es so gewollt hätte, sondern weil er all sein Geld durch törichte Spekulationen verlor. Grandeur, wie die des Ramy-Palasts, ist ohne Geld unmöglich, da den Arbeitern hohe Löhne gezahlt werden müssen und Sklaverei überall im Gaeanischen Reich illegal ist.«

»Aha!« sagte der Herr. »Sie haben das Wesentliche übersehen! Die Seishaneesen sind keine Sklaven. Sie sind einfach Seishaneesen. Unser Weg ist der bei weitem beste Weg.«

Skirl stimmte zu, dass der Herr es ohne Zweifel am besten wüsste. Sie aß ein kristallisiertes Blütenblatt, und das Bankett ging weiter.

Am nächsten Morgen berichtete Ardrian, dass die Adjudikatoren als Reaktion auf den Druck des Hauses Urd während des Nachmittags tagen würden. Die Urd-Granden glaubten, Asrubal erlitte wegen unverantwortlicher Beschuldigungen Unannehmlichkeiten und verlangten die sofortige Aufhebung all seiner Freiheitsbeschränkungen.

Die Adjudikatoren versammelten sich wie zuvor in der Großen Halle des Palastes Varcial, der kaum weniger kostbar eingerichtet war als der Ramy-Palast. Wie zuvor wurde Asrubal von den Regulatoren vorgeführt und zu dem großen Stuhl an der Wand geleitet. Wie zuvor saß Asrubal still und steif da, sein knöchernes, weißes Gesicht ausdruckslos. Von Zeit zu Zeit heftete er seine runden schwarzen Augen auf Jaro und rief dadurch ein merkwürdiges bohrendes Gefühl in Jaros Eingeweiden hervor. Wenn er die Augen schloss, erschienen die alten furchteinflößenden Bilder.

Der Ausschuss begann nach einigen gemurmelten Wortwechseln zu tagen. Asrubals Anwalt, Barwang von Urd, wandte sich an den Ausschuss: »Ehrenwerte Herren, ich ersuche um die sofortige Entlassung meines Verwandten Asrubal aus dieser absurden Situation. Was wir hier sehen, ist eine Farce, die auf vorgeblichen Ungerechtigkeiten fußt, welche an einem Außerweltschacherer begangen wurden. Und wie stützt er diese Behauptungen? Indem er sich stolz auf seinen Sohn bezieht, der zugestandenermaßen einen Gehirnschaden erlitten hat. Jeder von uns hat sein Blinzeln, sein Naserümpfen und seinen geistlosen Ausdruck bemerkt. Er ist offensichtlich weder zuverlässig noch geistig auf der Höhe. Das Verfahren kann nicht ernst genommen werden. Asrubal ist nicht schuldig, dennoch wird er wegen nichtexistenter Verbrechen gemartert! Ich frage Sie, ist dies die Justiz von Romarth?«

Der Magister erhob die Hand. »Auf welche Verbrechen beziehen Sie sich? Asrubal ist der Fehltritte in verschiedenen Kategorien angeklagt.«

»Zu Beginn«, sagte Barwang, »werde ich mich mit den Anklagen der ersten Kategorie beschäftigen.« Er las von einem Blatt Papier. »Dies umfasst Schwindel,

Betrug, Diebstahl, Unterschlagung, Verrat, Verleitung, Verdunkelung und Vertrauensbruch.« Barwang schlug mit dem Handrücken auf das Papier. »Natürlich alles Mumpitz. Selbst wenn es wahr wäre, müssten die Klagen abgewiesen werden, so dass wir unsere üblichen Beschäftigungen schnell wiederaufnehmen können.«

Nach einem Blick auf Jaro fuhr Barwang fort. »Die Behauptungen gründen auf nahezu unleserlichen Aufzeichnungen, die hastig von …«

»Einen Augenblick«, sagte Morlock, Tawn Maihacs Anwalt. »Die Geschäftsbücher sind vollständig lesbar. Sie sind äußerst gewissenhaft von einem peinlich genauen und ehrenhaften Angestellten angefertigt worden.«

Barwang verbeugte sich höflich. »Dies, meine Herren, ist Ansichtssache. Der Angestellte ist ein wohlbekanntes Mondkalb und lässt den Scharfsinn, der Asrubal kennzeichnet und dessen kundige Finanzpolitik geleitet hat, vermissen.«

»Unter solchen Bedingungen«, sagte Morlock, »ist es zu erklären, dass Asrubal über gewaltigen Reichtum verfügt und Yamb in Armut lebt.«

»Belanglos, in jeder Beziehung«, sagte Barwang. »Asrubal hat Besseres zu tun, als über jede Dose eingelegten Fischs zu feilschen. Das ist die Arbeit der Kleinkrämer, ein Begriff, der keinesfalls auf meinen unerschrockenen Verwandten zutrifft!« Er wandte sich an Asrubal. »Habe ich recht?«

»Ganz recht!«

Morlock fragte: »Und das ist ihre Verteidigung? Die Tatsache, dass Asrubal kein Kleinkrämer ist?«

»Selbstverständlich nicht!« verkündete Barwang. »Ich habe lediglich die Aufmerksamkeit des Gerichts erwecken wollen. Unsere Verteidigung ist einfach. Asrubal kann nicht wegen Diebstahls oder Unterschlagung verurteilt werden! Warum nicht? Weil solche Vergehen nicht im Kriminalgesetzbuch verzeichnet sind.

Wie kann das sein? Ganz einfach. Über die Jahrhunderte hinweg waren solche Vergehen in Romarth unbekannt. Auf dieser Grundlage behaupte ich, dass Asrubal nichtexistenter Verbrechen angeklagt ist. Ich bitte aus diesem Grund darum, die Anklage fallen zu lassen und Asrubal einen Schadenersatz zuzusprechen.«

»Nichts so schnell«, sagte der Magister. »Das Gesetzbuch ist nicht in Stahl gehüllt. Wir alle kennen die Natur dieser Verbrechen. Ihre Argumente sind hinfällig. Das Gesetzbuch zu ergänzen, wird höchstens zehn Minuten in Anspruch nehmen; wir werden den neuen Status rückwirkend für das letzte Jahrhundert geltend machen, was sicherlich die schlimmsten von Asrubals Verbrechen umfasst.«

Für eine Weile stand Barwang untröstlich da, dann sagte er: »Meine Herren, es scheint, dass Asrubal ein wenig sorglos gewesen ist, gedanklich in Anspruch genommen von seinen visionären Plänen. Ich meine, der Ausschuss in seiner Weisheit sollte Asrubal mit einer Verwarnung entlassen und ihm vielleicht ein paar Worte des Rates geben. Dann muss nicht mehr über diese recht bedeutungslosen Fehltritte geredet werden.«

Der Magister sagte: »Ihre Empfehlung ist zur Kenntnis genommen worden. Morgen werden wir zu einem Urteilsspruch kommen und dann den Tatbestand des Mordes aufnehmen. Das ist wahrlich eine geschwinde Justiz, aber die Granden von Urd haben um eine solche Erledigung ersucht, und wenn dies die frühe Überführung und Exekution von Asrubal bedeuten sollte, müssen sie die Verantwortung dafür bei sich selbst suchen. Das wäre für heute alles. Wir werden morgen zur gleichen Zeit wieder zur Sitzung schreiten.«

Am folgenden Tag trafen Ardrian und seine Gäste bereits früh in der Großen Halle des Varcial-Palastes ein und besetzten ihre Plätze. Zur festgelegten Zeit führten die Regulatoren Asrubal in den Raum und ließen ihn auf seinem Stuhl an der Wand Platz nehmen. Barwang gesellte sich zu ihm, und die zwei sprachen murmelnd miteinander.

Schließlich, zehn Minuten zu spät, erschienen die Adjudikatoren und setzten sich hinter den Tisch. Der Magister rief die Sitzung zur Ordnung. »Der Fall Asrubal von Urd: Wir können ihn nicht der Unterschlagung und des Diebstahls für schuldig sprechen, weil die Roum niemals solche Verbrechen begingen – bis zum Kommen Asrubals, natürlich. Aber wie auch immer, Asrubal hat Verbrechen gegen das öffentliche Wohl begangen, und somit befinden wir ihn des verderblichen Verhaltens für schuldig. Nein, Barwang, wir haben keine Lust, uns Ihre Entrüstung anzuhören. Asrubal, wir fahren nun mit Ihrem Richtspruch fort. Bitte geben Sie die Gesamtheit Ihres finanziellen Besitzes an.«

Asrubals Gesicht wurde noch härter und verkniffener als zuvor. »Das ist meine Privatangelegenheit. Ich habe keine Lust, jemanden diese Fakten bekanntzugeben.«

Barwang neigte sich Asrubal zu und sprach eindringlich.

Asrubals dünner Mund verzog sich. Er sagte: »Mir wird angeraten, dass Offenheit meine einzige Wahl sei.«

»Ein vorzüglicher Rat.«

Asrubal hob die Augenbrauen und starrte nachdenklich an die Decke. »Hier in Romarth habe ich etwa zweitausend Sol bei der Hand. Bei der Lorquin-Agentur unterhalte ich einen Fonds über etwa fünftausend Sol – für Notausgaben. Bei der Natural-Bank von Loorie führe ich mein Hauptkonto, wie jeder andere von Romarth. Ich nehme an, es beläuft sich auf vielleicht zwanzig- oder dreißigtausend Sol.«

»Ist das alles?« fragte der Magister.

»Anderswo mag ich noch kleinere Konten von mehr oder weniger geringfügigem Wert haben.«

»Ganz recht. Welches sind die ›mehr geringfügigen‹ und welches die ›weniger geringfügigen‹? Bitte erklären Sie das im Detail.«

Asrubal vollführte eine beinahe schüchterne Gebärde. »Ich kann mich an die genauen Summen nicht erinnern. Ich bin kein habgieriger Mensch.«

»Haben Sie ein Verzeichnis Ihrer Anlagen?«

»Ja, ich denke schon.«

»Wo ist dieses Verzeichnis?«

»Es ist im Safe meines privaten Arbeitsraumes.«

Der Magister wandte sich an die Regulatoren. »Bringen Sie Asrubal in seinen Arbeitsraum, erlauben Sie ihm, seinen Safe zu öffnen, und halten Sie ihn dann davon fern. Bringen Sie den Inhalt des Schranks hierher, unmittelbar. Nein, Barwang von Urd, Sie bleiben hier.«

Die Regulatoren zogen Asrubal von seinem Stuhl. »Kommen Sie.«

Einige Minuten später kehrten die Regulatoren mit dem Inhalt von Asrubals Safe zurück. Die Adjudikatoren untersuchten ihn. Dann blickten Sie Asrubal mit so etwas wie Ehrfurcht an. Asrubals verkniffenes weißes Gesicht blieb ausdruckslos.

Der Magister sagte: »Das ist ja alles sehr interessant. Ihre finanziellen Unregelmäßigkeiten nehmen eine neue Größenordnung an. Es gibt fünf Konten bei der entsprechenden Anzahl von Banken. Diese ›mehr oder weniger geringfügigen‹ Fonds scheinen insgesamt über eine Million Sol auszumachen. Die Lorquin-Agentur war erstaunlich einträglich.«

»Das sind nicht alles Lorquin-Gelder«, stellte Asrubal fest. »Ich habe einige glückliche Investitionen getätigt.«

»Was hatten Sie mit dem ganzen Geld vor?«

»Ich hatte noch keine festen Pläne.«

Der Magister lächelte. »Wie auch immer sie ausgesehen hätten, nun können Sie sie sich aus dem Kopf schlagen. Das Geld ist konfisziert. Ferner werden Sie nicht länger die Lorquin-Agentur leiten. Es wird noch weitere Strafen geben, abhängig von dem Ergebnis der ernsthafteren Beschuldigungen gegen Sie: nämlich des versuchten Mordes an Tawn Maihac, des Mordes am Kinde von Tawn und Jamiel Maihac und des Mordes an Jamiel Maihac selbst. Was haben Sie zu diesen Anschuldigungen zu sagen?«

»Sie sind dreist, rücksichtslos und hanebücherner Unsinn. Ich habe niemanden ermordet.«

Der Magister sagte: »Asrubal, Ihre Antwort ist vermerkt. Und nun«, er blickte zu Morlock, »können Sie Ihre Argumente präsentieren.«

Morlock kam nach vorn. Er gestikulierte in Richtung Maihac. »Dort sitzt Tawn Maihac, ein Außerwelt-Händler. Vor zwanzig Jahren kam er nach Romarth, hoffte die Lorquin-Agentur zu umgehen und unmittelbar mit den Roum zu handeln. Sein System sollte den Handel erleichtern und für jeden Beteiligten Wohlstand bringen, nicht nur für Asrubal. Das Haus Urd widersetzte sich natürlich seinem Vorschlag, da er Asrubals Monopol beenden würde.

Nach zwei Jahren verschaffte Maihac sich die Erlaubnis, eine Fracht von Werkzeugen hierherzubringen, um sie dem städtischen Bursarius zu verkaufen und sie an die Seishaneesen auszuliefern. Maihacs Preis betrug ein Drittel des von der Lorquin-Agentur berechneten. Asrubal war über dieses Programm empört. Um seine Interessen zu schützen, plante er eine heimtückische Tat. Als Maihac und Jamiel mit ihren zwei Kindern, Garlet und Jaro, versuchten, Romarth an Bord eines Flitzers zu verlassen, verdingte Asrubal eine als Assassinen maskierte Bande von Urd-Kavalieren. Diese Personen sind identifiziert worden und werden Zeugnis ablegen, wenn dies notwendig sein sollte.

Asrubals Anweisungen gehorchend, attackierte diese feige Bande Maihacs Flitzer und versuchte, Jamiel und ihre Kinder zu ergreifen. Nach einem Kampf entkamen Maihac und Jamiel, nur um zu erkennen, dass eines ihrer Kinder, Garlet, aus dem Flitzer gekidnappt worden war. Sie mussten mit Schrecken zusehen, wie Asrubal das Kind auf den Felsen zu Tode brachte. Danach warf er den Leichnam in den Fluss.

Maihac war entsetzt, aber er hatte keine andere Wahl, als Jamiel und Jaro nach Flad zu bringen, wo sie beabsichtigten, eine Passage an Bord der *Liliom* nach Loorie zu nehmen. Asrubal kam ihm zuvor. Er sandte Arsloe, dem Maschinisten in Flad, eine Radionachricht. Dieser richtete es ein, dass eine Gruppe Lokloren Maihac und seine Familie bei ihrer Ankunft angriff. Die Lokloren nahmen Maihac gefangen; Jamiel und Jaro entkamen.

Maihac überlebte drei Jahre und wurde schließlich nach einem Kampf mit einem Hausghul für tot gehalten und zurückgelassen.

Unterdessen verfolgte Asrubal Jamiel nach Point Extase auf Camberwell; dort tötete er sie. Jaro war zu dieser Zeit sechs Jahre alt. Er erinnert sich an die Ankunft Asrubals vor ihrem Haus im Randgebiet von Point Extase. Auf die Anweisung seiner Mutter hin rannte er zum Fluss und entkam in einem Boot.

Zusammenfassend: Asrubal ist zweier Morde und des versuchten Mordes an Maihac schuldig.

Nun denn: Wie beweise ich diese Behauptungen? Ich muss lediglich einen Mord nachweisen, um den Urteilsspruch ›Schuldig‹ zu erlangen; glücklicherweise ist dies einfach. Maihac, sechs Urd-Kavaliere und ein Paar Ratigo-Frauen waren unmittelbare Zeugen des Mordes an dem Kind Garlet. Ihr Zeugnis wird meine Argumentation beweisen. Was die beiden anderen Verbrechen angeht, ist die Beweislage umständlich und indirekt. Arsloe, der Techniker, der Maihacs Gefangennahme durch die Lokloren arrangierte, verließ Flad vor vielen Jahren, und sein Aufenthaltsort ist unbekannt. Nichtsdestoweniger ist Asrubals Schuld eine Gewissheit. Was den Mord an Jamiel anbelangt, ist der Beweis real. Jaro sah Asrubal, wie er sich dem Haus in Point Extase näherte und durch das Fenster blickte. Diesen Zeitpunkt betreffend, ist seine Erinnerung absolut klar. Später wurde Jamiel entdeckt, ihr Kopf war in Stücke geschlagen worden. Asrubal durchstöberte das Haus auf der Suche nach den belastenden Geschäftsbüchern, die Jamiel von Aubert Yamb in Loorie erhalten hatte. Asrubal war ebenso begierig, eine Einzugsermächtigung über dreihunderttausend Sol wiederzuerlangen, die sich in Jamiels Besitz befand. Er fand nichts und entschied, dass die Dokumente im Besitz von Jaro sein mussten. Asrubal benachrichtigte Terman von Urd, dass Jamiel tot war und Jaro vermisst wurde. Asrubal konnte diese Tatsachen nicht wissen, wenn er nicht an dem Mord beteiligt gewesen wäre. Er wies Terman an, Jaro ausfindig zu machen, und Terman verfolgte den vermissten Jungen schließlich bis nach Thanet auf Gallingale.

Dies, meine Herren, ist meine Argumentation. Ich bitte ohne weiteren Verzug um einen unmittelbaren Urteilsspruch gegen Asrubal.« Morlock kehrte zu seinem Platz zurück.

Die Adjudikatoren konferierten eine Weile in leisem Ton miteinander, dann wandten sie sich um und musterten Asrubal, der zurückgelehnt auf seinem Stuhl saß; sein Ausdruck war spöttisch und undurchdringlich.

Barwang schritt nach vorn. »Morlocks Argumente sind Geschwätz. Ich werde seine Argumente nun auseinandernehmen.«

Der Magister sagte heftig: »Nicht so schnell, Barwang von Urd! Asrubal sitzt dort drüben; lassen Sie ihn selbst reden.«

Barwangs Gesicht fiel ein. »Wie Sie wünschen, mein Herr.« Er begab sich, aus der Fassung gebracht, zurück auf seinen Platz.

Der Magister sagte zu Asrubal: »Mein Herr, Sie haben Morlocks zwingende Argumentation vernommen. Was ist Ihre Entgegnung darauf?«

Asrubal lächelte dünn. »Sie haben mich meines Besitzes beraubt, aber mein Leben werden Sie nicht so einfach bekommen. Die Anschuldigungen sind falsch. Ich habe keinen Mord begangen. Holen Sie nur Ihre Zeugen, zu Dutzenden oder Hunderten und, wenn es sein muss, zu Tausenden. Die Summe von einer Million mal Null überschreitet Null niemals. Schuld kann niemals nachgewiesen werden, wenn es keine nachzuweisen gibt.«

»Alles schön und gut«, sagte der Magister. »Wie gedenken Sie, Rechenschaft über die Umstände abzulegen? Denken Sie daran: auch ein totes Kind wird als Leichnam betrachtete.«

»Pah! Es ist alles ein Irrtum. Als der Außerweltler gedachte, Romarth heimlich zu verlassen, ging ich mit einigen Freunden dorthin, um ihm davon abzuraten. Wir beabsichtigten eine friedfertige Demonstration, aber einige verrückte Frauen mit Ratigomasken mischten sich ein und versuchten, die zwei Kinder zu ergreifen.«

»Aus welchem Grund sollten sie so etwas tun?«

Asrubal lächelte. »Wer kennt schon die Absichten von Ratigo-Frauen? Ihr Credo ist etwas, das man ›Doktrin der Unwahrscheinlichkeit‹ nennt. Es war eine willkürliche Tat.«

Der Magister musterte Asrubal und fragte dann unvermittelt: »Wenn der Akt willkürlich war, warum hatten sie dann ein Paar Puppen bei sich?«

Asrubals Lächeln war genauso sanft wie zuvor. »Ich bin ein logischer Mensch. Die Ratigo-Doktrinen sind jenseits meines Verständnisses.«

»So dass ihre Erscheinung als aufsehenerregende Überraschung kam?«

»Natürlich.«

»Ich verstehe. Fahren Sie mit ihrem Bericht fort, wenn es Ihnen recht ist.«

»Da gibt es nur wenig zu erzählen. Während Maihac und Jamiel meine kleine Demonstration beobachteten, nahmen die Frauen eines der Kinder und ließen statt dessen eine Puppe zurück, dann versuchten sie, das andere zu ergreifen. Nach einem kurzen Kampf bekam Jamiel das zweite Kind zurück, woraufhin Maihac den Flitzer in die Luft brachte. Die zwei verschwanden, offensichtlich überzeugt, beide Kinder bei sich zu haben.

Ich sah den Hergang der Tat und wollte die Flüchtlinge zurückzurufen, damit sie ihr Kind zurückbekämen. Um Maihacs Aufmerksamkeit zu erlangen, warf ich die zweite Puppe hoch in die Luft; das Kind war natürlich außer Gefahr und wurde, vielleicht von den verrückten Frauen, zu einem sicheren Ort gebracht. Das war das Ende der Vorgänge. Rufen Sie Ihre Zeugen; sie werden meine Aussage bestätigen. Der Außerwelter flog weiter nach Flad, wo die Lokloren ihn festsetzten. Meine Komplizenschaft ist reine Spekulation und nicht zu beweisen. Lediglich Arsloe könnte ein gültiges Zeugnis ablegen und der ist seit zehn Jahren fort von Fader. Es ist Verleumdung, solche Anschuldigungen laut werden zu lassen, wenn nicht eine Unze davon bewiesen werden kann!«

»Der Punkt ist gut vorgebracht«, stimmte der Magister zu. »Lassen Sie uns nun zu einer weiteren Phase des Falls kommen.«

Asrubal machte eine herablassende Geste. »Was die Ermordung Jamiels von Ramy angeht, muss ich wieder ein Gespinst aus Lügen widerlegen. Es ist nicht recht, dass mich so viel Gemeinheit und Unannehmlichkeit heimsucht.«

»Beklagen Sie sich nicht!« sagte der Magister. »Der Ausschuss gesteht Ihnen eine Gelegenheit zur Zurückweisung zu. In weniger gesunden Gemeinschaften würden Sie wahrscheinlich kurzerhand aufgehängt.«

Asrubal gab einen geringschätzigen Laut von sich und sagte: »Ich werde dem Ausschuss sehr wenig Zeit rauben. Ich verfolgte Jamiel von Ramy nach Camberwell, um gestohlene Dokumente wiederzuerlangen. Sie wohnte in einem kleinen Haus im Randbezirk von Point Extase. Ich ging in der Absicht zu diesem Ort, nach den entwendeten Dokumenten zu fragen, die dazu benutzt werden konnten, mich in eine unangenehme Lage zu bringen. Ich hatte vor, ihr eine großzügige Summe für die Rückgabe zu bieten. Ich war in Begleitung Edels von Urd, einer Person von unangreifbarer Ehre und tadellosem Raschudo. Zusammen erreichten wir Jamiels Haus. Es war nahe Sonnenuntergang. Edel ging, um das Anwesen hinter dem Haus zu erkunden, während ich am Zaun wartete. Ich sah, wie mich der Junge aus dem vorderen Fenster anstarrte, damit wusste ich, dass Jamiel daheim war. Als Edel zurückkehrte, näherten wir uns dem Haus. Ich blickte durch das Fenster. Wieder sah ich den Jungen. Ich wich zurück und gesellte mich zu Edel an der Seite des Hauses. Wir berieten uns einige Augenblicke, dann betraten wir das Haus, nur um zu sehen, dass die gräßliche Tat bereits begangen worden war. Jamiel lag auf dem Boden; ihr Kopf war zerschmettert. Der Junge war verschwunden. Ich sandte Edel, um den Jungen zu finden, während ich nach den Geschäftsbüchern suchte. Ich fand nichts. Edel kehrte zurück und berichtete, dass der Junge offensichtlich mit einem Boot verschwunden sei. Wir suchten nach ihm, aber der Abend war angebrochen, und wir mußten die Suche einstellen. Ich schloss, dass der Junge die Geschäftsbücher und den Bankeinzug mitgenommen hatte. Wer hatte Jamiel umgebracht? Wir hatten damals keinen Hinweis darauf, noch haben wir ihn heute.«

Barwang schritt nach vorn, um sich an den Ausschuss zu wenden. »Euer Ehrwürden, Edel von Urd sitzt dort drüben. Wie Sie wissen sollten, ist er ein respektierter Herr von hohem Raschudo; ich rufe ihn nun auf, damit er diese schrecklichen Geschehnisse aus seiner Erinnerung heraus bezeugt.«

Barwang signalisierte, und ein Herr mittleren Alters trat vor. Barwang begrüßte ihn mit einer leichten Verbeugung. »Edel, Sie haben das Zeugnis Asrubals vernommen. Können Sie den Ausschuss über die Wahrhaftigkeit oder Falschheit seiner Aussage informieren?«

Edel wandte sich geradeheraus an den Ausschuss. »Asrubal hat in jeder Einzelheit die Wahrheit gesprochen.«

»Hat Asrubal Jamiel von Ramy getötet?«

»Das wäre nicht möglich gewesen. Weder er hat sie getötet, noch habe ich es getan.«

»Wer hat denn dann Ihrer Meinung nach die Tat begangen?«

Edel zuckte die Achseln. »Ein Flussbandit mag der Schuldige gewesen sein oder ein enttäuschter Liebhaber oder vielleicht ein umherstreunender Verrückter. Der einzige Zeuge wird wohl der Junge gewesen sein, und er war verschwunden.«

»Vielen Dank, Edel. Das wäre alles.« Edel ging zurück zu seinem Platz.

Asrubal fuhr in seiner Aussage fort. »Wie ich bereits erwähnte, erfuhr Terman, dass der Junge von einem Anthropologenpaar gerettet und nach Thanet auf Gallingale mitgenommen wurde.

Ich strebte immer noch danach, die Geschäftsbücher zurückzubekommen. Ich sandte Terman nach Thanet, wo er vorsichtig Nachforschungen anstellte. Er suchte im Haus, wo der Junge lebte, fand jedoch nichts. Während er seine Untersuchungen durchführte, erfuhr Terman, dass dem Jungen jegliche Erinnerung an die frühen Jahre seines Lebens bis zu seiner Ankunft in Thanet fehlten. Seine Klassenkameraden hielten ihn für schüchtern und etwas zurückgeblieben und gebrauchten das Wort ›Nimp‹, um ihn zu beschreiben. Mit an Sicherheit grenzender Wahrscheinlichkeit wusste er nichts von den vermissten Geschäftsbüchern. Ich verwarf mein Interesse an dem Jungen und habe ihn niemals in irgendeiner Weise belästigt. Wie ich bereits festgestellt habe, bin ich weder der Mörder Jamiels noch der von irgend jemand anderem.«

Wieder kam Barwang nach vorn. »Nun ist es klar, dass dieser Fall gegen Asrubal nichts weiter als eine Farce ist. Morlocks Anklagen sind nicht mehr als Geschwülste einer besonders eitrigen Sorte. Nun muss der Ausschuss die Anklagen abweisen, da nichts bewiesen werden kann – und wir erwarten, dass Morlock eine höfliche, aber ausdrückliche Entschuldigung überreichen wird.«

Der Magister schien amüsiert zu sein. Er sagte: »Ich bin der Oberadjudikator; ich bin das Gewissen von Romarth. Ich erkenne, dass böse Taten begangen wurden, dass der Verbrecher entweder durch Glück oder durch gewandte Ausführungen den Konsequenzen entgangen ist.«

Barwang sprang auf. »Verleumdung!« schrie er. »Eine höchst fürchterliche und beleidigende Verleumdung!«

Der Magister betrachtete ihn teilnahmslos und sagte: »Barwang, seien Sie so gut und beherrschen Sie Ihre Zügellosigkeit. Asrubal hat wenig genug von seinem Ruf zu schützen.«

»Das Statut gegen Verleumdung«, fuhr der Magister fort, »hält mich nicht davon ab zu bemerken, dass Arsloe, der einzige Zeuge der Verbrechen an Maihac, fehlt. Ich finde es wunderbar, dass ein ehrbarer Herr die Unschuld Asrubals am Mord an Jamiel bezeugt, da doch wir alle, einschließlich Barwang, intuitiv Asrubals Wirken wiedererkennen, sei es direkt oder indirekt. Im Fall des Kindes Garlet erfreut uns Asrubal mit solch weit hergeholtem Klimbim, dass selbst Barwang verblüfft sein muss. Asrubal erzählt uns, dass er, Maihac verfolgend, um ihn in Romarth zu halten, mit sechs maskierten Assassinen und zwei Irrfrauen auf der Szene erscheint. Statt zu singen und den Tanz der Freude zu tanzen, attackierten sie Maihac und versuchten ihm den Schädel einzuschlagen, während die Irrfrauen sein Kind stahlen. Als Maihac zum Flitzer entkam, glaubte Asrubal ihn durch das Hochwerfen des Kindes zur Umkehr zwingen zu können – dann warf er den Leichnam in den Fluss. Maihac wusste nicht, dass es eine Puppe war. Um Jamiel und sein anderes Kind zu schützen, flog er nach Flad, wo Arsloe ihn, Asrubals per Funk übermittelte Anweisungen folgend, an die Lokloren verriet, wo er mit den Mädchen tanzen und sterben würde.

Asrubal irrte. Maihac überlebte, und es scheint, dass Asrubal sich selbst hereingelegt hat. Eine Frage lastet schwer auf uns allen, und nun muss Asrubal antworten. Er sitzt zwischen zwei Stühlen: Wie auch immer er antwortet, er kann ernsthaften Konsequenzen nicht entgehen. Wenn Garlet tot ist, ist er ein Mörder. Lebt Garlet, ist er ein Entführer. Ich werde nun die Frage stellen.« Der Magister wandte sich Asrubal zu. »Lauschen Sie der Frage und antworten Sie! Wo befindet sich das Kind Garlet?«

Asrubal saß da und starrte ins Leere, als wäre er mit privaten Gedanken beschäftigt. Der Magister lehnte sich vor. »Asrubal, Sie haben die Frage vernommen. Wo befindet sich das Kind Garlet?«

Asrubal richtete seine runden schwarzen Augen auf ihn und erwiderte in mildem Ton: »Ich weiß es nicht.«

»Das ist keine befriedigende Antwort«, sagte der Magister. »Das Kind war in Ihrem Gewahrsam. Wie haben Sie sich Garlets entledigt?«

Asrubal zuckte die Achseln. »Zu der Zeit, und ich gebe das freimütig zu, war ich schlechter Stimmung. Ich überantwortete das Kind mit schroffer Anweisung meinem Majordomus Ooscah: Ich sagte ihm, er solle mir mit dem Kind aus den Augen gehen und es sicher verwahren, bis seine Eltern kämen, um Anspruch darauf zu erheben. Inzwischen wolle ich nicht damit belästigt werden, da das Problem nicht meines wäre. Ooscah nahm das Kind, und die Eltern kehrten niemals zurück. Das ist alles, was ich weiß.«

Mit sanfter Stimme fragte der Magister: »Sicherlich ist Ihnen der Aufenthaltsort Garlets bekannt.«

Asubal saß aufrecht, sein weißes Gesicht war verkniffen. »Nachdem Ooscah das Kind genommen hatte, verbannte ich den Zwischenfall aus meinem Gedächtnis; es war nicht wichtig, und ich habe seitdem nicht mehr daran gedacht. Das Kind mag leben oder tot sein. Ooscah hat, meinen Anweisungen gehorchend, nicht Bericht erstattet. Wenn das Kind nicht aufgefunden werden kann, lehne ich die Verantwortung dafür ab, da ich befahl, dass es unter sicheren und gesunden Bedingungen gehalten werden sollte.«

»In diesem Fall müssen wir Ooscah befragen. Führen Sie ihn vor – sofort.«

Asrubal überlegte einen Augenblick, erhob sich langsam und verließ die Halle. Auf ein Signal des Magisters hin folgten ihm zwei Regulatoren. Jaro, der neben der Tür saß, blickte in Asrubals emotionsloses Gesicht hinauf, als dieser an ihm vorbei in die Eingangshalle schritt. Jaro erhob sich und folgte ihm so unauffällig wie möglich. Er ging durch die Tür und hielt hinter einem hohen Wandschirm mit kompliziert geschnitztem honigfarbenem Holz inne. Von dort aus konnte Jaro beobachten, ohne jedoch selbst gesehen zu werden.

Die Eingangshalle war ähnlich der von Carleone, mit hoher Decke, einer breiten Treppenflucht, die zu einer Galerie mit einer Balustrade hinaufführte. Auf der anderen Seite des Raums mündete ein Durchgang in ein informelles Wohnzimmer. An einem Schreibtisch an der Seite des Durchgangs saß ein Grichkin in schwarz-weißer Livree. Er trug einen adretten konischen Hut mit schmaler Krempe und schwarze Stiefel mit eingedrehtem Zehenstück. Er saß über den Schreibtisch gebeugt, war stattlich, hatte die verhutzelte Haut und die faltigen Züge der reiferen Jahre; seine Funktion war die eines Unterseneschalls, dessen Status nur geringfügig unter dem eines Majordomus war.

Asrubal bedeutete den Regulatoren gebieterisch zurückzubleiben und näherte sich dem Grichkin. Die Regulatoren beobachteten es aus der Distanz. Asrubal beugte sich vor und gab dem Grichkin knappe Anweisungen. Der Grichkin stellte eine zweifelnde Frage. Asrubal sprach erneut und klopfte mit den Knöcheln nachdrücklich auf den Schreibtisch. Der Grichkin beugte unterwürfig seinen Kopf. Jaro fragte sich, aus welchem Grund solch eindringliche Instruktionen nötig waren. Nur um lediglich den Majordomus Ooscah herbeizurufen? Ein merkwürdiges Verfahren, dachte Jaro. Er beobachtete die Ereignisse mit wachsender Neugier.

Asrubal, der schließlich zufrieden war, dass er seine Erfordernisse deutlich gemacht hatte, richtete sich auf und blickte sich um. Jaro bewegte sich tiefer in die Schatten hinein. Asrubals Aufmerksamkeit jedoch war auf die Regulatoren gerichtet. Es schien, als wäge er seine Chancen ab zu entkommen.

Die Chancen waren offensichtlich nicht vorhanden. Asrubal kehrte langsam durch die Eingangshalle und an Jaro vorbei zurück in den Raum, in dem die Adjudikatoren auf ihn warteten. Die Regulatoren folgten ihm. Jaro beobachtete den Grichkin, wie er das Telefon zur Hand nahm und ein paar Sätze sprach; offenbar setzte er Ooscah in Kenntnis darüber, er solle in die Große Halle kommen.

Jaro blieb in den Schatten. Asrubals Verhalten war äußerst seltsam gewesen und hatte mit Sicherheit auf seinen Vorteil abgezielt.

Der Grichkin zog sich auf die Beine und trottete durch die Eingangshalle, umrundete die Treppe, um zu einem niedrigen Steinbogen zu gelangen, durch den er verschwand. Jaros Argwohn war bestätigt. Er durchquerte den Raum mit langen Schritten. Wie er erwartet hatte, mündete der Torbogen in eine Flucht aus rohen Steinstufen, die in die Grüfte unter dem Varcial-Palast hinabführten. Der Grichkin war nicht mehr zu sehen.

Jaro zögerte. Die Aussicht, dem Grichkin hinunter in die Grüfte zu folgen, war überaus unerfreulich, aber dennoch – Jaro machte sich wegen seiner Feigheit Vorwürfe. Er blickte über seine Schultern. Niemand war zu sehen. Er zog eine Grimasse äußersten Missfallens und folgte dem Grichkin: durch einen niedrigen Torbogen und die Steinstufen hinunter, die nur gedämpft beleuchtet waren.

Auf dem ersten Treppenabsatz hielt Jaro inne und blickte die Stufen hinunter; dies war das Reich der weißen Hausghule. Er tastete nach der Energiepistole an seiner Hüfte; die Berührung war beruhigend. Er ging weiter die Treppe hinab – bis zum nächsten Absatz, dann wandte er sich nach links, bis zu einem weiteren Absatz, dann wieder hinunter.

Auf der ersten Ebene angekommen, fand Jaro eine Öffnung zu einem kleinen kargen Raum, der mit einem hölzernen Tisch, einem Stuhl und einem Schrank ausgestattet war, die sich allesamt im Zustand fortgeschrittenen Verfalls befanden. Der Raum war leer. Die Luft war feucht und roch nach uraltem Moder.

Jaro lauschte; die Schritte des Grichkins hallten noch in der Dunkelheit. Er atmete tief ein, berührte noch einmal seine Energiepistole und rannte die Stufen hinab – hinab, hinab, hinab, vorbei an Absätzen und weiteren Ebenen, von denen jede in einen kleinen, spärlich eingerichteten und verlassenen Raum mündete. Gänge gingen von diesen Räumen ab, aber zu welchem Zweck, darüber wollte Jaro lieber nicht spekulieren.

Die Stufen wurden schmaler und roher. Treppenflucht nach Treppenflucht ging Jaro hinunter; schwache Lampen warfen flackernde Schatten voraus.

Die schlurfenden Schritte des Grichkins hallten nun klarer wider, und Jaro verlangsamte seinen Abstieg. Die vierte Ebene lag nun vor ihm. Plötzlich waren die Schritte nicht länger zu vernehmen, statt dessen das Geräusch gedämpfter Stimmen. Jaro bewegte sich leise vorwärts und spähte um die letzte Ecke herum in den Raum der vierten Ebene. Wie die anderen war er mit einem Tisch, Stuhl, Regalen, einem Ausguss und einem Schrank eingerichtet. Ein Grichkin mit grauem Kittel und einem mattgelben Hut saß am Tisch. Der Grichkin, der von oben gekommen war, hatte sich in ähnlicher Weise über den Tisch gebeugt, wie Asrubal es bei ihm getan hatte. Der Grichkin mit dem gelben Hut blickte ihn finster grollend an und murmelte Beschwerden. Er war runzlig und sehr alt, hatte graue Haut, große Tränensäcke unter den Augen und eine lange Nase, die über der winzigen grauen Knospe seines Mundes hing. Er machte eine verärgerte Geste und schrie schrill: »Und was ist mit mir? Hat jemand an meine Bequemlichkeit gedacht? Oder ist es der Behälter für den unnützen alten Shim.«

»Wie auch immer! Sie haben die Anweisungen vernommen.«

Der alte Grichkin erhob sich und rief: »Oleg! Komm! Oleg? Wach auf! Es gibt Arbeit.«

Aus einem Seitenzimmer kam ein Mann von stattlicher Größe, mit massigen Schultern und mächtigem Torso, breiten Hüften und einem großen Bauch. Ein Schopf schmutzigen braunen Haars türmte sich auf seinem Kopf, ein zottiger Bart umrahmte seinen schlaffen, feuchten Mund. Er blieb in der Mitte des Raums stehen, gähnte, kratzte sich in den Achselhöhlen und blickte argwöhnisch auf den Grichkin herunter. »Was haben wir denn hier? Alles Hände und Füße? Sprich, kleiner Flinkzeh, hast du unsere Wäsche gebracht?«

Der Grichkin entgegnete würdevoll: »Sie kennen mich vielleicht als Overkin Pood, Assistent des Majordomus. Ich bin mit wichtigen Anweisungen hier, denen sofort entsprochen werden muss.«

»Dann weise an. Wir werden lauschen. Wir hier unten tun unsere Arbeit!«

Pood wollte etwas sagen, wurde aber von einem zischenden Laut von der anderen Seite des Raums abgelenkt. Er blickte über die Schulter und stieß ein plötzliches Quietschen des Missfallens aus. Er deutete mit einem langen zitternden Finger. »Dort drüben! Lassen Sie sie einfach so zu sich hereinsehen?«

Oleg kicherte. »Warum nicht? Sie sind meine kleinen Schoßtiere! Shim ist niemals gesellig, und ich muss mich woanders nach Amüsement umschauen.«

Shim, Pood und Oleg blickten durch den Raum zu einer Gittertür aus Eisen, die einen dunklen Korridor absperrte. Hinter den Stangen regten sich dunkle Gestalten, und ein Schimmern weißer Gesichter war zu erhaschen.

Oleg fügte hinzu: »Ich erlaube jedoch keine Freiheiten.« Er nahm einen Stab und stieß das Ende durch die Eisenstangen, um in eins der weißen Gesichter zu stechen. Der Hausghul gab ein schnatterndes, wütendes Geräusch von sich und ergriff das Stabende. Oleg schnaubte zufrieden und zog den Stab zurück. »Das ist ein ungezogener Streich, mein Laffe! Sei anständig; sei artig! Es gibt mehr im Leben als nur simple Schrecklichkeit!«

Für einen Augenblick grinste Oleg den Hausghul an, der in einem plötzlichen Energieausbruch an den eisernen Stangen rüttelte, dass die Tür in ihrem Rahmen klapperte. Oleg nahm den Stab und steckte ihn energisch durch die Stangen. Die Kreatur zog sich zischend und stöhnend in den Schatten zurück, wo sie weiterhin leise krächzende Laute ausstieß.

Der Grichkin Shim rief verdrießlich: »Komm, Oleg! An die Arbeit!«

Oleg wandte sich zögernd von der Tür ab. Die zwei Grichkins, gefolgt von Oleg, traten in den Korridor, der gegenüber der eisernen Gittertür lag, und verschwanden. Jaro holte seine Pistole heraus, trat hinunter in den Raum und durchquerte ihn, um in den Korridor blicken zu können. Das gedämpfte Licht ließ drei Gestalten erkennen; sie hielten vor einer schweren Tür mit einem eisernen Gitter als Beobachtungsfenster inne. Oleg schaute durch das Fenster, entriegelte dann die Tür und stieß sie auf. Er blickte in die Zelle und rief: »Bist du wach, mein Liebling? Ich sehe, dass du, wie gewöhnlich, munter und behende bist! Komm raus; es wird eine Abwechslung geben! Jetzt heißt es hopsen, springen, hüpfen und viele Kilometer zu reisen! Wohin wir gehen? Zum Land der Träume, wohin sonst?«

Pood sagte ungeduldig: »Geschwind; weniger törichtes Gerede! Eile ist geboten!«

Oleg beachtete ihn nicht und fuhr mit besänftigender Stimme fort: »Warum säumst du? Es ist noch nicht an der Zeit für deinen Glunk; du bist viel zu gierig nach Luxuriösem, aber wer kann es dir verdenken, da alles so gut ist. Ah, der schmackhafte Haferschleim! Die Leckerbissen, auf die du so großen Appetit hast. Ich bin müde, und daher musst du sie dir selber holen. Das ist der neue Weg der Dinge.«

Wieder brachte Pood einen verdrießlichen Protest vor: »Fahren Sie mit der Arbeit fort; genug von diesem Geschwätz!«

Oleg wandte den Kopf und sagte zu dem Grichkin: »Wenn du so eifrig darauf bedacht bist, geh doch selbst in die Zelle und hol ihn heraus! Du wirst merken, dass er flinker als eine Spinne ist; er springt hoch; er geht um die Wände; er ist überall zugleich! Wenn du einen Bart hättest, würde er wohl daran ziehen. So, wie es ist, muss er sich mit deiner Nase begnügen.«

Pood erwiderte mürrisch: »Das ist nicht meine Aufgabe. Sie müssen die Arbeit tun, und zwar geschwind! Dies sind meine Anweisungen!«

Oleg zuckte die Achseln und wandte sich wieder der Zelle zu. »Komm jetzt! Heraus mit dir! Wir dürfen keine Zeit verlieren.«

Von innerhalb der Zelle kam ein Gemurmel, das Jaro nicht verstehen konnte.

Oleg lockte: »Kommst du? Ich würde in deine Zelle kommen, wäre ich nicht wählerisch darin, wohin ich meine Füße setze. Also komm, mein Guter! Auf und hinaus in den fernen Raum fliegen und hinauf zu den Mondpalästen, wo der Wein aus kristallenen Speiern fließt und die lunaren Mädchen tanzen!«

Pood gab weitere verdrießliche Laute von sich. Shim rief durch den Eingang: »Nun komm! Heraus mit dir! Kein weiteres Schmollen mehr! Muss Oleg mit dem Hauer klopf-klopf-klopf machen?«

Von drinnen kam ein Brummen. Shim rief anerkennend: »So ist es recht! Schritt für Schritt; komm nur her! Noch schneller, wir müssen uns beeilen!«

Eine dunkle Gestalt, die Jaro nicht deutlich erkennen konnte, schlurfte in den Korridor.

Oleg stieß einen rauhen Ruf der Ermutigung aus. »Vorwärts! Nimm Abschied von deinem geliebten Heim und all deinen bevorzugten Winkeln und Rissen. Aber keine Trauer, da alles zum Besten steht! Oh, welch feine Dinge dich erwarten!«

Jaro zog sich durch den Raum in den Schatten der Treppenflucht zurück und beobachtete mit klopfendem Herzen weiter. Die zwei Grichkins kamen in den Raum, gefolgt von Oleg und einer Person unbestimmbaren Alters. Ein loser brauner Kittel bedeckte ihren dürren Körper; mit Lappen umwundene, vermoderte Halbstiefel die Füßen. Ein Gewirr schwarzen Haares und ein schwarzer Bart verbarg den größten Teil des Gesichts. Jaro suchte nach einer Ähnlichkeit mit sich selbst und erkannte Übereinstimmungen in den Augen und der Form der Nase.

»Nun denn«, sagte Oleg. »Wartet mal einen Moment; ich muss den Weg beleuchten!«

Oleg ging zu einem Sims und passte eine röhrenförmige Vorrichtung an das Ende seines Stabes an. Hinter der Gittertür flatterten schwarze Roben, und weiße Gesichter ruckten und zuckten. Oleg näherte sich der Tür und deutete mit seinem Stab auf die Stangen. Er berührte einen Abzug, und das Rohr spuckte eine Stichflamme durch das Gitter. Verwünschungen zischend, fauchend und stöhnend, taumelten die Hausghule den Korridor zurück, während Oleg fröhlich kicherte. »Also dann, meine guten Kameraden! Wenn Oleg von Geduld redet, erwartet er höchste Aufmerksamkeit! Nun zurück mit euch! Es gibt noch Zeit genug für euer Vergnügen.« Oleg spähte durchs Gitter. »Keine Hinterfotzigkeiten oder plötzliches Aufspringen; die Flamme ist bereit!«

Oleg hielt den Flammenstab bereit, entriegelte die Tür und stieß sie auf. Die Angeln quietschten. Er wandte sich an den Gefangenen. »Nun müssen wir Abschied nehmen, da wir in unterschiedliche Richtungen wandern. Dein Weg ist dort drüben, in das Land des Unbekannten, wo du vielleicht nach einigen kleinen Drangsalen ankommen wirst. Also, schreite nun lebhaft aus; hinein mit dir, unsere besten Wünsche begleiten dich.«

Der Gefangene blieb reglos stehen. Die zwei Grichkins nahmen seine Arme und drängten ihn auf die geöffnete Tür zu. Der Gefangene lehnte sich zurück, seine Augen quollen hervor. Die Grichkins zogen beharrlicher. »Weiter mit dir! Wir alle müssen unseren Anweisungen gehorchen!«

Jaro trat in den Raum hinein, zielte mit seiner Pistole

und schoss erst auf die Beine von Shim, dann auf die von Pood. Beide fielen schreiend zu Boden. Jaro richtete seine Pistole auf Oleg: »Zieh sie in den Korridor! Beeil dich, bevor ich wieder schieße.«

Oleg brüllte vor unbändiger Wut. Er schwang den Stab; er wirbelte durch die Luft und traf Jaro an der Brust, was diesen ins Taumeln brachte. Oleg wankte vorwärts, ergriff Jaro und drückte ihn an seine mächtige Brust. Er grinste in Jaros Gesicht hinab, sein großer Schlund war weich und feucht. »Das ist eine Überraschung! Aber du hast den armen alten Shim verletzt und auch den Gecken Pood. Das war nicht nett, und du sollst nicht für deine Grausamkeit belohnt werden! Mach dich bereit! Du musst zusammen mit Garlet die Straße ins Unbekannte gehen! Nun gehen wir. Wenn du zappelst, zerquetsche ich dir den Kopf.« Er schleifte Jaro zum Korridor. Jaro ließ die Beine in der Hoffnung schlaff werden, auf den Boden zu sinken, aber Oleg drückte nur kräftiger zu, und Jaros Rippen knackten. Er versuchte, seine Ellbogen einzusetzen, mit dem Kopf zu stoßen, aber Olegs gewaltiger Körper war mit dicken Polstern von Fett und Muskeln umhüllt, und Jaros Bemühungen führten zu nichts. Er versuchte, die Pistole auf Olegs Fuß zu richten, aber Oleg schlug auf sein Handgelenk, und die Waffe fiel auf den Steinboden. Jaro dachte verzweifelt an die Monate und Jahre von Gaings Training und die endlosen Übungen zurück. Doch Oleg war ein Behemoth, und seine große Masse machte diese Techniken nutzlos.

Aber nicht ein erprobtes und bewährtes Vorgehen: Jaro stieß sein Knie mit aller Kraft in die Höhe. Er spürte, wie die großen Hoden zerquetscht wurden, und hörte Olegs gequältes Heulen. Jaro entschlüpfte der Umklammerung, ergriff seine Pistole und ebenso den Stab. Er zielte mit dem Rohr auf Oleg und drückte den Abzug. Flammen sprühten gegen Olegs Brust, und er stürzte, Jaro einen traurigen, überraschten Blick zuwerfend, auf den Rücken. »Du hast mich verbrannt.«

»Ich verbrenne dich wieder«, keuchte Jaro. »Zieh diese Grichkins in den Korridor hinter der Tür.«

»Sie schlagen um sich! Sie heulen vor Schmerz!«

Jaro deutete auf das Feuerrohr. Schnaufend und schluchzend gehorchte Oleg und ignorierte die entsetzten Proteste.

»Nun denn«, sagte Jaro. »Du auch! Nach ihnen!«

Oleg warf ihm einen verzweifelten Blick zu. »Sie warten. Sie mögen mich nicht; ich habe sie verbrannt.«

Jaro drückte den Abzug. Mit Flammenausbrüchen trieb er den stöhnenden und schreienden Oleg in den Korridor, dann schlug er die Tür zu und verriegelte sie. Seltsame Laute drangen aus dem Korridor: Schmerzensschreie und klappernde Geräusche von verrückter Fröhlichkeit.

Jaro wandte sich dem ehemaligen Gefangenen zu, der in einer Ecke gegen eine Wand gelehnt saß. Jaro musterte ihn für eine Weile, hin und her gerissen zwischen Abscheu und Mitleid. Garlet beobachtete ihn mit ausdrucksloser Unbeschwertheit.

»Garlet! Ich bin dein Bruder! Mein Name ist Jaro.«

»Ich weiß.«

»Also komm! Auf die Beine! Wir verlassen diesen furchtbaren Ort.« Jaro streckte die Hand aus, um Garlets Arm zu nehmen. Garlet stieß einen heiseren Schrei aus, sprang auf und warf sich gegen Jaro, der, auf den Angriff nicht vorbereitet, gegen eine Wand prallte. Garlets Haar fiel ihm ins Gesicht und hinderte ihn am Atmen; das Haar roch nach Schmutz, und Garlets Körper stank. Jaro rang, wand sich, duckte sich, wandte den Kopf fort von den Haaren und schnappte nach Luft. Trotz Garlets klammernder Finger riss er sich von dem ranzigen Körper los und sprang zurück. Er schrie: »Garlet! Kämpfe nicht mit mir! Ich bin dein Bruder! Ich kam, um dich zu retten.«

Garlet lehnte sich gegen die Wand; er schnaufte, und sein Gesicht verkrampfte sich. »Ich weiß von dir und deinem Leben. Für eine Weile konnte ich mich in deine Seele drängen. Das ist schon lange her. Du hast mich abgeschnitten und in der Dunkelheit allein gelassen. Schlimm, dass du das getan hast. Du lebtest das Leben eines Prinzen; hast getanzt und dich gesonnt und die süßesten Säfte genossen, während ich den Preis bezahlte, stöhnend hier im Dunkeln! Aber das hat dich nicht gekümmert. Du hast nicht gehört! Du unterbrachst die kleinen flüchtigen Blicke auf dein wundervolles Leben! Du hast mir nichts gelassen.«

»Das lässt sich nicht ändern«, sagte Jaro. »Komm, verlassen wir diesen Ort.«

Garlet starrte blicklos durch den Raum. In seinen Augen bildeten sich Tränen. »Warum sollte ich von hier weggehen? Nichts bleibt mir. Meine Tage und meine goldenen Stunden sind vorbei! Du kannst die Schuld nicht abtragen! Alles, was schön ist und mir gehört, ist vergangen! Mich kümmert nicht, was passiert; nichts ist geblieben.«

Jaro versuchte, fröhlich zu klingen: »Von jetzt an wird dein Leben gut verlaufen, und du wirst die verlorene Zeit wettmachen. Also nun, kommst du?«

Garlet wandte langsam den Kopf. Seine Augen weiteten sich vor unbändigem Ärger. »Ich bringe dich um. Dein Blut soll über den Boden und in den Abfluss rinnen! Dann, und nur dann, bin ich befriedigt!«

Jaro protestierte. »Es ist nicht gut, so etwas zu sagen!«

Als Erwiderung stürzte Garlet auf Jaro zu und ergriff dessen Kehle. Die zwei fielen zu Boden und wanden sich im Handgemenge. Garlets dürrer Körper war unter dem stinkenden Kittel knochig und hart. Er versuchte, Jaros Kopf gegen den Boden zu schlagen. Während er sich darum bemühte, stieß er keuchende Sätze hervor: »Ich stecke dich in die Zelle und versperr die Tür! Dann setze ich mich davor, dorthin, wo Shim saß. Lange habe ich ihn beneidet! Nun kann auch ich in aller Ruhe dort sitzen, frei, dahin zu gehen, wohin ich will. Ich schalte das Licht an und aus, wie es mir gefällt. Zu jeder Mahlzeit werde ich mich an Salzfisch satt essen, und niemand mischt sich ein.«

Jaro hatte Mühe, sich vor Garlets wahnsinniger Kraft zu schützen. Schließlich ging ihm die Geduld aus, und er knuffte Garlet heftig. Garlet hielt überrascht inne. Er massierte prüfend die Wange. »Warum hast du das getan?«

»Um dich zur Vernunft zu bringen.« Jaro erhob sich. »Bitte greif mich nicht wieder an.« Er langte hinunter und half Garlet auf. »Nun verlassen wir diesen Ort.«

Garlet protestierte nicht länger. Die zwei erklommen die Stufen.

Auf der zweiten Ebene tastete Jaro nach einem Halt, um zu Atem zu kommen. Garlet blieb unruhig stehen, spähte erst die Stufen hinauf, dann den Weg zurück, den sie gekommen waren. Jaro fragte: »Wonach siehst du dich um?«

»Ich befürchte, Oleg wird uns hier, außerhalb unserer Zellen, finden. Dies ist sein Weg, er wird auf uns stoßen.«

»Davor brauchst du keine Angst zu haben! Hast du genug gerastet?«

»Ich brauche keine Rast. In der Zelle renne ich quer über den Boden und die Wände hinauf. Irgendwann werde ich so weit rennen, dass meine Füße die Decke berühren.«

Die zwei gingen weiter: die Stufen hinauf, vorbei an der ersten Ebene und durch den Torbogen in die Eingangshalle. Jaro bemerkte, dass Garlet blinzelte. Er fragte: »Schmerzt das Licht in deinen Augen?«

»Es ist hell.«

Jaro durchquerte den Raum, Garlet trottete hinterher,

seine Augen wegen des hellen Lichts halb geschlossen. An der Tür zur Großen Halle hielt Jaro inne, um zu prüfen, wie die Verhandlung stand.

Ein Grichkin mit den prächtigen Insignien eines Majordomus stand vor den Adjudikatoren und legte Zeugnis ab. Dies, dachte Jaro, musste Ooscah sein. Asrubal saß wie zuvor auf seinem massiven Stuhl aus schwerem dunklen Holz.

Der Magister beugte sich vor und wandte sich an Ooscah: »Lass mich dein Zeugnis zusammenfassen. Lausche sorgfältig. Wenn ich ungenau werde, berichtige mich. Denk daran, die Strafe für absichtliche Unwahrheit ist der Behälter.«

Ooscah neigte den Kopf, lächelte ein kleines faltiges Lächeln. »Ja, Euer Ehren.«

»Nun denn, zurück zur fraglichen Episode. Asrubal gab dir das Kind mit den Anweisungen, auf seine Sicherheit acht zu geben.«

»Ja, Euer Ehren.« Ooscah sprach mit hoher, klarer Stimme; er drückte sich gewählt aus, als wäre jedes Wort ein köstlicher Bissen, der ausgekostet werden musste. »Er händigte mir das Kind mit Umsicht aus, so als verspüre er großes Mitleid mit dem jammervollen Würmchen.«

»Zu diesem Zeitpunkt, behauptest du, näherte sich eine der heiligen Ratigo-Frauen, die ihre Bereitschaft zur Pflege des Kindes beteuerte. Da sie offenbar auf Geheiß Asrubals gekommen war, hast du ihrem Wunsch entsprochen. Habe ich recht?«

»Ja, Euer Ehren.«

»Und wann hast du das Kind das nächste Mal gesehen?«

»Nie mehr, Euer Ehren. Ich nehme an, dass vielleicht die Eltern zu ihren Pflichten zurückgekehrt sind.«

Maihac hatte Jaro bemerkt und kam zum Eingang. Jaro deutete auf Garlet. »Ich fand ihn auf der vierten Ebene der Grüfte. Sie waren gerade dabei, ihn den

Hausghulen zu überlassen. Ich habe es so eingerichtet, dass es ihnen nicht gelang.«

Maihac blickte Garlet von oben bis unten an. »Ich bin dein Vater. Die ganzen Jahre über hielt ich dich für tot.«

»Ich weiß nicht, was ich denken soll«, sagte Garlet. »Das Licht tut meinen Augen weh.«

»Du bist in schlechter Verfassung, kein Zweifel«, sagte Maihac. »Aber das ist nicht deine Schuld. Wir bringen dich so schnell wie möglich wieder in Ordnung.«

»Ich möchte nicht wieder hinuntergehen.«

»Keine Sorge. Dort drüben sitzt Asrubal, der dich ins Dunkel steckte. Lass uns zu ihm gehen. Er wird nicht erfreut sein, dich zu sehen.«

Garlet blieb stehen und scharrte mit den Füßen. Maihac nahm ihn am Arm und führte ihn durch die Halle.

Ooscah sprach gerade. »Mehr kann ich nicht sagen. Die Zeit kommt und geht, wer vermag schon zu sagen, was die Zukunft bringt.«

Maihac und Garlet blieben vor den Adjudikatoren stehen. Stille herrschte im Raum. Asrubal starrte entgeistert auf Garlet. Ooscah rief mit hoher, zitternder Stimme geheuchelter Freude aus: »Hier ist er nun. Das vermisste Kind, letztendlich in Sicherheit! Lasst uns alle ein freudiges Willkommen kundtun!«

In scharfem Ton verlangte der Magister zu wissen: »Was ist geschehen? Informieren Sie den Ausschuss!«

Jaro sprach: »Ich kann Ihnen sagen, was sich ereignet hat. Als Asrubal diesen Raum verließ, wies er den Grichkin Pood an, hinunter zur vierten Ebene zu gehen, wo er für Garlets Verschwinden sorgen sollte. Ich folgte ihm die Steinstufen hinab zu den Kerkern, wo Garlet gefangengehalten wurde. Die Wärter holten Garlet aus seinem Kerker und schickten sich an, ihn den Hausghulen zu überlassen. Ich schritt ein und tötete die Wärter. Dann brachte ich Garlet herauf. Er war zwanzig Jahre lang im dunklen Kerker. Asrubal hat ihn nicht gut behandelt.«

Der Magister sah zu Asrubal hin, der seinen Blick mit einem leeren Starren erwiderte. Der Magister fragte: »Haben Sie Garlet gut behandelt?«

»A ... angemessen gut.«

Der Magister wandte sich an Garlet. »Dies ist ein Gerichtshof. Wissen Sie, was das heißt?«

»Nein. Das Licht ist hell.«

Der Magister erteilte den Regulatoren den Auftrag: »Findet eine dunkle Brille und bringt sie her, geschwind!« Wieder sprach er zu Garlet: »Wenn Menschen böse Dinge tun, werden sie zu einem Gerichtshof gebracht; und wenn sie Verbrechen begangen haben, werden sie bestraft.«

Garlet schielte unbehaglich von rechts nach links. »Ich habe Wasser aus der Schüssel verschüttet; als Strafe gab mir Shim kein Wasser mehr. Werden Sie mich ohne Wasser wieder hinunterschicken? Ist das meine Bestrafung? Ich werde kein Wasser mehr verschütten. Bitte.«

»Sie werden nicht bestraft werden«, sagte der Magister. »Sie haben, so weit ich weiß, nichts Unrechtes getan. Wie lange waren Sie dort unten in der Dunkelheit?«

»Ich weiß nicht. Ich erinnere mich an nichts anderes.«

»Sehen Sie dort hinüber zu dem Mann, der dort im Stuhl sitzt. Kennen Sie ihn?«

Garlet blickte zu Asrubal. »Ich habe ihn dreimal gesehen. Er kam zu meinem Platz im Dunkeln. Oleg holte mich heraus, und der Mann schaute mich an. Dann ging er weg.«

Der Magister wandte sich wieder Asrubal zu. »Haben Sie etwas zu sagen? Sie haben das Recht, für sich selbst zu sprechen.«

»Ich sage nur dies: Der Außerweltler und die Ramy-Frau haben mich übel hereingelegt! Sie haben mein Vermögen geplündert und meine Lorquin-Büros ausgeraubt. Ich hielt das Kind als Geisel bis zu ihrer Rückkehr nach Romarth.

Aber sie versäumten es zu kommen. Sie haben sich vor ihrer Aufgabe gedrückt! Es sind unbedeutende Geschöpfe, bar jeder Tapferkeit. Mit einem Wort: Sie sind widerwärtig! Schauen Sie sie sich an. Dort drüben sitzt der Sohn von Tawn Maihac und einer flatterhaften Frau aus dem Hause Ramy. Er ist jung und ansehnlich, so wie ein Spielzeugtier ansehnlich ist. Er ist der Liebling des Glücks, aber er ist mit Makel behaftet! Er hat eine bittere Seele, wie ein Ding, welches aus Käse geformt wurde. Jene, die ihn am besten kennen, nennen ihn einen ›Nimp‹.« Asrubal hielt inne und lächelte kühl. Jaro starrte zurück, geschockt und ungläubig.

Asrubal fuhr fort. »Vor langer Zeit geschah mir großes Unrecht. Ich war entmutigt. Ein Außerwelt-Gauner kam, um mich zu betrügen, um meine Güter zu stehlen, während er sich lieb Kind machte und alle beschwatzte. Ich behielt mein vollständiges Raschudo und alle Würde meines Stammes! Ich bin ein redlicher Mann! Ich weiche niemals vom Kurs ab! Und am Ende zahlten die Gauner teuer für ihre Diebstähle. Ich genoss eine umfassende Rache. Das Kind des Außerweltlers wurde in der Dunkelheit eingekerkert. Der Außerweltler selbst gelangte zu den Lokloren. Ich fand die Ramy-Frau in Point Extase und bestrafte sie streng, flößte ihr solche Furcht ein, dass sie lieber den Tod wählte, statt sich mir von Angesicht zu Angesicht entgegenzustellen, besonders da sie wusste, dass ich ihr Kind vor ihren Augen erdrosseln würde.

Ich habe mich jahrelang an meinen Siegen erfreut; niemand kann mir diese Freude nehmen. Sogar jetzt ducken sich meine Feinde, wenn ich sie anblicke! Tötet mich, wenn ihr wollt; alle Menschen sterben. Aber in meinem Fall wird kein befriedigendes Gleichgewicht geschaffen. Und wer hat die Schuld? Wer anderes als Tawn Maihac, der treulose Vater, der niemals zurückkehrte, um seinen verlorenen Sohn zu fordern. Das ist die Antwort: Zwanzig Jahre hat das Kind in der Dunkelheit gewartet, um für die Habsucht seines Vater und die Heimlichkeit seiner Mutter zu bezahlen.

Solcherart ist das Wechselspiel des Karma. Ich gebe noch eine letzte Ironie kund: Der Kerker des Kindes befindet sich unmittelbar unter dem Stuhl, auf dem nun sein Vater in aufgeblasenem Pomp sitzt. Der Mann ist ein Außerweltler; er ist abscheulich.«

Der Magister hob die Hand. »Genug, Asrubal! Sie haben lediglich zu ihrer eigenen Schande geredet. Heute nacht werden wir alle schlechte Träume haben, das kann ich Ihnen versichern! Barwang, wollen Sie um Gnade für Ihren Verwandten plädieren?«

Barwang, der sich in seinem Stuhl räkelte, murmelte: »Ich habe nichts zu sagen.«

»In diesem Falle werden die Adjudikatoren sich nun vertagen. In einer Woche werden wir den Urteilsspruch, der dem Verbrecher auferlegt wird, verkünden. Regulatoren! Fesselt den Gefangenen und bringt ihn in einen Kerker, der vor Hausghulen sicher ist. Serviert ihm Brot und Wasser; erlaubt ihm keine Besucher.«

Morlock fragte: »Was geschieht mit Ooscah?«

Der Magister zuckte die Achseln. »Ooscah ist wahrscheinlich nicht käuflicher als jeder andere Grichkin auch; dennoch, er war Komplize bei einem grässlichen Verbrechen. Regulatoren! Bringt Ooscah noch in diesem Augenblick in die Schmelze, gebraucht eine Drahtschlinge und werft ihn in den Leichenbehälter.«

Ooscah schmolz in seinem Stuhl zusammen, als wäre er aus warmen Wachs geformt. Zwei Regulatoren ergriffen seine Arme und zogen ihn auf die Beine. Ooscah wurde taumelnd auf nachgebenden Beinen aus der Halle geführt.

Der Magister sagte: »Das Verfahren ist zu Ende; es hat uns alle sehr in Anspruch genommen; es belastet uns alle. In einer Woche wird das endgültige Urteil über Asrubal verkündet. Das wäre für heute alles.«

Kapitel XIX

1

Jaro holte den Flitzer herunter und flog zusammen mit Skirl und Garlet über die Stadt nach Carleone. Ardrian marschierte zusammen mit Maihac, Morlock und anderen durch den Abend zurück.

Garlet saß steif auf dem Sitz und blickte wild in alle Richtungen, protestierte jedoch nicht. Skirl versuchte ihn zu beruhigen: »Es gibt vieles, was dir neu ist, und einiges davon wird dich nervös machen. Denk nur! Du bist genau wie Jaro.«

Garlet gab einen krächzenden Laut von sich, den Skirl für ein spöttisches Kichern hielt. Es lag auf der Hand: Jedes Unternehmen, an dem Garlet teilnahm, würde Geduld und unermüdlichen Humor verlangen. Wenn sie daran beteiligt wäre, konnte sie nur ihr Bestes geben, obwohl sie sich nicht sicher war, ob ihre Geduld der Aufgabe gewachsen war. Heimlich musterte sie das kauernde, schlecht riechende Geschöpf mit dem haarigen Gesicht und den glitzernden Augen. Sie wandte den Blick zu Jaro, dann zurück auf Garlet: unglaublich, dass die zwei aus dem gleichen Holz waren! Sie sprach und versuchte zuversichtlich zu klingen. Die Augen in dem haarigen Gesicht richteten sich auf sie. Trotz all ihrer Bemühungen, sich zu beherrschen, zitterte ihre Stimme. »Wenn irgend etwas geschieht, was du nicht verstehst, frage, und wir werden es so gut wie möglich erklären.«

Garlets Augen schimmerten durch das Dickicht seines Haares. Er platzte heraus: »Wer bist du?«

»Mein Name ist Skirl Hutsenreiter; ich bin keine

Roum. Ich bin das, was man eine Außerweltlerin nennt.«

Jaro erklärte Garlet: »Du und ich sind halb Roum, halb Außerweltler. Es scheint keine schlechte Kombination zu sein.«

Skirl deutete in den östlichen Himmel, wo die unermessliche Galaxis über dem Horizont stand. »Wenn du genau hinschaust, kannst du einige Einzelsterne ausmachen.« Sie deutete. »Dort draußen, zur Linken, befindet sich das Gaeanische Reich. Die Welt Gallingale ist dort draußen. Meine Heimat ist in Thanet auf Gallingale. Wenn wir diesen Ort verlassen, kehren wir vielleicht nach Gallingale zurück, wenigstens für eine Weile.«

Garlet zeigte nur spärliches Interesse an den Sternen. Er starrte Skirl an. Schließlich sagte er: »Du bist anders als Jaro.«

»Ja, durchaus anders.«

»Ich mag den Unterschied. Aber ich kann nicht verstehen, was du denkst.«

Skirl lachte unbehaglich. »Das ist auch ganz gut so. Ich bin anders, weil ich eine Frau bin. Jaro ist männlich, genau wie du. Kannst du verstehen, was er denkt?«

Garlet gab ein vieldeutiges Grunzen von sich. »Jetzt ist es nicht mehr das gleiche.«

Garlet wandte seinen Kopf dem Fenster zu und spähte zu der leuchtenden Sternenspange im Osten. Er fragte: »Du sagst, ihr verlasst diesen Ort?«

»Sobald Asrubal tot ist. Dann fliegen wir zurück zum Gaeanischen Reich – je früher, desto besser.« Skirl blickte aus dem Fenster. »Wir erreichen Carleone. Bald wirst du gebadet und angekleidet sein und dich viel besser fühlen.«

Garlet sagte nichts. Skirl fragte sich, ob er irgend etwas von dem, was sie ihm gesagt hatte, begriffen haben mochte.

Der Flitzer landete auf der Terrasse von Carleone.

Die drei stiegen aus, und Garlet beobachtet argwöhnisch, wie Jaro den Flitzer wieder in die Luft brachte. Ardrian und Maihac kamen an, und die Gruppe betrat den Palast. Ardrian rief seinen Majordomus Fancho herbei und gab Anweisungen. Fancho wandte sich an Garlet. »Kommen Sie, mein Herr! Wir bringen die Dinge in Ordnung.«

Garlet schreckte zurück. »Bedeutet das: in die Grüfte?«

»Keine Grüfte mehr«, sagte Maihac. »Lediglich ein Bad und allgemeine Körperpflege, die du dringend nötig hast. Fancho findet bestimmt unauffällige Kleidung für dich, und du wirst dich fühlen wie ein neuer Mensch.«

Fancho rief gewinnend: »Kommen Sie, mein Herr! Es gibt ein gutes Parfüm im Bad, nur für Sie.«

Garlet hielt sich immer noch zurück. Er deutete auf Skirl. »Ich möchte, dass sie mitkommt.«

»Nicht diesmal«, sagte Maihac. »Skirl ist mit anderen Dingen beschäftigt.«

Jaro sagte: »Ich komme mit dir. Du hast nichts zu befürchten.«

»Ich kenne dich gut«, murrte Garlet. »Du bist genauso schlimm wie die anderen.«

»Kommen Sie doch, mein Herr«, rief Fancho. »Wir richten Sie so ansehnlich her wie jeden feinen Kavalier, und Sie erkennen sich nicht wieder.«

Garlet gab einen leisen, wimmernden Laut von sich, folgte Fancho jedoch ohne weitere Klagen. Apathisch erlaubte er, dass er gebadet, frisiert, rasiert, manikürt, pedikürt, mit einer parfümierten Lotion eingerieben und dann mit einem feuchten Handtuch, das die Lebensgeister weckte, abgerieben wurde. Garlet blickte finster und zuckte bei jedem Abschnitt der Prozedur zusammen. Jaro war des öfteren amüsiert, achtete jedoch darauf, dass Garlet es nicht bemerkte.

Schließlich war Garlet gepflegt, parfümiert und versorgt. Fancho legte neue Kleider bereit; Garlet, der gebeugt dastand, sah immer noch reizlos und miserabel aus wie ein dürres, gerupftes Hühnchen. Jaro dachte nüchtern: Nur wegen der Willkür der verrückten Ratigo-Frau hatte es Garlet erwischt und nicht ihn; sein Lächeln verging ihm.

Unter Fanchos Führung bekleideten die Seishaneesen Garlet mit dunkelblauen Hosen, einer blau-grün gestreiften Bluse, einer grünen Jacke und weichen, grünen Lederhalbstiefeln.

Die Verwandlung war vollständig. Fancho fragte: »Ist alles genehm?«

»Sehr genehm«, sagte Jaro. »Ihr habt eine gute Tat vollbracht. Garlet, was denkst du?«

»Diese Stiefel fühlen sich nicht richtig an.«

»Sie stehen dir gut«, sagte Jaro. »Du gewöhnst dich an sie.«

Garlet war sich nicht so sicher. Er wirkte in seinen neuen Kleidern unsicher und linkisch. Kein Wunder, dachte Jaro. Für Garlet war alles neu und von fraglichem Wert. Jaro musterte ihn unvoreingenommen. Sie waren sich in der allgemeinen Form der Züge und des Körperbaus ähnlich, obwohl Garlet seine Schultern nach vorn neigte, so dass sie dürr und schmal erschienen. Er hielt seine knochigen Arme an den Ellbogen angewinkelt, die Finger waren zusammengepresst. Seine Haut war bemerkenswert bleich; sein Gesicht wies hohle Wangen, tiefe Augenhöhlen und ein knochiges Kinn auf. Jaro spürte etwas von Garlets kläglichem Zustand der Verwirrung und versuchte ihn mit Worten und fröhlichen Ermunterungen zu beruhigen. »Du bist ein vollständig veränderter Mann! Der Wandel ist bemerkenswert! Spürst du die Änderung?«

Garlet entgegnete mit unfreundlichem Murmeln: »Ich habe nicht darüber nachgedacht.«

»Willst du dich im Spiegel betrachten?«

»Was ist ein Spiegel?«

»Ein glänzendes Glas, welches dein Bild reflektiert. Es zeigt, wie du für andere Leute aussiehst.«

»Das ist die falsche Wahl!« beschwerte sich Garlet. »Die Grichkins haben mich ins Wasser gesteckt und all meine Haare abgeschnitten; dann haben sie mir diese Kleider angezogen. Lass die Leute die Grichkins ansehen. Sie sind verantwortlich.«

»Es sind nicht die Grichkins, die sie interessieren. Du bist es!«

Garlet gab einen spöttischen Laut von sich. Jaro fragte geduldig: »Was ist mit dem Spiegel? Willst du dich sehen?«

Garlet sagte zweifelnd: »Es könnte sein, dass ich nicht mag, was ich sehe.«

»Das ist eine Möglichkeit, mit der wir alle rechnen müssen«, sagte Jaro. Er führte Garlet zum Spiegel. »Dort: schau.«

Für einen Augenblick starrte Garlet auf sein Bild, dann wandte er sich ab.

Jaro fragte: »Was denkst du?«

»Es ist, wie ich befürchtet habe. Ich sehe aus wie du.«

Darauf hatte Jaro nichts zu erwidern. Er nahm Garlet mit in den Gesellschaftsraum, wo Ardrian zusammen mit Maihac, Skirl und anderen seines Haushalts saß.

An der Tür hielt Garlet kurz inne. Alle Anwesenden erhoben sich, um Garlet ein höfliches Willkommen zu entbieten. Garlet blickte von Gesicht zu Gesicht und zog die Mundwinkel herab. Er trat einen Schritt zurück und wandte sich ab, aber Jaro nahm seinen Arm und führte ihn in den Raum. »Hier ist mein Bruder Garlet«, sagte Jaro. »Wie jeder weiß, hat er Misshandlungen erlitten, die sich niemand vorzustellen vermag. Wie man sehen kann, hat er dies alles überlebt und dabei seine Menschlichkeit bewahrt – dafür gebührt ihm all meine Achtung. Dies ist für Garlet ein neues Leben, und ich hoffe, er kann die Vergangenheit vergessen.«

Maihac gesellte sich zu Jaro und Garlet. »Dies sind

meine beiden Söhne, und ich bin glücklich, dass sie wieder beisammen sind. Für Garlet ist es offensichtlich das Beste, wenn er gute Mahlzeiten bekommt und einige Zeit in der Sonne verbringt. Jaro und ich müssen ihm Hunderte von Dingen beibringen, und ohne Zweifel wird Skirl dabei helfen. Aber wir sind nicht in Eile. Wir bleiben in Romarth, bis wir sicher sein können, dass Asrubal bekommt, was er verdient. Ich möchte erwähnen, dass Asrubals Fonds, der konfisziert wurde, den Roum gehört und zu ihrer Verfügung steht. Er reicht aus, um einige gut erhaltene Passagierschiffe zu erwerben. Dann besteht die Möglichkeit, durch das Reich zu reisen, wie es genehm ist. Es besteht nicht länger die Notwendigkeit der Zurückgezogenheit hier draußen in der Nähe von Nachtlicht.«

Maihac nahm Garlets Arm und führte ihn zu einer Couch. Garlet setzte sich behutsam auf das Polster. Fancho servierte ihm unverzüglich einen Kelch mit einer sprudelnden Flüssigkeit. Garlet sah sie schief an. »Trink ohne Furcht«, sagte Ardrian. »Dies ist ein harmloser, als ›Elfentau‹ bekannter Trank. Es ruft lediglich ein Gefühl der Herzlichkeit und eine Stimmung schöpferischer Ruhe hervor.«

Garlet hob den Kelch an die Nase, roch an dessen Inhalt und stellte ihn beiseite. Maihac hob die Augenbrauen. »Koste! Du wirst es mögen!«

»Und was, wenn nicht?«

»Dann nimmst du nichts mehr davon.«

Garlet nickte kurz. »Ich denke darüber nach.«

Eine Stunde verging. Garlet sprach nur wenig, obgleich er von allen anderen im Raum mit förmlicher Höflichkeit behandelt wurde. Ihm wurden zurückhaltende Fragen gestellt, die er einsilbig beantwortete. Alsbald wurde der Gruppe ein leichtes Abendessen im angrenzenden Refektorium serviert.

Es war ein unbehagliches Mahl. Garlet saß, auf den Tisch starrend da, und machte keine Anstalten, etwas zu sich zu nehmen oder zu reden. Skirl sprach ihn an: »Garlet, du isst ja gar nichts!«

»Ich weiß.«

»Warum nicht?«

»Ich sehe nichts, was ich mag.«

»In diesem Fall versuch doch etwas Neues – zum Beispiel eine dieser kleinen Pasteten. Sie sind mit allen möglichen guten Dingen gefüllt. Und dort, siehst du diese lieblichen grünen Weintrauben? Du magst doch gewiss Weintrauben?«

»Ich habe noch nie so etwas gegessen.«

»Koste eine; du kannst gar nicht anders, als sie zu mögen!«

Garlet schüttelte den Kopf. »Da bin ich mir nicht so sicher.«

»Aber bist du nicht hungrig?«

»O ja«, sagte Garlet leichthin. »Ich bin hungrig. Ich kenne nichts anderes.«

»Dann versuche dieses feine Ragout«, beschwatzte Skirl ihn.

»Was sind diese schwimmenden, weißen Dinger?«

»Das sind Klöße. Sie sind locker und flockig und sehr gut.«

Garlet erklärte in vernünftiger Weise: »Alles ist neu für mich. Wenn ich nicht sicher bin, ist es am besten, vorsichtig zu sein. Es kann sein, dass das Yaha mir sagt, was zu tun ist.«

»Tatsächlich? Was ist ein ›Yaha‹?«

»Es hilft mir, in weiser Art zu entscheiden – besonders bei neuen Dingen.«

»Nimm eine kleine Kostprobe; dann ist es nicht mehr neu, wenn du es das nächste Mal siehst. Du weißt dann, was es ist und brauchst das Yaha nicht.«

Garlet gab widerwillig zu, dass Skirls Rat etwas für sich hatte, und probierte zimperlich das Ragout. »Das ist recht gut«, sagte Garlet. »Ich will mehr davon.«

»Selbstverständlich! Du sollst so viel haben, wie du

willst. Aber versuche zunächst noch von den anderen Dingen. Sie werden dann ebenfalls nicht mehr neu sein, und du hättest eine Vielfalt an Auswahl.«

»Hier gibt es nichts, was ich möchte.« Garlet suchte den Tisch ab. »Isst niemand Haferschleim zum Glunk? Gibt es keinen Salzfisch?«

»Kein Salzfisch heute abend«, sagte Jaro. »Man sollte meinen, dass du Haferschleim und Salzfisch nie mehr sehen willst.«

Garlet entgegnete nichts. Sein Schweigen hatte einen spöttischen Zug.

»Die Vergangenheit ist ein schlechter Traum«, sagte Skirl. »Du solltest sie aus deinem Verstand verbannen und nur an die Zukunft denken. In der Zukunft geschehen dir die guten Dinge.«

Garlet blickte sie von der Seite an. »Wo wirst du sein?«

»In der Zukunft? An Bord der *Pharsang*, was heißt, irgendwo im Gaeanischen Reich.«

Garlet brummte mißbilligend. »Ich möchte, dass du bei mir bleibst.«

Skirl lachte unbehaglich. »Du wirst wahrscheinlich auch auf der *Pharsang* sein.«

Garlet schüttelte entschieden den Kopf. »Meine Pläne sind noch unvollständig – aber ich glaube nicht. Ich werde wohl hier bleiben, und du sollst auch hier bleiben.«

»Das ist unmöglich. Lass uns von etwas anderem sprechen. Dieser Wein, zum Beispiel – hast du ihn probiert? Nein? Dann nimm einen Schluck.«

Garlet besah sich den Kelch, machte aber keine Anstalten, ihn zu ergreifen.

Maihac bemerkte von seinem Platz aus Garlets Passivität. Er fragte: »Ist etwas nicht in Ordnung?«

Garlet ließ die Mundwinkel sinken, sagte jedoch nichts. Skirl erklärte: »Alles ist neu. Garlet ist mit dem Probieren neuer Dinge vorsichtig.«

Maihac, der ein Lachen unterdrückte, sagte energisch: »Garlet, das ist unlogisch! Von nun an ist alles neu, wenigstens einmal! So wird dein Leben sein: eine Reihe von neuen und erfreulichen Erfahrungen!«

»Darüber muss ich nachdenken«, murmelte Garlet.

»Du brauchst nicht zu denken«, erklärte Maihac. »Lass uns das Denken übernehmen – wenigstens für eine Weile. Unterdessen iss, trink, entspanne dich! Erfreue dich! Wenn dich etwas verwirrt, dann frag uns.«

»Ich bin nicht verwirrt«, sagte Garlet.

Maihac hob die Augenbrauen. »Um so besser! Was willst du wissen? Willst du uns etwas sagen?«

»Im Augenblick nicht.«

Skirl warf ein: »Man sollte meinen, dass du alles wunderbar finden müsstest, dass du vor purer Aufregung nicht mehr aufhören könntest zu reden!«

»Dazu neige ich nicht.«

»Ich verstehe.« Skirl überlegte. »Nichtsdestoweniger bist du hungrig und solltest etwas essen. Die Pasteten sind sehr gut, genau wie diese Pfeffersäckchen!«

Garlet blickte auf die Platten und schüttelte den Kopf.

Skirl flehte ihn beinahe an. »Warum nicht? Alle anderen essen etwas!«

Garlets Augen schienen sich zu verengen. »Ist es nicht offensichtlich? Wenn ich esse, mache ich mich zu einem Teil der Kabale.«

Mit einiger Mühe hielt Skirl ein ungläubiges Lachen zurück. »Garlet, bleib ernst! Was du sagst, ist absurd! Ich esse und bin an keiner Kabale beteiligt. Bei weitem nicht! Ich bin Skirl Hutsenreiter und eine Clam Muffin; ich bin nichts anderes.«

Garlet regte sich nicht. Er drehte den Weinkelch zwischen den Fingern, beobachtete das Spiel der goldenen Schatten und des Lichts in der Flüssigkeit.

Skirl öffnete den Mund und schloss ihn wieder. Garlet war nicht zugänglich.

Maihac sprach besänftigend, so als würde er grübeln: »Du bist intelligent, Garlet, und du willst das Beste aus deinem Leben machen. Habe ich nicht recht?«

»Meine Pläne stehen noch nicht fest.«

Maihac sagte verblüfft. »Hör gut zu, Garlet. Der plötzliche Wechsel in deinem Leben hat dir einen psychischen Schock versetzt. Im Augenblick hast du dich nicht unter Kontrolle; wie Jaro hast du einen starken Geist. Dennoch, die Verwirrungen und Ungewissheiten sind zu viel für dich.«

Garlet beobachtete Maihac ausdruckslos, sagte jedoch nichts.

Maihac fuhr fort. »Im Moment weißt du nicht, wie du mit deiner Umgebung umgehen sollst. Also bleibst du sehr vorsichtig, was klug ist. Aber du musst dich entspannen und uns vertrauen. Wir sind deine Familie. Dies ist das Heim deines Großvaters. Du solltest zunächst passiv leben: beobachten, reden, lauschen, die Empfindungen der Umgebung in dich aufnehmen. Wir helfen dir, nützliche Gewohnheiten zu erlernen, und alsbald werden sie dir alltäglich vorkommen. Verstehst du, was ich dir sage?«

Garlet drehte den Kelch um und um. Mit ungezwungener Stimme sagte er: »Natürlich.«

Maihac fuhr düster fort. »Es ist eine unangenehme Lage für uns alle, und es gibt keine Möglichkeit, die Dinge vorherzusehen. Wenn du jedoch tust, was ich dir vorschlage, vermeidest du viel Ärger. Und schon bald wirst du dich mit dir und der Welt im Einklang fühlen.«

Garlet drehte den Kelch so schnell, dass der Wein über den Tisch spritzte. Skirl rief: »Garlet! Das ist keine angemessene Etikette! Du beschmutzt die Tischwäsche!«

Garlet sagte: »Ich habe versucht, den Wein bis zum obersten Rand des Kelches umherzuwirbeln, ohne etwas davon zu vergießen.«

»Dessen ungeachtet ist es unhöflich, bei Tisch herumzuspielen. Wenigstens wurde es mir so beigebracht. Ich werde dich die gleichen Dinge lehren, wenn du es mir erlaubst.«

»Wie du willst«, sagte Garlet, hob die Augenbrauen und blickte Maihac über den Tisch hinweg an: »Ich weiß nichts von psychischen Schocks. Ich denke an eine Sache zur Zeit und passe sie in das Gefüge ein. Ich gebe sorgfältig darauf acht, nur meine eigenen Gedanken zu denken, da es keine anderen gibt, die in meine Pläne passen.«

Maihac zeigte ein recht verdutztes Lächeln. »Du willst keine Anleitung und keine Einmischung: Ist es das, was du mir sagen willst?«

Garlet schickte sich an, wieder seinen Kelch zu nehmen, um ihn umherzuwirbeln, aber Skirl griff danach und stellte ihn zur Seite.

Maihac sagte in trockenem Ton: »Entweder willst du Anleitung oder nicht. Ich nehme an, du wirst vieles hören. Du wärest töricht, es zu ignorieren.«

»Ich werde versuchen, angemessen mit der Anleitung umzugehen.«

»Zunächst einmal solltest du nicht aus irrationalen Gründen hungern.«

»In wenigstens einer Beziehung hast du recht«, sagte Garlet. »Ich muss das Schattenspiel überwinden, dazu brauche ich all meine Kraft.« Er langte nach einer Obstschüssel, suchte und aß eine Weintraube. »Das ist genug für jetzt.«

Ohne weiteres erhob sich Garlet und verließ den Raum.

Skirl machte eine unsichere Bewegung, so als wolle sie ihm folgen, aber Jaro war schneller, und Skirl setzte sich langsam zurück auf ihren Stuhl.

Jaro fand Garlet auf der Terrasse. Er stand an die Balustrade gelehnt und blickte über den Garten, der silbern und schwarz im Licht der beiden Monde lag. Jaro ging zu ihm. Garlet beachtete ihn nicht.

Minuten vergingen. Während Jaro an der Balustrade lehnte und die wohlriechende Nacht genoss, konnte er die wachsende Spannung in Garlet spüren.

Schließlich riss Garlets Geduld. Er blickte Jaro von der Seite an, den Mund zu einer ärgerlichen Linie zusammengepresst. Er verlangte zu wissen: »Warum bist du hier? Ich kam hierher, um allein zu sein!«

»Es ist nicht sicher genug, um allein im Dunkeln zu wandern.«

»Hm. Darum bist du mir vom Tisch gefolgt?«

»Zum Teil. Warum willst du allein sein?«

Garlet sprach mit unfreundlichem Murmeln. »Das Dröhnen der Ratschläge schmerzt in meinem Schädel. Jeder starrt mich mit runden, törichten Augen an. Ich mag das Aroma ihrer Gedanken nicht.«

Im Licht der Monde musterte Jaro Garlets Gesicht. Er fragte: »Wie kannst du wissen, was sie denken?«

Garlet zuckte die Achseln. »Manchmal weiß ich es. Ich konnte aus der Dunkelheit in deinen Verstand sehen. Ich fühlte, wie du dein Leben lebtest. Ich rief nach dir; ich erzählte dir von meiner Verzweiflung. Du hast dich geweigert, mir zuzuhören, und hieltest mich draußen, damit ich deine Vergnügungen nicht störte.«

Jaro krampfte die Finger um den kalten Marmor der Balustrade. »So war es nicht. Sobald ich konnte, brach ich auf, um dich zu finden.«

Garlet gab einen verächtlichen Laut von sich. »Du hast nichts getan.«

Jaro setzte zum Sprechen an, aber die schwerfällige Stimme fuhr fort. »Ich bin heraus aus dem Dunkeln, und nichts ist mehr wie zuvor. Die Yahas, die mir Weisheit gaben, sind verschwunden; vielleicht kehren sie niemals zurück. Was bleibt? Etwas. Schwach, schwach lese ich das Kommen und Gehen von Gedanken. Heute abend blickte ich in Gesichter und sah krankhafte Fröhlichkeit, also zog ich mich zurück.«

»Du irrst dich«, sagte Jaro. »Was du gesehen hast, war Sympathie, keine krankhafte Fröhlichkeit.«

Garlet sprach ohne Interesse. »Denk, was du willst.«

»Garlet, hör mir zu! Ich versuche nicht, dir meine Meinung aufzuzwingen. Ich will dir helfen, dich an dein neues Leben anzupassen. Um das zu tun, muss ich deine Fehler korrigieren. Und du musst auf mich achten, weil ich am besten weiß, was angemessen ist! Stimmst du mir zu?«

Garlet erwiderte tonlos: »Ich bin mir nicht sicher, ob du es am besten weißt und ob du mir helfen willst. Ich urteile danach, was in der Vergangenheit geschah. Du fehltest vorher; warum solltest du nicht auch jetzt fehlen?«

»Alles hat sich geändert. Es ist zu kompliziert, um es zu erklären.«

»Wie auch immer. Ich brauche keine Hilfe.«

»Was ist mit Anleitung?«

»Ich brauche keine Anleitung.«

Jaro lachte kurz. »Du brauchst Hilfe und Anleitung – und zwar sehr nötig. Die Realität ist unbarmherzig. Du wirst sicherlich Kummer bekommen, wenn du deine Haltung nicht änderst.«

Garlet sagte mild: »Ich bin meine eigene Realität, und ich bin selbst unbarmherzig. Was getan werden muss, wird getan werden.«

Jaro blickte Garlet verdutzt an. Garlet sprach mild und monoton weiter: »Yaha verdrängt Schicksal. Ich weiß wenig, und ich weiß viel. Von da, wo ich in der Dunkelheit saß, sandte ich mein Selbst in deinen Verstand. Das hat dich nicht gekümmert. Du hast mich verraten, hast mir nicht zugehört, hast mich nicht beachtet, mich nicht gespürt. Du hasstest mich; du erfreutest dich deiner Freiheit, während ich im Kerker kauerte. Ich aß die Schalen, du hast die Früchte genossen. Manchmal vermeinte ich, flüchtige Blicke darauf zu werfen, was du sahst, und versuchte zu fühlen, was du fühltest. Ich rief dir zu. Meine Schreie waren vergebens, und du löschtest meine Stimme aus.« Er blickte sich über seine Schulter nach dem Geräusch von Schritten um. Skirl näherte sich. »Nun gut, wir werden sehen.«

Nach einem Moment ließ Garlet sich auf sein Zimmer führen. Neben einem Tisch aus geschnitzter Jade stehend, aß er Brot- und Käsestücke, dann begab er sich in einen Winkel des Raums, wo er unter einen Tisch kroch und schlief.

2

Asrubal war in eine Zelle im Keller der Justizanstalt gebracht worden, wo er von einem Zug Regulatoren bewacht wurde. Binnen einer Woche würde ein formelles Urteil formuliert werden. Die Ausführung des Richtspruchs würde unmittelbar danach erfolgen, versicherte Morlock Maihac. Die *Pharsang* blieb in der Luft. Auf dem Boden wäre das Schiff den Angriffen maskierter Urd-Assassinen oder jeder anderen Bande von Räubern ungeschützt ausgesetzt gewesen. Dazu kam, dass das Radar der *Pharsang* den Luftraum über Romarth ständig überwachen konnte. Falls Asrubal aus dem Kerker befreit würde und versuchte, mit einem Flitzer zu fliehen, würde er augenblicklich entdeckt werden.

Während der Woche des Abwartens verbrachten Maihac, Skirl und Jaro viel Zeit mit Garlet und versuchten, die Barriere des Argwohns zu durchbrechen.

Garlets Stimmungen waren für eine Analyse undurchdringlich. Um sein Leben zu erleichtern, unterwarf er sich einigen Unterweisungen hinsichtlich Kleidung und Verhalten. Ansonsten blieb er für sich, ignorierte Konversation und Fragen, obwohl er von sich aus zuweilen Fragen stellte. Von Beginn an gab Garlet zu verstehen, dass er Skirls Gesellschaft der von Maihac oder Jaro vorzog. Maihacs Konversation langweilte ihn, und er hörte Jaro mit leerer Gleichgültigkeit zu.

Skirl versuchte, Garlet die Konventionen und Höflichkeiten des gewöhnlichen Lebens nahezubringen. Garlet lauschte ihr mit offensichtlicher Geduld und nahm pflichtbewusst an ihren Demonstrationen teil. Zuweilen zeigte er ein geheimnisvolles Lächeln, welches stets verschwand, sobald sie ihn ansah. Sie fragte sich, wieviel von ihrer Unterweisung, wenn überhaupt, zu seinem Verstand durchdrang.

Jaro versuchte inzwischen, Garlet die grundlegenden Prinzipien von Lesen und Zählen beizubringen. Er erklärte die Funktion von Worten, die Gaeanische Grammatik und die alphabetische Basis der Orthographie. Garlet hörte passiv zu. Als Jaro Bleistift und Papier vor ihn hinlegte und ihn anwies, das Alphabet abzuschreiben, fertigte Garlet einige Kritzeleien, ließ dann den Bleistift fallen und setzte sich in seinem Stuhl zurück.

Jaro sagte: »Es gibt keinen leichten Weg. Wenn du lernen willst, musst du üben, bis sich die Fähigkeit automatisiert hat.«

»Du hast recht, kein Zweifel«, sagte Garlet. »Wie auch immer, für heute habe ich genug gehört.«

»Nicht wirklich«, sagte Jaro. »Wir haben noch nichts zustande gebracht. Wenn du lernen willst, werde ich dich lehren. Wenn nicht, verschwende ich keine Zeit mehr. Was willst du also?«

Garlet überlegte. »Ich bin nicht sicher, ob die Fähigkeit nützlich ist.« Er deutete auf das Alphabet, das Jaro aufgeschrieben hatte. »Diese Symbole, sagst du, sind Relikte aus dem tiefsten Altertum – wie der größte Teil des Materials, das ich lesen soll. Es ist eine Beschäftigung für Pedanten, die nichts Besseres zu tun haben.«

»Das stimmt zum Teil, aber nicht gänzlich. Lesen ist häufig eine nützliche Fähigkeit. Wenn du dich für das Lernen entscheidest, lass es mich wissen, und wir werden die Lektion zusammenfassen.«

Eines Tages sagte Skirl zu Garlet: »Für jemanden mit deinem Hintergrund sprichst du sehr gut. Hat jemand dich unterrichtet?«

Garlet schürzte die Lippen. »Ich habe es mir natürlich selbst beigebracht. Der alte Shim mochte es zu reden, und wenn er mich für eine Missetat schalt, konnte ich ihn stundenlang am Reden halten. Ich lernte auch von Oleg, der zu den Hausghulen sprach. Er hatte eine seltsame Art zu sprechen, als ob sie seine geliebten Freunde wären. Ich habe mich an alles erinnert, was ich hörte.«

»Aber niemand hat dir beigebracht zu lesen?«

»Selbstverständlich nicht! Warum sich Mühe geben? Ich sollte für immer dort bleiben.«

Skirl erschauerte. »Dies ist ein schrecklicher Ort, und ich werde sehr glücklich sein, ihn zu verlassen.«

Garlet blickte sie mit einem verdrießlichen Stirnrunzeln an. »Du magst Romarth nicht?«

»Die Frage ist schwer zu beantworten. Die Paläste sind prächtiger als alles, was ich bisher gesehen habe. Vielleicht gibt es auf der Alten Erde Paläste, die genauso großartig sind. Was die Roum anbelangt ...« Skirl hielt inne, um ihre Gefühle zu analysieren. »Ich mag sie nicht besonders. Im allgemeinen scheinen sie humorlos und eitel. Ich fühle mich hier nicht wohl. Nachts kann ich aus Angst vor den Hausghulen nicht schlafen. Kurz, ich kann Roum nicht schnell genug verlassen.«

Garlet winkte ungeduldig ab. »Das ist nicht wohl gesprochen. Du musst dein Denken ändern.«

»Nicht möglich!« Skirl war amüsiert und verärgert zugleich, wie es bei ihr im Umgang mit Garlet häufig der Fall war. »Warum sagst du das?«

»Die Gründe liegen doch sicher auf der Hand. Ich habe keine Lust, Romarth zu verlassen, und du musst ebenfalls bleiben, weil du mir einiges beibringen sollst. Ich bin besonders an den Unterschieden zwischen

›männlich‹ und ›weiblich‹ interessiert. Du kannst mir deinen Körper zeigen.«

Skirl schüttelte den Kopf. »Das ist gegen die Etikette. Solche Ideen musst du dir aus dem Kopf schlagen. Wir werden auf keinen Fall in Romarth bleiben. Das bereits ist entschieden. Es wird dir ein Vergnügen sein, andere Welten zu besuchen.«

Garlets Mundwinkel sanken herab. »Andere Orte sind anders. Ich habe etwas über diesen Ort gelernt. Er beginnt, Wirklichkeit anzunehmen.«

»Das ist eine gute Nachricht. Das bedeutet, dass du dich an dein neues Leben anpasst.«

»Möglicherweise. Es geschieht aber auch noch etwas anderes, von größerer Bedeutung.«

»Wirklich? Was ist dieses ›andere‹?«

Garlet dachte nach. »Ich kann dir nur so viel sagen: Die Macht, über die ich in der Großen Umgebung verfüge, beginnt zurückzufließen.«

Skirl blickte Garlet verwirrt an. Seine unergründlichen Aussagen enthielten mitunter eine seltsame Logik, wenn sie sich die Mühe gab, sie sorgfältig zu untersuchen. Sie sagte: »Ich kann dir nicht folgen. Was ist diese Macht. Was ist eine ›Umgebung‹?«

Garlet suchte nach Worten. »Im Kerker war mir jede Kleinigkeit bekannt: jeder Quadratzentimeter, jede Oberfläche, jede Erhebung und jede Spalte. Das war die ›Dunkle Umgebung‹, und mit der Anleitung der Yahas war ich dort der Herrscher. Als ich hier heraufkam, blieb die ›Umgebung‹ des Kerkers zurück, und ich war der Herrscher von nichts mehr. Hier oben gibt es eine neue ›Umgebung‹ von großer Ausdehnung. Um diese ›Große Umgebung‹ zu kontrollieren, brauche ich neue Kraft. Die beginnt nun zurückzukehren, weil ich mich so entschieden habe.«

»Das ist ein interessanter Gedanke«, sagte Skirl. Nun verletzte sie ihre eigene Regel und wandte ein: »Unglücklicherweise, Garlet, liegst du damit ziemlich falsch! Du kannst nichts anderes als dein eigenes Verhalten kontrollieren – und das reicht auch völlig aus. Insbesondere kannst du nicht mich oder Jaro oder Maihac kontrollieren. Es ist am besten, wenn du das verstehst. Also verschwende keine Zeit und keine Energie darauf, dich selbst zu täuschen!«

Garlet sprang auf. »Du bist es, die falsch liegt! Du spürst nichts und weißt nur, was ich dir erzähle!« Dann fügte er mit plötzlicher Entschiedenheit hinzu: »Ich habe nun genug Gerede gehört. Jetzt möchte ich ausgehen und die Straßen entlangschlendern, um zu sehen, was es zu sehen gibt.«

Skirl war sich nicht sicher, wie sie auf Garlets plötzlichen Ausbruch von Eigensinn reagieren sollte. Sie sagte vorsichtig: »Das ist leicht zu arrangieren.«

»Wir brauchen keine Arrangements!« erklärte Garlet. »Lass uns auf der Stelle gehen.«

Skirl erhob sich zögernd. »Wenn wir zum Mittagessen wieder hier sind.«

Sie verließen die Terrasse von Carleone, gingen die Straße entlang zur Brücke und darüber hinweg zum Gamboye-Platz. Anstatt weiterzugehen, beschloß Garlet, dass er in einem der Cafés Platz zu nehmen wünsche, um die Passanten zu beobachten. Skirl hatte nichts dagegen, und sie setzten sich an einem Tisch im Schatten eines Goldregens. Ihnen wurden Tee und eine Platte mit knusprigem Gebäck serviert. Garlet jedoch schien mehr an den über den Platz schlendernden Passanten interessiert zu sein. Nach einer Weile deutete er auf einen jungen Galan und eine hübsche junge Frau. »Ich bin etwas verwirrt«, sagte Garlet. »Warum sind sie unterschiedlich bekleidet?«

»Es ist eine seit langer Zeit bestehende Sitte«, sagte Skirl. »Die Gründe sind mysteriös, aber man findet es überall so vor, wohin auch immer man geht.«

»Die Frau ist wohl anzusehen«, sagte Garlet. »Sie fasziniert mich mit ihren anmutigen Bewegungen. Ich möchte sie berühren. Errege bitte ihre Aufmerksamkeit und bedeute ihr, dass sie hierherkommen soll.«

Skirl lachte. »Garlet, das ist absurd! Was du im Sinn hast, ist nicht höflich. Die Dame würde überrascht und verärgert sein. Erinnerst du dich daran, was ich über Etikette gesagt habe? Wenn du als ein netter Herr bekannt sein willst, musst du solchen Impulsen widerstehen.«

Garlet wandte Skirl einen kritischen Blick zu. »Ich möchte dich genauso sehen. Es gibt da etwas entschieden Ansprechendes an dir und der Frau dort drüben. Es ist ein Gefühl, das ich nicht beschreiben kann.«

»Das Gefühl ist normal«, sagte Skirl. »Es ist der Zeugungsinstinkt und hat die Geburt von Kindern zur Folge.«

»Wie das?«

Skirl lieferte einen allgemeinen, nicht expliziten Überblick über den Reproduktionsvorgang. »Das Thema ist sehr umfassend«, erklärte sie Garlet. »Es gibt viele Variationen, aber alle werden von strikten Ritualen kontrolliert.«

»Ich weiß nichts von diesen Ritualen«, brummte Garlet. »Shim hat sie niemals erwähnt.«

»Das hätte ich auch nicht erwartet. Der Vorgang beginnt gewöhnlich, wenn ein Mann und eine Frau eine gegenseitige Anziehungskraft verspüren; dies wird ›Zuneigung‹ genannt oder zuweilen ›Liebe‹. Wenn diese Gefühle gegenwärtig sind, vereinen sich der Mann und die Frau – entweder durch einen gesellschaftlichen Vertrag, die sogenannte ›Ehe‹ oder in einer weniger formellen Weise. Dies ist bei Jaro und mir der Fall. Unter diesen Bedingungen erlaubt die Gesellschaft ihnen, ihre sexuellen Apparaturen in einem ›Kopulation‹ genannten Vorgang zu gebrauchen. Das ist kein würdevoller Akt und wird privat vollzogen.«

Garlet lehnte sich mit schimmernden Augen vor.

»Beschreibe diese ›Kopulation‹ im Detail! Wie wird es gemacht?«

Skirl richtete sich steif in ihrem Stuhl auf und blickte über den Platz. Vorsichtig sprechend, umriss sie kurz den Kopulationsprozess, indem sie weite und unpersönliche Begriffe benutzte. Garlet bemühte sich nicht, sein Interesse zu verbergen und seine Augen wichen nicht von Skirls Gesicht. »Das«, sagte Skirl, »ist für viele lebendige Geschöpfe das übliche System der Reproduktion.«

»Diese Aktivität hört sich interessant an«, sagte Garlet. »Lass es uns jetzt ausprobieren. Hier scheint es ebensogut wie anderswo.«

»Irrtum!« erklärte Skirl mit Nachdruck. »Der Akt wird nur sehr diskret und privat vollzogen.«

»Dann sollten wir zum Palast zurückkehren. In meinem Raum sind wir allein. Falls notwendig, können wir uns Fancho zu Hilfe rufen.«

Skirl schüttelte ihren Kopf. »Die Aktivität unterliegt den Regeln der Konvention. Jaro wäre verärgert zu erfahren, dass ich wahllos kopuliere, selbst unter Fanchos Aufsicht.«

Garlet starrte sie an. »Ich kümmere mich nicht um Jaro oder seine Vorlieben. Sie bedeuten nichts! Du kannst sie beiseite schieben, und wir vollziehen diesen interessanten Akt auf der Stelle.«

Skirl, hin- und hergerissen zwischen Irritation und Mitleid, versuchte, ihre Stimme gleichmäßig klingen zu lassen. »So einfach ist das nicht. Jaro und ich sind in einem Bund vereint, der der Ehe ähnlich ist. Die Konventionen sind strikt.«

Garlet lehnte sich in seinem Stuhl zurück. »Wie stets«, murmelte er. »Jaro ist das Hindernis.«

»Es ist an der Zeit, dass wir zum Mittagessen nach Carleone zurückkehren«, sagte Skirl. Sie erhob sich.

»Ich will kein Essen. Ich will hierbleiben.«

»Tu, was dir beliebt. Du kennst ja den Weg zurück.«

Skirl machte sich über den Gamboye-Platz davon. Garlet blickte ihr finster nach, änderte dann seine Meinung und rannte ihr hinterher. Schweigend kehrten sie nach Carleone zurück.

3 Nach dem Mittagessen nahm Garlet Jaro mit auf die Terrasse. Für eine halbe Stunde standen sie in ernster Unterhaltung vertieft an der Balustrade. Schließlich warf Jaro die Hände in Andeutung seiner Niederlage und Frustration in die Luft. Er kehrte ins Refektorium zurück und ließ Garlet launisch über den Garten starrend stehen.

Jaro gesellte sich am Tisch wieder zu Maihac und Skirl. »Garlet hat einige hübsche Mädchen gesehen und ist nun aufgeregt, obwohl er nicht recht weiß, warum. Skirl hat ihm einen Überblick aber die Biologie verschafft, und jetzt will Garlet die Schmelze besuchen.«

»Die Schmelze?« Maihac war verblüfft. »Weshalb die Schmelze?«

»Garlet hat einen regen Verstand. Während des Essens hat er die Seishaneesenmädchen bemerkt, die uns bedient haben, und war neugierig auf ihre sexuellen Gewohnheiten. Er fragte sich, ob Roum-Herren mit ihnen kopulieren. Ich sagte, ich hätte keine Gerüchte oder Skandale gehört; vielleicht geschähen solche Dinge, aber im großen und ganzen wäre das wohl nicht der Fall.«

»Ganz recht«, sagte Maihac. »Die sexuellen Funktionen der Seishaneesen sind verkümmert.«

»Ich erklärte Garlet, die Seishaneesen wären sexuell nicht aktiv, aber er sagte, ich würde mich irren. Er sagte, dass die Seishaneesen in der Schmelze kopulieren würden, um neue Seishaneesen hervorzubringen: Skirl hätte ihm dies versichert, und sie planten, die Schmelze zu besuchen, um die Aktivitäten zu prüfen.«

»Was?« schrie Skirl. »Das ist völlige Einbildung!«

Garlet erschien im Eingang. Skirl sagte zu ihm: »Ich habe nicht die Absicht, mit dir zur Schmelze zu gehen, zu welchem Zweck auch immer!«

Garlet schaute sie kurz an; dann zuckte er die Achseln. »In diesem Fall gehe ich allein.«

Maihac sagte: »Das ist keine gute Idee. Du wirst auf die ein oder andere Weise Ärger bekommen.« Er erhob sich. »Wenn du die Schmelze besuchen willst, komme ich mit dir.«

Garlet wandte sich an Skirl. »Ich wollte, dass du mit mir kommst, wie du es zugesichert hast.«

»Ich habe zu nichts dergleichen mein Einverständnis gegeben«, sagte Skirl.

»Du hast nichts in diesem Sinne gesagt«, erklärte Garlet, »aber ich habe verstanden, was in deinem Verstand war.«

Jaro sagte höflich: »Du solltest nicht solche Dinge sagen! Wenn du in dieser Weise handelst, verursachst du nur Unbehagen.«

Garlet musterte Jaro ausdruckslos. »Ich weiß auch, was in deinem Verstand ist. Du hast mich verraten und bist begierig darauf, mir entgegenzuarbeiten, da meine Macht gewachsen ist und du klein geworden bist. Kein Wunder, dass dir unbehaglich zumute ist.«

Skirl sprang vom Tisch auf. »Es ist töricht, wegen allem zu streiten, noch törichter, wegen etwas so Unbedeutendem. Mir macht es nichts aus, die Schmelze zu besuchen, da Maihac mit uns geht.«

Jaro sagte grimmig: »Ich komme auch mit. Lasst uns jetzt gehen und der ganzen Angelegenheit ein Ende bereiten.«

Garlet wandte sich abrupt ab. Der Ausflug entwickelte sich nicht so, wie er es gern gehabt hätte. Dies war, alles in allem betrachtet, nicht verwunderlich. Die ›Macht‹ war noch nicht vollständig zurückgekehrt, und die Große Umgebung hatte sich noch nicht nach seinem Willen geformt, wie sie es schließlich tun würde.

Die vier verließen Carleone, überquerten die Brücke, wandten sich zur Esplanade und gingen am Fluss entlang zu dem Gebäude der Schmelze. Eine Rampe neigte sich in leichtem Winkel hinunter zum Eingang: einem weit geöffnetem Portal.

Skirl verweilte kurz. »So weit gehe ich. Darin gibt es nichts, was mich interessieren würde – nur einen sehr schlechten Geruch, den ich vorziehe zu meiden. Ich warte hier.«

Garlet protestierte augenblicklich. »Du musst mit mir kommen! Du selbst warst es, die gesagt hat, dass die Seishaneesen sich hier reproduzieren! Die Techniken sind bestimmt interessant, und du kannst sie mir erklären.«

Maihac sagte grinsend zu Garlet: »Wir schauen uns schnell um. Dann, wenn etwas Interessantes vorgeht, könnte Skirl ihre Meinung ändern.«

»Das ist ein guter Vorschlag«, sagte Jaro. »Ich warte hier, zusammen mit Skirl.«

»So war das nicht geplant!« tobte Garlet. »Muss Jaro immer meine Pläne durchkreuzen?« Er wandte sich an Skirl. »Lass Jaro hier und Maihac auch, wenn er es will. Dann erkunden wir beide diese Rituale! Wir könnten einige interessante Einzelheiten erfahren.«

Skirl schüttelte den Kopf. »Ich bin nicht interessiert an der Zeugung von Seishaneesen – noch an irgend etwas anderem.«

Maihac lachte. »Komm mit, Garlet. Wenn es dort schlecht riecht, beachten wir es nicht, wie richtige Wissenschaftler.«

Maihac und Garlet gingen die Rampe hinunter und betraten das Gebäude. Von der Straße aus beobachteten Jaro und Skirl, wie sie kurz innehielten, sich umdrehten und verschwanden.

Zwanzig Minuten später kamen die zwei aus der

Schmelze. Maihac zeigte keine Regung. Garlet ließ die Mundwinkel hängen, und er schien nachdenklich. Als er die Esplanade erreichte, wandte er sich dem Platz zu, ohne die Gegenwart von Jaro oder Skirl zur Kenntnis zu nehmen. Jaro fragte Maihac: »Was habt ihr erfahren?«

»Viel und wenig. Den schlechten Geruch gibt es. Wir haben keine Kopulation entdeckt, lediglich sechs Tanks voller Ursuppe. Wir standen auf einem Balkon, der den Werkbereich in unsicherer und improvisierter Weise umsäumt, und überblickten die Aktivitäten. Grichkin-Techniker bedienten die Tanks, deren Inhalt zu gären und zu reifen schien; die erzeugt die üblen Gerüche. Ein Dschungel von Rohrleitungen und elektronischen Geräten machte es schwer, die Ebene unterhalb der Tanks deutlich zu sehen. Dort schienen Reihen kleiner Bottiche zu stehen, wo sich – so vermute ich – die neuen Individuen entwickeln. Auf dieser Ebene waren die Techniker von anderer Art. Sie hätten weiße Hausghule sein können, obwohl ich dessen nicht sicher bin.« Maihac blickte zur Schmelze zurück. »Der Ort ist erstaunlich.«

Jaro rief zu Garlet hinüber. »Und was denkst du über die Operation?«

»Es war nicht, wie ich es erwartet hatte. Ich habe keine Kopulation gesehen, und ich kann nicht verstehen, wie und wo es funktioniert. Ich möchte umkehren und den Vorgang studieren. Skirl wird mit mir kommen.«

»Nein«, sagte Skirl. »Sie wird nicht mit dir kommen.«

»Auch ich nicht«, sagte Maihac. »Einmal ist genug.«

Garlet sagte: »Wenn das so ist, erlaube ich Jaro mitzukommen.«

»Danke, nein«, sagte Jaro. »Ich würde den Geruch nicht mögen.«

»Ganz wie du willst. Dann werde ich allein gehen.«

»Ich muss dich noch einmal daran erinnern«, sagte

Maihac, »dass wir in Romarth nicht beliebt sind und dich jemand verletzen könnte. In etwa drei Tagen reisen wir ab, und bis dahin möchte ich möglichst unauffällig bleiben. Für die verbleibende Zeit ist es notwendig, dein Interesse an Kopulationen im Zaum zu halten. Verstehst du das?«

Garlet erwiderte nichts, und die Gruppe kehrte nach Carleone zurück.

4

Am folgenden Morgen überwand Skirls Gewissen ihre Vorsicht, und sie nahm Garlet für seine gewöhnliche Lektion in Dingen des allgemeinen Interesses mit hinaus auf die Terrasse. Zu dieser Gelegenheit hatte Skirl beschlossen, die Geschichte der frühen Menschheit auf der Alten Erde zu erörtern. Sie war an dem Thema interessiert und sprach mit Lebhaftigkeit. Garlet schien von ihrem Enthusiasmus angesteckt und beugte sich in seinem Stuhl vor. Als sie die Megalithen-Erbauer des nordwestlichen Europas schilderte, wurde sie plötzlich gewahr, dass Garlet ihre Brüste streichelte und dabei war, mit der anderen Hand in noch intimere Bereiche vorzustoßen. Für einen Augenblick saß sie starr da. Dann sprang sie auf und blickte auf Garlet hinab. Sein Gesicht war zu einem albernen Grinsen verzerrt.

Skirl wies ihn in ihrem schärfsten Ton zurecht. »Garlet, dein Verhalten ist ein Bruch der Etikette und kann nicht toleriert werden.«

Garlets Grinsen erlosch. »Deine Logik ist fehlerhaft.«

»Nichts dergleichen!« blaffte Skirl. »Logik hat damit nichts zu tun.«

»Irrtum! Jaro wird es erlaubt, dich zu berühren, wie es ihm gefällt. Ich bin sein Zwillingsbruder; du bist unlogisch, wenn du künstliche Unterschiede zwischen uns machst. Jaro ist sich seiner Schuld mir gegenüber bewusst und wird der erste sein, der zustimmt, dass ich seine Annehmlichkeiten teile.«

Über die Terrasse blickend sah Skirl, wie Maihac und Jaro sich näherten. »Hier kommt er«, sagte sie zu Garlet. »Frag ihn doch selbst.«

Garlet zuckte launisch die Achseln und schaute weg. Skirl sprach zu Jaro. »Garlet meint, er könne das mit dir teilen, was ich unsere intime Beziehung nenne; dass es nur gerecht sei, da er dein Bruder ist.«

»Garlet, dein Wunsch ist nicht vernünftig«, sagte Jaro. »Bitte versuch keine Intimitäten mit Skirl, da es uns beide ernstlich verärgern würde.«

Garlet murmelte: »Ich sehe nicht, welchen Unterschied es macht. Du durchkreuzt einfach nur meine Pläne, wie gewöhnlich.«

»So nicht! In ein paar Monaten wirst du die Regeln deines neuen Lebens gelernt haben und sehen, dass ich recht habe. Zwinge deine erotischen Impulse in der Zwischenzeit nicht Skirl auf. Du musst verstehen, dass dein Verhalten unhöflich ist.«

»Ich verstehe dich ganz und gar! Ich sage nichts mehr.«

Jaro nickte. »Das Thema ist beendet. Maihac und ich haben einen Plan. Es geht darum, den einen oder anderen verlassenen Palast zu erforschen. Du und Skirl, ihr könnt mit uns kommen, wenn ihr wollt.«

»Ich werde mit Freude dabeisein«, sagte Skirl. »Wie ist euer Plan?«

»Du wirst schon sehen. Garlet, was ist mit dir?«

»Nein. Ich ziehe es vor, in einem Café auf dem Platz zu sitzen.«

»Wie du willst. Aber belästige keine Frauen, oder du wirst eine Menge Ärger bekommen.«

Maihac, Jaro und Skirl flogen mit dem Flitzer gen Norden nach Alt-Romarth, wo die hohen Bäume des Waldes bis in die Gärten vordrangen. Maihac landete den Flitzer in einem Hof neben einem Palast, der aus weißem Syenit gebaut war. Die drei stiegen aus und stellten sicher, dass ihre Pistolen geladen und entsichert waren, um auf die weißen Hausghule vorbereitet zu sein. »Vielleicht seht ihr sie nicht«, sagte Maihac, »aber sie sind in der Nähe. Bei Tag sind wir sicher, außer einer von uns wandert allein umher.« Maihac wandte sich an Skirl. »Jaro und ich beabsichtigen eine kleine, diskrete Plünderung, genauer gesagt: Bücher aus der Bibliothek. Sie gehören niemandem – reden wir uns ein –, und niemand scheint sich um sie zu kümmern. Ich vermute, sie erzielen sehr hohe Preise, wenn wir einmal wieder im Reich sind, besonders wenn wir das Geheimnis ihrer Herkunft für uns behalten.«

»Hm«, meinte Skirl. »Das sieht mir reichlich unwürdig aus.«

»Sieh in uns Sammler alter Kunstwerke«, sagte Maihac. »Das ist würdiger, und Jaro muss sich nicht so schämen.«

»Was ist mit dir?«

»Ich bin Raumfahrer und Vagabund. Ich kenne die Bedeutung des Begriffs ›schämen‹ gar nicht.«

Die drei drangen in den Palast ein und betraten eine Halle von majestätischen Proportionen, mit Einrichtungsgegenständen, die immer noch verwendbar waren, wenn man sie erst einmal entstaubt hatte. Sie verweilten in der Mitte der Halle, um zu lauschen, aber es war nur der unfassbare Gesang der Stille selbst zu vernehmen.

An der Seite der großen Halle befand sich die Bibliothek: ein Raum mittleren Ausmaßes mit einem massiven Tisch aus poliertem Hartholz in der Mitte. Regale mit Hunderten von großen ledergebundenen Büchern säumten die Wände.

Jaro suchte willkürlich ein paar Bücher heraus und brachte sie zum Tisch. Die schwarzen, ledernen Buchdeckel waren geschmeidig und weich und strömten einen angenehmen Duft nach Wachs und Konservierungsmittel aus.

Jaro blies den Staub von einem der Bücher und öffnete vorsichtig den Deckel. Die Seiten, so entdeckte er, präsentierten abwechselnd Text und prächtig detaillierte Illustrationen, die mit einem feinen Bleistift und mit farbiger Tinte ausgeführt waren. Die Themen waren Landschaften, Interieurs, Porträts, Personen, die mit verschiedenen Aktivitäten beschäftigt waren: alles in einer Technik gearbeitet, die Jaro für außergewöhnlich hielt. Der Text war in einer archaischen Schriftart verfasst, die jenseits von Jaros Verständnis lag.

Maihac kam, um zuzusehen, wie Jaro die Seiten umblätterte. »Heutzutage bemüht sich niemand mehr darum, solche Bücher herzustellen«, sagte Maihac. »Der Brauch endete mit der Schlimmen Zeit, die die Hochära der Roum-Zivilisation abschloss.«

Maihac musterte eine Illustration, die einen sorgfältig hergerichteten Garten darstellte, in dem ein Jugendlicher in einem weißen Kittel und blauer Hose ein dunkelhaariges, sieben- oder achtjähriges Mädchens anlächelte. Maihac überflog den Begleittext und kehrte dann zur Illustration zurück. Er deutete auf den Jugendlichen. »Dies ist der Schöpfer des Buches. Sein Name ist Taubry vom Hause Methune, das heute längst ausgestorben ist.« Er blickte wieder auf den Text. »Das Mädchen ist seine Kusine Tissia. Taubry nannte sie ›Titi‹, es war sein Kosename für sie. Er arbeitete sein gesamtes Leben lang an diesem Buch, und ohne Zweifel hat auch Titi ihr eigenes Buch geschaffen.«

»Es müsste interessant sein, beide Bücher zu vergleichen«, überlegte Jaro. Er musterte interessiert das Gesicht von Taubry. »Es scheint ein freundliches Gesicht zu sein. Etwas zu zart vielleicht.«

»So sieht er sich selbst. Das Bild mag realistisch oder auch etwas idealisiert sein; wie auch immer, es macht keinen Unterschied. Das Buch ist Taubrys Darlegung, der Aufbewahrungsort seiner Geheimnisse und privaten Theorien. Er erklärt damit, dass er geboren wurde, sein Leben geführt und edle Gefühle und Momente der höchsten Freude gekannt hat. Du schaust in Taubrys Seele – vielleicht als erster, seit er die Deckel zum letzten Mal zugeklappt und das Siegel angebracht hat.«

Jaro blätterte Seiten um und sah, wie Taubry, der Jugendliche, zu Taubry, dem Mann, wurde.

»Das Buch ist etwa zweitausendfünfhundert Jahre alt«, berichtete Maihac Jaro, »vielleicht noch ein wenig älter. Roum-Antiquare können das Datum anhand der Kleidung bis auf etwa ein Jahr genau festlegen – besonders hilfreich sind die Schuhe und natürlich die Kleider der Frauen.«

Jaro hielt beim Umblättern der Seite inne, um sich eine weitere Zeichnung anzusehen, die noch komplizierter als die erste ausgeführt war. Sie zeigte Taubry auf einer Waldlichtung, einen Fuß hatte er auf einen Baumstamm gesetzt. Er spielte ein Saiteninstrument: ein Rebec oder eine Laute, während sich drei Mädchen in kurzen Kleidern aus nahezu durchsichtigem weißen Musselin bei den Händen hielten und im Kreis tanzten. Taubry war nun ein blasser junger Mann mit zarten Zügen, die von Locken aus braunem Haar umrahmt waren. Sein Gesicht zeigte völlige Versunkenheit in die Musik. Es deutete eine schrullige, etwas strenge Persönlichkeit an, die mehr introvertiert als geradeheraus war. Auf der benachbarten Seite hatte Taubry etwas hinzugefügt, was ein Protokoll oder eine Festlegung von Prinzipien zu sein schien. Maihac schielte auf die Seite und las: »Hier bin ich, Taubry von Methune: der eine, die Singularität, die ich ist. Meine Qualitäten sind hervorragend; sie umfassen Tugend, Bildersprache, Humor und Wonne. Unnötig zu sagen, dass es niemals jemanden wie mich gab und es niemals wieder jemanden wie mich im Kosmos geben wird, da ich an der Spitze des empfindenden Lebens stehe. Wie habe ich denn alle anderen über all die Zeit hinweg transzendiert? Habe ich Wunder vollbracht? Habe ich die klassischen Mysterien gelöst? Wie denn? Mit meinem Geheimnis – warum sollte ich die Wahrheit nicht eingestehen? Kein Grund, mich undankbar zu nennen. Also – was ist mit diesem vortrefflichen Geheimnis? Es ist aufreizend in seiner Einfachheit: Ich beziehe mich auf meine Lebensfreude.

Also, ihr alle, die nach mir kommt: Wenn ihr schöne Maiden seid, sehnt euch nach Augenblicken von Herzeleid; wenn ihr galante Kavaliere seid, zuckt bedauernd die Achseln. Ach! Niemand von euch stimmt mit dem Rhythmus meines prächtigen Lebens überein, und das ist schade – für uns alle.«

Jaro legte das Buch von Taubry langsam beiseite. »Dieses sollten wir mitnehmen.«

»Ganz gewiss«, sagte Maihac.

Skirl sagte verächtlich: »Ich hoffe, ihr zwei seid glücklich. Ihr plündert diesen alten Palast wie ein Paar Lumpensammler.«

»Ziemlich glücklich«, sagte Jaro. »Man kann sagen, in gehobener Stimmung.«

Maihac versuchte, mit Skirl zu diskutieren: »Wir können diese schönen Objekte nicht hier verrotten und vermodern lassen. Es wäre eine Tragödie!«

Skirl lehnte jede weitere Debatte ab. Da sie nichts Besseres zu tun hatte, zog sie ein Buch aus dem Regal und begann die Seiten umzublättern.

Jaro nahm ein zweites Buch zur Hand. Es war von Susu-Ladou vom Hause Sanbary geschaffen worden. Lange Zeit ihres Lebens hatte sie sich großer körperlicher Schönheit erfreut, die sie mit schlichter Hingabe zelebrierte. Und warum auch nicht? Niemand würde je von ihren Eskapaden erfahren. Ihre Zeichnungen, dachte Jaro, waren faszinierend und eine Quelle der Verblüffung. Die Lebhaftigkeit der erotischen Elemente wurde durch eine arglose Unschuld ausgeglichen, die ihren Charme beinahe fühlbar machte. Für einige Minuten studierte er eine der Zeichnungen. Das Mädchen Susu-Ladou, schamlos nackt, saß auf dem Sims eines Bogenfensters nahe am Fluss. Sie lehnte an einer Marmorsäule, umklammerte eines ihrer Knie und blickte über den ruhigen Fluss. Die Bäume waren mit großer Detailtreue wiedergegeben, genau wie auch ihr Spiegelbild auf dem Wasser. Das Mädchen schien in Tagträume versunken; ihr Gesicht drückte ein Gefühl aus, welches Jaro nicht mit Worten beschreiben konnte. Während er das Bild betrachtete, bemerkte er ein vages Detail im Schatten des Raums hinter dem Mädchen. Genauer hinschauend, sah Jaro die Gestalt von etwas, das ein an der Rückwand des Raums stehender Hausghul sein konnte. Das Bild war zum größten Teil wegen seiner Vieldeutigkeit interessant. Warum der weiße Hausghul? Warum des Mädchens Sorglosigkeit? War sie sich der Kreatur bewusst? Es gab keine Antwort auf diese Fragen. Jaro legte das Buch auf den ›Mitnahme‹-Stapel.

Skirl schob das Buch, das sie untersucht hatte, über den Tisch. »Da ihr so erpicht darauf seid, Bücher zu stehlen, stehlt auch dieses. Ich finde es interessant.«

Die drei suchten eine Stunde lang Bücher heraus und legten nur sehr wenige wieder beiseite. Maihac brachte den Flitzer so nahe wie möglich an die Bibliothek heran, und die drei luden die Bücher in den Laderaum. Sie stiegen an Bord und flogen hinauf zur *Pharsang,* wo Gaing Neitzbeck ihnen half, ihre Fracht umzuladen. Nach getaner Arbeit flogen der Flitzer und seine Insassen zurück nach Carleone.

Garlet war bereits vom Gamboye-Platz zurück und hatte sich zur Ruhe in sein Zimmer begeben.

Die drei badeten, wechselten ihre Kleidung und trafen Ardrian im kleinen Gesellschaftsraum. Morlock gesellte sich einige Minuten später zu der Gruppe. »Gerüchte erheben sich in der gesamten Stadt«, erzählte Morlock ihnen. »Ich glaube, dass hier auch Feuer hinter dem Rauch ist. Die Exekution Asrubals ist für den Mittag in vier Tagen festgesetzt. Ich hörte, dass ein Dutzend Urd-Assassinen ihre Masken entweder morgen oder übermorgen aufsetzen wollen. Ein Ablenkungsmanöver soll auf dem Platz stattfinden. Zur Zeit planen die Assassinen, Asrubal aus dem Kerker zu befreien und ihn in Sicherheit zu bringen, bis die Ratsherren zum Kolloquarium zurückkehren können. Wenn sich die Außerweltler einmischen, tun sie es auf ihre eigene Gefahr hin und könnten sehr wohl zu Tode kommen.«

»Und nun?« fragte Maihac.

»Ich erwäge verschiedene Maßnahmen.«

Maihac erhob sich. »Das Problem hat eine einfache Lösung. Lasst uns Asrubal auf der Stelle exekutieren.«

»›Auf der Stelle‹?« fragte Morlock. »In diesem Moment? Es dämmert doch kaum. Ich habe gedacht, wir warten bis Mitternacht.«

»Jetzt ist es günstiger. Niemand erwartet eine so rasche Aktion. Wir erledigen die Arbeit sofort und haben es hinter uns.«

»Sehr gut«, sagte Morlock, »obwohl das nicht der übliche Lauf der Dinge ist. Wir ziehen es vor, jede Möglichkeit in Betracht zu ziehen und zu überdenken.«

»Diesmal agieren wir als Gaeaner«, sagte Maihac. »Ich bin bereit.«

Jaro erhob sich. »Ich bin ebenso bereit.«

Maihac sagte: »Ich möchte dich und Skirl im Flitzer haben, damit du uns im Falle einer Auseinandersetzung Unterstützung geben kannst.«

Jaro machte keine Einwände. Er ging hinaus in den Garten und holte den Flitzer herbei. Maihac rief Gaing an Bord der *Pharsang* und unterrichtete ihn über die Pläne. Die zwei besprachen mögliche unerwartete Ereignisse und beschlossen Maßnahmen, wie mit jeder von ihnen umzugehen war. Maihac und Morlock bewaffneten sich mit der schweren RTV-Pistole aus der Waffenkammer des Flitzers. Dann machten sich die zwei zu Fuß zum Justizgebäude auf. Jaro und Skirl folgten ihnen im Flitzer.

Die Dämmerung war der Nacht noch nicht gewichen. Die Roum bereiteten sich auf ihr gesellschaftliches Leben vor. Die Straßen waren leer.

Vor dem Justizgebäude sprach Maihac über Funk mit Jaro im Flitzer in sechzig Metern Höhe. Maihac sagte: »Alles sieht ruhig aus. Die Regulatoren gehen ihren Aufgaben nach. Wir gehen hinein.«

Maihac und Morlock betraten das Justizgebäude. Einige Minuten später erhielt Jaro eine weitere Mitteilung von Maihac: »Alles ist in Ordnung. Wir sind in der Diensthalle. Die Regulatoren bringen Asrubal aus dem Kerker herauf.«

Fünf Minuten später sagte Maihac: »Asrubal ist in die Halle getreten. Die Regulatoren haben ihn auf einen Stuhl gesetzt. Er hat uns bisher noch nicht gesehen. Nun – die Zeit ist gekommen.«

Die Stimme wurde ruhig. Morlock ging zu einem Schrank in der Halle, öffnete die schwarz und weiß gestrichene Tür und entnahm eine Flasche mit bernsteingelbem Sirup. Einer der Regulatoren brachte Wasser in einem Kelch, den er neben Asrubal auf den Tisch stellte.

Morlock schenkte einen halben Schluck des bernsteingelben Sirups in den Kelch und rührte mit einem Glasstab um. Asrubal schaute zu, sein knochenweißes Gesicht war ausdruckslos. Morlock deutete auf den Kelch. »Ihre Zeit ist gekommen. Trinken Sie. Sie werden binnen einer halben Minute tot sein, und wir müssen Sie nicht an einer Drahtschlinge aufhängen.«

Asrubal blickte auf den Kelch. Seine Finger zuckten. Morlock trat zurück, um sich zu schützen, falls Asrubal daran dachte, ihm das Gift ins Gesicht zu schleudert.

Asrubal blickte durch die Halle zu Maihac, dann zurück zum Kelch. Er sagte zu Maihac: »Sie sind zu früh.«

»Richtig. Wir wollen Ärger vorbeugen.«

Asrubal zeigte ein dünnes Lächeln. »Sie haben keines meiner Probleme gelöst.«

»Das lag nicht in unserer Absicht.«

Asrubal nickte. Mit einer langsamen Bewegung nahm er den Kelch und schluckte den Inhalt ohne zu zögern. Er stellte den Kelch zurück auf den Tisch, setzte sich und blickte Morlock mürrisch an. Die Stille im Raum war greifbar.

Schließlich sagte Asrubal in gemessenem Ton: »Sie haben Ihre Meinung von mir, aber Sie sollen niemals sagen können, dass ich versäumte, mich dem Schicksal anders zu stellen als mit angemessenem Anstand.«

»Das ist wahr«, sagte Maihac. »Ihre Würde ist makellos. Sie ist eine geeignete Grundlage, um zu sterben.«

Asrubals Lippen zuckten, sein Kiefer klappte nach unten, seine Augen bewegten sich seltsam, so dass es schien, als blickten sie in verschiedene Richtungen. Er stürzte nach vorn, um mit dem Gesicht nach unten auf dem Tisch liegenzubleiben.

Morlock wandte sich an Maihac. »Er ist tot.«

Maihac nickte. »So scheint es.« Er trat um den Tisch herum und verwendete seine leichte Ezelite-Pistole, um drei Löcher in Asrubals Hinterkopf zu schießen. Bei jedem Schuss zuckte der Körper zusammen.

Maihac trat vom Tisch zurück. Er sagte zu Morlock: »Es ist nicht so, dass ich Ihnen nicht traue, aber ein Mensch kann eine Flüssigkeit zu sich nehmen und leben; ein Mensch mit drei Löchern im Schädel ist tot.«

»Sie sind ein praktischer Philosoph«, sagte Morlock. Er wandte sich an die Regulatoren. »Seht zu, dass der Leichnam zur Schmelze gebracht und in den Behälter gesteckt wird.«

Kapitel XX

1 Maihac und Morlock kehrten nach Carleone zurück. Morlock unterrichtete die Würdenträger der Stadt über Asrubals Tod und erklärte den Sinn der vorgezogenen Exekution. Aus dem Hause Urd war ein Grollen des Ärgers zu vernehmen, und die Burschen verwarfen widerwillig ihre Pläne für einen Überfall auf das Justizgebäude und die Eliminierung der Außerweltler. Es schien, als hätte die frühe Exekution ihren Zweck erfüllt.

Maihac wollte auf der Stelle abreisen, aber Morlock bewegte ihn dazu, noch ein paar Tage zu bleiben. »Ich erwähne dies im Namen des Selekt-Komitees«, sagte Morlock.

»Worin besteht ihr Interesse an mir?«

»Nichts, was Sie beunruhigen müsste. Einfach ausgedrückt, das Komitee wünscht Informationen.«

»Worüber?«

»Lassen Sie mich das Selekt-Komitee beschreiben«, sagte Morlock. »Es ist keine wirkliche Geheimorganisation, obwohl es privat zusammenkommt und ohne Propaganda operiert. Es umfaßt zehn Mitglieder: sechs Ratsherren, einschließlich mir, vier hochrangige Gelehrte und mich. Das Komitee ist sich bewusst, dass sich Romarth und seine Zivilisation im Zustand des Niedergangs befinden. Zuweilen gebrauchen wir den Begriff ›Verfall‹. Wir argwöhnen außerdem, dass das Muster des Roum-Lebens unfreundlich mit ›dekadent‹ umschrieben werden könnte – obwohl ich persönlich glaube, dass dies strittig ist. Sei dem, wie es sei; eine unanfechtbare Tatsache bleibt: Die Bevölkerung Romarths nimmt ab. Wenn dieser Trend anhält, wird es in zweihundert Jahren vielleicht nicht mehr als ein Dutzend alter Männer und Frauen geben, die in ihren großen Hallen kauern und nur noch Seishaneesen haben, die ihnen die weißen Hausghule vom Halse halten. Dem Selekt-Komitee ist dieser Trend bewusst, und es hofft, Romarth auf die ein oder andere Weise wiederbeleben zu können. Es hat sich noch kein Aktionsplan herausgeschält. Aber es gab Gespräche über die Beendigung der Isolation Roums und der erneuten Kontaktaufnahme mit dem Gaeanischen Reich.«

»Das hört sich vernünftig an«, sagte Maihac. »Wozu brauchen sie mich?«

»Sie sind ein Außerweltler und wissen, wie die Dinge in Romarth gehandhabt werden. Ihre Qualifikationen sind einzigartig. Das Komitee möchte Ihre Ansichten hören. Man erwartet von Ihnen, dass Sie mit vollkommener Offenheit sprechen, obwohl ein paar der konservativsten Granden bereits wegen der Risiken murren, die sie ›Vulgarisation‹ nennen.«

»Mitunter kann man so etwas nicht vermeiden«, sagte Maihac. »Doch ich werde mit ihnen sprechen. Wann und wo? Es muss bald sein.«

»Morgen, zwei Stunden nach Mittag, hier in Carleone.«

»Sehr gut«, sagte Maihac. »Das ist sehr gelegen. Unmittelbar nach dem Treffen werden wir Romarth an Bord der *Pharsang* verlassen.«

Als Garlet von der vorgesehenen Abreise erfuhr, säumte er nicht, sein Missfallen auszudrücken. »Ich sehe keinen Grund, diesen Ort zu verlassen«, erklärte er Maihac und Jaro. »Ich kenne die Strecke vom Gamboye-Platz nach Carleone und auch den Weg über die Esplanade bis zur Schmelze. Das reicht für meinen gegenwärtigen Bedarf völlig aus. Meine Räumlichkeiten in Carleone sind erträglich, ebenso die Nahrung. Jaro ist da, um mir mit den gesellschaftlichen Verbindungen zu helfen.«

Maihac sagte sanft: »Deine Vorstellungen sind unpraktisch. Zunächst einmal wird Jaro auf der *Pharsang* sein. Du wärest allein, müsstest für dich selbst eintreten. Die Roum nehmen keine Rücksicht auf dich. Sie leben nach Ritualen, die du nicht verstehst. Falls du versuchst, alleine hier zu bleiben, würdest du kaum geduldet werden – vielleicht nicht einmal das, wenn du die Frauen belästigst.«

Garlet schüttelte hartnäckig seinen Kopf. »Jaro kennt die Rituale gut genug. Er kann sie mir beibringen; es ist das wenigste, was er tun kann.«

»Ich werde nur noch einen Tag hier sein«, sagte Jaro. »Das ist nur schwerlich ausreichend Zeit, dir etwas beizubringen.«

»Ich habe nicht von einem Tag geredet«, erklärte ihm Garlet. »Wir werden in angenehmem Tempo fortschreiten, genau wie unser Leben sich weiterentwickelt.«

Maihac wurde ungeduldig. »Hör zu, Garlet, und hör gut zu! Es gibt hier für dich nichts zu tun, nichts für dich zu erfahren. Du würdest bald unglücklich werden.«

Garlet sagte störrisch: »Das muss nicht sein. Im Moment bin ich ganz zufrieden damit, im Café zu sitzen, von wo ich die Roum beim Promenieren beobachten kann. Ich habe bereits einige junge Frauen von beunruhigender Schönheit gesehen, und ich möchte intim mit ihnen werden. Dabei wird Jaros Hilfe wertvoll sein.«

»Es ist nicht so einfach, selbst für Jaro nicht«, sagte Maihac grinsend. »Die jungen Frauen mögen höflich sein, aber keine wird intim mit dir werden. Wie jeder andere, sind auch die Mädchen an die Konventionen gebunden, und die Liebeskünste der Roum sind kompliziert. Auf jeden Fall wird Jaro mit allen anderen an Bord der *Pharsang* sein.«

Garlet wandte sich an Jaro. »Es ist deine Pflicht zu bleiben!«

Jaro schüttelte den Kopf. »Ich kann diese seltsame Welt nicht schnell genug verlassen.«

Garlet murmelte: »Wieder sind meine Pläne durchkreuzt.« Er sprang auf und wandte sich zum Gehen. Maihac rief ihm zu: »Wohin gehst du?«

»Zum Platz.«

Maihac überlegte. »Die Urd-Burschen denken immer noch, wir hätten ihrem Haus Schande gebracht, und könnten sich dazu entschließen, ein Beispiel an dir zu statuieren. Ich würde dir raten, du bliebest in Carleone, aber der Platz ist wahrscheinlich sicher für dich – besonders wenn Jaro bei dir ist.«

»Jaro darf mitkommen«, sagte Garlet einsichtig, »aber er muss hilfreich sein und darf sich nicht in meine Vorhaben einmischen.«

Maihac lachte bitter. »Wenn ich deine Absichten richtig einschätze, könnte er gezwungen sein, sich einzumischen, um deine Haut zu retten.« Er dachte einen Augenblick nach und holte dann seine schwere RTV-Energiepistole hervor. Er sagte zu Jaro: »Lass uns für heute tauschen. Gib mir deine Ezelite und nimm du die RTV.«

Der Austausch wurde vollzogen. »Nun bist du bestimmt sicher«, sagte Maihac. »Mit einem Schuss der RTV wird das gesamte Haus von Urd weggefegt. Die Bedrohung endet, noch bevor sie beginnt.«

Garlet nörgelte: »Sollte ich höflich mit einer schönen jungen Frau reden, denke ich nicht, dass Jaro berechtigt ist, sie zu erschießen.«

»Er wird umsichtig sein«, versicherte ihm Maihac. »Doch um ganz sicher zu sein: Sprich keine Frau an, ob schön oder nicht. Sie könnte dein Interesse missverstehen.«

»Sie werden es schnell genug verstehen«, sagte Jaro, »was noch schlimmer ist.«

Garlet sagte: »Ich würde es vorziehen, die Pistole selbst zu tragen. Jaros Urteil ist nicht zu trauen.«

Maihac schüttelte den Kopf. »Du weißt nicht, wie man mit der Pistole umgeht. Du könntest dir in den Fuß schießen oder Jaro treffen oder jemanden, der gerade vorbeigeht.«

»Pah. Ich bin nicht so töricht, wie du denkst.«

Jaro seufzte. »Einen weiteren Tag auf Fader, dann zurück zur ruhigen Routine des Raums – obwohl, mit Garlet an Bord wird die Routine wohl nicht mehr so ruhig wie zuvor sein.« Er erhob sich. »Komm. Wenn wir zum Platz wollen, sollten wir nun gehen.«

Als die zwei die Straße entlanggingen, beobachtete Jaro Garlet verstohlen von der Seite. Er fragte sich, was geschehen würde, wenn Garlet darauf beharrte, in Romarth zu bleiben? Jaro vermutete, dass Maihac ihn mit auf die *Pharsang* bringen würde – ob mit oder gegen Garlets Einverständnis. Auf jeden Fall würde Garlet Fader mit der *Pharsang* verlassen, und die Hoffnung auf eine ruhige Reise wäre gefährdet. Jaro seufzte. Was sein musste, musste sein.

Sie erreichten den Platz. Garlet deutete. »Das ist das beste Café. Die Mädchen, die dort vorbeigehen, sind hübscher als die anderen.«

»Du bist sehr aufmerksam«, sagte Jaro. »Es ist gut, das zu wissen.«

Sie nahmen Platz, und ihnen wurde Fruchtpunsch serviert. Jaro lehnte sich zurück und beobachtete – vielleicht zum letzten Mal – die Roum. Es war ein Volk von interessantem Charakter, mit Tugenden und Lastern, Stärken und Schwächen, für sich genommen einzigartig – ganz zu schweigen von ihrer Umgebung, die vollgestopft war mit Schätzen, die sie für selbstverständlich hielten, und weißen Hausghulen, die sie als Elemente ihrer alltäglichen Erfahrung ertrugen.

Eine Stunde lang saß Garlet ruhig am Tisch. Gelegentlich bemerkte er etwas über die Vorzüge vorübergehender Frauen, mitunter mit solch erstaunlichem Enthusiasmus, dass die Aufmerksamkeit der Frau oder ihrer Begleitung erregt wurde. Dies wiederum veranlasste Jaro, nach seiner beruhigenden RTV zu tasten. Aber Garlets Äußerungen ernteten lediglich hochmütige Blicke seitens der Roum.

Jaro wurde es langweilig. Er schlug vor, nach Carleone zurückzukehren.

Garlet nahm ein Tortenmesser zur Hand, klopfte damit einige Male auf den Tisch, hielt es ruhig und betrachtete es genau. Er klopfte noch einmal damit und blickte dann Jaro an. »Noch nicht.«

Jaro zuckte die Achseln und stellte sich auf weiteres Warten ein.

Die Sonne ließ sich zwischen den hohen Bäumen des Blandy-Deep nieder. Wieder bemerkte Jaro, dass es Zeit wäre aufzubrechen.

Garlet runzelte die Stirn und reckte den Kopf, um über den Platz zu schauen. »Da war gestern eine sehr attraktive Frau, die hier vorbeikam. Ich habe sie sehr sorgfältig beobachtet, und wir haben Blicke ausgetauscht. Ich habe gehofft, dass sie auch heute vorbeikommt, dann hätte ich ihr eine intimere Beziehung vorgeschlagen.«

»Lass ab von diesem Gedanken«, sagte Jaro. »Der Platz ist beinahe leer; die Roum ziehen sich gerade allesamt für ihre Abendparties um. Die Frau wird nicht mehr kommen.«

»Vielleicht doch. Wenn sie weiß, dass ich hier auf sie warte, um mit ihr zu sprechen.«

»Das kann ich mir nicht vorstellen. Komm, die Sonne geht hinter dem Wald unter.«

Garlet sagte kalt: »Wenn du unbedingt gehen willst, bitte schön.«

»Es ist nicht so einfach«, sagte Jaro. »Wenn ich dich hierlasse und du durch einen dummen Zufall zu Schaden kommst, würde man mich zur Rechenschaft ziehen. Die Frau wird heute nicht mehr kommen.«

»Vielleicht nicht.« Garlet suchte den Platz ab. »Wir werden es morgen noch einmal versuchen.«

»Morgen früh, wenn du darauf bestehst – obwohl nichts daraus werden wird. Wir verlassen Romarth morgen nachmittag.«

»Die anderen vielleicht«, sagte Garlet in abwesenden Ton. »Du und ich bleiben.«

Jaro lachte kurz. »Irrtum! Wir nehmen dich zu deinem eigenen Besten mit zurück ins Reich.« Jaro rutschte auf seinem Stuhl nach vorn. »Bist du bereit zu gehen?«

»Einen Moment. Ich wende mich noch einmal an Yaha.« Garlet hielt das Tortenmesser ein paar Zentimeter über den Tisch. Es drehte sich nach rechts und klopfte mit dem Messer ein paarmal auf den Tisch. »Mir wird geraten, noch weitere zehn Minuten zu warten.«

»Sehr interessant«, sagte Jaro. »Das Messer ist dein ›Yaha‹?«

Garlet gab ein überlegenes Schnauben von sich. »Natürlich nicht das Messer. ›Yaha‹ ist etwas, das ich vor Jahren entdeckte, während ich im Dunkeln kauerte. Es kam über mich, wie die Dämmerung der Ordnung über ein Feld des Chaos. Es wurde ›Yaha‹ genannt. Bedeutet dir das Wort etwas?«

»Nein.«

»Kein Wunder, da ich das Wort geschaffen habe. Die Idee ist kraftvoll. Wenn es das ›Yaha‹ nicht gegeben hätte, wäre ich nicht der Mann, der ich heute bin.«

Jaro blickte vom Messer zu Garlet. »Was tust du, wenn kein Messer zur Hand ist?«

Garlet schnaubte erneut widerwillig. »Das Messer ist nebensächlich. In einfachen Worten: Es ist das Spiel des unabhängigen, freien Willens innerhalb der Möglichkeiten. Der gewöhnliche Verstand kontrolliert Yaha nicht, beeinflusst es nicht einmal, und das ist die Grundlage der Kraft. Der bewusste Verstand stellt die Frage; Yaha sucht innerhalb der Möglichkeiten und zeigt ›ja‹ oder ›nein‹ an. Zur Linken liegt das energetische, unruhige, verwegene Prinzip; es signalisiert ebenfalls ›negativ‹. Zur Rechten ist ›bejahend‹, das Ruhige und Geruhsame. Stell dir einen Kreis vor. Draußen ist ›links‹, drinnen ist ›rechts‹.«

»Über diese Vorstellung muss ich genauer nachdenken«, sagte Jaro.

»Das ist erst der Anfang. Yaha arbeitet auch anders, ohne Beziehung zu ›links‹ und ›rechts‹. Yaha wird zum Vehikel spannender Wunder! Es ist eine Quelle der Aufregung; es wird jedoch alles mit den einfachsten Mitteln zustande gebracht – das heißt mit nichts. Im dunklen Kerker konnte ich mit Hilfe des unendlichen Spielraums von Yaha stets die prächtigsten Abenteuer unternehmen.« Garlet spähte Jaro von der Seite an. »Ha, ha! Du setzt das zwinkernde, dickwangige Gesicht der Dummheit auf, das dir so schlecht steht!«

»Oh, entschuldige bitte«, sagte Jaro.

»Missbilligst du, was ich dir erzähle?«

»Nein, keineswegs! Die Vorstellung ist nur schwer zu fassen.«

»Also dann hör zu! Leg vier Finger flach auf den Tisch. Sie sind wie vier kleine Entitäten, jede anders als die andere. Sie liegen ruhig; sie denken. Eine von ihnen bewegt sich. Welche? Ich weiß es nicht, auch nicht, wann es geschieht. Ich warte. Dann, aus dem Nichts, kommt Yaha. Aus einem mysteriösen Impuls heraus bewegt sich einer der Finger! Die Ungewissheit löst sich in ein Prickeln der Überraschung auf. Nun denn, ein weiteres Mal: Ich halte einen Finger nahe an mein Gesicht. Werde ich meine Nase berühren? Oder mein Kinn? Ein Mysterium! Die Zukunft ist unergründlich! Der Ausgang ist nicht zu erraten! Ich sitze unendliche Minuten lang da und warte auf die Handlung Yahas.

Das ist die Seele der Dramatik! Und dann – der Finger bewegt sich! Wohin? Ich kann das Geheimnis nicht lüften. Jedoch sage ich dies: Der Finger mag weder Nase noch Kinn berühren, bewegt sich aber überraschend, als wäre er von einem schadenfrohen Irrlicht angetrieben, in Richtung Ohr oder Stirn! Das ist Yaha in spielerischer Stimmung, manchmal ist es wirklich reizend. Aber genug davon; nun weißt du etwas über Yaha – aber noch nicht alles. Das kann ich dir versichern.« Garlet lächelte mild und fiel in eine Träumerei, dachte zurück an seine Jahre in der Dunkelheit.

Jaro regte sich. »Zehn Minuten sind nun vorbei: Es ist an der Zeit zu gehen.«

Garlet protestierte nicht. Sie überquerten den Platz, gingen über die Brücke und zurück nach Carleone.

2 Während des Nachmittags, als Jaro und Garlet im Café saßen, besuchten Maihac und Skirl einen weiteren alten Palast. Skirl, die ihre Bedenken aufgegeben hatte, arbeitete tatkräftig mit Maihac zusammen, um drei Ladungen prächtiger ledergebundener Chroniken auf die *Pharsang* zu bringen. Nach der dritten Fuhre zog Skirl es vor, an Bord der *Pharsang* zu bleiben, statt nach Carleone zurückzukehren.

Jaro berichtete Maihac, dass Garlet seine Absicht, in Romarth zu verweilen, wiederholt hatte, und beschrieb Garlets Demonstration des ›Yaha‹-Prinzips.

Maihac war interessiert und beeindruckt. »Wir müssen das Unmögliche von Garlet erwarten. Er hat sein Gehirn dazu gebracht, im dunklen Kerker zu arbeiten. Hier im Sonnenlicht, mit einer weit offenen Perspektive, ist er orientierungslos geworden. Er ist nun wahrscheinlich recht verwirrt. Morgen wird er bestimmt versuchen, dir zu entwischen, um sich bis zu unserer Abreise zu verbergen. Das nehme ich jedenfalls an.

Wenn er sich dafür entscheidet, morgen früh zum Platz zu gehen, darfst du ihn nicht aus den Augen lassen.«

»Er könnte einfach nicht wieder mit zurückwollen. Ich kann ihn nicht zurücktragen.«

»Nimm ein Funkgerät mit. Wenn er Ärger macht, ruf um Hilfe, und ich komme mit dem Flitzer. Vergiss deine RTV nicht.«

Am Morgen frühstückten Maihac und Jaro zusammen mit Garlet. Sie fanden ihn schweigsam und in Gedanken versunken vor. Er schien die Abwesenheit Skirls nicht zu bemerken und ignorierte Jaro. Nach dem Frühstück ging er hinaus und setzte sich auf die Terrasse. Jaro gesellte sich zu ihm und versuchte ein Gespräch in Gang zu bringen. Garlet ging nur kurz und einsilbig darauf ein, und bald wurde auch Jaro still.

Eine halbe Stunde verging. Garlet erhob sich abrupt. Jaro,. der in der Nähe herumlungerte, fragte: »Wohin gehst du?«

»Ins Café.«

»Ich komme mit.«

Garlet zuckte gleichgültig die Achseln und machte sich auf den Weg. Jaro folgte ihm. Auf dem Gamboye-Platz angelangt, hielt Garlet inne und schaute sich um. Es war noch früh am Tag, und nur wenig Menschen waren unterwegs. Garlet runzelte unzufrieden die Stirn und wandte sich ab. »Die Esplanade ist interessanter. Die Mädchen gehen dort mit leichterem Gang.«

»Da magst du recht haben«, sagte Jaro. »Das ist ein feiner Unterschied, der mir nicht aufgefallen war.«

Garlet entgegnete nichts. Sie gingen die Esplanade entlang bis fast zur Schmelze, bevor Garlet ein Café auswählte, das seinen Zwecken genau entsprach. Sie nahmen an einem Tisch mit Blick über den Fluß Platz. Jaro bestellte Tee und Brötchen, die Garlet mit einem verschmähenden Seitenblick und einem verächtlichen

Schnauben bedachte. Er wandte sich halb herum, um über den Fluss zu schauen. Jaro war zufrieden, daß er seine Ruhe hatte.

Die Zeit verging, während Garlet fortfuhr, mit abwesendem Blick über den Fluss zu blicken. Dann, als wäre er von einem plötzlichen Gedanken ergriffen, drehte er sich und musterte die Silhouette der Schmelze. Zielbewusst sprang er auf. Jaro beobachtete es fasziniert. Ein Gedanke nahm in Garlets Verstand Gestalt an.

Garlet blickte auf Jaro hinab. Er sagte: »Ich gehe zur Schmelze. Du kannst hierbleiben.«

Jaro schaute stirnrunzelnd zu dem gedrungenen, braunen Gebäude hinüber, welches er bislang gemieden hatte. Er sagte missbilligend: »Warum willst du dorthin? Du hast es doch bereits einmal gesehen.«

»Ich möchte es noch einmal sehen. Du musst ja nicht mitkommen.«

Jaro erhob sich zögernd. »Ich komme mit. So sind meine Anweisungen.«

Garlet wandte schnell den Kopf ab. Jaro dachte, dass er lächelte. Garlet machte sich auf den Weg. An der Rampe verweilte er und blickte über die Schulter zurück. Jaro staunte. Seltsam!

Für einen Moment war Garlets hageres, hohlwangiges Gesicht mit seinen schimmernden Augen zum Gesicht eines schlauen Wolfs geworden. Jaro blinzelte und blickte erneut. Die sonderbare Illusion war vergangen.

Garlet sprach sanft: »Im Inneren ist ein übler Geruch. Beim letzten Mal hast du dich entschieden, draußen zu warten. Du kannst es wieder tun, wenn du willst.«

Jaro erkannte, dass Garlet ihn verspottete. Die offene Feindseligkeit war nicht unwillkommen; seine Pflicht gegenüber dieser unnachgiebigen Person wurde mehr und mehr verschwommen. Er sagte: »Wenn du es kannst, kann ich es auch aushalten.«

»O ja. Ich bin an schlechte Gerüche gewöhnt. Ich

kann nur schwer den einen vom anderen unterscheiden.«

Garlet wandte sich um und trottete die Rampe hinunter. Jaro hastete hinter ihm her. Zusammen gingen sie durch das geöffnete Portal und betraten einen weiträumigen Korridor, der einst als Empfangshalle gedient hatte. Eine Reihe schäbiger Bänke säumte die Wand zur Rechten. Zur Linken gaben Fenster den Blick auf eine Produktionsfläche auf einer unterhalb liegenden Ebene frei. Garlet hatte nur einen flüchtigen Blick durch die Fenster geworfen und ging weiter den Korridor hinunter. Jaro hielt inne, um die unterhalb befindliche Szenerie zu betrachten. Ihn ergriff Ehrfurcht vor dem Durcheinander von großen Kesseln, Bottichen, Tanks, Zubern, dem Gewirr von Glasrohrleitungen und schweren Bänken mit Energiekonvertern, sonderbaren archaischen Geräten – einige hingen an Stangen von über Kopfhöhe befindlichen Trägern herab, einige standen wackelig auf Podesten, einige thronten auf einer Bühne über den fleckigen Tanks. Jaro wandte sich um und blickte hinter Garlet her, der durch den Torbogen am anderen Ende des Korridors gegangen und nicht mehr zu sehen war. Jaros unterbewusster Argwohn wuchs. Er konnte nicht länger das Gefühl unterdrücken, dass Garlet einen unredlichen Plan verfolgte. Jaro tastete unbehaglich nach seiner RTV am Gürtel.

Der Torbogen am Ende des Korridors mündete in einen Raum, der offenbar ein Verwaltungsbüro gewesen war: Er war mit alten Schreibtischen, Regalen und zerbrochenen Stühlen vollgestellt. Garlet war nirgends zu sehen.

Ein weiterer Torbogen führte in den angrenzenden Raum, eine Werkstatt, vollgestopft mit Trümmern von altem Maschinen-Werkzeug, Messgeräten und anderen Apparaturen. Garlet stand an einer Tür, die auf einen Balkon hinausführte, der die zehn Meter unterhalb liegende Produktionsfläche flankierte. Die Tür war halb geöffnet; Garlet war dabei, durch die Öffnung zu treten, hinaus auf das Metallgitter des Balkons.

Jaro rief: »Bleib stehen! Wohin gehst du?«

Garlet blickte von der geöffneten Tür zurück. »Die Bruttanks liegen unten. Wenn dich der schlechte Geruch interessiert, musst du hierherkommen.«

»Kein Bedarf«, sagte Jaro. »Hier kann ich es auch schon riechen.«

»Ah! Aber wenn du das volle Aroma prüfen willst, ist der Balkon der rechte Ort dafür. Die Dämpfe steigen von unten hoch.«

»Ein anderes Mal«, sagte Jaro. »Ich bin kein Kenner solcher Gerüche.«

Garlet überlegte einen Moment und fragte dann: »Bist du nicht am Brutprozess interessiert?«

»Alles, was ich sehen wollte, habe ich bereits vom Fenster in der Halle aus gesehen. Ich bin erstaunt, dass das System funktioniert. Die Techniker sind entweder Meister der Improvisation – oder Verrückte.«

Garlet wandte sich um und blickte zu der alten Maschinerie. »Ich verstehe diese Vorrichtungen nicht.« Er deutete. »Was ist das?«

»Das ist ein positronisches Schweißgerät. Es beschleunigt Positronen. Wo sie auftreffen, entsteht Reaktionshitze, die Materialien zusammenfügt.«

Jaro erläuterte die Funktion verschiedener anderer Mechanismen.

Garlet wandte seine Aufmerksamkeit der Werkbank zu. »Was sind das für Geräte? Einige sind seltsam geformt.«

»Es sind Werkzeuge. Dieses Objekt ist eine Rohrzange. Das an der Wand ist ein Dimensionalgestalter. Diese lange Stange dort ist ein gewöhnliches Hebeisen. Dies sind Hohlmeißel mit Klingen aus einer künstlichen Substanz, die ›Gorgolium‹ genannt wird und sich niemals abnutzt.«

»Und das Teil dort drüben?«

»Es ist ein Instrument, um Spannung zu messen.«

Garlet musterte Jaro skeptisch. »Woher weißt du das alles?«

»Ich habe einige Jahre in einer Werft des Thaneter Raumhafens gearbeitet.«

»Wie dem auch sei. Hast du Lust, dich zu setzen? Ich bin im Begriff, meine Pläne zu offenbaren.«

Jaro lehnte sich gegen die Werkbank. »Sprich weiter, aber beeil dich, da wir in Kürze nach Carleone zurückkehren müssen.«

»Ich komme schnell zum Punkt. Die Pläne stehen fest, also schlage keine Änderungen vor.« Garlets Stimme war ruhig und vernünftig. »Die Gedanken, die du zu hören bekommst, sind nicht müßig. Ich habe eine Grundlage der unanfechtbaren ersten Ursachen gebildet, so dass die vereinheitlichende Kraft, die den Kosmos beherrscht, in ganzer Klarheit offenbar wird. Ich beziehe mich natürlich auf ›Ausgewogenheit‹. Wenn ein System ›Ausgewogenheit‹ ignoriert, bricht es zusammen. Die Gesetze der Dynamik beherrschen alles – groß und klein, nah und fern. Sie können auf jede entsprechende Phase der Existenz angewandt werden.«

»Ja ... sehr interessant«, sagte Jaro. »Wir kommen ein anderes Mal auf das Thema zurück, aber nun müssen wir nach Carleone umkehren.«

»Nicht gerade jetzt«, sagte Garlet ernst. Er blieb stehen, seine Schultern waren gespannt, seine Augen schimmerten in ihren tiefliegenden Höhlen, ein seltsames Erröten färbte seine Wangen. »Das Thema hat eine unmittelbare Bedeutung. Ich beziehe mich auf das System, welches dich und mich einschließt. Über die Jahre hinweg ist die ›Ausgewogenheit‹ zu einer abnormen Form verzerrt gewesen, und nun ist sie in labilem Zustand.«

»Jetzt ist weder die Zeit noch der Ort für Dialektik«, sagte Jaro. »Auf jeden Fall spiegeln diese Gedanken deine persönliche Perspektive wider, nicht meine; und sicherlich stellen sie keine universellen Wahrheiten dar. Wie auch immer, wir haben keine Zeit, die Sache zu diskutieren. Lass uns hinausgehen, der Gestank ist wirklich überwältigend.«

Garlets Augen flammten auf. »Schweig! Hör gut zu! Die Verzerrung existiert: Das ist die Prämisse. Lass uns die Vorstellung entwickeln. Bist du bereit?«

»Natürlich! Fahr fort!«

Garlet ging in der Werkstatt umher. »Zu Beginn waren Jaro und Garlet eins, und es herrschte ›Ausgewogenheit‹. Dann geschah das Schisma, und alles änderte sich. Mitleid und Scham waren der Boden unter den Füßen. Jaro wurde zu dem einzigartigen und vorrangigen ›Ich‹ bestimmt. Der unglückliche Garlet wurde ein Bewohner der Dunkelheit, der nicht einmal ein Pronomen besaß, um seine Identität anzuzeigen. Er war nichts: ein kaum empfindsames Plasma, ein Geschöpf der dunkelsten Tiefen, gerade eben fähig zu merken, dass er lebte. So vergingen die Jahre. In eisiger Betäubung entwickelte sich das Geschöpf. Der Grichkin Shim redete unaufhörlich; das Geschöpf lernte die Gedanken und ihre Weitergabe kennen. Von Shim erfuhr es seinen Namen und einiges andere Sonderbare, da Shim sich an seinem Stolz labte und großartig von vielen Dingen sprach, ob er nun ein zuverlässiges Wissen besaß oder nicht. Durch Shim erfuhr Garlet von Hunger, Verlust und Bosheit. Durch Oleg erfuhr er von Schmerz. Durch seine innere Kraft kam Empfindsamkeit. Du und ich sind aus dem gleichen Holz, und es gab eine Resonanz zwischen uns. Ich war fähig, aus der Dunkelheit zu blicken! Ich begann zu verstehen, was Sehnsucht heißt; ich begann, mich nach dem zu sehnen, was ich von deiner Freude und deinem Lebenshunger spürte. In meinem Sehnen rief ich nach dir, aber du hieltest nur fester an deinen Privilegien fest.

Am Ende hat das Schicksal sein Gesicht geändert,

und eine Ära des Ausgleiches liegt vor uns. Wir bleiben in Romarth, und du musst das mit Gleichmut hinnehmen, selbst wenn du deine Freude der meinen unterordnen musst. Unsere erste Tat wird sein, die Sympathie einer lieblichen Frau, die die Straßen entlangschlendert, zu erwecken.«

Jaro lachte schmerzlich. »Garlet, sei realistisch! Deine Vorstellungen sind absurd. Wir verlassen Romarth heute nachmittag. Du musst dich an diesen Gedanken gewöhnen.«

»Nein! Du irrst dich! Du bleibst hier bei mir. Warum? Weil das Gleichgewicht Wiedergutmachung verlangt! Ich habe Anspruch auf Trost! Zu diesem Zweck könntest du eine Weile im Kerker verbringen, um mir die Aufrichtigkeit deines Grams zu zeigen. Ich übernehme die Aufgaben von Shim, was mich wahrhaftig freuen wird. Wir werden in dieser Weise fortfahren, bis wir uns einig sind, dass das Gleichgewicht wiederhergestellt ist.«

Jaro hörte voller Bedenken zu. Garlet war nicht notwendigerweise verrückt. An den Grundsätzen seines eigenen Universums gemessen, war er vielleicht sogar weise, aber außerhalb des Kerkers waren die mentalen Werkzeuge, die er so schmerzvoll geformt hatte, nutzlos. In der Tat waren sie schlimmer als nutzlos.

Jaro sprach besänftigend: »Garlet, eines musst du mir glauben: Ich hatte keinen Anteil an deinem Unglück, und ich akzeptiere keine Schuldzuweisung. Ich will dir bis zu einem vernünftigen Grad helfen – aber, ein für allemal, ich bleibe nicht mit dir in Romarth. Ich möchte, dass du mit abreist, vielleicht nach Gallingale, und ein neues Leben anfängst.«

Garlet lachte erfreut auf. »Jetzt! Du musst dich mit Yaha beraten. Es gibt eine Wahl, oder besser gesagt, eine Divergenz im Schicksal! Die Wahl, die du zu treffen hast, ist die: Bleibst du auf mein Verlangen hier, oder wirst du wieder versuchen, meine Pläne zu durchkreuzen? Wenn, dann ist es das letzte Mal, da meine Geduld am Ende ist.«

»,Garlet! Sei vernünftig!«

»Die Zeit der Entscheidung ist gekommen. Es ist ein höchst wichtiges Yaha. Also – was ist es? ›Links‹ oder ›rechts‹? ›Ja‹ oder ›nein‹? ›Leben‹ oder ›Tod‹?«

Garlet beobachtete Jaro scharf. Dann schrie er: »Die Entscheidung ist gefallen, meine Geduld ist erschöpft. Du hast ›Tod‹ gewählt; ›Tod‹ soll es sein.«

In stattlicher, gemessener Haltung schritt Garlet zur Werkbank, nahm das Hebeisen, hob es prüfend hoch und fand Länge und Gewicht nach seinem Geschmack. Er nickte, als wolle er sagen: »Ja, das passt vortrefflich.« Dann wandte er sich zu Jaro um, der die RTV zog. »Dies«, sagte Jaro, »ist eine wirksame Waffe. Sie kann dich in einem Augenblick in flackernde Partikel verwandeln.«

»Wenn schon«, sagte Garlet. »Ich verbiete dir, sie in dieser Weise zu benutzen. Gib sie mir.« Er trat vor, die Hand ausgestreckt.

Jaro wich zurück. Er dachte: *Wenn ich die Pistole wegstecke, kann ich ihn wahrscheinlich überwältigen, ob nun mit oder ohne Hebeisen. So werde ich ihn nicht töten müssen – hoffe ich wenigstens.* Jaro steckte die Pistole in den Gürtel. »Garlet, leg die Stange beiseite und lass uns diesen schauerlichen Ort verlassen.«

»Nein. Ich werde noch eine Weile bleiben. Es sind Grichkins dort unten; sie werden mir Haferschleim und Salzfisch geben.« Er rückte gegen Jaro vor, das Eisen zum Schlag erhoben. Jaro bereitete sich darauf vor zu fintieren, ergriff Garlets Arm und verdrehte ihn, bis ihm das Eisen aus den Fingern glitt und er vor Schmerz aufschrie. Garlet lächelte breit. »Ich weiß, was du vorhast.« Er hob die andere Hand und warf den Spannungsmesser in Jaros Gesicht. Er traf Jaro genau auf Mund und Nase, blendete ihn und störte ihn in seiner Konzentration. Garlet schlug mit all seiner Kraft zu, aber Jaro taumelte verzweifelt zur Seite, und der Hieb zerschmetterte statt seines Kopfes die Schulter. Jaro schwankte zurück und fiel schwer – schon halb durch die Tür – auf den Balkon. Garlet trat vor, stand mit gespreizten Beinen über Jaro wie ein rachsüchtiger Riese. Bedächtig hob er das Hebeisen, während Jaro die RTV aus seinem Gürtel fingerte. Garlet trat zu, und die Waffe schlitterte auf das Balkongitter. Garlet schwang das Eisen mit aller Kraft, dass seine Augen vor Anstrengung hervorquollen. Jaro rollte verzweifelt zur Seite, das Eisen knallte auf das Gitter und löste sich aus Garlets Griff. Jaro kroch zu der Pistole, sein linker Arm hing schlaff herab. Garlet schnellte zischend und schreiend vorwärts und packte die Waffe vor Jaros zufassenden Fingern.

Dann wich er zurück in den Eingang und zielte mit der Pistole auf Jaro, der auf dem Balkongitter lag. Garlet sagte: »So kommt es also: das letztendliche Yaha. Ich frage dich, soll ich dich bei fünf töten, oder soll ich auf einen unerwarteten Impuls warten?« Garlet überlegte lächelnd, hin- und hergerissen zwischen zwei erfreulichen Möglichkeiten. »Lass es geschehen, wie es geschieht! Das ist die Seele des Yahas. Zunächst eine untergeordnete Frage: Soll ich dir in den Kopf schießen oder in die Brust? Oder soll ich die Pistole entscheiden lassen? Die Unentschlossenheit ist aufregend; es ist Yaha.«

Sie starrten sich an. Garlet sagte: »Die Spannung steigt! Sie beginnt zu kochen, zerplatzt!«

Jaro schrie: »Garlet, denk nach, was du da tust! Ich bin dein Bruder! Ich kam, um dir zu helfen!«

Garlet lächelte. »Das nützt nichts! Mein Schmerz kennt keine Erlösung. Jetzt!« Seine Stimme erhob sich in aufgeregter Ergriffenheit. »Mein Finger schließt sich um den Abzug! Ich schieße!«

Nichts passierte. Garlet blickte verwirrt auf die Pistole. Die Bedienelemente waren ihm fremd; er war sich der Sicherung nicht bewusst. »Ah! Jetzt verstehe ich es! So wird die Pistole abgefeuert!«

Garlet zog den Abzug durch. Jaro rollte zur Seite, als tobende blaue Energie an seinem Kopf vorbeizischte und auf der Ebene darunter einschlug, wo sie ein Podest unter einem großen Kupfertank traf, der auf einen Energiekonverter kippte und eine gewaltige Explosion auslöste. Garlet schien es nicht zu bemerken. Mit gefletschten Zähnen schoss er erneut; gleichzeitig trat Jaro ihn gegen das Bein, und der Strahl verfehlte bei weitem sein Ziel, traf eine Konverterbank und verursachte einen Regen aus blauen Funken. Glas splitterte. Unter dem Balkon erhob sich schrilles Geschrei entsetzter Grichkins und vielleicht auch von den weißen Hausghulen auf der Ebene darunter.

Garlet ignorierte das alles. Jaro kroch hinter einen Betonpfeiler. Garlet trat vor und feuerte auf ihn. Wieder wälzte sich Jaro aus dem Weg. Die Energie brannte sich durch das Gitter und schlug in eine gewaltige Zentrifuge, die zerbarst, auf die fleckigen Tanks niederfiel und einige kleinere Explosionen auslöste. Schließlich bemerkte Garlet die Zerstörungen und starrte verwundert über das Geländer. Jaro zog sich auf die Knie und richtete sich wankend auf. Er ergriff die Brechstange, die zufällig in seiner Reichweite lag. Garlet drehte sich ruhig und zuversichtlich herum. Jaro stieß ihm die Stange ins Gesicht. Garlet schrie auf und fiel gegen das Geländer. Er hob die Pistole, aber Jaro schlug mit der Stange zu. Garlet, der sich zurücklehnte, verlor den Halt und stürzte über das Geländer, um wirbelnd und strampelnd in ein Becken mit brodelnden Reagenzien zu stürzen, wo er sich für einen Augenblick vor Schmerz krümmte und dann reglos liegenblieb.

Keuchend blickte Jaro auf den schwarzen Leichnam seines Bruders, entsetzt und voller Mitleid. Dann wandte er sich ab, verließ die Schmelze und rannte so schnell er konnte nach Carleone, während sich hinter ihm die Rauchsäule in den Himmel erhob und Explosionen die Schmelze erschütternden.

3 Das volle Ausmaß der Geschehnisse in der Schmelze drang zunächst nicht bis in das Bewusstsein der Roum vor. Die Konsequenzen des Ereignisses wurden ihnen nur nach und nach deutlich. Der Gamboye-Platz füllte sich mit verdutztem Volk aus der Stadt, welches nun realisierte, dass im Laufe des Tages ihr bisheriges Leben überraschend und unwiderruflich zunichte gemacht worden war. Überall waren die gleichen Fragen zu vernehmen: Was ist geschehen? Wie groß sind die Schäden? Wird es tatsächlich keine Seishaneesen mehr geben?

Die Realität war nur schwer zu fassen. Die Veränderungen würden erst allmählich stattfinden; so wie die Arbeitskräfte durch Verschleiß schwänden, würde sich die Lebensqualität immer weiter einschränken. Es würde keine wunderbaren Umzüge, keine großen Banketts mehr geben – keine prächtigen Kostüme mehr. In etwa zwanzig Jahren würde der letzte Seishaneese dahin sein, und die glorreichen Traditionen des alten Romarth würden nur noch Erinnerungen sein.

Die Aussichten für die Zukunft waren düster. Die Roum müssten entweder schwer arbeiten, um ihr schieres Überleben auf Fader sicherzustellen, oder sie mussten in neue Welten des Gaeanischen Reiches auswandern. In fünfzig Jahren würden alle Paläste Romarths verlassen sein, nur die Hausghule wären noch dort, um bei Mondschein über die verfallenen Gärten zu starren. Die Aussicht war in der Tat düster, und das Volk auf dem Gamboye-Platz war in Anbetracht der Zukunft entsprechend niedergeschlagen.

Nach und nach wurde bekannt, dass die Außerweltler das Desaster verursacht hatten. Eine große Wut erfasste die Roum. Wären Jaro, Skirl oder Maihac in Reichweite gewesen, wäre es ihnen wohl übel ergangen. Aber die *Pharsang* war bereits weitab im Raum und flog zurück in Richtung des Sterns Gelbe Rose.

4 Am frühen Nachmittag traf sich Maihac mit dem Selekt-Komitee in der großen Halle von Carleone. Erst eine halbe Stunde zuvor war Jaro zurückgekehrt, um seine schreckliche Geschichte zu berichten. Es war Maihacs schmerzvolle Aufgabe, das Komitee von der Katastrophe zu informieren. Er tat dies in sechs kurzen Sätzen.

Die zehn Würdenträger waren betroffen, und ihre Gesichter wurden bleich. Für eine Weile brachten sie keine zusammenhängenden Äußerungen zustande. Es gab unartikuliertes Gestammel und gutturales Gekrächze der Bestürzung. Dann, wie als Reaktion auf einen gemeinsamen Impuls, setzten sie sich alle auf ihre Stühle. Die Schmelze war zerstört worden. Es würde keine Seishaneesen mehr geben, und das Volk von Romarth musste sich einer schwierigen und düsteren Zukunft stellen.

Maihac beobachtete die zehn Roum, während sie die Nachricht verarbeiteten. Er fragte sich, ob sie noch immer seine Ansichten hören wollten. Seine Vorstellungen waren nun noch zwingender als zuvor; er musste sprechen, ungeachtet ihrer wahrscheinlichen Abneigung. Ein neuer Gedanke kam ihm, und er fragte sich, ob er es wagen konnte, ihn dem Komitee mitzuteilen. Der Gedanke mochte sehr wohl übel genommen werden, aber selbst wenn sie wütend wurden, hätte er immer noch die Ezelite-Pistole und würde Romarth binnen einer Stunde verlassen können. Das Schlimmste, was sie wahrscheinlich tun könnten, wäre, ihn zu beschimpfen und einen aufgeblasenen Toren oder ein schadenfrohes Schwein von Außerweltler zu heißen. Er hatte früher bereits viele Schmähungen über sich ergehen lassen müssen.

Maihac hob die Hand, um die Aufmerksamkeit des Komitees auf sich zu ziehen. »Meine Herren, ich kann Ihr Elend nachvollziehen, aber da meine Zeit begrenzt und das, was ich Ihnen sagen will, wichtig ist, ignoriere ich die guten Manieren. Bitte erwarten Sie keine Besänftigungen. Ursprünglich wollten wir den allmählichen Verfall Romarths und seine entmutigenden Aussichten besprechen. Wenn ich es recht verstanden habe, wünschten sie konstruktive Vorschläge, wie man am besten mit diesen Problemen umgeht. Nach dem, was geschehen ist, sind diese Probleme noch dringender, da Sie nicht länger auf eine allmähliche Lösung hoffen können. Änderungen müssen sogleich vollzogen werden. Es wird Verlagerungen und Unbehagen geben, ob Ihnen das gefällt oder nicht.

Ich bin bereit darauf hinzuweisen, und ich tue dies mit aller Zurückhaltung, dass das, was in der Schmelze geschehen ist, keine absolute Katastrophe sein muss. Nun können Sie es sich nicht erlauben, lang und breit zu beraten; Sie haben keine andere Wahl, als zu handeln.«

Einer der Granden fand seine Stimme wieder. »Es ist einfach, Handlungen zu empfehlen, aber schwieriger ist es, dies zu planen und zu organisieren.«

»Da stimme ich zu«, sagte Maihac. »Hier sind einige konstruktive Ideen.

Erstens: Die gesamte Bevölkerung wandert in eine andere Welt des Gaeanischen Reiches aus. Dies ist ein offensichtliches Konzept und wahrscheinlich das am wenigsten ansprechende, da es unberechenbar ist und einige Generationen vergehen werden, bis ein zufriedenstellender Lebensstandard erlangt wird.

Zweitens: Die Roum selbst tun die Arbeit, die bisher von den Seishaneesen getan wurde. Ich bin mir schon im klaren darüber, dass Sie der körperlichen Arbeit von Geburt an abgeneigt sind, aber sie ist nicht so lästig, wie Sie vielleicht annehmen, besonders wenn Sie moderne landwirtschaftliche Methoden und Maschinen im Zusammenhang mit Synthetisierern anwenden.

Drittens: Gibt es die Möglichkeit, Ihren Export auszuweiten. Asrubal hat bewiesen, dass es Profite zu erwirtschaften gibt, aber es wird notwendig sein, Ihre Handelstechniken zu entwickeln. Eine große Hoffnung in diesem Sinne wäre, einen Kader junger Männer und Frauen zu Gaeanischen Handelsschulen zu entsenden.

Viertens: Tourismus. Würden einige der alten Paläste zu Hotels umgewandelt, könnte Romarth der Brennpunkt einer profitablen Tourismusindustrie werden. Unter diesen Umständen könnten Sie Ihr Leben als pittoreske Aristokraten, die sich den Künsten und Ritualen des Alten Romarth hingeben, fortführen. Sie trügen ihre prächtigen Kleider und praktizierten ihre exquisite Etikette. Auf der anderen Seite könnten Sie es sich nicht erlauben, die Touristen schlecht zu behandeln. Unnötig zu sagen, dass solche Pläne eine Investition beträchtlichen Kapitals erforderten.«

»Unglücklicherweise«, sagte Ardrian, »steht ein Kapital dieser Größenordnung nicht zu unserer Verfügung.«

»Sie haben über eine Million Sol von Asrubal konfisziert. Das ist bereits ein Anfang, obwohl nicht annähernd genug. Mehr Kapital könnte durch Banken oder – noch besser – durch private Investoren beschafft werden, die eventuell dazu imstande sind, Sachkenntnis in das Projekt einzubringen. Nun denn – und dies ist der springende Punkt bei der Sache. Ich kenne zumindest einen Mann, der über großen Wohlstand verfügt und der von einem solchen Projekt verlockt werden könnte. Diese Person ist hartherzig, praktisch veranlagt, eigenwillig. Wie dem auch sei, er ist weder ein Dieb noch ein Schurke, und er ist vernünftigen Argumenten zugänglich. In Kürze verlasse ich Romarth. Ich könnte eine Abordnung an Bord der *Pharsang* mitnehmen, die sich mit dem Herrn treffen könnte. Wenn er an dem Projekt interessiert ist, wie ich es annehme, wird er einem Vertrag mit dem Volk von Romarth zustimmen, der die Rechte und Pflichten jeder Partei erläutert und festlegt. Er wird Änderungen durchführen wollen. Zum Beispiel wird er professionelle Exterminatoren anstellen, um die Hausghule auszurotten. Was die Lokloren angeht, so könnten diese schauderhaften Nomaden den Charme Faders durchaus bereichern. Ihnen könnte erlaubt werden, frei auf der Tangtsang zu leben, vorausgesetzt dass sie die Touristen nicht auffordern, mit den Mädchen zu tanzen.

Dazu, wie Sie Ihre Seishaneesen ersetzen und sich mit häuslichen Diensten versorgen können, kann ich nichts sagen.

Damit ist meine Liste mit konstruktiven Vorschlägen erschöpft. Wenn Sie beschließen, nach Punkt vier zu handeln, wählen Sie bitte augenblicklich eine Abordnung. Ich wiederhole: Sie müssen sofort zur Abreise bereit sein, da ich nicht zur Stelle sein möchte, wenn der Mob kommt.«

5

In Thanet veranlasste Maihac Gilfong Rute mittels Andeutungen und geheimnisvoller Anspielungen, mit ihm im Gasthaus Zum Blauen Mond zu Mittag zu essen. Den beiden wurden Aperitifs serviert, aber Rute weigerte sich, in die Speisekarte zu schauen, ehe Maihac nicht die Natur seines Geschäftes erläutert hatte. »Meine Zeit ist kostbar; ich bin weder hier, um Freundlichkeiten auszutauschen, noch um die Küche des Blauen Mondes zu genießen. Kommen Sie bitte zur Sache, wenn es Ihnen recht ist.«

»Sie werden alsbald alles zu hören bekommen. In der

Zwischenzeit genießen Sie diesen Trank. Er ist als ›Zehenquetscher Nummer Zwei‹ bekannt, und ich habe ihn nach einem Spezialrezept gemixt bestellt.«

Rute kostete den Trank. »Ja, sehr erfrischend. Und nun zu den Offenbarungen, die Sie angedeutet haben: Bitte beleuchten Sie doch die Sache ein wenig, statt die Dinge zu verschleiern und Ausflüchte vorzubringen. Also, rücken Sie schon damit heraus!«

»Na gut«, sagte Maihac, »wenn Sie darauf beharren. Ich persönlich habe die Spannung genossen.« Maihac öffnete eine kleine Reisetasche und holte ein großes ledergebundenes Buch heraus, welches er vor Rute auf den Tisch legte. »Schauen Sie sich dieses Buch an, wenn es Ihnen beliebt.«

Rute blätterte durch die Seiten, zuerst beiläufig, dann mit wachsendem Interesse. »Aus dem Text werde ich nicht klug, aber die Bilder beflügeln die Vorstellungskraft. Die Einzelheiten sind äußerst gewissenhaft gestaltet. Es ist in der Tat ein wundervolles Buch!« Er studierte erneut einige der Seiten und blickte dann stirnrunzelnd und verwirrt auf. »Ich erkenne keinen Hinweis auf den Verleger oder andere gewerbliche Informationen.«

»Aus gutem Grund«, sagte Maihac. »Das Buch ist in einer besonderen Kalligraphie geschrieben. Illustriert wurde es von derselben Person. Ihr Name ist Zahamilla vom Hause Torres; das Buch ist ein autobiographisches Dokument und stellt einen Überblick über ihr Leben dar. Es gibt keine Kopien und keine gewerbliche Produktion – in diesem Sinne ist es einzigartig.«

Rute studierte die Seiten. »Hmm.« Er blickte scharf auf. »Gibt es diesen Ort wirklich? Oder ist er Phantasie, geschaffen aus der Vorstellungskraft?«

»Er ist real. Ich war selbst dort.«

Rute nickte und fragte in lässigem Tonfall: »Wo ist dieser Ort?«

»Das ist Teil des Geheimnisses«, sagte Maihac. »Es ist eine vergessene Welt.«

Rute blätterte mehrere Seiten um. »Seltsam und erstaunlich. Warum zeigen Sie mir dieses Buch?«

»Das ist eine lange Geschichte. Lassen Sie uns etwas zu essen bestellen, und ich werde Ihnen sagen, was ich weiß.«

Während des Essens und danach sprach Maihac von seinen Verbindungen mit der Welt Perdu. »Dies ist nicht der richtige Name«, erklärte er Rute. »Aber für die gegenwärtigen Zwecke reicht das aus.«

Rute lauschte mit gemäßigtem Interesse, während Maihac fortfuhr.

»Die Stadt ist sehr alt. Viele der uralten Paläste sind verlassen, obwohl sie gut erhalten sind und mit verhältnismäßig wenig Ausgaben in Touristenhotels der besten Kategorie umgewandelt werden könnten. Es gibt noch weitere interessante Aspekte dieser Welt, einschließlich – wie Sie gesehen haben – einer einzigartigen Zivilisation mit einer fortgeschrittenen und komplizierten Kultur. Touristen und Reisegruppen von überall im Reich würden Perdu gerne besuchen, wenn es ihnen nur möglich wäre.«

Rute musterte Maihac unter halbgeschlossenen Lidern hervor. »Warum erzählen Sie mir das alles in solchen Einzelheiten?«

»Um Perdu auf die Touristen vorzubereiten, bedarf es eines beträchtlichen Kapitals. Sie könnten dieses Kapital bereitstellen, und ich denke, Sie könnten an einem solchen Plan interessiert sein.«

Rute dachte einen Augenblick lang nach und fragte dann: »Worin besteht Ihr persönliches Interesse an diesem Projekt? Kurz: Was haben Sie dabei zu gewinnen?«

»Soweit ich es beurteilen kann, überhaupt nichts. Ich habe eine Abordnung von Perdu mit hierhergebracht; Sie würden exklusiv mit dieser Abordnung verhandeln.«

»Hm. Sie erwarten keine Provision, keinerlei Honorar?«

»Nichts. Der Handel findet zwischen Ihnen und der Abordnung statt. Ich plane nicht, nach Perdu zurückzukehren.«

»Hm. Sehr weltfremd.« Rute blickte erneut auf die Seiten des Buches. »Geben diese Bilder den Zustand der Paläste akkurat wieder?«

»Sie werden der Stadt nicht gerecht.« Es entstand eine Pause, während Rute weitere Seiten des Buches ansah. Maihac fuhr fort: »Ich kann mir drei Punkte möglicher Schwierigkeiten vorstellen. Erstens: Die Einwohner der Stadt sind Aristokraten, und sie werden eine ›Vulgarisierung‹, wie sie es nennen, nicht zulassen. Sie sind stolz auf ihre Traditionen, und Sie werden ihren gesamten Takt benötigen, um mit ihnen umzugehen.«

»Kein Problem. Was noch?«

»Zweitens: Viele der verlassenen Paläste werden von sogenannten ›weißen Hausghulen‹ heimgesucht. Sie leben in Tunneln und Grüften unter den Palästen und müssen ausgerottet werden.«

Rute grinste. »Wenn ich dies nicht eigenhändig ausführen muss.«

»Drittens und nicht allzu gewichtig – tatsächlich mehr als malerischer Zusatz zu betrachten: Wilde Nomaden durchwandern die Steppe. Sie müssten diszipliniert werden.«

Rute nickte. »Noch etwas?«

»Ohne Zweifel eine Vielzahl kleinerer Probleme. Wenn Sie interessiert sind, möchten Sie die Stadt bestimmt selbst besuchen.«

»Genau.«

»Dann sind Sie interessiert?«

»Ja, ich denke schon. Zumindest genug, um mir das alles einmal anzusehen.«

»In diesem Fall müssen wir einen Vorvertrag oder -kontrakt vorbereiten, um unabhängigem Handeln Ihrerseits vorzubeugen, wenn Sie erst einmal wissen, wo diese Welt ist. Ansonsten wäre nichts dagegen einzuwenden, wenn Sie eine Expedition aussenden würden, die strikt in Ihrem Interesse handelt.«

Rute zeigte Maihac ein bitteres Lächeln. »Sie scheinen kein Vertrauen in meine Integrität zu haben.«

»Sie sind wohlhabend«, sagte Maihac. »Sie sind nicht wegen Ihrer Menschenfreundlichkeit an Ihr Geld gekommen. Auf Ihrem Weg muss eine Anzahl verdrossener Widersacher zurückgeblieben sein.«

»Das ist eine Untertreibung«, sagte Gilfong Rute. »In diesem Fall brauchen Sie sich nicht zu sorgen. Ich werde mein Bestes geben, um mich in einer zivilisierten Weise zu verhalten.«

»Das ist beruhigend zu wissen«, sagte Maihac. »Noch einmal möchte ich nachdrücklich betonen, dass das Volk von Perdu zuweilen sehr ermüdend sein kann. Sie betrachten sich selbst als Elite des Universums und tendieren dazu, Außerweltler für ignorante Tölpel und Possenreißer zu halten.«

Rute wedelte mit der Hand. »Ich habe mit Quantorsi und Clam Muffins gehandelt. Nun bin ich auf alles vorbereitet.«

Maihac stimmte zu. »Sie sind vom gleichen Schlag. Sie werden eine interessante Zeit verleben. Morgen lassen wir uns rechtlich beraten und unterzeichnen den Vorvertrag. Danach sind Sie sich selbst überlassen.«

6

Gilfong Rute, begleitet von der Roum-Abordnung und einer Gruppe berufsmäßiger Ratgeber, hatte Thanet in Richtung Fader und Romarth verlassen. Maihac hatte Morlock, Ardrian und die anderen nach bestem Wissen beraten. Er hatte erklärt, dass jeder Partei am besten damit gedient wäre, wenn in jedem endgültigen Vertrag mit Gilfong Rute jede Phase genau festgelegt und jede Entwicklung in allen Einzelheiten aufgeführt würde, um sowenig Interpretationsmöglichkeiten wie möglich zuzulassen.

Maihac riet, den endgültigen Vertrag nicht in Romarth, sondern in Thanet abzuschließen, wo die Roum kompetente Rechtsvertreter beauftragen konnten.

Schließlich empfahl Maihac, dass die Roum den Inhalt ihrer Paläste mit großer Wachsamkeit schützen sollten. »Die Bücher, Kuriosa, Kunstgüter – sie alle werden wie Schnee im Sommer verschwinden, wenn Sie keine besonderen Vorkehrungen treffen. Touristen kann man nicht trauen; wenn es um ein Andenken geht, werfen sie die Ehrlichkeit über Bord!«

Während dieser Verhandlungen durchwanderten Jaro und Skirl Thanet, wo alles zugleich bekannt und fremd erschien. Merriehew war dem Erdboden gleichgemacht worden; in Sassoon Ayry wohnte eine neue Familie, die hoch auf den Statusleisten rangierte, der Herr ein Lemurianer und seine Frau im Komitee der Sasseltoner Tiger.

Während Jaro die alten Büros der Faths im Institut besuchte, zog Skirl auf eigene Faust los. Als sie sich später wieder zu Jaro gesellte, kochte sie vor Aufregung beinahe über. »Ich habe die Satzung der Clam Muffins studiert und mit einigen der Komitee-Mitglieder gesprochen. Sie stimmten mir darin zu, dass ich dich in eine besondere Kategorie der Clam Muffins nominieren könnte. Das ist ein Privileg, das es den Mitgliedern ermöglicht, ihre Gattinnen und Gatten ohne Einbuße an Konduite der Öffentlichkeit vorstellen zu können. Du wärest vorläufig ein beigeordnetes Mitglied. Das Votum wird beinahe automatisch sein – aber zuerst müssen wir formell heiraten.«

»Was?« schrie Jaro. »Ich muss ein verheirateter Mann und Clam Muffin werden – und beides auf einen Streich?«

»Es wird vielleicht nicht gar so schlimm, wie du

annimmst«, sagte Skirl. »Außerdem möchte ich es gerne.«

»Na gut, warum nicht?« sagte Jaro.

»Wir sollten morgen in der Clam-Muffin-Kapelle heiraten«, erklärte Skirl ihm. »Es wird eine sehr wichtige Angelegenheit werden.«

Bei der Hochzeit trug Jaro einen formellen dunklen Anzug, in dem er sich befangen fühlte. Skirl war in ein weißes Kleid gewandet, und ein Stirnreif mit weißen Blumen schmückte ihr Haupt. In Jaros Augen sah sie absolut hinreißend aus. Er dachte, dass es für ihn ein großes Privileg war, ihr angetraut zu werden. Er rief sich die Langolen-Schule in Erinnerung, wo er Skirlet Hutsenreiter zum ersten Mal bemerkt hatte. Leise lächelnd dachte er an ihre Manieriertheit, die ihre Bewunderer zu erstickten Wutausbrüchen, Eifersucht und Ehrfurcht veranlasst hatte. Nun jedoch, im Rückblick, erschien es nur putzig und charmant. Die einfallsreiche, intelligente, verwegene kleine Skirlet Hutsenreiter! Er hatte sie aus der Entfernung bewundert – und nun heiratete er sie! Dies waren die Wunder, die das Leben mitunter mit sich brachte. Jaro fragte sich, ob ›Yaha‹ in die eine oder andere Phase verwickelt war. Er würde diesem Gedanken einmal nachgehen, wenn er mehr Zeit hatte.

Skirl betrachtete ebenfalls die zurückliegenden Jahre. »Es scheint so lange her zu sein«, sagte sie versonnen.

Jaro lächelte nachdenklich. »Die Welt war damals ganz anders. Jetzt gefällt sie mir besser.«

Skirl drückte seinen Arm und legte ihre Hand auf seine Schulter. »Denk nur! Wir haben das Alte Romarth besucht, und uns gehört die *Pharsang*! Und so viel liegt noch vor uns!«

Die zwei feierten ihren neuen Status zusammen mit Gaing und Maihac im Gasthaus Zum Blauen Mond.

Vor dem Essen saßen sie im Gesellschaftsraum und tranken einen jener milden gelben Weine, die in den wenigen Hügeln östlich von Thanet wuchsen.

Skirl hatte eine Ankündigung vorzubringen: »Dies ist ein wahrhaft wichtiger Tag für uns, aber vor allem für Jaro, da er nun ein Clam Muffin ist und damit eine Person von großem Konduite! Er verdient diese Ehre, und ich bin stolz auf ihn!«

Jaro sagte bescheiden: »Ich möchte die Ehre nicht übertreiben. Wenn ihr auf die Urkunde blickt, werdet ihr lesen: ›Vorläufig Beigeordnetes Mitglied‹.«

»Das ist ein untergeordnetes Detail«, sagte Skirl. »Ein Clam Muffin ist ein Clam Muffin, überall im Universum!«

»Es ist besser, als ein Nimp zu sein«, gestand Jaro zu. »Hilyer und Althea wären auch stolz auf mich, wenigstens nehme ich das an.«

»Dessen bin ich gewiss«, sagte Skirl. »Bei meinem Vater wäre ich nicht so sicher.«

»Ich bin selbst etwas stolz auf ihn«, sagte Maihac.

Gaing, gewöhnlich nicht so ausdrucksvoll, schüttelte Jaros Hand. »Ich bin in meiner unbedarften Art ebenfalls stolz auf ihn. Tatsächlich bin ich stolz darauf, selbst ein Teil dieser recht ausgezeichneten Gruppe zu sein.«

Maihac verlangte nach einer weiteren Flasche Wein. »Bevor wir noch stolzer werden, sollten wir entscheiden, was als nächstes zu tun ist. Wir verfügen über eine große Summe an Geld, und wir haben eine Fracht wertvoller Bücher, aus der wir noch mehr Geld machen können.«

Jaro fragte: »Wo sollen wir deiner Ansicht nach die Bücher verkaufen?«

»Die lebhaftesten Märkte sind die Auktionshäuser auf der Alten Erde. Dort werden wir die besten Preise erzielen, besonders wenn wir die Bücher mit einer romantischen und geheimnisvollen Atmosphäre umgeben können.«

»Das hört sich vernünftig an«, sagte Jaro. »Aber zuerst sollten wir unsere bestehenden Rechnungen begleichen. Das Geld, das wir von der Bank in Ocknow nahmen, stellt die Entschädigung für die *Distilcord* dar. Das sollte zwischen dir und Gaing aufgeteilt werden. Das Geld aus dem Verkauf der Bücher können wir durch vier teilen; dann müßte jeder von uns relativ vermögend sein. Eigentlich habe ich ja auch noch das Einkommen der Faths.«

»Im Augenblick möchte ich die Verantwortung über so viel Geld gar nicht haben«, sagte Gaing. »Es ist besser, wir geben es auf ein sicheres Konto, wo es Zinsen bringt und für uns alle zugänglich ist. Dieses System hat einen großen Vorteil. Wenn einer von uns umkommt, werden die übrigen keine Schwierigkeiten haben, seinen Anteil zu übernehmen.«

»Ein grässlicher Gedanke, aber praktisch«, sagte Maihac. »Ich stimme zu.«

»Ich stimme ebenfalls zu«, sagte Jaro, »weil ich sicher bin, dass stets genügend Geld für uns alle im Fonds vorhanden sein wird.«

»Ich stimme auch zu, auf der gleichen Grundlage«, sagte Skirl. »Ich wäre töricht, täte ich es nicht. Obwohl ich hoffe, dass niemand ums Leben kommt.«

»Gut«, sagte Maihac. »Morgen richten wir auf der Bank den Fonds ein. Danach hält uns, soweit ich weiß, nichts mehr auf Gallingale, so dass wir losziehen können, um unsere Laufbahn als Händler und Vagabunden zu verfolgen.«

»Die *Pharsang* steht bereit«, sagte Gaing. »Ich habe die Systeme überprüft und die Schränke wieder aufgefüllt. Sobald alle an Bord sind, können wir starten.«

Skirl wollte etwas sagen, änderte jedoch ihre Meinung und lehnte sich zurück, um noch etwas Wein zu trinken und zu lauschen, wie ihre Gefährten von unbekannten und kaum erkundeten Gebieten des Reiches sprachen. Skirls Geist wanderte. Vor ihr lag ein ereignisreiches Leben, erfüllt von Abenteuern, Farben, dem Prunk fremder Sitten und Gewohnheiten. In den fernen Salons und Märkten würde sie Weine mit neuen Aromen finden, seltsame Gewürze, Speisen, die sie vielleicht gar nicht essen mochte. Sie würde Musikformen lauschen, die sie sich vorher nicht einmal hätte vorstellen können: Musik, zuweilen eindringlich und sanft, zuweilen wild, leidenschaftlich, zwingend. Es mochte Beschwernisse oder Ärgernisse geben, so wie das Verhalten eines ungebärdigen Passagiers oder den Biss eines exotischen Insekts. Es mochte Gefahr geben, wenn auch möglicherweise nur einen Krawall in einem entfernten Salon.

Jaro beobachtete sie. »Du bist so abwesend. Woran denkst du?«

»An verschiedene Dinge.«

»Zum Beispiel?«

»Alle Arten seltsamer Vorstellungen. Ich erinnere mich, dass ich einst daran gedacht hatte, Effektuatorin zu werden und viel Geld mit der Lösung von Kriminalfällen zu verdienen, was jedermann erstaunt hätte.«

»Das kannst du immer noch tun – wenn wir auf einen Fall stoßen, der dich interessiert.«

Skirl lächelte und schüttelte den Kopf. »Hier auf Gallingale, wo ich verstehe, wie die Leute denken, könnte es funktionieren, aber auf anderen Welten verhalten sich die Leute auf seltsame Weise. Nach den Erfahrungen mit Garlet möchte ich mich nicht mehr mit abnormer Psychologie beschäftigen. Außerdem bin ich nun verheiratet und recht wohlhabend, so dass ich meinen Unterhalt nicht länger verdienen muss.«

»Das ist stets ein erfreulicher Gedanke«, sagte Maihac.

Skirl fuhr fort. »Dennoch möchte ich nicht für immer ein Vagabund sein – wenigstens kein richtiger Vagabund. Eines Tages möchte ich ein Haus auf dem Lande kaufen, vielleicht auf Gallingale oder der Alten Erde, wo wir eine Familie gründen und wo Gaing und Tawn Maihac leben können, wenn sie Lust dazu haben. Es wird eine Heimstatt für uns alle sein. Wir könnten zusammen mit den Kindern in der *Pharsang* hinausziehen und Orte besuchen, von denen wir noch nicht einmal gehört haben. Auf diese Weise sind wir nur zur Hälfte Vagabunden und geben ein gutes Beispiel für unsere Kinder ab. Denk darüber nach, Jaro!«

»Ich finde, das hört sich sehr gut an. Und nun sollten wir noch eine Flasche Wein bestellen. Oder ist es bereits Zeit, an das Essen zu denken?«

Von **Jack Vance** erschien in der Reihe
HEYNE SCIENCE FICTION & FANTASY:

Start ins Unendliche · 06/3111
Emphyrio · 06/3261
Die sterbende Erde 06/3606; auch · 06/3977
Showboot-Welt · 06/3724
Maske: Thaery · 06/3742; auch in · 06/1011
Die Welten des Magnus Ridolph · 06/4053
Staub ferner Sonnen · 06/4202
Verlorene Monde · 06/4384
Grüne Magie · 06/4478
Nachtlicht · 06/6344

ALASTOR-ZYKLUS:
Trullion: Alastor 2262 · 06/3563
Marune: Alastor 933 · 06/3580
Wyst: Alastor 1716 · 06/3816

Sonderausgabe in einem Band:
Alastor · 06/4415

DÄMONENPRINZ-ZYKLUS:
Jäger im Weltall · 06/3139
Die Mordmaschine · 06/3141
Der Dämonenprinz · 06/3143
Das Gesicht · 06/4013
Das Buch der Träume · 06/4014

DURDANE-ZYKLUS:
Der Mann ohne Gesicht · 06/3448;
auch · 06/7023
Der Kampf um Durdane · 06/3463
Die Asutra · 06/3480

Sonderausgabe in einem Band:
Durdane · 06/4361

Lyonesse-Zyklus:
Herrscher von Lyonesse · 06/4471
Die grüne Perle · 06/4591
Madouc · 06/5021

Cadwal-Chroniken:
Station Araminta · 06/5300
Ecce und die Alte Erde · 06/5301
Throy · 06/5302

Außerdem erschien:
›Die letzte Festung‹
im Science Fiction Jahresband 1981,
hrsg. von Wolfgang Jeschke · 06/3790